北去来辞

林白 著

北京出版集团
北京十月文艺出版社

目录

上部

下　部

上 部

卷一

蝉叫彻夜不停

棕黑。半透明。翅膀紧闭。连绵不断的叫唤像头顶上方悬浮着一只怪诞的蝉，硕大坚硬，耐力出奇好。蝉叫声铺天盖地彻夜彻日。2010年初春，海红陷入了一片噪声之中。

——春天的蝉本来已够虚无，假如有，也是藏在地底深处。春泱说，蝉根本活不到冬天，深秋就死了，只剩下蛹在土里。女儿春泱，她站在那间有龟背竹的房间，头顶一幅漏孔参差的阔大叶子，脆亮声声：有的蝉蛹能蛰伏十七年，到第十八年的春夏才钻出地面，有很多蝉蛹藏五年，第六年才从土里钻出来，爬上树，它趴在树杆上蜕壳，翅膀在壳里就长好了，壳一蜕掉，蝉翼一抖，透着亮光，飞起来……有水泥盖着最不好，谁都钻不出来了。是啊城市建筑像一匹疯狗，一只水泥的大饼，以故宫为中心向四周奔腾，势态迅猛。四环五环六环，水泥连着水泥，钢筋叠着钢筋，地里蛰伏的蝉蛹再也钻不出地面了。

是啊蝉蛹们，它们的灭顶之灾轰然而至，末日就到来了。它们难道是死里逃生才来到这里的？耳边的这种类似蝉鸣的声音有些古怪，带着金属的啸声，连绵不绝地挫在神经上。抑或蝉蛹们死后就是发出这样的鸣叫，在它们黑暗的地下王国，在水泥封闭的深处。

终于，海红意识到是耳鸣。

耳鸣有许多种鸣法，蝉鸣之外，还有蛙鸣——在钢筋水泥的都市中，忽然就来了成千上万的青蛙，你是看不见它们的，因为它们早就死了，无论是稻田还是池塘，农药杀死蝌蚪，犹如原子弹杀死无辜的人——我们看不见青蛙，但它们飞翔在天空中，像乌鸦黑压压的，发出呱哇呱哇的巨大轰鸣，许多听见这声音的人，彻夜不眠。

彻夜不眠。

在漫长的夜晚，脑子里有交错而过的火车，呼啸着，穿过黑暗的隧道，信号灯乱晃，乱光四射，时绿时红，而枕木震颤，仿佛抵近她前胸的肋骨。

起身喝一口水，但呼啸的火车仍不停歇，它们运送各种严峻的大问题，一车皮又一车皮，然后咣当一声卸到这里。堆积如山啊像煤一样。她光着脚走在煤堆上，从一团乱麻到另一团。

2012年会不会真是世界末日——像春泱在网上看到的，太阳和地球的磁极会同时逆转；玛雅人的预言；中国的《推背图》“乾坤再造在角亢”，角亢就是指龙年；还有星相，2012年出现大十字，土木相冲，日月相冲。还有，藏僧明言，2010年至2012年，世界会极端化，全球核战争。还有还有，《圣经密码》里说2012年彗星撞地球，世界毁灭……地球上没了人类将会怎样？外星人会不会侵略地球？在那些外星人居住的星球上，他们的资源耗尽了，急需找一个适合居住的星球，哦他们在天空中流浪，如果不登上地球他们就会在太空中死掉……时间的尽头是什么，有人说，时间的尽头就在重力扭曲造成的平衡当中……太深奥了，黑洞蒸发之后去了哪里，它是在撕裂空间的自我损耗中被中和了吗？

如此偏执地沉迷于末世预言是心理有问题的表现吗？

细菌，细菌的问题更恐怖，一种邪说不知怎么让海红半信半疑：世界上最强大的就是细菌，所有的生物都是细菌制造出来的，包括人类，人类不过是细菌文明的生物工厂，我们生产必要的养分来供养细菌，人类虽然可以杀死细菌，但实际上人类是被细菌奴役的，一旦细菌发现人类的威胁，它就会把人类干掉。

大大小小的思虑如同食欲旺盛的蚕，永无休止地啃着海红的白天和黑夜，她被咬得千疮百孔只剩下了筋络。

有时睡是睡着了，却常常是一夜乱梦。

梦见眼睛周围长出了一圈胡子，舌头上长出了几根头发，其中一根特别长，咽东西的时候有扯痛感。梦见在野外遇到了地震，饭桌大的巨石滚滚而下，她跑到哪巨石就滚到哪。只好爬上树，坐在树杈上。树底下是一片大水，水底有一只饭桌大的巨大草筐，里面站满了人，他们奇怪地望着她……这个梦已经不是第一次做了。

梦到一个人用刀把另一个人砍死了，自己是目击者——于是要给她判处死刑，而且一幢楼的十几个人也必须与她同死。执行注射死刑的是一个女医生，海红在梦中被人撩起了衣袖注射致死的针剂，针头刚刚扎进去，她看见自己的身体和女医生的面容都变得灰白，医生一边往海红右边的小臂注射，一边命令旁人道：不要等她咽气就拉出去烧了。果然有两个男人执行命令来抬她，一个人还掐她，她说：等我咽气再抬吧。片刻之后大家都被赦免了，上面发了一只足球，说要开运动会，忽然又说还是要统统杀光，连鸡都要杀光。于是逃到了楼上，这似乎是一处时光楼梯，一上楼她就变成了小女孩，童年伙伴俞明河说，让我们来挖一个洞……

又梦到在青海轧钢厂（不知是否真有这个厂），有很多人，但一个都不认识。忽然看见大学同学，不过这同学已经去世了，她还到医院跟他的遗体告了别，海红纳闷，他怎么也来了？工厂极辽阔，超过了首钢、武钢，一个车间有足球场那么大，贴地面的一排排水龙头都生锈了，拧不出水，只有单独的一只水龙头能出水。空地上有三个人形动物在比赛跳橡皮筋，橡皮筋是按长方形的“田”字形摆的，人形动物穿着女人的衣服，腿极短，很奇怪。海红问旁边围观的一个女孩，她说这是猴子和狒狒杂交的动物。辽阔的空地摆着长长的钢条，像桥一样长，一只十层楼高的机械砸下来，另一根巨长的钢条砸上去，发出巨大的轰响。

还有——梦见死去多年的，父亲柳青林的尸体。

在一个屋子，有一些人，地上有一具尸体，听见旁边的人说：这是你的父亲。害怕着看它，它却诈尸了，不断地僵硬着把头扭到一边，人们不停地把它拧回原处。但尸体却站了起来，在人群中僵硬地行走，它忽然抓住了她的手，怎么甩也甩不掉，最后海红在梦中被这具尸体抱住，面对面地一把抱住！旁边有人说，看，它知道这是它的女儿。一下惊醒过来。

失眠有时变成梦游，她从床上坐起来，她的身体里似乎有一只猫，四足轻盈，走路悄无声息。窗户爬满了文竹的枝蔓，文竹开了花，一种米白色的细细花朵，它们蒙在绿色的叶子上，像一层灰尘。她看见卧室里有两张床，中间隔着屏风，一张睡着她自己，另一张……她穿过屏风，走到另一张床跟前，那上面躺着一个男人，他睡眠深沉，呼吸平稳。史道良，那是她的丈夫，两人早已离婚，却依然住在一起。他比她大二十一岁。

她走到窗口，在半睡半醒中撩开窗帘。北京雾霭沉沉。

时间的悬崖

上个世纪90年代初，史道良从大学抽调到一家中央机关，他在东城分到了一套单元房，五十平米，两居室。生活中的新纪元开始了。在八年抗战般的离婚、漫长的难以忍受的单身汉生活之后，总算有了自己的家。当然，这个家只是房子，尚缺一位女主人。

单身汉的生活干燥而坚硬——像核桃，一堆核桃在一起摩擦发出嘎嘎的声音，到处都是硬的，干的，没有柔软，没有水。一个男人如果只有三十岁，那你就单身吧，广阔自由，繁花似锦，简直就是一片沃土，不知它能开多少花结多少果呢。

但是道良，他已经五十多岁了，一个五十岁的单身汉，春天就不再是春天，春天是令人讨厌的——风沙太大了，吹得人心里发毛，杨花柳絮，飞得漫天都是，连纱窗那么小的眼它都钻进来了，而且，蚊子和孑虫，成排成排地苏醒过来，聚集在草地上。你看着离离青草，茂盛、旷远、明亮，一走近，“嗡”的一下，仿佛是各个朝代的蚊子都赶了来。下水沟也发出一股子臭气，把人搞得晕头转向。

秋天呢，天是高的，又干净，月亮也被老天爷擦过了。但月亮有什么用，儿子史安童，中秋节的前一天骑车到他的办公室找他，儿子说，家家的月亮都圆，就是我们家的月亮不圆。然后就走了。这样的秋天有什么过头，而且街上的树叶已经黄了，它光彩夺目两天马上就要落下来，杨树的叶子更干脆，连黄它都不黄，季节一到，风一吹它就掉落了。

……万物凋零的冬天，单身汉的日子就更难过，大冷天，刮着西北风，天又阴，你一个人在街上散步，那就不叫散步，而叫无家可归。食堂的饭菜总是凉的，它即使是热的很快就凉了，即使不凉看上去也是凉的，吃到肚子里沉坠坠的难受，就像吃下去的不是饭菜而是石头——这样的石头不但在饭菜里，它还在床上，在被窝里，看不见的石头布满生活的角落。

道良觉得自己条件还是很不错的，虽然已经五十多岁，年纪有点大，但他身体好，看上去最多四十出头，而且，干干净净一个人，唯一的儿子跟了前妻，而且已经上大学了，重要的是，有独立住房。

好生挑挑看吧。

来来往往的女性，大多三十多岁，对择偶而言，并非妙龄——啊都是浪漫气质把她们耽误了。大家纷纷说。这些大龄女青年，多半是，一双脚踩不到地上，她踩在云端上，或者，不是云端，是气球，五颜六色，圆绷绷的，踩一只，“啪”，破了，又踩一只，“啪”，又破了。一路踩下去，她以为这就是真正的人生呢，眼睛总是看天上的月亮，不看地上。到了三十岁，如梦初醒，低头一看，满脚踩的都是垃圾，看似斑斓，却没有一块破烂能拣得起来的。于是她们，就慌了神，她们外表看起来还算光鲜，脑子也是聪明的，但免不了总有一阵要像没头苍蝇没了主张，怎么办呢？怎么办呢？拔剑四顾心茫然。只有过了若干时候（若干年，若干个月）她们才能平静下来，到那时，谁都不会像一只没头苍蝇乱飞了，她们当中的一些人，会变作一只优美的蚕，安静地吐出丝来织成茧，并且在茧里修炼成精，那时候，如果她们偶尔张望一下她们的苍蝇时期，大概会淡然一笑，像看到一出编剧拙劣的电视连续剧。

道良在冬天里到南方这座城市开会，海红正好被抽来搞会务，两人就认识了。能去北京当然不错。道良一心想要找一个比自己年轻很多的妻子，他觉得自己不但身体好，而且，他有活力。老馆长说这个男人是单身。

这时候海红已经离过一次婚，她的婚结得古怪，对方是市图书馆的管理员，9月结婚，到12月又离了，不但没有给单位同事发喜糖，事先连父母亲友都没有告知。事后虽然给母亲写了封信，却始终没有把人带回家，年底，她回圭宁县城过年，竟然是一个人回去的。母亲章慕芳有点怕这个女儿，她不敢问，让海红的姨母慕竹去问，海红说：离都离了，还有什么好说的。简直就是目无尊长。自从十岁，海红从陆安老家回到圭宁，母女关系就开始变得别扭，到后来，两人甚至很少说话。对此慕芳唯有仰天长叹。她对亲戚们说，这个女儿生来就是很古怪的，跟别人都不同，随她去吧。

20世纪80年代，国门大开，狂飙突进，海红探到了一个词：超现实主义，她发现这个词真是太适合她了，现实就是用来超越的。她一心想要成为一名超现实主义诗人（后来又改成了超现实主义小说家），在大学里，诗歌运动风起云涌，海红被裹挟着，在潮流中颠荡，她坚信，只有文学创作才是真正有价值的事情，其余一概是臭狗屎。

大学毕业分回了省会南宁，她穿一条红色的裙子，骑着单位公家的自行车，满城狂奔。红色的衣裙是生活灰烬的花朵。一团火焰在飘荡，疯癫，狂放，所谓激情。写诗至半夜，投稿，被退；再次投稿，再次被退。直至无穷。为什么会喜欢红色的裙子，是内心的火焰在乱窜。

同城有几个诗友，人人都是疯子，包括那个图书管理员，他专门模仿舒婷，几近乱真，诗句充满了沙滩、大海、贝壳、帆船和木棉花。

这几个人热衷于谈论诗歌。上着班，听见喇叭里喊道：柳海红，电话！海红就会从楼上的大办公室飞奔而下，冲进放着电话机的财务室。超越现实才能成为艺术家。全单位，仅两部电话机，一部在领导办公室，另一部，放在财务室的一张专门的桌子上。电话是某位诗友打来的，在一个加油站工作，闲着无事，打电话聊天。电话那头神经质，哇哇乱喊，电话这头呢，也是扯着嗓门叫喊，财务室的同志正在核对账目呢，侧目、愠怒、咳嗽。海红却依然昂首高声。诗歌必须在生活中高昂着头。

海红突兀的婚姻也像是这股疯狂气息的一部分。

既像是轻率的，又像是慷慨的。她有一股子蛮劲，说得上是一往无前，她又有试错精神，人生就是用来犯错误的，这时不错，什么时候错！她是一个矛盾体，从十岁开始讨厌家庭，到了二十多岁却又早早结婚。离了呢，也释然。嗯，家庭是个性的敌人和奴役者，对，她不追求幸福，所谓幸福生活是个平庸的玩意，唯一有价值的人生是有创造性的人生。她从书本上汲取精神力量，那些从书上看来的乱七八糟的理论和她混乱的思维搅在一起，她的生活更加缺乏逻辑，更加情绪化了。

海红遇上道良的时候，正是她的废墟期。离婚之后她又谈了一次恋爱，丢盔弃甲，一塌糊涂。

疲惫、颓废、苍老。一个喜欢她的诗的高中男生来看她，他对她说：你变了，没有了朝气。他说你从前是我的理想，现在我的理想破灭了。小男孩感到失落。

生活停滞不前，暗淡，奄奄一息。她的诗歌事业没有丝毫进展，一首都没有发表。每隔几天就有她的退稿信，大信封，厚厚的。退稿退得她在单位里灰头土脸，纵然几个文友互相吹捧，也难免心里发虚。外省生活枯燥沉闷——书店里的书是旧的，摇滚、话剧、像样的画展，一概没有——像一团无从发酵的死面！还有，每天不是鸡蛋西红柿面条就是上小吃店吃米粉，再这样下去，她就要疯了。

一个废墟需要重新长出青草。史道良，这个男人，是从北京来的，不高不矮，不肥不瘦，长得甚至算得上俊朗，气质不错。在大学里教书，几年前就离了婚，仅有的一个儿子跟了他的前妻，他利利索索的一个人，单身。这是群艺馆的老馆长告诉她的，两人是大学同学。你要重新振作。

开会期间，道良请海红陪他到文具店看看文房四宝。道良说，你写不写毛笔字？我给你买一支毛笔吧，他拿起一支栗色笔杆的羊毫，用拇指挤那笔尖，颇在行。他又看中一只红木笔架，有几种款式，他拿起来问海红，这个怎么样？你帮我看看。我一点不懂啊，他怎么问我？

一条道路在道良身上闪耀，从边远的灰暗小城一直铺到首都，文化中心，名家、名刊、大出版社，闪着遥远的亮光飘过来，缀结着澄蓝的天空，无尽回响，犹如隆隆春雷。连根拔起的时候来到了，一棵小树，长在山谷里，再高也高不过山顶，如果种在山顶呢，那它当然，就成了大树。海红身上的蛮劲再次苏醒，雷声隆隆，雨点扭动着扑向大地，街道的雨水哗哗流向两边，连根拔起的时候来到了，海红一只手打着雨伞，单手扶车骑行。她一个人穿过夜晚的民族广场，从会议驻地回到宿舍，心中充满了莫名的豪情。

1988年她曾去过一次北京，自费，一个人去玩。五次特快列车，傍晚六点多从南宁始发，在车上度过两个晚上和一整个白天，在第三天的上午到达北京。那时候你真是生猛，人流滚滚啊陌生的巨大皇都，她倒是不迷茫，挤上公交车，直奔北新桥，她去找发小俞明河的堂姐俞明雪。明雪也是海红在中山大学的学姐，她把海红安排到北航的学生宿舍，一分钱不花，住了七八天。

正是秋天，那时北京的空气还不错，没有雾霾。大街上到处都是金黄的树木，到香山去，枫叶是红的，天真蓝——无限幽远无限明净，一种近似纯金的声音整日缭绕，颐和园和北海，如在梦中，傍晚站到著名的天安门广场上，总算知道什么叫辽阔了，风从四面八方汹涌而华灯初上……一种新奇的音乐在北京的天空回荡，一个嘹亮的名字响彻在青春的嘴唇上，摇滚乐、崔健、《一无所有》，“我总是问个不休，你何时跟我走，可你总是笑我，一无所有”在高校饭堂或者公园，从东城的工人体育馆到西城的首都体育馆，这支歌一往无前，在天空中迈着大步。明雪给海红搞到了首体的现场演唱会的票，你像一滴水滴落在熊熊大火中，顷刻化为了烟。巨炉在燃烧，黑色的火焰在旋转，万头攒动，气流一阵又一阵，把人举到空中又摔到地上，缤纷的色彩在旋转，由红而绿而黄，光源无数，从天上，从地下，各各涌出来。人人都忘记了自己是谁，你就是我，我也是你。歌星出场，男的长发披肩长风衣，女的寸头露出半截肚皮。欢呼，尖叫，人声汇成雷声啸叫着冲向屋顶。

明雪还带她去过一次建国门的国际俱乐部，是意大利的文学戏剧作品欣赏晚会。意大利，地中海、罗马假日、西西里柠檬，意味着无尽的浪漫，著名的某某出来了，《日出》里的陈白露。穿着月白色的丝质旗袍。演出结束后还有冷餐会呢，在二楼，一排排晶莹的高脚玻璃杯，各式饮料点心，棕黑、酒红、蛋糕黄。海红也取上一杯可乐小口喝着。

神奇的日子把人弄得醉醺醺的……

还有那些美术馆博物馆剧场，各地的文艺青年穿梭其中，来来去去，每个人脸上都有一种恍惚的梦幻神情，他们像一群，腾空的人——双脚是不沾地的，他们对故乡视而不见，是啊现实不过是一层庸俗的外壳，他们要挣脱的就这层东西，他们要往艺术的空气里飞升，而艺术在哪里呢？当然，就在北京。

到北京去到北京去……海红决定到北京去。有两个问题她是不要想的：一是道良的年龄，二是是否真的和他结婚。世界上的事情都禁不住想。一脚踏出去再说，那些七七八八的事情，就当它们是垃圾。

那是一个远走他乡的年头，几个朋友，一个去了美国，一个准备去日本，一个马上要去北京进修，一个说想去深圳。关系最好的一个呢，进了监狱。他的孩子刚刚三个月，海红买了一罐奶粉去看望，默坐良久。

小时候的朋友俞明河从老家圭宁给她打电话，说慕芳阿姨到家里找她，哭，让她劝劝海红，一定要找个人结婚，健康，人好就可，别的不要挑剔。“有机会一定要抓住啊！”俞明河说。

她在单位宿舍举办了一次告别聚会，请朋友们吃凉拌西红柿喝啤酒。他们做了一个游戏，这游戏是一位当编辑的人从北京带回来的，风靡全国，他撕成许多小纸条，每人发三张，在上面分别写上地点、事情、人名（必须是在座的人），再重新抽签，组合成句子。当然这都是没谱的事，纯属助兴。但有一个句子比较诡异：柳海红、在北京、上吊。

大家心里一紧，人人默然。空气吱溜吱溜响了一会，才有人说道：扯淡！那时候正流传着一个末日预言，据说是一名叫作诺查丹玛斯的人在中世纪发出的，说的是，到1999年，地球毁灭，人类完蛋。不管信不信都像是一个咒语。前程固然迷茫，趁还活着，要做什么还是赶紧的吧。她亢奋迷离，又生机勃勃，连耸人听闻的预言都挡不住她。

她把新买的自行车也托运去了北京，蓝色的，飞鸽牌，用报纸缠了好几道，全部家当装满了一只大箱子，箱子是新买的。你用不着买新箱子啊，道良说。海红却暗自盘算着，一有机会就从道良身边溜走。南宁的少数几件家具，两个书架，一只带镜子的单门立柜，一只椭圆形茶几，或送人，或折价处理。床和书桌是单位公家的，不管了。颇有些破釜沉舟的样子。

此去北京当然不是嫁人，是借调。

她拿着借调公函和工资证明，还领了两百斤全国粮票，到一家行业报纸报到。是史道良帮的忙。在北京，这类报社估计有上百家吧，中国纺织报、中国环境报、中国教育报、中国妇女报、中国政协报、中国电影报、中国工商时报、中国改革报、中国合作报等，任何报纸到了北京，一律冠以中国，虽说是各部委的行业报纸，听上去也像是一份中央大报。海红到其中的一家，副刊，编辑。

她住在哪里呢？东城，一幢有电梯的高层住宅，史道良的两居室单元房。道良说，你先住在这里吧，若不愿住，慢慢再找地方。先住下，将来一切都会尘埃落定。

道良已有一张木板单人床，因准备结婚，又购了一对单人弹簧床，还置办了一对单人沙发、一张可以打开当床的两用长沙发、衣柜、书桌、茶几、吃饭用的折叠桌，样样都齐全了——这些家具都是道良一样样买回来的，早在住办公室的时候，他星期日没事就去逛家具店，看中一样，就买一样。90年代初，还不时兴送货上门，他借来一辆脚踏三轮车，自己蹬车到家具店运货。他带上麻绳纸板，又垫又捆的，然后蹬车穿过北京的大街胡同，阳光透过槐树叶子漏在他身上，一跳一跳的。到单位楼下，几个单身同事帮忙，把家具搬进办公室，倚墙靠着。正规的办公室里堆了这些包扎着的物件，有点像杂物间，又像是装修之后未完工的一角，总之有点古怪。史道良同志，你的小日子有眉目了。

分到新房子，道良又蚂蚁搬家地，一样一样搬过来。他怀着憧憬，创造新生活。关关雎鸠，在河之洲。好日子来到了，他站在入住不到一年的单元房里，阳光满屋，照在他光彩熠熠的脸上，他真是显得年轻。环顾四周，他对刚刚来到的海红说：看，什么都有了，就缺窗帘。我是故意不买窗帘的，以后谁跟我结婚谁就买窗帘。

海红不答话。先住进来再说。

最方便的是有一部电话分机，从楼上飞奔到财务室接电话的日子一去不复返。她窝在沙发里，足不出户，打电话。遥遥渺渺的远处角落，手指一按，指落声起。几乎是神仙的日子。

除了给副刊约稿，也跟朋友打电话聊天。北京的朋友暂时只有俞明雪。俞明雪，俞明河的堂姐，生于1957年，父母都是圭宁县城中学老师，比海红大五岁，插过三年队，早海红两年考入广州中山大学。两人本来不熟，后来结伴两次返校，这才混熟了。返校路途颇周折，要从圭宁县城坐车到玉林，从玉林坐火车到贵县，再坐船，才能到广州，明雪一路说笑，照顾晕车的海红。大学毕业，俞明雪分到国务院侨务办公室，她是海红在北京联络最多的人。

海红一边住在史道良的单元房里，一边找住处。她求俞明雪帮忙。明雪想来想去，领她到红星胡同的一处四合院，去找圭宁籍的一位退休老部长。事先打了电话，门房问了一声就开了门。一个清亮的女声迎出来，抬头看，一个风韵犹存的妇人站在廊檐下，肤白发黑，深蓝紧身高领毛衣，披一条深紫色披肩。部长夫人。她有多大年龄？来客了——她冲里屋唤道。字正腔圆若话剧演员。老部长出来，胖胖的，眉眼慈和。他哈哈几句，寒暄两下，指着夫人说：这是我家的总理，有什么事情就跟她说。

客厅正面墙上挂着一幅夫妇二人与周恩来夫妇的合影，黑白照片，背后是一棵树伸出的树杈，还有一角屋檐。话一开头，夫人就纵谈天下事，都说台湾经济腾飞，知道什么呀，他们带到台湾多少吨黄金不提，我们不过是一个烂摊子。部长笑眯眯地望着她，又笑眯眯地望望客人。宛如一个心满意足的孩子。

明雪抓了个空子介绍海红，说部长是老红军，海红可以给老红军写回忆录。谁要写这个，绝对不要写。海红满脑子超现实主义，打死她也不会干这事。但是夫人一句话就把这堵住了。她说，不用别人，我也会写。她又说，我写的文章还发表过呢。明雪只好直说住处的事，夫人想了想，说驻京办事处那边倒是有铺位，长住不行，住个把星期半个月应该没问题，她可以写个条子给他们。两人哦了两声，不说话了。夫人问海红的年龄婚否，她忽然脸上一闪，说，我给你介绍个对象怎么样？地位很高，不过，要比你大很多。鬼才要她的对象。明雪问：大多少呢？夫人笑而不答。片刻方说：总之是大很多。

海红原先认识一个艺术学院画画的，陆姓，这时从外省到中央美院进修版画。那时中央美院仍在王府井，海红去看他，那天正好下雪，陆见她第一句话就说：北京好冷啊！他哈气搓手，身上穿着一件呢外套，脖子裹着条特大的毛线围巾，海红穿了长羽绒服，没围脖子，也觉得冷，她不停地跺脚。陆刚刚下课，领海红到学生饭堂打饭吃，吃完饭身上暖了些，一出门又是冷。海红坚持要跟陆到干面胡同他租的房子看看，说不定会有住处。陆说他租的是一个老太婆的房子，一个套间，老太太住里屋，他外屋。挺不方便的。陆叹了口气说，你看看就看看吧。

两人一路无语。

干面胡同跟北京的其他胡同一样，也是灰扑扑的，院门挨墙根摞着蜂窝煤，用塑料布盖着，门廊下堆着大白菜。院子很乱，曲里拐弯，都是矮矮的小平房，有的伸手就能够着水泥瓦的屋顶，大多数窗台和门口放着大白菜或大葱，院子里有一只水龙头，贴地安装，用一块棉衣裹着。若要上厕所，只能到院子外面，胡同中段的公共厕所。陆的住处在大杂院的最尽头，是原来的厢房，有较宽的廊檐，檐下照例也堆着大白菜。屋子里很静，看来老太太正在午睡。一股尿臊味漫在屋子里，没有暖气，虽然生了一只炉子，仍然冷飕飕的。里外间是用木板做的隔断，外间仅五六平米，能放下一张单人床，书桌没有，角落摞着几只木箱和杂物，隔断上也没有安门，只用布帘子隔开。帘子脏旧，不成样子。只略坐了一时，就听见老太太在里间咳嗽，海红赶紧起身告辞了。

道良也帮海红找住处。

他的一个大学女同学，姓米，在西郊人大图书馆工作，一直没结婚，领养了一个女儿，女儿上大学住校，周六才回家，米同学也有一套两居室，他跟米同学打过电话，人家答应了。他们骑自行车从东城到海淀去，2月底，道良的棉大衣还穿在身上，海红也穿着她的长羽绒服，两人骑车从东往西去，逆着风，道良车骑得呼呼的，身上冒着热气，海红骑得慢，他不时停下来等海红。骑了两个多小时车才到了人大校内的教职工宿舍楼，海红累得喘了半天气才上楼。

米同学朴素平和，她笑吟吟地望着海红说，这些年多亏史道良关照她，只要是他的朋友，她都欢迎。她真不像老姑娘。唔新买了一台全自动洗衣机，很好使，吃饭呢，愿意到学校饭堂吃也行，跟她搭伙也行。平时可以住养女的房间，星期六，就凑合睡客厅里的长沙发。这天正好养女在家，这女孩一看就不是盏省油的灯，读书不好，只考上了人大分校，每周都把脏衣服拿回家给母亲洗，动不动就大发脾气。她对母亲的客人冷着脸，连招呼都不打就钻进自己的屋子关上了门。都是宠坏的。

应付不了。再者呢，路远，从海淀到单位，挤公交车还要倒车，骑车要两个小时。她就仍住在道良的单元房里。

4月份，槐花开了，米白色的花朵一串串垂着，远近都有些淡香。北京不冷了，却刮起了沙尘。海红到王府井买了一副墨镜，一条丝绸大方巾，还买了一件上海产的长风衣，宝蓝色，阔下摆，束腰。她像北京的女子一样，用丝巾包着头发，只露出前额的一绺卷曲的刘海，看上去有一点妩媚，然后，她穿上风衣，扎好腰带，出门之后戴上大大的墨镜，这使她有了些时髦的气息。边远省份的人到了北京总是很快就变的，京城有一种气象，这气象浸入到海红身上，改变了她的气质。她已经颇像一个京城的文化人了。

俞明雪给她介绍了一个朋友，也是中大毕业，在天津的文化单位，三十七八岁，离了婚。明雪说，认识一下也没什么坏处。两人去了景山公园，爬上最高的万春亭，俯瞰故宫全景，天气灰蒙蒙的似有浮尘，故宫大大小小一片黄色琉璃瓦，屋顶也积了一层尘土，病恹恹的，精神减了一半。下了山，两人绕景山走了一圈，互相问了问情况，没有话说。中大的校友脸上一直挂着一种奇怪的笑容，既像苦笑，又像讥讽。但这种讥讽或苦笑并不是针对海红的，倒像是针对世界，又像是针对天空，或者是针对园中的古树，因为他时常仰着头。所以海红觉得他是不在场的，他奇怪的笑容单独悬浮在景山，你无法和这样一种悬浮物说话。

直到这个时候，海红还没打算真的跟道良结婚。当然，两个人的关系已经不同了，有了肉体。这一点，海红并不觉得有什么了不起。两个身子揉在一起，并没有想象中的巨大反差，那种根植于年龄的悬殊带来的不适感。在黑暗中，他轻声唤叫她的名字，充满了激情，也间杂着软弱。肌肤相贴，有肉体的温润和抚慰。他在黑暗中晃动，按海红的意思，不开灯。她有时沉入其中，有时也游离。她把肉体留在床上，留在这个男人的身下，眼睛却去看墙上镜框的阴影。他们不开灯，但把窗帘开着，楼外微弱的灯光使室内物品具有了浅灰、深灰、浅黑、浓黑的不同层次。那时候，他们还没有结婚，窗帘是临时的普通花布，白天看上去简直没有格调，在夜晚的微光中，它变得有几分神秘。有些日子月亮正好走到窗口，月光流泻，似闻水声。细腻而华美。窗台的文竹枝条繁茂，月光透过文竹，对面的白墙和家具上有一些奇怪而散乱的阴影。墙上的镜框中的百合花瓣变成浅灰，质地更加细腻厚实。月光也改变了窗帘，远处的灯光使它神秘，月光却使它虚无，遗世独立，更具纯粹的美感。

无论是沉浸还是游离，海红都不讨厌。在这件事上海红对道良有好感，认为他有绅士风度，不急，是她所接触过的男子中最有耐心的。比起那个在白龙潭的第一次，那个人她现在连名字都记不起来了；比起她先前的恋爱对象。*无论如何也不要，即使住在他这里。*她一开始就是这样想的。在他的单元房住了半个多月之后，有一天，道良伸出他的双臂，略带腼腆地说：让我来拥抱你一下吧。海红曾打算，无论如何也不要跟他有什么身体上的纠葛，倒不是出于什么陈腐的贞操观念，而是某种自己也说不清楚的复杂意识。但是日积月累，有什么改变了，半夜里刮起了大风，风声呼啸，动物需要互相取暖。道良光着脚走到她的床前（她为什么不插上门销呢？），让我搂着你吧搂着你……他嚅嚅低语，像一匹鹿。

夏天的时候，部长夫人打来电话，她请海红陪她去参加一个小型聚会。朱仲丽，你知道吗？王稼祥的夫人，当年延安的十大美人之一。她要给一个朋友办一个生日晚会，就在她家，只请很少的人。你去吧，先到红星胡同我家，再一起去，你自己去连门都进不了哦。

她的声音非常悦耳柔和，仿佛绸缎，滑如水面闪闪。许多年过去，海红还记得那特有的声音从电话线传来，“你一定要去一定要去听我的”，有一种魅惑，像是某种召唤。黑暗中珠玉叮叮，看不见，听得见，你不知那后面有什么。一个上层社会，海红好奇，她决定去。穿了一条白色带细格子的连衣裙，头发扎在脑后，只涂了口红，没有别的装饰。太素了，部长夫人说。她一笑又说，像个在校大学生，也不错。高墙深院，门口有士兵站岗，夫人的车直接开进院子里，院落阔大，让海红吃惊，院中有一棵高大气派的树木，至今海红已不记得那是银杏还是杨树，或是古槐，但它威风凛凛。

一幢楼在空阔中放着光。

它是两层还是三层？海红也已经记不清，它在夜晚放着光。上台阶，很宽的门厅，灯光明亮而柔和。一位老夫人微笑着坐在小圆桌跟前迎客。她果真是美丽的，但她的往昔更加令人惊艳，小圆桌的玻璃板下压着她年轻时（有的也不那么年轻）的照片，黑白的老照片，卷曲的头发，眉毛细而弯，明眸皓齿，有一种老上海电影明星的气息，令人想起胡蝶、阮玲玉。在同等的美艳中又多了某种知性，她曾是一名医生呢。部长夫人向朱仲丽介绍海红，朱亲切点头，请她随意，“吃点水果和点心吧”。她缓缓说道。

寿星来了，是一位现职的女部长（也许是副的），短发、大嗓门、风风火火，她们拥抱，气氛热烈。其间部长夫人去接过一个电话。她跟海红说，真可惜，我想让你认识一个人，他说了来，临时有事没来成。海红松了一口气，她来看看热闹可不是为了认识那个潜在的对象的，对于官员，她会极度不适应。

海红跟京城的文化新闻界有了一些接触过往，她有时会收到请柬，一个颁奖活动，在国宾馆钓鱼台；一个产品发布会，在人民大会堂某某厅。钓鱼台这种神秘的地方（国家的无数重大事件跟它有关）这么容易就进去了，里面真是阔大，大片的草坪、假山、水域、楼台，高大的白皮松生来就像是这里的绝配，大群大群的灰喜鹊飞起又落下，它们不怕人，只只肥硕光鲜。忽然听见嘎嘎的鸣叫声，循声而望，一只大大的铁丝网笼里关着两只孔雀，羽毛艳蓝闪光。

还有，黑天鹅。海红是第一次见到这种传说中的动物。白天鹅于她已是罕见，黑天鹅几乎是天外之物，只存在于书本或者，遥远的欧洲。她从会场溜出来，徜徉在这处幽闭的园林中，此处就是这样的既是公园又是禁地，风光无限却又空无一人。她暗叹着沿水岸缓缓而行，忽然，一道黑色的闪电惊到了她：一只黑色的天鹅出现在眼前，简直不像是真的！她奔到离黑天鹅最近处，心中狂跳。天啊天啊，她坐在岸边，目不转睛地盯了好半晌。

比起80年代，这时的北京，有趣的文化活动骤减，但各种发布会、评奖颁奖活动、影视剧舞台剧的研讨会仍是不断档。各路记者前去，没有红包，但有礼物，一只磁化杯，一个电吹风，一床亚麻床单，一个可以连拍的傻瓜相机……海红把这些东西拿回来，堆在角落里。她虽是副刊编辑，但报纸不那么分工严明，也能采编合一，她在副刊的一角设一个文化简讯栏目，.一两百字一条，她去的那些会，那些活动，就都能交差了。

她还得到过一张票，去人民大会堂听费城交响乐团来华演出。天安门广场四面来风，鼓荡着她的衣襟和头发，华灯灿灿，宛若全中国的光都涌到了这里。她穿着一条黑色细格的呢裙子，一件半长的米白色短风衣，本报摄影记者给她拍了一幅照片，仰拍，她身后是巨大的大理石圆柱，擎着天空，她笑着，露出一排牙齿。她耐心接受安检，存包，在辽阔而森然的会堂里找到自己的位置。啊大幕拉开，有高层领导致辞，大幕再次拉开，黑色西服的演奏家们，来自美国，庄严、肃穆、高贵，但在肃穆中又有些闪烁，一片小提琴像一群棕色的母鸡，来自外婆家的地坪。海红会心一笑，她是一个乐盲。于懵懂中自启。

遥远的边城啊，她已经忘得差不多了。一块忘记的，还有，结婚的事。

秋天已到，街上的洋白蜡树叶黄了，叶间透亮，天也仿佛高起来。道良说，你给我买一条裤子吧，买了咱们就结婚。海红不置可否，她的目光有些飘，或者说，迷离。她在想什么呢，不知道，瞳孔里盈盈满着，是一些不知从何而来的词。刀刃，珍珠，火焰，汁液，橄榄，尖叫。她在盘算着这些词放在哪里更好，诗里还是小说里。她打算有所作为，在她的文学事业里干出点名堂来。

道良又说：不买裤子，或者买窗帘也行。总得有点你的东西。他殷殷说道：买了我们就结婚吧。海红仍然飘着她的目光，唔，珍珠和刀刃，汁液与火焰，这样的组合她很是喜欢。她望望道良，竟不回答他的重要问题。

道良的脸沉了下来。

他要跟她严肃地谈一谈。他说，你住在这里有大半年了，如果不结婚，就不能再留你了。他说的是寻常道理，海红却不明白似的，她瞪着眼，有些茫然，茫茫的水面上，起了雾，四围蒙蒙一片，有什么露出来了，是芦苇，不过，她认为是礁石。

报社那边，也不知能不能接着借调你，还得回到你原来的单位去。这才是石破天惊的一句话，回去？开弓没有回头箭！一支箭，携带着时间的能量，嗖嗖地飞驶，它从圭宁县城出发，越过了高山大河，无尽的风雨尘埃沙石，它还要继续往前冲，电光火石，发出亮来。它是不能折返的。

那好吧。

有了前一次的短暂婚姻，海红更加不把结婚看成是一件庄重的事情。结就结吧，谁说结了就不能再离。

在这个政治气氛浓厚的城市，左的右的阵营分明，海红于左右没有兴趣，非左也非右。有时暗自揣摩，她的那些玩意儿，超现实啦先锋啦自由啦，大概是右边比较包容。但是道良显见得属于左边阵营，在文化界，那是让人咬牙切齿的呢，与他结婚，会被屏蔽，被误解，被孤立，被……迷蒙的水面上，浪滔滔，晃得海红一惊一惊的。

结了再离，实在是轻率，却又含了无畏，甚至，对某种曲折命运的祈盼。其余的，一概，就不再思虑了。

她的心，就这样落到了实处。

想清楚了。顿时轻松。把一切啰唆麻烦事交给命运吧。她看了看道良，觉得他还是不错的。十一到了，三天假期，海红心情不错，她要照相。圆明园，横七竖八的巨石间，留下了二人的合影。她给母亲写了一封信，告知结婚的消息，把二人的合影挑出两张，一并寄回圭宁给母亲，让她看看这个跟她年龄相仿的未来女婿。

慕芳收到信，没什么可说的，按照海红的脾气，事先告知就算她把母亲放在眼里了，已经比第一次进步。而且，慕芳自己年轻的时候也是一样荒唐，她嫁给比自己大十多岁的柳青林，竟是婚后快半年才告诉自己的母亲陈碧薇。陈碧薇在天上（或者在地下）看见这一幕，她会说什么呢？对于一个出生于20世纪初大家族的人，一个1921年的新女性，一个车站站长的太太，一个经历了“土改”的地主的妻子，一个四个儿子终身未娶的母亲，她在世事的风烟中洞彻了，她会一言不发，或者，淡然一句：是的么？也好啊。

依自己的生活经历，慕芳还是告诫海红，年纪相差太大还是不合适。但是啊但是，一匹野马在飞奔，一支盲箭在乱窜，无边落木萧萧下，不尽长江滚滚来。“嗖”的一声，海红被套进了婚姻里。

要过多久，她才能意识到那些不适呢？

他们没有共同的朋友。道良的那些同志朋友，海红嫌他们老，观念陈旧，说不来，海红交往的一些人，觉得她莫名其妙，也不太联系了。两个人结婚没有请客，连糖都没发，别人也就无从送上贺礼。婚结得低调，倒是海红希望的。

两个人在家里，像是困在沙漠或者孤岛上，各自断了活水的源头似的。俞明雪准备出国，海红没人玩，她想写她的东西，也没了情绪。道良看她愁眉，说：是不是觉得自己被关在了笼子里？时间在局促的房间里走来走去，走来走去……海红很快觉得，时间这种东西就像一头猛兽，蹲伏在她和道良中间，年龄相差一岁它就蹿出一大截距离，二十年……相当于一个人待在谷底，另一个，站到了云端。底下那个和上头那个，一个抬头望，一个低头看——万丈悬崖，深不见底——无论要跳下去还是攀上来，都非人力所能及。说实在的，这道悬崖在他们相遇之前就长成了，崖高万仞。

她坐在唯一的一张藤椅上，眼神像深海中的水母，弥散飘忽。海水漫在她周围，上下左右都是暗的，隔着一层又一层别的什么物质。坐在那里，道良说话，她似乎在听，问她呢，她总是受了惊吓似的一凛。

能跟某一个人私奔就好了，远走天涯！这念头使她精神一振。

火车站，是啊火车站，两个人将秘密约定一个时间，然后，分头从家里逃走——她将给道良写一封告别信藏在某个地方，将只带上很少的随身物品，在临出门前她会内疚地看上道良一眼，然后，一转身，她就出了门。那个人（假如有这个人的话）在火车站的候车室等着她，但他们必须装作互不认识，然后在不同的车厢上车。然后，钢铁的巨轮缓缓启动，汽笛长鸣，车顶上喷出一片白色的蒸汽（多么古老的火车，还有蒸汽）。

她期待爱情，准备时来运转。被烈火烧成灰烬。设若遇上一个情场老手，毫无疑问，这个海红，她会晕头涨脑地冲着陷阱跳下去，咚的一声，粉身碎骨。

人生的好戏也许就要开始，不料，海红怀孕了。

婴儿与生活

这一年，章慕芳等来了与女儿和解的时刻。古怪的母女关系，聱牙诘齿，结节重重，像一团陈年的乱麻无法厘清。她结婚了，你不知道，她忽然又离了，你也不知道。这样不把生活当回事，迟早要头破血流。她让堂姐慕竹劝海红，人生最好是少走弯路。海红说：弯路有什么了不起！一句话顶了回去。这个女儿，她定是不要生孩子的，等她老了，伶仃孤苦，定是连个端碗水的人都没有。是的啊是的啊，是的，世事总是难料，一封信摇摇晃晃寄到了，铁树开花。

铁树开花。她怀孕了，要生了。无论多忙都要去，这个时候不去就永远没有机会了。生孩子是女人的鬼门关啊慕芳见过多少难产的女人，生完孩子坐月子，月子里千煎万熬是女人的烂泥坑，海红啊海红，一辈子最最要紧就是坐月子。铁树开花真是好啊，妈妈这回来帮你了。

慕芳满心欢喜要到北京看望女儿。正是龙眼结果的季节，亚热带镇子的周围，有无数古老的龙眼树，这种在北方叫作桂圆的水果是有些古怪的，剥开土黄色的外壳，就会露出龙的眼睛，半透明，圆圆的，剥肉晒干成为元肉，补血补气，产后最宜。亚热带的丘陵上结满了龙眼，果肉聚集了密密糖分，实实沉垂。大街上随处可见龙眼担子，做元肉生意的人则到乡下收购，装在箩筐里运回镇上。要雇人剥龙眼肉。县城的所有空地都放满了扁扁的筐箩，老人和孩子，以及闲散人，个个执一矮凳，逐筐而来。哪里有一片筐箩，哪里就是工场。到工头那里称五斤桂圆，低头猛剥，也可以往嘴里塞，谁又能吃几只呢，吃多了饭茶不思，这可不是寻常水果。剥完一筐，交货，领钱，从前是五分钱一筐，后来涨了，涨到三角、五角。不少人以此补贴家用。

慕芳从大街上走过，空气中甜丝丝的，有蜜蜂的嗡嗡声，真像是，全城的檐头都长满了龙眼，满天满地，晒着满满的筐箩，甜到了人的五脏六腑。她买了五斤桂圆肉，上好的。她要带到北京去。

这一年，慕芳五十五岁，刚刚退休。办完手续只三个月，又被返聘。计划生育，任务繁重，有数不清的手术要做。返聘五年（后来又加了五年），百分之百的薪水，外加奖金，工资八十元，奖金两三百。在县城她算是专家了，坐在门诊，吸引病人。她每天早上六点半起床，煮面条，放一只鸡蛋，吃完就骑车去上班。十一点多回来，下午两点再去。天真热，她戴上一顶大草帽，穿一件棉质长袖衫，身手矫健，穿街而过。全城的人都认识她，有人跟她打招呼：章医生，上班啦啊？

悠闲的日子可不多，那两年，手术无数。输卵管结扎，一天就有上百个。一车一车运来，有的是抓来的，关在公社，出动民兵守着，守不牢的就扒墙跑了，躲起来。大结扎，切开腹直肌，剪开腹膜，用拉钩拉输卵管，顺着子宫，凭感觉，熟手一捞就捞着了，不熟的要捞十几下。助手捞不到，主刀就出马。打麻醉，在0.5厘米的输卵管上注射。拔牙的麻药就行了，普鲁卡因，局麻。要试针，过敏呢就换另一种，利多卡因。有人放水，仅结扎输卵管，不剪断。有那身强力壮特级精子，它会千方百计穿越封锁线，到达水草丰美之地。结扎手术二十分钟结束，五天拆线。

引产则要用一种叫作雷夫诺尔的针剂，又名利凡诺，一百毫克，这可是胎儿的夺命针。在母体的混沌中结成的一团肉，它有了气息，它拱动着，要到一个新世界去，啊天下之大人生百年，这个肉团还不知要成为一个什么人物呢。当头遭一闷棒，重坠虚无。一针扎下去，往羊水最多的地方扎，回抽，抽到羊水就注射下去。二十四小时孕妇就阵痛了，一阵又一阵的力量，不知从何而来，它冷冷地使着它的力气，推着拽着脱离母体。生拉硬剥刀割似的疼啊而针剂们不动声色。慕芳们有时也下乡做引产，驻扎在公社卫生院，民兵们押来了成队的大肚子女人，她们怀孕五六个月、七八个月了，不能人工流产。所以，引产。雷夫诺尔，慕芳一天打过三四十针。

这还不算阴功的事[1]，最阴功的是注射碘酒。月份大的胎儿，引产出来它就活了，会哭。不能让它活，准备一副注射器，抽一筒230毫升3%的碘酒，婴儿总是头先露出产道的，头一露，一针扎进前囟上，囟门，头部凹陷处，不让哭出声。待婴儿全身娩出，“噗”的一下，放进水桶浸死。这么阴功的事情，多少世都赎不回来。慕竹说，好在慕芳没挨做这阴功事。千祈千祈。

下乡做引产的死婴要自己负责埋，谁值夜班谁埋。埋在木菠萝的树底下，挖一个深坑，用草纸裹着。菠萝树吃了人的血肉，枝繁叶茂。在县城，则由清洁工挑到山上埋。一担又一担。山上的野稔果长得遍山都是，丛丛茂密，果大汁多。

经常要开会端正思想，口号是，让活着的人活得更好。反面的例子也有，要教育群众，多育损害妇女的身体，一气生上四五个孩子，牙齿全脱光，头发也掉光了。有人生了十二胎，藏在山上，没有吃的。超生罚款，家徒四壁。

有弃婴，时常有。被亲人抱到医院门口放着。健康的婴儿，暴晒、雨淋、不吃不喝，气息七日不绝。

---

① 阴功：指缺大德，到阴间要有报应。

慕芳每天路过，心惊肉跳。

在遥远的北京，海红开始了她的妊娠反应期。恶心。头晕。尿频。无法控制的干呕。不分场合，随时冲到有马桶的地方。雾状的灰尘黏附在毛孔上，进入内脏。它们眉目不清，鼓荡着在身体里。四处发胀，从乳房到达全身。面容憔悴。

俞明雪来看海红，还陪海红去医院做了一次B超。她又不出国了，准备要个孩子。六年不孕，唯试管婴儿一途。现代人，现代生活方式，现代生活环境，无一不是祸端。“为什么现在畸形儿比例上升？那是因为我们的环境已受到污染。”“为什么不育症人数越来越多？跟电视辐射和工作紧张有直接关系！”催卵针，国产的三百元一针，进口的一千六百元，共要打五针。然后等着排卵，排出了五个卵泡，授精，培养，再评估出一个ABC等级，俞明雪，她的受精卵只培养出一个B级卵，不够好，不过，仍然手术植入。躺在床上两天不动，她一咳嗽，丈夫就紧张，三代单传呢。气都不敢喘，等着这粒B级受精卵着床成活——它却不活，自绝于世界。检查一出来，“噗”的一下，泡汤了。

不容易啊，明雪叹道。她托关系给海红在医院建立了孕检病历，海红没有北京户口和准生证，不托熟人医院是不收的。

道良说，难受就不要吧。海红说：要。很是断然。

她之前有过人流史，三十岁，这是她最后的机会了。一个声音冒出来：那还离不离婚呢？离。但有什么把这个声音压住了，压在泥土下封住，还加上了一块石头。它暂且不能钻出来。母性开始苏醒，像一朵洁白的莲花，含苞初放，隐隐浮动发出微光。反应期过去，胃口大开，脸上重新有了光泽，身子一天天发沉，她穿上宽大的衣服，脖子上围一条印有水墨荷花的长丝巾，骑车上班。起劲给自己做吃的，红烧肉，炖排骨，炒菠菜。那是一个菠菜的季节，郁郁葱葱的菠菜列队来到菜市场，条长茎肥，一捏，脆脆冒汁。啊她把菠菜买回家，水淋淋的，宛如这个时期的生活。用砂锅做红烧肉，用红烧肉里的油和肉汁拌在菠菜里，亮汪汪的。一个人能吃光一盘。砸核桃，门扇嘎嘎响。听说吃核桃能使孩子聪明。她暂时忘记了她的超现实主义。现实是不可以超越的。胎儿像一株植物，把她精神的养料也吸走了。

正是计划生育最严峻的年头，怀孕六七个月，显怀了，各方的电话就打了来：道良的单位说，没有准生证就怀孕，孩子生下来属计划外生育，按照国家的基本国策，要开除党籍和公职。所以呢，要做好引产的准备。

海红的原单位也从遥远的广西来了电话，计划外生育要算在单位的头上，单位每个人都不能拿到奖金，还要罚款，除了罚单位，个人要罚五千元（道良说，罚完就倾家荡产了），单位说，这样害人害己，最好打一针，把孩子弄死。

有一天下午，来了三个气势汹汹的人，是街道的计生干部。为首的是个大块头女人，非常凶，仿佛前来捉拿罪恶滔天的犯人，她逼视着海红凛然说道：在北京生，孩子决不能活着出来，在生出之前就要打一针，不能哭出声。如果生出来了，要重罚，罚十万。孩子不能上户口，没有户口不能打预防针，不能上幼儿园，不能上学，是一辈子的“黑人”，将来也没有单位敢要他，只能干最苦最累最脏的活儿。你自己决定吧。她冷冷地盯着海红的肚子，似乎要把孩子从那里挖出来。“我就不信，我攻不下你这个碉堡！”她手握拳头，高声喊道。

海红站在自家门厅里，一句话都说不出来。天罗地网，网网有尖刀，嗖嗖地飞向她的心肝五脏，她眼前阵阵发黑，她知道这一关她挺不过去了，他们会把她拖去做引产的，不然来三个人干什么。她的孩子必不能保住，她自己也将被巨大的机器碾成肉泥。那个人手上的东西圆长发亮，也许正是，某种致命之物。她完了。她闭上眼睛，等着最后的时刻到来。过了一时，她听见木门发出一声巨响，脚步杂乱，咚咚远去。楼道安静下来。三个人撤了。

傍晚道良回到家听说此事，说：幸亏我没在家，不然非跟他们拼命，拼完了上山打游击！

他们申诉，得到答复，不算超生，只算计划外生育。需要补一个指标，罚款。最后孩子生了下来，罚两千元，钱不够，先交八百元，写一欠条，上户口，好让孩子打上预防针。他们半年才把钱存够交齐罚款。这是后话。

风浪平息，慕芳来了。她带来了一盒消毒过的医用纱布；两筒棉签，长长的竹柄，比超市的好用；碘酒、红汞、紫药水，各一小瓶。还有高锰酸钾，一小包，消毒用的。一只医用镊子。还有几个注射用针头，这用来扎奶嘴，可比缝衣针好使。拉拉杂杂，慕芳把它们塞满了一只铝质饭盒。她还带来了一条崭新的毛巾被，这是开会发的，她当上了县政协委员，顺风顺水。忽然她摸出一只木听筒，啊这是听胎心音的听诊器，自她十七岁参加妇幼保健初级班开始，四十年来成为了她身上延长的器官，她说：让妈来听一听。她侧耳，凝神。一切正常，她胸有成竹。预产期是在半个月之后，但她宣布说，看着吧，很可能今天晚上就生了！积四十年的经验，生产的事情断不会看走眼。种种征兆，犹如窃窃私语的密报，只传进她一个人的耳朵里。

海红不信，她甚至抬了一下书桌，因为要给母亲腾一处地方支一张床。慕芳微笑，她心里更有数了。在这件事上，她多年都是料事如神的，半夜里，果然果然，破水了。没有宫缩和阵痛，不是正常分娩。需要躺下送医院，不能站位或坐位，否则羊水漏光，胎儿窒息死亡。慕芳精神抖擞，目光如鹰。她跟到医院，不顾火车上三十八小时的旅途劳顿，她和道良在产房外面的长椅上熬着，一直等到清晨剖腹产手术结束，海红被推回病房躺到床上。她叮嘱道：注意，一定要尽快排出第一次小便。之后才放心回家睡觉。

她是能干的，又是开朗的。每天熬好鱼汤装在保温壶里，乘上公交车送到医院去。她第一次来北京，但不怵，各种乘车线路她都要试一遍。有时不是探视时间，住院部不让进，她就要跟人周旋理论，医院这种地方她是最熟门熟路的了，她总能想出办法进来。一周过去，拆线了，她和道良来接人。天上下着蒙蒙小雨，她抱着婴儿史春泱。

天上下着蒙蒙细雨，她对婴儿说：哝呃蛆，哝呃蛆。是对婴儿的昵称。犹如喃喃细语撑起一道膜，挡住巨大而陌生的新世界。洗澡了，艺高人胆大，她一只手托着婴儿的后脖子，运转自如。每天煮奶瓶，早晚各一次。揭开锅盖，蒸汽腾腾，用一只镊子把玻璃奶瓶一只只捞上来，排成一排，宛如幼儿园小班。她问，有干净的纸么？用海红的稿纸折成圆锥形的小纸帽，一一戴在奶瓶的橡胶嘴上，纵然是苍蝇、虫子或灰尘，都不能落到奶嘴上。她晚上带婴儿睡觉，让月子里的人睡眠充足。年轻时她的母性没有落到海红身上，现在她补回来了，补得满满实实。那时候，从前的那些时候，谁又能挡得住呢，政治运动的惊雷闪电，工作的暴风骤雨，哪一样不是损害母性的！过去了过去了，慕芳脸上柔和而明亮。

道良带她到天坛和故宫。这一对年龄相仿的男女，一个管另一个叫妈，殷勤，周到。听到一个年龄比自己大的男人管自己叫妈，慕芳一时愣住了。多么别扭，难堪，但不这样叫又怎样叫呢？女儿有了着落，总是好事。慕芳微微紧着的脸又松开了，她点点头，说服了自己。来自边远县城的慕芳站在旧时皇帝的地盘上，很是有点兴冲冲的。蓝色琉璃瓦的圆顶，层层堆起的汉白玉围栏，红墙古柏长廊，白上衣，黑裤子，齐耳短发，慕芳看上去比她的实际年龄年轻十岁。将老未老，仍有生机。“妈，站这试试。”道良给她拍照，仰拍。人、祈年殿的一角、白色的围栏，统统收进了镜头。

海红呢，鬼使神差，又惦记起了她的文学事业。局部麻醉。麻药，后背。你体重多少。痛吗？切腹。像拽肠子。婴儿的哭声是拐弯的。钟。女孩。屁股。够呛吧？道良的声音。病房。要尽快把第一次尿排出来。买一只吸奶器。

一觉睡醒海红觉得轻松多了。

她平躺着。在怀孕后期，有很长时间她不能平躺。身子有十几斤重的东西压着，不是压肚子，倒像是压在胸口上。一平躺就喘不过气来，左侧卧亦不顺畅，只有右侧卧尚好，这睡姿却又压迫心脏。夜夜不能安睡。现在好了，她一摸自己的肚子，的确塌了下去。身体变轻了，伤口也不算太痛。她解放了。

孩子呢，没见着。抱到婴儿室去了，只让看了一眼屁股。母婴分离，整整一个星期。初乳用吸奶器吸出，淡黄的，浓得像豆腐脑，营养丰富且含大量抗体，眼睁睁的，要倒掉。慕芳连连叹道：啧啧，真可惜啊！婴儿却在婴儿室喝奶粉。

海红把孩子忘记了。

她没有喜悦，也不惦记，她躺在病床上，脑子里想着她的文字。真是世所罕见。任何一个哺乳期的动物都不会如此。她重新想起了她的超现实主义么？这个古怪的人。

她脑子里有一队又一队的文字在穿梭，或奔跑，或缓行，或者翻山越岭吭哧吭哧地，扑通一下跌倒了，她就要急急忙忙扶它起来。这些虚无的字精，侵入了一个母亲的身体，它们把一个新生的婴儿赶到了一边。

那条鱼……红褐色的皮肤，窗上的玻璃有一只菊花形状的洞……那条鱼一笑，就露出了牙齿，像珍珠……菊花的气味腥甜腥甜的，女孩听见吱嗞吱嗞玻璃裂开的声音，接着她感到有一只像豆腐一样很软的手摸她的脸，凉凉的有点滑腻……

脑子里的文字漫过来又漫过去，海红的母性也是一阵一阵的时有时无。有时她闻到孩子身上的婴儿香，身体深处的天性骤然苏醒，“肉肉，肉肉!”她冲婴儿叫道，一声又一声，充满了激情。母亲回圭宁了，她给婴儿洗澡。烧一壶水，在房间里放一只脸盆，关上门窗，哗哗倒热水，再小心兑冷水。蒸汽弥漫，穿衣镜上蒙上了一层水汽，坐在矮凳上。婴儿的和尚衫使海红感到有趣，带子绕过小身子，在肚子上一系。唔洗澡带有娱乐的性质，脱掉婴儿的衣服，露出粉嫩的四肢，像哪吒出世。肉体的奶香漫上来，让人沉醉。先洗头，胎发柔软，囟门跳动，囟门啊那是婴儿的命门千万不能碰。撩起温水拍拍胸脯和后背，洗澡啦洗澡啦，让水发出欢呼声。孩子泡进脸盆里，肚子像青蛙一样。掰开脖子和大腿的皱褶，一股褴褛的味道落到水里，洗好了！大毛巾一裹，扑过爽身粉，穿上小小的和尚服，一个洗完澡的婴儿如同刚刚蒸好的馒头，新鲜出锅，沁人肺腑。

她也像一头母兽那样嗅自己的孩子，哝呃蛆，哝呃蛆，她用圭宁的土话叫唤道。真好闻啊她掰开她的嘴，粉红色的花，琥珀般的甜酒，熟透的番石榴。海红用手探进孩子的口腔，一阵湿滑温热连同热气从她的指尖直到心肝五脏，有一点惊心动魄。是否应该有一粒牙蕾，从牙床上诞生？牙的花蕾，坚硬，锐利，闪着初露的光。是白色中的白色。星星。钻石。

乳汁在她身上奔跑，但它们忽然停住了。

它们来自母亲身体的最深处，从血中滋生。它们从四面八方聚集到胸前，你在睡眠中听见了它们细碎的步子，成群结队，于血液中跋涉，并发出咕咕的声音，宛如歌唱。但它们在奔向乳房的途中停了下来，一股不知来自何处的力量扭转了它们的方向，通向乳房的道路暗淡了，鲜血向着大脑激荡，那里细胞活跃，一些文字扭动、舞蹈、腾跳，文字削弱了乳汁，它们垂头丧气：蔫了。

海红头脑里成队的文字如同栅栏。

……到处飘满了沥青的气味，黑色发黏的泡沫满河都是，宛如黑色的毒蘑菇……小姑娘的手开始长出又硬又皱的老皮，从指甲根开始，已经蔓延到了手腕，像蜥蜴……久不下雨，空气中又多了硫黄的气味。惨黄的颜色在空中滞积着，锣声当当响了起来，敲锣的人喊道：天上要下沥青了——在昏黄的天光中他走到一家商店的橱窗跟前，猛然看到一个脸色惨黄、不人不鬼的家伙，手里还拿着一只锣……

12月份，有一个到云南出差的机会。是啊苍山洱海，大理三月好风光，蝴蝶泉边来梳妆，这些东西撩拨了海红，她要去玩，她厌倦了北京灰扑扑的冬天，孩子只有四个月，就让她四个月吧。她毫不心疼，仿佛不是她身上掉下的肉。海红把四个月大的孩子扔给保姆，自己玩去了。

她不想当一名哺乳期的妇女，那像什么？袋鼠。是的袋鼠，脑袋小小的，牙齿尖利，难看地突出，耳朵呢，竖起来听动静，草原的灌木丛中有一匹狮子正在潜伏。成为一名母袋鼠多么难看，胸前长着一只袋子，毛乎乎的，里面装着小袋鼠，无论何时何地，胸前都是一嘟囊一嘟囊的，母子一体觅食奔逃眺望远方，想要站得久一点，胸前的袋子却不依，它沉沉地坠着，吧嗒一下，全身跌落。幼鼠随时随地吃奶，奶渍沾在皮毛上，哦是沾在衣服上，哺乳期女性去上班，谁的前襟没有过奶渍——在鼓起的地方，洇湿一小块，身上散发出奶腥味，脸上一副抱歉的神情。不想邋遢现眼的女人，想一点办法吧。早上上班前，往胸罩里垫一点棉花，或者卫生纸，软布也好。奶水渗出，让卫生纸先吸着，外面的衣服虽未湿，但你感到贴身的地方又湿又黏，有点凉贴在胸口上。背负一个腥而湿的秘密，你快步走向卫生间。

这样的日子不会太久，乳汁自己就会往回缩。办公室的气味和卫生纸的气味混在一起，令乳汁们昏头涨脑，气味不对，短兵相接，在挣扎中它们改变了自己，它们反身回折，落荒而逃，纷纷缩回到你的五脏六腑。在那里，它们褪去乳白的甜香，化为汗珠升上你的额头。

生活拥挤着——婴儿：粉色。职业：枣红。家务：棕色。写作：湖蓝。它们互相冲撞纠缠，搅成一团。六点半！闹钟设置在这个节点上，在无边无际的黑暗中有一支利箭悬在头顶，寒光闪闪对着你的眉心。在睡梦中忽然听见铃声，如同一只硕大的鱼钩，把你从睡眠的河水中猛然钓起，在黑暗中你坐起来，啊，是做梦，那床头的指针尚未到达，头顶的利箭尚未落下。六点半，一根皮鞭在空中挥舞，血肉之躯成为了机器人，水壶、马桶、杯子、毛巾、饼干、牙刷、护肤霜、奶粉、梳子、书包、钥匙、孩子的哭声，这一切，像苍蝇在狭窄的屋子里乱飞，嗡嗡嗡嗡。伴随着嗡嗡声你推车出门，锅垢似的人流滚动在锅垢似的天空下，轰隆隆，铁灰色的大楼降落在眼前，单位到了。稿子、版面、照排、校对、核红、定额、创收、会议……桌上一堆乱糟糟的来稿从毛孔进入她的身体，那些平庸的句子和词组如同被虫蛀的羽毛，在她体内漂来漂去，也像一些甘蔗渣，淡而无味却壅塞着，她要处理它们真是冤枉，一只冤枉的蚂蚁在单位里穿梭，从这头到那头。她嘴唇干涩目光暗淡，所到之处，仿佛落满了灰尘。

呼啦啦春天到了丁香花已盛开，你要笑啊同事说，女人皱眉很难看的。她不笑。

能不做饭就不做，锅碗盆瓢都扔给保姆，油腻的灶台，转起来轰隆隆噪音的抽油烟机，还有冰箱，冰箱里的稻草，买菜的钱，那些脏兮兮的毛票，连同永远不擦的玻璃窗和衣柜镜，忘记换洗的床单和枕头套，永远扫不干净的水泥地板，长着蜘蛛的墙角。

自从生了春泱，家里一直用人，道良每年往返于北京和湖北浠川老家，他一趟趟接来老家人，他的大姐，他的哥嫂，他的外甥女、侄女。海红把整个家甩给了这些刚刚从乡下来的亲戚。她们未经世面，不合一个城市家庭的卫生标准，姓米的同学来家里探望，一开冰箱，里面横竖躺着好几根稻草。哎呀怎么搞得像个垃圾箱似的，她说。

脏乱差。

不把日子当日子过，也不把家当成家。她跨过厨房地上的碎屑，拧开了油腻的水龙头，她怎么不清洗一下？镜子蒙上了一层灰，也不顺手擦干净。有一句话是这样说的，油瓶倒了都不扶。

内心在枯萎。目光是飘的，不知飘到哪里去了。她认为喜悦的源泉在她的写作中，湖蓝色的，来自远处的水，带她离开琐繁庸常的日常生活。她对一个又脏又乱的家视而不见，仿佛她并没有置身其中。

那些支离破碎的文字没有获得成功，偶有发表，从未得到重视。但她仍然沉浸着，那是一处地洞，避难所。她钻进去，像一只地蝉。

卷二

在蒸汽中

1

现在，经过了十多年的退休生活，史道良的家更加不同流俗了，即便是一个见多识广的人，也难以猜透这个家的古怪名堂。

一股子莫名其妙的气味，令人不安，似乎是，醋和铁锈两相混杂，它浓一阵又淡一阵，裹着热蒸汽涌过来。走到厨房，一看，一只奶锅正坐在炉子上，里面小半锅醋，泡着几枚锈迹斑斑的古钱币，醋咕嘟咕嘟沸腾着升起小气泡，钱币呢，当然，在锅底沉着，纹丝不动——这是道良新淘来的古钱币，他要用醋煮一煮，以辨别真伪。

第二，门厅的墙上有一只大铁夹子，上面别了一摞黄兮兮的草纸，每页纸上都用毛笔写着两个大字“中风”，简直就像咒语或者巫术。如此恶毒的字眼，谁会挂在自家门厅？

第三，屋子里有一株奇长奇壮的龟背竹，气根密集，阔叶层叠，藤蔓缠绕得不成样子，把一个家搞得像一个密林里的洞穴——这株龟背从北墙和东墙之间的墙角出发，经过二万五千里长征，越过了钢琴、衣架、沙发、茶几，越过整面东墙，一直蔓延到南墙的窗口，它粗大的主茎被主人用绳子扎着固定在墙壁上端的挂镜线上。龟背竹，它每一个节都长出长长的气根，气根们从天花板越过辽阔的墙壁一直长到地板，又从地板上堆着的几摞杂志底下钻出来，深褐色，粗壮，顶端有一个尖头，猛一看，就像一条活蛇！这株龟背养了不知有多少年，它根部只有一盆土，叶子却层层叠叠，大的足足有脸盆那么大，重得坠到了半空中，坐在沙发上，一仰头就撩到了眼睫毛。如此茁壮的龟背奇观，除非在原始森林或者暖房，有谁在家常住宅里见过？

第四，在门厅里用木板隔出了一小间，猛一看，活像是这家的一个巨大的废纸篓，里面虽然也有一桌一椅，靠墙还有一个书柜，贴着书柜还挤了一张极窄的单人沙发，但不细看是绝对看不见它们的。无论是椅桌还是沙发，统统堆上了各种书报杂志，不同的开本、新新旧旧、灰的白的黄的，站在门口看，只能望见三大堆纸堆——

书桌上层层叠叠有两三尺，“鲁迅全集”中的某一本，鲁迅的年谱、索引、研究资料，毛泽东的文选，瞿秋白的《多余的话》，以及与之相关的报刊。报纸杂志，都是经年累月积下来的，有用，要细看，用红笔醒目地标出，留着细读之后剪下来，贴在不同的本子上。这类东西太多了，解密，揭密，正反不同的角度，报摊上的“旧闻”“旧文汇”等，层出不穷，三两天就有要留下的，常常是前一天的还搁在那里未处理，新的又来了，一日一日地积下来，越积越高，要厘清根本不可能。沙发呢，堆的都是字帖，王羲之，张旭，怀素，米芾，欧颜柳赵，黄庭坚，宋徽宗，大多是从旧书摊上低价淘来的，原价三十元，这时十元就买到了，碰上张旭狂草，那就要买两本，一本放在案头，另一本拆开，选上一页配一只玻璃框挂在墙上。除了字帖和杂志，这几堆灰扑扑的纸堆里还散摆着不知从哪里淘回的古钱币，它们从秦朝、汉朝、唐朝、宋朝、明朝、清朝一路翻越了千年百年来到这里，锈迹斑斑……

2

道良成日里焦虑不堪，一焦虑就绝望，就厌世，就声称要上五台山当和尚（大多数时候没到上山打游击的地步）。

他的念头一时清晰一时模糊，清晰的时候，在这间长着茁壮龟背竹的屋子里，就会出现一处白墙黑瓦的寺院，寺院内外，长着无数苍劲的大松树，比颐和园的古松更粗拙，风一吹，声如暗泉飒飒走石濑；稍大，则如奏雅乐；其大风至，则如扬波涛，又如振鼓，隐隐有节奏。明朝的散文涌上来，唐朝的诗歌也涌上来，犬吠水声中，桃花带雨浓。树深时见鹿，溪午不闻钟。“寒花疏寂历，幽泉微断续”，小时候背诵的古诗使他想起父亲史永年，铺天盖地的金黄色的油菜花也就妩媚地在他北京的斗室里汹涌起来，松动垮斜的书桌也仿佛抖擞了精神，骤然变得明亮。于是他无限向往地，跟随着油菜花和古松树，飘飘忽忽地去到一处不知是不是五台山的古寺院，长长的台阶，念经、打坐，灰色的和尚服，黑布鞋，小腿上打着绑带……

有时候，到潘家园或报国寺淘到了几枚古币，他就把乡野的油菜花和古寺院忘记了，从早到晚，坐在他的斗室里，反复玩赏。几年前偶然买了一本《中国古钱币史》，迅速迷上了古钱，每周出门淘宝，按图索骥，在书桌乱纷纷的纸堆中，积攒了越来越多的陈铜旧铁。

春秋战国的刀币，秦半两，三孔布，空首耸肩尖足布，唐朝的开元通宝，辽代的天显通宝，今天这个，明天那个，估计大多是假的，但他坚信是真的。无论是谁，提一个“假”字，他的脸立即就会拉下来。他热爱古币上的文字、图案、锈斑、手感、气味，大观通宝、崇宁通宝，上面宋徽宗亲书的瘦金体真是漂亮，他又摹又捻地叹着；那个皇宋通宝，是九叠篆，“宋”字和“宝”字，叠成九道横，繁复得气派；清咸丰年宝福局铸的咸丰重宝，红铜的，有茶杯口那么大！沉甸甸的；王莽的“一刀平五千”，就是张衡的“美人赠我金错刀”里的金错刀呢，“一”字和“刀”字，镶了真金，一刀等于五千枚五铢钱。道良用一只长方小木匣，小心放好。

书桌上，青铜币、黄铜币、红铜币，保护钱币的塑料膜、硬纸壳，专放钱币的“钱币收藏册”，看得散了页的《钱币鉴赏》、订书机、墨水瓶、胶水瓶、笔筒、笔架，随处放着的钢笔、铅笔、红笔，放大镜有两三个，一大两小，还有一只像大圆规那样的显微镜，能放大八十倍，两个支架一掰开，灯就亮了，古钱币上泛着浮渣的绿锈斑斑，在显微镜下是一层密密的绿松石，闪着润泽的蓝绿色光芒，每颗都圆圆光光的，大大小小密密铺了一层，真是无限神奇，无限美妙！挪开显微镜，它又还原成绿锈渣，你再也想不明白，刚才那宝石般的光芒，那种令人叹为观止的珠圆玉润，它们到底从何而来？此刻它又到哪里去了？

绿色的锈斑，那是碱式碳酸铜；若灰白色的锈斑，那就是氯化铜，在显微镜下是茫茫盐碱地——苍茫中仿佛有芦苇，有大雁飞过。也像月球的表面，荒凉灰白中有近似的环形山，地貌天成与地球不同，寂寂神秘；红色的锈，则是氧化亚铜，在显微镜下犹如火星的地表——铁红色的荒凉辽远寂寞；火山喷涌的岩浆，岩浆死后的黑色，这种黑锈的氧化铜，犹如某处大火烧焦的现场。

最震人眼目的是蓝色锈斑，放大了八十倍才有半个指甲盖那么大，它隐藏在庸常的钱币上，忽然意想不到地跳出来——那种蓝色，妖娆而神秘，而高贵，如同极其遥远的星空，只能仰望，不能捉摸；一刀平五千，那把金错刀，黄金被两旁的锈斑掩埋了，或者，被历代过手的人挖剩了星星点点，啊，“美人赠我金错刀”，放大八十倍，沙漠岩石间闪出黄金的屋顶，宛如宫殿掩映。

经由光学的隧道，平淡的古币改变了容颜，漠漠千里，广阔、渺远、幽深，间杂神秘和鬼魅，道良沉浸在这堆东西中，日甚一日。

3

但他终于又要抬起头来。

他要看字帖，对字的特殊敏感和兴趣来自父亲史永年。自幼年始，他就能从一个字的字形中看到人形，正楷的“五”字，他一看总是马上联想到孙中山坐像，那种端正、威严、有力；“六”字呢，是一个人甩开胳臂大步走，这个字要写得好不容易，三点和一横的关系最微妙；“桃”字，它的木旁，像一个人叉着腰；“子”，如同一个嘻笑驼背者；足，大头娃娃憨憨地走路。道良把毛泽东手书的“中国电子报”压在玻璃板下，那一个“中”字，中间一竖长且直且坚，像一个高个的人迎风直立。

我们的史道良，他的各种字帖从沙发堆到书桌，他抄起一本，翻开一页就看起来，一个字，端详半天。米芾的大字行书那一个“风”字，真像一个人的衣服飘洒开了，于是他从这个“风”字上看到自己年轻时在江西五七干校劳动的身影，站在地头，手里拿着镰刀，一阵风吹过，衣袂翻起。颜真卿的正楷他不喜，个个都像罗圈腿，字字都像驼着背，但颜的草书又要另说。道良捧着《祭侄帖》，宛若看见一个白胡子老头（其实颜真卿其时五十岁，远没有道良现在这么老）抖抖索索地拎着毛笔，一边泪流满面。他多处涂抹，随意迸溅，悲泣、苍凉、无力，无心书写，那个“命”字，悲伤得肩膀都耷拉下来了。道良就看见他的侄子史大社，1979年在对越自卫反击战争中阵亡年仅十九岁，看见了父亲史永年，同样的白发人哭黑发人，同样的颤抖毛笔泪流满面。史大社，史永年的长孙，道良哥哥仁良的长子，银禾美禾的大哥，史家全家的光荣和骄傲，珍贵的玉石，庭院的兰花，阶庭兰玉，光华芬芳。他化作《祭侄帖》里的一片泪迹斑斑。

老泪纵横之后，笔触流动飘飞——彼侄虽非此侄，但魂魄隐隐如千年之前，一样飘荡。末了，细细的墨迹飞成一缕烟，呜呼哀哉——干笔飞白，飞到天尽头。

古钱币上也有字，简直是一部中国书法史！篆、隶、楷、行，每种又有多少庄严法度，多少古朴飘逸险绝。高空坠石隆隆落下的那个点，它就落在这枚古旧的钱币上呢；一刀平五千那个“一”，千里阵云，在天边滚动伸展，在滚动中镶上了金边，映了落日的余晖；那个“戈”，在“咸丰重宝”的“咸”字里，弓弩将发力千钧；走之旁，布满了所有的通宝，雷声远远奔来，水浪远远奔来，层层堆叠，犹如站在故乡的长江边，水声阵阵拍岸。

4

就这样。

就这样道良沉入在书桌的字帖和古钱币中，你站在门口，简直看不见他，拳头大的斗室，只能望见三堆纸山，两大一小，书桌一堆，沙发一堆，椅子上也横七竖八地堆着好些。两座大山，一座叫太行山，一座叫王屋山，灰扑扑、锈兮兮的，空山不见人，不闻人语声，如果你仔细看，会看见纸里爬出一只虫子，扁扁的，头上两根须，尾部三根刺，春泱知道，它的名字叫“衣鱼”。也是有一点像鱼呢，只不过没有鳞，也不在水中，或者说，它的水就是陈旧的纸页，灰尘就是它的空气。

看不见道良——

他是变成了衣鱼呢？抑或是，他本来就是衣鱼变的？或者，他应该成为愚公移山中的那个愚公，每天挖山不止，海红和春泱，这些不懂书法的人，读《祭侄帖》只看到一片乱七八糟，字不像字，卷面不洁。她们是智叟，讽刺愚公挖山的人，她们说他的古钱币统统是假的。变成衣鱼，心向往之，在那个扁扁的壳里，也不必上五台山。

5

三堆灰扑扑斑驳兮兮的纸动起来，其中的一堆，它抖动着像一匹野兽被关在纸笼子里，纸页抖掉了，出现了他脏兮兮衬衣的脊背，衣领和袖口都是脏的，如果是春秋季，他会穿一件西服，那是上个世纪80年代最体面的服装，代表着思想解放的新气象，二三十年过去，西服早已变得陈旧过时，现在年长男性最时髦的衣服是中式服装，就连到中国指挥交响乐的国际著名指挥家，都会在演奏会上特意穿上定做的中式服装。

道良的西服不但陈旧，而且日益古怪，他每到换季就送到路边的小洗衣店干洗，取回家里再一穿，后面翘了起来，简直像一只秃尾巴公鸡。显然是小洗衣店为了省钱，根本不干洗，而是直接下了水，之后烫平了事。道良骂了奸商之后照穿不误，后面翘与不翘，他很快就忘记了。

人衣俱老。

他从纸堆里探出头，听见电钻的声音从隔壁啸啸锐叫，犹如一把尖刀穿过坚硬的墙壁，戳着了他的金错刀和瘦金体衣袂飘飘沉在其中的空气。头顶的天花板，有小孩奔跑的咚咚声和拖重物的嘎嘎声，就像千钧之重从他的神经拖过。

一点噪声他就会失控，到底是焦虑使耳边的声音放大了，还是年老听力退化，所有的声音都变成了嗡嗡声。

他忽然跳起来，奔到阳台，从角落里挖出一根撑衣竿，他举着撑衣竿冲进房间，在愤怒中使出全力往天花板上猛捅，“嘿哎！”他嘴里使着劲，竹竿那头却落了空，没捅着，显然还差了两三公分。他被激怒了，不由分说，原地就跳起来，一个七十岁多的人，举着一根竹竿，没命地往上跳。“咚咚咚”，鼓点似的节奏消解了他的焦虑，天花板上的白粉噗噗掉下来，落到他的头发和肩膀上——宛如雪花，在不合时宜的季节落到他身上，又如一夜白了头，啊，是一瞬间，内心的风暴把头发刮白了。

到了晚上，楼上的男人来敲门，人站在门口，像一座铁塔，黑而壮，而高，而眼露凶光。凶光发出了恶声：是谁敲的天花板，是谁?!把我孩子吓得直哭。道良蔫蔫的，不说话。历史的经验告诉他，不能硬碰。壮汉又继续他的恶声：下次再敲，我绝饶不了你们！

——脚步声远去，道良陷在椅子里说：知识分子有什么用，最没用！就看谁的力气大，大炮和诗……武器的批判……批判的武器……

左边的邻居，养了一只兔子，兔笼放在过道里，粪便和尿液混杂积淤，恶臭冲天，招来了一批又一批苍蝇，叮叮当当，嘤嘤嗡嗡，过道成了苍蝇的盛大集市。是谁又雪上加霜地喷了一气廉价香水（或者是所谓空气清新剂），反倒是给这恶臭施了肥料，这恶臭因而更加凶险茁壮，它臭得更怪异了。不但兔子，这家人还贪便宜，占用公共过道堆放大量废品，纸箱壳、旧报纸、饮料瓶，把本来就狭窄不堪的过道挤得更窄了。

楼下809的招数更加恶毒，他往道良家门口泼脏水，因为他认为墙壁和天花板渗水是楼上的道良家干的，809端着一盆脏水上来，“哗啦”一下，大红“福”字顿时水迹淋淋，洇了水的墨汁一道道落下来，是黑的，洇了红纸的水也沿着门面流淌，一道道红色的水痕，看上去就像一道道血迹。

“不是人，他们简直就不是人!”道良对着自家墙壁叫道，他觉得，这个世界没法待了。

因为你是银禾

1

道良一家都记得银禾刚来的时候，她身上奇怪的气味。

火车上的咸鱼味油漆味木头味铁锈味大蒜味扑克味口水味，互相缠绕像雾一样——十八个钟头挤在火车里，车窗关得那么紧，空气稠密，浓得像一塘死水。邻座有人做油漆工，他一身油漆味过完年也不褪掉；做木工的人是一身木头味；做缝纫的人她在一家羽绒服厂上班，身上穿着自家产的羽绒服，羽绒从针眼里钻出来，满身都是白丝丝的。每个人，饿了就都啃咸鱼，咸气腾腾。有个人十几小时不吃东西但他不停打嗝，嘴里喷出的腐臭味一阵又一阵。

杂味缠绕。

那时候银禾的头发和棉衣沾着白丝丝的羽绒，带了寒气，宛若尚未融化的雪花。旅行袋的拉链坏了，裂开了一半，露出里面的一条印着红花的新毛巾。咸鱼的气味不知何处涌出。

那时候，她站在门厅里——北京的叔叔，他住得这样局促实在超出了她的想象，跟她乡下的厨房加柴屋差不多。而且，他老了，不再是她从前见到过的年富力强的叔叔。

她咧着嘴，又欢喜又吃惊。

想说句什么，忸怩着没说出来。忽然，她反身脱鞋拎在了手上。鞋搁在哪里好呢？人造革皮鞋冒着腾腾热气。她把头侧起，仿佛在听什么动静，又忽然，弯腰出门，小心翼翼把鞋放到了门外的墙角。这时她重新欢喜起来，她真是有主意呢，算是讲文明，没有把臭烘烘的沤了十八个小时的鞋放在叔叔的门厅里。

脚臭，她说。半是欣慰半是惭愧。

那一年，她自作主张又兼自告奋勇。那一年，在叔叔道良家帮忙做家务的妹妹美禾嫁人去了，叔叔家正需要一个保姆，而且呢，既然村里的人都进城打工去了，打麻将都已经凑不够人，村子就像散了戏的空场不再好玩。于是，她就，自说自话给叔叔打电话，她说：细父[①]，美禾出嫁了，我去帮你做饭洗衣服吧？

她就来了，从遥远的乡下，到达北京。

这一年，她的女儿雨喜十一岁，正上小学四年级。叔叔的女儿春泱十岁，也上四年级。

2

因为她是银禾，所以干活慢，东摸西摸，上捏捏下捏捏。走路也拖沓，鞋后跟吧嗒吧嗒响。她送春泱上学，春泱在前面跑得像兔子，她在后面走得像一只鹅。兔子一溜烟不见了影，鹅呢，伸长脖子没了方向。道良不放心，他像一头老牛跟在后面，走走又停停。

她炒的菜，每盘都有头发。后来戴了一只旧军帽炒菜，嫌碍事，把帽檐摆到脑后，看上去像一个兵痞。

喜欢把脏兮兮的零钱压在枕头底下，把鞋晾在窗台上。

地扫过了比不扫还脏，只扫中间不扫四边，她说在乡下就是不能扫太干净，又干又净不好要把福气扫掉的。碗柜总是不关严，任何时

---

① 细父，鄂东方言，指父亲的弟弟，即叔叔。

候都半开着；洗的碗沾着菜叶而且总是有半碗水；刚刚切过生肉的砧板就切凉拌黄瓜。

细菌？谁要生病那是撞了鬼。乡下人都是喝生水的。

擦桌子，一撸就好，饭桌上的油渍亮着她也决不再擦了，春泱的作业本和课本，每本都点点油斑，仿佛家里是卖肉的，或者开了一家油饼铺。

见到新鲜东西总是要伸手摸一摸的。头三个月，每次乘电梯她都要摸一摸电梯壁。这玩意儿，这烧电的梯子没听见动静就上了九层楼，稀罕。她把手心贴到梯壁上，铁的，硬的，光溜的——像拖拉机的机壳。她还要把鼻子凑近，仿佛要闻一闻这电的梯子是何种味道。楼道门，镶嵌着大玻璃，也要摸，一摸，手上沾了灰尘，她就在玻璃上画道道，画了一个菱形，又画一个菱形——像她纳的鞋垫。画完道道后还不尽兴，她在旁边写下了“史银禾”三个字，不过，她很快又笑眯眯地抹掉了。

3

每年总有一到两次，要昏倒在街上。

白露，或者大寒，白露或者大寒过后一两天，真是奇怪农历里的节气难道长在银禾的身上吗？野地里生生远远的风刮过城里的钢筋水泥刮到她身上，她忽然就昏倒了。

低血糖——她很有把握说。你问她验过血糖没有她会不高兴，她认为是低血糖就是低血糖不容置疑她见多识广，啊谁怀疑她不是低血糖就是怀疑她的见识。

北京人挺好的，她说。

她在公共汽车上晕过一次，有人让司机停车，有人陪她下车，有人替她打电话，有人给她一颗糖。

北京人挺好的。她平安回到了家。

第二年的白露前一天她又昏倒了，第三年的白露后一天她又昏倒了。为什么她的低血糖跟节气有关?

没有人知道，我也不知道。

她牙疼，半边脸都肿了，叔叔带她去牙科诊所，本来想先问问，结果不由分说被摁在诊椅上做了处理，七百五十元！那人说。叔叔和银禾都吓了一跳，不服。于是降到五百元。

从此银禾再牙疼，死活不愿去医院了，她不愿乱花叔叔的钱，因为叔叔早就退休了，退休工资没多少。她用食指和拇指揪着她的半边脸在厨房走来走去，嘴里发出嘶嘶声。她还用牙签使劲戳病牙的牙缝，“戳出血就不疼了”。

如果在乡下，她们是这样治牙痛的——用尿煮鸡蛋，什么尿都行，自家屋里夜里尿的尿，扤一勺，鸡蛋呢，一定要是单数，一只、三只、五只，都行，煮熟了，把尿倒回尿桶，只吃鸡蛋。或者，找一只夜壶，尿壶里不是结了厚厚的一层尿碱吗，把夜壶举到腮帮子上，用火烧，尿碱的蒸汽熏到病牙，就好了。又或者，到山上找一蔸茶树根，挖来煮水喝，也管用。

吃止疼的芬必得，服消炎的甲硝唑，都不行。夜壶没有，茶树根呢更是没有，银禾就只有拧着揪着她的半边脸，嘶嘶地走来走去。

4

因为她是银禾啊她又喜欢算命，没事的时候她就用一副扑克牌通关——

她坐一张小矮凳面对长沙发，手指哗哗地翻着花洗牌，她打牌是高手，简直就是牌圣，闭着眼睛都能知道是什么牌，没人跟她玩牌，她就自己通关算命。一张一张地摆，“品”字形，再一张张揭开，如果通了，好！不通呢，不好！

米涨不涨价，早市上有没有便宜的毛线，妹妹美禾，女儿雨喜，儿子长喜，无一不是她算命的内容。

若是碰到大事：

病，丢东西，儿女的前程，离婚，那就要找专门的人来算。老家有一个人叫百六九他是走阴界的他能看见生魂呢，他算命算得准但他不在北京，他在湖北浠川的湾口镇那么远怎么办？

打电话回乡下，托大姐代问。回话说，不要紧百六九说不要紧，没事，她这个病没事。所谓没事，就是不会死，既不会死，银禾就放心了。她得了盆腔炎，每天服桂枝茯苓丸，好了。百六九说没事就是没事，死不了。她更信百六九了。

5

因为她是银禾，所以她相信有鬼如同相信真理，她说：打死我我都要说这世上有鬼。

谁要是不信，那简直是太可笑太缺乏常识了，如果，你不但不信世界上有鬼，居然还嘲笑她，她就会感到受到了莫大的冒犯，一整天都会忿忿然。

如果她在厨房，她就会把锅碗盆瓢弄得丁零当啷响成一气，好像是这只不锈钢的锅和锅盖不同意世上有鬼说，如果是擦桌子，她摒出一股子邪劲，把桌子腿晃得摇摇欲散。

她忿忿然：什么觉得有人（指鬼）站在跟前，根本不是觉得，就是真的站在那里！

这是指她的大舅看见鬼的事情——据银禾说，有两个鬼站在她大舅的床跟前，这两个鬼一个是小孩，这孩子有天从楼上掉下来，大舅想伸手去接，却又没有接，结果在他面前活生生摔死了；另一个鬼是一个老头，老头犯病，大舅送他去医院，送晚了，没抢救过来，死了。

大舅是科学界人士，航天部的高级工程师，住在阜成门一带，二环以里，几乎就是北京城的中心，本来银禾对北京是否有鬼感到困惑，这下大舅遇见了鬼，银禾感到欢欣鼓舞，她的底气更足了。

哦连北京都有鬼呢北京也有鬼她真是倍感欣慰！

两个鬼一老一小站在大舅的床跟前，让他们走开，大舅要睡觉了，但他们死活就是站着不动，眼睛直直勾勾地看着大舅，害得大舅没法睡觉。后来，只好让大舅妈和表妹朱小绳围着床站着，好隔开那两个鬼。

银禾深深沉浸在她讲述的情境中，道良插嘴问：那你大舅妈她们，也看见那两个鬼了吗？

银禾生气道：她们怎么能看得见呢！她觉得叔叔简直没有基本的常识，鬼只能由单个的人看见。据银禾说，那两个缠了大舅好几夜的鬼是这样走掉的，她妈妈朱尔让大舅想着外公，外公生前是道士，长年吃斋，总是上山采草药给人治病，积了很好的德。于是大舅就想着外公，晚上外公给他托了一个梦，说那两个鬼都托生去了，没事了。结果，当然，那两个鬼就再也没在床跟前站着了。

道良是唯物主义者，决不相信世上有鬼。

他问银禾的大舅，大舅说的跟银禾描述的根本不是一回事。大舅说，不是有鬼站在他床跟前，而是他晚上一闭眼，就看见那小孩摔得血肉模糊的样子。道良一想，大舅的事情银禾怎么知道，她又没到阜成门去，一问，原来都是听她妈妈朱尔在电话里说的——朱尔的鬼神观根深蒂固，她知道鬼在什么地方，她还知道，在当今世界，鬼也会坐上火车和汽车，从一个地方去到另一个地方。

6

海红后来疑心自己要得抑郁症，她听从劝告，找一个人聊天——她就让银禾讲鬼的事情。有鬼神比没有要更有趣。

鬼吃什么呢？她问。

鬼吃松针。银禾说。

银禾与海红相处得不错，她认为叔叔的这位后妻是个头脑简单的女人，有时候有点神经，说话呢，有时不着四六，让人摸不着头脑；有时却又硬邦邦的，不过总是说完就完了。“她的肠子是直的。”银禾跟她村里的人说。

人都怕鬼那鬼又怕什么呢？海红问。

凡是鬼，都怕铁的东西，还有鞭炮，还有土铳，“磅”的一声响火光散开，鬼就吓跑了。

鬼也怕桃木，把桃树枝折下来放在窗栏上，鬼就进不来了。在窗口放一只桃木梳也行，如果鬼从别的什么地方进来了，用桃树枝四处打一打，鬼就赶跑了。

把锯条放在窗台上也可以。做馒头或者做豆腐，要记得在旁边放一样铁做的物件，不然，鬼一摸馒头，馒头就发不起来，像铁一样硬。若鬼摸了豆腐，豆腐就没了，它不凝结，变成了一摊水。

如果怕一个鬼，就偷偷地在它坟头上插一枝桃树枝，这个鬼它就出不来了，但你不能让它家里的人发现。

生孩子死的女鬼最凶，所以要放铳。夜里走过坟山，一定要背上一把土铳，边走边放，才能把它吓住。要不准她进村，就要使牛犁一道沟，绕着村子犁上三道深深的沟。

鬼在什么时候出来呢？春泱也问她。

它中午十二点出来，白天就到山坳里，晚上到家里来，天快亮时鸡一叫鬼就跑了。麦子黄了鬼也要出来，叫“麦黄鬼”，鬼它也知道要收麦子了，它从墙上伸出手来要吃的。

关于鬼的事情银禾总是知道的，谁也问不倒她。

但你不能问她怎么知道鬼十二点钟就出来，她会很生气——因为自古以来就如此，哪里需要求证！

有家的鬼呢一般都是在家里看家的，它能看见你你看不见它，它是飘着的，如果你碰了它，那就是撞着鬼了，撞着鬼要生病，或者发烧，或者浑身疼。

小孩最容易被鬼摸了，祖人的鬼魂都在屋里，它喜欢小孩，忍不住就要摸一下，它一摸，小孩子就病了，哭闹不停，不是肚子痛就是脚痛，你就要烧点纸钱，跟祖人说，你喜欢他看看就行了，别摸，一摸他就生病了。

鬼会不会死呢？鬼也会死的，鬼死后变成聻，这个字笔画很多的，上面是渐渐的“渐”，下面一个“耳”字——连这银禾都知道。

最重的鬼有多重？

如此玄虚的问题也难不倒她，因为她是银禾啊，“在乡下时有一次我中午睡觉被鬼压了，怎么用力都睁不开眼睛，醒来的时候正好百六九路过，我问他，这鬼怎么那么重？他就说，世界上最最重的鬼也只有三十六斤重。”

7

春泱会忽然问道：姐姐，我听见喜鹊叫，好还是不好？

银禾就说：早上叫是喜，中午叫是忧，晚上叫是大祸要临头。如果春泱说她晚上听见喜鹊叫了，银禾就会断然否定，她截然说道：胡说！晚上哪会有喜鹊，喜鹊都进窝睡觉了！

春泱又问：姐姐，晚上梳头好不好？

银禾就答：清门儿梳头花大姐，夜些梳头鬼果扯。之后解释道，清门儿就是白天，夜些就是晚上，鬼果扯呢，就是鬼会找你的麻烦。

道良觉得荒唐——他告诫海红，不能夸银禾，越夸她越得意。又告诫春泱，不要凡事问姐姐，这样下去，她就该成这个家的精神领袖了。

他说，农民啊农民，我是知道的。重要的问题是教育农民。

8

银禾仇富，大陆的游客去台湾旅游，在苏花公路上碰到了泥石流，连人带车冲到太平洋去了，电视天天播。银禾看了很是快意，她每次看了都说：去吧，有钱吧，玩吧，这下玩完了吧——在她看来，去旅游的人都是富人，而富人死了是活该。

常有报道电话诈骗案，一个电话就骗掉几十万，或者上百万，银禾是毫不同情的——她说，骗的都是有钱的。每次她都这样说，但叔叔从不吱声，她就邀春泱呼应：春泱是吧，骗的都是有钱人。春泱翻着眼睛，她的脑子已经被搅糊涂了，是否人一有钱，就应该被骗掉一点？

她也民族主义，日本地震，她就说：怎么不多震死几个？震死几个才好呢！谁让他侵略中国。美国龙卷风，她也说：美国那么坏，最好天天发龙卷风，发完龙卷风就发大水，发完大水就发地震。春泱提醒她，哥哥也在美国呢。海红说：美国也有很多穷人啊，他们怎么办？

银禾不说话了——她可没想到这个。

但是到了“3·11”，日本大地震大海啸加上核泄漏，银禾就不幸灾乐祸了，她改成了亚洲本位，她说，怎么不震震英国法国那边，离我们远一点——那时候她已经回老家，却仍然关心时事。北约轰炸利比亚，银禾就冲电视上的飞机说：欺负人！欺负人！她是站在弱者一边的，每天晚上，电视一报道利比亚局势，她都要说：怎么这么没用，不打它一架飞机下来。

——她恨铁不成钢，支持卡扎菲。

银禾还知道一则孙中山的野史，言之凿凿。说的是，汤化龙要与孙中山争天下，孙中山就派一个剃头的去杀汤化龙，剃头的给汤化龙刮头，一刮二刮的，就用剃刀，把他的脖子抹掉了。剃头的也活不成了，孙中山就养他的全家。

瞎说什么样！道良喝道。就是真的就是真的，银禾不服，因是爷爷亲口说的，上个世纪80年代，爷爷说的。爷爷还说，当年他们家盖房子，上梁那日，汤家送来了一担银圆，整整一担啊，装在两只箩筐里。这是他们家族最最激动人心的传说，汤家少爷跟爷爷有交情，一担银圆的事全村人人都知道，道良也听到过无数次，这是真的，但是孙中山和汤化龙的故事他没听说过。

道良找出《辞海》翻给海红看，汤化龙，光绪进士，君主立宪派，1918年在加拿大被刺死。梁启超用杜甫句子写了一副挽联：一卧沧江惊岁晚，几回青琐照朝班。

走向共和的历史就是这样曲折地在乡野流传。银禾坚信，这是真的。

9

她还逞能。她能着呢，她样样都是要学会的，没有一样，能难得倒她。

抽水马桶坏了，一按把手，是松的，不出水。

不得了！

书斋里的人都是没有用的，道良只管他的古钱币，他把头埋在那只八十倍的显微镜里，一刀平五千里那粒金正在沙漠里闪耀着宫殿的光芒呢，他头都不抬。

海红说，怎么办怎么办呢，找人来修吧。但她害怕打电话。

这时候，我们的史银禾她就站出来了，读书写字的人，越读越跟百事隔。一个马桶都搞不定。这个马桶，银禾看它也是生的，但她不怕生，又拍又摸，嘀嘀咕咕，她说：你当我怕你，我不怕。她又说：我就不信。

她搬开水箱盖，手探进去，摸到了那只吸在下水口的胶皮堵，哈，是连接皮堵的细铁棍松动了，她套上螺丝口，一拧，好了。

到了下一次，马桶成了她的熟人，又冲不出水了，没等海红叫，她笑眯眯就进了厕所，熟门熟路，搬开盖，一看，是连接把手和细铁棍的线断了，她从针线篮里找一根粗线，两头一系，接上。

油烟机那个大家伙，她也立志要把它搞定。

来了一个清洗油烟机的安徽人，这人一来就把烟机的电线扽断了，然后他试机，机器自然不转，他就说是里面的马达坏了，须换一台新的，接着，是两边的叶片坏了，都要换，还有两截烟道，早裂了，也要换，加上灯和按钮，统统换上了这个人自己带来的零件，价格也是他定的，加在一起，将近五百元！

这个人站在厨房里，冷冷地问：有创可贴吗？拿来给我。他又问：有板蓝根吗？又问：有康泰克吗？每样都尽可能找来给他，他似乎嫌少，目光仍是冷冷的凛然一股杀气。他又说话了，他像一名法官，傲然问道：你们都是有工资领的吧？这个人拿着五百元钱连同创可贴板蓝根康泰克走了。

他眼睛里那股子杀气让人无法动弹，根本就忘了试机，人走远了才想起来，一按开关，不动，再一按，还是不动。刚刚换上了新零件的油烟机，难道就坏了？或者，他把坏掉的马达换到了我们的烟机里，把好的那只换走了。

人真有这么坏么？抬头问苍天。

再也不敢找人来了——他上门，无故呵斥你，要你给他药，把你的好机器折腾坏，再超出十倍地收你的钱，他简直就是，愚弄加上抢劫。你只好再花大几百元买一台新的。

按照道良的说法，是社会一转型，人心就变坏了，挖空心思骗钱，这个社会，几乎也烂透了——从此更加防备了这个世界，本来厕所厨房都要装修，现在就不敢装了，因为装修更容易上当，花了钱找气来受，甚至比不装修还糟糕。

银禾不生气，她笑眯眯地总结出经验：

再有洗油烟机的人来，第一是要紧紧盯着他的手，不让他一上来就把电线扽断，第二是要开机给他看，我们的机器是转的，不转就是你弄坏了。还有，应该让他把身份证拿出，把号码记下来。然后呢，她将要站在旁边看着，眼睛瞪得大大的一眨都不眨，看他是怎样拆的，拆下有几样东西，又是怎样装的。银禾对油烟机有把握着呢，她拍胸脯说：等她看熟了，就不用请外人来了，她来干！

10

春泱练习的东西，银禾也要跟着学——因为她是银禾啊，世界上的事情样样她都爱玩的。

有个暑假春泱决定学拉二胡，她认为二胡只有两根弦，一定好学，二来呢，全班都没人会，如果她学会了多牛！第三，家里就有一把现成的二胡，爸爸还会拉《二泉映月》。

春泱一来劲，银禾也跟着来劲。二胡她更加胸有成竹了，她家也有呢，她伯[①]也会拉呢，她认为她必然比春泱学得快，因为她银禾是个手巧的人。

她笑眯眯地声明：我也拉。

殷勤地帮细父把二胡从书架顶上取下来，看着细父调弦擦松香。道良让春泱拿二胡，运弓，银禾在旁边也帮忙指点，“不对，是这样”，她在王榨村里就是有些好为人师的——二胡么，她知道得很。等到春泱放了二胡，银禾立即就接了过来。她一拉，可不好听，拉锯杀猪似的，1嘎——5嘎——，她再拉，仍是5嘎——2嘎——，于是银禾断言：这个二胡不够滑溜。

道良让春泱写毛笔字，用宣纸订了一个大本子，每天一页。

---

① 伯，儿女称呼父亲。

银禾颇欣喜，赶紧说：我也要练字——她打算要练到能写对联的地步，“等过年回村我就给人写对联！”她说着就捉起了毛笔。毛笔这东西她是比二胡更稔熟，说起来，她娘家算是书香人家，爷爷史永年，每年年根给人写门对春联，哪次不是她帮着裁纸晾纸的？

——这个家庭有着毛笔字的传统，谁要练字都会得到极大的鼓励。银禾开始落笔了，她要把纸转上四十五度角斜着放，她的字是要斜着写的，每个字都朝一头歪着——就像大风刮过庄稼地，玉米们、水稻们、棉花们，倒伏在地里。因为她是银禾啊她把纸斜着放置，写完之后再正着看，玉米们才能直过腰来。

银禾写字就像一项特技，道良又笑又叹说：把字写躺倒，真是算本事。

每天写字，不好玩。她跟春泱一样，没长性，拉二胡和练毛笔，都是三分钟热度。两个人的身上都没有坚持的素质，二胡，光运弓就要练一年呢，毛笔字，一个点，不要说写成“高空坠石”，就是稍稍像样些，也得成年累月不懈追求。她是不为难自己的，一不好玩，立即扔了。

她又画画。下午两三点，阳光照到衣柜上，做饭还早，她就用一支圆珠笔，在春泱用废的作业本上画画。她找出一本有插图的书，照着描。一个女人，坐着纺线，有点像二妈，二妈下巴有一大块黑痣，于是她在女人的下巴上也画了一块痣。好了，她对着光，举起来，“画得挺好的”。她自己称赞道，满意地咧开了嘴。她又照着书描画了两只鸟，又描了一只白兔。画过之后心满意足，她把它们小心放在装针线的铁盒子里，打算留给女儿雨喜看。

11

她会打架！因为她是银禾，她英勇无畏，帮叔叔跟楼下的男人打了一架。晾衣裳的撑竿都打断了，现在这撑竿还放在厕所的角落里。谁看见这根撑竿不念她的好？她是这家的功臣！

功臣是这样做成的：

道良家是909，楼下那家是809，这幢楼的防水性能不好，常常是，十楼往九楼漏，九楼往八楼漏，八楼继续往七楼漏，但八楼的809不干，他要到道良家砸门，他说，你们家漏水，为什么不修？你们必须修！道良说，不是我们的问题，我这里也一样漏水，是楼上漏下来的，你来看看，漏得比你家还厉害。809说，我不管，你们就是要修，漏到我家就是不行。道良说，我修了不管用啊，修了还会照样漏，水是从十楼上面漏下来的。

809是钢厂工人，下岗了，心里有一股火，他身高一米八几，走起路来咚咚有声，砸起门来呢，是隆隆地轰响，道良全家听得心惊胆战的。

道良躲在门背后，不愿开门，听见动静消失才开始长叹：知识分子最没用啊，对付流氓没办法。他感到自己很受欺负。

“鸵鸟政策”却激怒了809，他端了一盆洗过衣服的脏水上到九楼，“哗”的一下，全泼到了道良家的门扇上，那里贴着道良手书的大红“福”字，脏水流过红纸和墨汁，染成一道道红黑水痕淌在门上，宛如深深浅浅的血迹淋淋，简直触目惊心。

又悲愤又绝望道良又骂流氓又声称要上五台山出家，然后他在家里闷坐。但是809又来敲门了——

银禾在家，银禾开门，银禾怒目而视。

忽然两人就打了起来，银禾反身抄起撑衣竿，如同一个准备拼刺刀的士兵，她膝盖半弯站成了马步，撑衣竿斜斜地端在胸前，她觉得自己就像一个英姿飒爽的女民兵，她喝道：你恶！我不怕你恶，你来试试！ 809捞过撑衣竿一把折断了。

此事最后以道良打110报警而告终。

12

银禾对这座城市很是有些她的见解，在她看来，这里可笑的事情太多了，管糍粑叫年糕，管腌菜叫霉干菜，东洋笋呢，叫茭白，明明是莴苣，却要叫莴笋，真是可笑；还老要锁门，小孩上学要接送，也可笑；城里人竟不信有鬼，那就不但可笑而且可气；地上要搞那么干净，更可笑，干净有什么好呢，一个干，一个净，都是不祥的，要留一点才有福气；还不能拖椅子，说是影响楼下人家，就是胆小——为什么胆小，因为家里没个儿子，所以她有些可怜她的叔叔。

银禾本来特别敬畏她叔叔，小时候叔叔回乡下看爷爷，银禾总是磨磨蹭蹭地往跟前凑，叔叔一叫她，她撒腿就跑。乡下全家，她伯、她爷爷、她大哥，都以叔叔在北京中央（乡下认为，凡在北京工作就是在中央工作）做事为荣。

自从帮叔叔打过架后她就认为叔叔不太有用，而她自己较有用。

于是叔叔的意见她就不大听得进去，她用她那一套对付生活——厨房的下水道堵塞了，一盆水倒下去，忽然脚底下湿了，原来是脏水从厨柜下面冒了出来。叔叔让她打电话找人来捅下水道，她不找，叔叔再催，她还是不找，置若罔闻。她还跟海红说，下水道堵塞是叔叔不会倒水，她会倒水就不会堵住，她是怎么倒的呢，一盆水，决不哗的一下倒下去，而是慢慢倒，倒成细细的一线，这样就不堵了。再说，花一百元钱捅下水道，捅完不久照样堵，急着捅它干吗？这事使道良十分生气，他冲银禾说：你怎么这么能凑合？不想过了？他绷着脸，自己去找人上门。他跟海红说：农民，农民就是农民，一辈子都教育不好！

银禾喜欢和叔叔一家三口谈论自己的女儿王雨喜。她认为，她的雨喜比春泱能干多了。

雨喜聪明，初中只读了两年，就自己不读了，自己找工，北到南，南到北，广州东莞深圳，那么远的新疆，她也去干了活。

一个人走南闯北，太有本事了！果扣[1]，好伢！

雨喜会用电脑视频聊天。银禾到顺义大山子看同乡，有人有电脑，她在电脑视频看到了远在深圳的雨喜，就像看电视一样，她简直欢喜得要哭出来。

锅里的屎

1

浠川县城离北京有十八个小时的火车路程。

从浠川县城往南，下一个长长的坡再上一个坡，就是王雨喜的湾口中学。

湾口中学的学生是这样吃饭的，他们每星期从家里背一个米袋到学校，在总务处交米，每天再由总务处把米称给饭堂，学生们把自己的铁饭盒放在食堂，由食堂放米加水蒸饭。

孩子总是吃不饱，即使每周交上的米加到六升仍不饱。

有一天学校门前有一辆拖拉机熄了火，老师让孩子们帮忙推车，孩子们都去了，他们不知道，这拖拉机上满满的一车米就是从学生的米里克扣下来的，学校要运去卖。

学生们真是冤啊，把自己的米运去卖还帮着推车！而且，教师饭堂里的剩饭每次都放到学生的饭里重新蒸，怪不得饭里总是有馊味。

---

① 方言：聪明。

真相大白之后就改由学生自己蒸饭，自己放米放水，再放进食堂的大蒸锅一起蒸。

好了，每周最多带三升米，足够了。

雨喜早上和张笑盈去锅炉房打开水，然后把暖壶放到饭堂墙根的一溜水泥地上，密密麻麻的暖壶挤在饭堂的四面边沿和台阶上，看上去层层叠叠。

然后她们把从家里带来的米倒入饭盒加水再码进学校的大蒸笼。

然后去上课。

一百三十八个人挤在小教室里，一张条凳要挤五个人密密麻麻的，坐在后面根本听不清。

一下课就要去抢饭，一百多个人逃难似的挤出教室奔跑在去往食堂的路上。

如果你抢不到你的饭盒就被别人抢走了，那个大蒸笼，各人的饭盒紧挤着一片杂乱，圆的方的深的浅的大大小小一片挤着。饭盒里的米都是自家种的，它跟自己的孩子亲呢，一路跟孩子来到了学校，但紧张的时刻来到了——

它刚变成米饭紧张的时刻就来到了，一片手一片手指，人也叫，米也喊，但它们互相听不见就像战乱中失散的亲人。就像亲人失散在一片硝烟中，白色的蒸汽中人挤人逃难似的混乱和慌张，大呼小喊头皮发紧，但你没有力气哭也没有用，有些人就是横行霸道的，有几个根本不是学生，校外的混混们他们专抢别人的饭吃。

力气小的女生到最后没有饭吃——抢不过别人连饭盒都要不回来，站在那里，哭，她说她饭盒都买了五次了，五次，她妈妈说再也不给她买饭盒了，她再也没饭吃了，她妈妈说她怎么这么没有用，连饭都抢不到吃，现在就抢不到，将来更抢不到了。

雨喜还好啊，她个子那么小像玉米地里的一棵花生，但是她鬼精灵每次总能抢到饭吃，甚至还有人帮她抢呢，她的好朋友那个大高个女生张笑盈左冲右突攻进人群里，又披头散发突围出来，她胸前抱着两盒饭，连连大呼烫死了烫死了。圆的那盒是雨喜的，方的那盒是她的，她们又庆幸又骄傲头挨头肩并肩一路穿过饭堂和橱窗走到操场。

学校的操场真是大，上面有一片一片的草，许多蜻蜓一上一下闪闪发光，有一个土台子远看很小走近却很大，每学期开学上面就摆一个书桌和一张椅子，校长讲话，“金风送爽……行为方式……要起早床不睡懒觉……叠好被子……洗脸要拧干毛巾……”校长的声音被高音喇叭传到田野外。她们喜欢在操场上吃饭，樟树底下没有蠓虫，有两块石头正好可以坐。

玻璃瓶总是用来装霉干菜——萝卜缨或者芥菜或者白菜，从地里收回来晒到半干放上一袋盐，又蒸熟又晒干了再放进瓦缸里存着，经久不坏。吃的时候把干菜泡软加上猪油或者油渣，煮，煮，煮，霉干菜在锅镬里升起香气……张笑盈的霉干菜里经常有肉而雨喜没有，五花肉在霉干菜里一层肥一层瘦还有肉皮，她会把肉挑出来给雨喜吃。

抢过了晚上的饭之后她们回到挤着三十二个人的宿舍。

三十二个人睡八张架床春泱你八辈子都想不到!(这句话银禾是潜在的叙述者)一张单人床要睡四个人，两人睡床头两人睡床尾互相闻着对方的臭脚。

有人这样睡觉春泱你难以置信。(这句话海红是潜在的叙述者)

有一天雨喜去得早，她看见了蒸锅里的一坨屎。

是人拉的一坨屎——他不拉在饭堂的地上，也不拉在灶沿，他偏就要拉在蒸锅里，偏就要拉在蒸锅的正中央。

蒸锅里的屎臭气跟随着雨喜从饭堂到教室到宿舍，又从宿舍到饭堂再到教室。终日不散。

屎的气味终日不散。

在终日不散的臭气中她跟张笑盈说，她不想读书了，她不想再挤在一百三十八个人的教室，也不想再四个人睡在同一张架床上，三十二个人睡同一间屋，也不想每天都要拼命去抢两顿饭了。

2

雨喜的小名叫六饼——银禾日夜打麻将昏了头，两个孩子在桌边蹭着她的腿说饿，她低头一看，眼前白花花一片麻将图案，两个孩子的圆脸，一个脸上是五饼，另一个脸是六饼，她鬼迷心窍喝道：五饼六饼，滚开!

在东莞和深圳，雨喜是一个没有名字的人，她是一个工号——3019。线长、班长叫她的工号，工友呢，山东来的管她叫“湖北”，同省份的管她叫“浠川”，因为她是从浠川县来的，正如她管别人叫“红安”、“英山”或者“蕲春”，同是浠川县的呢，则管她叫“湾口”，有两个是从大岭乡来的，青台乡的则有三个，她们就分别叫“大岭”和“青台”。

互相都不熟，分在不同的班组，虽在同一个大车间里，却也不知道谁是谁。上班就粘牢在各自的操作台上，面无表情。埋头焊接电子零件，一天要焊一千三百件，谁有工夫东张西望，稍不留神就会烫伤自己的手，即使抬头片刻，看到的也只是别人的后背，连脸都见不到！

一些人上白班，一些人上夜班，或者统统加班，看谁都是生的，即使面熟也不知道叫什么名字。

月工资是八百元，但每个月拿不到，要到年底才发。食宿由工厂包，在这个厂，一个月都吃不着一次肉。不过每个月又能支二百元生活费，这够她去网吧玩的了。

网吧很近，走路五分钟就到了。正规网吧三元钱能玩一小时，黑网吧呢两块钱。如果玩通宵，更便宜，从半夜一点到早上七点，十块！

那时候，她喜欢玩的一个游戏叫劲舞，选一个歌，在规定的时间里完成全部动作，雨喜的反应像闪电一样快，她玩得最好，她真是自豪，网吧里没人能玩得过她。

她却又是有精神追求的呢，她不玩游戏了，知道玩游戏毁人。她开博客，给自己取了一个网名叫“逆风飞扬”。坐在电脑前，她看见自己的头发染成稻穗一样的金黄色，长长短短地碎着，多么时髦！她抿着嘴目光坚定，还不止，简直是犀利！

她写一些文字放到上头，一行一行的，看着很不错。她当然不是王榨村的六饼了，也不是只念过一年初中的王雨喜，更不是3019，“湖北”“浠川”“湾口”，她是“逆风飞扬”，有大专文化，起初她想冒充高中，太低了，怎么交得到有档次的朋友？她一咬牙，说她大专在读。

她的自我简介很是像回事，在爱好和特长一栏她填道：钢琴、旅游、摄影、阅读、写作。这些虚拟的事情有何不妥？本来网络就是一个虚拟世界，有多少男的把自己说成是女的。难道一个乡下女孩就不能爱好钢琴吗？

雨喜她每周去网吧两个通宵。她走出厂大门往右拐，紧挨着，就是一家叫作“蓝光”的网吧。

门厅是黑的，没有一个人，这种像洞穴一样的地方真是对她的胃口。她往里走，一台台电脑闪着荧光，那都是光明的通道，引领她飞离日常的土豆白菜和每天重复一千三百次的动作。

她扑到一片荧光跟前，鼠标一点，她感到自己如同一股青烟，经由光缆变成了那个时尚高雅、光采灼灼的“逆风飞扬”。

3

逆风飞扬，雨喜一路飞，从北到南又从南到北，她在每一处干活都不超过半年，有时在试工的一周内她就走掉，电子厂、玩具厂、拖鞋厂、袜厂，从东莞到深圳，还曾坐过两天两夜的火车，去到遥远的新疆奎屯。

她用手机把QQ号二十四小时挂在网上，免费的窍门有很多，她知道用一个上网软件就可以使用手机上网不要钱。她走在陌生而繁华的城市里一点都不害怕，她确信她是不会迷路的，随时用手机上网一搜，从北京的东城到海淀的杨庄可以乘几路公交车，她在深圳都可以告诉她妈妈。她什么都知道，小姨美禾家要买一台新电视，她知道网上团购可以省三分之一费用。武汉光谷的抗日大游行，新疆的暴动，拆迁钉子户的自焚，罗彩霞被人冒名顶替上大学，她无所不知。

她手里的QQ号有不少，同村考上大学的，网上结识的，堂兄弟堂姐妹，表兄弟表姐妹，舅舅家的女儿、小姨的儿子，都是同龄人。只有叔公家的春泱，没有给她QQ号。

打工太辛苦了，在一家拖鞋厂，天寒地冻，车间里没有暖气，她一边吸着清鼻涕一边干活，手和脚都长满了冻疮；在东莞的电子厂，一天要干十几个小时，生病都不能请假……

所有工作她都不够满意，太累，工资太低，吃得太差。

她见多识广，幻想不断生长又不断破灭。刚辍学的时候她发誓，将来要在学校对面盖一幢三层楼，那上面要贴满亮闪闪的瓷砖白晃晃的，谁路过都能看见，要开一辆桑塔纳，从深圳开回湾口中学让班主任罗大嘴看一看，一辆红色的桑塔纳在湾口中学的操场上闪闪发光。肥皂泡闪闪发光。

她心高着呢，跟张笑盈说她将来要开工厂，肥皂泡五颜六色生生灭灭跟随雨喜从南到北从北到南，它们缭绕在王雨喜、“湖北”、“浠川”、“逆风飞扬”的身上，如同蝴蝶纷飞。

宝　贝

春泱养得精细，银禾觉得是笑话——以前在乡下，孩子都是一串一串的，每家都是一串蛤蟆，大蛤蟆牵着中蛤蟆，中蛤蟆牵着小蛤蟆。到了夏天，个个光着屁股，全身上下光溜溜的，要拉屎呢，就随地一蹲，狗在旁边等着，拉完了，狗把屁股舔干净，再吃地上的屎；洗澡呢，用木桶打一桶河水放在太阳底下晒。娘家村有个伯娘，生了十一个儿子，她给孩子洗澡，旁边放一个大晒腔[1]，有床那么大，她直接用一只大木盆晒水，水晒热了，就坐到矮凳上，十一个孩子围一圈，洗完一个就往晒腔扔一个，跟洗萝卜似的。

是啊假如有十一个春泱，当然一切都会不同，只有一个春泱，就

① 晒腔：一种农具，竹编，有床那么大，用来晒粮食、菜、红苕等。

只能是一个宝贝。

道良五十多岁得了女儿，宛如上天往他怀里落了一枚嫩嫩的月牙尖。

他常常满怀喜悦地回述：“……我在产房门口等着，天亮了，产房的大门忽然出来一个护士，她抱着一个婴儿大声喊：柳海红——谁是柳海红的家属，我赶紧说我是我是，她把婴儿抱到我跟前说：看一眼啊是个女孩。我一看，嗬，刚从娘胎出来就睁大眼睛，眼珠子又大又黑，还滴溜滴溜转，一头头发挺密。”道良还要补充道，从前见到的婴儿都是皱皱巴巴的，眼睛要三四天才睁得开。

海红也喜欢跟春泱说：“……妈妈听见啊啊哭了两声就不哭了，哭得细声细气的，一个护士把泱泱抱来，屁股露着，说，看一眼啊，是个女孩！”

用银禾的话说，春泱是个贵果子。

贵果子不愿长大，喜欢往父母怀里拱，十二十三岁、十六十七岁，仍如此。海红说：越长越小了不成？孩子气壮壮声脆脆答道：是，我刚满月呢！一点也不含糊。甚至更加极端：我还是胎，还没生出来呢！

一个孩子就是无穷无尽的担心，担心带来焦虑，焦虑又爆炸般产生担心。道良和海红，两个都是焦虑型人格，两人像一对镲，都有金属的质地，大小相当，重量相等，明晃晃地正面相对，一重焦虑带来两重，两重变成四重，互相影响，雪上加霜——“嚓”的一声，屋里立即弥漫了焦虑的烟雾。

万一兔唇，万一无肛，万一预防针剂过期……啊无尽的灾祸悬在头顶上。发烧会损害智力……牙齿指甲头发，电插座的小孔（她拿根小铁丝一捅，完了），剪刀、筷子和棍子，都有危险，扣子硬币，甚至果冻，都有可能卡着气管憋死人。所有带角的地方，都被道良包上了布，家里大大小小的门插销，都用纸塞得紧紧的，啊一旦孩子从里面把门插上那可就完了。

上街，不得了，每逢节日必有成百儿童走失，会撞倒、踩着，或者，总之……

无妄之灾的幻影像飞蛾，总是掠过道良的眼前，他说：无论如何，管他什么情况，我都要紧紧捏着孩子的手，死也不撒手。

对银禾，道良是一万个不放心，她每天早晚接送春泱上学，据道良的观察，这个银禾，实在是太粗心了——出门总是忘记关门。她说：乡下都是不关门的，城里怎么老要关门？她走在大街上就像走在田里，完全不具备眼观六路耳听八方的能力，面前有一坑水，她看也不看，一脚就踩上去了，水花四溅，落到春泱的头发上。横冲直撞的车她也不知躲避的，她让春泱走外道她走里道，春泱往前走了，她还在看树上的一只喜鹊呢。

所以，道良早上要跟在两人身后走出很远，傍晚则要远迎到半道上。所以，春泱上学，小学、初中、高中，每天几乎总是有两个人在接送！

这样的天下奇观，世界上不会再有第二个了。

道良说：说下一个大天来，我也绝不会改变。报纸上的消息，总是让天下的父母饱受惊吓——一个母亲，女儿被拐卖了，母亲就疯了。道良说，先疯比后疯好，宁可先疯也不要后疯，出了事再疯就来不及了。青天白日，乾坤朗朗，小学生戴着小黄帽列队回家，每队小黄帽都有路队长，还举着墨绿色的三角旗呢，街上车辆见了戴黄帽子的孩子，个个小心，教委规定，一律就近入学。小黄帽走着走着就到家了，胡同里、马路牙子上，长年累月坐着一些佩戴着红袖箍的老太太，叫作“治安协管”——坏人她们虽然抓不了，却人人有一双警惕的眼睛，任何陌生人出现，她们都会盯着，凛然盘问：找谁？干什么？

纵然如此，还是挡不住世风日下。

道良坚信，这是一个最混乱的时代，好人差不多都变坏了，坏人变得更坏。总是有一个对社会不满的人，他失意，或者失恋了，或者失业了，他头脑里的一根支柱“嘣”地断了，于是他就去买一把锋利的刀，守在一个小学校的门口，大门开了，孩子唱着叫着像鸟一样拥出，这个歹徒，他逮住孩子一刀一个。福建南平，一次就捅死了八个孩子，什么精神分裂，是社会出了问题。

道德沦丧天地摇摇欲坠，真让人寝食不宁——就在北京的市中心，小学门口，孩子就被拐卖了。那个小姑娘十二岁，她清晨上学，穿着校服，戴着红领巾，边走边背着英语单词，第一节课就是英语，要测验呢，忽然有一辆白色面包车在她旁边停下来，一个年轻女人探出头来问她：请问到亚运村怎么走？女孩子想亚运村还远着呢，那女人就把孩子拽上了车，“上车再说吧。”她说，然后让孩子喝下了一杯牛奶，然后孩子就什么都不知道了。过了八年，孩子被警方救出，回到父母身边，她已经二十岁，身上穿的还是被拐卖那天穿的校服，都认不出原来的颜色了。她被卖到遥远山沟给一个男人当老婆，生了两个孩子，她小学的同班同学，都已经上大学了。

海红发着抖看完了这版报纸，要知道，这不是地摊上耸人听闻的法制类小报，而是知识分子型大报《南方周末》，她让道良看，道良说他不看，这玩意儿太刺激神经。

不看也知道这世道坏，“我向来是不惮以最坏的恶意……”鲁迅早就说过。

刺激实在太多。但有时，道良却又要反复讲述报上的负面新闻：一个男孩被车撞了，车又来回再碾一次，把男孩碾死了；一个女生被绑架，父母给了五万块钱赎金，之后还是被杀掉了。道良有时要把一个负面新闻连着说上四五遍，这时候，海红就被拽进惊恐中，失眠，没有食欲，感到灾难即将降临。

连接不断的轰隆声，把世界炸得七零八落，到处都是窟窿眼，大的大小的小，谁也修补不过来。

小学、初中和高中，春泱在两个大人日复一日的护送下上下学。银禾觉得实在好笑，她过年回家跟王榨村的人说，才屁那么点路都要接送，怕她丢了，我家雨喜一个人走南闯北，要丢还不得丢上一百遍！

卷三

蛹虫时代

1

在海红看来，她异峰突起的婚姻、兀促的爱情，她高低起伏的易变情绪，以及节节败退的生活，无一不与她的幼年有关。

九岁之前，海红被频繁辗转托养：圭宁县城、外婆家乡下，以及父亲的老家陆安县乡下。一个地方少则三两月，最多半年。常常是，刚刚把一张陌生的床睡踏实，把一个地方的饭菜吃惯，把周围小伙伴的脾气摸清楚，母亲就托人来接她了——把她送到又一个陌生的地方。

人在深井里，沿着井壁一点点往上爬，湿滑、黑暗、没有依靠。好不容易见到了井口的亮光，不知从哪来的一只手，毫不讲理，捉住她，“咚”的一声，把她扔进另一个井。

即使是在圭宁县城，居所也是不停变换的。

周岁前寄养在一个姓潘的婶婶家，吃不着奶，只能吃米糊和黄豆粉；潘婶出门就把她锁在家里，屎尿拉在床上，人呢，泡在屎尿中。

两岁多，送进镇办托儿所日托，和许多大哭大叫大闹的孩子们关在一起，没有游戏和唱歌，也没有滑梯。到了饭点，阿姨用一只大木盆端来一大盆白粥，她把木盆架在腰上，另一只手端了一只粗瓷碗，满满一碗炒咸菜，用猪油炒得亮汪汪的。饥饿的孩子们高兴坏了——抢得稀里哗啦。海红人弱，抢不过，常常半饥半饱。

母亲的单位不停变动，合并，分散，再合并，再分散——公家的宿舍散落在县城的东南西北，人也随之颠荡。灯笼桥、俞家舍、沙街、水浸舍、旧车站，以及火烧桥，当年的农民运动讲习所。

太多了。

陌生的地方令人不安。

灯笼桥没有灯笼，是一条青石板的小巷子。一个房间，没有窗，屋里是暗的。一张大床隐没在微薄的光线中。孩子自己吃饭，在食堂里开半碟菜，五分钱，半份。亲人都不知道到哪里去了，他们永远不在。父亲柳青林，他在柳州；母亲章慕芳，她到一个边远的公社出差工作。弟弟海豆呢？他刚满月，就被送到了外婆家。

孩子自己打水洗澡。木柴在灶里熊熊燃烧，大铁镬里热水蒸汽腾腾，炊事员——一个退伍的小伙子，他帮海红舀上两大勺沸水，哗哗两下倒进桶里，海红摇摇晃晃，拎着小半桶沸水进洗澡房，她用一只木勺接凉水，一趟趟运送，兑进沸水里。然后洗澡。衣服呢——她五岁就会自己洗。

沙街在河边。大河流淌，码头热闹。船只从远方到远方。卸下盐和松木，装上粗瓷瓦缸和大米。木头堆在码头上，老人和孩子，赶集一般奔来。一堆蚂蚁，围住一根骨头，兴高采烈。他们叮叮当当，把原木的树皮剥下来做柴。一只蚂蚁站在近处，她不动手，不吭声，我们的海红，她家不开火，她吃食堂。而且她也没有家，她孤零一人，回到一所幽深寂静、空无一人的房子里。

这所房子是旧时代的盐仓，底层是盐仓，楼上是客栈。1949年后收归国有。这个时候，母亲的单位是一个小单位，小如细胞，一共只有五个人，全部是妇女。她们常年下乡，负责计划生育、妇幼卫生。房子幽深窄长，像一根细细的肠子，三进天井，一重又一重。天井用来采光和晾衣。

阳光照进天井几乎要到正午。到下午两三点又没了。屋子里常年是潮的，有时有一层细细的水珠。空气中总有一股咸味，低头一看，墙皮剥落的旧砖上，渗出盐一样的白硝。

青苔长满了天井的四周，唯有中央一小块是白的，其余皆是暗绿。青苔的潮气在夜晚里浮动，阴影隐隐。细碎的声音是鬼在说话么？鬼的传说在新时代里难以泯灭，它们像泡沫也像石头，生长在小镇的日常生活中。

若隐若现的阴暗影子，在阴气浓重的青苔上浮动，一路飘到空无一人的阁楼上，楼上没有安电灯，是厚厚的灰尘和浓重的黑。那上面的鬼和天井的鬼是不是同一个？海红想象它身穿宽大的黑色衣裳，在上面走来走去。因为她真切地听到了阁楼上的窃窃私语。

孩子独自一人到外单位搭伙吃饭，再独自回来。独自生病，做噩梦。她无师自通，自我抚摸，安慰自己饥饿的皮肤。一寸又一寸的身体，寸寸都是饥饿的，她一点都没想起来，母亲什么时候抱过她。

在黑暗中，她紧紧抱住自己。她把自己小小的乳房抓得紧紧的，仿佛那就是她至亲的亲人。

街上还有农业局和林业局，很大的院子，新盖的砖房间有枇杷树杨桃树，还有扶桑树和甲壳虫。有孩子，是她的同学，于是她有了玩伴。玩白毛女跳下娘娘庙的供台，台子有一米多高，女孩子们把辫子散开，一个个往下跳，气流把她们的头发冲起，她们大笑，大叫。

孩子们玩“农业学大寨”，在院子里用瓦片挖土，然后种上草，啊没有水浇灌，于是要修水利，从水龙头那里画一道线，众人用棍子或者瓦片，挖的挖，戳的戳，开出了一条两指宽的浅沟。水龙头一开，水从中间泛滥了，流了一地，人人踩一脚烂泥。

刚刚玩上兴致，又搬了。

搬到了旧车站，谁又知道外公就在这里当过站长呢？这里门廊是方的，有两尊青石的方蹲，颜色青黑润泽，年深日久。四十年之后，海红才知道，这是外公让石匠做的。

窗外就是公路，卡车隆隆，震得窗玻璃嘎嘎响，而屋子里常年一层灰尘。这是省会南宁至广州的必经之路，在繁忙的季节，运货的卡车川流不息，昼夜不已。

俞家舍，是父母亲共住的短暂时光，那时候海红尚未出生。

父亲犯了右倾错误之后搬出了俞家舍，他们开始各住各的，各吃各的。自海红出生，就再也没有过一个像样的家。

2

外婆陈碧薇，她永远穿一件黑色的大襟衫。在地坪上，站起来是喂鸡，坐下去是做女红：钩枕头套、缝衣服。她不甚说话，看上去，一半是安详，另一半，谁知道呢，也许是隐忍。

外婆家在一个叫竹冲的村子里。从圭宁县城坐汽车三个小时，之后步行两小时。1950年“土改”，陈碧薇躲过一劫，没有被打成地主分子。在旧政权当车站站长的丈夫1949年春天病亡——适时而逝，恰到好处，否则，有两种情况他定然是逃不掉的：陪绑，再打成地主分子。从此祸及妻儿后代，永不得翻身。丈夫的长兄是旧政权的县长，1950年被镇压。就在圭宁县城北的松石坡大印地，枪毙了。大印地后来成为县体育场，海红中学时到那里练自行车，她对历史一无所知。

60年代的那些日子，四岁的海红来到外婆家。

外婆陈碧薇坐在地坪上，穿一件黑布大襟衫，身上沾着鸡毛和柴草。

地坪上晒着的柴草铺满了一地，简直无边无际。海红从柴缝间走进地坪的中央，四面看过去，就像是在海上，一浪一浪，房屋远着哪，太阳在头顶，气浪从柴草上热烘烘地升起，令人眩晕。

地坪上整日晒着柴草，最多的是狼蕨草和松毛。松毛棕黄色亮着油光，散发出松脂好闻的气味；狼蕨草从山上挑回来的时候叶子是张开的，晒一两天，细长的叶尖卷起来，像菊花的长花瓣。茎秆最奇妙，折断它，把中间的那根芯扽出来，茎秆就成了一根细长的吸管。

海红用它来吹泡泡。

不是用肥皂水——肥皂在60年代的乡下是珍贵的东西。用皂角吧，皂角树就在后山上，枝繁叶茂，满树的豆荚在树上摇晃，随便捣烂泡在一只竹筒里，那皂角水就能吹泡泡。阳光下鲜艳晶亮的皂泡升起在头顶，又落在泥地、水塘、草丛中。落在五色花上的时候，泡泡也像一朵大大的五色花，黄紫金红明灼灼的；泡泡落到母鸡的冠子上，母鸡警惕地一摔头，泡泡破了。

母鸡喜欢在地坪晒着的柴草里扒梳，扒着扒着就会咕咕咕唱起来，它还会脸红呢，眼睛眨着也是双眼皮。有一只鸡懒洋洋趴在窝里不爱动，羽毛耸着，看上去头不梳脸不洗。这种懒惰的抱窝鸡舅舅们是不容的！于是，懒鸡的鼻孔里，被插上了一根羽毛。

有时候，舅舅会把不下蛋的母鸡扔进水塘里。他一把抓起鸡翅膀，几步走到塘边，手臂一挥，只见空中掠过一道黑线（这是只黑花鸡），母鸡像一发猛烈的炮弹，从塘岸飞到塘中央，“嘭”的一下，它从空中掉了下来，水塘击起一道水柱。不过谁也想不到，这只鸡不愿沉塘，它奋力扑腾，在这片冰冷陌生的水里，母鸡英勇顽强死命扑腾，谁听说过鸡会游泳呢？但它真聪明，在茫茫的水塘里知道往家的方向使劲。母鸡在塘里游了十几米，它竟上了岸，全身湿淋淋滴着水，羽毛紧贴，体积骤然缩小一半。

外婆把这只母鸡抱在怀里，胸前湿了一片，宛如一名哺乳期妇女。

海红学会了用竹壳做鞋垫。竹壳满地都是，拣几张大的厚的，泡在洗澡用的大木盆里，用几块砖头压着，压一整夜，压平了，在阴处晾干，比着鞋底，一剪，就成了。

她还会染袜子，小小的人儿，在柴草里捡到了一只黄罂果，她用一只石臼把它捣烂，再放进外婆熬药的瓦罐里，加上水和自己的一只袜子，放在灶头上煮。是真的，白袜子就染成了姜一样的黄色！一只袜子黄一只袜子白，海红就这样穿着。红色的木薯杆，小舅舅编成了一顶小小的红轿子；竹篾呢，编成一只蚂蚱。小舅手巧得很，玩耍的东西简直无穷无尽。

还有蚕，生产队在祠堂里养了蚕。地上摆满了圆圆的簸箕，簸箕上蠕动着一些像针那么细的蚕蛆，绿油油新鲜的木薯叶摘来了，铺到簸箕上，这些蚕不是吃桑叶的，它们吃木薯叶！叫木薯蚕。但它们跟桑蚕并没有什么两样，叶子啃得沙沙响，日生夜长，也变肥，也吐丝，也结茧。祠堂屋顶的亮瓦漏下两束光，一束正照在一只蚕的身上，啊，它是半透明的，刚吃下去的叶子变成了汁液在它身体里微绿着。

年轻人唱歌，《英雄赞歌》，“风烟滚滚唱英雄，四面青山侧耳听侧耳听，晴天响雷敲金鼓，大海扬波作和声”，有大海的“海”字。蚕结茧了，回乡的女知青，把蚕蛹弄出来用油炸，焦黄的一盘，她招呼大家到她家尝新鲜，人人吃得一嘴油。歌呢，“晴天响雷敲金鼓，大海扬波作和声”已经唱得烂熟，他们开始唱一首新歌，《珊瑚颂》，不知谁搞来的歌词歌谱，各人抄在自己的本子上，大家就唱起来了：“一树红花照碧海，一团火焰出水来……”

但是海红被舅舅抱起来放进了箩筐里。原来是要送她回县城交给母亲。外婆往箩筐拍了一巴掌，她感到箩筐一升，身子晃荡起来，不一会儿，地坪变远了，在地坪边站着的外婆越来越小。一下坡，外婆不见了。再一拐弯，水塘也不见了。

3

1971年海红九岁，8月底，眼看就要开学，家里却来了柳海燕。这个生于1949年的大姐，比海红大十三岁，是柳青林在陆安老家的前妻所生，同父异母。海燕在乡下长大，却是一个读书的材料，以优异的成绩考上全地区八个县最好的高中：玉林高中。玉高是天空中明晃晃的一面大锣，威震八方，它的升学率是百分之百！整个家族都坚信，海燕定会考上清华，或者北大。

“文革”改变了一切。1968年，柳海燕和同学们串联到了北京，在天安门受到伟大领袖的接见，她激情澎湃，一路从北京回到玉林，又从玉林到圭安县城看望她的后母和弟弟妹妹。

一个胸怀世界的人就是这样宽广的——海燕一见章慕芳就叫妈妈，那时候，她的生母还在，但她叫慕芳叫得亲，仿佛这也是她的生身母亲。

在走廊，她拦住了慕芳单位的领导，劈头就问：这里的运动搞得怎么样？一个不知从哪里冒出来的红卫兵小将……领导被这样严肃的问题噎住了。海燕呢，进一步问道：我想问问我妈在运动中的表现，她没有什么问题吧？领导再一次愣住了，谁是“我妈”？

一个中学生，就这样和后母慕芳的领导交谈了十多分钟。之后她对慕芳说，她跟领导谈了，妈在运动中表现不错，问题是要彻底划清地主家庭的阶级界限。

那时候，海红终日坐在角落里啃手背，海燕拿出一枚毛主席像章别到海红的前襟。像章是从北京带回来的，全圭安县都没人见过。拇指大，小而圆，亮闪闪的红色底子上金色浮雕的主席侧面头像。

海燕捏捏海红的耳垂说：咱俩都长得像爸爸。

爸爸？谁的爸爸？这显然是一个令海红困惑的问题。

海燕笑起来：我的爸爸就是你的爸爸，你的爸爸也是我的爸爸。

咱俩同一个爸爸啊！

那我妈妈也是你的妈妈吗？

海燕笑而不答。海红想起来问：那你是谁？我不认识你！

海燕大笑。

她教海红念语录，不是“领导我们事业的核心力量是中国共产党”，也非“下定决心，不怕牺牲”，而是：天下者，我们的天下；国家者，我们的国家；社会者，我们的社会。我们不说，谁说？我们不干，谁干？

她的声音清脆、激越，朗朗响彻在幽暗潮湿的青苔上，带着青春的亮光，仿佛老旧的庭院里猛然长出一株木棉树，而树上木棉花艳红灼灼。

“风雨送春归，飞雪迎春到，已是悬崖百丈冰，犹有花枝俏。”“红军不怕远征难，万水千山只等闲。五岭逶迤腾细浪，乌蒙磅礴走泥丸。”她又教海红唱毛主席诗词。她的嗓音是高亢的，犹如对着山川大河；头呢，昂着，又仿佛是对天而唱。

她把自己在北京天安门照的相拿出来，是黑白两寸，遥远的天安门，地上用粉笔画了一个圆圈，她就站在圆圈里，穿一件格子上衣，戴了袖章，胸前握着语录“红宝书”。风把她的刘海吹起来了，更显意气风发。她跟慕芳说，她要组一支长征战斗队，重走两万五千里长征路。

然后她就消失了。如同一只海燕，冲进了雾蒙蒙的灰色雨幕中。

1971年，父亲柳青林去世已经两年，海燕再次出现在海红家，她这时已经是回乡知识青年，在老家陆安县乡下当了三年农民。在海红看来，她完全是个大人了，稳重、沉静；也黑，稍胖。她收到慕芳的信，让她来圭宁县城接她的妹妹弟弟回陆安乡下老家。

陆安县离圭宁县二百公里，需要先坐车到玉林，再从玉林转车到陆安县城，到了县城还要再坐两小时汽车到公社，之后还要步行一小时才能到老家。

海红把自己刷牙用的小搪瓷杯和牙刷带上，再加上一支铅笔和一个算术本。旅行袋由海燕拎着，姐弟三人就上路了。

4

1971年，海红第一次出远门。她坐在班车上，头有一点晕，窗外的树木在倒退，时快时慢，阳光照在刚插秧的水田上，晃得眼睛发痛。忽然海燕拍拍她，让她看前方的鬼门关。这是古代流放犯人的必经之地，山两边一边一块巨石，石壁上凹进去的大大三个字“鬼门关”。

相比圭宁，玉林是一个大地方，有两个圭宁县城大，通火车，是地区政府所在地。

路边有两幢三层的楼房，颇气派，路也宽，人也多。但海红听见了玉林人说话，虽然这里和圭宁只隔了三十公里，话却完全不同。玉林话的语调是凶狠的，没来由的恶狠狠，短促、生硬、忽高忽低，圭宁话是多好听啊，简直是绵长和柔软的。她听到，他们把“我”说成“我人”，“你”呢，则是“你人”。

多么奇怪！

但这时，海燕也说起了这种难听的玉林话，海红深感不适，她昂起头看海燕，眉毛皱成了一堆。

海燕带着两个小的进了一家食品店，他们要到海燕的中学同学家里去，海燕准备买一包饼干作为上门的礼物。但是一掏衣袋，钱不见了！

五块钱，用手绢包得好好的，是妈妈给的路费。海燕掏遍了所有的口袋，终于不得不确认，钱是被小偷摸走了。海燕愣了一小会儿，立即叮嘱海红和海豆，丢钱的事千万不要告诉妈妈，妈妈会非常心疼的。好在去陆安县城的车票在出站的时候已经买好了。

海燕的女同学闲居在家。“文革”一来，再也没有学上。但她也没有下乡插队，街道的人来动员，她病了，脸色苍白，贫血。女同学看到海燕，立即两眼泪汪汪的，啊她深感前途无望，悲观、厌世，生活毫无目标。她家是玉林的老居民，也有两进天井，屋子里虽然暗，却比较阔大，能放得下一台织布机。

大屋里就放着一台织布机，庞大的家伙，它正在工作。

经线一排排，密密绷直，叉开。

一个妇人，把一只缠满棉线的梭子从这头穿到那头，她用脚一踩，咯嚓，织机上的木条压上去，纬线紧紧地织进了布里。真是新奇。妇人白白的圆脸，稀疏的头发绾在脑后，插了一根长长的银簪。她专注在织机上，连头都没抬。

女同学，虽然贫血，人却漂亮。眼皮里含着一包眼泪，更是楚楚动人。她穿着一条灰色的宽腿裤，白色的半袖上衣，看上去既像囚徒，又像落难的公主。她跟海燕站在一边，叽叽咕咕，又说又叹气，刺耳的玉林话从她嘴里出来，似乎也变了个样子。

那个沉默的织布妇人，是寄居在家中的亲戚。女同学的父母都热情，很把海燕当回事。他们招待这姐弟三人吃饭，是别致好吃的炒米粉，有肥瘦肉、豆芽、香葱，香喷喷的，把海红都吃撑了。

到了汽车站，上了班车，坐到了位置上，司机也上来了，一看，海豆不见了。海燕惊出了一身汗，她连忙给司机讲好话，让海红千万别动，自己下车找海豆。还好，不到五分钟，就把他押了回来。六岁的海豆看见另一辆车里有个小孩牵着一只红气球，他眼睛追着气球，自己不知怎么就下了车。

汽油味特别浓，它带着重量，浊浊闷闷地从四处压上来，一直压进五脏六腑。车一动，海红就想吐，却吐不出来。油腻腻的汽油和刚刚吃下去的炒米粉缠在一团，这团东西乱糟糟地顶到了喉咙眼，它们堵着海红的咽喉，使她呼吸不畅，四肢发软。

有人在吃一只杧果，酸甜的果味也使她恶心。她强忍着恶心看了那杧果一眼，它正被剥开，露出金黄色的果肉。像屎一样。屎！这时候她喉咙里顶着的那团东西仿佛获得了动力，它往上奔涌。海红握紧了双拳，使出了全身的力气也没能挡住那个。“嗷”的一声，“哗啦”一下，腿上一阵湿热，一股黏糊糊灰扑扑的东西就喷了出来。

车座跟前、自己腿上，溅得到处都是，还溅了几点到旁边人的鞋上，那人还算好，自己找了张废纸擦掉了。

轻快了一时。远方的山峦是灰蓝的，近处的稻田、池塘、树木、房屋，也开始明亮起来。但没一会儿，头晕又开始了，稻田和池塘，人、树木、房屋、牛……无不变得古怪丑陋。胃里的炒米粉再次奔涌到胸口，直顶喉咙。

一次次，五脏六腑翻腾，它们像一匹怪兽，在身子里东冲西撞，把胆汁搅起来，并发出嗷嗷的叫声。嘴里又酸又苦，吃下去的炒米粉完全变了模样，紧一阵，慢一阵，阵阵都从胃里涌到胸口。永无休止。最后，连胆汁都吐出来了。

通往老家的路上，一切都是那样令人厌恶。

到达陆安县城的时候她眼窝深陷，脸色发青。跌跌撞撞下了汽车，连拖带拽被海燕拖到亲戚家，吃了一碗粥，总算又活了过来。第二天，还要接着走，因路费被偷走了，没钱坐班车，好在海燕在陆安县城的朋友帮忙，让这姐弟三人上了一辆到西河公社运生猪的大卡车。

卡车车厢里铺着一层干稻草，车顶盖了一大幅油布，算是挡住了太阳，海燕连连说，不错不错，她笑着向朋友道谢，眼睛忽闪忽闪的，朋友也笑起来。但海红却咳嗽开了，一声跟一声咳着，直到开车，车一开，她又开始晕车，稍有不同的是，她比先前更加肆无忌惮，整个卡车车厢没别的人，想吐就吐，吐在稻草上，再扔掉。

乡道的坑到处都是，像是刚刚遭了空袭。他们坐在铺着稻草的底板上，每过一道坑，屁股都要“咚”的一下砸在底板上。天又热，油布不透气……故乡的面目真是狰狞。

海红连海燕都讨厌起来，因为她拍她的背。姐姐尽可能地照顾她，摸索着，拍她的后背，摸她的头，用自己的手绢擦她的嘴角，让她躺在她的腿上，“舒服些么?”她总问她。

摇晃、颠荡，卡车上的一切都在变形，连海燕和海豆的脸都是变形的，连好闻的稻草也陡然变了样，奇怪地散发出一股六六粉的气味。

5

陆安县老家是客家人地区，客家话海红一句都听不懂，不像玉林话，虽凶悍，还是能听个七八成。客家话语调婉转柔顺，甚至是好听的——海燕说的时候就是动听的。但它一句都不让你听懂，它飞快地缭绕在每一个人的嘴唇上，像鸟一样吱吱咕咕的，你瞪着眼睛看它，它也瞪着眼睛看你，哪怕你把眼睛瞪出了眼眶，你照样听不懂这鸟语。

姐弟三人住在父亲最小的弟弟五叔家，因海燕也住五叔家。五叔已经有了从一岁到六岁的三个孩子，个个都是稀里哗啦的脏——拖着鼻涕、头上沾着草泥，衣服不是长得拖地就是短得露出肚脐眼。

不能指望海红帮忙带孩子，她都九岁了，一点用都没有，见了脏兮兮的小孩她就讨厌，躲得远远的。有一次她壮着胆，给最小的那个揩鼻涕，手指碰到的东西黏糊糊滑溜溜冰凉凉的，真是恶心，她强忍着，把这摊鼻涕从孩子脸上揩下来，再擦到草堆上。五婶冷冷地看着她，一句话都不说。

这里吃的也跟圭宁大不同，咸萝卜干，在圭宁是最常见的下饭菜，洗一洗，斜刀切成菱形的小长片，用猪油炒。在陆安乡下却一次都没见过。他们吃萝卜腩——用一大镬水，萝卜整根放下去，再放上几大勺粗盐，烧一个树根蔸子熬它，熬个三天三夜，熬到一镬清水变成半镬黑水，萝卜呢，成了烂烂的棕黑色，捞起来放进瓦缸里，吃饭时用筷子夹上半截直接上桌。熬出的黑水呢，用来当酱油，炒菜的时候放上一点，菜有了咸味，却没有酱香。

有天下雨，家里没有人，五叔去大队了，五婶带着孩子串门缝衣服。海燕说，走，看看去。她带着海红走进一间储物屋子，里面大大小小坛坛罐罐，她逐个揭开看，一边说着：这是花生，这是黄豆，这是红薯……忽然，一股咸萝卜干的香味从一只小瓦罐里奔出，仿佛是圭宁藏在咸萝卜里，伺机与海红重逢，海红愣着，不停地吸鼻子。海燕说，知道你想吃这个，就掏出了两根，海红一看，跟圭宁的咸萝卜干完全一样，也是金黄色的，散发着醇香。她们折到灶间，舀了半勺水缸水洗过，海燕见海红不动，问她怎么不吃，海红说家里都要炒过才吃的。海燕说：这里才是你真正的家呢！意味深长。

一天吃两顿，中午那顿是很稀的粥，天天都是黑乎乎的萝卜脯，咸萝卜干是用来待客的。晚饭倒是有米饭吃，但那米饭跟圭宁的饭也不同，叫捞饭，连水带米一大锅煮开，再用一只竹筲把半熟的米捞到一只小木盆里盖上盖，把饭闷熟。米汤呢，喂猪。用慕芳的话说，就是，太不科学了，营养可都全在米汤里！

晚饭的菜经常是葱，葱这时不是配料，它是自己炒成一大盘，也是一人一筷子就没有了。有两个傍晚，海燕收工回来兴冲冲地跟海红说，收木薯了，生产队给每户都分一点，她告诉海红，新鲜的木薯剥皮切成片，用猪油炒，再放一点葱，特别好吃，特别特别好吃，她一定要让五婶炒来吃。木薯外婆家也有，不过是整根煮来吃的，并不炒。于是海红就盼着，盼了一个星期，木薯放在外面晒干又收了回来，还是没有看见炒木薯片。海燕只好又告诉海红，五婶说木薯不炒，要晒干放着。

他们让海红海豆姐弟俩到山坡打柴，两人合一只畚箕，一只竹筢，这个山坡不像圭宁有许多松树，是光秃的，只有稀疏的草。一筢下去，收回来不过几根烂草尖。海红毫无责任心，她并不认为自己应该好好打柴，她领着海豆在坡上东逛逛西走走，走烦了才蹲下身拔一两把草。她的畚箕大半是空的，空就空吧，无论多少，五婶从不跟她说话的。她站在山坡上看远处，连绵的丘陵，没有看见大路，也没有河，这个地方真是贫瘠啊，她往各个方向看，不知从哪里可以回到她的圭宁。

天凉了，学校早已经开学，翻过一面山坡就是一所小学校，海红掮着空畚箕走过去，学校传来了铛铛的钟声，上课了，海红迎着钟声奔跑，然后她站在学校外面，又羡慕又委屈——她一点都不想打柴，她想上学啊。

她想圭宁，到陆安老家的第二天她就给母亲写信，她问妈妈，什么时候可以回去，再晚回去功课就赶不上了。之后她就开始等回信，信都是寄到大队的，海燕常常在收工之后拐去看信。经不起海红天天问，海燕只好说，别等了，你妈不会来信了，等也是白等。海红奇怪：那我不回家啦？海燕说：圭宁怎么是你家？这里才是你真正的家。

海燕知道的内情是：慕芳打算再婚，她让海燕把两个孩子带回老家，并没有明确表示还让他们再回圭宁。这事很是微妙，将来会怎样海燕心里也没底，但慕芳肯定不会给海红回信，所以她得让海红死心，不再天天苦等。

不但想妈妈，海红也想圭宁小学的同班同学，她每天掮着一只空畚箕到坡上的小学校外面站着看，钟原来不是钟，是一截挂着的厚铁片，她仰着脸，入迷地看这截铁片。铁片用一根麻绳挂在屋檐下，在风中兀自晃荡转动，圭宁小学同学的脸也一张张地从这铁片上转出来……她想念她们每一个人，不但要好的，连叫过她外号的、平日里最讨厌的也想。她们吵架的声音、不堪入耳的粗口话，这时全都像钟声一样灿烂，如同鸟群，吱吱鸣叫着，飞往湛蓝悠远的天空。她给她们写信。然后，收到了回信，同学比妈妈还要把她当回事呢。这封信鼓着，塞进了七八页纸，是作文本或算术本上撕下的纸，每人都给她写了回信，人人的信开头都抄了一段毛主席语录。

海红把信压在枕头底下，每天睡前拿出来看一次，这一看，铛铛的钟声就在枕头上响了起来，她问海燕：我什么时候上学呢？海燕叹口气，她也不知道啊。她自己更是前路茫茫，回乡知青的出路取决于家族在村子里的势力，没有势力的，参军、招工、上学，一概没指望。二十多岁，在乡下已经是老姑娘了。海燕被生产队分派管理一片菠萝地，她站在一片刀戟般坚硬尖利的菠萝叶中唱道："绿水青山枉自多，华佗无奈小虫何。千村薜荔人遗矢，万户萧疏鬼唱歌。"她的裤腿上湿滞滞地沾满了露水，湿滞滞地，她把毛主席诗词唱得越来越凄清。

十岁生日到了，海红向来认真自己的生日，她心生幻想，觉得会在这天收到母亲的信，让她回圭宁上学……啊也说不定，母亲说不定亲自到陆安接她回去……空想的巨大狂喜使海红透不过气来，她仔细编好自己的辫子，一个人走到大队去看信。傍晚海燕收工回来，海红跟她嘟哝，她又委屈又生气，眼睛里噙了泪。海燕惊讶道：呀，今天是你的出世日啊？你怎么不早说呢，十岁是大生日啊，你早说我一定让五婶给你做一只荷包蛋！多么古怪，这里把生日说成是出世日。海燕拍拍她的头，说：一定一定，让五婶明天一定给你补上。

说完海燕就开始收拾行李，她已经报名参加三线修铁路，那是一条国家的战略性铁路，动员民工无数。海燕将要成为一支青年突击队的队员，苦战数年，落下各种病根，然后，得以被推荐到玉林师范学校上学，说来荒谬，这家学校正是“文革”前她就读的省级重点高中改制而成。这是后话。

第二天一早，海红还没起床，海燕就带上行李走了，她要赶到大队集合，之后去公社集中，再到陆安县城，再到玉林，从玉林到柳州，那条铁路，叫枝柳线。

海红没有吃到鸡蛋。

海燕一走，天更加暗了，也更加冷了。海红当天就发起了烧，没有吃晚饭，全身都是软的，头昏，嗓子和胸口都像着了火，辣辣地痛，却又感到冷。她梦到母亲，慕芳围着那条枣红色的围巾坐在圭宁县文化馆门口的石狮子上，这只石狮子是海红三岁时迷路的地方，在梦中它变得有些古怪，仿佛瞪着眼睛。她喊妈妈，却喊不应，再大声喊，慕芳站起身，走了，连头都没回。海红在梦中半明白，半糊涂。她眼泪滚下来，冒着烟，她觉得连头发都在疼。海豆叫来了五叔，他让五婶捣烂葱姜做了一碗热粥，海红喝下去，“哇”地又全吐了出来。

冬天到来了，海红姐弟带的是夏天的单衣，两人把所有衣服全部穿在身上，又找出两件海燕没带走的旧衣服，拖沓着穿。海红不再打柴，她出门就空着手，她到坡上的小学校，站在教室外听学生们唱歌和朗读，她已经很久很久没有唱过歌了，这里跟外婆家的竹冲村大大不同，没有人唱歌看书演节目，没有蚕，也没有河，连水塘都没有。

人人都像有仇，邻近有人娶媳妇，五叔警告姐弟俩，不让去看热闹。有半年没看过电影了——大队从来没有电影放映队来过，公社呢，要翻过好几座大山。

从家里带来的一根铅笔，省着用也用完了，一分钱都没有，再也不能有铅笔了。

她沉浸在她的绝望中，对一切视而不见。她整天不说话，见到五叔五婶也像见到陌生人。她不学陆安的客家话，因为客家话于她不亲。她也不帮叔婶干活，到了吃饭时间，她就站到灶间门口，一碟葱，或者一碗包菜放到饭桌上了，她就自己盛饭，然后夹一筷子菜，端到睡觉的屋子里自己吃。

天冷，她不洗头，头发结成了饼，梳也梳不通。她也不洗澡，衣服呢，有两个月没换过了。天下起了雨，又冷又湿，真是上不着天下不着地的。如果死了就好了。这样的念头从脑子里滚出来，像石头一样砸着她的胸口。但她不甘心啊，她要长大，如果能长大，她将永远不理章慕芳。

过年的时候海燕从三线请假回来，见到叫花子般的海红海豆，她连夜给慕芳写了一封长信。她是写文章的好手，洋洋洒洒写了五页纸，她满怀深情写道：妈妈，请您一定让我把海红海豆送回到您身边，我向您保证，海红是个非常聪明的孩子，您无论如何要让她继续上学，她将来定会有出息……

海燕的信改变了海红的命运，慕芳寄来了路费。半年寄人篱下的日子之后，海红姐弟俩重新回到了母亲的身边。

6

海红和母亲成了陌生人。

她不再开口叫妈，有时甚至，冷冷看慕芳一眼，像一个成年人。遇到这样的眼神，慕芳心中一凛。她想讨好海红，把她值夜班的消夜省下来，带给女儿吃，猪肉粥、鸡蛋米汤粉，有时还有一只菜包，海红看了看，说，你吃吧。慕芳只要有时间做饭，也总做海红爱吃的，番茄烧豆腐，蒸塘鲺鱼，炒酸菜，用猪油，还加酱油和糖，再搁上香蒜。海红吃得高兴，但她不说话。

她讨厌所有的亲戚。

慕芳出生在一个大家族里，同辈人散得到处都是，海红有无数姓陈的表姨表舅，还有同样多的章姓同宗的姨和舅。亲戚们来到圭宁县城，会来看看，但基本上不留宿，也不留饭。亲戚有从乡下来的，也有从大连、新疆、广州来。从新疆来的某姨穿着一身军装，长得身材匀称皮肤白，一看就是跟慕芳同一血脉，她见了海红就说：呀，你女儿啊，怎么不像你。

无论是体面，还是不体面的亲戚，家里来了人海红就溜出门。她不爱说话。慕芳就对客人说，这个女儿很古怪的，不理她。

她与母亲更生分了。甚至不能忍受跟母亲在同一个屋顶下。她在屋子里待得好好的，母亲进来了，空气陡然长出了刺似的，别扭着、难受着，一眨眼，她就溜了出去。她若从外面回来，母亲正在家里呢，她磨蹭着，不怎么乐意进去。母亲的话，她是连一句都听不进去的，她也不顶嘴，她只是不应话。到了初中，海红住校，两顿饭仍旧回家吃，吃完就走，一句多余的话都没有。慕芳说：你把自己家当成客栈啊？

这个孩子，我们的海红，她从别扭中来，到别扭中去。她从来都不知道，一个正常的家庭是怎样的。她的问题就大了。

根　须

1

1971年是慕芳最累的一年，她在县医院上班，助产士兼护士。这个时候，医院下放了一些员工到乡下去，剩下的还分出将近一半人组成几支医疗小分队，到边远山区搞巡回医疗，叫作“六二六”小分队，是为执行伟大领袖的“六二六”指示。医院只剩下了七十几个员工，一共有二百多张病床，光产科就有五间病房，两间大的，三间小的，一共二十四张床。外科呢，是和产科在一起的，也有二十八张床，两个科加在一起共五十二张床，只有四名护士。真是忙得天昏地暗，接生、洗婴儿、输液、护理外科病人。供应室不给整理手套，要自己洗好手套，翻过来，叠好，放上滑石粉，装在饭盒里，再拿到供应室消毒。

上夜班要做的事情就太多了，整手套、接生包、手术包，手术室只有一个专门护士，有时也抽调慕芳上手术台，当器械护士，帮着穿针缝针。碰到生孩子的，就更忙乱，最多的一次，一个夜班接了九个生。

上半夜的班一点半交班，到三点半才能睡觉，到六点半又得帮忙干活，不帮根本做不通，按道理，值出的人应该不用帮忙，但实在不行，又生孩子又做手术，经常要忙到十点多才能回家，下午本来可以补觉了，却又要开会，每天都要开会，只得边开会边睡觉。四个人轮流，一个星期要值上两次夜班。碰到医生出诊了，就顶上，干医生的活，医生是不教你的，要自己观察，插管插几个，手法如何。好了，她学会了刮宫术，做得比医生还好。

如果不是慕芳业务精湛人缘好，她定然是要有大麻烦的。

2

生在旧时代地主家庭的人，谁不是惊弓之鸟。何况慕芳的亲伯父和叔父，都是被新政权镇压枪毙的，想起来都心惊肉跳。

慕芳的根系实在太庞大了，那些枝枝杈杈，三天三夜都说不完。

就说她的母系吧，陈碧薇，她的母亲，海红的外婆。她们陈家可是当地的一大望族，清朝的时候出过一个进士，当了官，家势就不可阻挡地发了起来。大地主，大乡绅，祠堂就有三进，十六根柱子立在厅堂里，有一个很大的庄园，里面有花园。后来家族又有人到梧州搞起了实业，更富了。很早就有留学史，庚子赔款的时候就有人去了美国，还出过一个大学校长。陈碧薇的一个堂兄弟，当过梧州市政府的秘书长；一个堂兄，医院院长；一个表兄，留学日本，后来回国办纸厂。

陈碧薇嫁到章家，算是下嫁。章家的规模远逊于陈家，不过呢，公公章修柏，也是一个乡绅地主，有一妻二妾，一共四儿四女。正房长子是抽大烟的，没出息，二儿子章绍甫是个人物，在民国政权中当了县长，后来又到全州做官。陈碧薇嫁的是三儿子章绍振，是二房生的，模样周正，温文尔雅，二哥给他谋了个车站站长的位置，陈碧薇当上了站长太太，家里有一个男工和一个女佣，她一个接一个生孩子，五男二女，到底也没出去做事。公公章修柏五十多岁的时候又讨了一个二十岁的小老婆，生了一个小儿子。

县长章绍甫有一妻二妾，正妻抽水烟，两姨太一胖一瘦，花枝招展。幼年的章慕芳跟大人去过二伯家，是一个大庄园，里面有两层楼高的火砖楼房，花园很大，慕芳第一次见到了鸡冠花、玫瑰花、牡丹花和茉莉花，家里用人有十几个，有人专门浇花，有人专门炒菜。吃的东西令慕芳眼花缭乱，应有尽有，烧鸡烧鹅烤乳猪，还有蛋糕水果，慕芳在这里第一次吃到了苹果，这种红色坚硬来自北方的水果在她们本地的荔枝龙眼番石榴中像皇后一样夺目，她还吃到了一种叫作西贡蕉的香蕉，奇香无比，本地也产香蕉，叫芭蕉，个大，甜中微酸，蕉芯略涩，不香。西贡蕉小小的，慕芳吃了一只又一只。二伯的女儿慕梅走过来，问她要不要喝咖啡，慕梅生得美貌，慕芳见了她只知道咧着大嘴傻笑。

还有两条大狗，毛色光亮，半人高，威风凛凛。

这样的人，新政权不镇压他又镇压谁呢？所以枪就响了，枪声响在体育场，那时候还没有体育场，叫大印地，是圭宁县处决犯人之处。慕芳的二伯章绍甫，他从来都是穿西装的，身材修长，白衬衣，打领带。临刑前他请求让他穿西装打领带，军政委员会的军代表没答应，他说：地主阶级死到临头了，还想向人民示威吗？铁的子弹头呼啸着扑向前县长的头部，在他的脸上炸开了花。

大伯父逃到了香港，他的房产收归国有。三十多年后返还时，他已不在人世。这是后话。三叔父章绍兴1949年刚刚高中毕业，血气方刚，他上山当了土匪。山高林密，有众多藏身的洞穴，土匪们都是失去了天堂的富家子弟，他们负隅顽抗，袭击土改工作队。这些人，气焰真是嚣张，人人都是亡命之徒，把一个土改工作队一锅端，活埋、挖眼、剁手，手段凶残，令人发指。解放军可不是吃干饭的，来了一个团剿匪，秋风扫落叶，土匪死的死，伤的伤，章绍兴被打中了腿，活捉。于是他被拖到了大印地，与另外八个土匪一道，五花大绑，面朝圭江。枪一响，他们一头栽倒在野地上。

陈碧薇算是侥幸的，丈夫1949年春正好病亡。同年秋天，农历十月初九夜，解放军进城，旧政权灰飞烟灭，圭宁中学门口十几辆国民党军车熊熊燃烧，军车上的弹药发出连绵不绝的爆炸声，火光映红了整个圭宁县城的天空。解放军一来，陈碧薇就带着小女儿慕芳逃到娘家，躲在一个庙里。“土改”的时候有好心人劝她们赶紧回去，不然被戴上漏网地主的帽子麻烦更大。

她们回到竹冲村，正赶上退租退押，形势混乱，农会根本不讲政策，谁有点钱就把谁当成地主斗，把钱交出去就不斗了。陈碧薇没被定为地主分子，慕芳的姐姐慕兰这时候却被清退回乡，她在旧医院里做过药剂士，农会不分青红皂白，给她的名目是“反动职员”，给她戴了一只纸糊的高帽站在地坪上，围了一圈人。

慕兰不想活了，她喝来苏水自杀。来苏水一口喝下去，口腔、喉咙、食道，烧得一塌糊涂，人没死，救了过来。

亲戚们星散，飞鸟各投林。同辈中，男丁们沦落到社会最底层，大多终身未娶。女孩子略好，有个堂姐，初中毕业就离家出走参加了地下党，跟家里几十年没有联系，所谓跟剥削阶级家庭彻底划清界限，几十年后才知道她其实就在柳州。有两个去参军，落在新疆和广州。命运最好的算堂姐章慕梅，她也参了军，嫁给一个师长，落在大连。

3

1950年慕芳十五岁，她也要参军。那时候正招女兵，史实是这样的：从战场上下来的解放军官兵开拔到新疆屯垦戍兵，官兵们年纪大了，要成家，于是，从湖南、广西、四川等地征来的女兵一批又一批远赴新疆的荒漠，长途跋涉，冰天雪地的地窝子，难以下咽的高粱米，年轻的女孩子们始料未及，继而她们被组织要求与比她们年龄大十几二十岁的男人结婚，他们都是为新中国的成立做过贡献的，谁敢不服从。根本就没有别的可能性。

谁又知道这些？

参军已经成了唯一的出路，也是最好的出路。部队就是一所大学校，旧时代的污泥浊水，旧家庭的印记，全都要靠它来荡涤。竹冲交通不便，山高路远，消息走走停停，传到慕芳耳里已经半个月过去了，招兵都要截止了。不过，截止的消息还没传到，慕芳只当是征兵刚刚开始。希望擦亮了她的双眼，她的心怦怦跳动，仿佛已经穿上了神气的军服。

消息是傍晚时分带到的，灶火"呼"的一下映红了她的脸，她像喝多了糯米酒，走着走着就跳腾一步，旁人的话她答不到准点上，只一味傻笑。晚上闭了一会儿眼，睡不着，睁眼一看，天大亮了，赶紧起床，走下台阶，只见天井里满满一地月光，白花花的，有点稠，仿佛用手一捧就能捧起来。月亮光，照地堂，阿妈叫我睇龙船。她想起小时候唱过的童谣，有一点不舍。不过她手一挥，这点不舍就像一只蚊子，被她捉住扔掉了。

招兵的人住在香坪。

香坪离竹冲二十多华里，步行，乡间小路，跨过一些土坎，涉过几道溪流，路两边是稻田，也有坟地，是用白灰拍得很整齐的，立了碑；也有老高的芒草，要倒着走。她走得急，石头踢疼了脚趾，路过村边还有狗追，她倒不怕，手里拿了一根打狗棍。到了香坪的乡公所，兴冲冲闯入门，却撞上一个女孩子，她抹着眼泪从屋里出来。

前一日刚刚截止报名，名额都满了。慕芳不甘心，她当机立断决定到县城撞运气，她是敢闯的，比哥哥们大胆，四个哥全都窝在了竹冲家里，低头干活，一辈子没有娶亲。从香坪到圭宁县城有六十华里，她走了一段，之后搭上了一辆进城运棺材的牛车。她从来没有一个人去过县城呢，不过，想到要参军她就有了无限的勇气，她默念着“沙街口沙街口”，那是香坪征兵的人告诉她的地名，啊沙街口，这是她的灯塔，她迎着光亮走过去。马车停在了城边的棺材铺。棺材铺，简直就像一个隐喻。沙街口的军人正在吃晚饭，他们人人手执一只搪瓷缸，面上是热气腾腾的豆腐白菜。那个军人，他吸着鼻子告诉慕芳，确确实实，报名已经截止。丫头，没办法，等到明年吧。北方口音，普通话，像一阵沙尘，灰扑扑罩住了她，仿佛也是一口棺材。

新政权成立了人民医院，大姐慕兰又回去当药剂士，她把慕芳带到县城，住在河边的高禾街，陈家的行馆，这行馆是陈氏祠堂出钱盖的，对河一面不知怎么没有封口，大水一来就淹进屋，刚刚收好地上的锅碗盆瓢，河水就呼呼涨到了桌子高。

慕芳穿上姐姐的衣服，到隔壁的利生纺织厂织布。这是一家民办纺织厂，要自带织机，慕兰慷慨出资购买。还好，有一个行业组织叫织布会，集中去买织机，由行会请师傅教。

织布刚刚熟练，转机就来了，慕兰所在的县医院办了一个妇幼保健初级班，十个名额，三个公费，七个自费。学期半年，五元学费。这时候慕兰已经结婚，生了孩子，付不出学费，另一个堂姐慕竹也在医院当医士，她亦慷慨，代付学费。慕芳总是这样运气好，关键时刻就有人出来帮她。她住在姐姐家的阁楼上，床上没有垫被，冷得根本没法脱衣服睡觉，裤子也是单的，上身只有一件卫生衣（即绒衣）。那个冬天实在是冷，但慕芳生机勃勃，她不怕冷，她年轻呢，十六岁，青春的热血在她身体里窜来窜去，像屋前的圭江，一浪跟着一浪。她的脸白里透红，扎着两根粗黑的大辫子。注册要交照片，她到西门口的照相馆照了一张正面的一寸相，她穿着姐姐的列宁装，庄严地抿着嘴唇。

每天早早起床，做家务，送姐姐的孩子上托儿所，然后小跑着赶到先前的农民运动讲习所。讲堂有十几级台阶，两边还摆着花草，她跑上台阶，喘着气，开始她的课程——生理卫生、药物学、护理学、新法接生、外科常见疾病。

也有课本，纸很黄，开本小，比巴掌大不了多少。谁来教呢？医院派来了章慕竹，长她十几岁的堂姐。慕竹生于1917年，1940年毕业于梧州医专，曾在苍梧县医院工作八年，学问和临床都扎实。另有一个吴医生，分头、眼镜、长白脸，眉毛边有一颗痣，他不年轻了，有四十多岁。

开始实习了，就在本院跟护士们做护理，打针、整理病床，病人有一大半是土改工作队的干部，也有零星群众。在几间病房之间有一处宽敞的过道，刚好摆上一张乒乓球桌。真是新鲜时髦！白色的小小球在桌上轻盈跳荡，发出清脆的嘚嘚声，慕竹常常和吴医生两人打乒乓球，一去一来，一来一去，两个人不说话，只打球，吴医生把球喂到慕竹跟前，她手一挥，球打到了对面那个人的脸上，真奇怪，两个人都脸红了。慕竹那年三十四岁，是不折不扣的老姑娘，她本来打算献身医学，永不嫁人。但吴医生丧偶，慕竹便跟他结了婚，给他前妻生的两个女儿当了后母。陈碧薇管这叫作填房。

慕芳呢，她奋力练习打针，她给萝卜注射，还专门缝了一只布娃娃，布里塞满棉花。她还给自己打，肌肉注射、静脉注射，定位、推液，可不能把针弄断了留在肌肉里。打什么药水呢，氯化钙、葡萄糖酸钙。氯化钙有腐蚀性，针头偏了，药液渗出，胳膊上皮肤烂了一块，留下了五分钱硬币大的一块疤。

慕芳是自费生，毕业后不包分配，不过她学习勤勉，每课必记笔记，年轻，未婚，没有家庭拖累，医院把她留下来，给农村接生员培训，讲授科学新法接生。一个月办一次班，她不再住姐姐的高禾街陈行馆了，住在农民运动讲习所。学员都是各乡选来的，均是结过婚的媳妇，慕芳呢，十七岁，她是小先生。她把生殖系统的挂图和模型摆出来，媳妇们嘶嘶笑着捂嘴，慕芳板起脸，讲生理解剖。她给学员看标准的接生箱：止血钳、酒精、红药水、龙胆紫、针、来苏水、手套、围裙、婴儿巾、木听筒。教她们消毒和孕检，用一只木听筒贴在孕妇肚子上，听胎心音。

她带学员外出接生，有一次是在圭江河的木船上，那个胎儿是臀位，他的脚先出来了，还好，顺产，新生的婴儿哇哇大哭，他的肺活量真是大啊，哭声震得一河江水都亮了似的，旭日初升，河面满是欲飞的金箔。她真欢喜真欢喜啊。

每月领到五块钱工资，可以做新衣服了！西门口的百货店，那时候还没有公有制改造，是私人的，也不像后来那样要布票，她手一指，那，蓝色的布，宽幅的，像天一样蓝，真的就是蓝得像天一样。自竹冲村出来，她就有了自己的天，虽出身不好，也是要求进步的青年。蓝天无限，她裁上一截，做成了裤子。她从西门口走到东门口，再到农民运动讲习所，裤腿互相摩擦，发出猎猎的风声。

终于有了编制。一帮人统统放到乡下面，慕芳分到了石定区，一个距县城有五个小时车程的地方。石定卫生所只有四五个人，发药、打针、出诊接生……慕芳在这里学会了自行车，并且，遇到了后来的丈夫柳青林。

4

“文革”到来，飓风降临。慕芳刚刚来得及生下一儿一女，史无前例的“文化大革命”就来到了。眼见得世道混乱，巨大的力量，不由分说把人连根拔起，周围的人七零八落，谁也不知道自己遇到什么，人人面上撑着镇定，其实心里都是慌的。

大姐慕兰又被斗了，她挂的牌是反动伪职员，还加上了三青团，她还被剃了一次阴阳头，是外来的红卫兵干的。她1950年死过一次，这次她不死了，但她精神恍惚，说话也有些前言不搭后语。姐夫早就成了右派，下放到公社中学当会计。

这时候慕芳已经调回圭宁县城，倒是堂姐慕竹夫妇，1957年之后调到了最边远的石定公社卫生院。1967年，吴医生被造反派斗了一整天，吊着斗，又放下，颗粒未进。年龄大了，当天深夜断了气。慕竹想不明白，这些人，为什么会如此仇恨。

县城里，医院的大小当权者，有历史问题的人、出身不好的人，几乎无一幸免。有一个女护士，她并不是当权者，但她出身地主，还自视甚高，谁看得舒服呢。于是她也被揪斗了。她怀孕在身，挺着六个月的肚子，但她就是刚强，她挺着头呢，简直像一名革命者。她问造反派，我有什么错？有什么错？她生下孩子，是个女儿，取名“从容”。

慕芳真是幸运，几乎人人都被斗，她没有。斗了之后就是被打倒了，要劳动改造。那阵子，饭堂里烧火的、洗衣房里洗衣的、扫厕所的、用自行车驮一只竹箩筐买米的，都是这些人。革命群众放慕芳一马，让她照样上班，一个人当三个人使。她业务越来越精进，1960年去桂林上了一个“难产培训班”，学期半年，之后又到地区级的大医院实习半年，整个地区只有三个名额。慕芳成为了全圭宁县首屈一指的助产士。

旁边人跟她说，幸亏你人缘好啊，幸亏你业务硬，不然……她也跟着唱语录歌，跳表忠舞，背老三篇——人人如此。但她没有去大串联，开会是每会必到，但从不发言。

好在柳青林在1965年就被送往柳州的精神病院，否则定是在劫难逃。1971年，形势没那么乱了，街上没有了武斗，地上的砖头、高音喇叭和西门口纷纷扬扬的传单已经少见，大字报也像一件穿旧了的衣服，不再让人一惊一乍，字迹旧了，糨糊脱落，风一吹，越发没了精神。柳青林1969年死在柳州，慕芳没有去，单位派去了一个人料理后事，就地埋葬。多年来，柳青林活着和死去没什么两样，即使他没住进远在柳州的病院，两个人也少在一个屋顶下面过日子。

世上就是有这样奇怪的夫妻，明明同在一个县城，却是吃住都分开——慕芳常年在姐姐家搭伙，柳青林呢，吃住都在单位。他那时在县食品公司当副经理，住在猪仓旁边的平房里。这两个人，连周末都不在一起，几年间，仅一同去看过一次电影。有一次，柳青林去看电影，在街上遇到慕芳，只有一张票，好吧，两人都不看。

翻阅柳青林的日记，其中有一篇，他深情款款写到慕芳：

> 我和芳妹走出俞家舍，看见街中央的一棵木棉树开了满树灼红的花朵，芳妹欢呼着奔过去，在树根下拾起了一朵，她说要带回家养在水杯里。我们走到街尽头，看见十二仓方向有一片大

水，像是凭空出现了一个湖泊，我仔细看，原来是一片农田，今年雨水好，灌满了的田水盖过连绵的阡陌，连成一片水光。

但这一切都过去了。生活的正反纹理也如同水田的阡陌，被时间的大水盖过，1966年、67年、68年、69年……洪水呼啸，滚滚而过，1971年，柳青林死了两年了，海红九岁，海豆六岁，这柳青林留下的一儿一女也是有些古怪的，一个老爱瞪着眼睛望天，另一个，垂眼，低头，地上有什么可看的？

慕芳以最省力的方式带孩子。有时候，把两个都塞给乡下母亲家，另一些时候，一个塞到香坪竹冲村，另一个，放到县城的某一个角落，寄养在保姆家，吃穿住，一概不再操心，只有生病，才抱来找她。海红五岁的时候进了县幼儿园，真不错，全托，粉红的墙壁，秋千滑梯积木，图画舞蹈风琴。老师是专业的。环境好，就在县委会里面，与人民武装部同一个大院，里面真是辽阔啊，高大的杨梅树在树林深处闪烁，层层叠叠的绿色中星星一般的红色杨梅，“噗”地掉下一只。她们还种玉米呢，劳动课，一人五粒玉米种子，在幼儿园的后门，泥土黝黑松软，小小的手，把一粒种子按到泥土里。玉米的种子逶迤而去。

完全不用操心了，连星期六也不去接孩子，让她留校。周六傍晚，全园的小朋友都回家了，鬼魂们等到了这一刻，它们从县委会大院深处的杨梅树颠荡而来，树顶忽高忽低，门缝里吹进一股风，晒衣场的床单鼓荡起来，空教室的桌椅咯吱响个不停，厨房里，有什么在跳。宿舍最是可疑，海红需要把每张小床的床底下亲眼看一下，确认下面没有藏着鬼怪才肯上床。留下来值班的是一位老姑娘，姓黄，她近四十岁了，白色的上衣胸口绣着一朵黄色菊花，孔雀蓝的百褶裙。她喜欢打扮却面容严峻。虽严峻，却又最是慈爱。她在海红额头上亲一口，说：不怕，老师就睡在门口。

海红真爱她啊，她说：老师老师，让我当你的孩子吧。

慕芳这时正忙着接生。前置胎盘，大出血，她专注地使用止血钳，额头上也沁出一层细细的汗珠。或者，葡萄胎，像缀满葡萄的胎体肉红肉红的，凶险狰狞。

还有一个无脑儿，有脸，眼、鼻、口俱全，能吮吸，却没有后脑。慕芳惊叫了一声，护士长瞪了她一眼。

她完全忘记了海红和海豆。

两个孩子真是够拖累的，每月三十二元工资，几乎都花在了他们身上，连母亲都供养不了。对得起你柳青林了，他疯掉后，她以一己之力，养了两个孩子六年。在陆安县老家，柳青林还有三个兄弟，两个姐妹，他的姐姐还在农业局当副局长呢。当然应该，让柳家的人，把海红姐弟接过去，就在陆安读书吧。她还要有自己的生活。

海燕：你在老家还好吧？慕芳用了好几个晚上才写完了给海燕的信，她在信中说，圭宁局面动荡，海红在学校里也学不到什么东西，她本人上班要一个人顶三个人使，实在顾不上两个孩子了。你把海红和海豆带回陆安老家吧。她写道。

5

有人陆续给慕芳介绍对象。

第一个是复员军人，在武装部工作，死了老婆。这人身体好，政治上是靠山，但是已经有了三个孩子。第二个，姓杨，离婚，从城市下放到县文化馆，父亲在北京中科院，他有一个女儿，跟前妻在北京。这个人温和有趣，平头，戴眼镜，他给海红买了一套玩具，是粉色的塑料桌椅，小小的，摆在床上，小桌子在中央，四周摆上四张小椅子，他拿了四粒黄豆，一粒一粒放进椅子上，说，这是海红，这是海豆，这是妈妈，这是叔叔。一个粉红的、小小的天堂，出现在沙街的旧盐仓里，散发出温暖的气息。

他让海红叫他“眼镜叔叔”。

但是他出身不好，家庭成分地主，慕芳受够了。慧剑斩情丝。又有人介绍了一名粮食局干部，唐元茂。他成分还好，中农。政治没有污点，是从空军部队转业的，身体好。就是他吧。慕芳和唐元茂到街上的照相馆照了一张结婚照，两人胸前各戴了一枚毛主席像章，神情严肃。慕芳没有笑，唐元茂有一边嘴角是上翘的，似乎是摄影师喊道，笑一笑、笑一笑——但他没笑到位，倒像是讥讽。慕芳后来生下了唐晚实，与海红同母异父。

1971年秋天，林彪出逃，三叉戟飞机摔断在蒙古温都尔汗，天下雨，娘嫁人，举世震惊。

入冬的时候，林彪事件传达到党外基层。最早是传达到党员干部，此事非同寻常，严格保密，整个圭宁中学初中部和高中部一共二十四个班，全校一千六百多师生临时迁到县城边缘的十二仓上课，把学校腾空，让听传达的三级干部住进去听传达。学生出校后，门口站上了身着军装的卫兵。气氛紧张，犹如战时。

学生们扛着书桌和条凳，浩浩荡荡走在大街上。他们从东门口到公园路，经过电影院水浸舍火烧桥，一路去往十二仓。走了一会儿，累了，把书桌条凳当街一放，人坐上去歇着，如同洪流中忽然冒出了一截礁石。

慕芳见到学生，想起了她的海红和海豆，他们还在陆安的山里呢。她站在人流边，心乱如麻。算起来，她有半年没有见到她的孩子了，而且也没有写信过问。她忽然想到，天冷了，海红和海豆都没有带冬天的衣服。她看见一个个子矮小的女生流着鼻涕，两手拖着条凳慢慢挪动……海红、海豆，啊她的孩子还在陆安的山里。慕芳的心一点点痛了起来。风灌进她的衣领，一阵又一阵。

*你若喜欢我的孩子我就嫁给你。*粮食局的唐元茂，这时候刚刚和慕芳见了一面。老唐也有一个前妻生的儿子，他也要找能容得下儿子的女人。天冷了，家里空荡荡的，*你若喜欢我的孩子我就嫁给你。*慕芳正打算写信让海燕把海红姐弟送回圭宁过年，海燕的信就到了。

妈妈您好，我参加三线建设，离家有半年了，一直没空给您写信……海红海豆的衣服不够，陆安山区太冷了……海红想上学，老家这边没办法……妈妈，海红是个聪明的孩子，长大一定会有出息……爸爸的在天之灵一定会感谢您的。

墙上不知哪里有一处缝隙，风吹着发出嘶嘶的声音，仿佛柳青林的在天之灵从那里进了屋，他站在了慕芳的跟前。

野猫……

上个世纪80年代，海红有四条红色裙子：两条连衣裙，两条半截裙，各是同样的款式。幼时缺吃少穿，没有安全感，这使她落下了这一毛病——自己喜欢的东西，尽可能保有双份。一切都要有备份，一旦丢失，它的影子立即浮上来取代它，以免她心爱之物永坠黑暗。

我看见她走在那个亚热带城市的大街上，全身火红的颜色，长头发。她骑着自行车，越过宽阔的广场，从这头到那头。或者，骑行在棕榈树或羊蹄甲的树荫下，像一团跳荡的火焰。她奔赴各个院校的诗歌朗诵会，写诗、投稿，准备成为一名诗人，或者，小说家。

比海燕幸运多了，海红80年代初一举考上中山大学，到广州念书。繁华的都市，岭南地区的经济文化中心，明晃晃闪耀在圭宁的头顶。慕芳高兴至极，她连续三天从班上带回胎盘，这种中药里称之为紫河车的东西，十全大补。她要在海红去广州读书之前，给她补身子，把营养搞上去。

慕芳从自行车跳下来，兴冲冲把藤筐拎到厨房，她把公家的器皿拿回家，腰子形状的白色搪瓷，扁平，边缘是深浓的蓝紫色。胎盘就在器皿里，浸泡着血水。她在班上就把它处理过了，她穿着白大褂，戴着乳胶医用手套，手握医用剪刀。她把胎盘剪成一块一块，脐带呢，剪成一小截一小截，像花生米那样长短。她走到厨房，哗啦一下把胎盘和脐带倒进砂锅里，放进生姜和白酒，像炖骨头一样，大火烧开，煮五到十分钟，再小火慢炖。

如果陈碧薇还活着，定会喜出望外，她1925年春曾在广州照过一张相，穿着大襟衫黑长裙，服饰简直就像当年的宋庆龄。这个旧时代的新女性，她头发短直别在耳后，风华正茂，差点就跟学医的表兄私奔去了日本。另一个表兄那时在黄埔军校，她和妹妹去看他。一念之差，陈碧薇回了圭宁，她的妹妹陈碧英留在广州加入了国民党，日后成为了民国的国大代表。梦一样的广州，陈碧薇当年魂牵梦绕，她再也没有去过一次。好了，中山大学，陈碧薇若知道这个消息，定然是，泪飞顿作倾盆雨。海红上的是中文系，没有考医学院，是慕芳的最大遗憾，她们家族以医学为贵，出过一个院长和一个副院长，三个医生两个药剂士四个护士。文科算什么呢？什么都不是。

外婆在地下（或者在天上）是否会痛心疾首？这个外孙女，她早就斩断了家族的根须，这一刀，始于1971年。她将看到，海红越走越远，她渐渐扭曲，人淡漠，心如铁。

慕芳早已习惯了女儿的怪毛病，不和家里人说话。但她还是在海红喝胎盘汤的时候，坐在饭桌的另一面。“今天这个产妇是头胎呢，乡下人就是健康，脸红扑扑的。又新鲜，凌晨三点才生的。”半是自豪，半是讨好。海红不搭母亲的话，她埋头喝汤，胎盘肉不好吃，类似猪肺，松而疲，是泡的。脐带脆滑，口感不错，她夹起一粒送进嘴里，再夹起一粒。啊汤不错，鲜美，甜，比鸡汤尤甚。母亲坐在她的对面，说，把家里那条提花的新床单给你带去上学吧。她唔了一声。

收拾行装，母亲把新床单塞进帆布行李袋之后，又拿来一本崭新的《毛泽东选集》第五卷，要往行李里塞。她心有余悸，担心女儿政治落后。海红说，带这个干什么！她夺过来，扔到一边。

海红出发了，先坐汽车到玉林，再转火车。慕芳送到玉林火车站，她有些慌张，有点想哭，她挤在人群中不知怎么办才好。而火车开了，在一片招手中她也笨拙地招手，这个古怪的女儿总算找到了她的去处，热泪涌出，百感交集。海红呢，她往车窗瞥了一眼，有人探出头去，不舍。而她无所依恋。她解放了。火车加速，风从车窗灌进，浩浩长风啊，她咬破了她的茧，乘着钢铁的翅膀，隆隆远去。

在贵县下火车，直奔码头，坐上客轮，一夜江河直抵广州。夜里坐在板舱上，圆月碎在江里，满江满河的碎银，闪闪荡荡，无尽流淌。

本系学生来接站，是女生，热情。帮海红铺床，床单一抖，滚出一本簇新的《毛泽东选集》第五卷，众人皆诧异。是慕芳趁女儿不备，重新又塞进她的行李袋。这样一种亮相，真是丢人。

她竟然不回来过春节，真是扭曲。四年大学，每年都是在学校里过年。广州的冬天跟圭宁差不多，春节十几天总是又冷又下雨。被窝发潮，空气蒙蒙的永远不透。独自一人。寝室和走廊都是空的。厕所、澡堂、开水房，鼎沸的人气消散了，打开水不再用排队，盥洗房简直空旷，水槽是干的，隔着的冲凉房似乎有些鬼祟。害怕的时候可以唱歌，一开口，出来一句红军不怕远征难。她想起了海燕，那个用一封信把她从陆安乡下救出来的人，她在哪呢？她几乎在原地，在她十七岁上高中时所在的地方：玉林。回乡务农又三线铁路。颠沛。流离。二十七岁回到母校读中专，命运真是荒唐。她三十多岁了，终于结了婚，过上柴米油盐的日子。

永逝不返。清亮激越的声音早已嘶哑。

海红与海燕不再有联系，她不喜欢海燕现在的形象，发胖、邋遢、胸前洇着乳渍。海红是这样的不懂得人生，书读得越多，心越是没有温度。

暑假倒是回来，慕芳把她供着，家务杂活一点不沾手。这时候，慕芳已经不用上夜班，科室里新分来不少年轻人。她每天买菜下厨房，吃什么呢？她问海红，又问海豆。没有政治顾虑了，她加入了致公党，成了县政协委员。她跟厨房的关系亲密起来，蒕头烧排骨、黄豆炆猪脚，豆腐肉末番茄。她买来一种叫狗豆的菜，豆荚是厚厚的肉，用水煮熟，捞起来斜刀切成长菱形，用猪油炒，加大蒜和香葱，放一点酱油，好吃得很。海红一个人就吃了大半盘。慕芳又买一种名叫“死老鼠”的腌萝卜，带须腌的，切成片，用肥瘦肉炒，脆而香。吃完饭海红要洗碗，从小就如此，必须洗碗、抹桌、扫地。这时慕芳不让她干，她说，你去看书吧。海红就去看书了。

这时候，海红知道了一种叫作超现实主义的诗歌。超现实！简直就像一尾响尾蛇，这个词啸叫着咬着了她的精神，她中了毒，病态地热爱。现实都是庸俗的，日常生活是臭大粪。她要超越现实！一条蛇嗞嗞叫着，卓越，美丽。她眼睛瞪得老大，朝向混乱拗口的语词，人间烟火，视而不见。

她与正常的人生渐行渐远。大学毕业分回了省会城市，一团火焰在飘荡，疯癫，狂放，所谓激情。写诗至半夜，投稿，被退；再次投稿，再次被退。直至无穷。为什么会喜欢红色的裙子，是内心的火焰在乱窜。

令人匪夷所思的事情发生了：她忽然结了婚。

这是海红第一件不靠谱的事情。人人诧异。一个不喜欢人间烟火的人，那么疯癫，她套上一个枷锁做什么。诗友们也深感意外，显然，他们不认为海红结婚是出于爱情。这位夫婿是市图书馆管理员，毕业于电大，学历比海红差一大截，又黑又瘦，看上去人老实，木讷。这两个人站在一起，一个像大学生，一个像清洁工。正应了海红所追求的：超现实。

在街道办事处登了记，把结婚证塞进抽屉里，轻描淡写告诉同事，她结婚了，却又迟迟不见她拿出喜糖来派发，婚礼更是没有。单位工会、热心的同事们不知该怎么办才好。商量来商量去，最终还是凑钱给她买了一口锅。

这件事对于慕芳，相当于晴天霹雳。海红大学毕业还不到一年，她心想，这个行事古怪，毕业于好大学的女儿不知要找一个什么样的对象呢。却接到了海红的信，说她已经登记结婚了。

圭宁县城跟省会南宁隔着七个小时的火车路程，母亲在圭宁，自己在南宁，海红认为，这七个小时的隔离带，很好。按规定，单身职工，父母不在身边的，每年可以享受十二天带薪探亲假，用来回乡探望父母。海红的假期只用在自己身上，她要去旅行。比母亲重要的东西有很多：名山大川；或者虽不著名，却比较遥远的地方；陌生的、写诗的人，因为他们像一根火柴，能把她点着。她对母亲真是漠然啊，慕芳通常是每半年才收到她的一封信。这一次，却是在毫无征兆的情况下被告知，女儿已经结婚了。

慕芳的眼泪在产科办公室就冒了出来。

一个产妇胎盘前置，有人来告急，这事及时擦干了慕芳的眼泪。

她戴上橡胶手套走进产房，她打算，海红的事过一会儿再接着想。啊这时候如果陈碧薇地下有知（或者在天上），定会放下她手上的针线活，向着遥远的过去舒上一口气，她会说：报应。陈碧薇不是一个尖刻的人，这样的话是命运通过她的口说出的，二十多年前，慕芳也是如此。预先没有商量，事前也没有通知，她自说自话就嫁给了柳青林，等陈碧薇知道，事情都过去了三个月。柳青林，大慕芳十一岁。后来又知道，他在老家还有一个妻子，而且，有了一个女儿。真是混乱，真是让人胸口痛。

柳青林啊他身材修长，他知道自己年纪大有妻女，不是他主动追求慕芳的，但是柳青林啊俊朗沉稳，他会打篮球，吹哨子，苏联歌曲《红莓花儿开》沿着石定乡间弯延的小路曲折向前，它一跳一跳地到达小河边，在那里，遇上了正外出接生的章慕芳，年轻的慕芳见到副区长，英俊、年轻，虽然比她大十一岁，但看起来最多大三到五岁。她的脸一下红了，她把自行车扛上肩，光脚探进溪水中的大石头，河水清冽石头光滑，那朵歌里的红莓花变成了浑厚的男音，他说，我来帮你吧。

慕芳愿意自己只记住这些，以及区政府山脚下那个简陋至极的篮球场，他投篮的姿势、哨子声，以及有一个月夜两个人在球场转圈，一圈又一圈。一圈又一圈。

她不要自己记得柳青林从来没到区卫生所找过她，结婚都没给她买新衣服。她有一条漂亮的头巾，枣红色、半透明、有美丽的暗花，那是另一个男人送给她的。

她相信他会把她调回圭宁县城，果然不假，他自己先调回了县城，然后慕芳也调回了。但是两个人很快就不同住。她在县商业局最具盛名的宿舍生下头生女海红，俞家舍，那是一所富人的大宅子，1949年之后收归国有，宽大的骑楼，大大的木门前有一个推笼，多进的天井，内有拱门、楼阁、回廊、廊椅、廊柱，还有一处流线状的隔断，上有两道镶边。海红三个月的时候他们搬离此处，再也没有回来。直到2011年那次回圭宁，她才第一次知道，她婴儿时期曾经住在这幢房子里，在那里留下自己的童尿臊和奶酸味，年轻的母亲拎着白铁桶，把她的尿片晾在回廊的铁线上。

慕芳没有等到海红带着新婚的夫婿拜见父母大人。这一年的春节，海红倒是回圭宁过年，但她是一个人回来的。年三十，南宁开往湛江的火车没那么拥挤了，有座位，海红仍留着她的披肩长发，她在额头上别了一只市面上新出现的白发卡，冬天不能穿她的红裙子，她买了一件亮黄色的布夹克，那是当年最时髦的衣服，潇洒得要命，像一团正旺的火，或者像一桶刚刚倾倒的颜料，还没来得及沾上尘土，唯独不像一个已婚妇女。而已婚者的身份正是海红所要抛弃的。

火车一路开着，车厢里都是回家过年的人，人人大包小包，瓜子皮糖果皮，红红绿绿的碎屑满地都是，一圈圈打扑克的人高声叫嚷，兴奋、热烈，一列开往春节的火车就是这样喜庆的。海红的旅行包却只放着两件换洗衣服和一本瓦雷里的《海滨墓园》，她没有给母亲和弟弟带礼物，本来不打算回家过年，忽然又要回，其实也来得及买点东西，却怕麻烦。

有一段话是怎样说的："艺术和生活必须互相负责，还应该互相承担罪谴。诗人必须记着：生活的鄙俗平庸，是他的诗之罪过；日常生活之人则必须知道，艺术的徒劳无功，是由于他不愿意对生活认真和有所要求。"啊海红对生活这样不认真，就让她熬着吧。就让她飘浮在乱七八糟的诗歌中，让她皱着眉头坐在开往玉林的火车上，熬着。

在玉林火车站下车，开往圭宁的班车、面包车统统挤爆了，多一只蚂蚁都塞不进去，站前空地乱得像逃难，谁要想不成为亡命之徒是不行的，因为天就要塌了。有守株待兔的摩托车，气定神闲，料定会有兔子一头撞上。兔子果然来了。兔子果然问道：圭宁去吗？太远了，不去！兔子泄了气，摩托车才说道，去就去，十块，不愿就算了。天正在暗，天本来就是阴的，不远处有人放鞭炮，听上去像是有一伙人齐声叫道：除夕除夕除夕……

三十里路，玉林到圭宁，海红坐在摩托车的后座上，她斜挎着挎包，像一个卖菜的，而她的长发不要命地往后吹，看上去倒像一个文学青年回家过年。细细的雨丝飘到脸上，到家了。一路风雨，吹得人变了形。慕芳说：回来就好。但她马上发现不对头，因为只有海红，一个人。

女儿和女婿，一次都没有见过父母，就离了。慕芳不敢问，让海红的姨母慕竹代问，海红答：没什么好说的，离都离了。又说，离婚的人多着呢，有什么稀奇。

忽然结婚，又忽然离了。整个事情像一团浓雾。慕芳最终只能把事情归结为：古怪。

真相到底是什么呢？我们终究还是要追寻的。让我们，像一只野猫，跳进那个亚热带城市遥远的公园里。

某个遥远的，弥漫着薄雾的春夜，你从公园的侧门进入，门口白色的球状路灯把水泥地洒了一圈暗白的亮光，你越过这圈亮光，没入到阴影中。路灯全部灭掉了，夜已深。羊蹄甲重重叠叠的叶子把微弱的天光挡住，这种植物长着屁股形状的叶子，开一种紫色的大花，散发一种特殊的气味，如果你心情好，气味趋香，反之则趋臭。

越过黑夜潮湿的雾气你看到了那张长椅，在夹竹桃的环绕中，两个身影四肢缠绕，发出奇怪的声音。

海红第一次性经历不是出于爱情，而是出于好奇和慌乱。

那个年头，时兴交谊舞，是啊这种男男女女勾肩搭腰的舞蹈，在灯光音乐中荷尔蒙的气味混杂中，它就象征了改革开放。经过了一个禁欲的清肃年代，欲望隐隐浮动，嘣嚓嚓，它迈开步子跳了起来。

这个亚热带城市的公园里有一个白龙潭，白龙潭上有一个白龙餐厅，是一处架在水上的水榭，你穿过浓密的羊蹄甲树荫，穿过扶桑花的夹道，到达一座九曲桥边。九曲桥，白色的石头建成，不折不扣曲九个曲。走完九曲桥你就到白龙餐厅了，那里的廊柱绕着几圈小灯泡。

灯泡太小了，又太少，势单力薄，在公园广大的黑暗中像秋天的虫子，气息微弱——那可是上个世纪80年代的灯火辉煌。团市委的舞会，白龙餐厅不要租金。大喇叭传出的舞曲一团团地滚动到大门外，颇有些气氛。水泥地板有些返潮，瓜子壳沾在上头显得不洁，但是没人在意，有汽水！淡黄色，是一种时髦的饮料。海红穿着她的红裙子也来到了这个舞会上。她会舞蹈，中学时代的学校文艺队里她是跳群舞的，交谊舞她不会，但只要带的人会她就能跟上。这些舞也都简单，慢的，三步或者四步。节奏明快，宛若春天。她像一片红色的落叶，飘过来，又飘过去。忽然有个平头的青年男子来请她，他一把揽起她就快速走起了舞步，这是一个高手，他娴熟地拨弄女伴，他的手在她的腰上使劲，左一会儿，右一会儿，步子飞快，眼看就要绊倒了，却不倒，海红感到他托着腰的手似乎升起一股浮力，让她绕开了危险。他们转得真快啊，在浪里颠，冲上浪头又跌入谷底。她不再像落叶，而是像，一只电风扇。舞曲终，他们正好绕场一周回到原地。

两人不知怎么来到舞厅外面。湖水黑而静，忽然也有一条鱼呼哧一下跃出水面，吓人一跳。夹竹桃的气味越来越浓郁，海红喝了汽水，微醺着，走在这个人身边，不知道这样的局面意味着什么，她恍惚着觉得舒服，唔春江花月夜，没有月亮，有一层薄雾。会发生点什么她也不怕。她不要做一个四平八稳的人。事情总是要发生的，那个高手，很快进入了她的身体，阻力，疼痛，一条鱼，一次又一次，奋力跃出水面，来回穿插，冲撞，湿而滑，烧灼感……呻吟声被封存在饱含夹竹桃气息的浓雾中，一头巨兽吞下了两个人。身体下的木头长椅是湿的，脚底下的草也是。她躺在那个人的怀里，他拿出一支烟，打火机。火光照亮了他的脸。他说你到柳州来玩吧，我陪你去都乐岩。他是柳州共青团市委的，到南宁出差。

这是一个一夜情，她连对手的面容都没有看清。

怀孕了真是倒霉。但是还有另一个倒霉鬼来了，图书管理员处在爱情的狂热之中，那是一个时代养育的文学青年，他认为生命的意义在于爱，他在爱情的高烧之中每天给海红写一封信或一首诗，诗有的是抄的，选得不错。

除了对诗歌狂热，他还是一个富于自我牺牲精神的人，类似圣徒，有着一颗金子般的心，或者说，他本人就是一种稀有金属。海红后来在北京遇到被一些女人称之为圣人的陈青铜，陈自嘲道：圣人，就是剩下来的人。是啊你大概前世修行不错，总是那么幸运，在一个混乱的时代，于千万人中，遇到不止一个稀有金属。

稀有金属在浑蒙中发出熠熠光芒——他发现了海红的变化和焦躁，对她说，他愿意为她做一切事情。我们结婚吧，他说，他会把孩子视同已出，他来带孩子，而且，为她做饭洗衣服，让她用全部的时间来写诗。我们结婚吧！稀有金属坚定地望向海红，铮铮有声。

海红在一团乱麻中接受了这个建议。她为什么不去找那个人呢？

怕麻烦，有一个现成的求婚者还是比较省事；她为什么要生这个孩子呢？她认为反正是要生一次的，生完就完了。她的母性也有少许苏醒，生一个孩子，让别人养着，从此她就完成了自己的任务，从此就可以，浪迹天涯。这个在成长中有缺陷的人，在人生的大事上也是如此缺乏理性。

她对人工流产不耐烦，却用自私的方式解决了这件麻烦。简直像一个玩笑。连老天爷都觉得太可笑了，他笑过之后也开了个玩笑：胎儿自动流产了。

海红对结婚几个月的丈夫说，我从来就没有爱过你，于是，离了。

卷四

星期天／景山

1

海红在某一场婚外恋之后会进入她的冬眠期。她的婚外恋大多是没什么实质内容的，会有几日神情恍惚，时而亢奋，时而沮丧。现实感严重缺乏。

家里气氛生硬。而道良一言不发。

有一次，似乎有什么破绽，道良厉声问道：怎么回事？

但无论怎样，最后总是不了了之。

海红暗自神伤之后会有一段冬眠期，是啊冬眠，她像一匹野兽，满世界跑着去寻找她的爱情，寻寻觅觅嗅嗅刨刨，爪子刨出了血也没找到可意的东西，所以满目寒冷苍茫——她心中的冬天是很容易降临的，跟现实的冬天毫无瓜葛，她眼一闭，纷飞的雪花就落下来了，如同舞动的蛾子，有一种绝望的美感。

在冬眠期她要疗伤。睡呀睡，睡呀睡——睡个昏天黑地也不起来。

沉沉的睡眠真是让人休养生息啊，寂静的山谷里春风又绿，小小的床铺星移斗转，她胸口的喷泉，有一日，终于，霍霍响了起来——

忽然，春天到了，海红的春天是鬼神难测的，取决于许多偶然因素，睡好了一觉（一两个月也难得有一次）、做了一个好梦，看了一本否定爱情的书，或读到一篇介绍某个英勇无畏的女人的文章，她的春天“噗”的一下，就降临了。

如果是做了一个好梦，醒来之后海红会心情大好，神清气爽，比如梦见大海，或者，梦中来到一条林荫道，树木高大叶冠浓密，旁边居然还有一家老小围桌吃饭，而且，道旁的土坎上有人在卖鱼，摆了一只铁皮大盆，满满一盆鲶鱼，每一条都是活的，争着往上蹦。醒来之后海红感到一种莫名的幸福感，真是奇怪，她的身体也变轻了，到镜子跟前一照，多日黯淡的脸竟然有了光泽。

这时候，海红内心的春天就冒烟了，一寸一寸的，像山上烧野火，陈年的枯草烧掉，新鲜的草籽果实裂开了硬壳，春风一吹，纷纷地抽出了芽。

如果这天是星期日，她一起床就会张罗全家出去玩。

去北海吧，或者景山，或者天坛，要划船呢就去团结湖，要喂鸽子则去青年湖，不怕远就索性去颐和园。

他们去得更多的是景山公园——门票便宜，又可以爬山，小山坡也算，登高望远，眺望故宫。而且，景山漫山遍野都是唱歌的，有气氛。

他们喜欢东门，东门一进，往往，声声色色奔腾着就迎头扑过来，右边几个穿红着绿的老太太舞长绸，左边一片粉扇子闪呀闪，一浪一浪的歌声从不同的方向涌着挤着，二胡手风琴葫芦丝齐头并进纠缠在一起，你一迈腿，却踩着了地上的字，“春风杨柳万千条”，有个老头，拎着个小塑料桶，握一根如椽大笔，是海绵绑成的，他在方格上练水书。湿的字，行书，渐干渐湿。

2

漫山遍野的中老年人在星期日的公园里。他们一堆一堆地来唱歌，山脚山腰紫藤架下老柏树那边，有些堆专唱红歌，有些堆专唱苏联歌曲，还有一堆专唱上个世纪三四十年代老掉牙电影歌曲。山头林头有如春秋战国。红梅花儿开朵朵放光彩昂首怒放花万朵香飘云天外……灿烂的朝霞升起在金色的北京，庄严的乐曲报道着祖国的黎明……黄河之滨集合着一群中华民族优秀的儿女……我们都是神枪手每一颗子弹消灭一个敌人，我们都是飞行兵哪怕那山高水又深……红军不怕远征难，万水千山只等闲……风雨送春归飞雪迎春到已是悬崖百丈冰犹有花枝俏……他们还高唱东方红太阳升中国出了个毛泽东，奥运会都开过了，这让人颇感困惑——个人崇拜的旧年头不是一去不复返了吗？把人变成神不是彻底批判了吗？但是东方红太阳升，呼儿嗨哟，他是人民大救星。

人声浩荡，从那些不知来自何处的人们个个的胸腔中聚集在一处空地上，那里有一处土台子，一个矮男人运出了全身的筋力大开大合地指挥，眼看他踮起了后脚跟，双手向着天空高高举过了头顶，人人引颈放喉眼睛闪闪亮，仿佛又回到了久远的广场时代。忽然，男人以雷霆万钧的气势猛地往胸前一收，仿佛有一只老虎当胸扑到了他跟前，他要把这只大虫死死抓住，简直是生死攸关，为了把全身力气调动到手指上，他甚至往空中跳了半个头。

他整个人收住了，那一两百人的声音被他紧紧地抓在了手心里。忽然他又松开了手，手心朝上，一支从前的人们特别熟悉的曲子从他手心被放了出来：$\underline{\dot{3}\dot{1}}\ \underline{\dot{2}\dot{3}}|\underline{\overset{\frown}{\dot{5}\dot{3}}}\ \underline{\overset{\frown}{\dot{2}\dot{1}}}|\dot{3}-|\dot{3}-|$……“大海航行靠舵手，万物生长靠太阳”，手风琴和黑管的前奏通过音箱播放出来，听上去，仿佛上个世纪六七十年代万人大会的散场曲，那真是一个难以想象的时代，九百六十万平方公里的国土，从南到北，从东到西，会场、操场、体育场、影院剧院礼堂，人流退场，脑后就会响起同一支歌曲，“雨露滋润禾苗壮，干革命靠的是毛泽东思想”，拙朴的曲子在高音中响彻城镇的上空，家里的老人妇女在那个年头远远听见，纷纷说道：“散会了散会了，该下米做晚饭了。”景山的这片人在三四十年后的散

场气氛中怡然哼唱着“鱼儿离不开水呀，瓜儿离不开秧”纷纷散去，一边把手里的歌本放进包里，十一点半了，他们也要回家了。大海航行靠舵手，万物生长靠太阳，散场了。

十几年来，只要谁在星期天上午去景山公园，一进门，先就会被亢奋的红歌包围，仿佛来到往昔年代红旗招展的广场。道良总是被这一堆人吸引，黄河之滨集合着一群中华民族优秀的儿女，灿烂的朝霞升起在金色的北京，要反复催促，或者由春泱使劲拽他的衣袖，他才会挪动脚步，不过，往往要走出很远，他脸上的庄严神色才会消散。

另一个山头是专唱苏联歌曲的，喀秋莎站在峻峭的岸上，歌声好像明媚的春光，冰雪覆盖着伏尔加河，冰河上跑着三套车，茫茫大草原路途多遥远有个马车夫将死在草原，一条小路曲曲弯弯细又长一直通向迷雾的远方。

隔壁的一堆，沉浸在三四十年代，夜来香，渔光曲，叫我如何不想她。他们气息游移声带苍老，失去弹性的胸腔眼看抓不住那些在过去的岁月里埋得太久的根须，呼哧呼哧地却总算又抓住了，悠悠地、珍惜地从嘴里吐出来，然后他们就咧着嘴笑了，有些腼腆——这几个老人坐一条长椅上，七十多岁八十岁，他们认为自己的身子骨硬朗着呢！七八个老人围着一个样子气派的老太太，她穿着旧式的时装，料子上等，做工考究；脚上的皮鞋，看上去既有年头又像是最新推出的一款，穿在她脚上更是显出了非凡的气度。脸上看不出脂粉痕迹，白且细腻，眉毛修得弯而高，口红是最合适她的一款，浓艳的桃红，别人用了会显得轻佻或突兀，点在她的唇上呢，则全是提神。这个神气的老太太坐在长椅上，对围着她的人们说道：“我今年八十八了……”她是一个旧时代的影星吗？隐藏在岁月多少年，只有少数人记得她。

如果独自一人坐在石头上，那定是拉二胡的，二泉映月，如怨如诉，悲愤苍凉，在满园万紫千红中是雪白耀眼的一道异光，于喧闹中昭示了另一种寂静。

葫芦丝啊葫芦丝，几个人在墙角下是晃着身子鼓着腮帮吹啊吹，融融的月色从草坪上升起又降落在正午的柏树下，吹的和听的，都愿意把老柏树当成西双版纳的凤尾竹。

一个圈子专跳新疆舞——穿了大花的维吾尔族连衣裙，绣花的八角帽下甩着许多小辫子。这伙子人快乐得很，他们又唱又跳，会左右扭动自己的脖子，肩膀一耸一耸的，简直全身都安上了弹簧。他们还自来熟，冲围观的人笑。

有一处论坛，在一棵老柏树下，一幅毛主席去安源的画像挂在树干上，一个男人，抱着一摞自印的书，他有些热血沸腾，所以也有些神经。他喊道：如果你是一个有血性、不甘中国再度覆亡的中华儿女，你就应该看看这本书，他把书举着，封面上有醒目的标题——中国陷入重重包围，如何突围制胜？

道良立即买上一本。二十元。一个年轻人凑上来跟他说，同志，你上网吧？你上“乌有之乡”吧！很好的，会找到很多同志的。你一定要去“乌有之乡”哦，年轻人一边走一边使劲跟他说。

3

这个星期天，当他们换上了鞋，准备出门的时候，电话响了。

道良的前妻安姬惠，她的声音软软地出现在电话里。

安姬惠的声音是软软的，同时也是强硬的。“我找史道良”，她在电话那头断然说道，那种软硬皆在其中的嗓音真是奇迹。对于海红、春泱还有银禾，这个声音极其陌生，从来没有人这样指名道姓称呼道良。或者史老师，或者史道良同志，或者老史，尊敬的、郑重的、熟稔的，各得其所。“我找史道良”，难道是慈禧太后找她的下臣李鸿章，或是某个县令找他那个唯唯诺诺的听命衙役？真是蹊跷！

这两个人，从前的夫妻，已经许久许久不联系了，既已反目成仇，何苦再留牵扯，各自石沉大海是正途。但是这个声音冒出来了，“我找史道良”。

这两个不愿互通音信的人，经过了若干年，各自检点自身梳理对方，火气已然消得不那么烫手了，加上又有一个共同的儿子史安童，这个高大英俊天真善良的儿子，两头勤打电话勤跑路，他一拱一拱地骑着自行车，从海淀到东城，像一只在丛林里觅食的小獾子，他的头发密而浓，眼睛细长，下巴有一道浅沟，看见他，道良耳边总要响起安姬惠的一句话：长得就跟你爸一个样！

后来，史安童结婚、离婚，去美国，回中国，再去美国，来来去去，一连串的人生大事像炸弹一样轰隆隆从天上砸下来，反目的双亲如同一对钻进了防空洞里的人，虽然萍水相逢却也不由得不搭话——一个说：敌机又来了！另一个答道：可能是侦察机，不会扔炸弹。前者说道：但愿但愿。后者说：炸也不怕，这防空洞能挡住原子弹的冲击波呢！

固然如此，在绝大多数的时间里，各自还是像石头一样沉在自己的塘里过活，谁也不碰谁。但是，这一日，初夏来到，满街的槐花都开了，一嘟噜一嘟噜的，灿灿耀眼，穿上了单衣的星期天上午，格外轻快。一看窗外，云来云往逍遥，海红说，这么好的天气，不如上景山玩玩。春泱银禾雀跃着：好啊好啊，景山北海什刹海，哪儿都行！

就在一片纷纷攘攘中，电话铃，它响起来，软软的声音说她不行了。她的眼泪从电话那头横飞过来。

道良沉沉问道：怎么不行了？安姬惠说她查出了癌症，活不了多久了。已经确诊了，活不了多久了。到三家大医院都查过了，活不了多久了。没有人告诉她，她到底还能活多久，说不定，很快就完了，她和他都认识的一个同事，查出来才一个星期，人就没了。

电话嗖嗖冒着冷气，像一层雾，从头到尾罩住了道良，一层雾气冷凝成水，滴滴答答掉落下来。道良仿佛又回到了那些初婚的日子，她的眼泪打湿了他的衣袖。她说以后就全靠你了，我不行了，你要好好看着我们的儿子。童童以后就靠你了。在两个人的心里，史安童不是已经三十八岁，而是，三岁，他是那么善良，大学毕业本来能进联想集团，但他把位置让给了那个脸圆圆的女孩，道良马上想起了那个叫什么“萌”的女孩，黑黑的，圆圆的脸，逗人喜欢，童童曾把她带到道良家，只是路过，没有吃饭，不知算不算他的女朋友。后来，和另一个女孩，童童管她叫“女强人”的，结婚，去美国，过两年又回来，一连串的事情都顺应女方，结果，又离了，童童在国内找工作已经不适应，人脉也断得差不多了，只好又只身回到美国重新找工作。

安姬惠，她感到了这个严重的时刻。

生命倒计时的定时炸弹已然启动，嘀嗒嘀嗒，声声震耳，要不了多久，最后的一响，火光迸涌，灰飞烟灭。在这样的时刻，她把童童的三十八年重温了一遍。童童啊他孤身一人漂在国外，童童啊那么聪明的孩子六岁的时候把太阳落山形容为火山爆发，下雪了，他说啊大雪大雪白茫茫一片，小学就写了一部小说关于地球人与外星人作战，童童啊他小时候身体不好道良你揣着一个治肾炎的偏方在大雪纷飞中骑着自行车满城去找一只猪尿脬，那又腥又膻的东西你终于如愿以偿弄回家里软硬兼施让他吃下了肚子。童童他小学是人大附小初中高中是全国驰名的人大附中，一举考上北京大学他无论如何应该有出息但是现在，现在他不上不下漂荡在国外几乎就是他六岁时说的“白茫茫一片”啊。

陈年的灰尘徐徐拂来变成了陈年的酒香，道良感到有一股子忽酸忽甜忽然又苦涩的东西从电话筒里迤逦而出，他姿势不变凝住了，海红和春泱看他简直就像一尊蜡像。

景山于是去不成了。

公交车带你去大西洋

1

银禾，你好，在上午十点多钟我们看见你走在人行道的树荫下，你像一穗秋天的稻穗，身上挂满了吃的，鸡汤颠颠荡荡，装在一只红色塑料外壳的保温壶里。

保温桶里的鸡汤，要送到海淀的新大西洋城给安姬惠教授。那个高尚小区，新大西洋城，银禾管它叫“大西洋”。

这只保温壶太旧了，上个世纪七八十年代留下的物件，它走在大街上如同一枚前朝的旧钱币，只有上了年纪的人，才会百感交集。旧时候，谁家没有这样一只保温壶呢，就像谁家都有千篇一律的暖水瓶，铁皮、红漆，喷上一朵花。保温壶如同暖水瓶的姐妹，即使不是出自同一个厂家它们也是如此相似，集体主义的时代，相同的物品就像勾缝剂，把一块瓷砖和另一块的缝隙填平。

红色塑料外壳，如同一只手掌，拨开了老人记忆的浓雾——他们拿着马扎坐在街边打盹，无所事事，说是晒太阳，其实是发呆。忽然，噼里啪啦，眼前掠过一只红壳保温桶，在记忆的余温照耀下，僵硬的肌肉软化了，遥远的大杂院遥远的小胡同在遥远的时日里跳荡，他们家也有这样一只红壳保温桶！它的内脏历历如睹，塑料壳的里面是闪闪发亮的暖胆，暖胆里面再套一个硬塑料胆，好了，你就往塑料胆里放吃的吧，滚烫的热汤，豆腐白菜炖粉条、鸡蛋汤、面疙瘩汤，只要是热气腾腾的都是好的。刚出锅的米饭也盛在里面，上层压上一只套盒，这是装菜的，有红烧肉当然最好，没有，是炒土豆片，或者熘土豆丝，更多的时候是装咸菜，榨菜、大头菜、王致和豆腐乳。三班倒，无论早中晚，自带饭盒是必要的，能省就省。夏天盛过冰棍，冬天装过包子和饺子。

2

去大西洋的公交线路有三条，乘118路电车到紫竹园南门，换乘360路，坐十二站，直接到新大西洋城楼盘边。

118路车烧电，不烧汽油，它像大姑娘头顶上的两根长长的辫子走起路来晃晃荡荡悠悠游游的。它也爱要小性子，动不动就在大马路中间停下了，售票员喊道：大家下车吧下车吧等下一辆，出故障了下车吧。大家拥下车，抬头一看，嗬，两根辫子脱了一根。

即使辫子不脱它也慢，站太短了，用银禾的话说就是“放个屁它就到下一站了”，刚开起来它就又要停，二十多站，一站一站地挪，这样挪下去，安姬惠就要生气了，她一生气就要给道良打电话，“我找史道良”，她要质问，“说好十点半银禾来，这都快十一点了怎么还没到！”

道良只听着，听了一通之后仅说一句：早就走了。他放下电话跟海红说：这个人，这个人，这个人哪，算了，我懒得说她。过了一时，又说：这个人，这个人哪，我当初就是实在跟她过不下去了！

第二条路线跟第一条其实是同一条。在同个公交车站搭同一条线路的701路，走的虽然是同一条路，但701的站距大，118的二十多站它只要十多站，几乎就是两站并作了一站，它又不用挂着两根长辫子，烧的是汽油，开起来呼呼的。只可惜它不到紫竹园，所以，到了第十站，银禾就要离开她坐得好好的座位，再换乘118电车到紫竹园南门，再换360路。

雨喜在遥远的深圳给母亲发手机短信，告诉她一条最便捷的新路线，800路！真是有福啊，走到二环路立交桥下面就有这趟车了！

最便捷畅快的新路线像初升的月牙在你身体里窜来窜去，脚下的路变得滑溜起来。二环线上的800路，它比骡子跑得还快呢，奔跑在宽阔的二环路上，一个红灯都没有，七站就到西直门。

我的乖伢儿，你人在深圳，怎么知道呢？上网查的，从一地到另一地，上网一点，公交线路、地铁、自驾车线路，统统有。

现在银禾最崇拜的人是她女儿王雨喜。

雨喜比叔公史道良知道的事情还多，电话里她讲罗彩霞冒名顶替案、宜黄拆迁自焚案、钱云会交通事故案，叔叔和春泱都不知道的武汉光谷反日大游行，雨喜也知道。她手里拿着手机，说话的口气有点像干媒体的。

道良问她：美国能查吗？

她说：能查，上谷歌！

你左手拎着一壶鸡汤，右手拎一只绿色环保袋，那是伊利或者蒙牛的赠送品，上面印着一头白色的奶牛。袋子里的东西都是按安姬惠的电话指令购买的，要一斤荔枝，好，道良就到超市去买一斤荔枝；要美国大杏仁，要伊丽莎白瓜，要话梅、要蜜枣、要阿胶补血口服液，道良在出门购物之前通常会说：“这个人，花样就是多，杏仁就杏仁，非要美国的，还要伊丽莎白，资产阶级那一套！”

道良从这间屋走到那间屋，他问道：伊丽莎白是什么玩意儿？你们谁知道？谁知道？银禾知道这叫伊丽莎白的是一种瓜，它颜色金黄圆滚滚，里面有瓤跟香瓜一样，但是它为什么叫伊丽莎白。啊不管这个，它在布袋里圆沉沉的被银禾抱在怀里。

提袋里就装着这些七七八八的东西。

我们的史银禾，她把一应物品统统抱在怀里坐在公共汽车靠窗的位置，那真是一个好座位，银禾把这叫作“有福气”——她是多么喜欢坐车，北京的车真干净漂亮，浠川县城里的长途客车和公交车都是破破烂烂灰头土脸，车壳厚厚一层土尘，还沾有痰迹，不管哪辆车，都会有一摊子呕吐污物晾在上头，里面的座椅呢，靠背上总是有一圈油腻，座位是歪的，座面上或者鼓起一坨，或凹一块，还裂开了口子露出黄兮兮的海绵，脚底下，花生壳葵花子壳饼子末菜皮鱼刺饲料渣踩得稀烂。不过，只有从城里来的人才会看出这许多不堪，当年我们的银禾是看不到的，即使看到了，她会说："那怕么事！"脏，那是天经地义的，人吃五谷杂粮，哪能不脏，再说那又算什么脏，又不是屎，即使是屎也不是脏，那也是五谷变的；破，也是天经地义的，搭了这多人，哪能不破，破才说明它有功劳。

现在史银禾已经和京城人眼光一致——她不再喜欢老家县城的长途客车和公交车，啊那么脏那么破，实在太不成样子了！

3

坐汽车这件事，一直一直，都是让人羡慕的呢。很久很久以前，大集体时代，银禾们在大田插秧或者割稻，"突突突"的声音传来，大家就会直起腰，看那公社的拖拉机从机耕路上开过去，一团团的黑烟冒出来，柴油的气味飘到大田的上空，大家吸吸鼻子纷纷说："几时坐上拖拉机去县城一趟，那就逸乐了。"农用卡车、东风轻型卡车、解放牌大卡车，它们不怕风不怕雨，日行千里，呼呼地从一地开到另一地，这么大的铁家伙，不要人力也不用牛拉，不吃谷也不吃糠，它们呼呼开过去，扬起一阵灰尘和黑烟，银禾们骑着自行车在公路的边上，太阳大呢，就晒着，雨下了呢，就淋着，刮风就顶着风骑，身子弓得像一只大虾，路面有一个坑呢就颠过去，坑里有一窝水呢绕不过去了就连人带车淋一身水花。

自行车望着大卡车，犹如一只鸡望着一头牛。

上个世纪的大集体年代，卡车的车头位，司机旁边的那个座位，它在银禾们的睡梦中进出过多少次！它在不同季节的作物中升起，像头顶飞过的彗星，一车生猪，运到远处去，一车活鸡，运到远处去，一车谷子、棉花、绿豆、花生、油菜籽，在路上飞驰，去上海下广州，那些远在天边的繁华城市在一卡车肥猪身上闪闪烁烁，不见得没有人不想当一头猪或一只鸡呢！不过，最想当的还是卡车司机的家属。

家属，这种含蓄的称谓在那时特指妻子，那些司机的堂客们，家属们，她们都是当地首屈一指的美人，肤白发浓，头上别着时髦的发夹，衣领上翻出时尚的领子，她们坐在车头位上一闪而过，像皇后一样尊贵美艳。

4

安姬惠坐在摇椅上摇晃着，阳光从宽大的阳台洒进来，透过落地玻璃，满屋都是阳光——

阳光落了半边床，床单上的蓝格子一半深一半浅，被套上印染的羽毛变得轻飘飘的，简直风一吹就会飞起来。松松地压在床尾的毛毯，那上面的牡丹花被太阳一照，明晃晃沉甸甸的。竹椅上弯弯的竹竿，更是亮闪闪地起了一层油光。安姬惠的头发全白了，蓬松着，阳光从蓬松的地方穿过去，这个上了年纪的女人也有些神采了呢！阳光照到镜子上，镜子就把一团圆圆的光反射到墙上，屋里更亮了。

银禾洗洗涮涮，在这里的厨房她更适意。这个新大西洋小区是个高档小区，单是那个安在门口旁边的玩意儿就让银禾兴奋了许久——这个小电视（她这样称呼显示屏），有人在楼下按门铃，在屋里就能看得见。

叔叔那边可没有这个高级东西，非但没有，到处都是旧的和破的——厨房墙上的瓷砖，银禾来的时候就掉了两三块，十年过去，更加七零八落，银禾在屋子里打毛线，忽然听见“啪”的一声，或者“唰啦”一阵，她头也不抬，没什么好惊的，定是那墙上的瓷砖又掉下来了。等她打完了这几针花，再慢悠悠踱过去，果然，沾了一层油烟的瓷砖碎在了灶台上，有一片碎片弹到了肥皂盒，洗碗盆里也有一片，最远的一片还飞到了盐罐旁边，没把油罐砸着就算它客气的！

鸡汤怎么炖得这么美味？安姬惠问——啊开始炖汤的时候要在锅里放一块猪肉一起炖，人也一样，要有伴，有伴的日子才能过出味道来。不放葱也不放姜，只放一点黄酒腌腌，水开了，就下锅，放三只小枣，放四只枣就甜了，放两只呢，味道不够。至于排骨炖莲藕：排骨呢，要先炒一炒收紧骨肉，莲藕切好，要用盐腌一下才能炖得更烂……

炖汤虽然不复杂，但并不是谁都能炖得像银禾那么好——鸡汤或鸭汤，或者黑豆猪尾汤、排骨莲藕汤……任何汤。

早上五点半她就起床了，忙七忙八，烧开水、蒸热馒头、煮鸡蛋、热牛奶，叫春泱起床，送她上学，两架自行车扛上扛下人浪滚滚车浪滚滚。然后——

然后，她再次出门上菜场，去买鸡和鸭。菜市场，一到这个地盘，她就变成了火眼金睛——那些笼中的活鸡活鸭，她是一眼就看明了它们的前世今生。在密密挨挨隔夜的蔬菜味、肉腥鱼腥刚刚宰杀的活禽的血腥气、萝卜带的泥、捆菜的湿稻草、苍蝇飞舞的人气中，一小片有着青草树木的土地耸然升起，啊王榨村她家的后门——那上面长着一棵橘子树和几丛灌木，鸡们起劲梳刨如同耕地，一条河也随之升起，收割过的田野稻茬遍布如同麻雀振振欲飞，一只公鸡领着一群母鸡，一只母鸡带着一群小鸡。谁能骗得过史银禾？肉鸡和柴鸡，吃饲料的增肥鸡和放养在野地的自由鸡，她必是一眼即能识出，如同富有经验的外科整容师，即使只看照片，也能辨出谁的鼻梁眼皮动过刀子。

摊位上的鸭子都像她家自养的。

——满河的鸭子在她王榨村屋后的河里，麻灰的羽毛，在正午的阳光下闪闪发亮，就像河水和树叶一样闪闪发亮，三顺赶鸭子的竹竿系着一根红布条，人看是红布条，鸭子看却认它是一面大红旗，呼啦啦逆风招展，指引着，这一百单八将。三顺不识字，虽然也看电视剧，总不如我们的银禾聪明有记性。“大河向东流啊，天上的星星参北斗，哎嘿哎嘿哎嘿哟……”看到鸭子银禾不免想起《水浒》里的《好汉歌》，因为她家的鸭子正好是一百零八只（其实是一百零七只，有一只被老鼠咬死了），一百零八，这样的数字不管摆在哪里都是好汉的数字，不是天罡就是地煞，鸭子呢也从此有了名号，钻水里钻得勤的就叫浪里白条，爱飞几下子的就叫小旋风，模样俊的就叫浪子燕青，黑而鲁的，黑旋风李逵，领头的呢，当然是宋江。在银禾看来，食材鲜，炖的汤就好。死鱼炖不出活鱼的味道，肉鸡也炖不出土鸡的味道。

5

你坐在公交车上自东向西又自南向北，2008年以后，公交车都是新的，宽敞、干净，到处亮闪闪。车窗外灰的墙矮的房子稳稳地走过，灰墙的房子们，它们有些呢喃似的，绝不声嘶力竭，一间挨着一间，紧凑而不逼仄。槐树掩映，一会儿出来一块提神的匾额，忽然左边，高大的红墙里，高而粗的大杨树探出墙头来，北海幼儿园门口砌着两幅大大的红窗花！有水腥气从右边洇到脸上，扭头一看，什刹海的荷花柳树木船古董酒吧，缠绕摇晃着就过去了；这边的北海后门一路红墙楼台探出又有黄绿色的琉璃瓦亮亮闪闪；游泳馆，你无论如何不明白“游泳馆”三个字怎么会写在牌坊上。然后，又高又厚的灰墙挡着了，细父说江青曾在那里面待过现在是少年儿童活动中心，几面斜斜的红旗塑在楼面上，梅兰芳大剧院一格一格的红色，密密的方方正正，一格一格又一格。

如果换一路公交车上二环，那就看另一番风景，红绿灯都被赶走了，大路朝天宽又阔，仿佛是在北京城的最高处，不用仰头就能看见天！如果没有雾霾，天还是蓝的！2008年始，路边的绿化带一溜整齐，灌木是剪了又剪，护城河是掏了又掏，柳树的窟窿，补上了。柳树们，摇着荡着虽然不够高大却绵延一路，雍和宫，宫殿般的屋顶高高低低，之后是高楼，高楼之后是鼓楼，拐弯，高楼接着高楼，路渐渐有些窄，像在山谷里，太阳被山挡住了，山谷里是阴的，再一拐弯，又亮了，太阳迎头照到了脸上，晃着眼睛。

喜鹊叫

1

银禾在北京的大街上忽然听见了喜鹊叫。

喜鹊叫——

早上叫是福，中午叫是忧，晚上叫是大祸要临头。老家的谚语使银禾坚信不疑，她心头一紧，喜鹊中午叫，不好的事情定会到来。

那天银禾特别顺，刚穿过马路就来了公交车，很好，她举着鸡汤上了车，靠窗居然有一个空位，银禾觉得自己很幸福。到了新大西洋城也很顺，不用陪去医院，到超市买了菜，做了顿午饭就回来了。坐上车，呼呼一路开，紫竹园南门下来。

就是这时候，银禾听到了喜鹊叫。正是中午时分。

“咻，你这个鬼！”她抬头张望紫竹园里的树木，心慌慌地颤荡起来。

有一个世界，喜鹊能看见人看不见的，人比鸟笨比狗笨比猫笨甚至比猪还笨，甚至比蛤蟆笨，谁说不是呢，大地震前两天蛤蟆就知道了，它们黑压压地铺满了马路在电视上。黑压压，一片。

喜鹊在北京——

它长了一双千里眼它看见远在南方乡下的王雨喜，它在高高的水泥楼顶上越过几千里看到遥远的南方，南方的王榨。

2

这时候，雨喜远在南方的工厂。累，工资低，不好玩……那就去新疆吧——正好有人来招工采棉花。

招工的人不说采棉花的事，只一味地说“去玩”。

“新疆挺好玩的。”他说，街上的姑娘都编着满头小辫子，男人穿着竖条子的大褂，头上一律戴白小帽，那里的庙都是圆顶的，十足像一只洋葱头……

天山，知道天山吗？那是天上的山，只有新疆才有，山顶是白的，有雪，山腰是牧场，密密的草，成群的马，成片的羊，就像歌里唱的。还有葡萄哪，新疆到处都是葡萄，一串压着一串，又红又大又甜——不趁年轻去玩玩就太傻了！

雨喜在工厂早就腻了，她报了名。

来招人的是一对夫妻，男的姓王，自称王哥，女的自称罗姐。两人带着从东莞各小厂招来的七八个女孩就动身了。他们在广州上火车，坐票，一天一夜到郑州，在郑州火车站里待了一宿。路上王哥给大家买方便面，他说吃吧吃吧，先吃了再说。又坐了一天一夜，到了新疆乌鲁木齐，就在火车站周围走了走，紧接着又坐火车到了奎屯。

在车上雨喜和同座的几个女孩混熟了。

四川的陈靓妹小学一毕业就出来打工，她跟雨喜说，她那里上学太远，路上来回得六七个小时，早上不到五点就得起床，根本来不及吃早饭，路上还有两处野猪林，下雨天野猪最爱出来找东西吃，有一次她看见四头野猪就在红薯地那边，一大三小，身上的泥巴都看得清清楚楚，不过它们只顾刨红薯，没危险。路上天都是黑的，要举火把，还要带几个炮仗，到树林子里点一个往远处一扔，嘭的一声野猪就不过来了。要是没有炮仗，就得几个人同时尖叫几声，把野猪吓住。所以还是出来打工好，不过打工也不够好，厂里挣钱太少，吃得也不好，所以她想换个地方试试。陈靓妹说，人生就要敢闯，多闯几次，说不定就能碰上一个好老板。生活就是要闯的，雨喜也同意。

湖南的张粉花，是因为跟工长吵架，工长嫌她上厕所次数多，要扣她的工钱，其实是工长看她不顺眼，因为她背后说工长三十岁还没嫁出去。湖北的郑宝惠，眼睛里总是含着一包泪，不管说什么，说几句话就想哭。男朋友不要她了，她不想在东莞待下去，听说新疆最远，她要走得远远的。她跟男朋友谈了三年恋爱，做过一次人工流产。失恋后曾想割手腕，没割成功，她怕疼，还想起了家里的爸爸妈妈。

8月底，奎屯的天很蓝，来的路上看见有大片大片的棉田，还有几大片一望无边的向日葵，到了奎屯却到处都是房子，没看见棉花。我们到哪里去摘棉花？陈靓妹问罗姐。罗姐笑笑说，急什么，摘棉花有什么可急的，累死你。

她们住在离奎屯市三十里的一个叫银城子的地方，住的是出租的平房，两人挤一张床。吃饭自己做，罗姐一问，几个女孩在家里都不做饭，谁都不会。时代真是不同了，乡下女孩都不会做饭，更别提种田了。罗姐说，你们这些人啊，小姐命，将来怎么办，连地都不会种。就得趁年轻多挣点钱。

她做饭，用一只房东的旧电饭锅。不知是哪接触不良，经常是煮饭煮到半截，自动就断电了，到吃饭时打开一看，饭都没熟。又重头来过。菜呢，是王哥买回来的，包菜、土豆、西红柿，每次只做一样，分量少，要省着吃。不过罗姐两口子也一块吃，女孩子们没什么好说的。罗姐说，现在省着吃，将来你们挣了大钱，想吃什么吃什么，要吃龙肉没有，要吃山珍海味还不是寻常的事！她还说，将来富贵了，可别忘了你们罗姐。说得大家都有些兴奋。陈靓妹问罗姐，是不是摘棉花能挣大钱。罗姐笑眯眯看了她一会儿，说：摘棉花？晒死你，脱你一层皮！

住了两天，仍不去摘棉花。雨喜来例假，要买卫生巾。罗姐叮嘱她就到最近的一家小卖部买，千万别走远了，新疆人是很野的，身上都带着刀子。

平房出去不远是个路口，停了两辆卡车一辆小面包车，还有一辆越野车，没看见运棉花的，也没看见摘棉花的人。墙上用白石灰水刷着标语："严厉打击民族分裂分子暴力恐怖和宗教极端分子势力"。另有两条标语是用条幅的绿纸写的毛笔字："要团结，不要分裂""伤害民族感情的事坚决不做，伤害民族感情的话坚决不说"，绿纸被晒得有些发白，有点像甘蔗叶的背面。

小卖部里有个四十多岁女人，普通话讲得标准，只是有点瘪。雨喜站在小卖部跟前，想打听一下摘棉花的事。一个男人从卡车那边走过来买烟，看样子是卡车司机。不知从哪儿冒出一个女孩挤到他身边说：大哥，娱乐一下呗。司机还没来得及应话，又一个女孩挤过来说：大哥放松放松呗，便宜。她说着就双手搂上了司机的胳膊，一边说道：有发票的呢！有发票！

这些女孩当然是……难道这里是鸡窝？雨喜往稍远处看了几眼，发现有不少发廊，马路这边有三家，对面有两家，另外这边有一家按摩房，对面有一家洗脚屋。每家门口都有年轻女孩坐着等客人。

罗姐要接很多电话，她一接电话就进她那间屋子关上门，声音很小，听不见说些什么。雨喜在门外偷听，只听见说"货"和价钱，从来没听见她说采棉花和工钱的事。

那两天天很热，罗姐身上的短袖上衣和下身穿的裙子都没有口袋，她到厨房炒菜，手机顺手放在饭桌上，雨喜拿来很快看了一下里面的短信，没看出什么名堂，有一条短信说，货送到再说，有钱大家挣，肥瘦搭配就肥瘦搭配吧。都是老乡。

雨喜果然是很精的，她问陈靓妹：你身上带有钱没有？陈靓妹按了按内衣口袋，说：有，一百块钱一直贴身缝着。雨喜不知怎么才能让陈靓妹明白眼下的处境，万一落到心狠手辣的人手里，一切就晚了。知了喳喳直叫，雨喜出了一身汗。她问陈靓妹，罗姐会不会害她们。陈靓妹觉得她问得奇怪，怎么会呢？罗姐人挺好的，又是她老乡，不会害她的。罗姐私下跟她说过，说给她找一个酒店当服务员，工作轻松，钱挣得比工厂里多。

跟陈靓妹没法说透，雨喜决定自己走。她在内衣里缝了五百元钱，够她回到湖北的了。

王哥不知干什么去了，两天没怎么露面。第二天中午来了一个男的，跟罗姐拍拍打打，叫她大妹子，亲热得像旧相好。罗姐满面春风，说他是个能人，四川老乡，有他关照，她们准能找到又挣钱又轻松的工作，比摘棉花强。当然，要摘棉花也行，她向来不勉强别人。

罗姐割了一斤五花肉，做了一个回锅肉，放了豆豉、干辣椒和大蒜，红的白的香得要命，弄得人人直咽口水。她留了少部分五花肉炒白菜，也同样放了豉汁和干辣椒，此外还做了西红柿炒鸡蛋，炒了一盘豆角和一碗黄瓜，她看了看，觉得还不够，索性在旁边的小饭馆要了一个新疆大盘鸡，不一会儿端过来红艳艳的一盘，上面是一层干辣椒，底下的鸡肉是干爽焦黄的，一看就是又脆又嫩。女孩子们看到有好吃的，眼睛发着亮，人人都生动起来。罗姐亮起嗓子说道：姑娘们，放心吧，跟着你罗姐肯定不会吃亏！她扫了女孩们一眼，点出一个长得最不起眼的雨喜，让她去小卖部买几瓶啤酒。

桌子不够大，罗姐指挥女孩子们，把房东堆着的几个纸箱子挪过来，擦灰，垫上塑料袋，当饭桌用。又让她们往自己的漱口杯倒上啤酒，她点着陈靓妹、张粉花、郑宝惠几个人的鼻子说：你、你、你，你们今天都给我喝点酒，听见没有！不管会喝不会喝，谁不喝就是不给我面子，都不许扫兴！

九个人，坐成了一片。四川男人坐在唯一的一张椅子上，罗姐坐一张方板凳，女孩们挤在条凳或者床上。罗姐让女孩子们个挨个向男人敬酒，并管他叫大哥。女孩喝了酒，脸上红红的越发好看。男人的眼睛是很利的，他每个女孩扫了两眼，基本满意，那个湖南女孩是圆圆紧紧结结实实的，有肉，讨人喜；湖北的有两个，姓郑这个，一双大眼睛汪着水，看着有点哀，文化人喜欢，把她弄到石河子算了。陈靓妹长得不错身材也好，像她的名字，靓妹。那个去买啤酒的湖北女孩，好像姓王，太矮了，皮又黑，没长开，说是快十八岁，看上去最多十四五岁。不知有没人敢要。他酒量不小，一杯杯灌下去也不见上头，他边喝边吃鸡和回锅肉，他牙口好，把鸡骨头嘎嘎咬碎咽下肚，见陈靓妹瞪大眼睛看，就说：怎么样，厉害吧？什么样的鸡骨头我都咽得下。我看谁最能喝酒，谁最能喝我就先给谁介绍工作。

五瓶啤酒喝光了。罗姐又让雨喜去买。

雨喜走到屋外头，下午两三点的太阳白亮亮的晃得人睁不开眼。一辆黑色的轿车在刷着“严厉打击民族分裂分子暴力恐怖和宗教极端分子势力”的墙旁边停下来，里面出来两个女的，一个岁数大些，样子五十出头，穿一条宽腿牛仔裤，一件黑色带翻领的T恤，另一个比较年轻，额头上梳了一排齐眉刘海，也是牛仔裤，但腿是紧紧裹着，上身穿一件又宽又长的白衬衫，后背皱巴巴的。T恤大姐捂着肚子进了旁边的一个厕所，白衬衫则朝路边一个卖哈密瓜的瓜摊走去。车上还坐着两个小伙子，一个下来抽烟，另一个坐在司机位置上不动。

雨喜紧跟着黑T恤走进厕所，她的心怦怦直跳，但头顶有一个声音对她说：就要走！就要走！就要就要……仿佛有一只大木槌不停地敲她的后背。里面没有别的人，黑T恤进了最里面的蹲坑，雨喜站在外面的蹲坑跟前，等那女人从蹲坑出来，她壮着胆叫了一声：阿姨……女人皱着眉头看她，雨喜在外面打工两年，普通话说得不错，女人边听她说边打量，她看到这个女孩矮矮的，像个中学辍学女生。她本人是一家教育出版社的副总，老家也在湖北，这次到新疆开会，当地同行陪她转转，这天是要从奎屯到石河子去，她早年在石河子的建设兵团待过六年，还有一个同学留在那里。中午吃了不知什么不合适的东西，闹肚子，在银城子临时停车上厕所。

几分钟之后，雨喜被T恤大姐带上了那辆车，她坐在后座两个女人中间，她弯着身子想把自己缩小一点，以免车外的人看见，T恤大姐把她扳直，说，开车吧。阳光白晃晃的，柏油马路升腾着一阵阵透明的热气。雨喜的心怦怦跳着，她明白，自己走成了。

在石河子，T恤阿姨给雨喜买了去乌鲁木齐的车票，又给了她五百元。

雨喜回到湖北浠川王榨村。她的行李统统落在了罗姐那里，雨喜最可惜的是她的新手机，一到奎屯罗姐就收走了，说手机一概由她代管，谁不愿意请便，出事可别找她。手机花了一千两百块，才用了不到两个月。

3

雨喜去新疆又回来的事银禾所知不多，雨喜说，去了，又回来了，太累，不好玩，所以就先回来了。这样的话银禾每隔一段就要听到一次，回来她就放心了。

为什么喜鹊中午叫，银禾给雨喜打电话，雨喜说，没什么事。她又买了一个二手的手机，花了两百块。

雨喜经历的事，她谁都不要知道，谁都不要。

从新疆回来，她自己在王榨家里待着，爸爸也出去打工了，家里没有人，她有时上二伯家吃饭，有时自己做一点。

她去豆角地摘豆角。

地是她家的菜地，没人在家荒掉了，大伯娘点上了豆，插了豆架，豆角旺得垂垂荡荡的。村里没有人，地里也没有人，有个男人骑摩托车从小路过来。

男人的摩托车，突突响几下车停在了路边。

他是卖老鼠药的还是收猫狗的？后架上搭了一只蛇皮袋。他冲雨喜走过来，他问道：喂，去桂花湾怎么走？雨喜不应，瞪着他。他又问：你就一个人在家吗想不想去玩？坐上我的摩托吧！他边说边捉着了她的手，去浠川吧走吧走吧坐摩托，雨喜没来得及喊就被这人摁倒在地里了。

想喊人，却出不了声——一只手捂住了她的嘴，另一只手，揪着她的衣服往上掀。

……天寂静而蓝，蓝得吓人，犹如一个巨大的深渊，被人摁在地里，恍若从高处掉进深渊里。

四面一片寂静，山上有鸟叫，但鸟也不能变成人来救她啊，豆角地在低处，田岸挡住村庄的视线。雨喜的衣服紧，那人弄不开，他用一只膝盖压着雨喜，腾出双手来解她的裤子。

雨喜真是好样的，拼着命，又蹬又抓又撞，尖指甲划破了那人的脸，他停了下来，他说抽么事筋你别抽筋，让我摸一下就给你钱。

下流话使那人更有了兴趣，他连连说道，摸摸就好了让摸一下就不抽筋了这么点小不摸怎么发得大给你十块钱又不少你一点肉。雨喜气得说不出话，她看到旁边有根松动的豆架棍，但身上被那人跨着她够不着那棍子。她便说：你松开，松开就答应了你。那人盯着她看了一会儿，松开了手。雨喜够到那根一头尖的棍子，她拿到手上跳出三尺远，喘了几口大气说：

摸你个头！

4

喜鹊在叫。

在早上叫完中午叫，在中午叫。

在高高的水泥楼顶上——

喜鹊还在叫。

在早上叫完中午叫，在中午叫，在中午叫完晚上叫。

看得见颐和园的房间

安姬惠是一个相信科学的人，特别注重保养——她的家到处都是药，药盒、药瓶、药片、胶囊、药材。进门的鞋柜，客厅的茶几、沙发扶手、电视柜，书房里的书桌、书柜，大房间里的床头柜和床头，摇椅旁边的小圆桌，厨房的橱柜里，灶台的边缘，卫生间的边柜，暖气片的上方。没有一处能落下。

这么多的药！这么这么多！

银禾大大开了眼界，她兴奋，又好奇，药真好玩。那段时间安姬惠是耐烦的，她给银禾普及科学养生常识，维生素ABCDE，有的是预防感冒，有的是避免口腔溃疡，这个是对眼睛好，那个是对血管好，身体上下各个部位每样器官皮肤头发牙齿，都有一种药是瞄准它们的——冤有头债有主，这一点，银禾真是太知道了。

药片五花八门，圆的三角的菱形的，白的粉的黄的蓝的灰的，胶囊也是神奇，大大小小五颜六色，番茄素、银杏素、大蒜素、胡萝卜素——这让我们的银禾又敬又畏。

地里那一堆一堆的番茄和大蒜，它们是怎样缩进这小胶囊里的？真是两头都为难，既为难了胶囊，又为难了番茄大蒜。安姬惠往银禾嘴里塞了一粒维生素C，“一粒维C等于一兜橘子！”

还有灵芝和人参，当归和天麻，黑黑硬硬瘦瘦的，橱柜里满满一柜，这些名贵的中药材，大补药，它们神秘的气味向来独霸一方，它挤在这里，刀戟剑斧锋刃相碰，气味杂陈，互相侵扰伤挫。太多了。

在道良家的厨房做了八年饭，来到新大西洋城，银禾觉得她的手脚变得忽轻忽重的，忽而头重脚轻，忽而头轻脚重。

她小心地拧燃气灶的旋钮，“噗”的一下，几乎没有声息，一簇淡蓝色的火苗就在了锅底下，把她吓了一跳。叔叔那边的燃气灶简直是另一物种，要又拍又打，又吓又骂，还要咔嚓咔嚓拧上好几次才能打着火，那火也不是这样含蓄优美的，那个旧灶，你打开它得左右开弓，弄得人像乡下的泼妇；它喷出来的火也是参差不齐的，而且呼呼直响，仿佛方寸之地平白刮起了九级大风，你以为火势大呢，却一点不大，烧一壶水要花上半个小时！

叔叔家的厨房，墙上的瓷砖有一半脱落了，露出粗糙的内壁，那里灰旧的水泥面凹凸不平，中间暗白的胶痕如同一口口陈年的唾沫；另有十几块仁义的瓷砖，它们松动了但没有脱落，或者它们掉到灶台上却没有摔碎，被银禾用不干胶把它们贴回到墙壁上，这次第，不但小儿科，而且更显寒酸。

所有管道都裸在外面，自来水管、下水管道、暖气管道、燃气管道，粗的细的，横的横竖的竖，纵横交错纠结，像一个生手打的毛线活，疏的疏死，密的却结成了疙瘩。油烟机呢，是最老式的那种，不但总是碰头，而且永远也抽不净油烟，还轰隆隆发出噪音。叔叔家吃的是南方菜，样样都要煎炒一番——

油烟是喜欢道良这样的人家的，那是油烟们的自由之乡，“吱啦”一声欢呼它们奔腾着就冲了出来，像刚刚放学的孩子们跑得哪儿都是。老得气喘吁吁的油烟机哪能管得了它们，它早就年老力衰了，油烟们爬高的爬高，趴地的趴地，每根管道上都有它们在荡秋千，前一批油烟还没散掉，后一阵“吱啦”又放出一群，你追我赶地，你纠我缠地，层层叠叠地压上去，不出三天，裸露的管道上就会聚上一排油滴，它们都很捣乱，滴滴答答落下来，滴到锅盖灶台上，或者银禾的头发和肩膀。

银禾想出了一个聪明的办法，她搬来旧报纸，上高爬低，把厨房里的所有管道，不论长短粗细，一律，包上旧报纸，再用塑料绳捆扎好，水表她也包上了，燃气表她也包上了，她想着，等这层旧报纸聚上烟油，她“嚓嚓”两下，把它们一撕，再包上一层干净的，这岂不是比擦烟油省事得多！

在一个伤痕累累被包扎着的厨房做了八年饭，新大西洋城在银禾眼里简直就是天堂。

大西洋，到底是大西洋。银禾对这个具有自我殖民色彩的小区名称有强烈的好感，无论是在叔叔家还是王榨村，“大西洋”这三个字都是她生机勃勃的自豪源泉。

是啊大西洋，二十四小时都有热水——要是冬天，把王榨的被套床单搬到这里洗有几好，湖北乡下天寒地冻，烧一锅热水得费掉一抱柴草！大西洋，亮闪闪的龙头，嵌进去的橱柜把手，盐油酱醋一格一格的放得整齐，围裙长着漂亮的草莓，切菜板是方的薄塑料，而叔叔家的厚砧板是老家带来的乡下木头，一切都是如此不同。

这才算到达了真正城市生活的内脏。

把所有设备摸过一遍之后，人变得自在起来，如同到了新地方，本来俱是生面孔，说了两句话，就变成了熟人。她心里觉得自己又大大增长了见识，手脚麻利起来。

把被子抱到阳台晒，阳台是落地玻璃，二十三层高楼，银禾腿都软了。王榨谁在这么高的楼上晒过被子？谁也没有，哦啊腿是软的，头也晕了。

听见安姬惠软软的声音叫道：银禾，我这里能望到颐和园呢，你抬头往左看，看见没有?

——颐和园，那个像宝塔似的金黄色宝顶亮着金光远远地在树林里，树木密密麻麻。

卷五

陈青铜／传奇

青铜家在南城破旧的平房里，爷爷是做卤煮火烧的摊贩，爸爸在铁路上当扳道工，他就是在这个堂皇的城市里最皱褶的地方长大的。小时候捡过煤渣，到密云插过队——很快又回来了。在南城煤烟滚滚的家里，从早到晚都是老人的咳嗽声，痰迹斑斑。没有书，他是怎样考上北师大的？

有关陈青铜，有如下传说：

说他曾跟一个比他大八岁的女人同居，而这个女的还告发了他，真是岂有此理！她跟一个外国男人去了瑞典。她不光跟人跑掉，还在政治上告发了陈青铜，使他进了监狱。这个女人，海红听说她是一名话剧演员，没有演过主角，名字有些特别，叫罗天纹——他们整整同居了五年之久。

罗天纹，她很美吗？

后来海红跟青铜熟稔起来，不免对这个女人感到好奇。青铜说她是一个名声不好的女人，一个人拖着一个五岁的孩子，活得十分艰难，别人都说她浪荡成性，其实她是一个被侮辱和被损害的人。他认识她之后，跟她谈了整整一个通宵，然后就决定跟她生活在一起。

至于罗天纹告发他的事，关于她出国后再也没跟他联系过，关于这个反常而卑劣的一刀两断，陈青铜这样解释说：她肯定感到自己老了，不再美丽，她不愿意让自己所爱的人看到自己衰老的样子，所以用一种不辞而别的方式离开了他。

跟一个大他八岁的女人同居，这件事使我们，处在平凡生活中的女人们感到深不可测，使陈青铜本人具有了某种神秘的光环，他简直就是爱情的化身——

女同事们津津乐道的有这样一件事：这个陈青铜，他竟然横跨大半个中国，从北京赶到广东，看望那个随剧团去演出的女人，而他们分手还不到四十八小时。是的，他坐上火车，从北到南，跨黄河过长江，五岭逶迤腾细浪，乌蒙磅礴走泥丸，没买到卧铺票，三十六个小时不睡，在黄昏时分赶到广东某市剧院的后台化妆间，他没吃东西，也没洗脸，满头灰尘推开了化妆间的门。在场的所有女演员大为动容——只有在电影里才会看到的场面骤然来到她们面前，像奇异无比的花朵突然开放在化妆间的镜子中间，它由于如此逼真而显得加倍的虚幻，它光芒四射使前台黯然失色，这使在场的每一个女人的眼睛里都涌出了泪水。罗天纹，你真是太幸运了。

陈青铜跟罗天纹没有结婚，是罗不愿意结，那时候，陈青铜已经三十岁，他是家里的独子，为了罗天纹，他不再提结婚的事情，他放弃了正常生活的选择，非婚同居，并把罗天纹的女儿视为己出。

罗天纹背着陈青铜嫁洋人的时候，他正在监狱里待着，我猜想，是艰苦枯索的监狱生活加倍培育了他的爱情想象——宛如人工温室，花朵硕大肥厚，超出了常规。监狱里四面墙壁，只能通过一扇小小的窗户看到天空，天空中有云飘过，啊有云就够了，云霞隐含着她的名字，天纹，天上的花纹不是云又是什么呢？它们就是她身上的什么构成的，携带着她体内的芬芳，吸纳了她的呼吸和体温，它们如同她本人，站在了窗口。

监狱的犯人喜欢唱一首歌，叫《一只鹅》。一只鹅／水里游／孤孤单单在发愁／两只鹅／水里游／摇摇尾巴点点头。

一首简单的歌，曲调平淡，几乎只有一句旋律，但是狱里的犯人们反反复复地唱它。他们在高墙下黑暗的屋子里唱，一边糊火柴盒一边唱，一边撒尿一边唱。平凡而单调的歌子脱离了监狱里特有的饭馊、尿臊和汗臭混合的气味，它迈着细小而尖利的步伐，进到犯人们的肉里。

青铜也跟着唱起来，他的声音汇集在众声中，发出隆隆的震响，这种震动在他的血液和神经末梢微微颤动……两只鹅出现在逼仄的囚室里，它们兀自游动，互相把脖子伸给对方。在这首歌的曲调中，青铜怀着深入骨髓的痛感，无数次地想念罗天纹——爱情在茫茫的虚无中被这些肉眼看不见的东西所喂养，它日生夜长，越来越肥硕，一朵罕见的花朵充满了青铜的身体。他出狱了。

出狱的当天他就去找罗天纹。

天下着雪，他在街头的剃头摊子剃了个狗啃式光头，白晃晃的雪地，灰蒙蒙的树木房屋，天地昏暗，大街异样而陌生。雪花落在他裸露的头皮上，冰凉的寒气直通到他的脚心。有人告诉他罗天纹嫁人走了。

他不信。

他的不信宛若一只灯笼，忽明忽暗，照着他在这个昏暗的雪天恍恍惚惚往前走。他到了。那把钥匙，他用过无数遍，入狱的时候交出，出来时还给了他。这把钥匙引导着，他一级一级走在楼梯上，六层水泥楼，没有电梯，他上楼的姿势把从前的时光重新召集起来了，每一级楼梯就像一小截时间的链条，他沿着它们走回了从前。

他开门，钥匙无法插进去。异样的感觉升起来，蜂群轰地扑到他的光头上，上下翻飞。他两眼发直站在了门口。

陌生的房主开了门，递给他一包东西，那是用罗天纹的旧窗帘包着的青铜的衣服，窗帘上有云纹，是青铜跑遍全城买到的。

那些云纹就是她的纹理，她身上直接长出的花朵，但此刻，它们变成了一发炮弹击中了他，啊原子弹，蘑菇云在他头顶腾空而起，笼罩了他全部的记忆和希望，呼吸和睡眠。弹尘一直没有完全落下，而是不停膨胀和滋长，变得臃肿沉重，紧紧压在青铜的头顶，粘在他的皮肤上。

这是陈青铜的爱情传奇之一，在上个世纪90年代初，它被报社的女同事们口口相传，像某种奇异的水果，散发出香气飘荡在海红的办公桌上。

陈青铜的第二个爱情传奇关于他与甘颜的婚姻。

甘颜是一个在影视圈混的女孩，文化界认为，那是一个最浅薄无知又高度讲求物质的圈子，甘颜整日看见明星们进进出出挥金如土，以为那就是真正成功的生活。她跟一名导演同居，被始乱终弃。两人当初闹得太过轰轰烈烈，都说要结婚的，这时忽然塌了台，甘颜于是躲在宿舍里不吃不喝不见人，到处要找刀子或绳子——总而言之，处在半疯状态。

那时候，甘颜和陈青铜谁都没有听说过对方，是跟甘颜相熟的一名美工看不过去，自说自话去找了陈青铜。青铜一听说有人要自杀，他全身一震，立即动身赶往甘颜的宿舍。啊他真是太需要拯救一个女孩了——那时候，罗天纹像一处沼泽陷住了他，他整天灰头灰脸失去了光泽。好了，这下要去救一个人，救别人就是救他自己，在去甘颜宿舍的路上，陈青铜迅速变成了一个精神强大的人，所有的光芒顷刻回到了他身上，光闪灼灼。

青铜跟两眼红肿、披头散发的甘颜谈了整整一个晚上，那个年轻的、又懒又馋、爱出风头、热衷于各类时髦玩意儿的甘颜，她闪电般地爱上了陈青铜，她坚决要嫁给他，指天发誓从此好好做人，改掉她所有的毛病。

他们迅速地结了婚。所有认识他们的人全都大吃了一惊。

这个夏天，海红得到了一个出差机会，代替别人去一趟呼和浩特，一名消息灵通的女记者冲她不住地眨眼睛，眨停之后才说，听说陈青铜也去呢！

之前他们通了电话。青铜的嗓音带着磁性，发着光，在海红沉闷的家庭生活中忽明忽暗地跳荡着，海红感到内心紧张。为什么会紧张？你觉得你会爱上这个人——紧张来自情欲。也许吧。

北京站西大钟的下面，站前广场人潮沸沸。

一个高而瘦的男人站在那里，他像根竹竿，支在站前广场上。这个人的脸特别长，坚硬的头发竖起在头顶，使他的脸显得更长更窄，看起来就像美国的朋克。穿着一件难看的粉色衬衫，皱巴巴的牛仔裤。人站在那里，像一竿旧竹，而非新竹。她看到了那双鞋，包头，鸡屎一样的颜色，鞋面上密密的小孔里塞满了灰尘。

……一行人坐上越野车，文化人对话热烈，体制、文化的前景，信仰、使命、历史、牺牲，等等，陈青铜果然是一个有魅力的人，大家喜欢听他说话。而越野车奔驰在草原上——车在雨中疾驶，前面忽然出现了一道彩虹，它横跨了整个天空，从天的一头到另一头。有谁见过如此巨大完整的彩虹呢？在城市里，在各种高高低低丑陋的建筑物之中，能看到的只是一些被肢解后残存的片断。是啊一道彩虹被一截粗黑高笨的大烟囱所截断，烟囱旦喷出的浓烟像一些黑色的虫子缠满了虹的一端。而这个草原上的虹拱坚实连贯，劈面而来——水雾纷纭晶亮，悬挂在伸手可及的前方。

黄昏的时候晚霞像潮水，滚滚来去，汹涌澎湃。浪涛厚实多变，闪耀着难以言说的光芒。那一团光源隐藏在云层间，层层遮挡个个反射，它从云层的缝隙飞奔而出一泻千里，天地漫成一片金红。风从天边浩荡而来，一路推动云霞——金红、桃红、灰红、橘红，晚霞从草原的尽头、从天边的地平线，一直滚动到脚边，它变幻的色彩覆盖了万物。

——我们的海红，她是有些山川河海的情怀的，总是惦记着看到大自然的壮美，于是，她就看到了。不过，在许多时候，她对世界又有着筛选，对更多的东西看不见，只看见一点点，她鼻子尖跟前，一点爱情的幻觉。

所以啊所以，某种神秘的东西灌进了海红心里。陈青铜的传奇和大自然的奇观有机结合——这顿饭，甚合她的胃口。

有关陈青铜，海红觉得，他爱罗天纹和甘颜就可能爱她。

海红真想一头撞进这些传奇里，也遇到一个什么人，经过一个晚上的深谈，闪电般地爱上这个人。饶是这样，她的生命才算没有虚掷。当然，她没有等到，因为再也没有第二个陈青铜了。

所有这一切，真是令人忧愁。

青铜自己住在劲松小区，一幢十八层灰色楼房的地上一层，是单位分他的一居室。底层，朝北，阴冷。终年不见阳光。上他家先要经过一个邮局，邮局后面有一排平房，平房后面才是他们的楼。

海红到青铜家找他聊天。

她没有看见甘颜，她带着孩子常年住在娘家，是独女，家在车公庄有两套房子。不过甘颜亲手做的手工靠垫，橘红的图案，带着某种稚气歪在沙发上。

两人谈孩子，同一年同一个月出生的孩子——春夏之交，沙尘停歇，一个生在妇产医院，一个生在友谊医院。

“他会吃荔枝了。”青铜微笑着说他的儿子。他眉毛一扬提议道，什么时候我们各自带上孩子，一起到北海划船去。

是啊春风拂面让我们荡起双桨，笑容如花阳光一片又一片，或者夏天满池荷叶清香，孩子们在明亮处，一个男童和一个女童，笑得口水直流。

……父母在暗处，情欲滋生，此消彼长。

但是他又说，他是不能单独把孩子领出来的，他岳母把孩子当成夜明珠，连抱到爷爷奶奶家都得限定时间。你大概也不能，道良严重依赖春泱，一刻不见就会发神经。

二人静默——春风凋零，荷花片片落在水里，瞬间变成泥浆。而穿堂风刮得房门砰砰响。

有时候他们谈书。

书架和书柜都是满的，80年代国门大开，各类思潮乘坐丛书的马车滚滚而来，宛如金币纷撒。身在首都，更加得便，文史哲音美，青铜的书算是比较齐全。

海红来自边地，自认落伍。只有听的份。他书架上的书啊真多，而且，博闻强记，口才滔滔清泉涌涌。

他还喜欢看报纸。多么白痴。他看，他硬朗一笑，说，我当然有自己的判断。

坐在阴暗的小屋子里，忽然两人没有话了。忽然他说："其实我们两人已经有点……"

有点什么，他再不往下说了。

海红一直等着，他不再说。后来她还常常揣测——按照她的心意，希望这是一句沁人肺腑的话。

是啊她当然不能追着问，经历过挫败，她已经丧失一往无前的生猛，而且知道，男女之间，点得太明没意思，分寸感要拿捏好。但这句话太要紧了，像一粒沙子硌着她，一层又一层，一夜又一夜。没有沙子哪来的珍珠？一朵花，含苞最好，开得越大，离凋谢就越近。

——所以她又心安了，小心翼翼地，含着。

有次他们同去参加一本新书的发布会，是春晚主持人业余的舞文弄墨，追星族蜂拥，蜜蜂黄蜂马蜂，狂蜂乱舞就是这样舞的，开水就是这样鼎沸的。他们冷眼看了一会儿，溜了。

两人肩并肩，骑着自行车在大街上。

靠近天安门和中南海，在皇城的中心地带出现如此僻静的街道真是想不到，人流稀薄，南长街、北长街，两侧的槐树互相向对方靠拢，他们骑行在绿色的拱顶下，正午的阳光从叶间漏下一块块圆形的光斑，光斑飞旋掠过他们的肩头，两人肩并肩像是一对情侣。啊你真是喜欢这样的感觉，他们骑行在绿色的枝叶下光斑从头顶掠过。旋生旋灭。她有点想哭。

忽然，青铜侧头看了看海红，他说：看你的耳朵！

耳朵怎么了？海红暗自捉摸着。她可看不见自己的耳朵。她侧头看他。他却不说了。

一路骑行，正是初夏不冷不热时，南长街北长街，啊左边看到了北海的白塔，在绿树之上熠熠生辉，往右拐，景山前街，宽阔的大道，左边是景山的万寿亭琉璃瓦黄绿相间，右边是故宫后门红墙高大森严，还有紫禁城的角楼呢，层层叠叠的檐头倒映在护城河的水面上，天是蓝的，啊他领她走的这条线路真是美不胜收。

行至东四北大街。

卤煮火烧，那块棕色底金色字的招牌悬在路东的一个灰色的铺面上方海红没有看见，她当然看不见，卤煮火烧，这种遥远的吃食在她的世界之外，但对陈青铜，那是他很亲的东西。他停了下来，他说，你陪我吃一点卤煮火烧吧。

什么是卤煮火烧？

原来，一样是卤，一样是火烧，两样东西加起来便是。卤是淀粉加酱油加猪大肠加猪肺熬成一大锅，火烧呢，一种饼——所谓卤煮火烧，则是将火烧掰碎和卤一起煮。

第一次看见的时候谁知道呢，只见一大锅褐色的浆状物质嘟噜嘟噜冒着热气，你以为是藕粉。据说上海人见了卤煮火烧都会惊呼：藕粉哦藕粉哦！正如窝窝头，黄灿灿的窝窝头沿街摆着，改革开放时分，华侨归国观光，见了窝窝头金灿灿的就欢呼——祖国的蛋糕真好看！他们咬了一口，粗硬难咽，于是叹道——祖国的蛋糕真难吃。北京皇城的特色小吃就是这样令世界，匪夷所思。

一大碗卤煮火烧端上来，海红才算看清了里面的猪大肠猪小肠以及猪肺，猪大肠煮得太烂，泡在酱黄色的淀粉中有些发灰，一副年深日久的样子，猪肺呢，上面有窟窿，更觉怪异不洁。

海红略一迟疑，很快就挑出猪肠吃起来，好在她从小就喜欢猪大肠这种上不了台面的玩意儿。味道不错，一片两片三片，猪肠吃完了，她就不吃了。

你不吃了吗？青铜垂眼问道。

唔我不吃了。海红话音刚落，他双手端起她的碗，连汤带水“哗”的一下全倒在了自己碗里。来不及目瞪口呆你吃剩的东西就全到他的碗里了。

把一个人吃剩的饭倒进自己碗中毫不嫌弃就吃起来，这只有父母对孩子，或者夫妻恋人之间能这样。

甚至也不能。

暗处的什么就在最最世俗的卤煮火烧上“哗啦”一声变得明亮，难道是一种表白，别具匠心，前所未有。海红有点被惊着，说不出话。酱油色的面饼和猪大肠和猪肺此刻成为一种玫瑰，比玫瑰更加惊世骇俗。

他说她愿意陪他吃一次卤煮火烧他挺感动的。就再也没有说别的了。玫瑰就这样在卤煮火烧上升起和落下。此外还有过一次，另一次的卤煮火烧。

是在夏天，这两名在不同的报社任职的人，被邀请去看一出外地晋京演出的话剧，陈旧的腔调、概念化的人物无甚可看，于是又溜了出来。仍是骑行至东四北大街，啊因为是夏天有两张矮桌摆到了街沿上，两人坐下，当空一轮明月，那时的大街上没有多少烟火气，月光遍洒泠泠有声。

他忽然说，他说人跟人之所以不同，是要吃的东西不同——有人是吃爱情的，没有爱情就不能活。

你混沌不开，在树影中默然不语阴影重重。

他的面容在月光下棱角分明令人迷恋。他忽然又说了一句：你的眼睛可真像狐狸精。他说得快而轻，仿佛是一句嘀咕，似乎不是要说给她听而是，说给自己听——快得就像一只羚羊跳过溪涧，你根本反应不过来但你听见了，但又好像没听见。卤煮火烧就成了月光下的凤尾竹，但阴影重重，你真想跃上月光变成飞蛾被烈火烧成灰烬，但你像石头一样。

有一次海红到青铜家待了一整天。家里没法待，楼上邻居装修，电钻太刺耳了，道良终日不说话。

那时候甘颜久已不回家，这阴暗潮冷的一居室，谁一进门都能看出来，从前那种繁茂的女性气息凋谢了，像是从春天到了秋天，万物凋零，各处也不再洁净，她亲手缝制的卡通靠垫也陈旧暗淡，那时候，他们的婚姻已经有了大的裂痕。海红并不过问，只想着能在这里逃一日算一日。

她说我想看录像。

放录像的机器和录像带，这种家家都有的东西海红家里没有，她和道良过的是老辈人的生活，放录像的机器是新鲜玩意儿，两人都不懂。生活便更加板结，道良板着的脸更加像石头。

海红不愿搞清楚问题出在哪里，家里的石头来自何方，更不愿意费神把石头搬走让流动的空气吹进来——你就是这样既懒惰又挑剔。

她说：我要看录像。她眼睛垂着，对着陈青铜。

略带决绝，简直有点无理取闹。不由分说地来，来了就不由分说提要求，当然以两人的关系的熟稔这也正常，但她为什么绷着脸？

青铜说好吧，你要看什么？她说要看《布拉格之恋》——因为听说是《生命中不能承受之轻》所改编，读过小说很久了但一直没有看到电影。还有什么，她想到一本叫《北回归线》的书，那个亨利·米勒，以及一位名叫阿奈伊斯·宁的女子和一位叫琼的女子，听说有一部电影叫《亨利与琼》。

还有,《本能》，莎朗·斯通主演的。

后来想起这些你惊出一身汗，这些片子的尺度她模模糊糊不知道，但它们如此触目惊心，又怎会完全不知道，那些裸露的肉体、四肢的缠绕与撞击。她认为自己来自边城很土，没有见过世面，以为这就是思想解放西方的先进文化，她要像海藻张开她的触须。

那时候真是如此不堪吗？

平白无故跑到人家这里要求看录像简直无理取闹。粗暴、恶劣、低级，不可救药，多年之后想起来还要替自己脸红。任何一个男子都会认为你要勾引他上床，多丢人啊。

简直无地自容。而你居然没有意识到。

但是青铜他说你先坐着看一会儿书，我出去到附近一个录像店租带子。他家外的街道也挖开了膛，不知修什么管道，那几年北京总是尘土飞扬。青铜骑车穿行在尘土之中，那时候录像店就这样遍布在北京的尘土中如同另一种尘土。

带子租来了，放给她看。

看不出他是什么表情，他没有表情但声音柔和，说：你看吧，我出去，等你看完了再回来。

他出去，当然是要回避的。他后来说的一句话是：怕自己犯错误。

他说你看完我就会回来，我买一点面条给你做炸酱面。

是啊炸酱面，他家从来都是他做饭的，他家的厨房没有女人气息，满地锅碗瓢盆。你关掉机器，不再看最后那个带子。洗碗声叮叮当当，他动作娴熟——把葱切成葱花，姜末和蒜末，黄的一小撮白的一小撮，把锅坐上灶开始炸酱。很多油，油烟升起，敲下去两个蛋，吱啦一声再放酱。酱香充满了整个厨房，而另一只灶上的水蒸气噗噗顶起了锅盖，面条下去，柔和的麦面香安抚了你紧张的神经……

还有什么？

还有弟弟海豆，1995年海豆来到北京，以为自己变成了一只烟囱，那时候道良整天在单位里忙，一片混乱中海红找来陈青铜给他做心理疏导，她让海豆管他叫：陈老师。

陈老师翻山越岭来。

无论多近海红都觉得他是翻山越岭，因为他永远风尘仆仆，在北京这样的城市里永远像一个远道而来的人。

陈青铜，他翻山越岭陪着去了安定医院，又一路到德胜门坐长途公交车去昌平分院。

他还带海红去看过一次病。

海红是一个患有疑病症的人。向来夸张。能把一丝气流的颤动看成是龙卷风，把一块石头看成一座山。不得了，冠心病！她立即感到有一只手在心脏上抓，可能马上就会死了她坚信，她认为要抓紧做的事情有几件：销毁信件和多余的照片，托孤，托给谁呢？就托给陈青铜吧，他喜欢孩子，而且他有一个同年同月生的男孩。

真是荒唐。确诊了吗？

要到协和医院看。他说我陪你去，他骑上自行车帮她挂了专家号，专家二话不说马上开了心得安，心得安试验，服药后两小时再查心电图。小小的白色药片在他手心里，他去买了一瓶水，吃完药两人坐在走廊里。看到陈青铜风尘仆仆靠在墙壁上，海红再一次，想到了“翻山越岭”这个词。

骤然耸起一座山

1999年，是海红最焦虑的年份，这一年，单位解散重组，海红成为下岗人员，虽然每月还能领到基本生活费，但仅为原工资的五分之一还不到，这钱只够买大米青菜，连水电费都紧张。

道良已经退休，退休之前他鬼使神差调到了一家事业单位，结果退休工资比大学的同事少了三分之一。春泱只有七岁，她没有像同龄孩子那样报很多辅导班。也并不是报不起，是没这根弦，海红和道良，两人都不知道那些英语班和奥数班与升学之间的直接联系。正因为如此，春泱就输在了所谓起跑线上，初中高中大学，她只能上烂学校，根本进不了那些重点学校的门。烂学校的师资实在差，照海红看，春泱从小到大就没碰到过一个像样的老师，北京烂学校的老师还不如广西圭宁县的好学校。春泱高中时的语文老师兼班主任，每次家长会上都只谈同一本书——《明朝那些事儿》，海红疑心他只读过这一本书——春泱后来离父母的愿望越来越远，实在是早有端倪。

1999年，道良已经退休几年，他清高、自尊、愤世嫉俗，事事看不惯，再加上文化界山头林立——左的呢，嫌他右，右的呢，又嫌他左，于是他两头不靠。

以前除了在学校里教书，他还写文章发表，算是一名文艺理论家。但后来，忽然间，同志们就疏远他了，原来是他发表的一篇文章的观点与他们大异，他们认为，这个史道良无疑是投靠了对立的阵营，家里再也没有了他们打来的电话。后来他们发现没有所谓投靠一说，就对史道良说，你欠同志们一个解释——意思是，解释清楚，照样欢迎你。道良却不领情，他心想，解释什么，当初没时间，现在没必要。

结果，音信两隔恩义断，形同陌路。

他一个人冷在了家里。

衮衮诸公总是热闹的，研讨会、策划会、论证会，川流不息，电视上的文化新闻，不是这个晃过来，就是那个晃过去。道良不用到现场就能看到昔日同志指点江山的样子，开会、发言，有人总是滔滔不绝，没半小时决不收嘴，有人惜字如金，三言两语；有人总是要东拉西扯的，有的人一上来就切中要害，一针见血；有的人实在是不会脱稿发言，再大的腕，竟也有掏出稿子来照念的。

签到的时候会领到一个红包，啊这是车马费，上个世纪90年代是三百到五百，这个世纪头十年，涨到了一千到三千。这是应该的，谁说不是呢——读一本书，厚厚的，点灯熬夜啊，熬的是精血，而且精血有时会熬到一本不堪卒读的垃圾上。所以啊，算是辛苦费吧，当然。

没有会议邀请道良。

道良就看透了，他说，扯什么淡啊！

他没有了额外的收入，不但没有外快，他也孤独了。所以他就更加看透了。他终日只是守着春泱。

五一或者十一，大学里的老同事给他打来电话，对方很是有兴致，有几年不见了，邀道良一起喝酒。但是今非昔比，对方当上了副校长，知名大学里的副校长，不得了，他还兼着当博导，带的博士都是在职的干部，不是市长，就是书记，令人咋舌。他说五一过后他就要到青海去走一走，西宁那边有个市长是他的学生，邀他好几回了；或者，十一过后他要去苏州，有个书记是他带的硕士，让他带全家去玩。

这样的酒道良就不怎么想去喝。

每到年终，单位慰问老同志，先要请大家吃一顿饭，道良不去，坚决不去。他说："扯什么淡！没什么意思，都是假的。"

然后单位会派出一辆面包车，办公室主任在城里东南西北转一圈，给退下来的老同志每人送一箱水果和几百元慰问金。从一家出来，给下一家打电话，几个人轰隆隆地上来，抬一箱橘子，或者苹果，啊辛苦了请坐喝茶，不喝了不坐了站着说几句话就行了还有三家呢，轰隆隆，三分钟，人就消失了。水果拖到阳台存放，屋子里一点喜气都没有，因为道良从来不吃水果，他胃寒；春泱呢，也不吃，这个孩子，她爱吃巧克力和方便面。

阳台上的水果在纸箱里不见天日，只有海红想起来的时候会偶尔揭开箱盖，拿出最上面的一个。

——这种椪柑，皮很好剥，它厚厚的癞蛤蟆似的皮天生就是让人剥开的，剥它有一种快感，金黄色的颗粒裂开了，迸出汁液，一阵橘香升起，令人愉快。但它的瓤总是不饱满，松懈，像棉絮，这还不算，橘子的甜酸一涌上牙根，海红牙齿上稀疏的釉质就被它伤着了，酸汁从牙根细小的管道奔向牙髓深处的神经，啊太痛了，她立即倒吸着凉气。

水果在纸箱里无声无息地腐烂。隔了一段，海红打开纸箱一看，有一大半都不能要了，金黄色的橘皮有了泥黄色的斑圈，手指一戳就冒水。最底下的几只烂得更彻底，它们发了霉，你不碰它犹可，一碰，一股黑色的霉烟直冲鼻子。

真是暴殄天物。

道良更觉无趣。

每年重阳节，单位还会组织老同志到郊区秋游，只有这时候，道良才会到人群里去。他本来不去，因为他在单位里还没来得及交上朋友就退休了，他在一群熟悉的陌生人中觉得别扭。

海红是要劝他的。

她自己时常灵魂发飘，却也知道天天闷在家里不好——她说：郊区的天会很蓝的。她又说：树叶变红了啊。农家饭最新鲜啊，虹鳟鱼肯定是从门口的河里直接捞上来放进锅里，还有采摘呢，大苹果，砀山梨（这家人只认砀山梨），你看哪只顺眼就摘哪只带回家，多好玩！

道良去了一天，下午晒得红红黑黑的回到家，到郊区去了一趟果然不错，见了阳光，蔫掉的草叶伸展开了。他果然带回了两大口袋亲手采摘的水果，苹果又大又圆透着红润，拿来一闻，香喷喷的；梨子呢，正是砀山梨，底部是平的，像只秤砣。立即削一只尝，肉质酥松，梨汁顺着手腕流下来！

新摘的苹果和梨，一只一只的，全都鼓鼓实实闪着光，这光照着房间，房间也喜气洋洋的。道良这一趟，仿佛把一个结实明亮的秋天带回了家，连向来不吃水果的春泱也雀跃起来。

海红难得心情好，问他：好玩吗？他像孩子似的笑了：好玩。

一年只有这一次，这个沉沉滞滞的家吹进一丝新鲜的活气，这是一年之中，道良唯一的一次社交活动。

之后没几天，他又沉入了枯索苍茫之中。

他越来越苍茫，灰扑扑的，他所到之处，也都变得灰扑扑的。他的书桌，本来有好看的木纹，一派天趣，但海红发现，不知从什么时候开始，它们沉在了一片僵灰中，变得容颜模糊。连他的风衣，明明是军绿色，挂在门厅里还是军绿色的，他一穿上身，立即就变成了灰扑扑的颜色。他的黑皮鞋，从不擦，一层灰，他的西服外套，早就过时了，是80年代托人到上海买的，是毛料，那时候，他开会或出差，凡有重要场合就穿上这身西服：他往镜子跟前一站，用一点摩丝往头发上一打，他扬着头，一下一下地梳着，他饱满的前额更加饱满了，整个人变得明亮起来。年轻，舒爽，朝气蓬勃。

但道良的西装早就过时了——这是从前难以想象的，连年轻的农民工都嫌它土了，只有上了年纪的人才穿这个。道良这件当年象征了改革开放的西服，到了新世纪，忽然变成了一件古怪陈旧的破烂，它变了形，后面是翘的，像一只秃尾巴公鸡。

不但翘了尾巴，你定眼看，天哪怎么有这么多小洞洞！

是虫蛀的，衣鱼，那种扁扁的、灰灰的、椭圆的虫子，它身子两边伸出几条细细软软的触须，在道良的剪报和旧书中爬来爬去，它爬到了他的毛料西服上，哧哧哧地啃了起来。

关于衣鱼，春泱最知道。

它也叫白鱼、壁鱼、蠹鱼和书虫，最喜欢涂过糨糊的旧书堆、毛料衣服，喜欢潮湿和阴暗，怕阳光，白天躲着，晚上出来蛀书和衣服。它有药用价值的呢，用干衣鱼十个，湿者五个，加乳汁研匀，据说可以治小儿天吊（即眼向上翻）；治小儿舌疮，则要把衣鱼烧成灰，撒在舌上；还能治眼翳，研成粉末，直接注于翳上。

简直无奇不有，不知是真是假。

春泱愿意和衣鱼玩，她蹲在地上，用一根小棍子放在衣鱼跟前，诱它爬上来，这是她最有耐心的时刻。她撅着屁股，几乎是趴在了地上，同一个姿势半天不动。衣鱼可不是那么容易出来的，只有在爸爸倒腾旧书报的时候，它受到惊扰，一逃就逃到了光天化日之下。好了，一只灰色的小虫子，它在春泱的眼里，五光十色。

道良家粘着糨糊的剪报和旧书之多，简直就是衣鱼的乐园，再加上旧毛料西服，衣鱼们更加尽兴。它们几乎是列队而来，兴致勃勃地从旧书架爬到不远处的衣架上，犹如一群骏马，又找到了一片丰美的草场。

噗噗噗，嘎嘎嘎，在深夜里，它们爬行和蛀食的声音交错参差，嚓嚓声越来越鼎沸，就像天边飞来密密一片蝗虫，也许是从河南飞来的，它们乌云一样来到北京的天空，然后，降落在这幢楼的楼顶，呜呜地往这家窗口钻。

啊没有这么夸张，人在失眠时难免夸大事实，尤其是海红这样的人。其实要治衣鱼不是没有法子，用一块纸板，把土豆切碎撒在上头，晚上等它们出来啃，一早起来，或者扔垃圾里，或者用开水烫。但春泱不让，她认为衣鱼把爸爸的西服蛀满洞洞是很好玩的事情。

在春天，道良就这样穿着他的过时加虫蛀的西服在家里走来走去，衣服灰扑扑的，不过，你定眼一看，还能看出原来的驼色。

道良没有地方可去，他走出家门，往北折到东直门，来到护城河边的一处小山坡，那里散着一些老头——他们半眯着眼，袖着双手，晒太阳。每人跟前铺一张塑料布，或者旧报纸，上面摆着些跟他们一样陈旧苍老的杂物，旧印章、旧杂志、旧钱币、旧邮票，有时候会有几块石头，挠背的竹爪，几只核桃，也有人摆着一只铁丝笼，里面一只鸟，伏着不动。

道良每个摊子看一遍，他也想蹲下来，但他面前是空的。于是他略站一时就回家了。

他从小街一路走，也不乘公交，也不骑车，这路常常是开了膛的，不是这段就是那段，两边永远有工地，暗绿色的围幕上积了一层土灰，灰尘们也是喜欢道良这样的人，它们成群结队跟着他，熟门熟路，从东直门一路跟到家，就像这灰尘本来就是长在他身上的。

他竟变肮脏了，不修边幅，常常不洗脸，胡子更不刮，早上起床，点一支烟，泡一杯茶，然后发一时呆。时间有的是，但他就是不洗脸。

想当年，他和海红刚结婚的头几年，在他意气风发的年代，每次出门，他总会把自己收拾光鲜。如果要到外地出差，他就像一只公鸡，昂首亮翅，在房间里走来走去，他一样一样往旅行箱里放东西，衬衣、手帕、内裤、香烟、护肤霜，一样样都叠得齐整，他有一只多格的盒子，能放下一块小香皂、一把刮脸刀以及一小包刀片，多年的单身生活锻炼了他，再细碎的东西都收拾得井井有条，不像有些男人，一离开老婆就找不着袜子。他的羽毛真是轩昂，闪着亮，一股遥远的气息来到这个房间，他一低头，往箱子里放上了一瓶香水。他也没忘了家人，他对海红说，要给她带回一包桂林漓江的沙子，给春泱呢，买一条小裙子。然后他就出门了，手一扬，消失在电梯口。

而现在，他简直成了一堆破烂，一个人成日不洗脸，不是自甘沦为垃圾又是什么？

他的同学、同事陆续过世，差不多走光了，有时人去世了一两年他才听说，他放下电话，也不悲戚，他神色平静，似乎刚刚听到的只是一件再平常不过的事情——这个世界给了他一个巨大的背影，连背影也早已不是他所熟悉的，模糊而陌生，越走越远。

他说：我为什么还不死呢！

他没有病，看上去能活到一百岁。

这个春天，4月份，海红成为了下岗人员，生活骤然耸起了一座大山。怎么办呢，再就业？过三年就四十岁了，谁要！写作又如何？文学的梦想越来越遥远，写过的东西发表不出来，再写，又还能写出点什么？

一个水塘，经不起老是舀，支离破碎的写作差不多把水舀光了——啊那个日渐干涸的水塘在海红眼前晃来晃去，剩下的一点水晃成了泥浆，过不了多久，就会连泥浆都没有。

变干、枯竭、龟裂。人生的大旱之年即将来到。

跟道良商量，这个人早就不能指望，他背对了世界，世界更加背对了他。

他能想出来的唯一办法，就是——我们上山打游击！

打游击，这都是什么年头了，难道还能出来一个切·格瓦拉——步枪、蚂蟥、毒蛇、帽子上的五角星，红星闪闪亮，照我去战斗，这跟玻利维亚的丛林一样遥远。不过“打游击”这个词还是像烟花一样照亮了道良的脸，在常年灰扑扑的生活中，他实在是需要这样一朵烟花。

是啊烟花，他消失已久的精气神升起来，聚集到了这朵烟花里，他在空中看到了自己的青春时代，啊革命人永远是年轻，好比那大松树冬夏常青……鲜艳的红旗在蓝天上招展，我们走在大路上，意气风发斗志昂扬——

道良昂着头，如沐春风。

但很快，他的头耷了下来。俱往矣。

烟花熄灭了。没有工作我们怎么生活呢？海红问。道良就说：活不下去我们就要饭去！

海红在北京有几个联系松散的朋友，包括陈青铜，包括已经出国的俞明雪，还包括写作的一两个笔友，个别编辑。前部长夫人呢，丈夫一去世，她就皈依了佛教，不再问世事。

她没有自己稳固的社交圈——几个知己，各自占有资源，没事常打电话，传一传小道消息，攻击同行，调侃自家，互相戴个高帽。再骂一骂正炒得热火朝天的影视和得奖的小说，轮流做东，喝点小酒，互相取暖。海红没有这样的几个，她实在不是一个适合社交的人——一株南方的植物，长在边远小镇，本是有些婀娜多姿的，到了北方，哪堪水土凛冽。加上京城在高处的势能，紧紧压着了小镇的营养——心虚还需要努力克服，哪里能够谈笑风生。那些饭局，女士都是花枝招展的，顾盼生辉，妙语连珠，端起酒杯来，话说得俏皮，一昂脖子，酒下去了，酡红洇上了双颊，微醺中，个个都像杨贵妃，把个饭局升腾得像一台戏，男男女女，人人都像打了荷尔蒙。

有时也有人拉海红出来吃吃饭。她却丝毫不懂风情，吃饭，就埋头吃，吃完了她干坐着，瞪着眼睛看人，看完这个看那个，谁说话看谁。喝酒，不会，那你干什么呢，抽支烟吧，也不抽。人人都在给饭局添一把火，她呢，是一块烧不着的冷石头。甚至说笑话她也不笑，大家都笑翻了她只是疑惑，看样子是没听懂，简直令人怀疑她智商有问题。饭局刚刚到高潮，酒正酣，情正浓，她却提出要回家，因为家里有孩子。事实上，她是惦记着道良的冷脸。

道良的时间概念总是和饭局上的概念大不同，道良是个夜猫子，夜里上床睡觉一般要到一点多，但海红超过十点半到家他就会觉得很晚了，他觉得晚上出去吃饭是无聊的，所以更觉时间漫长。

北京地大，八点钟，人才刚刚到齐，点完菜就八点半了，菜慢慢上来，吃吃喝喝聊聊，再发一轮烟点上，有人开始说段子，是新编的，大家侧耳听得起劲。海红一看表，十点了！她要赶紧撤，宿舍楼是中央部委所属，管理严，十一点就关大门。她要等那人把段子说完，那人却偏偏要卖关子，磨蹭半天，说完了，人人都笑，海红不笑，她起身走了。

每次海红出门总是很紧张——回去晚了道良就会很不高兴。

他不说话，冷着脸，一言不发。

从一个五光十色的地方回来，新鲜着，她凑到道良收集的古钱币，那些破铜烂铁跟前，带着微微的兴奋报告道，今天的饭局来了谁，谁说了什么新闻，啊这些本都是饭局上的油盐酱醋，生趣之种种——道良却不搭腔，他连头都不抬。

道良不理海红，海红无端心虚起来。他不理她，她却要理他，而且理得小心翼翼，仿佛捧着一只瓷瓶。

但是啊但是，他不是一整夜不说话，也不是一整天，甚至也不是三天，而是漫长的一个星期。

空气无端变得千钧重。

空气的重量，它就是这样压迫着人的神经的。家里有一个人终日不说话，也不看你一眼，凛然而决绝，他像一座大山，长在了屋子里，这座山既坚硬又古怪，横头竖脑的，屋里的家具，就不像家具了，零零落落变了形，残兵败将，缩头缩脑。

这个家成了什么呢，荒漠。

海红走在荒漠里，一开始她小心。啊她是软弱的，她小心地绕开那些带刺的、尖利的东西，那些坑坑洼洼，她一概采取了敬而远之的态度。不说话就不说话吧，冷战就冷战，她绕开了火焰山，等它自动熄灭——但是啊但是，荒漠终归是荒漠，大山巍然不动，它长到了每样家具上，空气变得更重了。

沙石堆积。

沙石渐渐堆积，这样一层壳是很丑陋的，也不舒服。柔软的内脏藏起来，在茫茫沙石的掩体中——没有人明白，她怎么就成为了一个自我封闭的人，年轻时代的朋友日益疏远，也很少去逛街购物，服饰过时。

她真想半夜跑到什么地方住上一夜。

没地方可去。泪水流到了脸上，风一吹，她忽然惊觉，啊自己哭了。

不如到大街上当妓女！如此一想，万箭穿心——海红感到成群的青蛙跳进了她的头脑，它们乱纷纷像逃难一样，她脑袋里的筋筋络络被它们踩得乱七八糟。突然，一声尖叫从她的胸腔冲出，呜呼——这号叫声太怪了，完全不像她发出的，但不是她又是谁呢，她感到胸中的石头碎裂开来，化作了细细的石子，石子们奔涌而出，从窗口扑向了沉沉夜空。

胸口轻了一些。啊是她在叫，这声号叫憋在喉咙里，已经等候了多时，它积了足够的力气，谁又能摁住它的脚——号叫声一冲出它就不再是一声号叫，它变成了一匹母狼，它也不冲向沉沉黑夜，而是直扑道良的书桌。大事不好了，要出问题，人要疯。

眼看人就要发疯了——

道良夺路而出奔往窗口，他身后的破铜烂铁叮叮咣咣滚了一地。道良一把抱住了海红，他可不愿意自己的妻子发疯跳下九楼。

家里的冷战，常常就会以海红的尖叫而告一段落。

海红在日记里记下这个时期做的梦：

某月某日　昨夜睡不稳，梦到死，意识很清楚，知道自己是要死了，很平静。在梦中去死的地方是地下室，像放自行车的地下室，下去的斜面上铺满了红枣和花生，这是别人为我送行。我踏着红枣下去，心里明白就要躺进棺材里了。一同死的人好像是俞明河，她告诉我，要先把牙齿拔掉才能死，我便拔牙齿，但拔不动。梦就没有了。

某月某日　昨晚的梦很复杂，已记不太清了。在乡下劳动，挑水，道良已经退休了，一个同事对我说了一些侮辱的话，然后要将一桶水倒在我头上，我直视他，他便把水倒在了自己身上。接着我逃进了一片土墙房子其中有一个路标：古代娱乐中心。我混进去，拿了一根箫与人奏乐，箫只有四个孔，只需吹两个音，有人指点我，但我怎么也吹不准。

我来到房子外面，看到道良和林彪在马圈里，林是最高首长，他们在谈政治，我插进去告诉道良，说有人掐我脖子，道良很痛苦，扭曲了脸，双手捧脸蹲了下去。

道良的敌人很快上山了，他们站在山顶，我在他们目力所及的一条路上狂奔，我怎么跑也逃不过他们，他们的声音很大，我明白他们是要抓我。后来我逃到一个村子里，看到了一张报纸，上面写着：要防止阶级斗争扩大化。

某月某日　梦见我要到一条街找我的自行车，却拐到一条叫作“豆宅”的胡同里，有几个穿褐色衣服的男人迎面堵了过来，他们手里拿着刀，把我的包抢了。出了胡同还是找不着那条放自行车的街道，正着急，遇见几个熟人，我请她们带路，结果还是把我带进了豆宅胡同。那几个褐衣持刀者还在，他们上来一刀就把一个叫冥子的女孩杀死了。我们又逃了出来，还是去找那条放自行车的街，怎么也找不到。后来她们说不管你了。我惦记着道良着急，回到了家，道良说，他已经报警了，经分析，肯定是拐进了豆宅胡同，那是一条死胡同。

某月某日　早上做了一个梦，我和美禾带春泱去一个学校玩，走过操场的荒地时，我让美禾牵着春泱的手，但这时来了一脸上长着鹰钩鼻、鼻梁上有一颗大肉痣的女人，她缠着我们说话，之后春泱就不见了。我使出全身的力气大喊：春泱——没有人应。我揪住那女人要打她，但又想到应该先找到孩子。到处都没有孩子，我号啕大哭起来。就醒了。

某月某日　昨晚梦见一个叫狄兰马特的美国女歌唱家，已故，在北京的什么大学里有她的墓，她本人却罩在一只大玻璃罩子里，人死了，嘴却会动，说这是她的录音。有很多鞋子，很长。她穿着华丽硬邦的华服，很长，盖住脚，人很瘦，六十多岁的样子。一扭头，看见另一个玻璃罩子里又有一个她，极度衰老，全身就像在灰尘里，只看到她的背部。忽然看到她的脸，她嘴在动，在说话，心里一惊，原来她还活着。此梦甚怪。

某月某日　孩子今早起来说她昨晚做了一个不吉利的梦，梦见爸爸吃阿司匹林死了，妈妈跳楼，报纸登了，还有吊唁的人。潜意识里有恐惧。

道良也做梦，他的梦是这样的：秃鹫要吃他，他把秃鹫的脖子拧断了，又有一群小秃鹫，他一只只抓起它们，把它们的脖子一只只都拧断了，醒来很累。

还有，梦见满嘴塞着沙砾瓷片，不停地往外掏，掏出一块瓷片，扔了，再掏，再扔，掏了好多块瓷片，嘴里还是塞得满满的难受。还梦见一只大黑狼站在门口，然后跟着他。还常常梦见鸡蛋壳里是空的，一敲开，里面什么都没有。

没有人可以帮海红找到工作。道良老了，春泱还小，而且，海红觉得自己身体不好。怎么不好，一时说不上来，总之是，胃口不好，头昏，吃饭的时候总觉得饭菜卡在嗓子眼里下不去，啊也许是食道癌。

食道癌。

这无端想象的癌症像一根刺，卡在了海红的喉咙里，她更加咽不下饭了，她怀着恐惧使劲咽，受到惊吓的食道陡然紧张起来，它把自己收得紧紧的，饭菜真的堵在了咽喉里。这根刺日生夜长，它成了精似的，在海红的身体里游走，戳戳她的肝，戳戳她的肠，又戳戳她的头壳。

她就到医院要求检查。

她挂了一个专家号。专家是有些火眼金睛的，他一眼看出这个女人有点神经兮兮，过度紧张，定是无病疑病一类。他闲闲说道：做个胃镜吧。一听胃镜，海红立即感到喉咙一阵痉挛，这个东西她晓得，听说如同酷刑，要将一个铁玩意儿生生吞下去，谁要凭空受刑呢，有人说宁愿死也不做胃镜。她信。

不做胃镜就做贝参（钡餐）吧，贝参是什么不知道，没听见有恶名传出来，可见，不至于太不人道。满怀无知，约好时间，交费，排队。到了跟前才算明白过来，所谓“贝参”，原来就是拍X光片。进到红灯闪烁的放射室，口服一种白色的流质，机器呜呜响，身体转呀转。冰凉的流质在肚子里胡乱窜着发出一股铁锈味昏头涨脑。

没有查出毛病。

却难以放心。春天万物生长，绿色如同火焰，呼呼地扫过大地，枝叶花朵，盛装出场，海红呢，一到春天她就头晕，人人都兴高采烈的，只有她一个人困在了春天里。她的身体里似乎长出了一种灰色的菌类，它们在春天里找到了自己的天堂，成群结队在海红的血液里奔跑，像老鼠一样迅疾。

所以，每到春天海红就无端有一种恐慌，恐慌兼头晕，在春天里下岗，那就加倍头晕，啊不止双倍，是五倍。

她真的是头晕，不但头晕，而且胸口发闷，似乎是有一团棉花被人摁在了心口。

一团棉花在胸口。

肯定就是心脏有毛病。单位体检时做过心电图，T波改变，医生还让她去复查来着。她这回有时间了，每天好几次，看着表，按着自己的脉搏数数。她每次都要摸很久，才能在自己纤细的手腕上找到微弱的脉息。

心脏细微地跳着，通过血液带到了手腕，啊这脉搏太轻微了，就像水黾在水面上跳，一下、两下、三下，到了四五两下却失了节律，这两下脉搏撞到了一起，前头那只水黾跌倒了，后面那只水黾自己绊倒了自己，它们要好一会儿才爬得起来，然后它们又往前跳，一二三,四五。是的，海红知道，这叫早搏，期前收缩。

她又去医院。

到一个以中医为主的医院，挂了个普通号做心电图，然后拿给医生看。

——中医跟西医，原本就不是一个系统里的学问，西医来自西方，讲究实证，有大量理论，中医呢，神秘莫测，完全无法用所谓科学概念讲清楚。它的道理都是虚玄的，阴阳虚实，金木水火土。经络，什么是经络?解剖尸体，没看见，某朝某代曾弄过一个死囚来活剐，也没看见，现在有人用同位素跟踪、声音传导的方法研究，仍然未能说出个所以然。

经络说不清楚，却是要紧的。

中医说你肾虚，可不是指你的肾脏虚弱，而是指跟肾的功能有关系的那一条经络，这经络遍布全身，它从脚小趾开始，斜向足心绕过踝关节内侧进入脚后跟，向上经过小腿，从内侧一直上去，沿着大腿内侧后缘，贯穿肾脏，联络膀胱，再浅出腹前，上行经过腹胸部，终止于锁骨下缘。这是主经脉，还有支经脉呢。其余的经络，条条都是从脚指头到手指尖，密密麻麻的犹如江河遍布大地，而且，每一条经络上都有许多穴位，胆经上有四十四个穴位，肾经上有二十七个——真像一条大河，沿岸建起了大大小小的城镇。经络是如此重要，牵一发而动全身，也像大地上的江河，上游修了水库，下游就会干涸——

人体的经络本来就是对应了天地。

中医看病，要讲究四时，人和自然，是那样紧密相连，季节变了，病也跟着变，要治它，也得随时变化——啊春夏阳气升发，气血浮于身体表面，秋冬阳气内敛，气血沉于身体之里；一月之中，每月月圆的时候，人的气血较盛，到了月缺，气血就弱；一天之中，时辰不同，经络的气血盛衰亦不同。

令人咋舌。

西医是不懂这个的！

——不管男女老少，春夏秋冬，一律两粒药片日服三次。学院里的中医教学，要用许多西医的理论和术语来上中医的课——到最后，总免不了稀里糊涂，两样都学不到手。

海红把她的心电图拿给医生看。

医生很年轻，而且，学校里培养出来的中医其实不是那么靠谱的，但她就这样坐到了你的面前。诊室里只有海红一个人，她真是闲啊，所以，她对海红很有兴趣——

她看了心电图，又摸了海红的脉搏。她说：冠心病。

冠心病，真是吓人，一颗炸弹在诊室里弹片横飞，你向来觉得冠心病差不多就是心肌梗塞、心力衰竭、休克、心脏破裂、猝死的总和，每一样都那么触目惊心，它们嗖嗖飞出来，亮闪闪硬邦邦地立在诊桌上，虎视眈眈看着你。

你蒙了。

眼前升起一些金色的小星星，它们明明灭灭，从你鼻子尖上升起，又落到前面的诊疗桌上，它们似乎是有些知情的，但它们又都是秘而不宣的，所以它们升上来又落下去，显然也有些鬼祟。

片刻之后，你再次看见了女医生乌黑的眼睛，她关切地望着你。

你神色紧张问道：真的么，冠心病么？她说是的，是很轻那种，冠心病的早期，如果不管它，它就要发展下去了——虽然轻，却比感冒重得多。

她给海红开了一堆药，丹参片，速效救心丸，你还感到口干吗？再来一点金嗓子喉宝，黄氏响声丸。她认为多开药就是对你的援助。

速效救心丸，放在手心的一只小小葫芦瓷瓶，比绿豆还小的黑色药丸，它居然变成了你的药。本来离自己天远地远，却不知通过什么古怪的路途，来到你的手心——海红又疑惑又沉重，有了这种叫作救心丸的东西，她益发感到自己随时都有可能心脏破裂。

她认为自己的日子不多了。

这个人，即使只是患上感冒，她也会以为自己快死了。她要挣扎着把一些旧照片清出来撕毁，还有旧日记，这些对她都没有意义了，但决不能让它们落到别人手里。但她同时又要在日记本上写下自己的遗言，她写道：亲爱的春泱好孩子，妈妈不能亲眼看着你长成大人……

眼泪从她眼里涌了出来。

在这个春天，海红感到自己的生活已经被无数的虫子蛀空，成群结队的虫子，不像衣鱼，也不像水黾，也不像白蚁，它们从旧书报、旧鞋子、米桶、衣柜、厕所的毛巾里滋生出来，漫布到了整个房间。这种四不像的虫子，瞪着它们黑亮的眼睛，灰扑扑地爬到她的身体里，并在那里留下了它们乌黑的粪便。

爱向虚空茫然中

海红下岗的那年，陈青铜也处在困厄之中，社会转型，物价飞涨，他所在的报纸发行量骤降，收入太低了。他当枪手，写电视剧，不署名，只分到很少的钱。

而甘颜坚决要离婚，她不再是那个惨兮兮的两眼通红到处找绳子上吊的女孩了，她缓过了劲，重新脆生生地鲜艳起来，一个电视制片人看中了她。太容易了，一只巴掌高举在空中，另一只巴掌奔跑着，“啪”的一下，两只巴掌打出了火花——她要离了婚跟这人走。

海红不关心别人，也不问，并不知道他正处在全面的困厄之中，他也不愿意说这些。

他不跟任何人说。

但你怎么没看见那些痕迹——护肤品的瓶盖上落满了灰尘有多久没人用过了，他那漂亮的地毯卷了起来为什么，烟越抽越多，还有啤酒瓶堆在屋角一片绿色如同青苔，你看见了就像没看见，世界对你

来说并不存在。他脸色发暗眼窝深陷，他常常失眠吗？他掉进一个深井里了但你看不见，你看见了也不关切，你的世界只有一个，那就是“我”。

——多年以后你才明白，为什么会缺乏现实感，因为狭窄。因为内心绵弱。因为不愿自我承担。

……她坐在青铜家乱堆着衣物的肮脏沙发上，目光掠过他混乱的家，对他满满的烟灰缸和屋角里七歪八倒的啤酒瓶视而不见。她说：青铜啊，我怎么办呢？

她殷切地看他。怎么办，一个女人望着你，他不能不帮她，于是，把他赖以活命养家的饭，匀出一大口，不，是整整一麻袋——

有一个活儿，一家出版社的老总，是山西人，小时住在黄河边，几十年来在北京，总是惦记着黄河，青草啊粪土啊牛羊啊，社火、秧歌、腰鼓，以及劳动的人……所以，老总策划了一个“走过黄河”的社会文化考察活动，请几位作家或记者，到黄河沿岸进行田野调查，具体地点自己选，多拍一些照片，回来各人写一部书，连同图片，由出版社集成丛书出版。

出版社除了提供设备，还给每人一笔旅费，数额相当于青铜一年的工资收入，按照正常的花法，一趟行走下来，这笔旅费的一半都花不完，另一半作为半年的生活费绰绰有余。而且，书出版后还会按首印数八千册付版税。

青铜要把这个活儿让给海红。

海红写过小说，有文字能力，她只是自我封闭，少与人交往，各种活儿也找不上她。青铜说，他去跟策划编辑说，肯定没有问题，趁现在还没签合同。他自己呢，因为要赶一个电视剧，正好没工夫。

海红信以为真，出去走走她愿意，去乡村她也愿意，她一下就雀跃起来。但是我害怕——她又说，一个人到一个生地方她已经没有能力了。

陈青铜只好做好人做到底，他陪她走第一站，又为她联系了河南、山西、青海的朋友，他说后面三站，每到一站，下去就找我的朋友，我让他们去接你，吃住帮你安排，他们也会陪你去采访。

你去吧——青铜说，肯定会好的，就算是去晒晒太阳，老自己闷着，不发霉才怪。

海红去跟出版社签了合同，欢天喜地领到了帐篷、睡袋、防潮垫、背囊和笔记本电脑，那年头，最便宜的笔记本电脑都要万把块，凭海红的经济实力她是买不起的。

他们再一次在北京站的西大钟下碰头，海红把青铜当成了雷锋，她没心没肺说道：啊我真幸运碰到了你，你像雷锋一样。

谁像雷锋——

青铜皱着眉头看海红，显然对她这个判断感到别扭。但海红看不到，她向来如此永远看不见别人。她一兴致话就多，像苍蝇嗡个不停。青铜威胁道：你再说我像雷锋我就不陪你去了！

青铜一路上心事重重。

黄河入海口在山东省的东营，但东营不通火车，他们在北京站坐547次列车先到淄博。再从淄博换乘汽车。到达淄博时已经是傍晚，要等到次日才能去东营。帐篷和睡袋自然不会真的用，青铜的淄博朋友事先预订了酒店——只订了一间房。

朋友鬼头鬼脑地跟青铜说：还是我来替你走一步，要不然你很难。青铜正色道：不是你想的那样。他去补开了一间房，并且跟海红说：我怕自己犯错误。

各自回房早早睡下。次日一早，两人坐上一种叫作依维柯的面包车往东营去。到了东营，打听黄河入海口，雇车，采访，拍照，等等。

东营曾是一个流放地，很荒凉，没有树，连草都少，大片大片的盐碱地，只长红柳，不长庄稼，地广人稀，跟新疆没什么两样。上个世纪五六十年代，劳改犯、劳改释放犯、地富反坏右，都被打发到此地。

两人来到黄河入海口，只看到一大片辽远的沙滩。两人脱了鞋慢慢走，走了许久才走到水跟前。水是黄的，混着大量泥沙。对面看不到人烟，下游也看不到动静，上游倒是有一棵树，听到鸡叫。中午鸡叫让人诧异。海红把手探进河里试水温，水是暖的，比气温略高；又丢了一片纸到河里测流速，扔一块石子看深度。

他们路过一个村，叫韩屋村，村边的菜地有一个老人走来走去，他耳聋，海红说什么他总听不清。他说家里没有别人，锅是冷的。他说他今年七十六岁了，老伴没了，只有一个儿子，死了，死了七八年了。媳妇跑了，三个女儿，都嫁了。他的院子里光秃秃的，种了葱，还没长出来。又到另一个院子，这家五口人，每人六分地，盐碱地，五百斤麦子的成本打两百斤麦子，不出去打工就一点收入都没有。

海红想起来问：黄河改道好不好（黄河改道不是自然改道，是国务院因要开发油田做出的决定）？老汉有政治觉悟，说好，在东边好，便于管理。海红想起外婆家地坪上终日晾晒的柴草，灶膛、火光以及火光在墙上映照的影子，于是她问：你们烧什么柴火呢——他们烧红柳。

两个人在河滩采集了标本，滩地上只有红柳和沙枣两种植物，就采了这两种。

但青铜始终心事重重，一路上气氛沉闷。

那时手机尚未普及，青铜有一只BP机，仅能寻呼。他们一般在街上打公用电话，香烟铺、小卖部、菜市，红色的公用电话随处都是。但是比北京还贵——北京一分钟收三角，这里竟要五角。

他常常打电话，海红站在旁边，她断断续续听到的话有：我无论如何都不同意……我不会让你过去的……凡是孩子没长大就离婚的父母统统都要枪毙……

是甘颜要离婚，青铜坚决不愿意。

他心事重重是因为极度的伤痛，还因为，他不能让海红知道——

他曾到甘颜的娘家静坐，绝食，曾经整整两天不吃任何东西，然后就在她家的客厅里发高烧和胃出血。后来甘颜的父母不让青铜进入他们家，他就在屋外日夜徘徊。每当岳母出来买菜，青铜就要上前去，他说他必须见甘颜必须跟她当面谈。他们说她不在，他说那请告诉她他将一直等到她回来。他不顾一切守候在甘颜家门口，头发蓬乱两眼通红，因为长时间不喝水，嘴唇是干裂的，而精神亢奋得像一个疯子。他受到了打击。

事实上，他跟甘颜是完全不同的两类人。他几乎是一个清教徒。常常要追问，究竟是市场对灵魂的压迫大还是革命对灵魂的压迫大——谁又能承受得了他无休止的追问呢？总而言之，这是一个只有沉重没有轻松的人，是时代的落败者。

是啊整个时代都不喜欢他，他是一个大倒霉蛋。

陈青铜，他就这样陷进去了，他对他的好友说，如果他有一百万，他的妻子和儿子就能待在他父母的身边，他父母老了，孩子是他们的独孙子，他不忍心让父母见不到孙子。他还说到了自我了断，他说他再也没有活下去的理由了，甘颜背叛了他就是世界背叛了他，而甘颜，正是这个世界的代表。

这一切，海红无从知晓。

她无法料到，连陈青铜这样的人，也会如此脆弱和绝望，也有濒临疯狂的时刻。连他这样蔑视物质的人，也会渴望自己拥有一百万。

有关这些，海红一无所知。她只认他是一个强大的人，他理所当然，应该，容纳她的一切毛病，而且，她遇到的一切困难，他都应该，挺身而出。

东营之行在寡淡之中结束了，海红深深失望。在后面的三站，河南、山西、青海，她独自上路，一个人坐在火车上，长久地望着窗外，而窗外万物纷飞。

濮阳啊安阳啊范县卫辉啊，太原啊榆次啊祁县平遥介休啊，洪洞临汾吉县，壶口滚滚黄河水啊，安塞延川清涧，米脂的婆姨绥德的汉榆林的寡妇金不换，路上有葬礼，可怜无定河边骨……而大河浩浩荡荡，岸上的树木和水稻绿浪翻滚，郁郁葱葱而又漫天黄土，而耳边无边寂静无尽的愁绪无尽岁月，佳县临县离石啊，一切令人忧愁。

遥远的青海，海拔三千五百米，遥远的日月山青海湖啊，大地的眼睛贮满泪水，积石山红色坚硬的山峰耸立在天堂和地狱之间，是啊万座峰顶直抵蓝天而山脚下嶙峋的巨石则如地狱，上游清澈柔软的黄河水来到这里，一来就粉身碎骨血肉四溅在锋利的山石间七零八落，而河水在红色的山峰间日夜焚烧，她的身体也从火焰变成了坚硬的水。

田野是好的，太阳和风是好的。

大地在收获，金黄色的麦子收割下来晒在公路上，来往的车子碾来碾去而麦子依然金黄，青海的油菜花正灿烂，大片的青稞和大麦绿色绵绵，此外还有一片向日葵张着它们金色的圆盘一直开到天边。

而心里有悲哀。一点痛在空茫中，犹如冬天夜里的星星明明灭灭总是闪着……爱，爱谁呢——**爱向虚空茫然中**。

海红回到北京，开始写作这本列入出版计划中的书。她思路不清晰，想过来又想过去，乱糟糟的理不出头绪，一会儿东，一会儿又西，总是写了几行就写不下去，写不下去就扔掉，再重新起一个头。交稿日期越来越近，她焦虑，失眠，头疼，到最后，一咬牙，硬着头皮往下写。三个月，写完了八万字，实在糟糕，不伦不类的四不像，文气是断的，堆的材料太多。

惨不忍睹。

好在出版社不错。新书如期出版，海红在旅费之外又拿到了一笔稿酬。

新世纪到来之前的最后一天，交完稿子，海红想起了陈青铜，她打他的寻呼机，已经停机了。是啊新世纪，人人都有了手机，连民工、连捡垃圾的人也都有了，寻呼台也快要关闭了。打他家里的电话，也已停机，她只好直接去他家。

她走在大街上，只见满街的房子都被刷上了大大的“拆”字，灰色的墙，白色的字，一道粗壮的圈把“拆”字圈在中间，犹如把一只待宰的羊圈在了栅栏里——绵羊咩咩的叫声遍布了北京城，它们白茫茫的像一群无家可归的人，目光凄惶看着京城巍峨的建筑——巍峨的建筑啊你们亮钢钢硬森森的要把青草和绵羊赶到哪里去呢？

“拆”字的旁边总是有一个人头，炭黑的线条夸张而流畅，是一个光头男人的侧面，鼻子和下巴伸得老长，脖子也老长。在那些年，你随处都可以碰到他。这是一个艺术家的作品，他把这个单线的头像画到了所有的“拆”字的旁边，以及那些拆了一半的房子里，长了青草的墙角、掀了屋顶的廊柱、半扇残墙，他像一只鬼影徜徉在所有将拆未拆的旧墙上——

他和一群绵羊在一起。

穿过高楼和绵羊你来到南城，南城已是尘土飞扬，陈青铜住的旧楼已经拆了一半。这么快？

不知道在哪里能够找到他。

后来听说他已从单位辞职，去哪里没告诉任何人。他就这样消失了。

回想五年交往，两个人之间什么都没有，连拥抱都没有，更遑论其他。海红仔细回想，是啊他们从来都没有过开始。在这个纵欲的时代，多么奇迹。若非亲身经历，简直难以置信。如果有什么暗示，海红只能想起三句话，在不同场合说的三句话。一句是“我们两个人都有点……”，另一句“你的眼睛真像狐狸精”，再一句“我们的时间不多了”。

还有就是，他告诉过她，他做的一个梦——

他梦见自己跟着她到一个地方，那地方奇怪地有一幢木结构的房子，四面是水，房子在水里晃动。她坚持不让他进去，他在梦中就哭了起来。然后他到邮局给她寄书，就是他们在呼和浩特买的一大包书，事实上，那次海红只买了一本希腊作家卡赞扎基斯的《基督的最后诱惑》，他也不知道为什么会变成了一大包。邮局的人说寄不了，他在梦中十分纳闷，弄不清楚是包装不合格还是地址没写详细，他困惑着梦就醒了。

她不知道，这些话和梦，是否表明了他的挣扎。

海红也做了一个跟陈青铜有关的梦：

梦中只知道是死了一个人，但不知道是谁。海红是最早到达出事地点的三个人之一，地点中间有一个大水泥池，旁边的人说尸体就在里面，并放了一只假发套在地上，说过一会儿给他戴上。海红踏上台阶看了一眼尸体，因心慌没看清楚。后来有人说要把尸体抬下来，海红觉得这不关自己的事，便让在一边，等另两个人抬尸下地。这时候人越来越多。她低头看自己的衣服，在外面不知什么时候套上了一件黑T恤，她把黑T恤脱了，里面穿了一件黑白各半的衣服。这时候尸体被抬起来，终于看清了，怎么会是陈青铜！他躺在担架上，像睡着一样安详。不可能是他！她匆忙穿过一家农贸市场，进入一个需要不断拐弯的房子，到他家了，敲门，喊名字，邻居出来说，搞错了，陈青铜不住在这里。

我与你再无瓜葛，却又千丝万缕。

他到底爱不爱我呢？

海红有时会向空中发问。在反复的纠结之后，海红让自己确信这一点——他像爱别人、爱世界那样爱我。至于没有肉体的接触，海红给出了一个自己喜欢的理由："是不想被亵渎。"这个自拟的理由使她安心。

只不过，这种安心并不能长久，在一些空虚的夜晚，这段没有实现的爱情突然让她心里有怨。是啊，到底意难平。

卷六

病　房

1

从海淀“大西洋”回到东城细父家，银禾总是一进门就连连说，真好玩，今天真好玩！她浑身上下冒出一股子不合分寸的儿童般的兴奋——照顾癌症病人有什么好玩的呢？令人匪夷所思。

银禾到海淀有三类事情，一是陪安姬惠去医院，如果是住院做化疗，她就在旁边守着看点滴；二是到“大西洋”安姬惠家做家务；三是陪安姬惠到附近最大的超市“家乐福”购物。

每样事都能使她兴奋，不像是去照顾病人，倒像刚刚吃了一顿喜宴——

这儿那儿哪儿哪儿都是挺干净的，大西洋的小区有一个凉亭，又有健身的，外面的人进不来，到了门口，里面的人要按一个按钮，到了门洞也进不去，要刷一个卡，我不晓得，我按了一个0，不行，又按了一个2，还不行，我又推门，死命推就是推不开。

她说：这个楼很好，有楼长，二楼四楼六楼都是他，另外一个楼的楼长是个女的，是江西来的，她全家都是从江西来的。她爷爷快死了，爸爸还得了病。

还有呢，出租车到了门口，保安会叫人来接一下东西。我们坐着不动，让他们帮忙，安老师说每个月给他们很多物业费的。你要是想去医院，保安也会帮叫出租车到门口。小区的保姆都是统一派活的，今天这家要人，明天那家要人。

医院也是好的，但是医生不好——

银禾说：北京的大医院跟乡下不同，我们农村的医生，什么能吃什么不能吃讲得很清楚，这个大医院的医生，样子长得挺好看，人还挺凶，让她看看化验结果她就挺不耐烦的。

2

关于安姬惠的病，化验、治疗，银禾学到了很多名词，那些医学用语，银禾把它们当成宝贝，一个个拾起来揣在怀里，频频念叨。

她告诉细父，腋下的肿瘤，4.7厘米，片上看像蘑菇一样，医生说“真深”，要“定位”。什么是“定位”呢？道良和海红都不知道，但我们的史银禾她知道，是她陪着去的。

她大声宣讲——定位，挺恐怖的，脱光了，躺着，一大群医生，一个大大的圆筒，肚子是鼓起来的，像是有一只小孩子的脚在里面举起来，不知那是什么东西。安老师说她躺在那里是冰的，出了一身汗。定位——医生在她身上画了几道记号，左腋下，右腋下，脖子上，说不让擦掉，掉了要自己描上去，是做化疗用的。

核磁共振，CT，白血球，增白针，银禾说出嘴就像说白菜萝卜芝麻绿豆一样顺口了。做一个CT要花一千多块吓死人，白血球只有二千七，听说一万是最好的，所以就要打增白针——增白针就是增加白血球的针，打一针要一千多块钱，打了三针，白血球不但没有增加，反倒降下来了，原来是二千七，现在是二千出头，怎么都增不了。

做放疗，原来就是躺在床上打点滴，连续打七个小时，先打盐水，半小时，再打小袋的“美乐华”，两个小时，再打大袋的，七个小时。

病房里的人，个个都是又新鲜又好玩的——那个廊坊来的女人，四年前就治好了，花了二十多万，现在又冒出来了，长在肝上，一天上二十几次厕所，人很虚，走路人是飘的，白血球红血球直降，今天又拿了一袋血浆在输血。有个老太太真坚强，住在十三陵，倒了四次车，提着两个大包，一个人来治病！放疗是三个人一个房间，化疗是两人间，每人都有一个柜子放东西，放疗呢，三个人共用一个柜子。

人人都是秃头，尼姑也不像，和尚也不像，同一个房间的，一个是山东，一个是安徽，都三十多岁。手绢的四个角系着，做成帽子戴在光头上。光头女人，挺好笑的，笑死了。她们说掉头发效果才好，不掉头发效果一点不好。

医院里天天死人，银禾跟着跑去看，看完回来说——城市里死人没什么好看的，还是农村死人好看。医院里天天有人死，天天有人哭，哭也哭得简单——哭几声就不哭了。有的人就是蹲在墙根擦眼泪，一点不好看——要是在乡下，一群人大声哭，披麻戴孝，边哭边唱，那才叫好看。

安教授呢，人人都夸她坚强，儿子在美国，身边又没有个亲人。别人哭了，她还去劝人家，她自己发烧，嘴上起一圈泡，手又抽筋，要一直用热水冲才舒服。疗程了（银禾的压缩语，指经过一两个疗程之后）腋下的东西小些了，又出来食道的问题——疼，只能吃流质，吃面条行，吃米饭菜不行，人又咳嗽，说换药，去了又不给换，大热的天，捂着，感冒可就不得了。

——要穿三件衣服，背心，短袖，外面还套一件长袖，从医院回来，全汗湿了。腰上还骨折，住在肿瘤医院，却要去四季青医院看骨科，到妇科医院看妇科，走路和站着都疼，还要忍着痛楼上楼下找厕所——银禾庆幸自己没有得病。

3

从东城到海淀，路上两个小时，公交车挤得人像照片，天又热。

怎么会这么欢喜，勤劳勇敢纯朴善良？像地母那样宽阔无私？

这样的问题是知识分子喜欢问的。

每次从医院回来，总见她捡着宝似的笑眯眯，每次都有新的“好玩”，病人和死人，如何好玩得起来？

或者她庆幸？是啊庆幸。

——她们都病了，她没有病。她们的头发掉光了，像尼姑，难看着呢，而银禾她的头发不掉，非但不掉，还比一般人要长，走在大街上，一百个人，一千个人里也没有一个有她的头发长，她的头发从腰长到了屁股，没有一根开叉的，也没有一根白的，没有头皮屑，不干不滞，油黑地闪着亮。

所以她喜欢洗头发。

她不要热水器的喷头直接冲洗头发，要在脸盆里洗。用烧开水的大水壶烧上大半壶水，脸盆放进洗碗池里，接小半盆凉水冲一点热水，一低头，一头头发泡到脸盆里满满的一盆，真是壮观，真是让人吓一跳，比河里的水草还要茂盛，比浇了尿素的麦苗还旺健。然后，长长的头发在早晨折射的阳光中发出舒服的嘶嘶声，像长长的丝毛草喝足了雨水又长了几寸，它们七嘴八舌纷纷说：做一个不用放疗的人多么好！做一个没生病的好人真幸福！银禾本人就是这样说的。

……她穿梭在东城和海淀之间，简直是居高临下，她说：“城里人就是钱多了烧的，以为有多享福啊住大医院，又要穿刺，又要抽血，又要定位。农村人生了癌，根本就不治，谁花这个冤枉钱，有钱也不花这上头！有钱就留着，一听是长了癌，扭头就回家，一分钟都不停。”

她对安姬惠也有看法——

这看法是细父道良的看法。道良站在儿子史安童的立场看问题，他翻来覆去说的是：自私！这个人，这个人就是自私，一生只知道索取，她把那边的停车位卖了治病，将来童童回来连停车的地方都没有！这个人，这个人！

银禾就附和道：要说城里人跟农村人就是两样——农村的老太太根本不会占儿孙的福，有钱都留着给儿孙娶媳妇！老了不中用了，就自己喝农药死。早死早投胎，不占儿孙的份。

总而言之，银禾认为，城里人大多数都是不怎么明事理的，完全是读书读糊涂了。

4

因为她是银禾，所以她是一个，聊天能手。在王榨，她的家相当于一个公共场所，堪比茶馆。

男男女女人来人往的，大门开着，永远不关，堂屋里靠墙的凳子上总是坐着人——打麻将，打扑克，围着打毛线，围着嗑瓜子。玻璃茶杯不够用，就每人给一碗水。地上永远一层渣，花生瓜子壳、甘蔗渣、稻草、棉桃壳、黄豆绿豆荚、麦秸，等等，这些作物的外衣循着不同的季节来到银禾家的堂屋里，参与她家的闹热，同时也是这闹热的一部分。

村里第一脏是晚莲，她家的地天天都是湿的，泥地上有猪屎，她在堂屋里养着一头大猪，一进门右边是猪，左边堆着一堆柴火。晚上尿在洗脸盆里，满满的一盆，白天也不倒。她地也不扫，衣服也不洗，碗也不洗。有一次她给我端了一碗粥，还有一块咸鱼和半块豆腐乳，我吃吃吃，吃出一粒老鼠屎。我也不说破她，接着吃。她又懒，她女儿六岁就自己炒饭吃，也不洗锅，锅里多脏她都把饭倒下去炒，家里的鸡跳到灶上她也不管。这个晚莲，她儿子是瘌痢头，满头结的是红壳子和白壳子，红壳子是痛的，脓水直流，苍蝇乱飞，孩子用两只手赶都赶不赢，人家告诉她能用草药治，路边地边都长有，她就是懒得扯。她懒得晚上睡觉连门都不关，衣服今天堆着，明天堆着，堆得不行了才洗一桶。碗也堆着，实在没碗吃了才往水盆里一涮。

在安姬惠的病床边，北京的大医院，住着秃头女人的病房里，漫长的化疗或放疗，打着吊针，药水一滴一滴滴到静脉里，七个小时或八个小时。多么无聊，多么难耐，多么死水一潭，好了，来了一个史银禾，兴致高得像是一个儿童，她见到任何东西都要“咦”上一声。电梯里开电梯的小姐头戴船形帽，身穿暗红的裙服，她一见，“咦”一声；再一看，小姐戴着白手套，穿着高跟鞋，她要“咦”第二下；人家挺胸收腹站得跟一个木头人似的，她忍不住还要“咦”上第三次！我们的银禾，她就是这样上上下下鼓荡着兴奋，眉飞色舞，生猛鲜活。

说点什么呢？大家看着她——

好像她是一针止痛剂，而且是免费的，她比相声演员还受期待呢！

说点什么好？

说吃，因为刚刚吃过中午饭，送饭的车推过来，有订了饭的，就拿出饭盒打饭，没订饭的呢，坐电梯下楼，二楼有饭堂，在窗口付现金就行。也有人从家里带饭，不锈钢的饭盒，一层层分隔着饭菜。

你们怎么吃得这么少呢？跟猫似的。“我们村有一个女的叫三糊”，她就说了起来——

这三糊是一个吃得最多的女人，她生孩子的时候，狗头钵，有砂锅那么大，一钵面条，里头还有鸡肉鸡蛋，她统统吃光了，滴水不剩。煮鸡蛋，她一顿能吃十二个，还能再添两碗面条。她们家，大人小孩都能吃，个个都用大海碗吃饭，她说吃两碗？还没够垫我肚角呢！吃扯坨粑（北京叫驴打滚），我们吃两坨就撑了，三糊她一个人能吃六七坨。她吃得多，力气大，双抢的时候她就出去给人卖功夫，一天二十元，这家有鱼塘，做鱼给干活的人吃，鱼头有塑料桶一桶，给她，她全吃光了。就是命不好，九〇年的时候，六月天，正双抢，那天插最后的秧，大家都在田里，听见有人喊“三糊，三糊”，她大儿子掉进水塘里了。大家都跟着往回跑，救不回，淹死了。她后来又生了一个儿子，男人早就结扎了，她那年四十多岁，是跟别人生的孩子。

喝鸡汤，就说鸡，吃猪肉，就说猪。

乡下都不养鸡了，养了就被偷掉。家里没人，怎么不偷。老的老，小的小。贼他根本不怕你，他比你还凶，你要抓他，他跑都不跑，他一扭头就冲你瞪眼睛：追么事追！他懒洋洋地在墙上挖一个大窟窿，拿一只蛇皮袋，把鸡抓来往里头扔，鸡装光了，他扛起蛇皮袋就走了。

猪，猪也不养，主要是没有糠，现在的机器太先进，碾米碾不出糠来，它分成四个出口，谷壳口、砂口、米口、糠口，现在的糠口只出一点点细糠，哪像以前的机器，一百斤谷能出几十斤糠，现在只能出几斤，谷壳从另一个口出掉了，是粗壳，猪不能吃。猪饲料呢，贵，养一头猪，肯定要一千多块钱的饲料，还不止，猪苗也贵，二三十斤的猪苗，要三四百块钱！油糠比米价不便宜，一斤一块多。乡下养猪不过是当成银行，养一头猪，借钱的时候就说“明儿把猪卖了就还你钱”，跟谁都这样说，这里借一点，那里借一点，养一头猪就能把盖房的钱都借到了。

养猪的事城里人不爱听，她们想听人的故事。

5

所有人的故事，那些在浩大的社会中，在暗处，或在暗处闪着的邪光，滚滚人流中的沙粒和尘土，和垃圾，它们都在这个长头发的乡下女人的见识里，没有什么是她没见过的，她见过一切，那些刺激神经的故事，海红们、安姬惠们，你们只在电视、报纸和网络中见到，那离你的生活是多么远啊，隔着千里万里，甚至，是一颗星球到另一颗星球的距离，如果不关你的痛痒，那就更远了。但是这个史银禾，她就在那些污泥浊水滚滚洪流中。

6

她还做过生意卖过假货呢！海红和安姬惠们，银禾的故事你们前所未闻。

银禾做生意卖过假首饰，进货八元的金耳环，卖一百元，进货十三元的戒指，卖一百一十八元，进货六块的玉手镯、两块五的玉佛、五块的玉寿星，统统卖五十元。同村出来的人告诫说，进货那么贱，别标那么贵，于是金首饰就标一百一十八元。买的人一看挺便宜，疑惑道：是真的吗?

领头的人先就教过了，能蒙一个算一个，一定要说是真的，他若到银行鉴定再回来要退，你二话不说就退钱给他。

银禾这时就咬住说：怎么不是真的！是18K鸡屁的（鸡屁，疑为GP），是鸡屁金。为什么要说鸡屁金，不知道，反正大家都是这样说，她便也照着说。她心里暗暗好笑呢，人真是傻，一说鸡屁金他就信以为真，鸡屁金就说明是假的，他怎么死活就是分不出真假来。

分辨真金的办法是：把金项链金戒指举得高高的往玻璃柜台上摔，真金落在玻璃柜板上是没有声音的。鉴别真玉呢，就要拔一根头发，把头发丝缠在玉手镯或玉佛上，再点火烧，如果是真玉，头发怎么都是烧不断的，若假的，一烧就烧断了。再者，拿它来划玻璃，划出道道的就是真的。

各式稀奇古怪的鉴别法只有银禾们知晓，别人都不知道，所以她就骗人了。

第一次是一个男的，他在银禾的摊位看中了金戒指，一只镶有宝石（宝石当然是玻璃），一只没镶，他左掂量右掂量，真是奇怪他嘀咕，镶了宝石这只怎么比不镶还轻些？银禾一咬牙，她说：那只含金量低啊！他又问：是真金吗？银禾又答：18K鸡屁金，怎么不是真的！一听是GP金，那人立即感到跟科学有关，他担心再问什么是GP金会露出自己无知的嘴脸，于是一百块钱就赚到银禾手上了。我们的史银禾，她翻来覆去看那张骗来的一百块钱，担心是假的。"我想他年纪也不大，才三十几岁的样子，怎么这么好骗！"

那是银禾深感有趣的一段时光，上个世纪90年代的某一段农闲，人人都要出门赚钱了，各种消息像疯长的白水草，把男女老少都招惹得像饿急的兔子。有人在村头振臂一呼，几十口人就收拾铺盖跟着，傻颠颠急匆匆，跟到河南修表去——全都是出去混的，谁会修呢？谁都不会修，但个个都说自己会，也没有师傅带，都混着，每人花上百块，弄一个镊子、一个小小的起子，还弄一个眼镜片，弄一个筒按在眼睛上，好了，装备齐全，就去赚昧心钱了，人家的零件没坏也说坏了，好赚上一份零件钱。有修不好的，留下来，晚上拿给真会的人修。

另外一拨呢，也是有人振臂一呼，大家就纷纷拿出积蓄做本钱，浩浩荡荡开出村去做生意了。“十亿人民九亿商”说的就是那个年代，在外面赚了钱的人不回村撑头是不行了，人人的眼光都是火辣辣眼巴巴的，村里个个都沾着亲呢，同祖同宗，同一棵树荫乘凉同一条水渠吃水。

撑头的，把大家带到邻近的小城市。

这个人，他也没什么文化，不过读了一两年小学，但他胆子大，心里有计谋，哪个商场倒闭了他就先包下一层。然后，宣传！

知道宣传最最要紧，他每天花上二百块弄一个宣传车，绑上几个大音箱，弄来乐队和歌手，歌手本身就是他们湾口乡的，商场门口，一边站四个，他们真是，什么歌都会唱！歌声大得震天响。还嫌不够，他又雇来了西洋架子鼓，红色的鼓箍，那鼓手也穿了一身红制服，戴上了红帽子，实在是一出稀奇的西洋景，想不看他一眼都耐不住。

撑头的人，他的脑子真是好使，西洋架子鼓敲了一天他就换掉了，扭秧歌的老太太更便宜——十块钱一天，她们穿得大红大绿自家的衣裳，个个涂脂抹粉老来俏，真是喜感十足人气腾腾。他又印传单，白纸、红纸、绿纸，纷纷扬扬从天而降，如同毛时代的“最新指示”。

租摊位，六百元一节，本钱小的就租一节吧，钱多的租他两三节。人人都像大雨来临前的蚂蚁，从货点进货运到卖场来。撑头的说：不要卖同样的货啊，同样的卖不出去啊！假名牌就纷纷出笼了，灶具都是海尔、春兰的，内衣都是三枪、铜牛的，化妆品呢，都是小护士、玉兰油，洗发水，一律飘柔、海飞丝。什么货都有人进了来，打火机、磁带、刮须刀，随身听和收音机，直至照相机。

人人卖的都是假冒伪劣。天下的事真是奇怪得很——明明是假货，有时生意就是出奇的好。连秧歌老太太也都抢着买，她们六七个自己人挤着碰着互相印证这东西便宜值得抢购。上午刚刚拉来一车，下午就抢光了，“弄一泡牛屎都抢走了”。

银禾们还挑营业员，因为实在太便宜了。

成堆的年轻女人找不到活干，她们从乡下来到小城，一堆一堆的，她们也要挣钱呢，但她们不知道该怎样做才能挣到钱。没有领头的，她们就像一盘散沙撒在大街上，三三两两的一筹莫展。好了，银禾们就来挑她们了——“像挑猪一样”，让她们来报名，先把身份证拿来验明正身，要她们自己带饭，然后，给她们一天十块钱，卖掉了货，百分之一的提成。

“像挑猪一样”，银禾们纷纷说，她们兴奋得很，前一日她们还在家里种地，这一时她们就有了挑选人和使唤人的权力，简直跟变戏法一样，做生意真是好玩啊！挑好营业员替她们看摊位，她们就去玩了。在商场里找一个角落，打牌，“斗地主”。

一个地方待腻了，又转战下一个城市，住在廉价的招待所里，四张床拼在一起成一个通铺，四五个人挤一块，睡到半夜醒了，听见动静，又像哭又像笑，一看，那边怎么多了个人，是个男的！偷情的人，偷鸡摸狗的，他就在这四五个人合睡的大通铺上跟他的相好干好事。后来大家都醒了，不吭声，听这两人折腾一夜。吃呢，中午吃盒饭，三块钱一盒，浏阳这个地方，别听它歌里唱得好听，菜辣死了，样样菜都辣，就是饭不辣！晚上大家一起下馆子，有饭有面有米粉，一碗米粉一块五，有肉丝的就两块。

好好耍的日子，可惜只耍了两个月。银禾说。

7

在漫长无聊的化疗时间里，吊针里的药水滴得真慢，好容易滴光了一袋，护士来了，她浑身上下白得就像石灰，头上的船形帽是横着戴的，嘴上捂了大口罩（也有人不捂），只看见一双眼睛凉飕飕的，北京的护士一个个都是凉飕飕的，她也不说话上来就把空瓶子换走，换上一袋沉甸甸的什么药水，药水滴呀滴，滴呀滴。

滴呀滴……

再不说点什么人就要睡着了。

就说妓院吧，妓院，真是一个耸动的话题，乡下竟然也有妓院，海红们、安姬惠们，你们多么难以置信。在不同的时候，银禾在病房说一遍，回到家如果海红有兴致听，她又再说一遍。

当然也不是明目张胆真的叫妓院，对外就叫旅馆，就在湾口的那一条街上，派出所的人都知道那就是妓院，有外县的，也有本县的，不少都是嫁了人的，有个妓女，她丈夫老打她，后来她就住到我们王榨来，后来她就当妓女，农忙回家干活，不忙又来了。

妓女长什么样？妓女吧，也不是挺漂亮的，也都是普普通通的，不说你根本看不出来，跟平常人一个样，穿得也是挺普通的。上那去的人，有的就是光棍，有的就是老头。

开妓院的那人，是个瞎子，公安来抓，没抓着，没抓着他的把柄他就发狠，就跳起来骂。公安就非要抓着，硬是蹲守了三天，抓着了，抓着了这公安就狠了，把那瞎子打得在地上滚，把一个女孩和一个老头就带走了。都以为带走了就开不成了，没过几天，又来了，也就罚罚款，罚完又来了。村里有谁去？不知道，谁知道啊，要去也是偷偷去，这种事。便宜着，全都是二十块钱就行。

说完妓院又说拐卖妇女，这拐卖也不是城里人知道的那种，人人听了都大惊失色，这些人真是见识少啊，有谁听说过呢，是丈夫卖妻子，连电视都没见播过。

这个女的不是我们村的，是四季山另一个村的，人长得挺漂亮，人称四季山四大婊子，她也不是婊子，就是长得漂亮，有名，她结婚后生了两个女儿，身体不好，丈夫就要把她卖了。把她骗到酒馆里，她男人亲手下的蒙汗药，人贩子就把她弄走了。

卖到山西，那地方怕她跑，在她脚板上钻了三个孔，用铁丝拴着，又生了孩子。后来被解救出来，上了县里的电视，很多人都看见了，看见她脚板上的三个洞。回来后她又嫁了人，还在四季山，就在山嘴那块，那男的是个瘸腿，走路一边高一边低，比她还小几岁，她又生了两个女儿。

关于绑架，也够耸动，报纸电视上见天就有报的，城里的人、正直善良的人们，提起绑架谁不恨得牙痒呢，绑的都是无辜的孩子，这些歹徒，真是该挨千刀才解恨。道良看到歹徒只判了七年，甚至三年，他就会仰天问道：为什么不判死刑？为什么！每隔一段，我们就会听见他的天问，绑架的、强奸幼女的、杀害家人的，都没有判死刑，他又愤怒又迷惑，“这是个乱世”，他得出结论。

但是银禾说她们村有个细铁，是党员，又当过两年兵，他就搞绑架。

"细铁说绑架特别好玩，谁有钱就绑谁"，银禾认为他人很好，"谁有难处他都帮，有什么做不了的，挑稻谷、做木工，做凳子、擀面杖、泥工尺、糖棍、糖签、木门斗，锯树砍树，什么活，求着他，他都帮。"

在银禾看来，这个搞绑架的人跟所有的歹徒都不一样，别的绑架者是歹徒，但细铁不是，因为这个人从不做坑蒙拐骗的事，人很本分，就是爱打架，他一个人能打一帮人。

他绑的那女的我也见过照片，也没多好看，眼睛总是眯着的，有点泡，总像是没睡醒。他绑架是因为跟人做生意，钱给了那个人，他想把钱要回来好回家过年，这个人的相好管钱，那女的不给，细铁就绑架她。

他就是心好，把那女的打了一顿就放了。本来没事，那女的丈夫不干，要公安局破案。公安局就抓了细铁最要好的朋友，好得跟亲兄弟一样，一块打架，一块花钱，不分你我的，结果这个兄弟把他骗出来，抓了。细铁先在新疆坐牢，被人打得受不了，吞牙刷自杀，被救活了。现在放出来了，人也变了。好多人都说，细铁心太好，要是把那女的弄死就没事了。

我们的史银禾，她心中就是这样一支万花筒，稀奇古怪，画面吓人，无穷无尽地变化，一团一团的，一簇一簇的，一队一队发出刺眼的光芒，它们时而像奇观，时而像刀锋，同时它们又是这样混沌一团，善恶不分，使安姬惠们史道良柳海红们又震惊又愤慨又忧虑。

那个恬美的乡村，几千年的桃花源，那个在烟雨迷蒙中像水墨画、桃花花瓣缤纷落在江面上、猪牛鸡犬怡怡于道的地方，它早就塌掉了，你还没回过神来它就破得不成个样子。

深圳，北京，街头……

1

中午一点多在北四环的学知桥上你会看到王雨喜，从新疆回来，在王榨村待了两个月她就一个人跑到深圳去，她弄了一张假身份证，通过了招工考试，得以进入台资大企业富士康，富士康的待遇出名的好，工资高，吃得也好，每天都有上百人排队想要进入富士康。王榨全村的年轻人没有一个人进得了的，村里的女孩从此对她更是崇拜。她在富士康干了一年，又不干了。她要闯，于是来了北京。

这时候雨喜已经不烫深圳那种爆炸头了，头发也不再染成全黄——到北京半个月后她就发现，她在深圳烫的那种时髦的发型实在难看，头发奓得比脸大一倍，后脑还留了一绺细细的头发梢，又黄又碎又乱，当初为什么会觉得好看，还花了三百元？

她研究了北京街头女孩的发式，给自己选定了一款——头发留直，在额头剪一排刘海，不烫，只在前面挑染一绺金黄色，然后全部梳到后脑勺靠上的地方，在那儿扎成一把再把尾梢收起来成一个结实的鬏鬏——好了，我们的雨喜就变了样，她不再像一个毫无审美能力，只知赶时髦，打扮起来适得其反的乡下女孩了，她有了一些文雅气呢，也显得安静，一排刘海下的眼睛忽闪忽闪的，有种机灵劲！

她要重新买衣服。

听说动物园批发市场便宜，听说北京的孩子都爱到那儿买衣服，她也去。结果一件都没买着。“她一件都看不上的，”银禾欣喜说道，“春泱的衣服她也看不上。”银禾殷切地欣喜着，她实在是太崇拜自己的女儿了，眼光真高，连春泱的衣服她都看不上。雨喜又去三里屯的雅秀市场，“太贵了”，同样的品牌式样，在深圳几十块，到了这里就要两三百。

后来在一些小店里淘到了她要的行头：一条做旧的毛边牛仔短裤，是正流行的最短款，穿上身正好把她结实匀称的两腿露出来，开价一百，她只花了五十六元；一件白色的T恤，胸前有银色图案，既素净又妩媚，六十元，拦腰砍一半价，最后三十元买下了！

一双米白色的帆布鞋，鞋帮上有一小截红色，十分提神，她一眼看中，商家说最少也要八十五。雨喜说：骗谁？这鞋进价才八块，当我不知道！是从广东东莞进的货对不对？于是她二十五块就拿下了。多有本事啊！

穿上运动风格的夏装，她就像一个城市的高中生，她十九岁，身高只有一米四八，谁能说她不是一个学生？她不但像一个学生，她还带着轻视的眼光看北京呢！

她是从深圳来的，所以她有理由轻看北京——

北京挺土的，也挺穷的，她对银禾说。比深圳土，比深圳穷，深圳是很富的，有钱人都在深圳，所以深圳的楼又高又漂亮，街上的人也很洋气。北京不但土，而且全是老人，所以北京没什么意思。

没活儿时，雨喜就到学院路去，一家叫“学而知”的培训中心要人发传单。

学院路一带有八九家大学，大学生多得像蝗虫，成片成群地走在大街上，他们当中有不少人挂了科，考试不及格，这可是件大事，如果补考仍不及格，就拿不到毕业证书，若三门功课不过关呢，则有可能被劝退！培训中心就是做这些学生的生意的——你们来补习吧，高数、计算机、英语四六级，要考研的、要出国的，给你们量身定做，要小班上课也有，要一对一授课也有。你走在大街上，你走上过街天桥或地下过道，会有一个年轻的女孩子塞给你一张宣传单，“学而知的”，她微笑。

工钱当天就可以拿到，三十元一天，要发一大摞，发完为止。是分小组的，别以为没人看见就可以把传单塞进垃圾桶，组长远远地看着呢。你在天桥上，她在马路边，她发一阵传单就抬头看看你，她一天比你多十块钱。

2

雨喜先在叔公道良家附近的餐馆干了三天，唔，他们包吃包住，每月底薪九百。不过要试工五天，试工期间没有工钱，而且不管住。

睡在叔公家的长沙发上，每晚把被子铺开，早上再卷起来。春泱来来去去，不搭话，只管看她的《动物世界》，深海的鱼类在无声游动，发着寂静的荧光，长尾猴从一株树梢跳到另一株树梢，成群的鸵鸟奔跑，逆光中羽毛飘动，狮子在草原上出击，闪电般咬住了麋鹿的脖子。台钟嘀嗒她们不说话，时间在她们中间隔着深渊。

咫尺天涯。

叔公跟她说话，他的话大有深意：雨喜，你舅舅说你心眼多，能把你妈你爸还有你哥三人都卖了，真的吗？

雨喜想了想，答道：卖是能卖，谁要啊！

这话答得不一般。

带她去逛天安门广场，道良心情很好，看到旗杆上的五星红旗在风中飘扬，他就想起自己的年轻时光，“50年代的风气是很好的”。那时他刚刚大学毕业分到北京，广场上的集会，空中的红旗和每人手里的小红旗，说是红色的海洋一点都不假，散会的时候心境最辽阔，因为喇叭里唱起了“我们走在大路上，意气风发斗志昂扬……”。广场宽阔大路也无限宽广，刚刚下过雨，地上是湿的，红色的纸片泡在水里，地上也是红的，太阳当头照着，明亮而真切，他和几个年轻的同事大步走着大声唱，我们走在大路上，李劫夫的词，他至今记得只字不差：我们的道路多么宽广，我们的前程无比辉煌，我们献身这壮丽的事业，无限幸福无上荣光。向前进！向前进！革命气势不可阻挡……

于是他问：雨喜，北京好玩吗？

雨喜想着北京这么土，没有深圳洋，也没有深圳富。她就不说好玩，也不说不好玩——她答道：好玩的还没去呢！

隔了两日，道良不动声色地又问：雨喜，你眼睛瞟来瞟去的干什么？冷眼看世界吗？

这时雨喜就答不上来了。冷眼看世界，对着呢，只是她做不出如此精准的概括。

这个世界冷着对她，她也冷着对这个世界。

小小年纪，城府这么深，道良觉得他跟这小孩真是太隔膜了，想当初，她刚刚辍学时道良给她写过一封长信，跟她分析利害：打工的机会什么时候都有，上学的机会错过就永远错过了，你再想上学就回不来了；又跟她设计未来：哪怕考取个大专，上个师范，将来回浠川回湾口，当个小学老师也是挺好的，退一步说，即使考不上高中，上个中专也是好的；还跟她许诺，她若上学，可以资助。

但她不听。

道良这才终于明白，她并不是不听话这么简单——小小年纪，她竟是有了自己的另一套人生哲学！她心想你迂腐呢。雨喜觉得叔公可笑，上中专，张笑盈就是去上了中专，学焊接，干的跟雨喜一样的活，雨喜可以拿到工资，张笑盈她还得给人家交钱，叔公是一点都不了解社会，“回浠川当个小学老师”，真是好笑！她决不当什么小学老师，也决不回浠川。王雨喜，她认为自己无论如何都是当老板的料，因为她王榨村就有人在北京顺义开了家具厂，还有人在东莞大岭山开了大理石厂，这两人还不如王雨喜聪明呢！

3

我们的雨喜，她就在叔公家不远的餐馆试工了。

醋熘土豆丝、红烧排骨、宫保鸡丁、红烧鱼、猪肉炖粉条、京酱肉丝、家常豆腐、香菇菜心、扬州炒饭，她穿梭在厅堂里端盘子，上菜，或者撤桌子，从上午九点到晚上十点，中间除了吃饭，始终都不能坐下休息。一盘土豆丝八块，太贵了。“新来的，王雨喜，别靠墙站！”领班是个厉害的四川女孩：王雨喜——

王雨喜，对，就是她。她走得稳，手也稳，满满的一盆西红柿鸡蛋汤从厨房端到桌上，一点都不洒，“王雨喜，快撤桌，快，有客人来了”，四川女孩的声音有些尖。残羹剩饭碎骨头，油腻腻的一片，把剩菜归到一起，盘子摞起来，擦干净桌子上的油渍和汤水，重新摆上碗筷。“王雨喜，别磨蹭”，尖尖的声音穿过狭窄的过道如同一阵又一阵的油烟，过道连着厨房和厅堂。

连着厨房和厅堂的过道——

每个女孩，端菜出来都要在这里停留片刻，她们要抓一块菜塞进嘴里，嚼烂、咽下、把嘴唇上的油舔干净，然后再把菜端到客人的桌上。猪肉炖粉条，就捞一块肉，鸡蛋炒西红柿，黄澄澄的鸡蛋也是不错的，碰到冬瓜就是冬瓜，碰到豆腐就是豆腐，最倒霉是整条的红烧鱼或清蒸鱼，你没办法下手，如果你实在馋，那你就把那鱼汁喝上一小口吧。

最好是碰到红烧排骨或是板栗炒鸡，味甜肉多，吃掉一块再端出去，没有一个客人会发现的。再说他们通常都吃不完！偷吃一块是天经地义的事情，在过道里，当然要吃一块，吃一块，我们身手敏捷把菜抓到嘴里，如果不吃上一块，就永远只能吃别人吃剩的菜。

但她噘着嘴，如果你从餐馆外面经过，你会看到雨喜噘着嘴站在厅堂的两边，盘子已经端完了，客人们在吃，她站在桌边侍候着，不能倚着墙或者倚着桌椅，要站得直直的不能垮成一摊泥，除了端盘子就从上午九点半站到晚上九点半。

脚疼，脚后跟疼，脚底板也疼，第二天又加上膝盖和腰，第三天她不想干了——

这边上网不方便，又贵。她的网吧，她的博客，她的……各种虚拟的肥皂泡，那是她一半的命呢！她每天都要上网，她像一个得道的小妖精，吹一口气就把自己吹进了那一堆肥皂泡中，她比肥皂泡还轻盈。那些从未谋面的网友，相信逆风飞扬从大专退学了又重新参加高考，而且考取了北京的一家大学。她人在北京，这是真的。

墓地，脚痕迹

1

死人的事银禾见多了——她们王榨村的人都是挺爱看死人的，一听说哪里死了人，她们就会放下手头的活，扛上一只小板凳，走上三里五里，像看戏似的，赶去看。

有女人喝农药死，她们要看娘家的人如何闹，夫家的人如何赔罪；有老人烘炉烧着棉被，死了，她们要去看烧死的人是怎样的，一看，黑乎乎的全是泡，双脚烧没了，她们看得呕吐，吐过之后下次还是要看。一个男的，抱着兄弟媳妇跳塘死了，女的还怀着孕，捞起来停在路边，她们要等着看这家的丑事如何了结。

碰到刑事案她们就更要去了，骑了自行车去，把人家的禾稻都踩倒了，这家人往禾稻上泼了一层大粪，连大粪都挡不住，你一脚我一脚的人人都踩着一脚屎看死人，围得里三层外三层的，胆大的还下到了沟里。

2

因为她是银禾，所以，有关死的事情她是权威。

银禾说，安姬惠安老师之所以拖这么久才断气，实在是因为她生前去的地方太多——人死之前，灵魂要到她去过的所有地方收她的脚痕迹，她生前连美国都去了，所以安老师的灵魂是很辛苦的，人虽然躺在医院里没断气，但她的灵魂已经离开了她，这个生魂一路走一路飘，一路走一路飘，它要回她小时候去过的地方，她长大读书工作的地方，她也去过浠川的上皂角呢，所以它也要到那去，然后它一路漂洋过海，太平洋有多远她都要漂过去，去收她的脚痕迹——如果不收她的脚痕迹，阎王爷那里交代不过去。

3

银禾连到墓地去都是高兴的。安姬惠落葬那日银禾和细父一起去，她高高兴兴去，兴兴头头回——这是她在北京最隆重的一次社交活动。

人死了落葬，她在乡下见得多了，城里是怎样葬死人的？她实在是有兴趣得很。她穿上了那件只有过年回家才穿的黑色羊绒大衣，这是有一年，海红带她到一家制衣店专门定做的，特别合体，还有一个大大的毛领子，里料也都是又光滑又柔软的，她穿回王榨，人人羡慕，称她为“高级人”。

她就穿着这件大衣，到昌平的凤凰山去。

同去的还有安姬惠的生前好友，都是教授，此外还有单位的人，史安童，以及史安童的前任岳母。前岳母是一位德行很好且有成就的科学家，听说在美国有一个排名，她排在前七十名。儿女虽然离了婚，她仍承担了前亲家安姬惠一部分医药费，银禾对她肃然起敬，“你根本看不出，她穿得就像普通老太太”。

一行十余人。

天气晴朗万里无云，往墓穴里撒银币，银币闪闪，仿佛是天上的光，从湛蓝处来。垫了银币再放骨灰盒，放一层鲜花，一张卡片，“卡片上写什么呢？”史安童在电话里问爸爸，他打算跟别人一样，写上“一路走好”，唯物主义者史道良立即否掉了，他说：要写就写“安息”，什么叫一路走好。

此外还有她的胸针、眼镜、七彩铅笔、猫的照片。

那只猫不知去了哪里。卧在墓上的是石碑，斜卧着，叫作卧式，那上面有她一幅照片，石工在上头凿了一枝难看的菊花。

站在墓地能看居庸关长城，有大水库，远处有狼悠长的叫声，近处有一棵大树，树上有鸟窝。

有山有水有狼有鸟，道良说：不错。

银禾说：挺好玩的。

佥饭吃得不顺，饭夹生，拿下去回锅，再端上来，又是冷的。菜等了半小时不止。银禾仍然笑眯眯说：好玩。

因为乡下吃佥饭也都如此，十有八九，是不顺的。银禾很是心里有数。

4

在银禾看来，人死了埋了，佥饭什么的都是小事，最要紧的是犯头七还是犯几七。她算出来，安姬惠犯的是头七，按农历算，死的那天是初十，死后的第七天就碰到了“十七”，于是犯头七——意思是，下阴间碰到的是第一个阎王爷，“这个阎王爷脾气不好，安老师倒霉了”。

有关阎王爷的事情，银禾最是清楚。阎王爷一共有七个，如果在死后第七个七天碰到七，那就要遇见第七个阎王爷，这种情况叫犯七七，这位阎王爷脾气最好了，他是不为难人的，人活着是这么难，死了就不为难他了，于是，谁在下阴间的路上遇见了这位七阎王，那简直就是有福呢，“七七四十九，阎王爷前摆摆手”，顺利过关。

如果七七四十九天里，第一个七天、第二个七天……直至第七个七天都碰不上七，那就更倒霉了，叫“没犯七”，按谐音，那就是“没饭吃”，意味着子孙没饭吃，这时候，儿子或者孙子，就要到各家各户去讨一点米，做成百家饭。如此这般，这个“没饭吃”的局面才可以扭转。

经由光学的隧道到达星空

史安童安葬了母亲，他把新大西洋城房子的钥匙交给父亲，只身一人回美国上班，道良觉得他孤苦伶仃得可怜，要送他到机场，史安童坚决劝阻了。

对于儿子在美国工作，道良向来认为，这是替美国的资本家卖命，而美国是世界上最坏的国家，哪里的战祸都是它惹出来的，他坚信，中国和美国之间，迟早会有一战。美国和韩国联合军演，把“华盛顿号”航空母舰都开到我们的跟前来了，在日本海和黄海进进出出，等于是在咱们的家门口晃悠。即使韩国的“天安号”不沉，它也会找借口这么干。土耳其的“安纳什么之鹰”[①]军演邀请中国参加，它美国

① 安纳托利亚之鹰：为土耳其面向美国、北约成员国以及其他国家的一个开放性的训练项目。

担心我们碰到它的敏感技术，白宫就在那里搅。

到处都是它的“全球鹰”[1]，它说要反恐，它自己就是最大的恐怖主义。日本是第二坏的，它老跟在美国屁股后面，中国台湾、钓鱼岛，越南，菲律宾，印度，阿富汗，关岛，还有苏联解体后那些小国家，格鲁吉亚什么的，到处都有它，不是“全球鹰”就是美军基地，它就是用来对付中国的！它老在我们的周边国家折腾，你看看地图，差不多把咱们都围起来了，它想干什么！越南本来跟咱们不错，现在它一挑唆，南海那些岛屿，曾母暗沙那一带，越南占得最多。

美国一有龙卷风，道良就会发出惊人之语——美国两亿人，最好死他一亿。

反人类啊，海红说。

他一想，太多了，“至少死掉五千万。”他改口道。

看着世界地图，道良总是痛心疾首。这个时候，他就会想起毛主席他老人家说的话。毛主席说：“西太平洋是西太平洋人的西太平洋，正如东太平洋是东太平洋人的东太平洋。”真是中国人民的伟大领袖啊，何等的气派！铿锵的句子气势磅礴地在道良的胸中鼓荡，他仿佛成了一艘迎风破浪的舰艇行驶在西太平洋辽阔的海面上，海风拂动他的头发，而中国，正像一轮朝阳冉冉升起，我们的道良，他胸怀世界

① 全球鹰：美国战略无人侦察机，最高时速635公里，留空时间长达40多小时，最大航程26000公里，光学设备的分辨率达0.3米，可在20000米高空识别地面飞机、坦克和车辆。

地对着地图说：美帝国主义及其一切反动派，都是纸老虎！

如此，道良更觉得孩子替美国资本家卖命是件令人痛心的事情。

史安童感到很可笑，卖命，美国资本家——这样夸张的字眼只有他老爸这种人才会说。他在美国政府下属的一家公司当软件工程师，工作体面，收入稳定，和同事相处融洽，还曾获得过政府的嘉奖，还有好几百元奖金呢。这次回来照顾命危的母亲耽误了几个月，要是别人，早就被开掉了，但他的位置还能保留着。

要说卖命，您难道不是照样给别人卖命吗？

但他不敢说出来，那样老爸会火冒三丈，他的血压会升高，血糖会升高，他会气得说不出话来。这个自他十三岁起就离开家的父亲，他老了，他的头发已经灰白，脸上添了几块斑。他成了高大的儿子怜惜的对象。

史安童回到了美国，领回了他寄养在宠物店的爱犬，回到了他的工作和爱好之中。

他买了房子，房子有草坪和地下室，有四个厕所，他的邻居是一名消防队员。他下班之后去遛狗，遛完狗回到家，选一张他喜欢的CD塞进音响里，一边听音乐一边欣赏他拍摄的星星。

他爱好古典音乐，跟道良不同的是，他更喜欢巴赫、海顿、莫扎特、肖邦，而道良则热爱贝多芬和肖斯塔科维奇，只有柴可夫斯基，是父子两人的共同爱好。

每个周六，他都会开车两个小时到一个山顶公园拍摄星星。他用一只ORION EO.80的天文望远镜加上一只转接环和单反机身接在一起，一共花了一千三百美元，后来又花两千美元买了一只长焦镜头，这两套设备他轮换着用。

办了进园拍摄证，山顶公园有警察巡逻，亦有几名同样的天文摄影爱好者。我们的史安童，他在荒凉的公园最高处支起三脚架，把天文望远镜套在德国产的单反上，然后，他凑到镜头跟前眯起一只眼睛——经由光学的隧道史安童瞬间到达了高远的璀璨星空，深蓝、悠远、无垠，大大小小的星星闪着钻石般的光芒，史安童感到自己仿佛也置身于这一片深蓝之中，如同一颗星星，也旋转，也恒在，也同样神秘莫测……他的母亲和父亲，他的中国和美国，他的狗和音乐，统统消失了，只剩下无边的深蓝和无边的璀璨。

史安童给道良买了一台七英寸大小的索尼显示器，相当于一个电子相册，他托人带给道良，在越洋长途电话中教会春泱使用。这样，道良就能看到儿子在美国的山上拍摄的星星了。

就像在电视里或图片上看到的星云图，不，比那更清晰炫目——不同的星云隐含着不同的星座，远处的光带忽浓忽淡，近处的星星坚硬锋利光华闪闪朝向广阔深邃的宇宙。

道良十分喜欢这些星空，他向来喜欢辽阔高远之物。

在美国拍摄的星星不是美国的星星——它们是宇宙中的星星，不属于任何国家，不属于中国，也不属于美国，或者，既属于中国，也属于美国，它们在人类之上，在地球之外，它们无限璀璨地朝向广阔深邃的宇宙。

史安童就是这样想的。

他对道良说，他不会再婚了，即使再婚他也不会要孩子。

他还说，如果有来生，他不愿意再生而为人，他希望成为一条，深海里的鱼。

卷七

柳州/父亲

柳州是广西的四大城市之一，南宁、桂林、柳州、梧州，这四个城市都是小镇人的向往。南宁，自治区首府，当然好；桂林，桂林山水甲天下，全世界都知道；梧州——离广州最近，号称小香港，梧州话跟广州话很像，吃饭穿衣，都像。广州是岭南第一大城市，文明的中心地带，广西人民对之垂涎欲滴。梧州即是广州的影子，庶几等于广州。

柳州呢，工业城市、交通枢纽。

有一个柳州钢铁厂，简称柳钢，据说是西南地区最大的钢铁厂，工人上万。那时候，产业工人气势如虹，他们在车间挥汗如雨，光芒却在天上升起。啊柳钢到小镇来招工，小镇青年当上了柳钢的工人，柳钢如同一匹白马，青年统统变成了姑娘们的白马王子。每年十二天探亲假，他们的旅行袋印着“柳州”二字，熠熠生辉回到小镇，然后，他们带着城市的气息，出现在通往电影院的街道上，和某一位姑娘，看电影去。

这个柳州，它是京广线上的一个枢纽大站，要去上海、成都、贵阳，统统都要在柳州下来，换车。柳州还跟柳宗元有关，柳宗元被贬官至柳州，写了一首《登柳州城楼》，“共来百越文身地，犹自音书滞一乡”说的就是此地——这是海红上了大学之后才知道的。

此外，柳州还有一家精神病院，这是全自治区唯一像样的，精神病专业治疗机构。海红的父亲柳青林曾住在那里。

海红一共去过柳州两次。第一次是路过。那一年，大学刚毕业，她一个人跑到峨眉山去，回来的时候，从成都搭一夜火车到柳州，上午九点多钟到，十二点多有一趟开往南宁的火车，她在候车室里过掉了这三小时。

她累极了，之前一夜未睡，在夜行火车上，她的座位旁边上来了几个农民，他们扛着一只刚杀的猪上了车，喜气洋洋的。这扇猪全头全尾，他们把它“啪”的一下摔在茶几上，猪头冲过道，切口朝下——就像躺着一个全尸。猪头有些憨憨的，眼皮悠悠闭着，它的内脏被掏空了，肉腥气阵阵。火车在黑暗中隆隆向前，偶尔，车窗外的亮光会飞快掠过，在有亮光的某些瞬间，她惊异地发现，这只死去的猪头眼皮在动，它简直是要张开眼睛了。而它的尾巴的确是动的，随着火车的节律，那上面的一撮毛发擦到了她的右臂，她只好用一尊贝多芬石膏像挡住摇晃的猪尾巴。

暗黑的车厢，贝多芬石膏像和一扇猪，真是古怪！石膏像是她在成都武侯祠买的，千里迢迢抱着，和一头开膛剖肚的猪坐了一夜。直到天亮，那只猪头才消失。

*那是你第一次去柳州。*在火车站的候车室坐着睡了三个钟头，连车站门口都没出去。

隔了一年，海红到柳州出差。她真是太喜欢出差了——不用上班，不用吃饭堂里的饭，看见新的人和新的城市。啊她有一只牛皮包，是真的牛皮，黄牛的颜色，是她的四舅舅留下的，他娶了一个归国华侨，后来又去了香港，他的东西总是那么洋派。

这样的牛皮包何其稀罕！

在纷纷一片黑色人造革提包中它鹤立鸡群，在整个80年代，我拎着它，度过了多少个火车上的不眠之夜。它早已沉没在时光中，但此刻，我再次看见它，它比今天的电脑包要大，比旅行包小，有三层，中间一层内空最大，有拉链，两边各一层，扁扁的，可以插进一本书，或者杂志。对一个文学青年来说，再也没有比这更合适的了。

它太重了，当得起牛皮这个词，但我对它充满激情，我往里面塞进了两条连衣裙，一条是白底有细细的紫红色格子，另一条，淡淡浅浅的蓝色，也许叫湖蓝。

两条都是的确良。的确良，这种古怪的名字春泱她们再也不会知道了，那就是化纤啊，现在最廉价最被人嫌弃的，所有人都知道它不好。但是当年，80年代，它被认为是高级面料。最神奇的是，它耐磨，它是不会破的，除非你用刀子割它，有了的确良，这种新时代的先锋，就再也不用补衣服了；它又轻又薄，穿在身上不会压身；它又不皱，永远平直；它还容易晾干呢，它不存水分，你把它搭在晾衣竿上，滴滴答答，水珠慌不择路似的，奔跑着四散，底下立即有了一摊水，你伸手一摸，衣服干了。晚上晾起，次日又穿——此事于我最宜。

人类真是伟大，居然会发明的确良。

然后我就出发了，在深秋至初冬、冬尾至早春，我会穿上一件风衣，米色的，比我的牛皮包色浅，比真的米色深，长及脚踝，大开领，束腰，此外还有一根宽宽的布带，往腰上一扎，走起路来宽大的下摆摇动如花。是啊你是如此年轻爱赶时髦，那时你坚信，风衣就等于风度。

我不嫌牛皮重，它古怪的样子也是我的风度之一，夏天快到了，不能再穿风衣真遗憾，但我穿上了连衣裙。车上有座位但邻座永远不够理想，你渴望在路上碰到一个让你怦然心动的人，然后投入一场轰轰烈烈的爱情，像一只飞蛾投入火光。

邻座永远都是平庸的，你就把包里带的杂志或书拿出来，杂志不是《诗刊》就是《星星诗刊》，诗集呢，外国的，普希金莱蒙托夫，惠特曼聂鲁达。到底还是外国诗耐读，拿着也像样些。

纸页微微窸窣，心不在焉。

啊最好是在火车上看见一个青年正在读一本诗集，最好，拿的也是她喜欢的一类外国诗。青年干净美好，阳光必定是要照到他身上的，阳光在快速行进的火车外，透过一排高大的树木照到他脸上，颠颠腾腾，闪闪烁烁。也像是一只追逐灯光的蛾子。

这种事情在80年代可真不少——同事小吴，她就是在火车上认识她的男朋友的，是一个小有名气的青年摄影家，在广州，两人结婚了；著名青年诗人顾城，他跟谢烨，据说也是相识在火车上。即使是你，海红，不是也曾在火车上遇到一个读诗的青年？重庆开往成都，座位的斜对过。他真年轻，读的正是一本莱蒙托夫诗选，还是老版的竖排本。你们搭起了话，他是工人，在成都附近的一家兵工厂——啊心无邪念时光如清泉，他陪你一路登上峨眉山的洗象池。

你觉得这类戏剧性的事情还会源源不断地到来——它之所以没有来，是它在下一个路口等着你。因为它在下一个路口等着你，所以你兴致勃勃走在路上，从一个路口到另一个路口。

海红就是这样颠颠荡荡到了柳州，她不知道柳州意味着什么，她没心没肺地去，没心没肺地回来。

在群艺馆安排的住处住了一晚，把公家的差事一天干完，然后找她的两个同学玩。一个小学同学，在地质医院当化验员；另一名高中同学，在柳钢医院急诊室当护士。她觉得好玩极了，尤其是在柳钢医院，同学值夜班，海红陪她守夜。

啊那真是一个新鲜的夜晚——来了两个大人抱着一个小男孩，男孩三四岁，哇哇大哭满嘴血，是摔跤把自己舌头咬断了，还没断完，余下三分之一连着。大人也哭，当妈的边哭边说：医生啊怎么办，怎么办啊医生。舌头要缝针，孩子死命挣扎又哭得闭过气去，大人摁着他，扭过脸不忍看。即使不看那针也是戳在她的肉里。

满头大汗缝完舌头，又来了三个壮汉，一个伤在头，一个伤在手臂。到半夜，来了一个瘦瘦的男人，脸色暗晦，他镇定地站在急诊室门口。

他被毒蛇咬了，但他自己处理过，用刀片划开伤口，挤掉了毒血，又用鞋带扎紧。他两只鞋的鞋带都没有了。再次处理伤口，打针。百越瘴疠之地，向来蛇多，即使成为工业城市，即使是京广线上的枢纽站，也仍是蛇多。该用刀割开皮肤就割开吧，该打何种针就打吧，夜已经很深，脸色暗晦的男人也没入深夜中。海红迷糊着，倒在了同学的值班床上。沉沉睡去。

第二天她一个人去了柳侯公园，寻到一个衣冠冢，埋着柳宗元的衣服和帽子，圆圆高高的，砌了一层灰色的水泥。

你只顾看柳侯墓，却不知道自己的父亲也葬在柳州。

幼时在乡下，身边父母皆无。偶尔回到县城，亦不见父亲影踪。

母亲说：你爸在柳州。仅此一句。

是啊在柳州，在柳州的一家精神病院，你一点也不知道。

1965年，柳青林由单位的人护送，从县汽车站搭车到玉林，再从玉林坐火车到柳州。在火车上柳青林看上去跟正常人没什么两样，他有礼貌，听话，车厢人多他也不烦躁，更没有大家所担心的那样大喊大叫。

正是春天，4月份，在我们亚热带小镇上，木棉花和油菜花一齐盛开，那时候，国家以粮为纲，油菜种得很少，你不可能像现在到江西婺源，能看见那种，令正常人亦癫狂的天地皆金黄，所谓一望无际的大片油菜花。

都说油菜花开的时候是精神病发作的季节——不但人会发疯，狗也会。

一条狗，不声不响地穿过黄得亮眼的油菜地，它耷拉着尾巴，伸出的舌尖上滴着口水。它无缘无故地忽然把一个小孩咬了——油菜花所以也叫疯狗花。

不过木棉花才真正是疯狗花，木棉花红得激烈啊——油菜花能有多少，它基本上不起作用，在漫漫水稻的起伏中，它不过是大河里漂浮的一朵刨木花。木棉树自古就有，它逸出计划经济伸向天空，花朵硕大实厚，亮红灼灼如火，犹如一树火焰烧上了天——就是如此明亮才使人发疯的。

每年三四月，木棉花开了，披头散发的疯子穿街而过，她从东门口走到西门口，再从水浸社绕回来，有时呢，她从电影院门口径直走到大桥头，她不管不顾就走到了桥中央，那是全镇风最大的地方，江风吹着她的长发，挡住了她的半边脸，她对着河水唱了起来：哎——什么水面打跟斗哎，嘿了了啰！什么水面起高楼哎，嘿了了啰！什么水面撑洋伞哎，什么水面共白头哎——

披头散发的音乐老师，她在河岸上终日徘徊，木棉花灼灼盛开沉沉落到河水里，它在水面上漂啊漂她重重复复唱着《刘三姐》，她是为美术老师而疯吗？那个沈阳人，毕业于中央美术学院，他皮肤白皙面容忧愁，说普通话喜面食，跟谁都不说话。在贬谪中依然脱离群众。啊他们在放学之后的空无一人的旧砖楼被抓奸这是必定的。

时代严酷而花朵妖娆。

我的父亲柳青林，他不是这样的——

他安静而礼貌地坐在他的座位上。但如果你是一名精神病专科医生，你会一眼看见他眼中不同寻常的闪电，有谁见过平白无故晴空打闪的？啊这个人就是这样奇怪，大概是眼睛里堆积了过多的幻象，它们互相对撞，发出奇怪的光波。

车窗外掠过一小片油菜花，“真是太妙了！”他突然对一个陌生人说。陌生人望着他，准备听他抒发油菜花的妙处，他却急切地问道：你知道时间有一股支流吗？

如此高远的思维无人能跟上。

他说有两股双轨并行的时间流，有一股必定要走向时间的尽头，时间的尽头当然就是世界末日。他说他有时处在另一股时间流中，这股时间流可以称之为自由时间流，可以在两股时间中互换，又可以逆流而上到达过去，还可以快速到达未来，当第一股时间流到达末日，在那个终点上另一股时间流飞驰而过……

他滔滔不绝，亢奋莫名。

随行人员对陌生人解释，说这位同志有头痛的毛病，头一痛就会说一些稀奇古怪的话。

柳青林的家庭生活让我匪夷所思，结了婚，两口子很少一起吃饭睡觉。他们各吃各的，妻子章慕芳在她的姐姐慕兰家搭伙，住也在姐姐家。柳青林在单位食堂吃，晚上睡在办公室。夫妻两人，连星期六都不一起吃饭，节假日也不一起吃饭。平时也很少见面，结婚几年，两人只在一起去看过一次电影。有一次柳青林和同事去看电影，走到街上碰到慕芳，没有多余的票，只好两人都不看。夫妻二人都要下乡，县里有十几个公社，一个一个跑，你刚回来，他又要下去了。

人生不相见，动如参与商。

他们什么时候才会在一起呢？是过年吗？还是国庆十一？我无法知道。两人拼命工作，积极得不把自己当人。

他们怕自己落后，一落后就会有危险了，他们的位置都不是那么安稳的，章慕芳是地主出身，本来就要夹着尾巴做人；柳青林呢，早年上过两个月的桂林宪兵学校，历史上有这个污点，一直未被接纳入党。而且，他已经被降过一次职了，定为右倾。党需要他工作，但是党又不信任他，他永远是副职，永远受排挤，如果不拼命工作他就要发疯了。

星期六傍晚，柳青林把饭端到办公室，蒸饭的瓦盅还是烫的，菜仍是萝卜丝，菜里有炒猪肉，肉虽是薄薄几片，但有肥有瘦，还放了豉油和青蒜，饭热菜香很是不错。他把萝卜丝一下全倒进米饭里，菜汁拌在饭里，一个人默默吃起来。

他会想念妻子和女儿吗？

想也没用，一个下乡下到南部的石定公社，要一个月才能回县城，女儿海红在竹冲乡下，他已经很久没有见过她了。至于远在老家陆安县的，前妻和大女儿海燕……啊生活真是一团乱麻，干脆不去理它。

办公室里没有别的人，他拉开抽屉，把压在最下面的诗集拿出来。闻一多的《红烛》，墨绿色的封皮，竖排版，柳青林他是一名文学爱好者呢，他还有郭沫若的《女神》、何其芳的《画梦录》。他读诗，不读他就要疯了。此外他还要写日记，他的日记本此刻就在我手里，有两本，一本也是墨绿色的封面，右上方有一只墨绿色凸起的和平鸽，左边两个银色手书：和平，是毛泽东体。另一本是酱红色，有麦穗和铁锤的图案，也有两个字：建设。

下雨了，他写道：

某月某日，星期六，阴冷。现在已经是晚上十点半了，雨还是下个不停，我独自坐在窗前，只听见檐漏滴滴答答不停……

这时候电话铃响了，他去接，接完之后又继续写日记：

电话铃响了，是人委会总务打来的，说对首长的肉类供应是不是可以照顾一下。我说在可能的情况下是可以适当照顾，我问他有几个首长在家，他说只有一个，就是雷县长，因为他要做饺子，二两肉的指标不能解决问题，另外食用油也不够。我打电话问了一下门市部罗主任，说是还有一些猪肉没有卖完，我叫他留下一两斤，照顾首长。他说这样做恐怕不妥当，因为别人会反映说，首长难道有特权吗？他这一说让我很为难，显然，罗主任的看法是很正确的，过去我也曾布置他要认真照章办事，但现在却是我让他破坏了制度，这到底是怎么回事，我越想越糊涂。

睡不着，他又接着写：

昨天王经理找我谈话，谈对某某的工作安排事，说张局长没有明确表示，但口气中想把她安排到县仓库做记账的工作，但仓库已有会计人员，不需要再设一个人记账，只能因事设人，不能因人设事，某某是个工人，如果安排做会计是不合适的。但又考虑到她是张局长的干女儿，若不按局长的意图办事，又怕难以面对张局长，真是无所适从，很不好办。我认为，如果抛开干女儿的关系，像其他工人一样，那不就很好办了吗？

又一篇：

到门市部检查了一下，发现很多糯米已被虫蛀了，我亲手拣出两条蛆给销售看，我问他们这些是什么时候进回来的，他们说是三个月前就进回来了。可见过去盘点根本就没有盘到这些货，或者是发现了，但并没有设法处理。可见他们的责任心是很差的。零售部还有些饼干，但是却没有摆出来卖。

再一篇：

进了三十斤鸡蛋出售，里面有很多坏蛋，蛋壳已有黑影，用肉眼就可以鉴别出来，可是我们的收购人员却没有留意就全部收进来了，我马上取出两个坏蛋给他们看，他们还不相信，认为蛋壳上的黑影是天生的，我把蛋打开给他们看，原来有黑点的地方，蛋黄已经粘壳了。结果是让他们重新挑选一次。

没有人知道柳青林是什么时候开始有病症的，只知道他心情永远不好，烦恼、落落寡合、不安、长期失眠，开始的时候慕芳有空就到他办公室去，给他送点吃的，帮他洗脏衣服拆洗床单，他也感到高兴。

后来他渐渐不愿意让慕芳去，似乎她妨碍了他的重要事情。就是这时候，慕芳在他的衣服口袋里总是翻出莫名其妙的炒黄豆，有时是三四粒，有时是五六粒，黄豆炒爆了外皮，还沾了盐，再后来，熟黄豆变成了生黄豆。

慕芳对此极为困惑。

问他，他说这是非常重要的东西，相当于钥匙，或者车票——因为他要到时间的支流去，那是一处像大河一样的地方，波浪起伏，他坐在一只小竹排上，顺流而下，如果他想回来，必须在嘴里嚼黄豆，他用大牙把黄豆磨碎，豆末和唾液搅在一起，豆香从牙床冲向他的舌尖，一浪又一浪地冲刷他的味蕾，味觉传递到他的大脑并在那里起劲地转圈，好了，他开始咽豆渣，黄豆的汁液冲到他喉咙的深处，这时候，他脑子里的一根神经苏醒了，嗡的一下，他感到双脚一下站到了地上。

县里正好有上海医疗队的医生，其中一位，判断柳青林患上了精神分裂症，他提醒有关的人，这是一种极难治愈的病，发展越深越麻烦。

就这样，柳青林被送往柳州精神病院。他1965年春入院，1969年

5月，在住院四年之后，一天夜里，他用不知从哪找到的玻璃片割腕，血尽而亡。

外婆收到县城寄来的信，海红啊，海红啊，她不停地说。那时候，我正从柴堆中找到一根最大的狼蕨草，我大声应她，她还是说海红啊海红啊。

她始终没有告诉我，到底发生了什么事。

单位跟柳青林说，要送他到柳州检查身体。他若有所思说：哦，检查身体，是该检查了。这时候，他的脑子似乎出奇清醒，他仿佛提前知道，再也不能回到他的办公室了，他亲手把办公桌抽屉里的书和日记放进一只小藤箱，让人交给一周后才能从公社返回县城的章慕芳。

小藤箱现在还在，但里面所装的早已不是当年的东西了。父亲的遗物唯剩两本日记和一本诗集《红松》。诗集被虫子咬得七零八落，册页脱散，纸张黄脆。日记写得密密麻麻的，字小，越来越潦草，到最后，根本认不出来。

从前面的日记中我知道他有好几本诗集，是他的弟弟柳青川从南宁买了寄给他的，青川那时在广西农学院读书，免学费，有生活补助，青林还给他补一些。他托他购书，从日记上看，计有何其芳的《画梦录》、郭沫若的《女神》、闻一多的《红烛》，还有艾青的诗集。

不知父亲是否写过诗，也许写过，早就烧掉了。

如果我静默下来，一定能看见灰烬飘飞，在我家天井的青苔上，年轻的慕芳把那些纸页、旧信堆在天井中央。白天刚刚下过一场雨，虽然后来又出了太阳，地面还是没有干，青苔是湿润的，空气也饱含水分。慕芳划着了一根火柴，此刻我看见了那个火柴盒，有一只红色的五角星，它的四周有一圈象征光芒的射线，底部有一行字：玉林火柴厂。

她手捏火柴一擦，刺鼻的硫黄味直冲她的眼睛，她往后仰了一下，火灭了。她又划了一根，一只手拿起一张纸，这是柳青林单位的信笺，天头几个红色印刷体：某某县食品公司，那上面有蓝黑色的钢笔字，分行排列。我无法知道那写的是什么。

年轻的章慕芳，那年她二十八岁。她手举火柴点燃了这张纸，空气湿滞，火焰犹豫——火焰仿佛有些痛惜这堆纸，它停着缩着，但最后，它也毅然决然了，火们慢慢燃起来发出了白烟，水汽太大，白色的烟弥漫着扑向你的窗口，它们像熏香一样，在所有的物件上，床单、衣柜、椅桌、杯子、毛巾……统统留下了烟的气味。

烧过信件和手稿的青苔上，留下一团灰白的斑痕，犹如一个瞳孔，留在天井的中央，而周围的青苔依然苍翠。

好友邸湘楣

回首海红早年的历史，邸湘楣是一个不能跳过的名字。

邸湘楣不是海红的同班同学，甚至也不同一个系，她是化学系的，比海红还高一届，俞明雪的同学，所以直到大三的下学期海红才认识她。

海红的大一大二都过得沉闷。她来自广西圭宁小城，中学时代学习优异，众人瞩目，老师宠爱，内心颇为骄傲自得，对芸芸众生低看一眼。到了广州，这里是岭南文化中心，中山大学又是国内名牌大学，来的都是各地的尖子，海红的锐气就被削掉了。她本来以为自己多才多艺的——她会打排球，在中学的班级里是一名接球的好手，再猛烈的发球她都不怵，眼看着那边的球呼呼地飞砸过来，如同一发来势汹汹的炮弹，谁见了不快快闪开，只有海红迎着炮弹，她昂着头，瞄准了，双手并拢一垫，斜飞的物体“磅”的一下，势能转化成了上升的动力，排球稳稳地升到了她的头顶。

多么有快感的事情。但是在这里，新的大学班级，那什么都不算，她自告奋勇，站到球场上，啊她连球都发不过网。她本来认为她歌唱得好，她甚至会唱一首叫作《樱花》的日本歌，是高中时外文老师教会的。但她的节拍不对啊，节奏，她没有节奏感，从来没有人跟她讲过节奏。读书呢，更是不好意思说，她比她的中学同学多读了许多书，但那些书几乎都是不成样子的，只有高尔基的《童年》和《在人间》能说得出口。

大学同窗们像烟花升起在她黑暗的夜空，她们明亮，但是隔得远。她把自我缩了起来，同窗们要走近她，啊一起去听交响乐的讲座吧，她不去。她哪里都不跟同学们一道去，她单独行动。越是单独行动她就越是孤僻，她往自己的深处走，她的世界越来越小，仿佛只是蚊帐里的方寸之地。

你的自我没有得到外界的关注，于是就把自己封闭起来了。

她不谈恋爱。或者也有男生注意她，但她不留意人家。啊她是这样的没有光彩缺少生机，她要把自己建设起来再谈别的。她读书，文学名著，大部头，多卷本，繁体字，竖排的旧版本，发黄的纸，旧版书的霉味缠绕在她周围，她读得人也有些木似的，在人群中有不在场之感，连上课时分她都仿佛人在此处心在别处。她微仰着头，眼睛瞪着前方，她在想些什么呢？没有人知道。课余时间她不爱待在宿舍里，她背上一只挎包就出去了，找一处有树的地方，或者背阴少人处，她要背英语，她的英语太差了，她还要背唐诗，“锦瑟无端五十弦”，又要背宋词，“寻寻觅觅冷冷清清凄凄惨惨戚戚”，这些东西都在她随身的挎包里，它们像雾一样从挎包里弥散出来包着她——校园、同学、老师、操场、教室、饭堂、图书馆、林荫道……全都影影绰绰，灰蒙蒙一片。

这时候，邸湘楣来了。

她是怎么来的，既不同专业更不同班，也不是某个社团同人。事情一开始有点奇怪，自从海红到俞明雪宿舍去过一次，她就总是在不同的场合遇见这个俞明雪的同室，操场、林荫道、图书馆，还有饭堂——她们本来不在同一个饭堂打饭的，海红走进饭堂，抬头就看见邸湘楣亮亮的眼睛正迎着她。

她说：怎么我没有早点认识你呢，她想把胳臂搭在海红肩膀上，没有放下去，又挪开了。

她比海红高一个头，那是自然，她父亲是山东人，母亲生在上海，在长沙读书。湘楣小时候是跟外婆在上海过的，向来把上海当成自己的故乡。她很白，瓜子脸，细长的眼睛，常常把嘴抿着，透出一点傲气。理一个很短的运动头，简洁利索，又有一点英气。这样的女孩，免不了自以为是。她来找海红，宿舍的门开着，她旁若无人直统统地越过两张桌子，径直拉起海红的手往门口走，海红哎呀呀几声，也就随她到了宿舍外。说句老实话，海红这样封闭的人，实在需要一双手把她强拉出来，这一点，湘楣是一眼就看明白了。

她们下楼，走到楼外，湘楣说，走，到那边去！海红就老老实实跟她到树林那边去，夹竹桃开着花，那气味不好闻，海红有些晕乎乎的。忽然她感到手背上碰到了一个冰凉坚硬的什么东西，是一只玻璃瓶。湘楣说：拿着！她的语气不容置疑，仿佛不拿着就会出大问题。光线暗淡，看不清玻璃瓶里是什么东西。回到宿舍一看，因标签上写着字，知道了是山楂酱，这是她从未见过的东西，半透明的暗红色，鼻子凑上去，一股酸甜，用舌尖尝一点，是山楂的味道，却又比山楂甜香醇厚，口腔里的酸甜味飒飒爽爽，仿佛也有一股邸湘楣的神气。

这是怎么吃的呢？下饭？那味道似乎另类了一些。难道是零食？包装却不像，谁会拎着一个玻璃罐当零食。

第二天午餐打饭时分，海红在饭堂见到了笑吟吟的邸湘楣，她劈头问道：怎么样？早餐有了那东西，胃口大开吧。原来山楂酱是用来抹在馒头里吃的。好了，海红学会了把热腾腾的馒头齐整地掰开，用干净的筷子挑出一坨暗红色的山楂酱均匀地抹在馒头上，再合拢，咬一口，啊酸甜的味道渗在松软的馒头里，真是无比美味。

她们本不在同一个饭堂打饭，湘楣却常常舍近求远赶来。她挤到海红排着的队里，给她看她的碗，湘楣的碗是平底搪瓷扁碗，外面豆青色，里面白色，在一片空落落的白色中有一小撮黄褐色的黏糊糊的东西，海红不知道那是什么名堂。湘楣用自己的调羹盛了一丁点送到海红嘴里，一股咸腥洇在舌头上，甩也甩不掉。原来是蟹酱，上海人的玩意儿。湘楣得意道：喜欢么？我那里还有小半瓶，放你宿舍！海红自是坚决不要。

在没有课的下午，湘楣就把海红叫到一处阴凉无人处，干什么呢？锉指甲。上个世纪80年代，市面上可见不着这些稀奇古怪的玩意儿：一副修剪指甲的工具，一瓶指甲油。“这都是我三姨从香港带回来的。”湘楣抓起了海红的手，给她修指甲。两人头对头碰着，湘楣身上的气息漫到海红的鼻尖，也是有些微酸微甜的，仿佛是某一个品种的山楂，果实正在成熟，糖分沉沉积淀，在果肉里积多了，正要透过果皮穿壳而出。

忽然湘楣停下来，她动动鼻子，又把头探到海红颈项处嗅了嗅，她断言道：一种植物的气味。为了确认是薄荷味还是罗勒味，湘楣在海红的左右胳肢窝都嗅了嗅，最后她肯定地说：是罗勒，你身上有一种罗勒味呢，真出奇。海红知道薄荷，她家以前在沙街的天井里就种了一盆，每逢炒田螺，摘上几茎扔镬头里，香得很。罗勒是什么？湘楣说，是一种比薄荷更好闻的香料，也是草本，她在上海跟外婆去过一家餐厅，有一道菜叫作两色豆腐，长条状的瓷盘里摆着两列豆腐，一列是淡黄色的，每块豆腐顶着金黄色的一撮虾酱，另一列是雪白的，上面顶着莲子大的一点浓黑雪里蕻。盘边一圈，错落摆着碧绿的罗勒，如此很是色香味俱全。

湘楣忽然夸起海红来，你真好看，像东南亚美女。这话说得海红心头一惊，她慌乱着瞥了对方一眼，只见那头亮晶晶地照过来，“真的真的！”湘楣抓定了海红的手，每只指甲都修好了，又用一只锉，把锋利的甲沿锉得更加圆润。一瓶指甲油在脚边的草地上候着，红色的，像蛇莓。她拧开了盖，一股新鲜的松针味扑上来，海红吸了一口，觉得也有点像新鲜荔枝。湘楣屏住气，小心翼翼往指甲盖上涂，一只又一只，五颗鲜红的蛇莓，十颗鲜红的蛇莓跃然蹲在了海红的指尖。又像十指都滴出了血，有些触目惊心。

“你很有魅力的呀，你自己意识不到，需要我来告诉你。”湘楣捧着这双手，又是吹气又是来回晃动，她啧啧赞美，既夸海红又夸自己，而她自己的指甲是不涂红的，她说我涂了不好看，你涂才好看。海红也真的就觉得自己的这双手焕然好看起来。不但手，连人也一变而焕斓飒然。

别的人湘楣都是看不上的，她挑剔所有海红认为望尘莫及的人。

系花么？那是个木美人，脸上一点都不生动，连眼珠子都是死的；那谁谁，英语比赛第一名，她不过是死用功，戴那么厚的眼镜，没什么好神气；还有那谁，看上去人人佩服，不过是会做人，世故，说话小心，跟谁都隔一层，这种人一辈子都不会有真正的朋友。“她们都不如你”，湘榍一锤定音，震得海红且惊且喜。

而你是多么受用。虽然不自在，你还是喜欢别人夸自己。

湘榍带海红去游泳，她是个中好手，会三种泳姿——蛙泳、仰泳、自由泳。她还畅游过湘江呢。她认为海红样样都是绝妙的，只是不会游泳略有遗憾，不过，她定然很快学会。在水里，湘榍抱着海红的腰，喘着粗气把海红摆成一只青蛙的姿势，她拍她的屁股，掰她的腿和脚，一只手在水里够着了海红的乳房。你无力极了，懵懂、惊吓、疑惑、慌张，你完全不能明晓此事的性质。是不是要流氓呢？一句疑问从水花溅起处飞出。啊她不愿意这样想，这个邸湘榍，她给了她大学暗淡生活中的全部支撑，一个英姿飒爽的女生频频到宿舍找她，带领她傲视群雄，她的壳被她敲开了，阵阵风声和水声降落在她的世界里，她不再总是自我贬低，她甚至正如邸湘榍所说的，变漂亮了。

上岸，到更衣室。湘榍要和海红挤在同一间洗澡间冲凉。身体裸露在她面前真是难为情，仿佛她是一个男人而不是女生。她的眼光是热的，你的身上一阵凉又一阵热。你的肌肉僵硬起来，冲凉冲得潦草匆忙。真是太别扭了，而她不以为意。

那一次两人在小树林里走着，忽然听见奇怪的窸窣声，不远处一对男女激烈地纠缠在一起，她们在高处，那对恋人在低处，正好月亮从云里出来，海红一眼看见男的压在女的身上，两人低低的呻吟声也清晰地传过来。你一时感到火燎着了全身，从脚底板烧到了头发，人不知回头走掉，只觉得惊心动魄。湘楣淡淡看着，却说，有什么好的，男人不就多了……她没说完，海红在懵懂中却有了一些明白似的。

她不太愿意，却又对湘楣有依赖。有了邸湘楣，她的大学生活才能跃然于平淡之上。

邸湘楣有许多理论，她的理论总是那样强悍，比如，上课是平庸的，一个不逃课的人是最无趣的人，海红不是想写诗或者小说吗？那就更要逃课，书上的东西都是僵死的啊，人要有自己的东西。

海红于是跟着邸湘楣溜出校园，在公共汽车上一有位置，湘楣就把海红摁坐下，然后把手压在她的肩膀上，仿佛这是她押送的囚犯。有时海红不够情愿，下午的外国文学课她是喜欢听的，但是，算了，海红仿佛听见湘楣说：是我重要，还是上课重要呢？两人去了著名的高第街，那是一条窄窄长长像肠子一样的街道，密密麻麻的小摊，全都是成捆的衣服，全国各地，谁要进货就到这里来，批发，也零售，衣服又时髦又便宜。她们只是看，并不买。海红看中了一件，伸手出去捻，湘楣就适时制止，她断然说道：这衣服一点都不适合你，等我到上海给你买一件漂亮的。

高第街、黄花岗、越秀公园、植物园……还有兰圃，听说是江青和某外国记者谈《红都女皇》的地方，看不出什么名堂，只是三个和尚的雕塑甚有趣。湘楣对着三个和尚发表了她对江青的见解：江青是妇女解放的先驱！语出惊人，海红不知她的这些观点从何而来。她疑惑着，感到湘楣似乎是对的，却又肯定不对。

画展是要去的，啊星星画展到了广州，岂能不去。那些另类的画面，海红从未见过，湘楣仿佛见过，她像是见过更高级的东西，因为她半眯着眼，背着手，站在半米远的地方审视般地看画。她的见解也是高明的：不错，新鲜的，就是粗糙，粗糙也不错。

有时并不逃课到校外，邸湘楣也不去上课，她在宿舍吃板栗。是一名上海籍男生买给她的。她在旁边放一只录音机，放着英语带子，这边慢慢吞吞地剥栗子，栗子壳堆了一堆，她连饭都不用吃了。她跟海红说：谁爱上我谁就倒霉了。

她们抛洒了功课，功课便也抛洒她们。

期末考试，海红各门勉强及格，惊出她一身汗。湘楣呢，两门挂了科。她倒镇定。再补考时居然也没通过，要留级一年。海红大惊，怎么办怎么办？湘楣却说：你看看，本来我毕业了要走，这下好了，还能再陪你一年。她还说：我是为了你才留级的呢！

大四了，经过前三年的犹豫观察酝酿，一个男生在向海红靠拢。

男生来自湖北利川，利川县，鄂西小城，比圭宁更僻远，多年以后，由于春晚，由于一首《龙船调》被人所知晓。男生瘦小腼腆，但他内秀坚韧，还喜欢助人，海红对他有好感。她免不了跟湘栂说到他，湘栂很不屑，说：小县城里的人……瞥见海红的脸色，忙补充道：啊你除外。

她紧盯着海红：你不会真的爱上他了吧？她说人一谈恋爱，脑袋就会乱成一锅粥，“我会帮你分析的，但你要把所有事情告诉我”。

什么事情都经不住邸湘栂的乱搅，处在萌芽状态的爱情就从犹豫变成了冷淡。那男生也就不再靠近了。多年后，大学同学聚会，那时候，男生已然蔚有成就，他不再腼腆，气质沉稳成熟。仍然令海红心动。

见海红终日闷闷的，不快，湘栂就哄她：“我要把你嫁到上海去，或者国外。”难道我是你的私有财产么？难道上海和外国就那么重要？湘栂以为海红不信，她说：我肯定能做到，你等着看。

她要带海红到西樵散散心。

海红不去。坚决不去，她板着脸。湘栂劝她，她也不应。湘栂无奈，说了一句：至于吗？不就是一个小地方来的男生吗？海红就发作了，她忽然就说道：难道我是你的奴隶吗？

这话让湘栂倒抽了一口气，片刻方说：怎么会，怎么会呢，恰恰相反，我是你的。

两人的关系到底还是变僵了。一锅热粥变凉了，结成了块状，要加热都不好加。海红是不要去找湘楣的，她又回到了从前的孤僻之中。不过她又想，如果湘楣来找她，她还是会跟她玩的。

但湘楣没有来。

她去外地实习了，实习之后分配工作，她没有到单位报到，她有亲戚在美国，很快就办了出国，之后移民，因为在那边才能找到她需要的生活。

海红和湘楣超乎寻常的友谊戛然而止。

由于湘楣不自知的侵略性和控制欲，由于两人多少反常的友谊，海红在大学阶段错过了健康成长的机会，也失去了正常恋爱的训练。情感的缺陷长久伴随着她，以至于，她后来的爱情都是不成功的。

直到90年代中期，在海红完全忘记湘楣之后，有一天晚上，海红接到了湘楣的电话，声音听起来完全没有变，她还是那样神气、那样不容置疑。她说：我是邸湘楣，我从美国旧金山回来探亲，现在上海，可以到北京去几天，我们要见一见吗？

海红没有去见她。

卷八

光　速

1

雨喜去中关村推销电脑，结果，天上掉下了馅饼——她意外地当上了网管。

所谓网管，就是在网吧或游戏厅里巡场，头戴一副耳麦，在洞穴般的网吧里从一头走到另一头，网吧在地下二层，你走下二十级台阶，走走走，像是走进一处密室。楼梯道黑漆漆的，身后的光慢慢稀薄，前面很黑，过了拐角忽然又有了薄光，但这光是冷的，荧光。每个人都趴在电脑上，谁也不理谁。戴上耳麦头顶伸出一根天线就像深海里的动物，从这头游到那一头，如果有人叫你，你就快步赶过去，“怎么啦?”你要教他们玩游戏。

这家名叫“光速”的网吧，也兼游戏厅，据说很是有背景，是三个老板合开——他们真年轻，两个是“富二代”，第三个呢，找了个女朋友是“富二代”，三个人都开宝马，那两个老板不常来，三老板天天都来，不但他本人来，还喜欢带上他的女朋友，“我媳妇儿”他总是说。“媳妇儿”挺漂亮，也找了地方去上班，却又不好好上，每天都让她爸爸的车接送。

此前雨喜从东城叔公家搬到了海淀杨庄小姨家，小姨美禾给她找活干，美禾很有把握，她给十几个人找过活呢，人人都感谢她。但是雨喜不是一盏省油的灯，美禾介绍的活，她一个都不愿意。

开电梯，每月工资才七百元，不包吃，当然是不能去的；超市收银员，“收到假钱怎么办？还得我自己赔”；酒店里的客房服务员，每天收收床单打扫房间，一是雨喜自己不想干，二是酒店也嫌她矮不要她；一家大学的食堂，洗菜切菜，每月一千二百元，包吃包住，够好的了，也不愿。

她也不当保洁工。银行储蓄所，只有巴掌大一点地要扫，比什么活都轻松。但是雨喜说，那是上了年纪的人干的，她才十九岁，她才不当什么清洁工！

她要自己找活，她从来就是自己闯世界的，从来不靠亲戚。

她挑肥拣瘦，左右都不合她的意，好歹进了丰台的一家电子厂，干了两天，又辞了。“北京根本就没有大企业，电子厂都是些小厂，比起深圳差远了。”这家电子厂待遇太差，一天要做十四个小时，早上八点上班上到晚上十点，一个月才八百五十元，还要扣掉一百二十元交社保，剩下七百三十元还不包吃住。这么少的钱，这么长时间的活儿，不把人做死做残不算数。

王雨喜，她能干什么呢，乡下女孩，初中都没毕业，她不当收银员不开电梯不洗菜切菜不端盘子不当清洁工她能干什么呢？

好了，现在她当上了网管。

“光速”网吧，早上九点半到下午六点上班，没有休息日，但可以请假。新人月薪一千元，不包吃住。流动性很大，每天都有人进来也每天都有人走掉，每天，都有人被开除，连经理都被开除了。有人叫你你没听见、谈恋爱、上班玩手机……都是开除的由头。有摄像头对着，不管你干什么，老板都知道得一清二楚。

是外地人就更容易被开除了，快发工资了就开除人。

北京人呢，老板不敢开。

他们问雨喜，雨喜说，我爸我妈都在北京，我舅舅舅妈、叔公叔婆都在北京，我小姨也在北京。

银禾喜滋滋地对道良说，雨喜领到工资了，加到了一千二百块！她心情愉快，一转身到厨房炒菜，锅铲轻快得叮当响。

雨喜凭着一股蛮劲兼运气当上的网管——

她从杨庄到中关村广场，本来是想碰运气，看有没有人招电脑推销员，结果却遇到新开的“光速”在招人。底气壮，不怯场——网络这个世界本来就是她的地盘，同乡和工友，没有谁比她对网络更熟的了，她无师自通，各种名目繁多的游戏，一看就会，她是个中高手呢，在网络游戏中她能成为女王。

2

早上六点半起床，六点五十从小姨家出门，家里的早餐都是姨父从村里的早点铺子买回，一锅热豆浆，几张大饼，就着隔夜的咸菜，他们一家三口吃得有滋味。雨喜经常不吃早餐，在深圳富士康的时候就不吃，在湾口中学的时候也不吃，她宁可多睡半小时。

从杨庄到公交车站。一路上早点摊子多得像集市，一个连着一个，卖什么的都有，包子油条红薯，面条馄饨小米粥，啊还有炸糕！有时候雨喜也吃早餐，她买上一杯豆浆和一根油条，然后坐到一张矮桌旁，一口油条，酥的，一口豆浆，滚烫的，真是惬意！

时间来不及，她就不吃了。啊若有炸糕出锅，她也会买上一块，一边吃一边走路，已经七点了，她挤上公交车从杨庄到颐和园的北宫门，再从北宫门倒303路到中关村，这是303路的起点站，要坐二十多站才到中关村，然后她穿过一条地下过街通道走进“光速”网吧。

去时花上两个小时，回来再花两小时。

中午时分走过中关村广场去吃一份快餐，“物美”的最便宜，五块钱一份，有米饭，有一点豆芽或白菜，最贵的是十块一份，青椒炒肉片外加半边卤鸡蛋，或者土豆烧肉加上一个酸菜粉丝。一般都是吃五块钱一份的，不好吃，饭是夹生的，菜不新鲜。“真功夫”和“永和”的快餐好，但是贵，基本上不吃它们。有时营业额不错，老板亦会请客，让大家吃一顿，麦当劳，那就是最好的。下午六点下班，挎上挎包再次走过地下过道，挤上303路——这时候的303路，会把人挤成面饼。

她高声骂那些把她挤痛的人，售票员说：喊什么！嫌挤你就下去！她毫不示弱，扭头跟人对着喊——我买了票你凭什么让我下车，退我车票钱！退钱啊，退了钱我就下车，一秒钟我都不停！呛得售票员没话说。

她是不让座的，老弱病残孕，一次都不让。凭什么要让呢，她站了一天这么累，谁又来让她。

回到杨庄八点多，天已经黑透，如果小姨和姨父早到家，饭就快做好了，所谓饭，不是大米饭，而是面食，顿顿都是面食，美禾家的灶台上永远都放一瓢面粉，不是面条就是烙饼。有时雨喜早到家，小姨还没回，厨房是冷锅冷灶，她也不动手做饭，她等着，再晚也等小姨回来做饭。雨喜不会做面食，她也不学。

美禾到了家倒是快的，她问道：你们想吃什么？有要吃面条的，有要吃豆包的。“行”，美禾边答应着就转身出门去买——杨庄虽小，却有三家小超市。自家院子对门就有一家华联超市，她十分钟之内就转过来，上锅一煮，或一蒸，就好了。也有菜，她家的菜都是凉的——凉拌心里美、凉拌胡萝卜，连大白菜都是洗洗就端上桌：蘸酱吃！超市买来的酱肝酱牛肉，也都是凉的。

这伙食还没有深圳富士康的合胃口。

不过她不用给小姨交伙食费，小姨家的东西多得吃不完，十几桶油，六七袋大米，大米都长虫子了，黑的，小的，像黑芝麻一样，她家吃都吃不完——都是村里发的，过年的时候还分红，每户能分上几千元。

3

在“光速”要不停地巡场，教人玩游戏，给人兑币，还得紧盯着防止客人偷币。规矩不少——站姿要挺拔不能驼背，口袋里不能放币，不能玩手机，跟客人不能站得太近也不能站得太远，讲话不能太快，等等。

穿梭不止，兑币不已。

有时候中午人少，老板就让她们到街上发宣传单，是给“光速”拉生意的。发传单雨喜已经很有经验，她眼尖，能判别城管，远远看见城管来了，立即把传单塞进随身的挎包里。她一次都没有被城管逮到过。

上午九点半到下午六点，加上来回路上的四小时，一天要折腾十二个小时还不止。不过呢，从王榨村去广东的孩子都羡慕雨喜，她们被人带到东莞一家小电子厂，每天要干十五个小时，除了吃饭睡觉就得干活，一天下来累得话都不想说。连喝水也得自己买，一年只能休息两天，连过年那天的上午还得上班。

跟她们比，“光速”简直就是天堂——

可不是吗？她还能玩游戏！

周一下午人最少，老板允许员工们玩游戏，给她们网上使用的货币——Q币。这三个老板，那两个富二代最大方，一甩手就给她们五百个币，最抠门儿的是那个三老板，一次只给三十个币。

跟爸爸王三顺同居的宋秋芬，她的儿子也上网。雨喜会在QQ空间上碰到他，碰到了，雨喜就“呸”的一下。雨喜在网上发帖子，到处发，说他的妈妈是个婊子，弄得人人皆知。那儿子说要跟她谈谈，于是就在QQ空间上谈，语音加视频，他说“我去劝我妈，你去劝你爸”，雨喜却说“我没爸，我爸早死了”，宋的儿子又问她的住处，他要找她面谈。

雨喜答道：我住中南海，你找得到吗？

4

“光速”网吧新进了一批有赌博性质的游戏机。

同时扩大了营业面积，本来是四百平米，一半是电脑区，一半是普通的游戏机。游戏机都是娱乐性质的，只吃币不吐币，光是学生来玩玩，赚钱不够多也不够快。

富二代的老板甚有能耐，呼风唤雨一阵阵的。爹娘在头上罩着，他们让头上这片天晴它就晴，让它下雨它就下雨，他们的爹妈飞得高，跟云一样罩在他们的头顶。所以呢，在地下二层又整来了五百平米，加起来有九百平米。新加的五百平米统统放新购的游戏机，这批游戏机跟娱乐机不是同一类，它们是会吐币的，投币进去，哗啦哗啦哗啦，它会吐出来，当然，哗啦哗啦，更多的时候它不吐，它吃进去的肯定比吐出来的多，但你会上瘾，你总想着，下一把，下一把没准就能吐出一大堆来。

当然啊，这就是专门满足人的赌性的赌博机。

谁敢叫它赌博机？那么明目张胆，人人都称它游戏机。

但它吐出来的游戏币不能兑换成现金，如果能兑换，那就是真正的赌博了，立即要被公安查封。所以呢，这些赌博机又不是真正的赌博机，它们仍然是游戏机。

有一阵子公安要严查，老板也有些害怕，到了晚上十点就关大门了，不但关门，还拉电闸，营业厅里一片黑。有天晚上雨喜值夜班，客人越来越多不停地拥进来，人多得连走路都走不动，正纳闷着，忽然，老板进来，让清场关门。原来这晚上别处的游戏厅都关了门，想玩的人就都拥进了“光速”。

很快老板又不怕了，生意好，营业时间延长至午夜两点——

钱赚得哗哗的一月进账二百多万！赌博机都是从日本进口的最新产品，不，这里不叫赌博机，它们是“马戏团”“大风”“金刚”，少的要七八万元一台，多的要十几二十万。马戏团，那里有猴、马、狮、象、蛇，它们不断地变换颜色和位置，你就押吧，押一种动物，押中了赔你，赔率很是不低。“金刚”呢，太大了，比三张大桌子拼起来还大，老板说“金刚”全国只有两台，一台在上海，一台在北京，就在北京中关村的“光速”。

真正的娱乐机也新进了几台——飙车机，跟真的车一模一样，方向盘、刹车、油门，全一样，你看着屏幕，就像真的开起了车，“轰”的一下撞车了，你还会有震动感；捕鱼机呢，屏幕是平放的，像一个大鱼缸，鱼游来游去，你一推拉杆，捞起来两条！也可以撒网，一网罩过去，网住好多条。

男女老少都喜欢玩，连老太太都来。有一个老太太，儿子媳妇陪着来，她爱玩捕鱼，手又慢，一捞起来鱼就跑了。她又老花眼，戴着花镜还要隔得老远才能看清楚，她的脖子总是往后拉，看上去很是可笑。

一个单身女人，四十来岁，她说自己是大学教授，她晚上来，开一辆奔驰，一次买三万个币，几台机器同时来！她喜欢跟雨喜聊天，“丫头，你猜我这衣服多少钱?”雨喜猜不出，她说一个包就十几万，洗一次包都得花几千块。有一个老太太呢，每次自己来，一来就找雨喜，“丫头，我要玩那个大金刚”，她大声嚷嚷，她有钱，一玩就是六千个币，一万块。

成人甚至更加上瘾，从中午玩到凌晨，玩得疯狂的一天能玩掉十几万。中间吃饭就让雨喜去买，一百块，雨喜的饭钱他也一起付了。

大学生也来玩，北航、北邮，连北大清华的都有。

雨喜双手抱着托盘在形形色色的人中穿梭往来，托盘里是满满的游戏币，不停地有客人叫，她要小跑着才能不耽误，五十块钱三十个币，扔一个币下去能玩一两分钟，三十个币不到一小时就玩没了，又接着买。客人玩得太疯了，连柜台的币都买光了，就要赶紧从各个游戏机里收币，雨喜推着推车从马戏团到大风又到金刚，再从娃娃机到捕鱼机再到飙车机，她一把一把的币捧来放到大号塑料桶里，弯下腰又直起来，直起来又弯下去。

游戏币是从广州订购的，铅制，每天摸着铅质，双手沾满铅粉，黑得像挖煤工，洗也洗不干净。

干熟了，雨喜便开始懈怠偷懒。她看人下菜碟，看是不是她们的会员，会员中又看是不是VIP，如果是，那她最殷勤，一叫，马上小跑趋前。她们的会员卡分四等，一次买六千个币的是VIP卡，三千的是钻石卡，五百的是白金卡，两百的是黄金卡。她累的时候，别说买三五十个币的，就是白金卡和黄金卡她都装作没听见。

5

同一天入职的七个人，有五个被开除，一个自己走掉，就剩她一个人。

她要值夜班，半夜两点下班，然后在店里待到早晨六点才回家。店里也有一间宿舍，谁上夜班可以住。雨喜嫌那太脏了，又乱，一个角落堆着矿泉水，屋里还随处散着塑料娃娃，虽然知道那是供游戏机使用，也不免怪异——啊，你一进屋，地上床上桌上，塑料娃娃黑洞洞的大眼睛瞪着你，谁不觉得心里发毛！又没有通风，到处都是霉味。

所以她不睡。她玩游戏。

这正是玩游戏的大好时光，谁说不是？——两层游戏厅都空了，九百平米，除了星星点点几个入了迷的赌棍，他们趴在大金刚的某一个口上，像那些跟人世毫无关系的类外动物。所有的游戏机都闲下来了，经过一整天无休无止的喧腾，连这钢铁玩意儿都精疲力竭了，它们在黑暗中歇着。

雨喜她不歇，她既要玩飙车，又要玩捕鱼——这些花了十万八万买来的机器，白天是老板的，晚上就是她雨喜的了。有钱人要花很多钱才能玩，她一分钱不花就能玩到。开始时老板赏她们一些游戏币，现在她找到了窍门，一个币都不花，她用钥匙打开游戏机，直接用手拔那投币器，要多少她就有多少，她像那些富人一样阔绰，她捕鱼捕了一网又一网，捕累了就换成铁拳，在屏上打得翻天覆地。她兴奋得额头发亮口发干，大好时光岂能去睡觉——一个通宵飞着就过去了。

飙车游戏要有一种卡才能玩，卡是紫色的，用完了就变颜色，颜色一变就作废了。我们的雨喜真是聪明，她发明了微波炉复原法，把卡放进微波炉一烤，咦，它变回了紫色，这卡就又能用了！

她想飙车就飙车，想捕鱼就捕鱼，她还认识了很多人。玩家们有时会请店里的女孩一起出去吃饭——每月的伙食花销能省下来一半。

睡啊睡，睡啊睡

1

道良从书柜里翻出一本书，俄国冈察洛夫的《奥勃洛摩夫》。六百多页，一大厚本，封面有一个双下巴咧嘴瞪眼的胖老头，扉页上写着钢笔字："史道良，一九六三年十一月二十三日购于西四新华书店"，这是四十多年前买的书，定价1.75元。经过了"文革"，又经过江西五七干校，再经过了八年抗战的离婚，这书还能完好无损留下来，道良摩挲半天，感慨良久。

他一门心思想把春泱培养成一名文学批评家——高考一过，就让她先读这本《奥勃洛摩夫》。

春泱拿来翻了翻，说，繁体字，看不懂。道良就专程到朝内大街166号，人民文学出版社门市部，买回了新版的简体字的插图本，定价从1.75元变成了27元，译者不同，书名变成了《奥勃洛莫夫》，封面呢，是一个胖绅士和一位小姐，小姐臂上搭着披肩，帽子的带子似乎正飘起来，他们身后有一棵大树和一张公园里的长木椅。春泱觉得不错，她就一气看了三天，读完了。

——读后感是："我比奥勃洛莫夫还懒。"

道良让春泱读这书，并非对冈察洛夫情有独钟，而是要引导她阅读杜勃罗留波夫的长文《什么是奥勃洛莫夫性格?》，道良认为，杜勃罗留波夫是一位大天才，大批评家，既然春泱上的是汉语言文学专业，她就应该向这位俄国人看齐，有朝一日，也当一名大批评家——中国的当代文学太混乱了，无比需要一位杜式人物，站在洪水横流的河边，大手一挥，理清河道。

“我们的公众等待冈察洛夫君的长篇小说，已经有十年了。”道良永远记得这篇长文的开头第一句，这部《杜勃罗留波夫选集》第一卷，定价2元，扉页上写着一个陌生的名字，购于1957年2月，是1963年道良从旧书店淘来的，上面每隔一两页就画上了红杠，“《奥勃洛莫夫》毫无疑问，是招惹了许多批评的。在这些批评家中，有些人大约是校雠家，他们一心在语言和音节中搜索什么错误；有些大约是多情善感的人，他们会对某些情景或者人物的动人之处，发出许多感叹；还有一些大约是美学药剂师，他们根据美学的药方，严格地检验每一作品，看他们是否正确地把这一类那一类性质的药品最合宜的分量分配给剧中人，这些剧中人是否一直是按照药方上所说明的情形来使用他们的。”

每当道良重读文章的某一段，一连串的感叹就会从他嘴里鱼贯而出——视野开阔极了，才华横溢，洋洋洒洒，对社会的分析、艺术的见解……难以想象才二十几岁……

2

道良像献宝似的把他的宝贝摊到了春泱的跟前，春泱一看，这书更加无趣，不但是繁体字，更是竖排的，她从来没有看过繁体竖排的书，这个在动漫中成长的孩子，她上了高中还不舍得把小时候看的《大灰狼画报》卖掉，她把它们藏在她的床底下，睡觉的时候从床底捞起一本，那些五颜六色的怪头怪脑的狼羊龟兔，是她心爱的宠物呢，她迷恋地看着它们，心满意足。中考结束的第一件事，是上网看一个叫柯南的探案动漫片，文字于她不亲，这些黑滞滞的东西，笔画一多，看上去一堆一堆的，那么生，以至于有一种压迫感。

天下的父母，总是拿孩子当祖宗供的——看不懂繁体字？这个不难，道良便把每一个繁体字的简化字，用铅笔标注在行空处。

春泱翻开一看，头更大了，满篇斑斑驳驳，像是苍蝇在上面拉满了屎——

心灵的灵，艺术的艺，对象的对，它们自己本来就是一堆笔画密不透风，这下好，一个简化字就在它的右边堵着——它还能伸得开手脚么？它还能吹得着一丝风么——本来天就热，春泱觉得更热了。她想在里面找出一幅插图，翻来翻去，除了作者像，只看到一幅“杜勃罗留波夫和车尔尼雪夫斯基在《同时代人》编辑部中”，两个干瘦的绅士，一个站着一个坐着，都戴一副眼镜，手里拿着书或纸，甚是无趣。

3

我们的春泱，她是吃图像长大的。七八岁的时候她就能把古希腊神话故事讲得头头是道，她知道灶神叫赫斯提，火神和铁匠神叫赫菲斯托斯，这个赫菲什么，是他用一把斧头劈开宙斯的头，帮他生出了雅典娜，每一位神的名字来历春泱都清楚，很是让海红吃惊。

但她很快知道了，这都是一套绘图本的功劳。

——这又有什么奇怪，红楼西游三国水浒，哪一部不是常年放着电视剧，又有各种缩写本、简写本、绘图本，故事全都烂熟了，哪个孩子还愿去读那砖头厚的原著！快餐越来越快，快得都不成样子了，一本《中学生必读的三十六部中国文学名著》、一本《中学生必读的六十四部外国文学名著》——前者从《诗经》到巴金的《家》，后者从古希腊神话到马尔克斯的《百年孤独》，无一不囊括在内，每部作品分到三个页码，作者简介半页，内容梗概半页，作者头像一幅，某个版本的封面一幅，还有几行专家评价，加上一幅该书插图，就齐了！书做得漂亮，铜版画报纸，亮光光硬刮刮的，不小心手指一掠，定会割破皮。

谁要是想了解文学作品，有这种书就够了，填空题，知识竞赛，很能应付一阵。要知道细节么，那也不难，电脑下载一个故事片或者卡通片，那上面活灵活现的，又不费脑子。

春泱的阅读习惯没有养成，不必考试的书，她真是难得翻。枉费了道良，几十页文章，字行中的一笔一画，他的心血就成了苍蝇屎。

4

春泱喜欢昼寝，无论中学还是大学，只要不用上学，星期日，寒暑假，五一十一，孩子就把自己变成一大块海绵浸泡在睡眠中。她真是如饥似渴啊，睡眠吱吱作响，迅速把人泡成了一摊水——

这摊水在梦里嘎嘎磨着牙，连滚带爬把自己抛进一条绵长的睡眠的河流——她一会儿浮在河面，一会儿又沉到河底，她是不用使力的，水流推着她，浪头拥着她，简直就像在海里冲浪。她沉沉睡着，快意地磨着牙齿，口水流到了枕头上，在梦中吃着烤鸡腿和冰激凌，见到小学中学的同学，去了电视上见到的地方，骑了马又漂流，坐在一只竹筏子上，从珠穆朗玛峰峰巅一路漂到雅鲁藏布江，江水真清啊，有点凉飕飕的，她把被子往上拉了拉，在梦中提了提救生衣的领子……她在睡眠的河流里漂，越漂越远，她是上不了岸了。她在梦中真切地醒来，又在梦中再次睡去。

……九点了，天早已大亮，窗口的阳光透过窗帘照到了床上，叮叮当当响成一片，这声音春泱是听不到的，即使听到了也是另一种喧闹，梦中蒙蒙眬眬的运动会或者游乐场，被窗帘过滤过的光线落到她脸上，也变成了某处水面的反光，她吮吮嘴唇一翻身，沿着睡眠的水流一路滑下去——什么力量都不能把她拉回来。

九点半了，十点了，道良的忍耐到了极点，但是春泱像一块口香胶粘在了床上，你叫她起来，她答应了，你一转身，她又睡过去了……十点半了，十一点！简直是，道良的火山就要爆发了，他站在床前喊道：春泱！春泱！

春泱像一条在深海里的鱼听到遥遥海面上的呼唤，她攀着这根声音的绳子，费劲地浮上水面，她的身体是沉的，眼皮更沉，好不容易才睁开一道缝，喉咙里呜噜了一声。但她这一路攀升似乎耗尽了力气，她气若游丝一沉，又沉下去了。道良又喊：春泱春泱春泱——

5

几经反复才总算起了床。洗漱、早餐，早餐前又蹭掉不少时间，她要照镜子，脸上的青春痘又长了一颗，牙齿不够白，头发昨天才洗过好像又油腻了，她照了又照，眼睛从小近视，看不清，得找眼镜来，额前的刘海长了挡住了眼睛，不好，要找来剪刀修剪。洗脸池里头发屑一撮一撮地落下来，额头上越来越像狗啃似的，一个傻孩子怎么能把自己的刘海剪漂亮呢？算了，一拧水龙头，碎发屑哗哗冲了下去，孩子顶着一个锯齿状的刘海就出来了——

孩子是不急着吃早餐的，她不饿，要紧的是打开手机，看看同学发来什么好玩的东西，手机一闪一闪的她早就调到了振动挡，每一闪就意味着来了一个好玩的东西，一只只小小的信封，像绿豆那么大，金黄色的飞舞着从空气中来到她的手机里，每一闪就带动了一连串的气泡，轻盈快乐地一直飞进她的手指头，手指一掠，信息打开了，是春泱们称之为“冷笑话”的一段文字：

有个绿豆跳楼了，于是它就变成了红豆。或者：有一个人走路走了很远，忽然，他感到腿酸了，原来他踩到了一只柠檬。这些笑话，道良若看到，定会郑重告诫春泱，这是十分无聊的东西，一点都不好笑。但春泱决不会给他看的，她关上卫生间的门，坐到马桶上。

道良站在卫生间的门口，犹如站在一条河流的岸边，他朝对岸喊道：春泱，都十一点半了，今天只剩下半天了。他痛心疾首地对着门说：快极了，快极了，时间过得快极了。春泱在里面没有动静，她正起劲看她的冷笑话呢。

道良对着门继续说：快极了，快极了，别说一天，一个月，一年，一辈子都快极了。

……他站在卫生间门口，眺望女儿未来的一生，他看到将来的春泱一无所长，一事无成，而他和海红已不在世上，春泱孤苦伶仃，连饭都没有吃——为了这个将要到来的事实，道良的胸口提前痛了起来，他无论如何要阻止这种情况来到。他是老了，但是他有意志，他的每一根老骨头都要打起精神来矫正孩子，这个孩子十八岁了，不过，她跟三岁没有两样。“春泱——”他喊道。

6

总算吃完了早餐刷完了牙，但她没洗脸就又一屁股坐下了，她要看报纸。什么时候读英语背单词呢？“待会儿。”她说。一待就待了很长一大会儿，报纸两三种厚厚的一沓，有订的有赠送的，夹着印刷漂亮的画报，都是广告，新的楼盘新的汽车，时装家具首饰鞋帽，报纸的头版新闻春泱是不爱看的，她直接翻到娱乐版，电影电视，明星的大照片，谁吸毒了，谁离婚了，谁生了一个孩子，真是无聊透了。精神的天空垃圾滚滚。

道良一看就要扭过头去，这个世界已经变得非常混乱了，他要扭过头去不让自己看。春泱看明星们的新闻吗？她说她不看，她是不追星的，歌星影星，至多知道一个名字，他们的歌和电影她都没兴趣，要当成偶像，那远着呢，那些尖叫和模仿，甚至追星追得家破人亡的事，对这些疯狂的人，我们的春泱每每拍拍自己的胸脯说："瞧我！"

她自豪着呢——

时代的浪头劈头盖脑阵阵冲刷，春泱她光脚站着，衣裾不湿。要追最多追一个宫崎骏，他的动画片好看又有深意，她一部部看过去，《千与千寻》《天空之城》《龙猫》《哈尔的移动城堡》，她会哼几句里面的歌，但也是哼完之后就过去了。

她要看报屁股上的漫画和笑话，她的笑点是很低的，一看就笑了，但她决不一个人自己笑，她要与人共享，逮着谁就是谁，或者道良，或者海红，或者银禾，她大喊一声：听这个！然后她就念起来，隔着一个房间她也是要念给你听的，她嗓音嘹亮，简直能传到对面的楼里去——

这家里人人说话声音都是很大的，打电话也像是对着对岸的山峰呼喊，这都是带了各自成长的印记，春泱在这样的环境下长大，她说话的声音就像一头刚刚学会了奔跑的小鹿，飙着就跑过了一片山林。在未来的日子里，在某些公共场合，她将要感到难堪，她将会意识到，说话要压低声音才算是有教养。

7

我们的春泱，她的声音是多么嘹亮啊，如果加入一个合唱团，她的嗓音会像一只铜号浮在人声之上。她以她的金属之声给父母念一则笑话，你如果不吭声，她就要拿着报纸走到你跟前，对着你的耳朵大声念。

念过之后她就满足了，她要看那上面的填字游戏，横的是七个格，竖的是五个格，斜的是九个格，格子大都是空的，仅有寥寥几字泊在那里像河中间的几丛草，填字呢，就是要凭着这几丛草长出一大片草地来，中间有一个“水”字，前后是七个格子，是不是“一江春水向东流”呢，要试，还要跟横的竖的合得上，春泱立即找到一支尖细的铅笔，在那空格子里填起来。

这个孩子，她脑袋里的成语典故古诗词堆着码着有许多，她有一个小本子，专门抄录她喜欢的古诗词，有水的句子，哪一句呢？“春来江水绿如蓝”“春江水暖鸭先知”“山重水复疑无路”“桃花潭水深千尺”，一句不合又换一句，没有能难得住她的。没多久格子统统填满了，乌黑的一片，春泱满意地看了又看，几滴水变成了一盆水，几粒石子变成了一捧石子，算是有了创造的快乐。

这时候已经是午饭的时辰了，饭菜摆上了桌，春泱在隔壁闻到了气味，是冬菜蒸肉饼和玉米炒鸡蛋！她如同一只闻到了血腥味的猎犬一下扑到了书桌（而不是餐桌）上，在乱糟糟的书本中找出一本英语书，猛翻一阵书页，然后埋头做起一道阅读题。叫吃饭了，乖乖吃饭了——是爸爸在叫。越叫她就越来劲，我在学英语呢，她喊道。你到她跟前一看，可不是，她眼镜都来不及戴，鼻子尖几乎顶到了书本上，饭菜上桌之后吃饭之前的时间，总是被她变成一天中最努力的学习时间。那好吧，学习总是好的，但不超过五分钟，她就过来吃饭了。她查出了一个单词，或者填上了句子的一个空，她认为自己干了事情，于是她就来吃饭了。她舀起一羹蒸肉饼摁在饭碗里，一勺玉米炒鸡蛋直接送进嘴。

8

下午的五六点钟，是这个家最安静的时刻。静而暗。即使是冬天，天已经黑了，或者是夏季，下雨，天色晦暗，但这个时候是不开灯的，起码有一个房间不开灯。在昏晦中，这个房间就像一个洞穴，墙角的龟背竹一直蔓延到窗口，气根拖长着，一根紧挨着一根，从天花板越过辽阔的墙壁一直长到地板，又从地板上堆着的几摞杂志底下钻出来。这株龟背养了有十几年，它只有一盆土，却时时抽新叶，长成的龟背叶子足足有脸盆那么大，重得坠到了半空中，坐在沙发上，一抬头，就会碰到大大的叶子翘起的边沿。这株龟背长途跋涉十几米从东墙长到西墙，堪称奇观，除非在原始森林或者暖房，有谁在家里见过如此茁壮的龟背？

一排排气根从墙壁垂下来，层层的大叶子又挡住了一半的阳光，空气中有某种酸腐味，那是道良用吃剩的牛奶做肥料，如果有一日特别臭，那就是用了极品的肥料，是杀鱼掏出的内脏又沤了不少时日。

肥料除了供给龟背竹，还浇淋窗台上的两盆吊兰和一盆仙人球，吊兰的枝条伸得很长，上面的小白花此起彼伏；仙人球呢，买回来的时候只有拳头那么大，没几年就蹿成了一只大冬瓜。道良本来不喜仙人球，是特意买来给春泱吸收电脑辐射的。窗台上除了植物，还放了两块石头——一块是长的扁的，深灰色，是海红从三峡带回的长江石；另一块是方的白的黄的，上面有半轮太阳似的黄斑，是道良从河南带回的黄河石。窗帘也有两层，一层是棉布的，另一层是专门的遮阳涂层布，冬季时太阳直射，正好照在电脑屏幕上。加上地上乱堆的杂志报纸，矮藤椅小板凳，在钢琴旁边又挤进一只衣帽架——房间更加零乱曲折，也更像一窟洞穴了。

9

这样一个洞穴春泱最喜欢，既是她下午睡觉的地方，也是她吃东西处。她坐在沙发上，一仰头，好几层大叶子遮着，就像坐在大树底下。她有时吃饭也不在饭桌上吃，要端到这里来。沙发旁边的茶几上，总是有春泱的鸡蛋壳、饼干渣、水果皮、半截面条和几粒米饭粒。所以她是不去床上睡觉的，她窝在沙发里，身上堆着大衣和毛巾被，她本人也像是这个洞穴的一部分。道良坐在房门跟前看报纸，海红在隔壁房间看书，银禾打毛线，三个人都不说话，仿佛屋子里正睡着一个容易受惊的小婴儿。

……五点，五点半，六点……

时间在龟背叶脉里奔流，发出听不见的咝咝声，春泱沉在睡眠中。银禾起身去炒菜了，春泱一动也不动。六点半了，饭菜都上了桌，海红“啪”地拉亮了顶灯，这是六十瓦的灯泡，明晃晃地照着春泱的眼睛——

这时候，春泱把身上的衣物一抖，像一只鼹鼠出了洞。吃完晚饭，春泱要看一会儿动画相声，现在的相声都不是真人的了，只有声音是真人的，画面统统编成了动画。动画这个东西，它是上天入地的——一说工厂，一排烟囱摇头晃脑就出来了，一说唱戏，里个隆咚锵，立即出来一个背上插满小旗的红脸武生，多么热闹，电子时代的孩子们，连相声都耐不下性子听了，非要看晃动着的小人，他们离文字真是越来越生疏了。

晚上十点以前，春泱磨蹭着，东看西摸，作业摆在跟前也静不下心，这已经是高三最紧张的时刻，马上就要高考了，高考决定一生。你问她：今天作业做完了？她十有八九应道：累了。然后继续磨蹭。十点一过，她忽然通上了电，全身上下正经起来，她埋下头，奋笔疾书，算数学题，默英语单词，看花花绿绿的地理图表，在上面画道道。

这时候，道良就要在旁边问：乖乖，喝水吗？春泱断然道：不渴！道良却仍要殷勤端过春泱的水杯，摸一摸，看水凉没凉，他踮手踮脚到厨房去，往杯子里兑一点滚水，又摸一摸，当他确认杯子里的水既不太凉又不太烫了，再小心放回春泱的面前。（好在春泱从不吃消夜，否则定会鸡飞狗跳。）

10

多像一名忠心耿耿的老仆人啊！在旧时代的大宅里，在某一个裹着绫罗绸缎的小少爷身边，就垂手站立着这样一位老仆人，他完全没有了自己，少爷的命就是他的命。现在的90后孩子个个都是爷，时势颠倒，父母成为仆役，他坐在门口守着孩子，十一点半了……他开始催春泱睡觉。春泱说：还没完呢，早着呢！

我们的道良，他马上不吭声了。眼睁睁地到了十二点，他又催，春泱说，待会儿就睡。他很不识趣追问道：要待多大一会儿？春泱马上不耐烦，她不应了，只顾埋头写她的。道良便像一只受了委屈的狗，瘫在了椅子上，他呜噜了半句什么，自己又咽回去了。

十二点半！这个时间就像一枚定时炸弹设定的节点，它快要爆炸了，秒针嘀嗒嘀嗒，声声叠叠，它一声大过了一声，在半夜的寂静中轰鸣。

道良不再催春泱了，他在屋里走来走去，身体里的雷电积压着。忽然，他停下了脚步，他凛然叫道：春泱。其声怪异令春泱抬起了头，道良的声音忽然缓了下来，变得有些凄然，他说：爸爸死了就好了。

一下就说到了死——

这样的字眼，春泱有些吓着了，她问：又怎么啦？道良说：你现在上床睡觉也只能睡五个多小时了，才五个小时啊，身体会垮掉的，爸爸眼睁睁地看着你往死路上走一点办法都没有，不如……

春泱松了一口气，她安慰爸爸说，我们班同学都是两三点才睡，我是睡得最早的。她一边说一边又磨蹭了十几二十分钟。终于，午夜一点，春泱睡觉了。

洞穴、游戏、塑料的肉身

1

屋子有十平米吧？也许更大或者更小，无论大小它都挤满着，大小对它是没有意义的，它永远只能站一双脚，站脚的地方比一线天还要窄，一共挤着五张架床，可以睡十个人。

“光速”的员工休息室，也兼仓库，地下二层。它的窗户在天上。

这个密室，到处都塞满了肉色的塑料娃娃。

塑料的肉身，从地上一直堆到天花板，连床底下都是这种看上去肉乎乎的小东西，光着头，眼睛凹进去，你看它呢它就瞪着你，你不看它它就看着别处，它看别处的眼神是茫然的，又是木呆的，是，它还没有找到它的生命，它的生命要等到把它放进游戏机里，那种娱乐型的娃娃机，它要待在比密室更加黑暗的机舱里，等到机缘巧合，什么机关一碰，它才能从机器里弹出来，被那个幸运的人抓在手上。

它的生命就是这弹跳出来的一瞬间。因为有惊喜，玩游戏的人把他的惊喜灌注到娃娃的塑料壳里，在黑暗中，在荧光闪闪中，从机器里跳出来的肉色娃娃简直就像来自莲藕的哪吒！它塑料的肉身在黑暗中一闪，它圆圆的脸简直是笑的！圆圆的身子和四肢也几乎像是在瞬间有了温度。

得到它的人如果是女孩，她会把它抱着带回家，如果是男孩，他是要送给他的女朋友的。他们把娃娃带到了大街上，大街上，在黑暗中密藏的塑料娃娃骤然变了样子，在日光中，它微温的笑容熄灭了，还原成僵死的塑料，呆滞、古怪，敲着会发出“笃笃”的塑料声。它不再是喜庆的东西，你如果盯着它看，塑料眼睛里的不祥会吓着你。你不会再把它带回家，“噗”的一下，它被丢弃在路旁的垃圾桶里。

2

员工不许谈恋爱，但罗家辉忽然跑来了。雨喜有些紧张，虽然店规已经不太有效，年轻人谈恋爱，谁挡得住？纵然如此，雨喜还是要把罗家辉藏到员工休息室去。只能藏。她不想把他赶走，他又没有玩游戏的消费能力。这个地方根本不是他来的。

关于罗家辉，他是北邮大三学生，浠川人，雨喜的同乡。

这个乡下孩子，“光速”门槛之高，不是他来的地方，是宁波的同学过生日要请室友出去玩，宁波同学家有钱，他虽然有钱但是一点也不霸道呢，他是温和的，还是义气的，他说大家给我个面子吧，陪我去玩一趟。下着小雨四个人也不打伞头发上都顶着一层水珠，宁波同学招来一辆出租车把他们塞进去他坐在车头位。后排的三个男生湿漉漉地挤在一起就像三只刚从塘里跳上岸的小公鸡。

他们玩娱乐机，飙车，轮换着坐上去。除了宁波同学，其余三人都是第一次见到这种游戏机，坐在机器的座位上完全就像坐在真的车上，方向盘、刹车、油门，跟真的一样，眼睛看着屏幕，就像真的开起了车，“轰”的一下撞车了，你还会有震动感。

宁波男生买了三百块钱的币，他们四个人轮流上一台机器，轮到罗家辉的时候他简直不知道该怎么办才能把这“车”飙起来，拉杆、踩油门，宁波同学指挥道。

雨喜站在这伙男生旁边，每个人都在她的眼底。

这个男生，他额头上一层亮晃晃的水珠，或者是急出来的汗，或是淋的雨水一直未干。游戏厅这时人少，不是周末，又下了雨，也许还有足球比赛，或者是某个大牌歌星的演唱会，总之人很少。雨喜背着手，挺直腰，以标准的姿势站立在这伙男生旁边。

她喜欢大学男生——

喜欢那种有点黑、有点瘦、身材结实匀称的男生，是啊他们邋遢、头发支棱着、脸上长着青春痘、口袋里永远没有钱，但她喜欢他们。如果她初二时没有辍学，如果她一直读书，初中、高中，上大学，那她跟他们就是同学了，在同一个班里，排队打饭在操场上跑步唱歌开会？唔她将和他们在一起。那样……她大概会跟他们谈恋爱。

谈恋爱——

就和他，这个挺笨的、穿着难看的红球鞋的家伙。她看他，他不是她喜欢的身材修长的类型，他矮，但他宽肩膀，所以敦实，看上去有些憨，眉毛是浓的，目光朗朗。没一会儿工夫，雨喜就抛弃了原来的审美标准，换上了另一套。

忽然有人起哄，让她教你吧，她一教，你肯定就会了。但他一听这话马上就从游戏机上跳了出来。她笑了，从抿着的嘴里出来一个字："苕。"

这个来自老家浠川的字眼忽然就蹦了出来，是啊苕，这是她在娘胎里就听过无数说过无数遍的、缠在胎盘里的字眼，就像你的口水。

"苕"字在昏暗的游戏厅上方亮了一下，同时照着了这两个人的眼睛，他们在黑暗中看到了对方的一刹那，浠川隆隆地跌落在这个古怪的忽明忽暗闪着荧光的地方。

你是浠川哪儿的？两个人互相问道。

洗马乡啊我知道！我知道啊洗马是在胡河那边，过了胡河过蔡河，过了蔡河过白莲河，过了白莲河就到了，紧挨着英山县呢我妈说。罗家辉呢也知道湾口，他大姨家就在湾口的上皂角村，有一年大姨给他们家带来过藕粉和干鱼。

哈，一个是浠川湾口乡的，一个是浠川洗马乡的，两个乡近得很，只隔了五十里！雨喜说，我妈妈说她的爷爷就是从洗马搬下来的。洗马那山真是高，在山下种稻，把禾头[1]挑到半山的村子里，要整整走上半个钟头！我妈怎么知道呢，王榨有个人生了个女儿，满月就送给了洗马乡的亲戚。她们去走亲戚、去赶生日，爬那个洗马山啊爬得要死，山上还有石寨呢，是石头垒成的多少年都没有塌它稳稳地立在山腰上，白色的石头变黑了人住在里面冬暖夏凉，山脚下是稻田一小块一小块，最小的田，一只斗笠就能盖住。

洗马乡成片成片的村子都是姓史的呢，雨喜说，不像在湾口，姓史的只有几户人家。妈妈的爷爷到洗马去，他们都管他叫活祖宗，因为在史姓中他辈分最高。

“哗，我的曾祖是你们洗马乡的活祖宗。”他们就这样在“光速”网吧认识了。

雨喜和罗家辉，一个来自浠川的湾口乡王榨村，一个来自浠川的洗马乡鱼嘴寨村，一个遥远的浠川，沾着泥的有着西流河水的浠川县从北京海淀的天空隆隆降下来罩着了这两个浠川的男孩和女孩——在这个无边无际的星球。

3

她去过一次他的宿舍，半新不旧的，走廊里有些暗，一股子很浓的男生的味道，脚臭、汗气、烟味、固定发型的摩丝味，角落里散着空啤酒瓶，人人床上都是乱糟糟的，四个人的宿舍放了三张架床六个

---

① 连着稻穗尚未脱粒的稻秆。

床位，两张空床位横七竖八地堆着箱子和杂物。

他那张是在靠窗的上铺，她踮起脚，忽然闻到一股豆腥气，类似刚刚嚼烂的生黄豆吐在手心上。那是什么她知道，网上什么都有，她小小年纪却早已不是一个蒙昧者。她深深地吸了一口，比她想象的好闻，她甚至是喜欢的。年轻的生命葱茏蓊郁，渴望着奔向某个异性陌生的深处。

床头贴着一幅女影星，那是谁啊她怎么也想不起来无论如何，但她的奶坨大得衣服都撑开了，那里鼓得圆圆亮亮的让雨喜生气，“都是假的。”她嘟囔道。“什么?”罗家辉没听清。雨喜大声说道：我说，你抽什么筋啊！

他带她到学院西门看过地上的摩斯码——

几十米长的灰白色的路面镶嵌着一道道黑色的地砖，这就是摩斯码，是罗家辉可以向她炫耀的东西。

哦摩斯码那是一种密码，它用长长短短的条状组合构成字母，字母一组合就知道意思了，也可用汉语拼音，h，ou，厚；d，e，德，躺在地上的校训。那个叫摩斯的英国人是多么聪明，所有长长短短的东西都可以变成密码,《风声》网上也有啊，周迅缝在旗袍上的针脚长长短短的，那就是摩斯码。《风声》雨喜也是喜欢的呢，她的趣味早已不是一个初中生的段位，黑黢黢的密室里周迅的脸白得像黑瓦罐里的盐，她的头发垂下挡住了半边脸，她是富家小姐而酷刑是双腿分开从一根粗绳索上猛烈拖过，一次又一次，绳索上血肉模糊。在黑暗的密室里就像在游戏厅，游戏厅的员工休息室，地下二层，紧挨着边门的一小间，没有窗。

它的窗户要越过头顶，越过头顶的地下一层再到地面一层，是啊它的窗户在天上。

4

罗家辉，他站在密室（他不由得把这个地方称之为密室）的架床旁边，脚上碰着了一只塑料娃娃光秃秃的脑袋。

满地一模一样的塑料娃娃堆挤着，使这个空间变得诡异，这么多肉色的光头娃娃就像是从床底下源源不断地复制出来，幽暗的床底，是否通向一个不为人所知的地下世界？那里是否生存着无数肉色的塑料人？

还好还好，他回过神来看到塞满娃娃的室内还堆有矿泉水、饮料、储物柜、员工喝水的杯子，这些日常的物品使这间屋子看上去不那么古怪。

5

就这样夜深了，游戏厅的洞穴旦也进入了睡眠状态，大部分机器关闭，它们也要睡了，只有一两个赌棍把自己深埋在大金刚的某一个口子里，他们也像机器的一部分，除了手和眼睛，他们的后背和头都是一动不动的。

就是你的天下了，雨喜。

黑暗中你像一只刚刚长成的年轻雌猫，轻捷地绕过无声的机器，急速奔向密室。在寂静中你忽然听见了身体里血液流动的声音，细碎的簌簌声，如同风吹过密密的松树林，密集的松针互相摩擦击打缭绕，簌簌的它们要奔向哪里。她在门边停了下来。

胸口处、乳房那里、那两个小点，全身的血原来是要奔向那里啊，你感到那里鼓胀起来，挺起上身，用手背碰到右边胸口那个坚硬的小点，暖气有点燥热。里面穿一件紧身长袖T恤外面套一件薄毛衣，而血液还在奔向乳房，在微光中。你愿意，你想要。她早就想找到一个人进入她的身体，再过三天她就二十岁了，她不愿以一个处女的身份进入她的二十岁。

她们都有男朋友——

那些北京女孩她们边说边哧哧笑，就像尝到了新鲜的味道，她们不喜欢“荒”着，地头荒着连草都不生长她们不喜欢，她们要让她们的地开出一点花来，她们还要把花插在头上招摇，罗家辉。

他黑黑瘦瘦地坐在架床的下铺，没有窗户、没有人，只有一面墙的塑料娃娃紧张地沉默着，它们有一些已经穿上了衣服大多数都是女孩子，她们化纤的裙子在白光下粉粉地亮着，裙子掀起露出她们光溜溜的下身。那里什么都没有，没有小裤衩，一览无余，那里是闭合的，没有应该有的那一道缝隙。

毛茸茸的缝隙在，你的腿间——所有能流动的东西，那些水，那些汁，那些液体，在年轻的身体里荡来荡去，涌到嘴唇你如果来得及掏出一只小镜子会看到，白色的节能灯光下它竟然也能鲜艳丰满像一只熟透的蛇莓。蛇莓的汁液涌到小肚子下面那个半根手指长的开口，像山泉源源不断但是有一窝乱草堵在那里。你不打算憋回去。你不打算紧紧夹着双腿，你告诉自己再过三天你就二十岁了。

她关了灯。她说：

停电了。

灯灭了她站在黑暗中，血液失明似的一阵乱窜，她全身紧张得一阵坚硬又一阵松软——

她听见在黑暗中他摔倒在地的声音，一定是踩着了一只塑料娃娃，“你别动。”她小声喊道，她循着熟练的一线天摸索着迎过去，手指碰着了罗家辉乱蓬蓬的头发。他坐在地上一仰头闻到一股浓郁的气味，有点甜也有点腥，这就是她的火柴点着了他身体里的柴火“轰”的一下，滚烫的东西冲到他的喉咙又呼呼直下到他的裆间那里滚烫而坚硬。

他僵直着但是，但是她的气味从空气中迎过来。她迎着他，软软的、鼓鼓的、富有弹性，散发出他迷恋的女性气味。在黑暗中她的发鬏散开了，发丝掠到他的脸上痒痒的，他的手被她捉着放到了软软鼓鼓的地方，“像……网上……”她气息断续，像一条被人踩了几脚的猫。

……腥气越来越重，两种浆液黏稠、浓密、滚烫，它们呼啸着向对方喷涌，一股力量把两个人顶到了水浪上，他们飞快地滑向浪尖，又快速地跌落浪底，为了不被浪头摔到岸上，他们不得不紧紧抱住对方，他们在贪生怕死的同时又是舍生忘死的，在水中的这一瞬间，两个人都把自己变成了一颗手榴弹，把自己的命，向着对方抛掷出去，以至于使尽了吃奶的力气。

6

两人湿漉漉地上岸喘气，钢铁的手榴弹变成了稀软的烂泥巴。你把自己摊在架床的下铺，在烂泥巴的状态中闻到了松针的气味。

这种由稀料（稀释油漆的液体化学材料）散发出来的类似松针的气味使雨喜感到仿佛是在乡下的柴屋，那次她提前从学校回家了，她站在后门听见柴屋里有奇怪的哼哼声，一推门看到宋秋芬两条叉得很开的大腿，白溜溜地摊在暗黄晒干的松针上，而她的父亲王三顺正伏在她两腿间，就像一条狗要吃她拉出来的屎。让人呕吐。

但现在，她在松针的气味中想起这些已经不再愤怒，在刚刚平息的气流和水浪中她似乎已经不再是那个站在自家柴房的王雨喜——她成为了一个水汪汪的女人。有一瞬间，她仿佛感到自己成为了那个遭她辱骂的宋秋芬，哦，当然不是。

——她深深地吸了一口好闻的松针味，同时对罗家辉产生了一种温暖的类似于亲人的感情，她扭过头，在黑暗中看到了他朝向她的眼睛，黑黑的闪着光，像两粒新买的圆纽扣。

卷九

星月在上，一路飞奔

乡下的地丢荒了。如果家里没有老人，这家的地必是要荒掉的。丢荒的地东一块西一块，那上面的草有半人高，路边的草也是满坑满沟的，风一吹，汹涌得像大浪。牛怎么不吃草呢？牛到哪里去了？猪草怎么也没人割呢？猪到哪里去了？鸡也是零落的，狗也孤单着。青壮年都外出了，他们在外面生孩子。老屋总是空的，风呼呼地刮过去，它穿堂而过，奔跑着，没有碰到一个人。在风到不了的地方，一年的灰尘积下来，连床头都结起了蜘蛛网。老人在空屋里咳嗽，他们看不住门户，养的鸡一长大就被偷走了，游手好闲的二流子满村窜，他们谁都不怕，如果谁家的猫狗不拴在家里面，他们一定是要偷来卖掉的，卖给那专门收购的人。那些人，骑着摩托车走村串户，收来的狗和猫，蒙在麻包袋里，运到城里的餐馆。

剩下的那只狗，它终于等到了过年。在遥远的城市，在火车站，在站前广场和候车室，蛇皮袋、铺盖行李捆、拉杆箱、塑料桶，它们如同滚滚乌云。你不明白他们为什么喜欢塑料桶——这种塑料桶又高又深，盛放过油漆、防水涂料、墙固，上面贴着标签呢，“汉高”“东方雨虹”“美德兰”，它们在无数个装修工地上和沙子水泥摸爬滚打，看上去灰头土脸，但它很快就会变成宝贝。盛放涂料的塑料桶们，它们被小心涮洗干净，洗得崭新油亮，令人心动，紫色的露出了雍容的紫，白色的露出了高贵的白，蓝色的呢，就像电视里他们从未去过的大海，真是俏亮啊，透着一股子城里的贵气，而且它们，只只都是很结实的，不像在县城买的那种，一踩就碎。带回家装油、装米、装花生绿豆玉米，装棉桃，装棉花，装谷种，也可能用来挑水淋菜，如果桶太多，就会用来挑大粪！

涂料桶们，被返乡的农民工紧紧挎在臂弯，有的人挎了好几只，这是要被人眼红的。我们的史银禾，她也眼红过，因为三顺给他的相好宋秋芬弄了一只塑料桶，是紫色的，特别漂亮，上面印着“德国汉高”“柔性防水灰浆”，还有一只盖子。那个宋秋芬，她将用这只漂亮的德国汉高桶，装她的油和米，花生和绿豆。宋秋芬，银禾对她的嫉恨绵绵不绝。

几十万人在站前广场会聚，蛇皮袋铺盖卷涂料桶们发出轰隆隆的嗡嗡声，就像雷声在天边滚动。大包小包的行李们挤得不能再挤，要带回去的东西太多了，挤在包里都歪着扭着不够体面，城里人淘汰下来的旧电器，电视、电脑、电风扇……或者拎着，或者塞进被子里，集市上买的衣服和糖果，给孩子买的玩具、老人的棉鞋，县城也都一律有卖但总比不上从大城市带回的。车是加挂的闷罐车，大家坐在地上，就像电视里看到的战争片。又冷又闷，没有水喝，上不了厕所，但是没关系，谁都不怨，因为快到家了，又不是去坐牢，有什么不能熬的，都是乡下人！

村里就开始闹热了，从冬月（农历十一月）开始，外出的人一伙一伙地就从县城的小火车站下来了，他们在深夜到达，不是凌晨一点就是凌晨三点，小站是注定不会有好的时刻表，无论多深的夜，谁都不会介意，丝毫不，要知道，他们是多么幸运！要知道，有无数县城是到不了火车的呢！从前这里也没有火车站，他们在田里干活，远远听见一声悠长的汽笛，一些人会停下来，朝远处张望——看不见的远方无比遥远，看不见的火车从远处隆隆滑过开向另一个远处。他们想着有一天能坐上这个铁家伙到远处去也算不枉了此生。哪里想得到，忽然间，就成了这么容易的事。他们抖擞了精神，在黑暗中睁大了眼睛，车窗外面深黑的树木飞快地掠过，偶尔会有一小片灰亮的闪光，那是鱼塘，也有牛屎和稻草的气味飘过来不过很快就消失了，气味是一阵不同一阵，但每阵都让他们更加抖擞。快到了！他们要下车的那个小小的车站——它是那样小，只停一分半钟，这是要紧的一分半钟，在这一分半钟尚未到来的半个钟头或者一个钟头，他们早早就背起了大包小包，那些蛇皮袋，那些涂料桶，它们重新又披挂在他们身上。女人也背上了双肩包，孩子呢，抱着小的，牵着大的。他们挤过了横七竖八歪着的人，那些胳臂腿都是密密交集的，又都穿了棉衣羽绒，要找到一个空隙真是太难了。一坨人，滚动着翻过了车厢地上的人堆和行李堆，站到了车门口。

深夜的小站也是鼎沸的，空地上有面包车和麻木[①]等着，这些满身尘土的车，它们是最解人意的，把深夜下车的人的心思揣摩得明白。人人都是一刻也不停留，夜再深也要赶路回到村子里。星星已经露出来了，在大城市的光尘中许久没看见到的星星，它们就在了头顶呢，一抬头就望见了，一颗一颗地浮着定着，这个天，真是好！他们的眼睛在这样的天底下更亮了，谁也不会再打哈欠。深夜里没有别的汽车迎头开过来，麻木们一踩油门就飙到了公路上，再一踩油门，它就像最快的狗，冲在通往村庄的路上。就快要到了，过了桥就下坡，拐弯、直路，又拐弯，闪过一片屋，闪过一口塘，闪过小学校的一角，几棵树几丛竹，山上有一个铁架子，路边有一个打铁铺，样样都再熟不过了。

星月在上，一路飞奔，一拐就到了红泥路，在黑暗中也能看见这红色呢，你知道它是红色的，所以你就能看到它的红色，路边的水渠灌满了水，仿佛也能看到它盈盈的绿光。村里剩下的那只狗，它几乎一夜未睡，远远地，水和风和草和庄稼和树木，都有了动静似的，它

---

① 指载人摩托。

跑到村口，迎着远处麻木的汽油味，发出了它零落的吠声。

日子出了毛病

我们的银禾，她的家就在村头第一家，从北京到武汉，从武汉到浠川，从浠川到王榨——她的家就在王榨村村头第一家。

沿着水渠，过一条拱桥，就到了。

从前的从前，从冬月到腊月再到正月，从前是很好玩的，从前大家都到银禾家里来，她家的板凳都坐满了，她要从隔壁的大嫂和二嫂家借来条凳才够坐，白日借了到夜里也还不上，第二天又接着借，第三第四第五天，天天都是有这么多的人！板凳干脆不还了。

堂屋里坐不下了，就到她睡觉的房间去。进了卧房呢，见到床头有一只凳，就坐凳；床脚有一只椅，就坐椅。凳和椅坐满了，那好，就坐床沿上。

床沿挤了一排人，也满了，那好，就坐到床肚去，他们把鞋一脱，就上床了，好像这是自己天天睡觉的那张床。不但上床，还要把脚伸进被子里，天冷呢，岂能把脚冻着，于是纷纷的，人人都把脚伸进银禾的被窝里，“有时候十几个人男男女女，全都把脚伸进我的被窝里聊天看电视”，这样的情景真是让安姬惠和海红她们大惊失色——一张最私密的床成了什么了！

因为她是银禾啊，她是喜欢把自己的家当成公共场所的——

银禾她就是这样的不把自己的床当床，不把自己的卧室当卧室，她是这样的不计较，这样大方、大气，不像有些人收收嘎嘎的（收收嘎嘎：鄂东方言，指小气，有东西藏起来不与人共享）。有好吃的，她一点也不留，统统拿出来，

你进到她家的厨房，一顺手，就把她的锅盖揭开了，你上楼顶，看到晒着花生，抓了一把就吃起来，你到二楼，打开她的腚桶盖，一看，有大半桶花生呢，你说："留这么多干么事？不如煮来大家吃吃。"

银禾答道：怎么不拿你家的花生煮来我吃吃？嘴里虽这样说，却盛上一瓢花生拿进厨房了。她果真要煮花生呢，"哗"地落了锅，"霍"地点着了火，"嗖"地放一勺盐，煮熟的花生在筲箕里热腾腾地冒着气放到了堂屋的案桌上。

还有蚕豆、黄豆和红苕。就说蚕豆吧，种在地边不管它，等它自己长，收到稻场上等它自己晒干，晒干的时候豆荚就变黑了，用一只连枷打，坚硬的豆子就脱出来，拿来干炒，它就跟铁一样硬，越硬越香呢，越硬越有嚼头；或者，放一斤盐炒热，再放蚕豆，用盐的热量把蚕豆烘熟，豆皮一裂开，就好了；再者，用油炸，那就是市场上卖的兰花豆——又香又酥。

红苕呢，吃法就更多了，"煮熟了晒到半干，剪成丝，用河里的沙子炒，那真是脆得很；或者，切成薄片，放开水锅里烫熟，用晒腔晒干；又或者，去皮，切碎，煮熟，放同样切碎的橘子皮，在锅里煮熟，用铲子捣成一个粑，像面团似的，盛在盆里，用稻草垫着，现在用塑

料地膜，上面再用地膜盖上，再用啤酒瓶来碾它，像擀面似的，桌子有多大就碾多大，再晒干。到了下午就可以剪，剪成三角形，再晒一天就可以了。第四种，是把苕煮熟了放在被子上，要把被子弄湿铺在屋顶上，再用泥瓦匠砌墙的烫子把它烫薄，再油炸；还有第五种，就是把米和苕掺着捣碎，搞得像米粉似的，在锅里一烫，掀起来，晾干，也剪成三角形，油炸也行，用沙子炒也行。沙子呢要用细筛筛，把细沙筛掉，留下粗的。炒过了，沙子还要留着，第二年还能用。”

红薯经银禾们一捣鼓，就成了苕果，加上蚕豆和黄豆，它们样样都是精气神十足的，是一台又一台的节目，在堂屋的案桌上，在冬天的闲散日子里，它们一伙一伙地亮出来，起哄似的一堆一堆，壳子落在地上，零食的香气你冲我突的，人人嘴里都嘎嘣嘎嘣响。

银禾家还有鸭蛋呢。

在过去的好时光里，她家三顺养的一百零八只鸭子下蛋下得真是多啊，它们浩浩荡荡铺满了河面，水下的鱼虾水草吃得它们沉甸甸的，晚上关进鸭房，早起一开门，地上白花花一片。这时候，银禾就会抓出十几只鸭蛋，煮来大家吃，鸭蛋白水煮，是腥的，也不怕，早买好了五香卤料对付它，等煮得差不多，就把鸭蛋们“哗”地倒进竹筲箕里，凉凉，一只只敲裂它的壳，又放回锅里，沁上一袋子五香卤料，味道浸进去，它再不腥了！世上的事情永远都是一物降一物的，妖魔再嚣张，也有天兵天将治它。

串门的人来了，卤蛋香飘四邻。来的都有份，一人捏一只，呜噜呜噜吃下了肚。

谁不喜欢到银禾家玩呢?

银禾的家现在冷落了。每年过年，她总是拖到年根才回到家。

她没有一年是早回乡的。她不忍心叔叔连口热汤都喝不上，叔叔不会做饭，海红和春泱，都不能指望。更何况，叔叔总是每年的第一个月就把全年工资提前支付了，她是要把这里当成自己家的。

到了冬月，银禾就启动搞卫生，她忽然变得勤快起来，没有任何人给她指令，她自己就给自己上紧了发条。几千年的习俗在银禾身上潜伏着，一到冬月它就苏醒了。一个声音在银禾的耳边说道：冬月了，冬月了，快扫屋吧，快洗被窝吧。这个声音一开始总是犹犹豫豫嘀嘀咕咕的，像刚出壳的小鸡声音微弱，很快，声音越来越大了，喳喳喳，像夏天的蝉叫。

于是，银禾早上一骨碌爬起来就成了个利索人，她以一年到头从未有过的麻利劲拆被套换床单，扫屋擦玻璃，锅碗盆瓢灶台，她样样都擦得锃亮，平时再脏也不要紧，过年是百事都要干净的。她不再是那个懒洋洋磨磨蹭蹭的银禾了，她头上戴一只一次性的浴帽，身上绑着一条旧抹腰，双袖各是半截袖套，她从早到晚扑在她的活上，她把饭做好让全家吃，她先不吃，赶着洗晒。如此，一个月的活她一个星期就干完了。

把家里搞干净，她又到市场买够十几天吃的鸡蛋，再扛回一箱蒙牛或者伊利的纯牛奶，这就够一家十几天吃早餐的了，还不够，她又扛回了几棵大白菜，他们哪顿饭不愿意去外面吃，就炒大白菜好了。大白菜放在阳台上，经放，方便，他们不用去买菜，随时揭下几瓣，一炒，就行了。

中间抽空去买火车票。

这可是一件大事！每年春运，总有两三亿人次在路上走动，运力有限一票难求，在报纸电视上，充塞着让人心灰意冷的消息。这回麻烦了，这回麻烦了，道良看了报纸就要叹息。银禾却不怕，最多排一个通宵队，她没有一次是买不到票的。

火车站，人山人海，长长的队，排到跟前票就卖光了，十天之内的票都没有了，怎么办？第二天她又去，她去得早早的，五点半她就起床，坐上823路公交车径往西客站，她还带了一只马扎，一杯开水，一筒饼干，还有手纸，还有报纸。她说不信今年就回不了家，道良发愁得很，她不发愁。不发愁的人有福了，神灵保佑她。果然啊果然，不到九点，她就买到票回来了。你就是有运气呢，一去就碰上了临时客车在售票，几乎没排队就买到了。

她是排队买票的高手，年年都能买到票，有两年，美禾的票都是托她帮买的。王榨村有两个女孩来北京打工，都二十岁了，还不会买票，也让她帮忙。银禾说，这俩孩子，脑子不好使还是怎么的。她又说，我们雨喜，十六岁出来走南闯北，样样事都是自己搞定。就这样银禾站在了高处，不中用的人统统被她低看了一眼。

腊月二十五，银禾回到了王榨村。

当然是晚了，腊八扫屋，错过了。洗被窝、办年货、锅碗盆瓢灶台擦干净，都顾不上。连腊月二十三送灶王爷上天，也耽误了。

关于灶王爷，你如果用麦芽糖粘住他的嘴，他到天上玉皇大帝那里就说不了你的坏话了，这个到人间潜伏的坐探，他上天之后想说点什么，结果嘴里呜噜呜噜的说不清楚，时间一到，他只好什么都没说就回来了。

湖北乡下的灶王爷，不用麦芽糖，用灯。腊月二十三，家家户户上灶灯，一只碟，倒上菜油，放一根灯草，点三支香，置于灶上龛里。灯一亮，灶王爷就要上天了——他就从满是烟灰柴草的灶台脱身而出，摇摇晃晃地钻进烟囱里，一溜烟往天上去了。等到二十八，灶王爷返回，每家每户再次供灶灯，接灶神。

王榨村有个堂客，饭经常做得太多吃不完，一吃不完她就倒进潲缸里留给猪吃，这些灶王爷都看在了眼里，腊月二十三，灶王爷就上天报给了玉皇大帝，说这个人不爱惜粮食。这个人，她也怕呢，天神谁不怕？她算是急中生智，抓了一只鸭子就往潲缸里扔，这只鸭子吃了一夜，把潲缸里的饭吃得粒米不剩。第二天，玉皇大帝从天上派人下来看，潲缸里一粒米都没有，玉皇大帝就发火了，认为是灶王爷骗了他，于是他就打雷，把灶上放灶灯的地方劈了一个坑。

这都是真的，灶台上那个坑现在还在呢。

我们的银禾，她坚信她家的灶王爷脾气比较好，而且守纪律，即使不给他供灶灯，时候一到，他也照样上天，上天之后他又通情达理，他一想，银禾一年没在家做饭，没有功，也没有过，他就知趣地站在一边，一声不吭。腊月二十五，灶王爷正在天上呢，到了腊月二十八，她供上灶灯把他接回来就是。

中国人民向来认为，鬼神总是比活人老实，好对付——这是鲁迅的话。道良说。

三顺往年都是欢喜的。他是文盲，一天书都没念过，连自己的名字都不会写，全村的青壮年都出去打工了，他不去，他害怕——他一不识字，二不会说普通话，走丢了怎么办——所以他在家里养鸭子。也很好，全村的男人都打工去了，剩下老的老小的小，全村的女人都把他当宝，他也不惜力，谁家有力气活，一叫他就去。

往年的腊月二十五，三顺早就把被窝洗了，过年烧的柴火，打了有半屋，晒得干干爽爽地码着。年货，也都置齐了，单等银禾回来扫扫屋，炒些花生，炸些苕果，再做上一点腊鱼，就可以高高兴兴过年了。

这一年却不同，银禾一到家，三顺就躺到了床上——一躺就躺到年三十。他也不扫屋，也不洗被床单，也不进城去买年货，过年的柴火他也不打，桌子腿松了他也不钉，银禾买回的一副长长的对联，让他贴，他躺在床上就是不起来。

银禾一个人，扫屋、洗被、办年货、做吃的，一个人团团转。三顺直挺挺睡在床上，不说话，不起来，也不干活，给他端饭，他就坐在床上吃，吃完把碗往床跟前的地上一放，又躺下。

年三十的下午，三顺开始发飙了——

他一起床就把一张椅子举过头顶，椅子正对着银禾，他要吓她一吓，银禾正在灶前弯腰烧火，一抬头，猛然看到椅子的四只腿斜斜地悬在她的头上，眼看就要碰着她的眼睛——她果真吓得腿一软就坐在了柴堆上。柴是儿子上山打的松树枝，硌得她屁股生痛。三顺这才把椅子“砰”的一下摔下地。

摔椅子是三顺的惊堂木，像旧戏里的判官，拍了惊堂木才开始说话，以示震慑。他的话果然也是震的，他说他不要在家了，在家没意思，他要跑掉，然后他就在屋里到处转着找他的衣服，转过之后他连房门都没出，又躺下了。

一个老实人怎么变别扭了呢？他怎么开始作俏①了？

啊村里人人都知道，三顺有了个相好。

宋秋芬，喜欢穿一双高跟鞋，一头长发长到腰窝，她还上过高中呢，但她就是不要脸——

这个不要脸的跟一个老头乱搞，被捉住了，全村都知道，大家说，这回她出来怎么见人啊？正说着，她就出来了，她笑眯眯地跟你

---

① 作俏，鄂东方言，指闹别扭。

打招呼，跟没事一样，大家说，哎呀她怎么不怕丑啊！这个狗婆子。她谁都搞，老的小的，有钱就行。有人看见她在菜地里站着，两腿叉开让一个老头摸，老头给她一桶油。丑死了，两腿叉开，呸，这个不要脸的！

这个宋秋芬。

她跟三顺混在了一块。

银禾的日子在这里就开了叉，两个人拧不成一股绳了，中间夹了个宋秋芬，她长长的头发桃红色的外衣，她的家就在村子的最尽头。用不了多久，她和王三顺会双双到北京打工，王三顺，他自己挣的辛苦钱将会统统拿给宋秋芬盖房子，他们还将公开住在一起。日子的叉会越开越大，覆水难收。我们会听见“嘎嘎”绳子崩裂的声音，有多少日子，过着过着就断掉了。

走在寒气凛凛的街道上

1

一到年三十，史道良就要急急忙忙上街买红纸，室外响起了鞭炮声，淡淡的硝烟从冬天的窗缝里挤进来，道良像蛰伏的动物听见了春雷，他全身微微一震就苏醒了，天上飘着雪呢，或者刮着风，那也是题中应有之义。他急急忙忙穿上他的棉大衣走到大街上。

红纸、红纸、红纸在他眼前展开，大如斗，艳如花，家乡也在这红纸中一一展开——水塘、田岸、牛、狗、稻谷、猪肉、腊鱼、炊烟，炊烟中干草的气味，父亲史永年，他在堂屋的大桌子上裁红纸，他让道良把纸对角折齐，以保证裁得端正四方。还帮着研墨，墨条上“惜如金”三个金字在堂屋闪着明亮的光。沾一点水，悠悠画圈，左六圈右六圈，墨与砚互相吸着，有一点阻力，逆阻滑动，细而滑，而腻，墨香升起，洇在桌子上方。

有村人络绎进屋，带来三个鸡蛋，或者，半截腊鱼，或者，空着手也来了。家家都要贴春联和福字，史永年要从早写到晚，墨汁跃上了红纸，“炮竹一声除旧，桃符万象更新”“千溪有水千溪月，万里无云万里天”，喜庆、祥和、静好、悠远，青青芝麻，灼灼烟花。一副接一副地接出来摆在凳椅上。歇息时史永年抽一口烟，告诉儿子，写福字，左边这个示字偏旁，得写得像一个人站着往前探身子，那边的一口田，要略略往右倾斜，方能不呆板，口字呢，不要太方，否则留白太大，福气就漏掉了，上大下小，正好像一口小斗，这样贴在门口，正是纳福的意思。春联是贴在门柱上，两扇大门还要一边一个门斗，是正方形的，一边是“一元复始”，一边就是“万象更新”，右边的从右到左，左边的从左到右，对应着。

所以啊所以，在北京几十年，道良每年的年三十都要在门口贴一个大大的福字，道良手书，大红的方斗，墨迹饱满。这种手书福字在京城的楼房正日趋消亡，即使有人仍贴福字，那也早已沦为印刷品。

——印刷出来的福字呆头呆脑地蹲在吉祥的图案中间，印刷出来的梅花、喜鹊、蝙蝠以及当年的生肖动物，它们全都跟福字一样呆头呆脑，这真令道良鄙视，印刷出来的福字，如何能有活气？印刷千万遍，家家户户如一，再大的美质也被磨薄了。

道良上街买红纸总要去很久，他像一片雪花奔跑在雪天里。这个人，他一路走一路想他的腊肉、故乡、红纸和父亲，神思迷离，越走越远，忽然发现已经到了东四南大街，他定了定神，索性搭上一趟往南的公共汽车去琉璃厂。

琉璃厂可是民国文人最爱去的地方，鲁迅、胡适、周作人，谁不在那里头踩了重重叠叠的鞋印——鲁迅日记里记得清楚，有一回，购了王莽的“壮钱四十”，回到家灯下一细看，却是假的。

琉璃厂，这真是个有趣的地方，宣纸密密匝匝挤着不知有多少种，生宣熟宣，画画的和写字的，还有像虎皮纹那样的虎皮宣，小时候练字的那种黄黄的纸、那种印了红色格子、格子里又印了米字线条的纸，它们全都在这里哪！模样六七十年不变，令道良心生欣喜——

他欣喜着看笔，羊毫白狼毫黑，小的中的大的特大的，笔筒密密插着笔。道良抽出一支，看了看，又抽一支，看看又插回去了，家里的毛笔还多着呢。但是他笑眯眯的，跟那个跳起来捅天花板的人判若两人。

这个在私塾里发蒙的人，见了笔墨纸砚就亲得很！关于发蒙，他跟海红说，他小时候不是由父亲亲自发蒙，而是被打发到一个姓杨的那里去——易子而教，方能严明。好了，他又要看墨看砚，那印了“唐墨”“贡墨”金字的，都很贵，是用来收藏的，日常用的呢？早不卖了，因为现代人个个争分夺秒，哪里耐得住性子磨墨！于是就不进货了。砚，有些意思，巨砚大得像磨盘，做成了一张大荷叶，上面雕着一只小青蛙，伸开了后腿，蓄势待发。雕了葡萄、牧童、松竹梅兰，等等，标价从几千到几万、几十万，看看而已，稍一惊乍，却不羡慕。端砚歙砚，家里各有一方收在书柜里。80年代哪有这么贵。是在产地的厂家买到的。端砚还是火烧端，上面有两只十足的烫痕，道良颇爱惜，原配的木盒裂了，拿出去上了漆，又打上蜡，完好、光亮、稳妥。

终于买了两幅红纸，临出门，看到案上摆了一溜宣纸笺，水印的彩墨画，横过洁白宣笺的一角，春蚕、童子、荷花、桃子、瓜果，饶有趣味，又买了一扎。

2

到家很晚了，漫天鞭炮响成一片，此起彼伏如同老天凭空降下一个战场，对阵双方正在胶着状态，这才是揣着红纸回家的气氛呢！海红和春泱在家等道良回家，好一起出门到外面吃年夜饭。没有银禾做饭，三个人谁都懒得动手。

海红和春泱，等得不耐烦了——春泱听见自己肚子咕咕叫，电视里正好有一串青蛙，她肚子里的青蛙就叫得更厉害了。海红不饿，上一次的饥饿感不知是哪一年的事了，她有些着急，作为一家的主妇，年夜饭是一年之中唯一不能逃避的任务，她是不动手的，没有兴致，所以要把全家带出去，找到一家三个人都喜欢的馆子，点上几样三个人都有胃口的菜，有荤有素，吃得人人都满意，这个任务才算完成。

按照海红圭宁老家的吃法，年夜饭要有：白斩鸡、红烧鱼、慈姑炖肉、攘油豆腐、大蒜炒酸菜、芹菜炒鸡下水、肉片炒竹笋、花生米，满满的一大桌，节前一日就要把菜购齐。一个人去菜市肯定不够，总是前一个去了还没回，又会有一个被遣派前去购买更多的东西。家里的主妇呢，摇身一变，成为战场上临危受命的大将。可不就是临危受命，家家户户都过年，如果有一家不过，那他的日子就摇摇欲坠了，而过年就是扫屋洗被除尘再加上好好做一顿吃的。这时候，一家的家务都跟着跑到年根来——

家家乱得一塌糊涂，人人都是丢盔弃甲的。

这时候，主妇却不乱，她镇定自若。她闪亮登场的时刻就来到了，她头上戴着帽子，不是真正的帽子，是用一块大手帕，四角打上死结，将就扣到头上去的，却也顶用，头发都能遮住，灰尘沾不上去。她还戴一副袖套，家常的布缝的，或者干脆就是旧衣服改的，一对衣袖剪下来，两只裤腿也剪下来，两头穿上松紧带，就成了。家庭主妇戴的袖套就是这样奇奇怪怪的，窄会窄到匪夷所思，到了宽时又宽得不像样子，洗旧了的花布，或者斑驳的蓝灰布，上面竟还有一块补丁呢——如果不知道这袖套的来龙去脉，你是怎么都想不明白，袖套为何还会有补丁。

她还围一条布围裙，手里拿一根竹竿，竹竿尽头绑一截扫把。

章慕芳就这样闪亮登场了，看上去很滑稽，像一个木呆呆的大头娃娃，又像食堂里做馒头的师傅，如果不是穿得这样遮头遮脑，也有点像野外捕蝶的业余昆虫爱好者。

但她对自己的形象是毫不理会的，她滑稽地意气风发，又滑稽地气急败坏。她是职业女性，到年根了才有一点机会干家里的活，扫屋洗碟劈柴买菜都挤在了这一日。好在，到了这紧急的关头她就有了派兵遣将的大气魄了，和日常里断然不同——

她的嗓门陡然高亢起来，命令、吆喝、催促，样样都是刻不容缓。她的声音是亮的，但有时也会呛起来，如同战场上硝烟弥漫，年三十家家户户都漫着各式烟尘——柴烟、油烟、扫屋的灰尘、杀鸡杀鱼的血腥味、葱姜的辣味，任何一样都会呛得人咳嗽起来。

咳嗽也与平日不同，重大而威风。她派遣小的去打酱油，大的去破柴，女孩海红，要和她一道，把久已不用的茶杯茶壶酒杯酒壶搬出来，一一清洗，那上头结了一层油烟熏成的尘垢，水也冲不掉，布也抹不去，粘得紧紧的。女孩海红坐在瓦盆跟前没了法子，她抬起头来喊：妈——

主妇章慕芳，正在往清空了的碗柜里掏角落的碎渣，发霉的米粒、黄豆、橘子皮、大蒜皮、肉屑，不知都是哪年哪月掉下的，她要把陈年的旧渣掏出来，然后用茶麸水把碗柜擦一遍，再用清水擦两遍。听见女儿喊，慕芳抬起头，大厨房里三户人家都在忙碌，简直人人都成了支前民工，厨房又连着天井，嗡嗡声像马蜂奔向露天的地方——她听不见女孩在说什么，但她立即判明了，是说杯子上的污垢洗不掉。她绕过灶台饭桌和纵横交错的高椅矮凳，来到水缸边，在那里，她泡了一盆茶麸水。清早起来她就斩（用斩这个字眼说明此地古来是有些匪风的）了一捧茶麸屑泡上了，像泡茶一样，泡酽的茶麸水是上个世纪六七十年代小镇最日常的洗洁剂。

女孩海红用上了茶麸水，杯子上黏腻的污垢随即松动了，一物降一物。茶杯和酒杯，一只只都在黄浊的茶麸水中变得光鲜崭亮，简直像刚刚买来的新东西。

这一切，都在主妇的帷幄之中，不但人人听从她的调派，物物也都服从着她的运筹。丈夫老唐——那个柳青林的继任者、粮食局的干部，这时候也知道到了要紧关头：过年了，主妇派他扫屋里的蜘蛛，他就扫蜘蛛，派他拎一桶水来，他就拎一桶水。派他去把那蔸木节太多谁都破不开的木柴破开，他皱了皱眉头，却还是遵旨，他把这截满是灰尘的木柴从码柴的地方拖了出来，像拖一条死狗！

这可是最最吃力不讨好的活，这截木头接近树根，或者干脆是卖柴的人从树根中劈出来的，纠缠扭结像一坨烧红了来不及锻打，忽然被大雨浇灭的生铁。它真的有生铁那么硬呢，死硬死硬的，不然怎么连刀口都被它卷曲了，而且，虎口震得生痛，你硬劈它是劈不开的，要耐心地寻到木头的纹理，顺着扭曲的纹路一点点撬动它，它就是一个蛮横的小孩，你要哄着它。这边劈劈、那边筑筑，吭哧半天撬不出几小片。不过，总算，硬骨头还是啃下来一半，剩下中间最坚固的堡垒，就不管它了，让它顽抗到底，男人目测了一下，这坨树根，放得进灶肚里了，年三十，正好用它来煮米粽呢。想到米粽，男人唐元茂，他愉快地放下了柴刀。

——粽叶要泡软，糯米也要泡，放在米粽里做馅的五花肉和豆沙，每样都不是省油的灯。肥瘦相间的五花肉，它天生就是合该放在粽子里的，瘦肉塞牙，肥肉油腻，那些看起来蠢头蠢脑的猪它真是善解人意，把五花肉长得这样精确恰当。我们把切成一条条的五花肉放进瓦钵里用盐腌，同时放上酱油、捣成粉末的八角，还倒上一点白酒，香得很！就让这些香得让人流口水的味道腌进五花肉里吧，用一只木盖盖得严严实实的，好比新娘新郎入了洞房，把门一关。

豆沙呢，那一隔筛的绿豆哗哗地倒入锅里，在锅里沸腾、冲撞，互相比着向上跳。火在锅底熬着，绿豆们哪能不精疲力竭呢，哪能不皮开肉绽呢。关了火，豆子们就沉沉睡去了。这时候，外婆就来了，每家都有一个外婆，家家的外婆都长得差不多，简直就像亲姐妹。她们梳一样的头，穿一样的衣服，黑色宽大的斜襟衫，手工的黑布鞋，头发拢到脑后用一只发亮的夹子夹着。每一个外婆都会把煮烂的绿豆变成面面的粉粉的干净体面的绿豆沙。外婆坐在矮凳上，开始包米粽了——脚边一盆糯米，一钵腌好的五花肉，一大海碗绿豆沙，一筲箕的粽叶和草绳，样样都亮晶地散发着各自的香气。

你一闻到粽叶的清香，就会提前看到粽子煮熟之后外皮的那一层绿色，长在山坡上的叶子，带着山上的水汽和地气，铺到了外婆摊开的手掌臂弯上，她舀一勺米，拨开一道沟，铺一层豆沙，放一条五花肉，再铺一层豆沙，再放一层米，层层掩好，粽叶翻飞又包又扎，一只结结实实的有棱有角的米粽就诞生了，像一只小小的枕头。

过年了，海红终于想起家乡和母亲，想起忘记已久的米粽和五花肉，和白斩鸡、慈姑、竹笋、酸菜、油豆腐，但它们都在很久之前和很远的地方，她踮起脚跟也望不到，仿佛是在悬崖之上，云端之上。

海红望了望天，天已经暗了。

3

道良回到家，一家三口就出门吃年夜饭。

饭馆于这家人是生的。一旦要出门吃饭，他们左看右看，馆子真是变幻莫测——上半年吃着味道不错，下半年就变了，这个月还有炒菜，下个月就变成了小火锅，明明是粤菜馆，走到跟前，却发现变成了川菜馆。街道两边也总是挖了填，填了又挖，常年开膛破肚的，没有一条街成整。

找饭馆，真是既无趣又为难。

道良是一副听天由命的样子，他总是声称，任何饭馆他都不喜欢，再高档的馆子，即使吃的时候不错，出门之后嘴里立即就会涌上一股怪怪的味精味，要喝上一杯浓茶，才能把这股子人工味清除掉——所以，上哪家馆子吃年夜饭他都无所谓。

问春泱，春泱更是蒙的，她哪里知道谁家馆子好，她只惦记着赶快吃完饭回家看宫崎骏的动画片《千与千寻》，或《哈尔的移动城堡》或……这个宫崎骏迷，看多少遍都不腻。她担心春晚一开始，哪个台都找不到宫崎骏。

一家三口走在寒气凛凛的街道上，两边的店铺家家都关了门，连最有人气的报刊亭也都落下了挡板。街市萧条，更觉寒冷，三个人缩着脖子，像三个无家可归的流浪汉。他们想起去年吃过的一家馆子，那家的银鳕鱼不错，铺面虽不大，但干净整齐，有一大扇平面电视，还挂了灯笼和彩纸，外加赠送一碟瓜子糖果，气氛很是不错。三人因明确了目标，又都想起了这家的好处，虽然走得有些远，总算也快到了。

转过街角的时候他们甚至有点雀跃——啊到了到了，又暖和又好吃！但同时，他们发现有些不对头，怎么没有灯光洒到门廊上？门面是暗的，不见一人进出。疑惑着走到跟前，完全是没救了，一个大大的“拆”字圈在墙上，仿佛“咣”的一下迎头棒喝——

世事总是难料，眼看它起高楼，眼看它宴宾客，眼看它被拆了。在满街满巷密密壁立的“拆”字中，不是你就是他，总会碰到一个。

再寻别的馆子，气已泄，风便也更凛。

进了一家，店堂寡淡冷清，几无客人，猜它是质差价贵，赶紧退出。又路过一家，趋到门内，却人声鼎沸，闹哄哄的，一张圆桌上坐了几条壮汉，正在喝酒，眼看就要猜起拳来，哪里是吃饭的地方。

三人越发丧气，深感无处可去。年三十啊，万家灯火融融，春晚都快要开幕了。春晚虽然被骂成鸡肋，但赵本山宋丹丹还是可看，杨丽萍亦可期待，杂技魔术也都可以看上一看——反正，一年就看这一时，微微傻笑，与几十亿国人同乐一夜，算是过了年。

4

毅然地，他们就近走进一座大厦一层的粤菜餐厅。因是大厦，又是新开，故而格外富丽。迎宾小姐粉脸含笑，红底金花软亮的高领高开叉旗袍，还要肩头搭一件雪白的长毛搭肩，似乎就要抬脚去《红楼梦》赏雪中红梅。

厅堂里骤然的灯火把人拽进一个飘浮的地界，白色的桌布，闪着瓷光的餐具，高背阔座的弹簧椅，周围一圈水族箱虾蟹鱼贝，大大小小，怪形奇状，黑的白的斑的，有的凝神有的畅动，在一整面蓝墙衬底中，像是天上来了一群虾兵蟹将却又不知所从，渐渐缩回了原形；又如天外生物，经过了不知多少光年的旅行终于来到地球，漫长的时间使它们既失却了它们的活性，也忘记了原本的使命。一个个全是那么盲目的，萎靡不振的，那么无计可施、听天由命，让人提不起精神。

脱了大衣还觉得热，暖气太盛了，燥热着更加感到此处隔膜不亲。海红让春泱去水族馆看看，找一两样她喜欢吃的。春泱去了一两分钟就转回来了，说没有她爱吃的。这是实话，春泱不喜海鲜，蟹嫌麻烦鱼嫌有刺，贝类更嫌口感古怪。她认为普天之下，最好吃的东西是：一，汉堡包；二，热狗；三，炸薯条。

又问道良，道良说：随便，无所谓。

他跟水族箱里的鱼类一样，也是一副失去了活性、听天由命的神态。海红知道他的意思是说：反正什么馆子我吃了都不舒服，那就随便什么菜，胡乱填饱肚子罢了。

真是无趣。

海红只好翻着菜单自言自语：总是要一条鱼吧，过年，什么鱼你们说。那两个又说随便。海红找到一种她没听过名字也不算贵的海鱼，随便就随便吧。再点一个白切鸡，他们不吃她吃。那白色的鸡块，露出红色骨髓的鸡骨断面，加上一碟葱花芫荽酱油拌好的蘸料，这是她自幼熟习的过年菜，必不可少。又一一征询两人关于汤、关于别的菜的意见，同样不得要领寡寡然。

这样点菜堪比挑一担水上坡。

如此费劲，怎么不回家做饭？好歹你也能做上几个菜：西红柿炒鸡蛋，煎豆腐或者滑水豆腐，甚至红烧鱼，只要有耐心，热锅下油，小火煎黄，加上料酒葱姜酱油醋，烧一烧，起锅前加一点蒜末。或者清蒸，只要是活鱼，卖鱼的代杀好掏净刮光鳞，提回家，抹上盐，鱼肚子里塞几片姜，浇上油，放两片肥肉和姜丝，如果来得及泡两朵香菇，那就一头一尾参差摆上，好了，入锅大火蒸，十五分钟揭盖，一阵蒸汽散掉——鱼香扑鼻，香菇如花。

纵然是白斩鸡也不算难事——

曾经有一位上海籍同事，教给海红一种白切鸡的做法，算是沪式白斩鸡。从超市买来一只速冻的肉鸡，整只放进锅里，水没过面，煮烂，用筷子一捅，能捅下去就是好了。再用一只大碗，把葱姜蒜统统切成末放进去，再倒上料酒、酱油、醋，凡是家里有的作料你都统统放进去吧：味精、糖、八角、花椒、胡椒面、橘子皮、茴香、桂皮，还有，盐。把镬烧热，放上油，再把这一大碗晃晃荡荡的东西吱啦一下倒下去，煮沸即可。之后把那只熟鸡捞起来，热腾腾地冒着气，烫手，用筷子定着，剁成块，泡在那一大碗制好的混合作料里，比广式白斩鸡更入味！

比起坐在馆子里点菜，这不是更有气氛和生趣，更加有声有色。为什么不去做呢？

做一点家务就认为是浪费时间，生活都是庸俗的，唯有精神高尚。还有功名，所谓荣誉，这一类骨头才值得去啃。这样的日子是活生生被自己搞坏的，过不好年实在是活该。

风俗源远流长

1

有些风俗真是源远流长。

2009年，银禾怎么不回王榨跟三顺一起过年？因为她和三顺要离婚了。

怎么也不在她细父道良家过？因为老家有风俗，出嫁的女儿不能在娘家过年三十。道良是她的亲叔叔，他的家就相当于娘家。有关这个风俗，道良追溯到《战国策》里《触龙说赵太后》，赵太后要到庙里烧香，祈愿她的女儿燕后不要回娘家。

这个风俗真是源远流长！

2

起先银禾准备到新大西洋城，在已故安姬惠教授的房子过除夕。

因为她是银禾，她带上一把辟邪的桃木梳就去做卫生了。

她走到二环路立交桥下面的800路，到西直门坐上360路，直接就到了新大西洋城的小区外面，熟透了的路线她很久没坐了，有些生，又有些熟，安老师过世后她和叔叔来过一次，来给屋里的橡皮树浇水。

鬼肯定是有的，“她肯定就在屋里。”银禾说。

房子里的光忽明忽暗，摇椅忽然自动就摇一下，有一次，天挺热，空调“吱”的一声自己就开了，人快走了它“吱”的一声自己又关上了，你看，这就是她开的空调，她看我们热，她就帮把空调开开，“她肯定就在屋里”这是不用说的——鬼它不在自己家里看家它能到哪里去呢！

银禾瘆得慌，道良则唯物主义地一路笑到家。晚上往美国给史安童打电话，史安童说他不记得是不是给空调设定过，到了一定的气温自动开开，一定的时间自动关上。

银禾的妈妈朱尔认为，银禾到安老师的房子过年。“要得啦!”她对银禾说——鬼是明白道理的，生前你对它那么好，它断然不会吓你。“不怕啦不怕啦，”朱尔在电话里打包票说，仿佛鬼已经通过某种神秘的渠道告诉了她，它决不会吓着银禾。

纵然如此，银禾还是认为，鬼它即使不故意吓你，免不了总有撞着的时候。它在屋里，你又看不见它，一旦撞着，倒霉的还是自己。

道良说，你就在家里过吧，也该移风易俗了，再说又不是在老家。银禾很有把握说：这风俗肯定改不了的！为什么改不了呢？她说：反正就是改不了。

3

那些乡下的风俗，都是一些铁律。它是带着诅咒的，连通着鬼神天地，所以它一代代传下来——你对鬼神有相信么？你对天地有敬畏么？本来是说，在娘家过年是对女儿不好，一代代传下来，又变成了对娘家不好，这样互相都是以牺牲自己来实现这个风俗。娘家不能留女儿过年，因为对女儿不好，女儿呢，不能赖在娘家过年，因为对娘家不好。

这时候，银禾喜欢说到翠苗。

“翠苗也是离了婚回娘家，年三十她一个人在隔壁的空屋子里过的，她伯给她抱了一床被子。她弟弟让她就在家里过，她说她自己不怕，就怕在家过年会给她弟弟招来灾祸。”在王榨，翠苗跟银禾要好，按辈分，银禾高一辈，是她的婶娘，按年纪呢，其实也就小七八岁。翠苗喜欢和银禾互发手机短信，如果你看见银禾坐在厨房往手机上按个不停，十有八九，不是给她女儿发短信就是给翠苗发。

用手机发短信，那是一件很有面子的事情——在王榨村，会发短信的人可不多。

跟翠苗一来一去发完几通短信，银禾总要跺脚叹道："这个死翠苗！这个死翠苗！哎呀，真是!"

4

银禾带了一把桃木梳去驱鬼，她一出电梯门就把木梳拿在了手上。她拿了钥匙，但她先不开，她要按门铃，明知屋子里没有人她也要按门铃，因为呢，她要告诉鬼魂，有人来了躲开点，别撞着了——当然也是给自己壮胆。

按了一通门铃之后她开了门，屋里光线仍然是那样忽明忽暗，那张摇椅似乎也有些微微摇晃，安老师我是银禾啊陪你打过好多次吊针呢你可别吓我，她嘴里念叨着手里抄起一根晾衣竿。

她开窗擦灰拖地，但是——

闻到屋子里有一股怪怪的气味，上次和细父一道来没有这样的气味，现在却有了，怪怪的气味，像死老鼠，或臭鱼虾，或腐烂的猪肉。搜索厨房和厕所，没有可疑之处，是什么，臭得这样奇怪？

——气味最浓的是安姬惠的卧室，银禾手里拿着晾衣竿，她开了窗又开了所有的灯，朗朗白日，鬼到底搞什么名堂？她看来看去，发现有一只深蓝色的旅行包最有鬼，它鼓鼓囊囊，蹲在书架旁边的角落里，它鼓得这样奇怪，发出阵阵难闻的气味。

过了两日道良来，打开这只有鬼的深蓝色旅行包——那是安姬惠住院时使用的物品：手纸、脸盆，两张CT胶片，还有半瓶喝剩的水。

“这屋子阴气太重我不能住。”银禾说，于是她就到妹妹美禾的杨庄去过年了。

5

北京的年真不像个年，城里不像年倒也罢了，乡下也不像年。杨庄人过年不祭祖人，也不封门，也就没有开门纳福。

要在我们的浠川，我们的湾口，我们的王榨，我们的上皂角，过年是很像样的。要在堂屋放一张八仙桌，放八张椅子，八套碗筷，八个酒杯，八个菜。

谁是那炒菜的可要记住——你平日炒菜试咸淡，炒着炒着就从铁炒锅里捞一块送嘴里，这时可就是大忌，供祖人的菜你是不能尝的，万一你尝了就不能用来供。把菜摆上来，炖肉、炖鱼、排骨莲藕、丸子、花生、豆腐，再给祖人斟上酒。在王榨，还要在大桌旁边放一张小桌，是给那些非命死的祖人用的，没到六十岁就死去的祖人没资格上大桌，怎么办呢？决不能让他们没饭吃——就让他们坐小桌子吧，这真是将心比心，有理有节有秩序，小桌子规格低一点，只放四张椅子，四套碗筷。

这时候，你千万不能大声说话，你要把声音压得低低的，似乎祖人不是在吃饭，而是在睡觉。什么叫作“祭如在”，这就是。《论语》里说的，祭神如神在，祭祖如祖在。

你虽然看不见人影，但他们一定是坐在这里了。座位看上去是空的，但是你千万不能拉椅子，祖先就在那坐着呢，你一拉，祖人岂不摔个大跟头！王榨有个人不信——总是有人不信鬼神的，他不信鬼神，也不信祖宗回家吃年饭了，他偏要拉椅子，结果，过完年他真的病了，后来就死掉了。

美禾她们杨庄，连年夜都不供祖人，那他们的祖人到哪里吃年饭去？没有年饭供，岂不成了孤魂野鬼？这是银禾担心的问题。

在我们的浠川，我们的湾口，我们的王榨，我们的上皂角，快到午夜，就要封门，用一张黄纸，把门贴上，门就封上了，这时候，人人都在屋里待着。这时候，已出嫁的女儿就不能在屋里了，她留在娘家是要给娘家带来灾祸的。嫁出去的女儿，她要在封门之前站到门口外，我们的李翠苗，封门了，她一个人站在门口外。门外一个人都没有，只有她一个人，有点凄凉，有点可怜，她就给银禾发短信。银禾说，过一会儿就好了，马上就开门纳福了。

远在千里之外，我们的史银禾，她仿佛长了千里眼，翠苗在湖北乡下的娘家村刚刚接到银禾的短信，她就闻到了门缝飘出的纸烟味，她的娘家兄弟在门里点着了一张黄纸，他挥舞着黄纸在门上一晃，就把门打开了，屋里的亮光落到了翠苗身上。

开了门，门口有一个小方土堆，那就叫天方，过年前，家家都去地里挑一担土，倒在家门口筑成一方小土台子，开了门，在上面插上香，放上一只盛着食物的托盘，也许是供天地？就要放鞭炮，长长长长的鞭炮用竹竿举着，噼噼啪啪，告诉天地也告诉鬼神，告诉鬼神也告诉祖宗，新的一年开始了！这时候翠苗她就不进屋了，她伯给她抱了一床被子，她就到没有人住的邻居家过夜了。

6

杨庄的年真是寒碜，北京海淀的年，无论如何，是上不了台面的。

美禾家连门对都没贴，连鞭炮都没放，她婆婆死了，三年不能贴对联放鞭炮。如果在我们的浠川，我们的湾口，我们的王榨，我们的上皂角，那就应该贴绿对联，绿对联也是对联啊。不知是哪一代传下的风俗，既守了孝道，又添了新年气象。

难道死去的人会喜欢一个光秃秃的新年么？

——他们的魂魄在屋顶上飘，过年了，千家万户红方斗红对联，冬天的村庄开出了一片片红花，自家屋怎么荒得像一片禾茬？活着的人们，简直就是听见了魂灵们说话的声音，那些窃窃私语，像烟一样沿着细细的瓦缝漏下来——他们想出了一个聪明的办法，守孝期间，不许贴红纸对联，那就一律贴绿纸！艳艳绿纸，在门口的两边，就像两棵长满了树叶的树，气象妩媚。

北方的水土是干燥的，它的风俗也有些干燥，它要守孝，它就硬撑着不贴对联。

所以啊所以，美禾的院子，里里外外，一点年气都没有。

银禾给美禾带去了一堆门斗对联和条幅，朱红色的纸，上面有一层碎金，在光线充足处，金光乱跳艳得晃眼，纸又厚，富丽堂皇，漂亮至极，“明年还买这种纸”，道良说。

因为喜欢写字，道良总是一写就写多了。除了方斗的“福”字，还写条幅，“四季平安”“万事顺遂”，贴在厨房厕所的门口，或者阳台的窗上。他对自己的字向来自得，认为“绝不比某某某差”——他的字有法度，有力道，有立起来的威严和洒脱。写“福”字和“四季平安”，他是最拿手的，墨色饱满，精气神十足。

银禾带去的碎金大红福字和对联，美禾装进了一只包装衣服的空盒子里放进衣柜，细父给她的东西，她样样都是很郑重的。今年不能贴，明年就可以了。

美禾呢，本来除夕要到丈夫杨家保的大哥家过，一大家子吃年夜饭，到零点，在院子里放鞭炮，放完炮全家再一起吃饺子。因银禾要来，美禾就不去了，她打发家保和孩子去，自己留在家陪银禾。

美禾家真是冷啊。

北方的农家小院真是冷，四面都是透风的，一摸墙，是冰的，只有大炕暖和，没有炕的厨房和屋子，全都冷得不能待。暖水壶只有一个，平日都是不烧开水的，家保和孩子，一年到头都是喝凉水，“北方人都这样。”美禾说，她每天到单位喝开水，下班的时候往水瓶灌满一瓶水，回家就够喝一晚上的了。

她的碗竟不放在厨房里的——

厨房里没有碗橱，也没有条桌，有一张折叠桌子靠墙边放着也不打开用，所有的锅都放在地上，豆浆机也放在地上，七七八八地摆了一圈，有两个锅盖是干净的，剩下的都落了一层灰尘。碗呢，放在睡觉的房间，就放在电视柜里。上面一层搁电视，下面一层呢，搁碗。为什么碗要搁在睡房里？因为方便啊，因为，厨房里没有水，屋子里是没有水的，水龙头安在室外，龙头呢，不能安得太高，只能高出地面一拳头，不然冻上了就出不来水，还要用旧棉衣层层裹住。

这么低的水龙头，洗碗就要蹲在地上了，大冷天，北风呼呼刮，还要蹲在户外的地上洗碗，北方的日子真不好过，碗就就近放吧，美禾洗完碗，一上台阶，就摞在睡房的电视柜里。

当然了，冬天她们就在睡觉的屋子里做饭，就着烧炕的火——北方的日子比起南方，真是艰苦。

7

管他碗放在哪里，我们的银禾与美禾，两个人就过年了。

美禾把吃的一盆一盆端上来，都是事先做好的——猪尾猪肠和胡萝卜，炖一大锅；美禾最爱吃的猪尾，足足买了四五根，剁成一截一截的，一圈皮一圈肉，中间一根圆骨，不肥也不瘦，顺顺溜溜的，比排骨还要好；猪肠也好，买了两斤，跟胡萝卜一炖，味道互相穿插进去，管你是北方人还是南方人呢，都是要叫好的。鸡，也炖了一锅，鱼，也炸了一锅，这是美禾给自己炸的，丈夫和儿子都不吃鱼，她憋了一年，这下要犒劳自己一回了。当然，银禾来过年，鱼要两个人吃才更有味道。

血豆腐、白豆腐、肉丸、鱼丸，混搭又炖成一锅。丸子是买的，在老家，也只有妈妈朱尔那辈人会做，大草鱼，刮鳞去内脏，剔骨，用刀背剁鱼肉，剁成肉泥。

上一辈人的喜悦变成了这一代人的累和怕——

是啊从前，鱼这种东西多么令人激动，一条活鱼，蹦跶在空气中，鳞光闪闪，金光灿灿，它是会飞的，跃过龙门飞到蓝天上，它能着呢，背上驮个胖娃娃，它不但落到锅里，还总落到墙上，各地的年画都有它。现在风气变了，拿鱼当麻烦的年代就来到了——

到市场买鱼，连手都不愿湿，谁会伸手去捉一条鱼？它一打挺，溅你一身腥水，城里人，对鱼总是不得要领的，哪是好？哪是丑？满头雾！看着都是一个样，只是胡乱用手一指，“要小点的那条”，卖鱼的用手一捞，他问：杀么？你说：杀。话音未落，他抠着鱼身就照头往铁板上一摔，鱼摔得半死才放上秤盘。三下两下，刮鳞抠鳃，“咄、咄、咄”几下子，一条活鱼就变成了生鱼块。要吃鱼丸？好，有绞肉机，超市里早加工成半成品了。

一盆盆一锅锅的都摆上来了，鸡肉鱼肉猪尾猪肠，唯独没有青菜。美禾的地给别人种，自己留了两垄地种菜。上班的人，没工夫种菜，菜地就荒掉了。连棵大白菜都没有，蒜都没一瓣。美禾买了许多小西红柿，洗了放在一只大瓯里，她手一指：肉吃腻了就吃它！

姐妹俩脱鞋上了炕，炕桌边一头坐一个，慢慢吃着看电视。她们喜欢看赵本山，但本山要很晚才露脸，好在宋祖英没多久就出来唱歌了。辣妹子辣，宋祖英的歌声又甜又柔又亮又鲜，掠过炕桌上的炖鸡炸鱼炖猪尾，它就像一道蔬菜那样爽口！两人只是听着，都不说话。姐妹俩觉得说喜欢祖英显得有点没品位，她们受了城市的影响，对自己喜欢的东西不够自信。

在空中飞来飞去的杂技和隔着一层玻璃还能写出字的刘谦让她们微张着嘴，她们对神奇的事物是崇拜和认真的，谁说破了魔术谁就是讨厌的人。她们也评头品足，谁的衣服太花哨，谁的眉眼像狐狸，谁唱得不行，肯定是走后门买通导演上来的。

——评论别人使她们颇有优越感。

电视是好东西，它让我们的银禾和美禾，在扫了一年地之后坐在炕上把那些光亮的明星们臧否一番。小品和相声她们都是很爱的，不太好笑的也能让她们笑得大声，她们没有那些有知识有思想的人那么难逗笑，那些文化人，他们总是挑剔的，什么节目他们都说不好，别个都是低俗的，独有他们高雅。

啊赵本山出来了，大家看他就是亲啊，人民喜欢赵本山，因为他土，因为他特别像农民。他要讽刺农民就让他讽刺吧，相当于讽刺他自己，对于一个勇于讥讽自己的人，人人都觉得他既聪明又可爱。赵本山刚逗完他的台词，外面的鞭炮就响起来了，姐妹两人下了炕，走到院子门口，嗬，不但鞭炮，烟花也升上天了，一簇一簇地升到天上开了花，红的黄的绿的，闪亮了小半边天，还有像响尾蛇那样“呲”的一声晃着脑袋钻上天去，鞭炮声更响了，连成了一片。美禾问银禾：要不到前面去看看？

银禾看了看美禾，说：算了，你也累了，睡吧。

两个人的年，就过完了。

下　部

卷十

屏　风

海红动不动就想逃离家庭。她要追求的东西有一大把——自我、自由、爱情……离婚的念头此起彼伏，如同一片烟花，又像山林里的零星小火，东一处西一处。它们从来没有真正消停过，风一吹就蔓延，无风也蔓延。大火总有连成片的一天，而黑烟四起蹿上半空，你听见半夜里的咳嗽声吭吭布满了墙角，是烟呛的，不同的烟，扭动着从某个深渊升起。而这烟是扑不灭的，时浓时淡。他们不说话，听任两人之间的烟尘弥漫。

海红太想从这个烟尘弥漫之地跑开了。家里沉闷压抑，电话稍长，道良就不高兴，说：是不是该结束了？该离婚了。如果是打给文学圈中人，更是冷言逼人。他会说，他们决不会帮你的，除非你跟他睡觉！他们只会封杀你，践踏你！语词强烈而刺激。有一次去陈青铜家，中午去，晚上十点半回来，道良劈头盖脑就说：怎么不住到人家家里去！

如果不使用他那些杀伤性的语言，道良就使用他的沉默，不同的沉默表示不同的意思，无论海红能猜出或者不能猜出他的意思，她都感到头顶上压着好几斤重的什么东西。

他的政治信仰也让她不适应。

春泱上高中时学校让她上青年党校的课，海红很是不以为然，春泱也不想去。道良大怒，他认为此事生死攸关，对春泱说，如果不去党校上课，等她到十八岁就跟她脱离父女关系。他说这样下去，从此就会走上抗拒体制的道路，永生都将不得安宁！最好的结果是成为持不同政见者，最坏的可能是跟社会上最卑劣的人混在一起。除此之外，不可能有别的下场。

难道政见不同，就连亲骨肉都不要了？匪夷所思。父女两人从此不说话。孩子整日低头发短信，道良呢，从早到晚闷坐。

阳台上养着一只小鸡，刚买来不久，春泱甚是喜爱。小鸡在笼子里，不停地叫唤，撞笼子。它一遍遍地用嘴啄门，嘴上啄出血来。滴血啼叫，啼叫到深夜。深夜里，道良把笼门打开让它出来，它在阳台的方寸之地转来转去，仍叫声不歇。

她感到窒息。

有人跳楼了，就在本楼的十二楼。海红中午出去散步，回来时看见楼前有许多人围观，拉了警戒线。台阶上有一堆警察，十几个。出事了！在电梯里听说是一个小伙子，二十多岁，从十二楼跳下来，当场摔死。这人不是本楼住户，也不是来装修的，不知是哪里的人。他自己从大街上走进这幢楼，径直上二楼，从二楼走进电梯，按了十二层。在十二层他走出来，然后，纵身一跃。

海红从九层勾头一望，尸体还在，四仰八叉的，四肢叉开，一大摊暗红的血洇在轮椅通道上，他的脸正好被高出的土台子挡住。只看了一眼，海红就要吐，干呕，吐不出来。有一瞬间，她感到跳楼的不是别人，而是自己，是自己血肉模糊的身体趴在水泥地上……

冷汗涌到额头，有些头晕。家里没有人，她觉得自己坚持不住了，硬挺着给一个女友发短信，女友说，你赶快到人多的地方去吧，或者听听音乐。她摸到一碟《特洛伊妇女》，太衰，太悲，人越发沉下去。再找到贝多芬的《庄严弥撒》，躺到床上，眼泪流出来，人才感到舒缓。

她连续几天梦见骑一匹马在悬崖边的一条小道狂奔，速度飞快，极危险，她想勒马，怎么都勒不住，一扽绳子，是软的，止也止不住。忽然前面有一道断崖，几丈宽，来回腾空而过，心都快跳出来了，好在没有掉下去。

有时梦见自己骑着马从悬崖上跳下去，下面明明是广阔平坦的田野，快下到地面时却发现有一些横七竖八的电线挡着，幸好没撞着它们，平安落地了。

道良身体好，睡眠无碍，一觉睡到凌晨六点。他醒过来了，气血旺盛鼓荡，在身体的各处冲撞着，啊它坚硬起来了，它急不可耐地要找到那柔软温润之处……他抬头看了看另一张单人床上熟睡的海红，迟疑着。他把压在枕头底下的手表拿出来，六点一刻了，六点半，她也该睡够了。于是他到她的床上去。他嗅嗅她睡眠的气息，把手伸进去。海红闭着眼，一巴掌掀过来。

这个人，她睡眠极糟糕——十二点上床，翻身无数次，好不容易，至两三点才总算睡着了，早上六点多，正是睡深时，无端被道良弄醒，她无名火起，用尽全身的力气把道良推倒。啊燥火在她身体里乱窜。

燥火在她身体里乱窜，头尾冲撞。

她越想越火起，这事已经不是一两次了，他这样不管不顾，真是不把自己当人看，她越想越生气，*她要发疯，要杀人！*她躺在床上，在种种疯狂的念头中她看见一个朋友，不知道他是谁，但心里知道他是一个好朋友，他被杀头，她跟着到刑场去，看见他换了一身新衣服，他谈笑自如，大义凛然，但他旁边出现了她的一个女友，他给她（他并不认识她）换了一套白色连衣裙，腰间围了一串小小的白玉兰。女友跟海红说话，却忽然变成了女友被杀头，两个人押着她到砍头的地方去，叫什么门，两边有临时搭的木桩，她已经站到了最后的位置，海红挤进去要看她最后一眼，到了跟前，旁边的人说：她顶不住了。海红摸了摸她的手臂，果然冰冷冷的。阵阵冷气从地上钻上来。旁边有十几支月牙形的大刀，有人乱挥。海红冲出人群，不忍看。嘴里喊了一声：永别了！不知什么地方也有人喊了一声：永别了！回过头看，女友的头滚落地上，血淋淋的。

海红一下惊醒，已经快九点了。

两人之间烟尘弥漫。

隔着烟尘他们看对方，海红看到道良像一只阴沉的秃鹫，冷漠、沉痛，压抑着内心的愤世嫉俗，他的眼镜有一只镜片摔成了三瓣，但他坚持不配新的，他用春泱的不干胶把三瓣碎镜片粘在一起照戴不误，这使他看上去就像一个古怪的独眼人。

独眼的秃鹫，他对生活的偏见年深日久。

他飘浮在灰扑扑的生活边缘，这么多年深重的绝望他没有垮掉，是因为心中有鲁迅做榜样，所以他也横眉冷对，像一块铁，坚硬、冰冷，以过度的冷和硬来对付这个世界。

这块铁心中有多少恨啊——他恨美帝国主义，也恨楼上楼下的邻居。仇恨会损害一个人的智慧和良知。海红心里嗫嚅。他仿佛从海红的眼神里读出了这句话，手一挥，钢铁般地断然道：楼上的那家不是人，小孩在上面跑来跑去也不制止。是人应该怎样呢？应该把椅子的腿都用布包起来；门口右边的那家也不是人，因为他们夜里十一点半还在放音乐，音乐也不是正经音乐，是噪音，他瞪着眼睛对海红说，哪有正经人半夜放音响的，为什么他们晚上不睡觉？左边那家，更不是人，他们不但在楼道里堆满了垃圾，还在垃圾中间养了一只兔子，把楼道搞得臭气熏天招来成片成片的苍蝇。楼下那家呢，简直是流氓，上门打人骂架，还往我们门口泼脏水。

还有海红。他对她说：你从来就没有了解过我，你永远也不可能了解我。

他隔着两人心底升起的烟尘看她——

她像一只被打断了腿的麻雀，常年瞪着眼睛望天，时不常奓开羽毛扑腾一番，终究也是灰扑扑地蹲在笼子里。要走你就赶快走吧我也不留你，你永远也不可能了解我。

道良在大学时代读过车尔尼雪夫斯基的《怎么办？》，对里面的新人形象情有独钟，近年来他又重读了此书，并用红笔在上面画了许多道道。对灰暗的现实他已经绝望了，历史的车轮滚滚把中国带到了资本主义的轨道上，资本主义，是的，道良就是这样判断的，他独立思考，决不听信任何报纸上的说法。

他一个人无力扭转时势，那他活下去的理由是什么呢？是女儿春泱，他视春泱为他生活的全部支点，同时，他衰朽的生命要发一点光又发在何处呢？他要把这点光发到海红的身上去——他明白她从来就没有爱过他，既然如此，他是不会死死拽着她的。

他要放她到她的光明中去，而他自己，应当是“扛着黑暗的闸门”，当然鲁迅先生不是这样的意思。

道良真是太热爱薇拉、罗普霍夫、吉尔沙诺夫这些来自遥远异邦的新人了，上个世纪50年代的那个崭新的天地，红旗飘飘歌声嘹亮革命人永远是年轻，而新人就在他们中间闪耀着纯洁光明的脸庞——世界旧了，道良心中的新人没有旧，他是有理想的，他的理想是要成为浊世中的罗普霍夫，当薇拉一旦爱上吉尔沙诺夫，他就会消失。他早就告诉过海红，你如果爱上别人就告诉我，我们就离婚。

问题是，海红的吉尔沙诺夫在哪里？当此浊世，一切都已混浊不堪，没有爱情，只有苟且，婚外情不过是婚外性，偷鸡摸狗泛滥。海红偶尔去开笔会，道良冷笑道：文艺界这些会的勾当我还不知道！

他秃鹫般的眼睛掠过海红，她心中不禁一凛。

“家里就像牢笼吧？”他又说。

海红不作声，她默着，收拾自己的行装，她总算出门了，她真高兴。开会她是怕的，见人她也怕，早上要按钟点集合她也焦虑，她坚持不用安眠药，因为听说安眠药会上瘾，晚年还容易得老年痴呆症。而且，一出门她就便秘，她还害怕发言，一当众说话准哭起来。如此种种，都是她出门要努力克服的，她要熬着，这比在家熬着要强些。好了，鲜美的景致总是能安抚人的，她熬过去，适应下来，但会也就散了。回到家，累得整日睡觉，道良冷着脸，审视。他像一面明镜，明晃晃照着海红，房间的各个角落都有它的反光。道良坐在他的垃圾堆里，一言不发，家里再次堆满了石头。冷战长达一周。

谁不想逃离现场呢?

道良也想，他盘算了几个去处，一是到五台山出家，这是他常常挂在嘴上的，似乎五台山等着他去；另一处是回老家；再一处是去海淀陪安姬惠。当然，安姬惠人没了，即使还活着，两人也仍然不能相处。还有一处，也可以去美国跟史安童一起，不过美国，美帝国主义，世界上的头号坏蛋，他是不去的。

海红呢，打算去援藏，还打算去边远地区支教，当然这些都没有实施，作为一个耽于幻想的人，即使没有真的动作，却也够她在脑子里翻江倒海，把自己折腾得奄奄一息。

关于离婚的事，她脑子其实是有些乱的，想来想去总是理不出一条头绪，是不是非离不可，离了之后怎么办，这些都是一团糨糊。反正是有一种紧迫感，是啊要离就快离，再不离就老了。

她决定，先离了再说。

她断断续续为自己找到的理由，有以下这些：

婚姻是一种制度，一种体制，生活中走出体制，一直是你的梦想。让自己成为一名自由女性，在婚姻制度之外对亲人付出热情和责任，是对人的素质的考验。

婚姻把人的许多东西都固定住了，束缚创造力。

要改变内在的自我……现在它是破碎的、脆弱的、焦虑的，有强烈的不安全感。离婚说不定可以激发生命力，让自己变成一个具有强大内在精神的女性，不再自怨自艾，也不感伤，也不自怜，从而成为一个新的女性……离婚或者还能，有新的爱情。

她在本子上东一句西一句地写道。

海红这样对道良说：生活太沉闷了，婚后自己性格变化很大，以前是开朗的，现在十几年过去，人变木了。这跟两人的年龄差距有很大关系，代沟太大，不是一个合适的婚姻，这么多年，双方都没有回过对方的家，心里其实都在准备这一天。

她又对道良说：这十几年是她人生的黄金时期，感谢他的包容。概言之，人生如此短暂，这十几年足以够一个段落了。另起一段吧——给我自由，重新开始。

因为已经提过不止一次，道良不说什么。只是说，春泱还是两个人的孩子，不管以后她到哪里去，还要把春泱留在北京。

话虽如此说，道良还是心情不好。

他做了一个梦：在野地里，是晚上，一片黑，他打着手电筒去找一个棚子，电筒摁了好几次都摁不亮，大哥仁良告诉他，海红要走了，要离开家了，她不在家，在山上犁地。于是他上山找海红，他爬上一座山，果然看见海红在犁地，是一片很大的荒地，草不是绿色，而是灰白色的，只有很少一点点绿芽。此外还有很少几个人，真奇怪，其中一个是楼上的一个老人，比他还老。道良对海红说，我帮你犁吧，他就把上衣脱了。海红却说：我要走，你们放了我吧，从结婚的第一天起我就想走。梦中道良觉得自己想吐，结果吐出来一块条状的东西，一看，是肝，又吐了一块，再一看，还是肝。他把脸贴近海红的脸说我们生死要在一起，但他看到海红的脸是冰冷的。

他大哭，然后醒了。

还有一个梦：春泱一个人在楼上，他上楼，但是这楼就要倒了，有几个人说要补，正在这时墙就倒了，倒了整整一面墙。春泱一个人在一片没有墙的瓦砾中。

还有——一个新房子，海红不在，他在里面，外面有响动，他想关门，关不上，使劲关，终于关上了。一个生人却穿门而过进来了，就像没有门一样，道良说：这是我的房子，那人说是他的，争执不下，那人就在一张纸片上写满了他的电话号码，道良拿着家里的一堆钥匙和纸片出门，结果这张写满电话号码的纸片掉地上，被一个小孩踩了一脚，他拾起来，发现钥匙上沾满了一大堆绿色的鼻涕，他想抖掉鼻涕，却把鼻涕跟钥匙弄在了一起。前面有一个人在水龙头前冲洗东西，他也去冲，结果连纸片带钥匙统统掉进一个洞里了，他让那人把龙头关上，那人不关，他就哭醒了。

这些梦道良没有对海红说。他整日不说话，整日坐在隔出的小书房里，一动不动，如同几堆旧书刊中的一堆，落满了陈年的灰尘。

海红对道良说，离婚对她的伤害比对道良的伤害要大。她已经这么大年纪了，很难再有什么好的归宿，将来她会很惨。但她必须经历一次人生的震荡，这对她的精神提升很有意义。

道良明白这事挽不回来了，他跟海红说，心里很难过，想到自己的妻子带着女儿走向茫茫人海……他说这些年，为家庭付出了不少心血，处处迁就她，让着她，说对她没有爱是不可能的。他对他们共同的朋友说，她童年很苦，小时候挨过饿，就想能给她一点……希望她好，尽心了，她重新找工作的事虽然没有结果，也为她跑了很多地方。在北京她没有根，环境复杂、险恶，他希望她好好的。

海红心有所动。但她又想，如果不离，她会否遗憾呢？会的。为了死而无憾，所以。

道良跟海红提起一个叫《离合》的短篇小说，川端康成的，说的是男女离异，因为“离”，因为分开，所以会有一种“合”，离开之后会有想念，离是现实的，合是精神的，离是此岸的，合则属于彼岸，离的是肉，合则属于情。永恒的分离也就意味着永恒的结合，要有永恒的结合，除非永恒的分离，离与合，也就可以那样的合而为一。海红心有所动。认为道良对此事有深刻的理解。对她是一种纵容。

海红拟了一份协议，两人签了字。

于是他们就到民政局办手续。离婚申请书上有一栏是离婚原因，工作人员填上了“感情破裂”，海红说，不是感情破裂，我们感情没有破裂，而是生活理念不同。道良对此颇感动。

协议书上关于房子，海红说她不要，但她有居住权，因为春泱还没长大，父母离异的事情不能告诉她，非但不能告诉女儿，双方的亲属朋友也都不说。这也是道良的意思。所以一切照旧，海红仍然住在家里，吃饭睡觉都跟从前一样。

吃饭当然是不能分开吃，那像什么话，而且海红向来不喜欢一个人吃饭——一个人吃饭暗无天日如同坐牢，不但凄凉，而且决不会有胃口。

睡觉倒是不成问题，两人向来是一人一张单人床，一对各怀心事的夫妻，一年到头也难得有一两次性生活。非但如此，连温暖的行为也向来没有。两人是否亲吻过？想不起来，从来没有。人变得这样冰冷木呆，是否缺乏一个热乎的怀抱？

临近离婚，海红才看见了自己每天睡觉的单人折叠铁床，她忽然有点惊觉，这么一张行军折叠铁床，一睡竟然睡了十几年！

她重新审视这张床——

它真是太简陋了！用铁管简单弯成的床架，一头高些一头矮些，床垫是用刨花芯压缩板固定在铁架上的，外面包了一层条纹布，中间横着一道凹槽，不用说，这凹槽是折叠用的。夏天睡觉，这凹槽正好硌在屁股上。硌了十几年你竟忍下了，意志力真是惊人。还有，这铁床靠窗放着，夜里一旦雷鸣电闪就心惊胆战，她在床上缩着，全身肌肉僵硬，铁床是导电的呢，闪电的白光从窗口进来，像迅疾的蛇飙到床上，不知哪一天，你就会被闪电击中成为一截焦炭。报上说，雷电把大树底下的人击倒了，当场死了十几个。

惊悸过后仍如旧，日复一日。

为什么会，日复一日、年复一年睡在这张折叠铁床上？海红在自家屋子里转了一圈，想了起来。结婚前道良就买好了两张带着厚厚床垫的弹簧单人床，以及一张木板床，海红不喜欢弹簧，于是她睡木板床。两张弹簧床呢，道良和保姆一人一张。春泱两岁的时候海红把木板床让给她，自己花八十元，在附近的杂货店胡乱买了这张折叠简易床，一睡就是十几年。

这样的一张床，怎么能十多年将就下来？是否意味着她放弃了生活。

不知道。

回首往事，海红常感困惑，为何十几年来要让自己睡在一张硌人的折叠简易行军床上，是对物质生活不甚介意，还是潜意识里觉得自己很快就要离开，所以睡什么床无所谓？这实在是有些古怪。

离婚前夕，道良专门去给海红买了一张单人木床。那种海红喜欢的单人木板床已经很少有卖了，厂家认为，世界上决不会再有人愿意睡这种硬邦邦直愣愣毫不体贴人体曲线的硬板床，既不舒服又难看土拙，稍有头脑的厂家谁会再干这种傻事！

如此一来，道良就受累了，他早出迟归，爱家、宜家、六里桥、十里河、四惠，每个卖场都差不多，要么是儿童专用的上下架床，要么一律弹簧床，这些床即使没有配上弹簧床垫，底部也是空格子，压根就没有床板。他转了有一个多星期，才终于找到一张有床板的床，但也不是纯粹的单人床，而是一张子母床，单人床的尺寸不假，不过床底下还藏着一层，有轮子，可以拉出来变成高低参差的两张床，但总算是真正实木的。

海红就从硌人的折叠简易行军铁床移到了木床上。

他们两人的单人床本来是并排放的，道良想出了办法，把两张床一字排开靠着同一面墙，中间隔一个屏风，如此，相当于在同一间房里隔出了两小间，夜里虽能听见彼此的咳嗽和梦呓，毕竟是隔着了一层布。

屏风也是道良去定做的，松木做成的架，两扇，连接处有活页，上下各一根横杆，海红拿出到贵州买的扎染蓝花布，让银禾缝在上下的横杆上，一扇别致的蓝花布屏风就做成了。海红跟银禾说她睡眠不好，怕光。

蓝花布屏风就这样竖在了房子的中央，海红的床离光线更远了。正午也如同黄昏。

你是安娜，或者爱玛

离婚是否因为瞿湛洋？海红不愿下这样的论断。她是为了自己，她认定必须离婚自己才能焕发出光彩，才能冲破压抑的生活，才能找到生机，才能给自己带来新的能量，才能成为一个自由女性……

让我们来说瞿湛洋。

这个人，小时候在军队大院长大，父亲是南海舰队的，80年代初调到总装备部，全家跟着到了北京。这个瞿湛洋，他是个天才呢，智商特别高，80年代是诗歌的年代，所以他就成了诗人，他的诗因为深奥奇诡暴得大名。80年代末，他出国了，荷兰德国各一年，英国法国各年半，美国最长，待了六年，娶妻生子，此外，新西兰澳大利亚加拿大的大学他也去讲学的，不是这里就是那里。

他简直就是国际性诗人——坊间也是这样定位的。

一混混了十几年。新世纪到来，离婚，回国，两个孩子都留给了美国妻子。他早已不再写诗，写不出了——是不接地气吗？一个用汉语写作的人，常年浸泡在英语里，写诗不跟见鬼一样荒谬？啊不是的，地气，地气是什么？莫须有的玩意儿，他写不出诗来是因为，他是有意识停笔，他担心写多了会“滑”掉，他认为诗歌应该“涩”而切忌“滑”。所以他把自己像一只开关那样——关掉了，等到将来某一天，他再把开关一拧，到那时，他定会写出绝世诗篇。

啊他不写诗的理由也是这样深奥别致。

瞿湛洋回国，风生水起，他是一个很有热情的人，精力充沛，像瀑布一样溅起万千水花——他做书商，策划商业演出，美术策展，独立电影制片，筹划MOOK（杂志书），策划摇滚节、民谣节、诗歌节，无一不是他在穿梭来往穿针引线。他总是高瞻远瞩的，又是马到成功的。他认识所有应该认识的人，他还有国际资源呢，请进来拉出去——所谓文化交流是也。

难道仅仅是一个文化掮客？决不是。他能写一流的文章，诗论和诗评；音乐评论、美术评论、剧评、影评，他还能写出热门的文化批评。

他什么时候学的书法？篆隶楷行草，无不像模像样的，据说有人要买，他还不愿出手！他要留着办一个书法展。他还会拉二胡，把《二泉映月》拉得呜呜咽咽的，不过他不喜欢中国音乐，认为缺乏建筑感。他还会吃——能烧一手好菜。他甚至还会说几句广西东南部方言，“落雨大水浸屋系呒系啊”，也当然，两广不分家，他小时在广州待过几年，桂东南方言跟粤语是很接近的。

这个人，他还有很高的情商，看一眼就明白你的心思了，然后在一秒钟之内做出自己的反应。此外他喜欢炫耀自己的身体，有一年在纽约，零下多少度，他穿着一件衬衣，外面只套了件薄薄的皮夹克，在室外待了三个小时手还是热的。

——世界上真有这种人。

我们的海红，在上个世纪80年代深受熏陶，追赶各种源源不断涌来的西方理论和主义，兴奋兮兮气喘吁吁的，只要是新鲜的，样样都是好的。喜欢现代派（这个词在80年代代表一切新玩意儿），尤其向往女权主义的波伏瓦，简直是崇拜，不为理论和观念，只为她与萨特终身不结婚的伟大而奇迹的爱情。但是海红的萨特始终没有出现，她总是受到挫折，总是初时以为某人是萨特，不久又发现是自己弱智搞错了。后来看到一篇揭秘文章，原来，偶像不过是神话一桩，原来，偶像千疮百孔，嫉妒、伤害、谎言，种种不堪像蜂拥而至的白蚁，嘎嘎嘎，偶像一下就被蛀空了，扑然倒地。

纵然如此，她也不能阻挡自己追求爱情。陷入各色泥潭的机会太多了——

只要是一个画画的、写小说的、写诗的，你就冲她放电吧，你换一种温柔的眼神，含情脉脉地盯紧她，别移开——她敏感得很，只要你看着她超过两分钟，在整个大厅的半径之内她都会感觉得到，她感到她的后背，或脸的侧面，或者她的一只耳朵，那里热乎乎的有种异样的麻酥，于是她那块地方就变僵了。她僵硬着，从她原来动作的惯性中慢下来，慢下来……忽然，她飞快地扭头，准确无误地朝你所在的位置投去闪电雷鸣般的一瞥，在黑暗中，她的眼睛多亮啊，携带着饱满的能量和激情。两人的视线在空中对撞，发出“叮”的一声，新的大陆就出现了，旁边的人群，顿时变成微微荡漾的水浪，她在波涛上面，忽悠忽悠地就驶将过去。

在一个豪华得堪称资产阶级的场合，海红认识了瞿湛洋。

是在夏天，海红已经很久没有出门见人了，一个熟识的女编辑，也是从广西小县城来闯北京的，她们平素交往极少，但是偶尔，在跟广西有关的事情上会不期而遇。上一次，是家乡电视台要做一个跟张艺谋有关的文化话题，张电影学院毕业后分到广西电影制片厂，出了大名之后广西把他当成了家乡人。但是那次，大家都来了，唯有张一人未到。

女编辑事先没有约好海红，这两个人其实有几分相像，都有点神经质、没脑子——所有从边远的西南省份来闯荡京城的文艺青年都有点如此这般，或可称之为边地气质？

她临时打来电话，像着大火似的叫道——海红海红海红啊，你一定要去一定要去快下来吧！在她一连串的呼喊中海红听明白了：一名旅美画家回国举办回顾展，这人的名字海红二十多年前就听说过，据说在美国获得了巨大成功，每一幅画都卖出了惊人的天文数字。隆重的开幕式已经举行过，这时要举办一个盛大的Party，在郊外一个什么人的豪宅里，有车去，她已经坐在了车子里，车马上就到海红家的楼下。

是啊着火了，火从女伴的惊呼中蹿得三丈高，把海红燎得晕头转向，还是去玩玩吧——她只来得及换上一条鲜艳的布裙子，车子就到了楼下，慌乱中她准备戴上的一只手镯也忘记了，简直丢盔弃甲。

下午三点多，城里少有的不堵车的时段，一路畅通呼呼出城，郊区的路也都修得处处宽直油亮，绿化的树木也都连成了林带，疏疏密密一路绵延。忽然有水腥气，原来到了一片水域跟前，水边几棵粗大的柳树随风荡着无数柳条，洇得眼前泠泠疏绿。

就到了。

一块天然巨石，某某山庄几个阴刻大字赫然在目。山庄门禁森严，车子开进去又是大片草坪树木，弯了几个弯，才停在一座灰色斜顶四面不甚规则的大房子跟前。这就是传说中的豪宅么？它是这样低调雅致——啊当然，主人早年毕业于北大，现在也不能说不算知识分子，他眼下是一家上市公司的副总，公司十亿美元，他占股10%，名副其实，是令人瞠目的亿万富翁。

也是谦逊的、平和的、亲切的——

女主人毫不珠光宝气，宽腿裤，白色钩花开襟上衣，几乎是铅华洗尽。她领客人参观宅子，一层一层地上去，再一层一层地下来，楼梯宽，木板厚，木纹也是且妖娆且蕴藉，让人不忍一脚踩下去。放映室整整一面墙的宽银幕，跟影院没什么两样；茶室是幽僻的，榻榻米，中空下沉，支一方木桌，一侧头，满窗竹子，扶疏掩映。图书馆呢，当然也有，环墙的仿古书橱里书快塞满了。啊活动室是空的，只放了一张乒乓球桌，这个年龄的人，谁不能打两板乒乓球。其他活动，当然是到户外的好。

游泳池也是在室外，但是加了活动的玻璃隔墙，上头也是玻璃顶，如果仰泳，可以看到蓝天白云，或者夜里的星星；如果夏天，把玻璃墙敞开，风透过果树和竹林一路吹到水面，不是真正的大自然又是什么！冬天，玻璃墙就要关严实了，供暖，恒温，这又比大自然舒适。游泳池真是大啊，总有三四十米长，满满一池清水，波光闪闪掠过你的皮肤……不知堆了多少钱！

京城的文化名流都来了，全都是最最著名的——

个个的名字都烫人，名字和真人合在一起就加倍烫人了，烟花一样绚丽明亮，你一看，啊那不是谁谁吗？只在电视上见过，或者竟连电视他也不上的，所谓江湖没有哥的身影，但到处都是哥的传说。想不到也来了，呼啸声蹿上半空，亮堂的光流灼痛你的双眼。顶级的作曲家、画家、小提琴演奏家、钢琴家、导演、明星、诗人、作家、男高音和女高音、舞蹈家、文化评论者、南方大媒体的文化记者。来客带着妻子或女友，美女如云，活香生色。

某个著名跨国公司中国区的女总裁也到了场，在这个经济时代，她比谁都更著名，比谁都更是中国青年的偶像，女总裁从底层一路奋斗上来，像一个永不破灭的气泡从水底升起。她是奇迹，同时也是美女——风姿绰约气度不凡，白皙、性感，穿一身黑色长裙。她大约比安娜·卡列尼娜大个十几岁。

男主人笑眯眯的，圆润得像一尊弥勒佛。“哈外面更好玩！”他领大伙绕着宅子转悠，在草坪上徜徉来徜徉去。

是啊草坪。

要区分一所宅子是否是豪宅就要看草坪了，没有足够大的私人草坪是绝不能称之为豪宅的。这里这里，那里那里，这草坪能顶半个足球场。不是平铺的，那样一览无余可不够品位，而是有缓坡，微微隆起又徐徐滑下，流线型——如大地的肌肤一般美妙。周围种了一圈植物，松树和竹子是少不了的，松树粗而高，这可不是树苗，不知从哪移过来，一棵油松少说也要八千元！

石榴、李子、梨子、海棠……主人把他的果树一一来介绍，仿佛是自家养在深闺的乖女儿，乖女儿绣出了花，石榴树结下了石榴果，有拳头大，半红半绿的。李子和梨子也都挂果了，躲在叶子中间。草地的一角，挖了荷塘，荷叶宽宽荷花红，主人适时向客人们邀功——这是今天上午才移来的。

草坪上还支了一架原木秋千，一顶绿色四方遮阳篷，篷下有白色的沙滩桌椅。

盛夏艳阳，白光闪闪——

旅美画家一行来到，几辆豪车鱼贯开到栅栏外。黑的奔驰，白的宝马，他带来的是整整一个亲友粉丝团——美国的妻子和混血的女儿，美国的医生、律师、一个退役拳击运动员、一对宛若儿童的老夫妇，他们都没来过中国呢，第一次，来捧场，也顺便玩玩。

——人人都是兴高采烈的。

空气中传来了烧烤的香味，寻味找去——是宅子里的露天中庭架起了烧烤架，几个头戴高筒帽一身雪白的人在忙乎，是从著名的北京饭店专门请来的大厨！庭院有镂空的墙窗，隔窗可见一枝高脚荷花，宛如美人托腮。真是匠心。

晚餐是自助，中式大圆桌早就过时了，太土，且不卫生。

盘盏闪闪，刀叉亮亮，专业的服务生身穿制服背手立在一旁。也都是从五星级酒店请来的。长条木桌上的不锈钢容器只只都满钵满盆，菜肴、主食、果蔬、点心、面包、奶酪、坚果、饮料、酒类，无一不闪耀着广告般鲜艳的色泽——象牙白、樱桃红、咖喱黄……长的方的高的矮的圆的扁的，闪闪烁烁，它们跟平时不一样了，仿佛进了豪宅，也换上了最好的衣服，连它们自己也都认不出自己了。海红看到一款绿色糙皮如枇杷般大小的水果，拿起一看，原来是荔枝，家乡圭宁就是荔枝的产地她都差点认不出了，它红衣换了绿衫，是那样营养优良，气势逼人。

等到所有人聚到大客厅，主人拍拍手的时候，众人才意识到聚会的高潮才刚刚开始。

大客厅的穹顶真是高啊——要把下巴仰到天上去才能看到顶，巨型水晶吊灯瀑布般流泻烁烁珠玉，巨大的钢琴来自哪里？啊是昨天半夜两点才运到，今天早上才调好音，一切都是为了今夜晚。昂贵的家伙，一百多万，叫“贝森多夫”？跟随钢琴到来的还有一名钢琴代表，他算是半个钢琴家，他什么曲子都会弹，任何人演唱他都能配上音乐。他儒雅，谦逊，像仆役般站在钢琴的旁边，他大概有五十岁了，头发花白。

主人请出一位真正的钢琴演奏家，他在国际比赛中获得过某某奖和某某奖，又请出一位男高音，也是在国际比赛中金奖和银奖都领过的。一个个出场，人人堪称一流，旅居维也纳的小提琴手年轻貌美，一头黑发遮住了半边脸，她是很有个性的，很重视自己的艺术，钢琴代表要帮她伴奏，她坚决谢绝；现代舞者面容忧郁五官俊朗，他表演了一个自编的独舞叫《牡丹》……

海红始终和同来的女伴黏在一起，遇到人多的大场面，她总免不了慌张。一个兼做记者的诗人给她介绍了瞿湛洋，海红年轻时写诗，跟京城诗歌界算是面熟。瞿湛洋，啊她知道他，而且，居然，他二十年前的诗她竟想起了一句，鬼使神差地，溜出了嘴边。

瞿湛洋，他反应是何等迅疾——啊一看你就是广东广西那边的，他小时候在湛江待过几年，湛江离她老家只有半天车程。“落雨大水浸屋系咓系啊”，他说出了一句她的家乡话。不算原汁原味，却已是无限近似。

他深深地看了海红一眼。

海红这时候，正是一片无边无际的油菜花，她早就把自己长得金灿灿的了，她烧着自己的肌肤，在头顶燃起花朵，她还要往豆荚里结满油菜籽，把每只豆荚撑得饱饱实实的。她等着一阵风到来，把自己吹得哗哗响，花叶起伏，华彩降临，一阵风，把这片金黄吹向她的血液和骨头。而这阵风迟迟不来，她金黄得是多么寂寞啊。

她在深井里，听到远处传来一句话“落雨大水浸屋系咓系啊”，遥远的南方遥远的亚热带遥远的少女时代，纷纷落下，伴随着，还有芭蕉叶，枇杷杧果荔枝杨梅番石榴，灼热的气浪午后的阵雨……

——有什么在激烈摇晃。当她再次望向他的时候，她感到自己已经爱上了这个家伙。

他身边的女伴异常鲜明地飘拂，她绚丽的长裙在飘拂，白色的低胸上衣在飘拂，颈项上蓝色的绿松石，绿松石上的花纹在飘拂，她手腕上的象牙镯，象牙镯在飘拂，耳垂的坠子，头上的粗大发辫，嘴唇上的口红。

它们在飘拂——

那是一位女画家，浑身上下散发出异域色彩，犹如弗里达。她打扮得就像弗里达·卡罗，墨西哥的女画家弗里达·卡罗，传奇而美丽，才华横溢声名远播，画风充满神秘感。他们结婚了吗？不知道。

瞿湛洋身旁的弗里达在飘拂，鲜明而寂静——在闪闪烁烁的喧腾中。

多么令人绝望！

瞿湛洋是什么人，一个高手，他一眼就看出了这个女人心中的那团风暴。过了几天，他打电话给海红，请她去喝咖啡。

海红心里怦怦跳着来到那家星级酒店的咖啡厅，她低眉垂眼，脸上一阵阵发烫，她都已经多大了？在传统社会里，这种女人被称作花痴。她是无视年龄的，根本就忘记了自己有多大，她身上一直没有成长的那一小块地方发了酵，越发越大，一个怀春少女在这个一把年纪的女人身上孜孜茁壮，生命的热情如水一样弥漫，香气隐隐一路上升，从内到外现了形。

她脸上大概就是这样一种神情。

他们闲聊了十几分钟，瞿湛洋，他是当机立断的，他说别老坐着我们来转转吧，这个酒店还是不错的。海红恍恍惚惚跟在他身后，光可鉴人的大理石地面、玻璃幕墙、人工瀑布、水晶吊灯、华丽的垂帘和沙发、绿色植物高大茂盛……你在这些亮闪闪的东西中间恍恍惚惚，人工的光线使人晕眩。

忽然他一把就揽住了她!

就在回廊上他一把揽住她的腰非常紧，他使她贴紧同时他的嘴按在了她的嘴唇上。公共场所，一个男人紧贴着自己并且吻在了她的嘴唇上，海红吓得心都要蹦出来了，她闭上眼睛听见身后的高跟鞋嘚嘚响，来来往往仿佛擦身而过。

心惊肉跳……

仿佛是前所未有的爱情——强悍，富有侵略性。毫无道理地不容置疑。一阵飓风摧枯拉朽，深井里的根系连根拔起，再也不可能获救。身后杂沓的脚步声来来往往。她简直不敢睁开眼睛，她将看见自己无地自容，她将不敢再看他，她将不再是原来那个人。她指望血液慢慢被加热，却忽的一下燃起了大火。那狂暴的……是否，也好?

不知怎么你们就来到了他的工作室，似乎坐在出租车里沿着二环折到东三环，护城河杨柳依依灰色楼房在光影中浮动。一套大四居，工作室兼住宅，阔大的落地玻璃窗，光线满盈，巨大的实木案桌，没有抽屉；一个房间四面墙都是CD，西方古典音乐，所有的名家，无论是交响乐还是协奏曲，每个曲子都有五到十个版本——用来把人镇住。不同的乐团，不同的指挥，不同的演奏家——他的音乐评论就是把它们之间的区别讲出来。有一台很好的音响，放点什么呢？他似乎在征询，当然，她是个音盲，他头一侧，给你听这个吧。他拿出一张碟，格伦·古尔德弹巴赫《戈德堡变奏曲》，录像，古尔德的身体像老鼠一样探在键盘上，他的手则像蝴蝶，很是奇异。只看了一小会儿，他又换了一个碟，是一个黑人舞蹈家编的舞蹈，叫尤利希斯。黑人，像火一样来自生命的旋律，六个黑女人，然后是六个白人，三男三女……爱情、死亡。而流淌的乐声漫过头顶。

不知怎么，你们来到了他的卧室。

卧室，卧室有一只白瓷大浴缸隔着玻璃……

这些你都没有看清。因为人在飘浮中，半是恍惚半是迷糊。又因为他忽然说：我想和你做爱。

——如此直截了当雷霆万钧，再次让她五脏趔趄。农耕文明的小桥流水遇到了龙卷风，她一点也不想这么快就干这个！她想谈恋爱，柔软的触角，僻静的青苔，屋檐的漏水一滴又一滴，一滴一滴凝成珍珠戴在手腕上，悠长的气息隔着一层芭蕉叶，而叶儿卷得正紧。花半开，面半遮，琵琶声半断半续——海红以为她到这里来是听音乐和参观书法的！

来做爱吧，他又说了一次。

海红感到自己的身体晃动了一下被什么抱着一下悬空了，几步路，她落到了一个富有弹性的东西上。她睁开眼睛，看到天花板在她的上方，男人的脸也在她上方。她是不愿意的，不愿意，所以她开始挣扎，但是男人使出了强力，她蹬腿要踢人，踢不动——被什么压住了；她伸手要抓他的脸，两只手却早已被他握得紧紧的；还有什么武器没使出来？吐唾沫，是啊吐唾沫，她撮起了嘴唇，还没来得及吐出去，闪电般，他连人带嘴罩下来——封死了。

她全身瘫软没了力气。但是眼泪却从眼角流下来——其实不是真的不愿意，而是不愿这么快就愿意。他大概也看出了这一点。所以他，已经娴熟的手段更加娴熟，至末尾，他把她摆弄得水淋淋的，她感到，某朵沾了污泥浊水的棉花重新变得洁白，在太阳下，重新聚集了丝絮……而变得饱满。

他得意。微笑。

跟她说，爱情是最好的春药，延缓衰老。

繁花起伏

武广高铁还在建设的时候，有一个高瞻远瞩的人在武汉办了一个旅游杂志。他提前看到了以下景象：一列白色的列车，从广州出发，风驰电掣，如同一道白色的闪电，飞速掠过绵绵群山，几个小时就停在了武昌站。啊武汉三镇，长江浩浩，芳草萋萋鹦鹉洲，珞珈山上樱花开了，如云如雾，龟山蛇山黄鹤楼，黄鹤一去不复返，白云千载空悠悠，谁不想去看一看。从武汉出发，坐一点点车，赤壁，赤壁到了，惊涛裂岸，卷起千堆雪。再坐一点点车，恩施也到了，清江、地下河、溶洞、漂流，加上土家族风情……还有长阳呢，风光旖旎迷死人，从宜昌下三峡，巫山神女，与其在悬崖上展览千年，不如在爱人肩头痛哭一晚（这个人年轻的时候曾经写过诗），江山如此多娇。

这时不办一个旅游杂志还等什么呢！

2006年，经朋友推荐，海红到这家旅游杂志当应聘编辑，组稿，也写一点稿子，不负责版面，工资不算高。但这个时期她状态不错，当枪手写了一部电视剧剧本，还不定期写一些专栏，工资加上稿费，日子绰绰有余。

火车隆隆，夕发朝至，北京的夜晚沉在身后，武汉的清晨升起在眼前。新生活再次开始了。从沉闷的家庭生活一下冲出来，成了清爽的一个人，单位就在东湖开发区里，借用的房地产公司的房子。房地产是现时代的老大，它的房子总是位置绝佳。湖光山色，窗外就是磨山，到了春天磨山漫山都是桃花，而东湖宽阔豁朗，比起北京的前海后海和北海，更加当得起海这个名称。稍有风，湖面水波起伏汹涌有势，浩大的水啊……海红简直想写诗。走很短的一段路就能看到著名的武汉大学，树盖中绿色琉璃瓦屋顶闪闪发光，房屋依山而建层层叠叠犹如布达拉宫，无尽的台阶，登山一样登上平台，飞檐楼阁，落地长窗，既像天庭也像人间，还有著名的樱花呢，如云如雾如烟，繁花重重起伏，花期没赶上真是可惜，明年一定要专门来赏樱。虽然从未见过也像是早就见过，似乎是月夜，或者是梦中，虚幻飘渺的花，大概也适合虚无飘渺地相遇，真的见了也许倒不好。

租住的房子也在东湖边，是电力系统的单位，他们的住宅有多的，自己住新房，旧房出租。旧房也质量不错，砖实墙厚，有管道煤气。只不过没有灶眼。没有更好，海红本来就不想炒菜，院子里有机关饭堂，早中晚三餐都解决了。

房东六十岁，退休的工会干部，笑眯眯的，对她出租给海红的一居室很是自我欣赏，她领海红看房子，不住口地称赞：四楼，四楼最好的，不高也不低，上面的五楼是顶楼，夏天最热，又容易漏水，一楼特别潮，墙角都能长蘑菇，二楼三楼都不够亮，树叶全挡着光了，蚊子又多，四楼最好。她满意地环顾自己的这套一居室，仿佛是第一次看见，家具都是全的，她摸着大床的床沿，有些依依不舍似的。没有衣柜没关系，这有一个壁橱，她把壁橱的门打开，里面拴了一根红色的塑料绳子，绳子上挂着一串旧衣架，一律的铁丝弯钩，还有两根竹条做成的裤架，还有一些竹夹子。女房东欣喜地说：你可以把衣服挂在这里呢！

到了厨房，她又欣喜道：瓷砖通通擦过了！海红觉得有点怪异，虽说瓷砖闪着实白的光，但是看上去却总有那么一点不洁感。灶台上放着两三只大大小小的铝锅，锅身和锅盖都有些凹凸不平，看来真是有年头了。碗柜里有淘汰下来的碗筷、杯子和碟子，有点陈旧，有点油腻，不知多久没人碰过它们了。卫生间，比一张书桌略大，仅容一人，忽然海红发现，马桶怎么是光的，垫和盖都没有，这可怎么用呢？女房东也跟着“咦”了一声，好像是刚刚发现。她安慰海红道：不要紧的不要紧的，我明天就去买。马桶跟前还有一只红色的塑料矮凳，让人摸不着头脑。过后海红才明白，这是用来搁手纸用的。

这些都不重要，最要紧的是热水器。你要记得提前四十五分钟插上电源，洗澡前一定要记得把电源拔掉，千万千万，一定要记住，不然会漏电的。她指着贴在墙上的警示条，那是她老头子在世时用毛笔写的，她用红墨水加了三个惊叹号。门厅里有一只洗衣机，双缸，又大又笨。“有轮子”女房东脸上再次放出了光：可以推到卫生间放下水，用起来很方便的，洗床单或大件衣服，在一个缸里洗完了，再捞到另一只缸甩干！怎么样，满意吧？满意吧？她明亮而急切地问道。

环境倒是不错，推开窗，窗前是茂密的绿叶，一群麻雀啁啁飞散，有竹子，有桂花树，最多的是粗大的香樟，一进大院，气温比外面要低上三四度。饭堂也不错，中午有不同的汤，早上有饭堂自己做的热豆浆。不错吧？不错吧？女房东一见到海红总要热切问道。不错，海红答道。她也真的觉得不错起来。

骑自行车上班。车是二手的，看上去旧，轴承加了润滑油，脚一蹬，也算滑溜。出大院门，过马路，到梨园广场左拐，就看见东湖的大片水面了，一路骑车，闻着水腥气，过掉一家水上餐馆，一拐，就到了。

有个休息日，海红独自骑车到对江的汉口去。武汉三镇真是大，不过有了长江二桥就不同了，从徐东路直接上长江二桥，江风浩浩，从渺远的天边直灌进海红的衣服，衣襟拂拂鼓荡，精神为之一振。无边落木萧萧下，不尽长江滚滚来……过了桥往左拐就是著名的沿江大道，一个多世纪前的英法德日建筑列列长街，犹如置身于历史大片之中。

她信步走下江堤，站到一片芦苇中，水浊，鸟飞，粪便和青草的气味和水腥气混在一起，天旷地远。

得工作之便，去了不少地方。洪湖，洪湖水啊浪打浪，没有大片的荷花莲藕，但是湖蟹肥鱼；木兰湖，木兰湖/金色的花瓣落尽/夏天即将来到/你的光芒收敛/藏进无数个豆荚/成为小小的心。她真的写了一道诗。丹江口、武当山、神农架，最难得的是鄂西恩施，坐长途汽车十三小时，但是清江的水真清啊，一段一段的落差，两段落差之间一江碧水平如明镜，还有举世无双的大溶洞呢，洞内竟然有高山和大河，完全是另一个万千世界。

回来的路上路过随县，曾侯乙的编钟铛铛敲响，古代的编钟乐曲跟你一路青山绿水回到武昌。下雨了，雨丝飘拂，万物湿润。

她给瞿湛洋发短信：山河浩荡，你来吧！

瞿湛洋是你心上的一束阳光吗？那时候。寂寂暗夜，忽然一条短信从天而降，叮咚一声，仿佛某处琴弦响了一下。绿袍挑尽葬春水，银鞍理罢种蔷薇。这是谁的诗呢？他不答。反复看，不甚明了。一种莫名的东西，她就是喜欢。

她也给他发短信：你是我左边的空虚，我是你右边的阴影。他问：你的诗？啊是别人的。是我的心情。

忽然又有一条：

伤心大抵长生殿，销魂不过锦灰堆。

既惊艳，又惊心。而且，颓废。不过又，实在漂亮。

夜深了，他不说晚安，他说：

叠袖而眠。

亦是一个莫名的句子，有莫名的妙处。

即使有瞿湛洋，海红也常常要回到北京道良的身边的。她牢牢记着道良说的话：这里永远是你的家。出于自私的目的，你不愿放弃这个家。她也总是记着自己跟道良说过的话：不管以后我的情况怎样，每年中秋我都会回来和你一起过。他们去办离婚手续是中秋节的次日，道良伤感说，这是我们在一起过的最后一个中秋节了。想到自己将独自在武汉度过那些没有着落的节日，海红立即表示：无论中秋，还是春节，她肯定要回来和道良一起过。道良脸略宽一宽，又说，怎么可能？还有别人哪。

别人是谁？瞿湛洋是不算的，为什么不算，海红纵然糊涂，也明白两人的关系不能往远处想。后来她告诉瞿湛洋她离婚了，他果然吃惊地问道：是吗？是实在过不下去吗？然后他说：你真傻。

海红说，没有别人，现在没有，将来也不会有。你是这样的悲观，却又这样的莽撞。道良便说：你的心眼我还不明白，前途不明，先一脚踩出去再说，好呢，便头也不回走掉，不好呢，再缩回来。我还不知道。就像一顶帽子捂在地上，不知里面是什么玩意儿，是蛇呢，赶紧撒手，是珠宝呢，便好得很。海红听了很开心，以为一针见血。

她便常常回北京，火车夕发朝至，在车上睡上一夜，第二天早上七八点就到了。拎着简单的行李，坐上出租车。朝日初升，一路向东，太阳在正前方晃着了眼睛，她从包里取出墨镜戴上。正是上班高峰，车多路塞，但她不着急。到家了，虽然已经离婚，但这里还是家，因为道良和女儿在这里。一进门，银禾就给她热牛奶。海红在火车上不吃早餐，回家吃。四分之一馒头，半碗牛奶，一个鸡蛋。然后她洗漱，看报纸和杂志，一段时间积压下来的，道良给她留着。中午吃粥，菜呢，一个时令青菜，另一个，瘦肉炒土豆，或雪里蕻肉末，或莴笋炒肉片。有时候会煮一只咸鸭蛋三人分食，或者来一块酱豆腐。菜总是吃不完，银禾把剩菜拨到一个碟子里，留到晚上自己吃。

海红像原来那样承担一大半的伙食费和全部的水电煤气电话上网

费。天太热了，空调要换新的，她自告奋勇，全额由她承担；电冰箱坏了，买一个新的，也是她来买。春泱上的学校属民办公助，学费不菲，加上家教费补习费，也都由海红统统揽下。

她的固定收入比道良的退休工资高一倍多，还有不定期的稿费，她理所当然地贡献给这个离了婚的家。

她是慷慨呢，抑或是自私？她有时觉得自己是慷慨的，离了婚还自愿扛着一个家；有时她又疑惑自己是不是出于自私的目的，是要为自己留后路。留后路，一点也不错，不让孩子和双方亲戚知道就是要留后路。她在对自己的两种判断中来回拉锯，把自己的睡眠锯开了，她的失眠大概就是这时候加重的。

事情实在古怪，一个收入比丈夫高的女人，一个自以为的自由女性，她这样处理自己的生活。娜拉走后怎么办？不是堕落就是回来，但娜拉是经济不能独立的女人，海红你，可不是。

那你为什么会如此依赖道良和这个家？

你希望回到一种压抑的生活中去吗？你希望被一个人所控制吗？你希望以自由之身回到不自由中去吗？难道你缺少生活能力，觉得独自一人不能生活？难道你仅仅因为不想独自一个人吃饭，不想独自一人长久待在一间空屋子里，不想一个人过节，就要回到你逃离的生活中？自由……自由对你一点用都没有，你不享受它，它就给你带来空虚和抑郁。一个人如果不够独立成熟，她必然承担不了自己的自由。

海红仿佛看见了一只鸟，它在笼子里经年累月，它的翅膀早已经耷拉下来，笼子的门打开了，它却不飞，它在笼子里徘徊来徘徊去，它硬着头皮钻出了笼门，它一振翅，却掉了下来。你的翅膀也早就退化了吗？

不对，她不能承认这个。

无论如何，她还是觉得离婚改变了两个人的关系，她不再像以前那样感到压抑了，因为她随时可以走开，她不走是她的自由选择。他也不能控制她，只是提醒她，现在大街上亡命之徒遍地都是，大白天都能杀人，单身女人走路危险太大。独立生活，你是比谁都更早啊，在记忆中，你从来就是独自一人。

这个自幼年起就没有了正常家庭的人，正是由于对感情的极度渴求，所以才离婚，同样也是极度渴求情感，她才无法离开被她抛在身后的家一步？无论如何，她感到，比起遥远的圭宁母亲的家，这更是她的家。

在北京的日子，海红晚饭后出门散步。往东，再往南，有一个小小的街心公园，公园下去是一条细细长长的胡同一直通到朝阳门。空地上有一队老太太扭秧歌，她们穿着鲜艳的衣服，腰间系一条大红绸子，胖的胖瘦的瘦，有一个十八九岁的男孩流着哈喇子跟在队伍后头，两脚乱蹦，双手不停地向后挥舞。两个老头一个打鼓一个打镲，他们边打边看着秧歌里的老太太——也不都是那么老，有的并不老，腰身苗条，在旋转弯曲的绸子中脸庞一闪一闪。咚咚锵，咚咚锵，在秋冬里凭空暖着了空气，听到鼓镲声人人都要紧走几步围近来，在灰色的街道上，在暗下来的黄昏中，鲜艳的秧歌就是开在枯索日子里的花，谁不停下来看一看呢。围着观看的人很是不少，海红也挤在其中，挨着热腾腾的人群，从困扰的内心探出头，她实在需要这样的时刻。

后来胡同消失了，成了庞大的高楼和楼前的绿地，绿地间做成了一个小广场，海红走二十多分钟来到这里，“雪山啊，霞光万丈，雄鹰啊，展翅飞翔”，她听见少年时代熟悉的歌声——

是一片人在跳舞，她们提了一只手提音响，“偷电”，她们得意说，偷的是路灯的电，每个人半年交五元钱，这钱是用来贿赂保安的，这样她们偷电时就不会有人找麻烦了。剩下的钱她们要给老师，老师是一位六十岁的女子，她四肢颀长，身体柔软，看上去只有四十多岁，藏族舞，新疆舞，傣族舞，她跳得真是好，“太湖美呀太湖美，美就美在太湖水”，太湖的水已经被沿岸的工厂污染了，蓝藻浮溢，恶臭盈鼻，但她们跳得起劲，尽量柔软如水。老师一定是专业的，啊根本不是，她是一名工人，退休了，听说她从小热爱舞蹈，但一直没有机会。这下好了，她每天跳。有一天下雪，来了近二十个人，刮大风，也来了十几个。有一个四十多岁的女子，她总是要来的，她没结婚，没有自己的家，没孩子，也没工作。下岗了，她跟老母亲住在一起。

她站在边上，有时也跟着比画，以旁观为主。她并不孤僻，主动跟人说话。她对海红说：时间太多太多了，太闲了，没有事情干。

下雨了，音乐中的舞蹈着的人还不愿停。但是哗的一下，雨忽然大了，有人说散了吧，眨眼间人已散尽。朵朵雨伞砰砰张开，仿佛人人都知道这天要下雨。

海红像那个闲得无聊的女子，天天来看街上的女人跳舞，风雨无阻，下雪她也来，冬天刮大风她也不怕，她戴上绒线帽子和手套，顶着大风步行二十多分钟，最热的三伏天，她就带上一条手绢，边走边擦汗。

她奇怪地看上了瘾。站在边上，听着三四十年前的歌曲，仿佛回到中学时代文艺宣传队的日子。跳舞的女人跟她年纪相仿，她们有多老她就有多老了，那时候厂矿学校部队那么多的文艺队，这么多的人被时代教会了舞蹈，她们跳呀跳呀的——锻炼身体。

海红每天赶到这里和陌生人在一起，她们问她，你是哪里的？唔她是住在那边的。

*雪山啊，霞光万丈。*瞿湛洋如同她的雪山吗？*雄鹰啊，展翅飞翔。*心如鹰鹞千山外。她迎着一支老曲子走过去，在陌生的人群中跟着那个六十岁的女子跳起了藏族舞，雪山啊，格桑花啊，雅鲁藏布江啊，虚拟的长长衣袖和雪白哈达在飘动，天上的白云像棉花一样朵朵裂开，月亮在云间穿行，把每朵云的边缘映亮，藏歌曲终，一抬头，看见满天灼灼花朵。

在北京过完五一，7号回到武汉。9号，瞿湛洋来了，他那一段没什么事，四处闲逛会他昔日的朋友。他到武汉来，武汉军区有他小时候在湛江军分区大院的玩伴，玩伴借给他一辆越野车。决定开车去江西婺源，杂志社的每个人都去过了，极尽渲染，白墙黑瓦，小桥流水人家，油菜花灿灿天涯。

10号上午，他们从武昌动身，加油，过大桥，沿某某国道奔向江西。车上的音响不错，瞿湛洋后悔没带几盘他的CD，他的玩伴口味杂沓，车上有一盘邓丽君金曲，一盘莎拉·布莱曼，一盘阿根廷女歌手的自己翻的CD，还有三盘巴赫《马太受难曲》，包装精美，大概是某个喜欢宗教音乐的朋友送他的。瞿湛洋说，出来玩，就别听什么受难曲了，多变态啊。邓丽君，"甜蜜蜜"，太甜了，至少得莎拉·布莱曼。好了，歌声清澈空气流通。山河浩浩荡荡。

忽然看见有路牌，庐山。啊庐山这么近，算起来，瞿湛洋有二十年没去过庐山了，海红呢，从来没去过。遂临时起意，去庐山。高速公路真是快啊，盘山而上，一路修竹，十一点半就上了山。

在山上吃饭，之后他们先要去找美庐，二十年前瞿湛洋来庐山的时候美庐可没开放，三十多年前宋美龄还是一个反面人物，骄奢淫逸，用牛奶洗澡，现在呢，风华绝代举世无双。拥进美庐的游客最多，1933年，一个名叫巴莉的英国女人送给她的好朋友宋美龄的这幢别墅成为了庐山的最大兴奋点，游客们拥挤着在回廊和楼梯移动，后背挨着后背，啊那是卧室那是餐厅那是浴室，浴缸就在那里，七十多年前的旧浴缸引起的惊呼此起彼伏，浴缸啊牛奶啊，它们终于从遥远的高处簌簌跌落，成为众生的消费品。大家走到二楼露台上探头一望，然后又绕房一周，竹林真是丰茂，据说是蒋介石手植，两棵四百年树龄的金钱松也是蔚为大观，而宋美龄在墙角下种的凌霄花爬满了墙，再过一个多月就要开花了。众人挤着照相，单人照、集体照，人人兴奋不已。

两人去看散落在各个幽僻处的别墅，没有游人，也不开放，仿佛是另一个庐山。陈诚别墅，胡宗南别墅，冯玉祥别墅，讨袁将军李烈钧的崇雅楼，陈三立（啊著名的陈寅恪的父亲）的松门别墅，以及高大巍峨的吴庐，气派的云天别墅，那些内廊敞开式、内廊封闭式、半封闭半敞开外廊式的别墅各具风格。漫山岭俱是大名人。

还找到了汪精卫别墅。汪才活了五十一岁，却是大起大落人生，小时候是一个苦孩子，年轻时是革命先驱热血英雄，刺杀摄政王，中年成了头号汉奸，“他妈的真……”瞿湛洋说。光线暗了，他们到天街去，找一家馆子，吃了一只炖土鸡，住了一夜，第二天下山奔婺源。

路上瞿湛洋接到一个女人的电话，他手机里传出她的类似撒娇的声音，海红想起那个打扮得像弗里达的女画家，她是美人蕉，耳坠叮当响——你是他的第几个？她不便问他这些，这会使她显得小气。但脸上像蒙了一层灰尘，路上景色暗淡，没有油菜花。

哎呀你吃什么干醋——他说道，甚至笑，他觉得这太可笑了。他问你觉得多少个你能接受呢？在你之前，有六个，这总可以吧，不算多。现在肯定没有别人，只有你。走遍了全世界只有六个。这算多么？

但是油菜花呢？一路上没有看见传说中的油菜花，那种漫漫无边的金黄色，在5月份的这个季节，统统结了籽，该收割了。可以看见田里有农人收割油菜，他们手拿一柄长杆镰刀，一挥一扽，一挥一扽，倒伏的油菜被割下放到身后摆成整齐的一排排，另一些人把割下的油菜捆成结实的大捆，一只只立在田里，敦实参差，宛如心满意足的农人。劳动场景散发出崭崭活气，令海红心情轻松起来。

他们先到了一个叫上晓起的地方，古樟森森，绿水泠泠，大片的菜地翻起了松厚的肥土，有一头牛，成群的麻雀，还有一棵樱桃树。他们买了一只鸡让人当场杀来剁成块——她烧灶，他掌勺，久违的木劈柴在灶膛里毕剥得起劲。他问人：有辣椒吗？最好是干的，红的，一截就够。他兴头十足说，辣椒用来炝锅，去腥提味，你吃不出辣，但是味道会很鲜美。鸡块下锅他一阵翻炒，他要姜，要酒，要糖，要酱油，盖上盖，闷一闷，最后他又要青蒜，绿色的蒜段嵌在金黄的鸡块中——起锅了！怎么样？怎么样？

世界如此辽阔，而山河浩荡。海红感到自己的身体是湿润的，嘴唇鲜艳，简直可以不用口红，肌肉紧绷有一种饱满感，皮肤浮起一层光泽，眼睛波光潋滟涨起了秋水。他们在上晓起住了一夜，第二天到一个叫大李坑的地方去。

一路下雨。雨大路窄，好在迎面的车不多，瞿湛洋的驾驶技术也够用。在雨中他们来到大李坑，透过雨幕他们看到了白墙黑瓦檐头墙头，村头有一口大塘，村后一座青山。村民们披着雨衣在村口指挥他们停车，就停这里就停在这里，有人专门看着没问题，他们殷勤说道。沿着水塘进村，湿漉漉的青石板路闪着水光，一边是木门住屋，一边是水塘，石阶探进水里，有人披着雨衣蹲在水边洗竹笋，笋壳剥在青石板上，露出白嫩的笋肉。隔着水塘的山坡有一条石板路，那是一条徒步的路线，上山，往左，可以到虹关，那里有廊桥，跟廊桥遗梦那样的廊桥？上山一直走，可以走到很高山顶的一个村子，叫“查平坦”，名字真古怪。那里不通汽车，油菜花最盛，而且有高山云雾茶。“你们要去吗？”领路的村民问。

他们选了一家农家住下来，因开发旅游，许多人家都改造了标准间，有独立卫生间，太阳能热水器，包伙食，腊肉腊鸡挂在厨房的墙上，熏得微黑。他们的窗口正对着一片菜地，有几畦种了青菜，叶子粗大茁壮，大雨一阵阵泼在叶子上，发出噗噗之声。另有半畦地翻开着泥土，在雨中泥土是水淋淋的黑。

雨太大，不能出去了。电视也没有信号。出于无聊和精力旺盛，瞿湛洋到厨房抓了一把盐，给海红做全身按摩。发潮的细盐撒在赤裸的身体上，两人的嬉闹声从窗口传到菜地，雨正大，雷声阵阵灌顶，青菜叶子被更猛的雨点击打得频频下垂。

这个时候，四川汶川山崩地裂，八级地震。在北京家里，道良刚刚吃过午饭，他这天上午先到海淀新大西洋城给史安童的虎皮掌浇水，然后再去报国寺的古玩市场逛一逛，回到家就已经两点。吃完饭他坐在沙发上，他发现灯绳在动，是地震，这种情况他以前遇到过，是轻微的，因为茶杯里的水没洒出来。“银禾——”他喊道，银禾从厨房里出来。这时灯绳已经不晃了。

春泱这天下午在天安门广场西侧的国家大剧院里，学校组织全年级前往参观，这座举国瞩目的国家大剧院刚刚落成不久，引起争议的巨型鹅蛋浮在一片水面上，令全国人民兴奋不已。门口是下沉式的，要走下许多台阶才能走进去，春泱们穿着校服，像一群麻雀从下沉的阶梯走走走，走到宽大的通道一抬头，哗，头顶满满的水在玻璃之上，走在水底下，水在天上，阳光透过水蒙蒙地散进来，水纹一波波地在头顶荡漾。真是奇妙。她们站在滚梯上，一层一层上去，又一层一层下来，每个厅她们都要进去看看的，话剧厅音乐厅歌剧厅戏曲厅，书店礼品店咖啡店，地面一半红色大理石一半黑色大理石，钢架互相咬合，生猛而威严，孩子们拿出她们的手机拍呀拍。这时候，春泱看见她头顶的一盏吊灯在晃动，它左右摆着，以一种优雅的垂感。春泱认为，这肯定是这座剧院奇妙的设计之一。

5月19日，地震的头七，全国哀悼日，下半旗，十四点二十八分，鸣笛，默哀三分钟。这个晚上，海红第一次做了那个地震的梦。她梦见饭桌大的巨石滚滚而下，她跑到哪巨石就滚到哪。只好爬上树，坐在树杈上。树底下是一片大水，水底有一只饭桌大的巨大草筐，里面站满了人，他们奇怪地望着她……

8月初海红回到北京，一进住宅楼，收发室的人就塞给她一个胸牌，上面有她的照片，写着“志愿者”三个字，还有派出所的电话号码，说明文写道，奥运会期间，希望能协同工作，发现可疑人员，立即打某某电话。晚上出门散步，看见马路边上坐着一排排戴着红袖箍的协管员，街道的老太太全被动员起来了，她们兴奋、认真，穿着新发的印着“奥运志愿者”字样的T恤，一边打着蒲扇，一边用她们视力渐弱的眼睛盯着所有过路的人。

8月底，海红接到瞿湛洋的电话，邀她一起去周庄，参加一个叫作“滚动天空”的民谣诗歌节。

行前她做了一个梦，先是再一次梦见地震，饭桌大的巨石滚滚而下，巨石跟着她，她到处躲，后来她爬上树，坐在树杈上……之后梦见她一个人去印度旅行，梦中看到许多被烧焦的人，像电线杆一样立在路边，每几步就有一个手持大刀的人要砍那些烧焦的人，左右两边都是手拿大刀的壮汉。心惊着耳边响起解说词：在印度向来有吃烤人肉的习惯……梦境接续着，自己驾车去看孩子，事实上海红根本就不会开车，在梦里她车开得飞快，差点撞着一个小男孩，好在她提前拐弯了。前面有一条沟，过不去，她只好下车，一人独力把车子往肩上扛，这时候车子变成了木板车。在梦中她费尽了力气把木板车扛过了沟，终于到达一所房子跟前，但她发现她到的是后门，门上拴着一把大铁锁，贴着一张纸条，她凑到跟前看，鼻子却爬了一片蚂蚁，她来到一处水龙头跟前，把蚂蚁冲掉。

奇怪的梦，它意味着什么？

周庄到了，走在石板路上，听见流水响，乌篷船在河道里，窄而深的房子，啤酒涌出白色的泡沫，烧烤架在露天的水边，奇形怪状兴冲冲来来去去的年轻人，看热闹、捎着吉他、免费啤酒、狂欢。海红听见一首歌：你爬起来再摔倒再爬起来再摔倒／你爬起来再摔倒再爬起来再摔倒……瞿湛洋消失在人群中，不知去哪儿了。

还有一首歌，歌词让人心惊：这是夏天最后的一个黄昏／河里的水都越来越凉了／河边的水草忙着结婚生子／……而我们的家已经荡然无存……

啊你需要一个人把大木车扛过沟，梦中的场景历历在目，门上拴着大铁锁，一张纸条在拂动，凑到跟前看，鼻子却爬了一片蚂蚁。

晚上两人没有在一起，没有心情。互相吸引的东西不知怎么就消失了。情欲的热气是怎样冷却的？海红不知道。从周庄回来之后两人基本不再联系。一段关系无疾而终。零因果。

世界缩成一根针

世界空虚。

世界缩成一根针扎在肉里，只是锐痛。有一个伤口看不见，但久不愈合。那根针一直捅进去，直到血管的深处。

他们甚至没有告别。也许周庄就是告别，那首从水边传出的歌声就是冥冥之中的昭告。这是夏天最后的一个黄昏／河里的水都越来越凉了／河边的水草忙着结婚生子／……而我们的家已经荡然无存……

行前那个梦也是一种预示，真是再清楚也没有了。是啊，烧焦，是指自己内心的火焰太强烈；不会开车却要开；一个人费尽了力气把木板车扛过了沟，这份感情会很耗力气；好容易到了，却是后门，门上挂着大铁锁。是，那时他已经准备结婚，他的固定女友怀孕了，你到达的只是后门。

饭堂的菜就是这时候变得难吃起来的。尤其是晚饭，常常是中午的剩菜，菜摆在案台上，无精打采的，饭堂也只留了一个人值班。没有人来打饭，值班的人到饭厅来看电视，古装打斗片，刀光剑影正热闹，虚拟的铁器撞击声来来去去，剩菜越发奄奄一息。

算了！

她到街上去。出门不远有一条小街，两边各一溜小吃店，从兰州拉面到桂林米粉，热干面小笼包饺子馄饨烤红薯，炉子一律摆在街沿上，煤灰堆在炉边，门店里面摆两张小桌子，门口外也摆两张。洗碗的污水当街泼过去，就在矮凳旁边闪着浊光。蜂窝煤正红，一锅水冒着热气，老板娘都是又利索又敏锐的，你一望，她立即迎着问：吃点什么撒？

她什么都不想吃。

密密的一排店铺挤得紧，杂货铺也夹杂其中，水龙头塑料管尼龙绳铁钩铜锁马桶撕子，杂乱淤滞。有一个鞋铺，两米宽，摆了货架，人侧着身子可以入去。一个中年男子，神情笃定，他在小铺跟前横一张书桌，上面摆了个厚纸壳，上书：定做皮鞋。手工业在这个城市里一息尚存，缝纫铺也是一个作坊，沿墙根的三台缝纫机嗒嗒声声，硝烟弥漫，地上的线头碎布，仿佛弹壳遍野。贴墙挂了一排男女西装，颜色古怪，蓝不像蓝绿也不像绿，件件都安上了金属双排扣，它们仰面停在那里瞪着你。

它们瞪着你，瞪着你……它们为什么瞪着你呢？

一家音像店，看店的男孩女孩人人头发怪得出奇，不但染黄而且两边剃光，头顶剩一撮竖着，后面也留了一绺，像老鼠尾巴。他们满不在乎的，脸上一副傲慢，难道把头发染黄就可以看不起一切人么？或者只是喜欢“酷”，酷，就是这样一副冷冷的神情。药店，小街上竟然有三家……

路过药店你有些庆幸，幸亏没有出状况啊，假如月经过期不来，就要到一家僻静的药店去，闪身入屋，在一溜药柜前走过，做贼心虚又要装作漫不经心，你忽然停下来，飞快地瞥一眼，手指往下一点，说：要这个！一只小药盒揣进包里，飞快撤退，回到自己的小屋，安全了，药盒放在枕头边，心里惦记着“早晨的第一泡尿”。早上醒来，把尿排在脸盆里，妊娠试纸，泡进尿液，等啊等，几分钟无限拉长，一指宽的试纸，上面是否会出现一道杠？

你也曾经，有过这样的时刻。

熟食店的烧鸡，在一只凸出街面的玻璃罩里，成色澄黄皮起酥，油光水滑是刚出锅的样子，女档主的风情很是抢眼。对面有家卖酱鸭脖子的，它很识相，井水不犯河水。不打擂台、低调、自知、心平气和。酱鸭脖子是没有那些馋人香气的，没有就没有，它就在那里，能看见就行，档主也不吆喝，有人在档口停下来，他也不殷勤，要买的自然会买，多操一份心都是苕货。这样荤腻的档口竟是清静的。

终于饿了。

她看见一只大电饭锅腾腾升着热气，糯玉米！揭开锅盖，每根玉米都是粗大健硕颗粒饱满，也许是转基因？否则哪来如此完美。啊转就转吧，她买了一根吃起来。

小街是“Y”字形，走到三线交汇处玉米正好吃完，往左的街暗而短，通街仅有两只惨白的路灯，光线掩在浓密的树影中，一点弱光，怎么挣扎也过不了树底下。只有路中间有些许淡光，两边都是黑的，亦无店铺，是机关的围墙，墙头用碎玻璃片插满。一直暗，到了前面似乎有了些光影，是洗汽车的，有一扇斜坡，立着一块牌子，看不清，用不着看清也知道，那上面写着“洗车十元”。紧邻的一家，门额上白底红字一只灯箱，是整条暗街最光鲜处，四个字：中医按摩。

按摩，啊她需要按摩，这只灯箱提醒了海红。试一试，试一试，让自己舒服。

是家夫妻店，两人笑容殷勤。中药泡脚足底按摩，二十元，全市最低价。颈椎肩部按摩、腰腿按摩，直至，全身按摩，一律二十元，一小时。低得难以置信。只是要你办一个卡，其实也没有卡，是在一本四角卷边的小学生练习本上，写上姓名、电话、已付钱数，来一次画一横，一百元可以画一个正字，五画。

窗帘是半截的印花布，耷拉着，外面洞黑，“外面没人看的”。按摩师是一个小伙子。你仰躺着，他猛搓两手，然后压在你的眼皮上，微热，有廉价香皂的气味，就二十元一次来说，已属讲究。肌肤相接，纵然是在脸部头颈的穴位，也有瞬间的异样滚过。你要说话，破掉空气中紧绷的气氛。你就问，他就说。他说他是医学院毕业，在附近一家医院当按摩师，来此处是兼职。又问，再又答。陕西人，陕西扶风人，如此远，西北与南方，火车翻山越岭过隧道，跨了黄河过长江，是考大学过来的，父母兄弟，都在老家。过年才回去，没有成家。谁愿意跟呢，没有车也没有房，住在医院的集体宿舍。

他又让你翻转身趴在按摩床上。一个圆孔，脸朝下，任别人的手在后背——按、刮、揉、拍。他说可以上门服务，价格另议。黑暗中一道闪电，是否，是做某种特殊服务的？又不像，很坦荡，丝毫没有，暧昧不明。把你的手机号给我，手机号，上门服务，价格面议。你像瞿湛洋那样理一个平头最好了，像一个体面的情人，年轻，健康，略有苦闷，在某一个夜晚，沿着东湖的水杉和法国梧桐，以及桂树柳树和桃树，你要像一匹马那样旁若无人……一个女人在黑暗中等你，价格面议。他的手从她的后背掠过，这个女人一声不吭，但他发现，她的肌肉变得紧硬。

次日又去，扶风籍的按摩师却碰巧没在。店主说他来做。他说自己是专业人士，家传的，他报出一个名字，某某某，认为是名满天下的响亮，你绝对不可能从未听说。他说他是这个某某某的侄子，亲授的。在门厅的灯光中他歉然说：我来给你做，今天按摩师没来。他拿一方白布蒙在你的颈椎上，手指隔着一层布发力，肌肤的短兵相接被一层布喝退了。店主手法轻柔，说起安利产品钙镁片。“腰酸背疼主要是缺钙”，若要吸收钙还要补充维C，而安利，纯天然的，在美国的某处有一片无污染的土地，上面种了几百亩樱桃，安利的维C就是从这些樱桃中提炼出来的。按摩做完，话头还没收住，你拿起刚买的几只橘子要出门，他就感慨：一粒维C就能顶这一兜橘子啊！

“要买安利就给我打电话。”店主递给海红一张名片，那上面的名头已经不是按摩师，赫然印道：高级营养师。世间的事情真是瞬息万变。纽崔莱，美国的营养巨人，跨着大步，嘎嘎嚓嚓地走在中国大小城市的无数角落里。

一个人走在空茫的街上，不时地会想起道良。如果你知道剔除生活中坏的那半边，剩下来好的那半边就是生命里的黄金，你还会跟道良离婚吗？你剔掉了坏的半边，好的半边也随之消失，而你再也找不回来了。

有一些无聊的夜晚，海红走到“Y”字形街会拐到右边的那一岔。这街不暗，亦不亮。路灯是黄的，隔三四棵树就有一盏，树疏，又矮，挡不住光，光影就黄黄疏疏地散在街面上，远看人，看不清，近看，也看不清——凡人凡物皆朦胧。

它比左边那条街长得多，人迹却是一样的少。有小汽车慢慢驶过，路面常年失修，走不几步就一个大坑凹蚀下去，坑里存有下雨时的肮水，一车轮压下去，泥水飞溅，摩托车、自行车、行人随意穿插，只有自己多加小心。

这街不知何故毫无人气，它也有一些铺面，窗帘店、复印店、药店，一两家发廊饭馆，花插着亮一点光，远远看去都杯水车薪，疏淡冷清令人困惑，或者人少街就暗？两边的房屋很是奇怪，它们与街面不在同一水平面上，左边的统统低下一大截，右边的则相反，一律高出一头。左边的店铺也好，住宅也好，门口不是下一个斜坡就是下好几级台阶，总要探落半层屋的深度，才能进得了门。让人觉得这店铺不够通透敞亮，人的行状也不那么光明坦荡。右边的屋子似乎故意要与左边作对，它要高出半层屋，站在街面上看它，它犹在半山坡，任何一处，门口都是十几级台阶上去，腿脚不好的人，望之生畏。纵然好脚力，天热体乏，也不愿麻烦自己。

这样诡异累人的高低街，贫乏的果树，它能结出什么样的果子来呢？要细看，其实它真的是有一些神秘内容的。

有许多灯箱，它们跟“中医按摩”那样光明正大的白亮不同，它们是暗暗的粉红色，“按摩”“洗头”“洗脚”，既然是粉红色的灯箱，那就有名堂了。走上十几级台阶，看这一溜粉红，每团粉红的光晕中坐着衣着暴露的女子，第一眼就看到她们胸前紧挤着的肉，半边乳房昂着，白花花的肥厚，头发散着，眉毛细而弯，嘴唇鲜红，脸上一层粉。三两人，或者独自一人，慵懒地坐在屋厅的长沙发上，歪坐、斜靠，露出短裙下的大腿根。有一间，有一个半大老头正与两个女子嬉闹，女子扬着手说：打你！

一家粉红色的“按摩”屋门前有个牌子，上面写道：浴盐按摩、藻泥按摩、牛奶按摩，超值服务。真是新奇诱人。海红抬腿就要进去，刚一探头，屋里的几名女子一律斜眼以对，似乎遭到了冒犯，而她们是凛然不可侵犯的。按摩颈椎多少钱？海红问。我们是休闲的，不做中医按摩。在凛然中总算有了个回答。休闲、粉红、胸前的白肉和放肆的嬉闹，唔，她们是做皮肉生意的。但你不能歧视她们，按照国际惯例，应该称之为：性工作者。

这天晚上，从高低街回到住处，掏钥匙的时候，海红摸到包里有一样硬硬的东西，她一看，是一本小书，小册子。拿出来看，这书比巴掌略大，书封上是瘦瘦的字体:《失恋治愈手册》，真是诡异莫名，她根本就不可能有这书，出门的时候包里只有手机、钱包、纸巾、钥匙和润唇膏，多一样都没有。是吃了晚饭出的门，没逛超市购物，也没去按摩，连跟人搭话都没有。

真是撞了鬼！

你向来接受来历不名的东西，视之为神秘经历。

也许如柳青林所说的，有一股时间的支流？这本口袋书是死去多年的柳青林从那不可知的时间的支流漏下来给她的？姑且存疑吧。大概自己真的需要这样一本《失恋治愈手册》。

她看这书的封面，是深蓝的颜色，有一只透明的玻璃瓶，瓶子里有一只猫头鹰，猫头鹰流下大颗大颗的眼泪，眼泪存在瓶子里，淹到了猫头鹰的脚。打开第一页，有六个项目指标：开始新恋情的决心；最近是否经常笑；是否喜爱自己；等等，小册子要求，每天都要按照这六个指标检查自己的状态，并记录下来，这样就能发现自己心情的变化。据科学调查，一般人们从失恋走出平均需要一百二十二天，但若照这六个指标，每天积极调整自己的心情，就能大大缩短这个时间。此外，手册还介绍了迅速入睡的方法，让心情好起来的菜单，适合失恋者看的电影。以及，名人名言——乔治·桑在与肖邦的恋情结束后，这个伟大的女性说：

这是何等的解放！

整个小册子，只有这句话打中了海红。是啊，这是何等的解放，让瞿湛洋滚得远远的吧。

这是何等的解放，她在周末空无一人的饭堂里，默念着乔治·桑的至理名言，感到饭菜依然难以下咽；一个人漫无目的地走在灯光晕暗的高低街上，依然黯然神伤。

她跟周围的人保持着距离。这是她的毛病——像海豆发病时那样，她给自己画了一个圈，然后把自己囚禁在这个不透风的容器中。我们的海红，她找不到一个人可以诉说心事。

她感到全然的孤独。

铁　锚

她做梦。

梦见自己跋山涉水去找一处洗澡的地方，一路上流着血，找到了却发现这洗澡间的隔墙太矮，而且有窗，挡不住身体，只好穿着道良买的游泳衣洗澡，泳衣太长，不合身，将就着穿。洗完后来例假，正要用月经带，却突然找不到了，几个女人帮忙找，却怎么也找不到，十分着急，不停地说：怎么办？怎么办呢？经血一阵阵往下涌。在路上有什么东西掉地上了，仔细一看，却是自己的肝。

梦见自己一个人在家里打排球，身体很轻，跳得很高扣球，但卫生间的水管裂了，清水流进房间，浸了一地。

梦到上山，被埋到胸口，一男子来救，把她抱出来，一直抱到山顶，风光极好，左前方是大瀑布，右前方是雪山。

梦见道良死了，一摸，手都凉了。她给他做人工呼吸，压胸，但不吹气，把他救活了。他坐起来，说：很饿。就给他吃一个裹着肉的炸馒头，他一口就啃了一大半。

你总是在梦里看见道良，在潜意识里是把这个人当成重要的亲人吗？你从未梦见母亲章慕芳，你想梦见外婆，她也从不到你的梦里来。生父柳青林，在梦中他以尸体的形象出现，令人恐怖地一把抱住你。只有史道良，这个你要舍弃的人，他时断时续，总是在你的梦境中。你给他做人工呼吸，把他救活了。他坐起来，说：很饿。他情感上也是饥饿的，早年他去上班，回来总要看看你的羽绒大衣在不在，那件枣红色的羽绒大衣挂在门厅的衣架上，是这个单身汉家里最早的女性气息。他说，你的衣服不在，我的心就是空的。

她还梦到孩子。在大学里上课，把女儿带去，梦中女儿只有三四岁，她让孩子坐在中间的小板凳上，她自己则和别的人靠墙坐了一溜，一个女作家讲课，不知是谁，不认识，她说她的作品有多处漏洞，要补上。大家做笔记，海红也做。下课后她把笔记本放进包里，出门时碰到一个人说了几句话，再找书包就不见了。在梦里翻山越岭地找书包，找遍了整个校园都找不见，这时她想起女儿还在教室里，孩子孤零零一个人，也许会有坏人，海红急坏了，一急，就醒了。

她比从前更多地想念孩子。想孩子小时候没有人玩，阳台上停了一只麻雀，麻雀拉了一泡屎，孩子高兴坏了，端来一把小矮凳，站在凳子上，用一根小棍子，把这泡屎玩了半天。有一次，一只鸟死在阳台上，孩子发现鸟一动不动，就用棍子捅它，它还是不动，孩子以为鸟睡觉了。她想等鸟睡醒了好跟她玩，直到晚上去看，鸟还没醒过来。

想起孩子小时候，早上起来总爱钻进妈妈被窝里，要给妈妈讲故事听，海红困，孩子就知道说：等妈妈睡够了再讲。孩子也发脾气，有一次，爸爸提前关了电视，孩子气得把自己的本子摔在地上，两个大人不理她，过了一会儿，她给妈妈递了一个纸条，上面写道：不爱爸爸，不爱妈妈。

……孩子拿出妈妈的一个旧本子，上面有一只大红公鸡，她问妈妈：这里写上我了吗？答：那时候还没有你。问：我在哪里呢？答：在空气里。问：那我怎么到你身上呢？答：你闻着妈妈的气味就来了。孩子说：不对，我不是在空气里。那你在哪里呢？孩子说：在妈妈的眼睛里。在妈妈小时候我就在妈妈的眼睛里，要不然妈妈剪了头发我就不认得了。

有一次在学校里摔着了后脑勺，真担心会得脑震荡；有一次早上流鼻血，下午回来说，上体育课翻跟斗没翻过去，哭了，一哭，鼻血又流出来了；常常咳嗽，总是带她看中医吃汤药，有一个晚上，抱了她整整一个通宵；她给鸡洗澡，被鸡啄破了嘴唇，带她去打狂犬疫苗。她知道错了，把自己的压岁钱拿出三百元放到妈妈桌上，因为打针要花二百九十元。

海红还想起来，春泱上幼儿园时候唱过的一首儿歌：

小河淌水哗啦啦
两口子吵架要分家
跟妈走，妈打我
跟爸走，爸踢我
跟姐走，姐不理我
跟哥走，哥不给我被子
只好送我到幼儿园
一班打，二班骂
三班送我个刘大妈
刘大妈呀刘大妈
你家的小红不听话
打破了头，打破了腿
打破了心脏变成鬼

如此悲惨的儿歌不知从何而来。它不再像从前那样有一种超然的娱乐色彩，在武汉的雨夜里，海红仿佛看到许多孩子在她周围围成了一圈，他们光着头，眼窝陷下一个大坑，他们瞪着她，不说话。打破了心脏变成鬼，这首儿歌变得揪心。

海红给春泱发短信，问她晚饭吃什么。结果孩子只复了一个字：面。啊她要给道良打电话。这时候，她越发觉得道良是她的亲人。他真是她的亲人啊！不给他打电话，给谁打呢？

对于这么轻易就需要道良，海红感到羞愧不安。晚饭吃完才六点多钟，到街上胡乱走了一大圈回到住处也才七点多，连八点都没到，九点、九点半、十点、十点半……她曾经把道良看成是她追求自我、自由、爱情的烦人的障碍物，而现在，在异乡的孤独中，她首先想到的不是别人，而是这个她曾经一心想要摆脱的障碍物。

她拨通了家里的电话，她问道良在干什么，道良在看书。他叫孩子：春泱春泱，妈妈的电话，你跟妈妈说几句吧。春泱不说，她在做作业。海红问道良，晚上吃什么了？道良说，排骨莲藕。

有时候，电话有了实际内容。海红说，这边的主管部门人事处要她的大学毕业证书复印件，还要学位证书的复印件，它们放在家里书桌右边抽屉的一只大信封里，请道良帮忙拿去复印之后用特快专递寄给她。春泱要交学费了，她书桌左边第二个抽屉里一个信封装有五千元现金，她交代过的怕他忘了。

还有，办公室政治，同事甲和同事乙，甲呢她性格透明，什么事情都摆在脸上，乙呢城府深，你永远不知道她在想什么，这两个女人一个正一个副，但副的比正的业务强，两个人有矛盾，但对她都不错。道良说，你不关心政治，事实上处处都有政治，你是逃不掉的，人和人之间的关系就是政治。他说你保持中立吧，不要跟谁摽得太紧。隔日道良又来电话，叮嘱说千万不要在甲和乙之间传话，甲说乙什么，你就听着，乙说甲什么你也听着，不要帮腔，传话是绝对惹是非的。当然，中立也不总是对的，有时候，看情况吧，连横合纵，等等。

有一处二手房，五十平米，有十年房龄了，不过呢，只要十四万，合每平米两千八百元，再也没有比这更便宜的了。而且，是有装修的，拎着行李就能入住，房主急着要出国，不然才不会有这好事。买房这样的大事海红必是要跟道良商量的，不跟他说又跟谁说去？这样的电话打多了，海红仿佛感到自己的收入无论比道良多多少，却还是两个人的共同财产。

道良仿佛也有这样的错觉，他果断道：买！怎么不买。又问：房子周边的环境怎样？海红说：不行，乱糟糟的，路特别小，两边全是卖早点卖水果的小摊贩和小超市理发店。她想起来又补一句：不过小区里挺安静的。

海红说：等买了房子，你可以来住一住，把春泱带上。道良却不作声了。他像是想起了什么，片刻说：我不去。海红仿佛看到他在电话那头梗着脖子，摆出一副强硬的样子。

道良还关照海红，叮嘱说你在那边一个人住，安全第一，晚上睡觉把手机放在床头，要整夜开着，万一有事，立即打电话。

…………

打过电话，说的无论是房子的大事，还是晚上吃了什么的家常的话，海红的夜晚就有了着落似的。她安下心来，捧起一本书看了下去。冬天武汉的室内很冷，简直是个冰窟窿，她灌满两只暖水袋，床脚放一只，怀里抱一只，身上盖上了三床棉被。

在武汉漫长的冬夜，海红一点点想起了道良的好处。她先想起了家里的不锈钢汤壶，圆、扁、硬、光滑、妥帖，比热水袋好多了，把滚水灌进去，到天亮还是热的。这是道良单身时购置的，现在已经买不到了，他把这只汤壶让给了海红，因为她比他怕冷。家里还有一只蓝底白花的小热水袋，也是道良买来给海红暖手的，花色雅致，"看着漂亮就买了"，是他的审美。那上面线条的节奏很好，他说。对书法的线条有鉴赏力的人审美总是高级的。

他不自私，楼上有一个女人要借钱，她第一个想起来的就是敲他的门。海红说，她凭什么找你借钱呢！你一个退休多年的人，工资那么低。道良不吭声。他大概会借给人家钱。

而海红知道自己是自私的，或者她自认为自己年龄比道良小很多，就有了自私的权利。你认为比他年轻得多就有了更多的特权么？

你得到的都理所当然，你被容忍的也理所当然。从前道良有稿费的时候他会给海红买东西，玉手镯、呢大衣、真皮钱包……有一次他几乎可以出国一次，他就说要给她买一支高级的口红。这些东西现在都不算什么了，上个世纪90年代，他尽自己所能。当然她也不是物质女性，当然他也说，一个最终打算写作的人决不能崇拜物质。但你从未，从未给他买过一样像样的东西。

仅在路过的大街的摊边，给他买过一件廉价的棉布外套，看上去是纯棉的，米白的颜色，翻领和口袋的袋沿是棕色的，一件休闲的短风衣。花了不到五十元。道良欣喜道：这是你给我买的第一件衣服啊。他立即穿到了身上。

他的亲戚来了她总是不理的，好在有银禾照应，该留饭的就留饭，加个什么菜，银禾自作主张。当然道良的亲戚也是银禾的亲戚。他们说家乡话，湖北的浠川话在房间里哗啦哗啦响着，人人都像隔着一个山头似的喊，海红关上自己的房门，不理。不然就是出门散步，走得越远越好。

你的自私都是因为你更年轻，在婚姻中更有当然的特权么？只有在失去道良之后你才想到这些，而生活早就过去了。

换了瞿湛洋又怎样？一定会很累。你得每天都表现出激情，表现得有趣，要在平凡的生活中表现出永不枯竭的创造力，否则就会坠入无聊和失望，不欢而散。这是注定的。

瞿湛洋这样的人，定然会……你知道任何人都有自己的自由，在感情范畴更不能控制别人，但那个词多难听啊……小三，多么动荡，多么让人不得安宁。偶然一次大学同学聚会，闲聊之中知道，连当年最正人君子的男生也有了小三，不过还好，那个男生把老婆孩子送到加拿大定居，算是对家庭尽了最大的责任；另一男生，当年的党支部书记，他在舞厅遇到了小三，妻子心情不好，癌症，去世，再婚，顺风顺水。说到小三，众人会心一笑，连女生都没有撇嘴的。自然是有了宽容和共识。只是换了自己会怎样呢？

海红和道良就是这样一种奇怪的关系，她每到一处都会给他发短信，向他报告行程和沿途见闻。有时候，还不错，道良复短信，说那地方他当年也去过，有何种风物。有时候，他却又毫不领情，回一条冰冷的短信说，自从离婚之后我就没有过问过你的行踪。他这样不领情她还是要坚持给他发短信，似乎他，是这个飘浮动荡的世界的一只铁锚。

在她生命的中央出现的这处她称之为铁锚的东西，海红对之百感交集，它又沉又痛又稳地锚在她稀里哗啦的烂泥潭里！

她已经成功地摆脱他了，却又如此地需要他。

他常常旁敲侧击，现在艾滋病很多——他就不明说了，好自为之吧。

有时候，他满怀深情地说：这里永远是你的家。有的时候，他却说：只有我才会跟你这样混，他把这种关系称之为“混”……“为了这个虚伪的家庭，我做的牺牲不比你的小。”

这么难听的话却刺激不到海红，海红想着她早就解放了，随时可以离开不再回来。道良呢，说句老实话，也不愿她真的走掉。

啊道良是一个有理想、有道德的人，年轻时候读过车尔尼雪夫斯基之后就有某种成为新人的冲动，他时刻准备着，一旦海红爱上什么人，他就退出。但是，*你那能称之为爱情吗？*

我们的海红，她总想经历一场伟大的爱情，但眼下，对于一个缺乏独立性的自我，就像一只网眼过大的筛子，人世的珠宝总会全然漏尽。海红站在人生的中年，向着远处眺望，真是白茫茫一片——她的乌托邦多么遥远啊。

这一年，春泱高考，高三的家长会频繁，道良听力减弱，他去开家长会回来总是诉说听不清楚，于是每次会总是让海红提前赶回北京，去开那些令人头疼的冗长的家长会，听校长、分管的副校长、年级主任、班主任、科任老师逐一讲话，又听又记，眼酸手涩。

春泱高中上的不是什么好学校，她各科成绩总分在年级可排前十名，有时候还上过前四、前五，但往全区的排名一比，连个一本高校都达不到，即使挨着边也是勉强。前景暗淡。状态消极。

道良又陷入了焦虑。

他梦见一张巨大的试卷，中间有一溜小字条，那上头的题目春泱一道都不会做。接着又梦见睡在地上，枕头旁边有一个洞，很深。洞里闹鬼，一个声音告诉他，要用火烧，再用开水烫。决定用火烧，旁边就有很多柴，棍子什么的一堆，把木棍点着火，往席子底下塞，烧着烧着火和柴都没有了，有人说：你快看那！一看，只见地上有一个用石灰粉撒着画出来的一个人形，这人形会动，他用条帚使劲打，又让二哥拿刀来，接过刀砍了好几刀。醒来后累得直喘气。

听说高考录取也要找关系，这样相同的分数才可以保险。两人都把此事当成头等大事，分头打电话跑路，道良本来就是大学教师，他早年的同事当上了校领导，不过呢，退了。死马也当活马医吧——人家说，只要上了本校的录取线就没问题。海红呢，在高校也有一两个、两三个朋友，她为难着自己，给朋友打电话。这早已离婚的两口子，从早到晚头挨头，嘀嘀咕咕，请什么样的家教、报什么学校何种专业，两人从不同渠道知道的消息互相通报，及时剪报粘贴，等等。高考前夕，春泱病了，拉肚子，两个人一起陪在医院里打点滴。在这样严重的时刻，少了一个人是不行的。

两匹马，朝着一个共同的目标奔跑，脱了缰绳的那匹自动回到了原有的轨道上。这两人的关系越发紧密了。

日子一天天过去，高考了，他们在考场附近的便捷酒店订了一个房间，海红陪春泱住下来。高考那日，北京下了一场全年最大的雷暴雨，从凌晨开始下，一直不停，全市有八十多条道路堵住了，考生求助交警为历年之最，如此仍有多名考生因路堵缺考。闪电雷鸣，道良和银禾打着雨伞给春泱和海红送早餐，用银禾给安姬惠送鸡汤的保温桶装了牛奶、面包和鸡蛋。雨真大啊，两个人的裤腿都湿了半截。

第二天下午，雨停了，道良和海红一道在考场门口等候高考结束的春泱，三个人一起，在拥挤的人群中照了一张全家福——这情景，谁看了能说他们不是一家人呢！

元旦快到了，武汉的住处冷得像冰窟——到处都是冰的，床上的被子和枕头、桌子上的本子和笔、厨房的碗筷、马桶、椅子、毛巾、扫帚、衣架……海红瘦，身上的热量本来就少，每触到一处她身上的热能就散掉一分，她的热气被寒冷一把一把揪走，身上也一寸一寸变凉。多少个暖水袋、多少床被子都暖她不过来了，冰着身子难以入睡，到天亮脚还是冰冷的。

她要回到北京有暖气的家里去！那个拥挤的、地上有碎屑和头发、卫生间没有装修、厨房的顶板腻着一层油烟的家，在武汉寒冷的冬天里远远地泛起了一层光泽，海红先看到了那张她常年坐着看书的沙发，她用从云南带回来的土布当沙发布，那种粗糙的质感越过长江黄河来到她的指尖……她又看见了自己那张单人床，铺着深蓝色方格子床单，素净雅洁，床尾就有暖气片，那种老式的、涂着灰漆的铁片把暖气送到她的脚底，她在床头放了一只怀表和一只小手电筒，伸手一摸就能准确拿到。

她一刻都不愿意等了，离元旦还有几天，她匆忙把手头的活干完，提前踏上了北去的列车。

卷十一

地上的摩斯码

地上的摩斯码闪闪发亮，在3月耀眼的阳光下，灰白色的路面闪闪发亮，镶嵌的一道道黑色地砖也闪闪发亮，这就是摩斯码。摩斯码你知道吗？这里，你看，长长短短不同的组合构成字母，字母一组合就知道意思了。雨喜，先拼一个Y，再拼一个U，YU，雨，就是你。

声音仍在耳边，只是不知人到哪里去了。

再也联系不上了，罗家辉。他回老家过年，初三之后，一直没有他——短信发出去就像沉到了塘底，手机是关机的，后来变成了停机。

QQ上他的头像总是灰的，不在线。罗家辉，他还有个网名叫“梦想巅峰”呢，雨喜梦见过他像一块石头从一座石山滚下来，那石山上寸草不生只有一个乌黑的大屋顶，不知道那是王榨的四季山还是你们洗马乡，它寸草不生。

雨喜还上人人网找过他，也没有。

情人节过后她到北邮他的宿舍去，他的铺盖还在，落了一层灰，宁波同学说，罗家辉上学期有三门挂科，按理说他应该早回来参加补考，不然就拿不到毕业证书了。而且，无故缺课超过三个月，校方就要以自动退学论处。宁波同学把雨喜送到门口，他搓着手说：你快找找他吧，要是他经济上有困难，我们大家都会帮他的。

走到西门，地上的摩斯码——

在3月耀眼的阳光下，灰白色的路面闪闪发亮，镶嵌的一道道黑色地砖也闪闪发亮。密码都是很好玩的，他说。长长短短不同的组合构成字母。雨喜，先拼一个Y，再拼一个U，YU，雨，就是你。

声音在耳边跳荡，地上是空的。

将近一年之后，雨喜才听同村人说，洗马乡那边，那个考上北京的学生，寒假回家过年想挣点钱，结果被人骗到广西柳州的一个传销点去了，后来被解救出来回到洗马乡，大学是白上了。

每天下午六点多，雨喜要从地下过道穿到马路的另一边坐303路公交车到北宫门，过道常常有两个人唱歌。两个男的，打扮上既像民工也像流浪艺术家，或者，这两人既是民工也是流浪艺术家。年轻的那个光头，眼睛又细又肿，眉毛耷拉着长，看面相有些贼眉鼠眼的，但他怀里抱着一把吉他，唱歌的时候瞪大他的眼睛，仰面长啸，看上去也颇有一种英雄气。他大声号的是：

…………

幸福它在哪里
四万多一平米
哎呀房子太贵啦
我买不起啊

幸福它在哪里
不在这幸福里
四万多一平米
跟我没关系

幸福它在哪里
不在这幸福里
四万多一平米
我们买不起啊
…………
四万多一平米

我每天赚钱很努力

花钱也很小心

可是要住进这幸福里

需要三个多世纪

…………

他一字一顿地号叫，“我们买不起啊！”到了这句，他迸出了全身的力气，仿佛血全涌到了喉咙里，“我们买不起啊！”他像野兽一样号叫。

匆匆下班的人，几乎没人停下来细听。也有人掏出一点零钱，放进他们面前的空饭盒里。

唱歌的两个男人中，年龄大的那个看样子有四十多岁，他戴着一顶深蓝色的遮檐帽，你看不到他的眼睛，他没有吉他，他唱的时候，年轻人给他伴奏。他唱的是：

宝贝来到这世界的时候

你知道爸爸有多高兴么？

那天我请了我们很多的朋友

还给你取了这个好听的名字

从此以后你就叫郑钱花，

钱是挣钱的钱，花是花钱的花

…………

宝贝　你就叫郑钱花

爸爸我还爱你　却无能为力了

所以以后要靠你自己了

爸爸我只有衷心祝福你了

好好地成长不要生病啊

努力学习才能省掉赞助费呃

将来你长大了自己挣钱花

…………

可是，我的宝贝你知道么？

现在的钱有多么难挣啊？

养一个孩子他妈不容易呀

…………

如果你看到他的眼睛，会见到泪光，他的声音不高亢，他不号叫，他低平温柔，有点像喃喃低语。他喃喃唱道：

宝贝　你就叫郑钱花/爸爸我还爱你　却无能为力了/所以以后要靠你自己了/爸爸我只有衷心祝福你了/好好地成长不要生病啊……

外面大雨如注，快八点了，雨喜这天下班晚，她已经吃过盒饭，不急着赶回去。雨声哗哗的，她在地下过道里和几个躲雨的人靠墙站着。

大雨铺天盖地……

把稿纸转动四十五度

银禾（以下简称“禾”）：……你们2006年什么时候在一起都不记得了！又要撒谎啊，又要骗我了？2006年，夏天还是冬天住在一起的？夏天是吧？我问你怎么不答应了？

三顺（以下简称“顺”）：那东西老问有什么用？

禾：我自然地有点用。你别把事情做过头了，昨天有人跟我说，你到宋秋芬那里看看，抓你家三顺和宋秋芬准能抓一个正着，人家就这么说的。

顺：我早就跟她没来往……我叫你从细父那里辞工出来，你辞不辞？

禾：我昨晚上就跟你说了，只要你承认，我今天下午回去就辞工，说来说去你还是舍不得宋秋芬。你现在一直都在骗人，一直都在骗人！你要是说不清楚我们就只好离婚，今年回去过年就去离婚。

顺：我不回去。

禾：你不回去躲得掉吗？你不回去过年我也要跟你离。雨喜给我发短信说，小时候爸爸不是这样的，没想到她爸现在变得这么坏，要是爸改好了她还认这个爸，要是不改就不认。

顺：我跟你说，我说改了就改了，我现在也不抽烟，也不赌，什么都不干了。

禾：你就是死不承认，嘴硬，我真是想着我的两个伢伤心，我跟雨喜说了，你就当你九岁的时候你爸死了，我跟儿子也讲了，我说儿子，人家要问你有没有爸，你就说你十岁的时候你爸就死了……我肯定要这么说，我一个人养得了他们两个吗？我一个人没那么大本事，我又没当婊子。

顺：你想想村里出来的男人哪个不在外面嫖？谁都嫖，我总跟你说要你跟着我，你总是要我先改。你跟着我，我改不改你就知道了。

禾：就算我跟着你，你改不改我也照样不知道。以前我还没出来你就跟宋秋芬好上了我也不知道，她们说，她的男人都找到你家去了你也不知道啊？她们都说我傻，我一想，也是的，我当初怎么就这么傻。

顺：有些事别太相信人家。

禾：不相信人家我相信你？相信你你又不说真话。你说真话吗？我问你们2006年什么时候又住在一起？

顺：这东西又没记账。

禾：这东西没记账你总记得是冷天还是热天，到底是冷天还是热天？说啊，怎么问你都不答话！你不说我就走了，给你一次机会又一次机会，一次又一次，你把我这么不当人。

顺：我怎么没把你当人，2006年她和她妹一起住下半年，我没跟她住。

禾：还要在这辩是吧？你刚才还说没记清楚，这下又改口说没住一起。你把我当傻子，老在我这里要钱送给她用。

顺：我要给了她一分钱，没好死。

禾：哎哟我叫你别发誓，我不爱听，要发誓就发真誓。你2005年发誓说，你要再跟宋秋芬好，你就雷劈死，你发的誓没用。

顺：那我再发。

禾：我就问你怎么又和她住一起了，你的脸也太厚了，总是不记得。是不是2001年到2009年就一直在一起，不记得是吧？

顺：你要说在一起就在一起，随你说。人家有很多男人玩女人，没人像你这样，我始终叫你出来跟我一起，你要不出来我也随你，我不是不要你，哪个人像你一样。

禾：你们俩的感情现在那么深，我算什么人？

顺：我跟人家一点感情都没有。

禾：没感情怎么2006年又住一起了，2005年分开了一年，2006年又住一起了，那还叫没感情是吧？我问你，2001年我出来了你们是怎么搭上的？你说你晚上去她家的，她儿子在家，你和她到她家后沟里的。我问谁先脱的衣服，我问你是你给她脱衣服，还是她给你脱衣服，你说各人脱各人的衣服，是不是？我问你怎么不到她家去，怎么跑到后沟干这事。你说她儿子在家，不敢进家门。我问你偷人是什么感觉，你说骇死骇活的，是吧？我是不是原谅你这么多年了，是不是？我说过只要你再承认一次，我还是原谅你这么多年，你这次跟她住一起，骇死骇活的没有？

顺：老问么意思。我跟村里人说了，自己老婆还是自己的，我跟宋秋芬又过不了一生。

禾：还过不了一生，你们三口都住到一起了。

顺：我跟哪三个？

禾：她，她儿子，你，你们三个人租两间房子住。有人告诉我了，她出去租房子，租了两次，都是你强行把她弄回来的，你还叫了个人当中间人，死劝活劝地把她劝回去的，当我不知道！人家先租了一个房子，你有用，挤进去住，人家又租了处你找不着的地方，人家上班去了，你把门锁打了，又把自己的被子抱过来了。你都四五十岁的人了真无耻！

顺：……

律师说，三顺与别人同居要有证据，有了证据不但好判离婚，作为无过错一方在财产分割上可占优势。

每天晚上洗完碗，银禾就开始整理录音，她擦干案台，把海红给她的五百格大稿纸搬到案台上，然后她就开始干事了。磁带的质量不好，声音很差，道良和海红都听不出是说什么——沙沙、咔嚓咔嚓、咔嚓……

她把录音机举到耳朵边，侧着脑袋听一阵，“咔嗒”按停，再“咔嗒”倒带，再“咔嗒”重听，然后她把稿纸转上四十五度，唰唰在上面写字——如果不把稿纸翻转四十五度，她写出来的字就是斜的，把纸转斜，她的字才能写正。

每天晚上整理录音到十一点多，整出厚厚的一沓，稿纸呢，每页都卷了边，铺在桌上，像晒了一桌的卷心白菜。

禾：全是我一个人在养家，连大人带小孩都是我一个人在养，你出来这几年，每天工钱也有一百多块，一分钱都不见，你的钱都到哪里去了？

顺：……

禾：我想真是的，你对她这么死心，还让她帮你办了银行卡，用的是她的密码，你一打钱进去她就起出来存到她的存折里，你的卡一直捏在她手里，你这边存一分她那头就起一分，上次你弟给你治病的两千块钱也让她起走了。你现在自己都把自己不当人，当畜生，把那女人当皇后。

顺：有些事别歪着说。

禾：你把我们母子三人都当什么了？你这个人今后没好下场，去哪里总是把她儿子也带上，还让你自己的儿子别来。

顺：我的孩子哪个要来我不要他来？

禾：长喜（注：两人的儿子）要来你不让他来，他打电话跟外婆说，我要到我爸那去我爸不要我去，怕我用了他的钱。你眼里哪里还有自己的孩子！

顺：长喜的眼睛被机器打了他跟我说了吗？

禾：你是什么样的人，儿子眼睛打了住院都不跟你说，你把他不当人，他还把你当人？想一想啊！

顺：要离你离，反正我也没有狗逼给你，这是你要跟我离的，不是我要跟你离的，我说了，你要给我两万块。

禾：你要两万块，要两万块给谁啊？

顺：你跟我离婚是应该要给我两万块钱。

禾：你跟人家乱搞的证据在我手上呢。

顺：在你手上啊，人家吃喝嫖赌的都有，没有谁的老婆像你这样闹，人家去年带一个女的，今年又带一个女的，他老婆还天天跟他在一起。我说了，包括我自家屋的大哥二哥，村里的，哪个男人没在外边吃喝嫖赌的？人家老婆都没事样，你来了就跟别人不一样，你叫我怎么说？

禾：我就是跟她们不一样！也没哪个跟你一样，把老婆不当人。

顺：哪个把老婆当人了？你没看平珍一次一次让他打得，这次来不是打得要死？反正男人打老婆是正常的，男人多找几个女人也是正常的。

禾：谁说男人多找几个女人是正常的？

顺：这不都是，嫖“鸡”的，嫖小姐的，都这样。

禾：嫖“鸡”嫖小姐的没话说。

顺：要得，嫖鸡没话说啦，这是你今天说的啊。

禾：我是说，现在我俩离婚，离完了你嫖“鸡”嫖小姐，不管你嫖什么我都不管，你只要跟我把婚离了，离了我就不管了。你这么狠我只要你把纸条写出来，两个孩子你都没管，长喜十五岁就出门打工，雨喜十六岁也不读书了，天南海北的到处跑。等你老了以后，两个孩子也不用管你，活着不养死了不葬，只要你把这个字据写出来就行了。

顺：我哪怕死了让狗扯，人死了么事都不晓得。

禾：你不把这个写出来将来两个孩子还得有责任，你把字据写出来。

顺：我一个字写不到的人。

禾：你不会写字你口头承诺也行，你承诺啊！

顺：我百话没说，你出去，你出去……

禾：我只要你跟我回去把手续办了。你跟人家同居几年，我再来跟你，我不成了狗？我再跟你我自己都没把自己当人！

…………

喃喃自语／半径

越南、菲律宾、马来西亚、文莱、印度尼西亚……第一包围圈……日本、印度、澳大利亚……南海的东西南三个战略大方向。道良穿着领子上一圈污垢的衣服陷在沙发上，他的头埋在报纸里，他对着报纸念叨：2005年至2009年间，东南亚各国的武器采购总额以每年14%的速度递增，该地区2009年军费总额达到二百五十亿美元，2012年有望达到三百三十亿，自2000年以来，印度尼西亚、新加坡和马来西亚进口武器总额分别增长了84%、146%和722%，这些开支主要用在海军和空军作战平台上：水面舰艇、有先进导弹系统的潜艇、长程喷气式战斗机……

他们想干什么！道良一拍沙发扶手喝道，把他头顶的龟背竹晃得落了一阵灰尘。他起身拿一支红笔，在那些数字上重重地画上红杠杠，仿佛要消灭它们。他又接着看，啊，印度又要搅局南海，它要修一条高速公路，连接印度和东盟……越南，越南这个绝八代的，最有侵略性，它的“萤火虫”巡逻艇在圣彼得堡造好下水了……日本，这个美国的走狗，它也筹划战后最大的“下南洋”行动，都是美国，美国最坏，希拉里这个臭娘们（但凡听见道良这样诽谤，海红免不了要说上一句：希拉里是世界上最杰出的女性之一）说什么南海问题关系到美国的航运利益和航行自由原则，我们有责任主持会议解决南海问题。这个头号帝国主义，什么它都要插一脚，想当对华合纵的统帅，这个狗娘养的！

这个时候如果史安童打来越洋电话，他会跟儿子翻美国的伊拉克战争旧账：大规模杀伤性武器，哪有啊?！哪有啊？似乎史安童在美国，他对这场战争也负有一定责任。

我可没去打伊拉克。史安童说。

道良对世界充满愤怒，这种愤怒为他带来了生活的意义。

在景山公园买的那本《中国路在何方——目前的形势与对策》他翻了翻，没什么新鲜玩意儿。他扔到了一边。那个年轻人劝他学上网，有一个网址叫作“乌有之乡”，说那上面会有许多志同道合的同志，他用不着，他有自己的判断和观点，用不着听别人的。

苏联剧变是社会主义失败呢，还是苏联模式失败？当然是苏联模式失败。如果海红说毛泽东搞的那套是封建社会主义，道良就要跳起来。你根本不懂，都是听别人说的，人云亦云。他气道。不说话，但他又要说，那时候搞了公有制，互助合作，搞了工业化，人民当家做主，有的地方做得不好，出了问题，但新中国和旧中国老百姓的地位是不一样的。谁能十全十美？谁也不能！

海红不耐烦听，她拔脚想走，但她忽然想起了她的外公，外公的哥哥和弟弟，枪声在遥远的地方响起……她喜欢托尔斯泰，对暴力持反对态度。她问道：暴力革命呢，凭什么要在肉体上消灭一个阶级。道良更加激愤了，你们对历史是无知的，解放前人民水深火热，牛马不如，我要问你两个问题，第一，受苦受难的人民有没有权利起来推翻不合理的制度，争得当家做主的权利？第二，国民党的几百万军队是怎么样被共产党打败的？蒋介石自己都总结了，“颓唐腐败”，共产党那时候确实是得民心才得天下的，国民党军没有吃的要靠空投，解放军吃的都是老百姓送来的。

那是解放区的宣传做得好，海红差点说出一句不知从哪里听来的话。但她没有说。

她对政治没那么大的激情。

在与朋友们聚会时，海红常常要为自己不能走向另一端而不安，为了让自己的友谊和亲人两头都有着落，她站在了中间。

她不愿刺痛道良。她知道一些于道良的信仰很不利的事实，但她不能说，她一说道良就会跳起来，认为决不会是事实。

但自从离婚之后，她似乎容下了道良的政治立场。那是上一辈人的共同点，他们与他们的时代血肉相连，正如景山公园里唱歌的人，一堆人要唱一堆人的歌，你不能把他们从他们的时代里抠出来。如果他是你的父亲，你会忽略不计，如果你们是夫妻，这实在不够同心同德，如果只是一个生活伴侣，一个亲人，你的容纳半径是否会大得多？

不要哭，不要哭

雨喜这段时间身子发重，她老是想喝水，喝凉水。冰冰的凉水在水缸里有一点腥，腥就腥吧，它冰凉地沿着喉咙到胸口到肚子到五脏六腑里，身体里到处都是混浊的东西，它们重重的，水浇下去发出闷闷的响声。重重浊浊的东西不喜欢凉水，它们从肚子涌上来，一路涌上来生猛得像条狗，一勺凉水根本就压不住它“哇”的一下就从嘴里喷出来，但是它们又不真的喷出来而是，塞在喉咙里。干呕。

这是第几次了？

头昏，恶心，不想吃东西。

雨喜忽然心头一惊，月经很久没来了。仔细一算，竟然超过了三个月！啊三个月，前一段在澡堂洗澡摔了一跤，骨折了，光顾了脚，折腾来折腾去，原来是把土刨松了，一条毒蛇，长驱直入，一下蹿过了三个月。

三个月啊——

在深圳富士康的时候，月经从来都是不准时的，几乎人人如此。

加班、一天只吃一顿饭、累、睡眠不足、夜班导致生物钟紊乱，再加上发育晚，任何一条都能成为月经不调的原因。一同打工的女孩没有别的话头，要说就说说月事，一个说，这个月又没来。一个说，一个月没来算什么，我都两个月没来了。有人问，这么久不来没事吧？也有人答，能有什么事，又没跟男人睡觉。说起来，人人都有过两个月不来月经的时候，大家也就不当回事了。有人还半年不来的呢，是看见同屋女孩割手腕吓回去了，就是隔壁的女孩，真可怜她怀孕了男朋友又不要她了地震父母都死了，她躺在床上割手腕到处都是血，同屋的女孩看她怎么一动不动扳她的头，吓死人了她眼睛翻着脸煞白，那个女孩吓得有半年没来月经。

但是你这次不一样王雨喜。

——网上查到的症状每条都没逃掉啊，头昏恶心不想吃东西，乳房发胀，尿频，白带增多乳晕加深，你每看到一条总是冲它们瞪眼，但它们更冲你瞪眼，每一条都是死死地粘在身上像鼻涕虫。你撩开衣服看那乳晕，是真的它就是颜色变深了，原来它们是淡淡的肉红色像早晨的天空，但现在，天空来了一层乌云，淡淡的红色变黑了。黑而坚硬的乳头简直就像两粒布扣凸在那里丑陋无比，还有内裤那层分泌物它们像铁钉一样钉着人。板上钉钉就是这样钉的，你终于中了彩大难临头了吗？

按照网上的指导去买试纸，早孕试纸，怎么说得出口，药店，哪里的药店不会碰到杨庄的人呢。左脚穿上短皮靴，右脚穿上棉拖鞋，拄着拐杖出门去。

在清晨，清晨到来就知道了。

冬天的清晨天还是那么黑啊，不开灯能看见窗帘的缝隙间有一点灰白，膀胱发胀穿上羽绒衣下地，屋子里太冷了没有暖气，尿在杯子里然后把试纸浸上，等五分钟。说明书上说等五分钟那试纸上出现一道黑色的杠杠就说明是阳性反应，也就是说，肚子里有一个东西了。

五分钟，一秒一秒的有点长但又实在是短，闹钟的嘀嗒声不知从何而来嘀嗒嘀嗒地充满了这屋子，它像定时炸弹要爆炸吗？它埋在身体里，大概也许这声声连绵的嘀嗒声是从肚子里跑到外面来的。连连绵绵。

要镇定不要慌。

在清晨你看见一支黑色的利箭在试纸上横空出世，它只有一毫米宽但它脱离了试纸越变越大，而且锋利，而且，在冷飕飕的冬天早晨寒光闪闪。

不要哭，喝一口凉水不要哭，水缸在厨房里，眼泪滴进水缸里不要哭。冰凉的水有一点腥，腥就腥吧，它冰凉地沿着喉咙到胸口到肚子到五脏六腑里，到处都是辣辣的热，身体在烧灼，水浇到胸口发出吱吱的响声。但是辣热的什么它们从肚子涌上来，一路涌上来生猛得像条狗，一勺凉水根本就压不住它“哇”的一下就从嘴里喷出来，但是它们又不真的喷出来，而是塞在喉咙里。

骨折的腿，冰冷、沉重、僵硬像石头，又像木头，又像铁棍。它还能长得像肉腿吗？它还会长回自己的身上吗？它还能在游戏厅里走来走去吗？还能去五道口吗？长城还一次都没去过，故宫去了一次但没进去就在午门外面照了相，穿了格格装，仿制的清朝格格装像戏服一样亮闪闪的不知被多少人穿过了，它们红的绿的挂在午门的红墙外，在北京的太阳下，那次你第一次来北京还没辍学。格格装套在身上有点大，头上还戴一顶画着牡丹花的纸冠，一个女人往她脸上抹粉，妈妈说多抹点抹白点这是个农民格格脸上黑。张笑盈说照片像真的格格，她保证整个湾口中学没人照过这种相。午门的红墙在耀眼的阳光下高而厚，那么高那么厚，那一溜皇帝皇后妃子的彩服在风中荡来荡去，天空蓝得幽深。想起来日子就像一粒石子嗖地掷出去就过了六年。

三个月了腿还是没好，稍一用力脚腕就疼，根本不能离开拐杖，人呢也没精神，整日昏昏沉沉的。一天真是长啊，手机上的游戏都打腻了，QQ聊天也没什么新鲜事可聊，罗家辉一直没音信，他难道是被外星人抓走了——这可是他自己说的，说他不想读书了，想出名，想赚大钱，北科大的黎力最笨，要不就是走火入魔，不然怎么会想到去抢银行！罗家辉说如果他学化学，万一被毒贩抓去制冰毒他也会干的，只要给他很多的钱，名就不要了，有很多的钱——他就用这钱在中关村的楼盘买一套大大的房子，再买一辆宝马，他呢，每天用宝马送雨喜到游戏厅上班，下午再接回来。

在学院的树林子里罗家辉眉飞色舞，而月亮金黄树枝挺拔，不远处的教学楼和宿舍在月光中也是金黄月白隐隐约约，平添了风姿。啊两个人的意识都被麻痹了似的，他们恍恍惚惚脱离了日常的世界，摇晃着身子想入非非——一个信口开河自己也信以为真，另一个呢，即使知道不是真的也愿意它是真的，抢银行制冰毒，样样都够刺激，这些隔着十万八千里的行径载着他们的青春在黑密密的树林里窜来窜去，真是过瘾。

越说越离奇了罗家辉，他说出名的最佳捷径是被外星人掳去，最好是，在某一日，在不经意间，宿舍里只有他一个人，或者，他一个人正走在一条僻静的小径上，忽然，一阵风从头顶降落，就像有直升飞机在盘旋，他正要抬头看，两个头顶长着三根触须的外星人已经在他的面前了，他说不出话，也迈不动腿，但他飞了起来，飞到外星人的飞碟里——罗家辉这个书呆子他实在是有些古怪的，他忽然停下来对着黑暗中的雨喜问道：你看我像不像外星人？他摇晃着树枝。而喜鹊扑腾着从身边飞过，它翅膀上两团白色的圆斑分外醒目。

喜鹊在叫。在中午叫完晚上叫。

不要哭，不要哭，无论怎样不要哭。

在深圳见多了——

下班时像洪水流泻黑压压的一片全都是女工，饭堂里排队打饭也是黑压压一片。

——是女工就会有人中彩，老天爷总是要折磨女人的，总是有人端着饭发愁吃不下，她看着饭菜想吐好像那不是饭而是垃圾，不是垃圾而是一坨屎。

食堂里还贴着人工流产广告呢，女孩子们用眼角扫到“人工流产”四个字像黑漆漆的怪物，地铁里也有广告。北京的地铁这样冠冕堂皇的地方也要贴上药物人流早早孕，有多少女孩未婚先孕啊广告铺天盖地。同宿舍的女孩做过一次药流，她请了假服了药就躺在床上，但是肚子疼了起来，她在床上滚来滚去，出血了，小腹抽搐着哗的一下，这血液的声音没有人能听见，“哗”的一下是在寂静里撞击着，谁吃了药谁就能听见。在床上垫多少层纸都没用，她心疼她的床单，痛得冒冷汗还挣扎着起来，她手扣着床沿蹲下来，一只手捂着肚子另一只手扣着床沿，两腿叉开蹲在脸盆的中间。

鲜血滚滚。

脸盆里有一小块东西比蚕豆大一点，周围毛茸茸的牵着血丝就是那玩意儿吗？而鲜血滚滚奔涌着落到了脸盆里。

事情还没完，广告都是骗人的，无痛人流痛得要命，且后患无穷，那个女孩，半个多月淋漓不止，医生说她没流干净还得清宫，啊那些闪着寒光的器械、那些消毒水、那些白大褂，它们冰凉、坚硬、锋利，长驱直入刮着她的子宫。她说她痛得全身瘫软两眼发黑，她说刮宫的罪不是人受的宁可把孩子生下来送人也不要做人流。

不要哭……

女孩子们坐在候诊室的长椅上白色的脸像花瓣一瓣又一瓣，如果她们坐在草地上是多么缤纷的一片，芸芸芬芳。

妇产科门诊人真不少。由女伴陪着的女孩都没结婚，面对面坐着，各人各样——有人满不在乎，有人愁眉苦脸……更多的人，面无表情听天由命。

“脱裤子！”医生说，这里没有人把她们当成女孩子，她们爬上高高的诊疗床上，被要求叉开腿。再瓷实的女孩都会羞怯的，她们慢慢羞羞迟疑着，而呵斥声声，妇产科的医生不会怜香惜玉的，女医生也不再像女人，她们一穿上白大褂就变成了狠毒的巫婆。啊巫婆说：别磨蹭。女孩子心怀绝望叉开了腿，啊她不再是一朵花了不再有人护着，巫婆把她们当成了废铜烂铁，一些器官，或者是，牲口。女孩子们面临着深渊，她们猝不及防咚的一下就掉进这个深坑里，上不见天下不着地是谁把她们扔到了这里的，那个男人毫发无损远远地走在阳光中，他们连一眼都不会朝这个深渊看。

没有生过孩子的年轻女孩孤立无援，她们裸露在诊疗床上，四面都是悬崖没有攀扶的地方。下体凉飕飕的凉得疼，这个白色的房间里没有风，风从你看不见的地方贴过来灌进你下体的开口处，那里暴露在巫婆的毒眼下，空气变得越来越重从上方压下来天马上就要塌了！巫婆手执一根亮闪闪的铁器走到你跟前，酒精的气味像乌云滚滚而来，器械一碰到下体的敞开处，肌肉骤然收缩鸡皮疙瘩迅速遍布全身，毫无经验的女孩子以为就要死了，一声呻吟从胸腔里出来，绵长渐弱——巫婆听起来却像撒娇，她斥道：还没动呢，这么娇气当初就别只图快活！又疼痛又屈辱，那根闪着寒光的器械就进入了，它长驱直入捣进你的肉里，这根铁玩意儿虽然只是碰到了一点子宫内膜，但它完全就是搅到了你的五脏六腑，疼痛如同海啸，排山倒海，从下腹部一直扩散到四面八方，甚至四肢，甚至脸，甚至眼睛。

一个女孩被女友扶着从里面出来，她脸煞白，头发粘在额头上就像刚刚淋了雨，脸上不知是汗还是眼泪，总之有些脏。女友半扶半抱把人挪到椅子上，她就像一摊泥似的瘫化了。女孩蜷缩着，发出低低的呻吟，仿佛那些血水汁液从身体的各处涌上了她的喉咙并在那里呜咽不已。那些像花一样的女孩，那些花瓣，她们变成污泥浊水真是快啊，这边进去那边出来，妇产科就是这样的一场暴风雨，劫难般的飓风。

王雨喜，轮到她了。

巫婆就在面前，她居高临下，目光如刃透着寒气全身白得像石灰，威严着问诊犹如审问。

多大来的月经？

你使劲想到底是哪一年，肯定是秋天。因为正在地里帮人拔花生忽然觉得裤裆里黏糊糊的，幸好旁边有棉田可以钻进去，裤子上有血！哪都不疼就是有血你愣在棉田里心惊惊的，愣了一时就明白了，王榨管这叫“提脚盆”，妈妈不在家她一年才回来一次，怎么办呢你去找二婶，二婶说哎呀现在都立秋了哪还有腊肉，家里最后一块腊肉夏至那天吃掉了，没养女儿哪会想到有这事，二婶说第一次来是要吃腊肉的，还要喝凉水，还要吃黄瓜和桃，这些都是凉性的，第一次吃了，以后次次都可以吃，若第一次没吃，以后次次来都不能吃，如果不忌口，它来了一半就回去了，或者是，哩哩啦啦止不住。二婶到别家要了一点腊肉给做了腊肉饭，吃了饭你到水缸边盛了一大勺凉水，咕噜咕噜一气灌下肚——初潮仪式就完成了。啊还没有，二婶让你到自己屋里的尿桶里蹲着，她说看看能滴下几滴，第一次来月经，滴了三滴就说明以后每次来三天，滴四滴就是四天。

但巫婆不耐烦地在桌上敲她的笔：

每次月经来几天？量多还是少？间隔多少天？有过异常出血没有？等等等等，婚否？以前做过人流没有？生过孩子没有？她的问题无穷无尽，人流史生育史，难道我是一个老妇女吗？有这么多的历史，巫婆的问题像蛇一样恶毒阴险缠住你，每句话她都要问清楚你不答她就盯着你冷冷地滋滋冒凉气。未婚，你像石头一样坚硬地说出来。

上到了诊疗床上叉开两腿让她把手伸进去，她戴上一双橡胶手套橡胶的气味浓得让人恶心。她的手探进去，她说：像鸭蛋那么大了。

像鸭蛋那么大了。

就是说，药物流产已经不可能，月份太大了。

要刮宫，去交费吧。那个瘫在椅子上的女孩还在蜷缩着，她脸煞白又变得蜡黄，陪伴的女友往她嘴里塞了一片人参，她还没缓过劲。谁能来陪雨喜呢，不能让小姨知道也不能让妈妈知道……张笑盈，让她来她一定会请假来。但是那个女孩脸煞白瘫在椅子上，**你怕痛**，连打针都怕得要死，那根铁刮子在眼前晃来晃去。头皮发麻。

雨喜觉得肚子里的鸭蛋长出了鸭毛，鸭毛呢也不好好长，它长在鸭子身上也好啊，有鸭蛋那么大了医生说不生就要刮宫，再不刮宫就来不及了只能引产，引产更疼。

肚子里的鸭蛋让人食寝不宁。它长得乱糟糟的一撮长一撮短，软的硬的互相纠缠，它像一只鸡窝吗？不，它是一个鸭窝。

它们乱糟糟地升到胸口，在喉咙里搅来搅去，虽然是鸭毛，却又是很重的，沉沉地坠在腿上，那伤腿更重了，不伤的腿也重，早上起来，额头也是重的。

身体里一层层沙尘暴刮来刮去，就像北京的天，如果不刮风，浮尘就浮着像一层黄色的雾。到处都不清爽。身体里的鸭毛和沙尘暴搅在一起……

法院、派出所、村委会……

虽然银禾已经打定主意要离婚，但她还是去算了命。

给了人家十块钱，算命的人说，你命中注定要离的，你男人两个老婆，你呢，四十二三岁的时候，犯太岁，但是一次离不成，要离两次。

于是银禾就行动起来。

一打听，这件事的麻烦程度远远超出了她的想象。她与三顺当初根本就没办结婚证，二十年了，一直没有这个证。要离婚就要先办结婚证，但三顺死活不愿离，连人都找不到。

银禾到处打听，北京的律师事务所和老家浠川的律师事务所她都问了，最后总算明白，户口不在北京也能在北京离婚，在浠川县离呢不费什么钱，在北京，城里要六千，郊区则三千就行了。她决定，到三顺租房的顺义区起诉离婚，让法院判。

银禾花了一个半小时找到了法院——法院跟银行似的，一排窗口，每个窗口写着字，“地产”“民事诉讼”。

窗口里那个女公务员低着头。我把身份证、村委会的结婚证明都递进去，她说不行，“你是外地的呀？”她要男方暂住证，还要暂住地的村委会证明。拿不出三顺的暂住证。她挺横，说没有就不行。

只好去找三顺住地的村委会，村委会又让她去找派出所。派出所又是一个女的，女警员，在玩电脑，看着特横。

又到办暂住证的地方。

又折回派出所，看到一个屋子里坐着两个民警她就进去，冲他们说道：我想开证明，你们又不开，让我怎么办！那男民警不答话她又说：那我晚上报警，让你们来抓，行不行？

哪有报警抓丈夫的！民警斜她一眼。

只好又说一遍，同居……离婚……找不着人。坐旁边的女民警听了抬起头，她瞪着眼睛问：哦，你老公搞破鞋了？这个女民警可能会帮忙——但这女民警又低下头看起她的公文来了，她说她们也管不了。

没了办法，只好又折去村委会，又是个女公务员。女干部。

又是个挺蛮横的女的。

狗婆子干部公务员！走出衙门，银禾生着气在李庄的胡同里转，她要去找三顺的房东。

一条胡同，往回走，顺左手右拐，横的，又转一个胡同，胡同太多了，乱七八糟的，幸亏王榨的人告诉了门牌号。菜地那边的院子大门没关，里面一排六间小屋子，间间都上着锁，她们说三顺那屋的锁是天蓝色的。一看，右边第一间——天蓝色！

我趴在窗口上正要看，房东大姐出来，问：干什么？

这个房东大姐挺好的，特热情，她说有一个姓王的，湖北的，她上下看看我，问：你是他老婆？我说是。我趴着上面看，房东大姐也趴着一块看，她说我来抱你，她就把我抱起来看。还告诉我，他说要跟你离，跟她结，他刚来住不久，以前住哪人家都撵他，不让住。

院门口放着一个条凳，我就搬来站上去，一眼就看到了那条床单，是蓝的竖条的，上面还有我缝的补丁，他带到这里来了，真是正点，这回错不了了。

我就用脚踹门，我发狠劲，一脚、两脚、三脚，三脚就踹开了。我先满屋子看，他小日子过得还有模有样的，我气得，我端起他的一桶油就倒在他的一桶水里，他饭桌上还剩有腊鱼和肉，我也给他倒在水桶里了，我又打开抽屉，把里头的东西统统倒出来，三个镜子摔在地上，我又开开衣柜，把衣服扯出来，找剪刀剪，剪子不快，我又找切菜刀，刀也不快，那羽绒衣，新的，听平珍说是三顺给她买的，我统统剪烂了，羽毛到处飞，剪了两件羽绒衣，一件长棉衣，毛衣我也剪，我给三顺打的毛衣不剪，光剪那女的毛衣，她的内衣、秋衣秋裤、袜子手套，我看见的都剪了。又开另一个抽柜，看见一罐红糖，有八九斤，我狠力一摔，玻璃罐碎片把我的手都刮破了。

我一看床底下，还有高压锅，还有那女的衣服，全是三顺买的，自己伢儿他一分钱不给，全给这破鞋买衣服了，高领的、掐腰的，有的看着挺时髦高级的，我全都给她剪了，我在床底下找到一双皮鞋，是真皮的，我就拿菜刀剁，剁不动，我就剪她一个口子。我再一摸，又一双，又剪，又看见一个口袋，又一口箱子，开了看，全是这个宋秋芬夏天的衣服，都是王三顺给她买的，我剪光了，踹了一脚，这么大一个窟窿洞。

我一看，这边还有四只塑料盆，咣咣咣咣，我一个盆踩一脚就完蛋了。我再看他的床，床尾卷着一个凉席，是新的，我拿菜刀从这头到那头，一拉！又找到一个口袋衣服，我又一件件剪，一件都不给她留，晾着的内裤胸罩，一剪！外套，一剪！

炒菜锅，怎么摔都摔不碎；瓷碟，用刀背敲，一刀一个，那碗真厚怎么都砸不破，用刀背敲它都不破；洗衣粉，有几袋，用刀拉一口子往床上一撒；桶横着一放，踹了四五脚都没踩破。柜里有一大卷手纸，像桶那么大，还有小的手纸五卷，我一起泡到水桶里，浮在水上，下不去，我就用脚踩。

有六把新雨伞，是雨喜买的，拉开一掰就弯了；打气的气筒有两个杆，拉开一掰，也断了；一对大暖水瓶，拿起来对撞，吧唧，碎了；砧板，一劈，再一脚，变成两半；衣架是木的，一掰；一把铁衣架，我一把抓着一折就弯了，我想我怎么这么大劲，准是身上有一股气，相当于气功发功。一盏台灯，我把灯泡拧下来，摔到床板上，再把电线剪断了；两个枕头，一个是荞麦皮的，撒了，棉的，撕了。

床上的东西全给他翻到地上，被子枕头全扔地上，充电器、电线全剪成两截，墙上挂着一只腊鸡两条腊鱼，先扔在被子上，电热毯被套堆上去，半人高。

桌子上吃剩的菜，米、盐，都倒在床上，把椅子也放在床上，把镜子敲碎了也扔床上，一瓶酱油倒床上，一瓶酒倒被子上，电饭锅里的饭倒床上，锅也给他敲扁了，味精拉一刀也倒床上。

我把他们的被子拖出院子，西边有个女孩正在倒垃圾，我就把他们被子扔垃圾堆里，一次拖不动，我拖了一次又一次，拖了七八床被子。我把煤气罐，还带着灶，都推出来扔，碰见一个老太太，她问：姑娘啊，是不是搬家呀？我说是。

最后把那只新的高压锅，还有砸不破的铁锅拎出来，收破烂的正好来了，高压锅卖了十二块，铁锅两块。出来的时候我还老想着，可惜还有一个方盒没砸，特好的杯子，一直想，还给他留了几个杯子，没干彻底。

椅子还给他留着，下次再来可以认得。

临出门前，一看，还有灯绳，我把它扯断，让灯亮着，看这两人谁先回来！我又把窗台上的洗发液倒被子上，把牙刷掰断一点都不能留，要搞就搞彻底，下次自己买一把王麻子剪刀预备着，再带上两个创可贴。

这都是他气的，我砸的是我家的东西——我家的钱买的，又没砸别人的。她宋秋芬打工挣的钱每个月都存到自己的存折上，我样样都给他砸了个稀烂，看你们今晚睡哪儿！

银禾觉得自己干了一件大事，她兴奋不已，在电话里跟美禾细细说了一遍，跟叔叔说了一遍。跟海红又说了一遍。

卷十二

告别武汉

海红实践着自己的诺言，每个重大节日都回北京和道良春泱一起过。这个家重新成为了她的避风港。在武汉，过节放假，年轻的同事开车自驾游，她不会开车，自然也不往跟前凑，何况各处好玩的地方她也都差不多去过了。同事甲和同事乙，一个陪母亲，一个陪儿子。一到节日，外面更加是茫茫人海，你上街，那是漂浮在人海之上的一叶孤舟，你在屋子里待着呢，岂不辜负了这人间大好的日子，想想都让人不值。

节日是要和亲人在一起的，和亲人在一起就是过了节。亲人这个字眼，海红不是首先想到母亲章慕芳，反倒是想到离了婚的史道良。所以一临近过节，海红就会生出一股子归心似箭的心情来，她看日历，在上面画记号，提前订上一张往北京的卧铺票。拿到票她就把它放在显眼的地方，然后打电话告诉道良。道良问：要接吗？不要。道良又说，那你不要带什么东西，北京哪样是买不到的！

现在的年夜饭跟几年前没头没脑的乱撞不一样了，他们不再盲目，一家三口达成了共识，就到那家不太远的烤鸭店，这个品牌的烤鸭比著名的全聚德更好，它是秘制的，酥而不腻，鸭架汤也更浓，还赠送芝麻糊和小米粥呢，另有餐后甜品，有时是杏仁露，有时是绿色枝条间插着团团半透明的棉花糖，摇摇颤颤地端上来。你以为再也没有了，却又上来水果，绿色的方形玻璃钵，透明的支架底下放了干冰，浓浓的白雾阵阵升起在红色的水果间（西瓜、荔枝、樱桃……），最后，每人跟前放一枚口香糖，这次第，春泱真是太满足了。这家烤鸭店的环境和细节也都经得起挑剔，它的灯，它的桌椅和餐具，它的餐巾和餐纸，样样都是讲究的，连小小的牙签套都经过设计，正面是竹叶和一首二十四节气诗：春雨惊春清谷天，夏满芒夏暑相连，秋处露秋寒霜降，冬雪雪冬小大寒。反面呢，应着节气，如果是大暑，则是大暑的牙签套：大暑：暑，热也，就热之中分为大小，月初为小，月中为大……二十四个节气，牙签套就得有二十四种。还有，不同的时令摆放不同的鲜花，盛夏是荷花，到了夏末就变成莲蓬，冬天呢，红梅！绝对不会摆放庸俗的玫瑰——这样的地方，如此品位，价格当然有点贵，不过，三个人都开心，海红买单就愉快。道良退休金微薄，每次外出吃饭都是海红主动买单。

春节刚过完，海红还打算赖两天再去武汉，同事甲却来了电话，大事不好了，她们的杂志被一家上市的房地产公司收购了去，旅游杂志也改成了房地产杂志，全体人员共十五名，除一名编务外统统遣散。

犹如天灵盖上冷不丁挨了一闷棍。

海红说不出话，等回过神来还是说不出话。眼前的事实却是铁打的：她在四十八岁的这一年，再次失业了。

那一棍压在天灵盖上，重重的，没有手来把它拿开，道良说没关系啊没关系，但他束手无策比海红还焦虑。海红的脑袋里塞上了一坨铁，这铁是膨胀的，又是走动的，它有时走到心口压在那边，有时又走到后背。睡觉的时候它变得最沉了，还发出嘎嘎的声音。钢铁碰撞声隆隆开到她的胸口，屋子里仿佛一股铁锈气。

她到武汉去领一点遣散费，收拾办公桌物品的时候抬头望见了磨山，四年了，磨山真是亲啊，她想起有一年大家到磨山春游，几个人哼起了一道共同熟悉的歌：轻轻地捧着你的脸，为你把眼泪擦干……有一种年轻的、文艺的情怀，想想已经是那么遥远了。海红有点不舍。

散伙饭定在东湖边上的水榭餐厅，此处上下都由竹子搭成，四面是敞开式的，一道道曲折穿插的竹廊，拐角处挂一领蓑衣，或者一顶笠帽、一只鱼篓，颇具渔农气息，下方是湖面，可听见湖水拍岸的水声，又是文人的雅趣。天却不好，是闷阴，湖里的水汽升上来，凝在了竹子的表面，竹椅潮乎乎的，湖景也丧气，是一片闷闷的灰白，远处的山全都隐在了这片闷灰中。水声倒是一阵阵拍过来，一看，有不少垃圾，太脏了。而且呢，上一次吃过的很好的鱼，这次却蒸老了，汤里的豆腐有点发酸，不够新鲜。大家强笑着，心情却不好，同事甲快到退休年龄了，再难找到合适的工作；同事乙呢，儿子要出国，诸事烦扰。大家勉力说些打气的话，却不免底里虚弱，话也空泛。后来不知谁说起了新近热播的一出电视连续剧，这才不至于冷场。

在武汉四天，有时收拾行李，有时发呆。也曾想去长江边看看江滩上的芦苇、沿江大道上个世纪初的建筑，还有新盖的堪比北京国家大剧院的琴台大剧院，最好拍几张照片回去给道良和春泱看看。临到出门，却又没了兴头。

有天出门买玉米充当晚饭，一路走到久违了的高第街，高面的房屋已拆成一片瓦砾，街边密集的粉红色按摩店和衣着暴露的女子全都不见了，街灯暗淡，街面死寂，只见远近竖着几根孤零零歪斜的电线杆，有两只狗在废墟上嗅来嗅去，仿佛要找出深埋在瓦砾中的幸存者。那景象，如同末日，那街道也像是一条通往绝境之路。

是你的一个严峻关口。

四十八岁再次失业，比上一次更没有出路。这几年花钱大手大脚，这样的日子从此就不会再有了。海红从这天起开始节约自己的开支，从前一出门她就打的，现在她尽量乘公交车，从前来往京汉，她会买软卧，软卧干净宽敞，洗手间和厕所都不用排队。这一次，她买了硬卧。

她刚买不久的二手房要卖掉，地段不好，房子又老，纵然房价涨了也卖不出好价钱。这都是中介公司跟她事先说明的。不过还算好，房子第三个月就卖掉了，扣除手续费和中介费，稍稍赚了九千元。

号　叫

上个世纪，1995年，由于海豆的事情，我才第一次知道父亲死于精神分裂后割腕自杀。从小到大，在我填过的无数表格中，父亲这一栏都是填：病故。我从未向母亲细究其竟。

1995年4月，我正在报社编版，忽然接到母亲从遥远的广西圭宁打来的长途电话，她说海豆要跟表哥到北京去，现在人已经到了玉林，估计第三天早上就到，让我去接。并且，母亲说，一定不要问他为什么这个时候来，请了多长时间假。他打了他车间一个女孩一巴掌，打完他就不敢去上班了，在家躲了两个星期，不愿见人，也不去上班，让他去赔礼道歉，他买了水果，自己不敢去，托人带去。听说表哥要去北京就跟着来了。母亲担心海豆有问题，让我注意他，一定不要问他打人的事。

懦弱像羊羔一样的海豆怎么会打人呢？

无从想象。

但他真的来了。我让他睡在门厅隔出的小书房里，睡在沙发上。

我跟他说，这两天他可以先自己到附近转转，等星期日我再带他去天安门。我牢记母亲的话，对某些事情，一句不问。

问他最想去哪里，天坛、故宫，还是万里长城。

他迷茫地看着我，似乎从来没有听说过万里长城这种地方。他反复问道：怎么办？怎么办？到底怎么办才好？

我说什么怎么办？

他疑惑地看了我一会儿，然后诡秘一笑，说：我打人了。

问他打了谁。他说打了一个女孩，同车间的。

你为什么要打她呢？

他说她不理他，还笑他。

他又反复问道：这怎么办呢？怎么办？

我说打一个女孩算什么能耐，如果你有种，敢打领导一巴掌我就服你。怎么办，没怎么办，跟人家认个错。

他说我已经跟她道过歉了，不过我可能还是打得对，我不应该道歉。那我打得对不对呢？对？还是不对？她笑我，说我一点用都没有，上电大白上了，照样调不进科室，老婆也跟人跑了。不过打人还是不对。

海豆目光空茫，喃喃自语，到最后他说：我全乱了。

这时我仍未觉得这有什么不妥，仍然劝他到附近走走，他小时候喜欢画画，我告诉他，中国美术馆就在附近，拐两个弯，一直走就能看到，白墙，黄色的瓦顶，很大。

他就出去走。

然后回来。

回来就坐着，只字不提对北京的观感。

这是他第一次来北京，完全没有一个边远外省小镇人的兴奋。我问他去转了哪里，他茫然，答不上来。反倒问我：这是到了北京吗？我觉得还是在圭宁，也是房屋，也是人。

他每天都要问我好几次：姐，我打了她一巴掌到底对不对？但很快，他就有点混乱：我到底打没打她一巴掌呢？

他坐在椅子上，坐得很直很端正。他说我现在有一种很怪的感觉，好像我没在现实里，来了几天都没觉得到了北京，我现在最要紧的是要回到现实里。我觉得一定有一种办法，不过我现在还没有找到这种办法。

第二天海豆一大早就起来，他说他已经知道怎么回到现实里来了，他要出去找一种办法，不用我陪。

我不知道这已经很危险。一个精神出了问题的人，刚到一个陌生的超级大城市，没人领着，一个人瞎转，走丢的可能性实在太大了。那时候春泱刚刚两岁，保姆也不顺手，道良还没退休，整日忙乱。所以海豆自说自话就出门了。

他整整走了一天，直到晚上九点多钟才回来，他两眼发直、嘴唇干裂，他说双腿像有很多针在扎。问他到哪里去了，他说走了很多地方，脚都快走断了，还是没走进现实里，就像隔了一层东西，像看电影似的，看得见，但就是进不去。

我问他吃没吃东西。

他认真想了一会儿说：没吃。

又问他是不是一整天都没吃。

他又认真地想了一会儿，说：是。

那你喝水了吗？

他仍想了一会儿说：没喝。

海豆的发作是在下半夜。在睡梦中我听见一声悠长的号叫，我睡不踏实，马上惊醒了，紧接着又一声，是从厨房传过来的，声音从高亢迅速滑向低沉，完全不像海豆的嗓音。我披衣起床，看到海豆站在厨房的窗前，伸长了脖子向着西边黑沉沉的楼房。他又开始号，近处的楼房有灯光亮起，我头皮发麻大脑一片空白。

他号着号着忽然大哭，像炸弹一样爆发。

三十岁的海豆，他对着窗口号啕大哭，他的声音粗厉嘹亮，悠长无比。听上去就像一匹被人打断了腿的狼。

哭过之后他说，如果不哭他十分难受，不哭他的头就要裂了。

一个工人，为了改变作为工人的命运连续五年考大学，但总分从来没有达到过大专线。他盲目而坚韧地背诵那些语文和政治，心里怀着模糊的希望。后来他忽然痛下决心，丢下家不管，停薪留职，借钱凑够了两千块学费，到省会南宁念了两年自费大专。念书的日子是他心情最好的日子——尽管债台高筑，但他总是幻想着毕业有了文凭就能调一个好工作，就能摆脱任人宰割的命运。

结果没多久老婆就跟一个开卡车的个体户跑掉了，带走了孩子。虽然有了大专文凭，海豆却还是干他原来的工种：用手推车拉制瓷用的坯泥。一次次跑调动，一点效果都没有。他又一次次去找厂长，想要厂内调动，到科室当资料管理员。

他经常坐在厂长的家或者办公室门口的台阶上，厂长十分忙，从来没有理过他。他渐渐成了全厂的笑柄，在厂里的地位比上大专前还糟。

那个女孩瘦瘦的，个子挺矮，完全说不上好看，但海豆爱她，而且坚信她也喜欢他。女孩是制坯工，海豆空下来就去看她制坯。有一次他说，如果她不制坯而是去彩绘车间描花会更好，这话说到了女孩的心坎上，女孩笑得明亮——所以，海豆就认为这女孩是他的女朋友。有一天，这女孩坐在另一个青工的自行车后架上，他们要去看电影。海豆气坏了，一个懦弱的人，顿时丧失理智，挥手就扇了女孩一巴掌。

他说所有的人都监视他，议论他。

他不明白坐了三十八个小时的火车怎么还有人跟踪他，到了北京还有人跟踪他。他看见了跟踪的人，那人手里拿着对讲机。他还说他已经不是一个人了，他是一个烟囱。

他为这一切而哭。

事情已经不对头，我一下就想到了精神病人和精神病院。高仓健在《追捕》里被人灌药片的情景立即在屋子里膨胀变形……

道良要马上送海豆到安定医院，“不送怎么办，他会吓着泱泱的”。我不愿意，海豆跟高仓健的角色可不一样，他一个比老鼠强不了多少的人，只有老老实实吃药，人家给多少他就吃多少，直到精神完全被摧毁。

也许还将受电击，被束绑，不但变胖，更会变成一截木头，面目全非。

我不忍他就此到医院去，同时对他患病的严重性认识不足。我想等他哭过、号叫过，他的情绪宣泄干净，就会自动变好。

但是一两天内海豆越来越混乱。

他从早到晚像一个哲学家似的发问：“我是不是人？”“我怎么会在这里？”“我在这里干什么？”

一片混乱中我找来陈青铜给海豆做心理疏导，告诉他这是陈老师。

陈老师翻山越岭来，他真不专业——

让海豆回忆打人那一刻，一点不漏地把它复述出来，但海豆记不起来了，即使刚刚去过天安门他也忘记了。谈话的结果是，海豆认为自己见识太浅，他在本子上越写越乱，第二天就开始在家里小跑，并且，认为自己既是烟囱又是月亮又是小鸡。

他说：我是小鸟，人人都是小鸟。

我是外星人。我是三岁的小孩。

我在这个世界上根本就不存在，我要返回这个世界，就得想办法，走出这个房间。

我给他一个厚厚的笔记本，让他清理自己的思想，我总觉得，他脑子这么乱，只要他一条一条地写下来，人就能变清晰。

但我完全想错了。

不写则罢，越写越乱。他的脑细胞异常活跃，一天之内就把一个厚厚的本子写满了，犹如一个神灵附体才思汹涌的狂人作家。

本子开头字比较小，后来越写越大，思维混乱而跳跃，十足的狂人日记。“窗外的东西都想打我，”他写道，“我是那烟囱吗?”“让我看看中间的椅子骂不骂人?”还写道，“我向着姐夫的转椅采访，转椅啊转椅，你的右边是毛泽东挂历，左边是马克思挂历，我跪在椅子上低头向门，我问门：婚姻的意义何在?”

道良建议他用毛笔写字，他就写道：姐夫让我用毛笔写，什么意思？明明是把我看作那对小鸡。

他光着脚站在地板上，用手在地上画了一道线，然后他站在这道谁也看不见的线里说，我怎么也出不去，我不知道怎么才能出去。

到最后，他开始在狭窄的房间里跑来跑去，他仿佛忘记怎样走路了，仿佛他从来就不会步行。只要把自己从一处移动到另一处，他便小跑着实施。他一溜小跑地从饭桌跑到旁边的沙发，又一溜小跑着到几步之遥的卫生间去。

我想起电影里见过的疯子，那些以同样姿势在屋子里小跑的人。这些人，他们是掉进了一个精神的黑洞里吗？他们不得不跑，他们奔跑着要挣脱这个黑洞，当你要逃离一个可怕的地方你总是要跑的。不管房间有多么狭窄，他们逃离精神黑洞的过程是漫漫长途。

那个黑洞也会吞噬你吗？海红，你在2010年的大街上乱走，越走越快，仿佛也是要挣脱什么。

傍晚我给母亲打长途电话，母亲说，她早就料到有这一天，“返回这个世界”，她说海豆这话跟柳青林当年真像，她说不去医院不行了。“柳青林当年就是这样说的……”母亲重复着这句话，听上去像是喃喃自语。如果我不挂电话，她可能还会说到“右倾”“党不信任”“心情永远不好”等字眼。

我头脑一片混乱。

看来海豆是千真万确出了问题，啊他会拿菜刀乱砍吗？他会半夜把春泱扔下楼吗？我被自己的想法吓坏了，夜里睡不着，我把海豆的本子拿来看。翻到他正在写的那一页，上面写着：

如果我是希特勒，不是，我是黄金龙，不是，毛泽东的继承者（市长、书记、秘书），我不是。问问月亮先生：月亮，你是我吗？不是。有人说柳海豆怎么了，但海豆在哪里我不知道，这间屋子外的人声我知道是谁说话，外面很摇荡，我的空间感一下从这间屋子到了外面的空地，另一个我（在圭宁）不断地出去，每一步动作前都有一物帮我阻止可怕的事情发生（喷嚏）。

天亮之后我拿着海豆的本子去安定医院挂了门诊，我把本子给医生看。我的陈述刚刚开头，医生就打断了我的话，她说这是典型的精神分裂症，不要耽误时间，马上送来住院，现在还来得及，发展下去就不好办了。

回到家已经十一点，我担心海豆不愿去看病，因为所有精神病人都坚信自己没病。我骗他说，有一个很好玩的地方，有树有草地，我带他去散散心。

他正在发愣，我担心他没听见我的话。他将信将疑地看看我，忽然像想起了什么似的说：对了！我应该去！我替他收拾东西，他似乎明白自己是要去住院，先把自己的毛巾带上了，出门的时候又把房门钥匙交给我。真是神秘，他如何知道自己用不着钥匙了？

听说精神病人力气特别大，我担心自己和道良两人弄不了，事先叫来了陈青铜。

我们一行四人前往安定医院。

先坐地铁到积水潭，再步行一段路到安定医院门诊部。路上海豆很安静，没有想要跑掉，也没有大闹，更没有忽然给谁一拳。一切都算得上顺利。医生问了海豆一些问题，一边听我陈述一边就写满了两大张病历，然后我去交住院的押金。

我到住院处去，心里开始轻松起来，最令人发愁的事情已经过去，海豆一住院，一切就会好起来。医生说不要把精神病院想象得跟监狱那么可怕，这里的条件是很好的，在国内是一流的，是开放给外国人参观的，现在床位空得很。但是住院处的老头说得不一样，他说总院没有床位了，见我发愣，他就问，昌平分院去不去？

这样我们就拎着东西，拿着老头给的一张油印的路线图，交错着乘公交和步行，一路跌跌撞撞摸到昌平去了。

海豆在昌平治够了三个月的疗程，医生给他开了一张“精神恍惚”的病假单，然后我请假把他送回遥远的圭宁县城。

那时候，我的旅行袋里装着一堆药，盐酸苯海索片、氯丙嗪、氟哌啶醇片、安度利可——它们是一些兵士，步步为营，押守着我们的每一个活跃的细胞，使它们安静、变凉、死去。我们的小镇少有人知道这些药，根本就不会有。我请医生行个方便，多开一些安度利可针剂，这样每个月打一针即可。我已经认识这种药，它跟氟哌啶醇是同样成分，一种是针剂，一种是片剂。我问清楚了万一没有这两种药，可以用氯丙嗪代替，两种药的转换要有一个过渡期，一种慢慢增，一种慢慢减，在一周内完成。我用纸仔细记下来交给母亲，让她督促着。

母亲遵医嘱，从来没有让海豆停过药。他现在跟一个正常人完全没有两样。他重新娶妻生子，没有人知道他的过去。

但你为什么要让他再次到这里来？

2010年初春，海红第二次失业后，弟弟海豆的事总是一再浮到她的跟前。这些阴影重重叠叠。

根据创伤心理学的理论，最要紧的是对创伤不回避，就像面对一个伤口，不要捂着，要尽可能让伤口暴露，身心会在这个过程中逐步适应，接受事实。所以，面对创伤，最关键的是要让当事人讲出来，反复讲。

也许海红认为自己是一名潜在的精神病患者，为了阻止自己滑向深渊，她需要从海豆的经历中获取启示？

“返回这个世界”

这句奇怪的话在海红的血液里潜伏着，它像一只过冬的蝉苏醒过来，在她茫茫血管深处叫唤着：返回这个世界……返回……返回。难道她不在这个世界里吗？在，还是不在？2010年初春，海红在无尽的失眠中反复追问自己。

1965年柳青林在被送往柳州精神病院的火车上对素不相识的邻座说，他说有两股双轨并行的时间流，有一股必定要走向时间的尽头，时间的尽头当然就是世界末日。他说他有时处在另一股时间流中，这股时间流可以称之为自由时间流，可以在两股时间中互换，又可以逆流而上到达过去，还可以快速到达未来，在第一股时间流到达末日，在那个终点上另一股时间流飞驰而过……他在另一股与现世并行的时间流里待久了就要“返回这个世界”，这个世界有他的单位、妻子和孩子。1995年，海豆在房间的中间用手指给自己画了一个圆圈，他站在圆圈里说，他要走出这个圆圈，“返回这个世界”，但他怎么也迈不出去，有一扇无形的墙挡在了他面前。

*你也要如此吗？*像他们一样，精神已然脱离正常轨道，需要，“返回这个世界？”柳海红。

她有时怀疑自己患上了精神抑郁症。是不是害怕见人？是的。自我评价低？是的。有强烈的不安感？是的。孤独感？是。焦虑？是。丧失兴趣和快乐、吃饭没胃口、常常感到累、无法集中精神写作、严重失眠，啊失眠这条最明显，每晚躺到床上，总要两三个小时才能入睡，即使睡着，也会不停地做梦，连绵不断的梦，情节能接上，醒后很累但梦境清晰。还有，那个梦不知为何会出现三次，地震，桌子大的石头追赶着她……也许只不过是更年期，过上一两年自然就会好起来。

她跟这个世界有疏离感，仿佛隔着一层透明的玻璃，她在这头，世界在那头。有时候她迎着玻璃走过去，玻璃自动打开了，她走进去，有很多时候，她站在玻璃的这一边，而世界在另一边，玻璃纹丝不动，她漠然望着，不为所动。

傍晚海红不再去看跳舞，那群人不见了，那热烈的新疆和西藏，那个六十岁的业余舞蹈者，存在于歌声中的太湖水、甩到空中的白长袖、满天朵朵白云，它们不知到哪去了。街心公园被蓝色的铁板围了起来，几个白色的大字喷在上面：某某城建公司。是要修一条新的地铁线路，街心公园是未来地铁站所在地。

失眠依旧。

在夜晚，仿佛巨蝉悬于头顶，仿佛火车隆隆穿过身体里黑暗的隧道，而枕木震颤抵近她前胸的肋骨。起身喝一口水，胸口的火车仍不停歇，从头到脚，它们一刻不停地运送各种严峻的大问题，一车皮又一车皮，然后咣当一声卸到这里。堆积如山像一个繁忙的煤场。她光着脚走在煤场上，从一团乱麻到另一团，从黑暗走向黑暗。

这个阶段海红做两件事帮助自己：白天去看中医，煎中药服中药，晚上写毛笔字。

她挂的是一个三十元的老中医专家号。前面的一个病人，是由女儿陪着从内蒙古来的一个老头，得的是癌症，老中医一看老头就叫了起来："哎呀你们带氧气袋没有？"一边问一边在一张纸条上写地址，打发他们到远郊区的一个什么医院去，那女儿问到底病情怎样，能不能随便开点药给他吃吃，这老中医极不耐烦，连连说道：快去吧快去吧，慢了就没公交车了。父女俩刚出门，他又跟屋子里的其他人说：都死到临头了！

有关海红的失眠，他说主要原因是虚，什么东西虚呢？什么都虚——气虚血亏，肾虚脾虚，不一而足。虚就要补，他给海红开方子，一张处方笺挤得满满的，密密麻麻，一数，足足有五十多味药，一划价，五百九十八块——近六百块啊！到窗口取药，天！每包药比一只足球还大，七包药两只大布袋都装不下，须得用一辆购物车！

回到家里细看那单子，丹参、党参、沙参，有时还有太子参，凡是叫参的树根都赶到这里来了，又有当归、川芎、圆肉、熟地，白芍、白术、茯苓，黄芪、黄精、首乌，红景天，这是去西藏才要吃的，紫河车，这是海红从小就知道的胎盘干，龟板、鳖甲、鹿角胶，凡是你知道的补药他都开在药方上，反正吃不死人，此外还有扁豆、陈皮、砂仁、鸡内金，炒谷芽还不够，还要加上炒麦芽和炒神曲。

这一大堆药，那些树皮草根，“哗啦”一下倒进药罐里，药罐满塞，水泡过面，足足顶到了罐盖，泡上半小时，大火煮开小火熬，这满满密密的一锅药，翻都翻不动它。

有一包用纸包着的，是鹿角胶和阿胶粉，上面盖了一只红色的方印“烊化”，什么是烊化？不知道，大概是用滚汤药把它冲化。等到下一次去，才问清，是要把纸包里的粉末放进一只碗里，加水，再放进蒸锅里隔水蒸化，然后再跟汤药一起冲服。蒸锅本来是好器具，它蒸的是馒头、活鱼或者肉饼，它散发的蒸汽总是香喷喷的，这一时，它却发出了腥臭的气味。

阿胶为什么会又腥又臭？有一天我们会看到报道，说是制造阿胶的厂家为了降低成本，购买了皮革厂的下脚料，在电视上，我们看到一个苍蝇乱飞的屋角里堆着未经处理的牛皮，它们曾经和少量的驴皮一起，构成了我们的阿胶。

又苦又咸又腥又臭，这五十多种味道混在一起，海红一口喝下去，五脏翻腾，舌头都是麻的。一大碗苦药，一口一口地咽，每喝一口，都如同翻一座高山，她想出一些名言来激励自己……啊所有名言都恶心，她深吸一口气，心一横，把药汤咽下肚。

中药吃了有两个月，没有明显效果，反倒肚子胀胀的。

道良说写字吧，写字能安神。当年他给海豆开的也是这个方子。海红于是开始临帖——先临颜体，颜体端正，宽阔，肥，她一笔下去，像一朵棉花，软塌塌的不成个样子。于是又选欧阳询《九成宫醴泉铭》，练了两天，太方正，太严整了，又硬。法度这种东西，她不耐烦。赵孟頫的字优雅圆融，他抄曹植的《洛神赋》，嵇康的《与山巨源绝交书》，极是漂亮。就临赵的正楷，每晚研墨写字，半个拳头大的字写满两大页，然后给道良打圈，之后挂在墙上。

这是两个人的共同爱好。道良很是精神抖擞，他给海红打圈、点评，这里下笔不对，这里轻了那里重了——他的童子功到了暮年竟有了用武之地。他还跑书店，又买来了一堆适合初学者的字帖，还买纸和笔，写中楷的、写小楷的；纸呢，有白的宣纸和黄的元书纸。

海红足不出户，心如止水——既不逛街购衣，也不聚会，连头都不梳，原先她喜欢在脑后梳一根独辫子，这时呢，不梳了，她用一根断了的橡皮筋，系一个死结就往头发上胡乱一扎。

她撑着奄奄一息的一点精神，只想着要写毛笔字，写了字好睡觉，睡好觉好长一点肉——没有一次见了人不招来几声惊呼的，哎呀你怎么瘦成了这样！还疑惑：你没什么事吧？——她最怕这样的关心，一通关心下来，总以为自己得了癌。她是这样脆弱，经不起一声关怀。

她越发不出门了——她不要惊呼，要安静。

在无数失眠的夜晚，海红常常会看到在一片麦田中央的昌平精神病分院。一片稀疏的麦苗，它们在暗黑中摇动，好像有风在吹。然后，铁锁撞击铁栅栏的声音自远而近，门开了，大门、二门、小门，一些身穿条纹病号服的人鱼贯而出，高的矮的，胖的瘦的，每个人手里举着一株草，他们一个个走到她跟前，把草放进她的手心。

多年前，每个星期日她都要到昌平探望海豆，坐地铁到积水潭，然后找到德胜门外那站公交车，坐上十几站之后，下车步行二十分钟。

那是一个荒凉的地方，四面都是稀疏的麦苗，房屋离得很远。不过有一个我喜欢的树林，树木高大繁茂，叶子被阳光照得闪闪发亮，在风中闪烁不定，每次走到这里，我心里就会涌上一种既凄凉又温暖的感觉。我常常在这个时候感伤起来，既怜悯海豆也怜悯自己，既怜悯自己又怜悯世界。我在树林中走着，一边享受着这种飘来荡去的模糊思绪。

那次把海豆送到的时候已经是下午四点多了，后来才知道这是一个很不好的时间，因为医生马上就要下班，而且整座医院似乎只有这一个医生，她烫着时髦的发式，摔摔打打，骂骂咧咧，她几次说：总院真缺德，这时候把病人送来。

她打开一处简陋的小里间房门，到处找空白病历，她把所有的抽屉都拉开，翻遍了堆在桌子上的所有东西，就是找不着。她一边找一边说：空白病历呢？空白病历呢？怎么会找不着呢？真奇怪。好像她多问几遍，这病历就会自动蹦出来。

荒唐极了——医生办公室竟会找不到空白病历。办公桌上有半截吃剩的面包，半杯长了一层红锈的茶水，拉开半截的抽屉里有一张油洇了一大片的黄纸。我不明白为什么要把包过油条的纸放在抽屉里。一把椅子的腿断了，一条脏兮兮的毛巾搭在窗台上。室内有一股混浊的气味，让人头昏。

一名自称院长的男人把海豆领到病房去，他手里拿着一大挂钥匙，态度热情，衣服却脏得不像话——渍痕点点，前襟一边长一边短，而且，只扣了一个扣子。

后来知道他根本不是什么院长（不愧是精神病院，连院长都是可以自己乱封的），最多算是个护士长。他开了两道门让海豆进去，我也跟进去看了，跟大学宿舍差不多，他的同屋是个老头，笑眯眯地直冲我眨眼睛。

男护士长十分兴奋，介绍说，现在全世界的精神病院都是全封闭的，他说家属请放心吧，这里从来没有出过事（后来我才明白，所谓出事，指的是病人自杀）。

是不是要把病人绑起来？啊一般都不绑。男护士长显摆说，精神病的起因现在科学上还没有定论，一切都只是猜测。连病因都不清楚，所以这是世界上最难治的病，对精神病来说，X光、B超、CT，都无能为力，所以只能猜着治，所以不能根治，只能控制。他还说，精神分析虽然厉害，但那玩意儿太复杂，目前国内只有一个人能做，在首钢医院，是个老大夫，已经退休了，这老头能把人从十几岁到几岁一直到婴儿时期的结全部打开。

热情而好卖弄的男护士长一直唠叨到女医生上来，女医生找不到空白病历就冲他发火，他好脾气地去找了空白病历来，女医生皱着眉头在上头写了半页。然后说，行了，明天上午十点来谈病历吧。我完全被弄糊涂了，不是刚刚谈过病历了吗？她却很不耐烦，连看都懒得看我一眼，咔嚓一下，出来把里间的门锁上了。

海红的毛笔字有了进步，但第二个月又停滞不前。加上道良不喜欢赵体，觉得它太漂亮，太正确，太没有瑕疵，因而缺乏一种活气，而且，他觉得家里的赵帖印得不好，可能经过了修正，光滑得有点变形，他建议海红换瘦金体试试。

瘦金体，铁画银钩，炫目，令人惊悚，起笔如利刃切入，撇捺如竹叶张开，又犀利又洒脱。就临《千字文》，细细的笔画，临得像面条——笔力不到，什么体都是枉然。但是宋徽宗这个皇帝，他的《诗帖》多灿烂啊，美得惊人，“浓芳依翠萼，焕烂一庭中”，她挑出一个“中”字，只临它一个。起笔的一短竖，是露锋，像一小截老鼠尾巴，老鼠尾巴在别处会极其难看，但是你要照着不走样，然后，一横，折下来不要顿笔，再一横呢，一定要托住那一短竖，而起笔要轻要细，越来越重，这一画是从细到粗，中间那一竖，最最要紧，这个“中”字能否立起来，成败在此一举，先重后轻又重，要有节奏和韵律，收笔时不要按，要稍稍提笔轻顿再往上垂直一挑，挑的角度不能偏，斜了就不好看。

几乎不走样地写出来，果然是，迎风而立，潇洒轩昂。平时单独写那一竖，从来写不好，到了这里，不知怎么却好了。挺拔，有劲道，分轻重，下半截还带了些微沙笔，收笔一上挑，稳住了！

从此海红就天天写这个“中”字。她把“中”字从鸡蛋大写到拳头大再写到饭碗那么大。终于，愿意换一个字了，《诗帖》里“舞蝶迷香径，翩翩逐晚风”，选中一个“风”字，“风”字是很有动态感的，像一个人长长的衣襟被风吹开了。于是每天，先写一个“中”字，再写一个“风”字。

“中风”二字就这样出现在黄草纸上，挂在了这家的门厅。

中医和毛笔字都没有很好地安神，海红仍然做那些跟死亡有关的梦。她梦见和家人（似乎有母亲）在一个停尸间，全是各色各样的棺材，人很多，都是来订棺材的。他们拿着死者的画像给一个人，让他在棺材上画画，这人身材高大，态度热情，有点像优秀售货员。然后她和家人往外走，两边都是没有放进棺材里的死尸，有的躺着，脸露着没盖，有几排全是坐着，从头到脚蒙着白布，她不敢看，快步走了出来。心里满是恐怖，过一会儿就醒了。

在夜里，多年前的昌平精神病分院出现在一片稀疏的麦苗中，它孤零零的自己在那里，荒凉而寂寞。围墙斑驳肮脏，红漆剥落的标语时隐时现。围墙里一幢灰色的长方形三层楼，外观暗旧丑陋。前院两侧的荒草有半人高，中间有一个椭圆的水池，没有水，池底干白的淤泥翘棱着。一道道门走进去，大门、二门、小门，它深处的院子里漫布着一些身穿竖纹病号服的人，极少看得见穿着白大褂的医生或护理人员，这使院子看上去更显荒凉。

海豆看到我没有任何惊喜，他的目光是直的，动作呆滞迟缓，他直着两腿走路，四肢都是软塌塌直筒筒的，坐下时他把腰挺得很直，双手小心放在两膝上。他变得十分听话，接受任何人的指挥，宛如一名知错愿改的犯人。

我一次次来，后来我对这里感到亲切，并对条件太差之类有了新的看法。

男护士长对我说，精神病人没必要吃那么好住那么好，因为他吃了什么和住在哪里其实自己并不知道，他们完全沉浸在精神之中。而且，谁说这里条件不好？这里空气好，有大自然！

——我能接受这种说法。

有很多次，我发现这里一片祥和。啊药物驱散了狂躁，使每个人变得温顺，你和一群羊在一起晒太阳的时候不是也很祥和么？有很多次，我走进院子时总会看见几个病人围在一起看什么，是他们中的一位，手里举着一株小草对着阳光看，其他人也围着看，人人脸上均露出欣喜的神色，似乎这棵草就是他们幸福的源泉。

他们从一棵草中看到了世界么？他们反复看同一棵草，这棵草是这样无穷无尽吗？

我感到这些患者就像孩子。有一次在饭堂的大厅里，一个病友举着一张雪糕的包装纸跑到我跟前，他问我：这上面是不是有七只小企鹅？他歪着头一只一只数给我看，他缠着我一定要我回答他的问题。包装纸上只有五只企鹅，但他数出了七只，我遵照他的结论，告诉他是七只，他兴高采烈地小跑着到几步开外的同伴中，“是七只，是七只”。他双手高举着大声欢呼奔向他们，犹如一个运动员打破了世界纪录。

最有趣的是女病人，我常常看到她们四五人一组，由护理人员领到田野散步，她们在前面走，护理员在后面跟着，宽大丑陋的病服遮住了她们的身材曲线，但她们扭着自己的腰肢，仿佛穿着暴露的时装，走在众人观看的秀台上。有人看到一朵黄色的小花，她摘下来往自己头上插，后面的人也都纷纷学样，每个人的头上便都插上了这种黄色的花朵——那是新生的蒲公英，在4月的田边到处都是。

阳光照着，暖融融的，一个患者唱了起来，“你问我爱你有多深，我爱你有几分”，啊她唱得真不错，深情款款，她手上举着一株麦苗，仿佛那就是她的心上人。她大概是花痴吧，那种因爱情而疯狂的女人。

他们对人世间的一切无所谓。不知道他们是被摧毁了还是被解放了，我不关心他们是否被强迫服药，我只看到，一个成年人回到了他的童年，他对着阳光举起一株小草，那草叶在过去多年的那个春天，被从前的阳光镶上了一道金边，它毛茸茸地带着一种祥和与满足，带着清凉的气味和湿润的绿色，在我的睡眠中变得繁茂无比，柔软飘动的草叶间，女患者头上的蒲公英翩翩摇摇，风姿绰约。而稀疏的麦苗在抽长，发出细微的簌簌声。

为什么会常常想到昌平分院，是因为，她感到这个地方离自己是如此之近么？

相　遇

这天海红收到一个电子邮件，是邸湘楣来的，邸湘楣，大学时代最重要的朋友，她在消失将近二十年之后忽然冒了出来，山楂酱、红指甲、游泳池里肌肤相贴、高第街、兰圃等，它们消失多年又从电子邮箱里纷纷散出来，啊那是一个蜕壳更新的时期，既温驯又反抗，既自愧不如又在暗中找到自己的骄傲，跟随邸湘楣，在青春的气流中忽上忽下，那是何等遥远的岁月了。现在又到了一个需要蜕皮更新的时候，邸湘楣，你怎么知道呢？

但她没有只言片语。

主题栏写着：柳海红，你好吗？打开邮件，海红看到一个表，表上用红色标题写道：这些中药被禁用了！所列的都是最传统、最著名、最有效的中成药，如牛黄解毒丸、白凤丸、保济丸、速效救心丸、京万红、云南白药膏、正骨水、枇杷膏、复方丹参片、桂林西瓜霜等，有二十种之多。表的下方有说明，题目为：中药很可怕！看看吧：

牛黄解毒丸（片）含高含量雄黄，能导致慢性砷中毒；含大黄，有肾毒性、肝毒性。含有雄黄（硫化砷）、朱砂（硫化汞）的中药绝对不要吃，吃了当时不觉得异常，但砷、汞等重金属会在体内积蓄，排不出去，到一定程度就导致慢性重金属中毒。会出现头痛、头晕、失眠、乏力、消化不良、消瘦、肝区不适等症状，可导致肝硬化、周围神经病、皮肤癌等。

小柴胡冲剂的主要成分是柴胡和黄芩，二者都有肝毒性。日本在90年代有很多人因为吃小柴胡汤导致间质性肝炎，有的因此死亡。此后日本仍有因为服用小柴胡汤而导致肺水肿的报道。

蜜炼川贝枇杷膏含款冬花，含有具有肝脏毒性的吡咯里西啶生物碱，动物实验表明款冬花能致肝癌，被欧洲禁用。

藿香正气水如果用的是较便宜的藿香，主要成分为爱草脑，是一种致癌物，可诱发肝癌。另外，藿香正气水中的厚朴有肾毒性，被欧洲禁用；生半夏也有肾毒性，而且有非常明显的生殖毒性。

猴枣散含马兜铃科植物细辛，有马兜铃酸，会对肾脏造成不可逆损伤，千万别用。猴枣散中的全蝎毒性也很强。其主要成分猴子枣就是猴子体内的结石。实验表明马兜铃酸小剂量间断吃几周就能引起肾脏不可逆损伤，所以是一点都不能吃。

…………

海红看出了一身冷汗，她立即就信了。

她把中药扔了，去看西医。西医一看病历上的年龄就问道：月经正常吗？哦，不正常，四十八岁，基本上属更年期综合征吧。雌激素大量流失，失眠是正常的。医生轻描淡写说，口服一点雌激素，多户外活动，晒太阳，跟人聊聊天，白天不要睡觉，慢慢就调过来了。

雌激素会有副作用吗？且不管它，把失眠治好再说。

遵医嘱。

果然有了一点效果。海红从此对中医存疑，开始相信现代医学。

7月，有一家大报跟云南旅游局合作，找一些文章写手去云南新开发的风景区走走看看，回来写两篇随笔发在该报副刊上——只要提到风景区的地名就行。稿费极其优厚，渥渥五千元；来回旅费和稿费，以及四星级酒店的住宿费均由云南方面支付。原定人选有事去不了，朋友临时抓人补缺，于是海红得以混迹其中。

香格里拉玉龙雪山丽江大理一圈下来，人间美景，这些人都玩腻了，餐桌上的奇珍异馐，房间里的鲜花和水果，也都够了。带着当地送的珍稀名茶，每人怀里抱一大抱鲜花和干花，纸箱也添了几只，里面装着各色土拙古怪的工艺品，以及新鲜的热带水果，行李险些超重了，人人满足着却又厌倦了旅途。

候机时，她意外遇到了陈青铜——不早也不晚，轨道半点也不偏，叮的一声，撞上了。

海红坐在登机口的椅子上，同伴们去抽烟，她看行李，如果她不看行李，她就要到座位斜对过的那个小书店看看了。她抬头看了看书店，有个晃动着的背影似乎有些面熟，一闪却又不见了。过了一会儿，这人从书店里出来，他穿过来往的人流，径直朝这边走来。

他们几乎同时，看到了对方——

海红觉得自己被什么打中了后脑勺，她像个傻瓜似的一下愣住了。她想起小时候，曾趁大人不在家去摸了电灯开关里的铜片，感觉仿佛类似。

啊她瞪大眼睛看着面前这个人——这是她的电灯开关吗陈青铜，是她开关里的那片铜片？她灯泡里的钨丝已经等了许久，灯泡上落满了灰尘，她看到孤独的灯泡在年深日久中落满了灰尘，没有风吹来而灰尘一层层落下。

彩虹般的电流在正午经过钨丝，灯亮了——海红仰面看着陈青铜。算起来，两人已经整整十一年不见。

他更黑了。仍是风尘仆仆的，但不再像盲流，因为穿了件满身是口袋的摄影背心，还背了个沉甸甸的摄影包。

他愣了片刻，说道：你怎么瘦得……像个鬼。

没有更凑巧的了，他从昆明到北京，跟海红是同一架飞机。正是这条航线的淡季，飞机很空，两人坐到飞机的后排。

海红有点想哭——在远处，河水漫过了堤岸发出哗哗奔流的水声，水声喧哗，粼光烁烁，死去的浪花再次复活它们成群结队升起在河面……而水光闪闪。

水光闪闪。

陈青铜的声音还是那样有着某种金属的质地，仿佛十一年的光阴非但不能磨损它，反倒更加让它淬了火，变得质地柔韧。长风浩浩，算起来，十一年过去了，他离了婚，是法院判的，他没有到场，是缺席宣判。甘颜跟一个制片人走了，他一个人，没有再婚。孩子已经十八岁，当然，你们春泱也十八岁了。高考没上一本线，跟他妈妈去了美国，甘颜跟他还有联系，这使他和他的父母都还能看到孩子的最新照片和视频。

他是去云南的一家麻风病院拍照。他现在南方一家杂志社供职，当图片编辑，经常到北京来。他业余时间给一个NGO——非政府组织打杂，每年自己也出来拍些片子。他拍过黑砖窑的童工、精神病院、养老院、西藏的朝圣者。海红知道NGO，近年来遍地开花，有不少志愿者，艾滋病、环保、乡村计划、法律援助……什么项目都有。她也知道那个杂志，她在别人那里看到过。这杂志定价昂贵，大大厚厚的有两本普通杂志那么大，全部用的是优质铜版纸，图片印刷质量特别好，路易威登、爱马仕这些顶级奢侈品的广告每期都赫赫在目，散发出一股子奢华的气息，但那上头能看到别处看不到的照片，那种边缘、穷困同时又有视觉冲击力的照片，也许中产阶级就喜欢消费这些。此外有一些人物访谈，有诗，偶尔也有小说，听说稿酬很高，一个短篇可拿到五千元。

海红告诉陈青铜，这些年自己给一些报纸杂志写专栏，给纪录片写过解说词，还当枪手写过电视剧。〇六年起又到武汉的一家旅游杂志社干活，不过这杂志社刚刚被大公司收购，已经改刊，工作又没了。正打算重新写作，最好能写一部长篇小说。

多年来一直没有放弃文学，只是至今还没有什么像样的作品……对自己不满意，总是感到生存空虚……那本《骑河记》，就是他陪她去东营之后她写的书，完全写砸了，她根本没脸送给他，也当然，那时候不知道他到底在哪里。

飞机在气流中颠簸，陈青铜的话也时断时续。生存空虚是因为你游手好闲，你去干点事看看，文人基本上是无病呻吟，活得太虚太轻，自我的格局太小……他又笑起来：这些话讨厌吧？老生常谈。文学其实没有那么重要，你太在意太紧张了，你把文学忘掉说不定……不要老想着文学了，他说，你太瘦了，文学是吃人的血肉的，你得把自己养胖一点，没有体能，文学也气短。

还谈到了黛安·阿勃丝。青铜在机场书店里买的就是黛安·阿勃丝的摄影集。美国女摄影家，1928年生于纽约，早期作品是中产阶级趣味的时装广告，后来放弃了薪水优厚的时尚摄影和家庭生活，走进弱智者收容所、妓院、脱衣舞演出的后台、马戏团，去拍摄那些远在人们视野之外的人们，妓女、低能儿、疯子、变性人、残废老军人、在黑夜的大街上孤独歌唱的侏儒、同性恋者、马戏团里的巨人、天体营中的裸体主义者。

黛安·阿勃丝是否只是猎奇？啊不是，她近乎自虐，将自己投入其中，她在精神上企图把自己变成一个畸形人，但同时，她又为自己不能完全达到畸形人的自在状态而焦虑。

海红翻阅这本巴掌大的口袋书，开篇就看到著名的苏珊·桑塔格的话引在扉页上：阿勃丝的艺术是反动的艺术——这种反动是对上流趣味的反动，是对约定俗成的反动。这就是她让时髦、时尚和美的东西统统滚他妈蛋的方式。

每翻开一页，都有一个怪异奇丑的面孔扑向你，你不由得要往后一仰，仿佛只有向后仰才能稍许躲开他们的张牙舞爪。他们总是张牙舞爪的，即使他们安静地坐着，即使他们并不龇牙咧嘴，你也会感到他们在扑向你。那个每天在42街表演五次的“丛林爬行者”，他像一只真正的黑猩猩。还有那个，来自马萨诸塞州的疯子，他瞎了一只眼，两手狠狠地插在自己的胳肢窝里；还有，海伦·韦格尔，德国戏剧家兼诗人布莱希特的遗孀——她的面部锐利决绝，翻着白眼看世界。

这些强悍人物的照片，它们固然使你感到当胸中了一拳，就连那些柔弱的人，即使丝毫不具攻击性，你也感到他们另一种龇牙咧嘴的生猛——它使你的心脏被击打。那个裸体变性者，那个戴胸罩、穿吊带袜的男人，那个更衣室里，露出两只巨大乳房的不夜城舞蹈者。他们都是在自己的地盘上，温和地坐着或站着。看着你。

越翻到后来越令人不安，啊那一批题为“无题”的作品，完全不像人类，而是像，鬼魅——一些弱智者，戴着令人惊悚的面具，站在旷野、树下、陈旧的房屋前以及路边，他们在黑白的时空里戴着令人不安的面具，神秘，诡异，就像魔鬼，如同死神。这就是时代的面孔吗？这就是她的一个人的美国吗？

而阿勃丝，啊神经敏感脆弱的人濒临崩溃，她得了严重的抑郁症，脾气暴躁难以相处，离婚、住院、自杀。“她躺在一只澡盆里，用刀片割断了腕动脉，血水染红了她的身体，也染红了一池清水，血水溢出了澡盆，流满了整个房间。周围很安静。”

周围很安静，只有飞机的声音。陈青铜说，你喜欢就带上看吧。

我不要带这个。

海红说——她说她现在不喜欢病态的人群，因为她自己就够病态的了，她担心这些摄影会对她的精神有负面影响，正如一个人的免疫系统差就容易感染病菌。她严重失眠，有抑郁症苗头。有段时间害怕出门见人。现在虽好了些，但谁保证不会复发？

海红没有问他回到北京住在哪里，更没有告诉他，她也已经离了婚，她不知该怎么说，开不了口——因为情况有些特别。

一些话在她肚子里转达了几个圈还是没有把它转出来。她打算等到下次，因为她无端认为，她跟他还会有许多个下次，甚至，说不定会有一个，在一起的将来。

飞机降落，纷乱中你想起来还没有交换手机号码。回到各自的座位上。乱纷纷的一片手臂伸向行李架。乱纷纷的手机开启的铃声。乱纷纷，各人对着自己的手机说：到了。人挨人走过廊桥密不透风，他在一溜黑脑袋之上高出来半个头，在到达的长廊上他停下来等你——

他总是停下来等你像很久以前。你们一起走到托运行李到达的传送带旁，他也有行李托运真是好，这样你们就能交换手机号码了。

他托运的是两个纸箱，在运送带的队列中，它们出来了：一个纸箱是鲜花，一个纸箱是水果，是啊当然，鲜花和水果，从云南回来谁能不带些鲜花和水果呢。鲜花和水果，这么多，他要带给谁呢？你感到有什么从胸口升到了喉咙并堵在了那里。

他跟你说什么但你听不见，你看见他嘴在动他还笑了一下。有人来接那我先过去一下，你等着我啊他说。你的视力真好，你远远看见他迎向一位衣着体面的女士，微胖，性感，白肤黑发，他正向她走去。

人流过来过去像锅垢一样把他挡住了，斑驳、坚硬……海红感到自己脸上有一滴水，哪来的水？她愣了一会儿——至于吗至于吗，她不停地对自己说，真不至于啊！而泪水还是不断地涌出。盈满在眼眶。

不要再等他了。她拿到行李，从另一个出口径直走了。她快步走，像是要赶另一趟飞机，又像……逃难。

卷十三

隔着鸿沟遥遥相望

道良沉痛地意识到，春泱在他预设的道路上偏离得太远了。

放假了，历年都是两个月的暑假，因两年前汶川地震，大量学校倒塌学生遇难，教委要求大中小学一律要加固校舍，以防重蹈汶川覆辙，所以又延长了一个月。道良跟春泱说，这可是难得的整段时间，三个月，相当于一个学期呢，有多少书要看，有多少英语要背，他敦促春泱好好制订一个暑期计划，读几本经典名著，写一到两篇文章，英语呢，至少要有突破。

但是春泱压根就没个学习的样子，上午她睡到十一点半，吃完早餐再洗漱完就该吃中饭了。吃完中饭她就上网。

上网啊，这是道良最紧张的事情，他在春泱身边走来走去，他问道：乖乖，你在干什么？春泱答道：在查资料。他再问：是查资料吗？春泱说：是。道良就去厨房倒开水，他要给春泱端水喝，他往电脑屏上一探头，看见那上头有一个黄色的框框，框里有个小人一闪一闪的，他想再看时小人一闪不见了。

道良觉得春泱骗爸爸，他又伤心又难过，他坐在沙发上，一言不发，一动不动，他的书报堆得更高了，他的古钱币散在书桌上，显微镜躺着，他微仰着头，目光朝向空茫处。

根据报上的渲染，网瘾可不得了，跟毒瘾一样是个深渊，上了瘾的人自愿自觉往里跳。轻的不吃不睡，重的呢，要出人命，或者是三天三夜在网上玩一头砸下去就断了气，或者竟是用刀砍父母，谁叫父母阻拦他还不给他钱？电脑这个鬼，它把人变得不是人了。道良每次一看报纸，就跟海红说要把家里的电脑砸了！

春泱其实不算网瘾，她也不玩游戏，她只是东看看西看看，看看新闻，看看笑话，下载一个曲子听一听，她也上某个博客看看，说上几句，她也在网上学习，“离离原上草”的“离离”是什么意思？一搜竟有十几种解释，比查词典全多了。

最经常的，是要在网上找昆虫。这是一个迷恋昆虫的孩子，各种各样稀奇古怪的虫子收集在她的文件夹里，一打开，虫子纷纷跳出来，它们各自的名字形状习性，以及所属的门纲目，春泱熟得就跟自己的手指头一样，蝉是同翅亚目，蝴蝶与蛾是鳞翅目，甲虫金龟子天牛瓢虫是鞘翅目，蜻蜓和豆娘都是蜻蜓目，蜂和蚁，膜翅目，蝇，双翅目。臭大姐放屁虫呢，大名叫蝽，属半翅目。

她是不嫌虫子难看的，有一种怪网蝽，背上驮着一只比身体还大的大网包，油乎乎看着怪恶心；又有一种叫硕扁网蝽的，长得就像一块千疮百孔的破抹布，上面沾满了灰尘。春泱说——它长成这样简直就是神奇，你觉得它像破布和灰尘就对了，在一堆真的破布和灰尘中你看不到它，这叫拟态，拟态高手竹节虫，它长得完完全全像一节竹子呢，没有人能看出它是一只虫子。

关于拟态，这孩子充满了激情，有一种虫子的幼虫，它会模仿鸟粪，不但形状颜色大小像极了，它还会发出鸟粪的气味，这样鸟就不会吃它了——这叫全身拟态。还有部分拟态——有一种蝴蝶，它会在尾巴上长一只假脑袋，有眼睛有触须，像极了，你就是用微观摄影也辨不出真假；一种大翅膀天蛾，它在翅膀上长两只圆眼睛，蛇见了以为是猫头鹰的眼睛，赶紧跑掉。

有的虫子长得荒唐，春泱就要弄清它为什么荒唐。一种广翅蜡蝉，长长的红鼻子，它的幼虫身体像瓢虫，尾巴却长出一个孔雀开屏似的大扇子，高出它的身体两三倍，这扇子是折扇，白色的，有一棱一棱的棱角。

为什么虫子会孔雀开屏？为什么虫子的尾巴会长一把白扇子？世界之大啊，无奇不有，春泱被这只荒谬的虫子牵引到一个新鲜的世界——

她跟它手拉手往深处走，往深处走啊走，她们走得很快吗？耳边有一些风掠过，也许是在飞，身体是轻的。忽然，我们的春泱她明白了，这种蜡蝉是吸树汁的，树汁里有蜡，它要分泌蜡，那尾巴上的折扇是它分泌的蜡丝！是谁告诉她的呢？有一种沫蝉，它的幼虫分泌泡沫，一堆泡沫围裹着它，自濡以沫，不让自己干死——她几乎是无师自通就知道了。

虫子告诉她上一句，她立即就明白了下一句。

蜻蜓和豆娘有什么区别？豆娘的身体长长直直的，尾部没有一个棒槌，停着时它的翅膀是收着的，蜻蜓的翅膀尽头有翅痣，跟人的痣一样是一个黑点，这是用来保持平衡的，飞行时有一点重量压着，不至于太飘忽。豆娘跟草蛉也是那么像，哦，它们一点也不像，豆娘的翅膀是素色的，修长秀丽，是林黛玉，草蛉头顶有触角，翅膀是花的，最多也就是个花袭人。豆娘在水边，它当然素，因为水就是素的；草蛉在林子里，林子多么复杂，所以它要长触角，还要在翅膀上长些斑点保护自己。

她找到了一只生长在南美洲的斑翼蝉，真是太漂亮了，她立即在电脑上把它放大，那细细短短精巧的触角、头背金属般的铠甲、两对透明的蝉翼上是鲜艳的翠绿和朱红！春泱惊呆着——如此犯冲的两种颜色，大红和大绿，怎么长在一只蝉的翅膀上的？这孩子，她也想变成这样一只斑翼蝉，飞啊飞，飞到南美去，南美的草地和林子里，身手不凡色彩斑斓的虫子多得数也数不清，它们在天上飞在地上爬，大得像一头鹿，可以骑在背上走遍整个南美洲。

但是空气里传来一种动静，那是爸爸从隔壁房间的阳台过来了。

阳台上有道良种的几株花生土豆和两棵玉米，他用一只大木箱盛上土，把阳台的三分之一改造成他的自留地，土是他去街心公园刨来的——他像一个窃贼，月黑风高之夜，手执一只大塑料袋去偷土，偷偷摸摸，偷了多少次才成就了他的自留地啊。高楼上的农作物都是不成样子的，没有地气，玉米虽然结了一只棒，但那上面不结玉米粒，只是一个“苞”。土豆长得有半人高，茎壮叶粗的，也开了花，花跟乡下地里长的一样，是米色的，到秋天一挖，底下的土豆只有手指头大。花生呢，一共结了三颗，海红像宝贝一样晾在窗台上。

每年春天道良都要在这箱局促的土地上种上几样作物，种过绿豆、芝麻、棉花，都是长到一拃长就不再长了。年年都没有收成，年年春天又再种。每年到了雨水和惊蛰，空气中有了水分，道良就要在阳台上翻土，“春泱，到爸爸这里来！”他多想让孩子认识五谷百草啊——城里的孩子，都是可怜的。他让春泱亲手把种子放进泥土里，再浇上水。

农作物比花好看，他浇上鱼的内脏和剩奶沤成的肥料，一片浓绿，他坐在椅子上，晒着太阳，闻着肥料的臭气，一边看他的古钱币和字帖。

他把阳台门打开又闭上。

一开一合，空气压得一阵抖动，细小的气浪沿着衣柜饭桌的空隙走动，把房间里静止的空气赶得四处奔逃，它奔逃着拐弯，动静细小地颤动到另一个房间。春泱在电脑跟前，立即像一只羚羊竖起了耳朵，草高林密茫苍苍，风一阵一阵的，狮子在哪里？人的眼睛和耳朵早就退化了，什么都看不见听不到，羚羊野生着原始着敏锐着，如果它不敏锐它就死到临头了——春泱你如果不敏锐，爸爸就会不让你上网了。网线一收，闸门从天而降，唰的一声，她的虫子们，她的金龟子臭大姐，她的蜡蝉蝴蝶草蛉和蜻蜓，它们统统被关在门的那一边。就像亲人，隔着一道海峡，互相眺望惦记。

春泱早就有了应付的办法——她马上关闭这个窗口，鼠标一点，跳出一个英语听力练习，道良开门进来的时候，春泱已经是一副沉浸在学习中的样子。

道良说：泱泱，爸爸想跟你说说话，你什么时候有空呢？春泱说：现在。于是她坐到了道良的小隔间里，沙发上堆着报纸，春泱找不到坐的地方，道良让她直接坐在一沓报纸上。

道良说，爸爸活了七十年，总结人生，只有六个字：短暂、残酷、肮脏。快极了，一眨眼就过，你这样浪费时间，总有一天要后悔的。人的一生有几个坎……

春泱坐在他对面，手里拿着手机不停地摁。

道良问道：泱泱，你在听爸爸说话吗？

——听着呢，人的一生有几个坎。

道良又说：竞争残酷极了，你不努力就很快被淘汰掉……泱泱，你能把手机关掉吗？

——我听着呢，人生很残酷，不努力就被淘汰，我不看就是了。

道良接着说：你考取的大学太差，根本学不到东西，你一定要努力考上好大学的研究生，不然……

看到春泱木然坐着，他不想说了。

如此几次，道良就再也不跟春泱谈话了。他像一匹受伤的老兽坐在他的角落里，长久地不说话，不动。有时候他会握着一枚古钱币不停地摩挲，在灯光下细细辨识那上面的铜锈，啊，好在他还有这些古币呢，这些亲爱的铜锈，它们贴着他的手，像他的另一个亲人，它们会领着他走向铜锈的大漠。他掏出手帕擦了擦眼角，然后把脸凑近显微镜。

有时候他忽然跟海红说：什么时候我死了就好了。

他也跟春泱说：什么时候爸爸死了就看不见，就不担心你了。

父女两人，又开始不过话，冷战又降临了。春泱除了在网上，就是捏着手机不停地摁。她二十四小时手机不离身，无时无刻不拿着手机，上厕所、洗澡、吃饭、睡觉、上街、看戏……她喜欢看的芭蕾舞剧，买的后排票，因剧场太空，坐到第二排，这样绝佳的位置她也不好好看，她看一眼舞台就埋头猛摁手机，就像一条缺氧的鱼必须不停地寻找氧气，只不过，她的氧气不是在空气中，而是在手机里。

海红问：你是用QQ聊天吗？不是。又问：这样发短信，一天得有五百条吧？差不多。再问：你不停地摁，莫非是玩游戏？这回她答道：是，都放假了还不让玩？

你是不能总问她的。

但是啊，是不是谈恋爱了？十八岁，多么危险的年龄，多么应该谈恋爱，又多么不能谈。现在那么多的“剩女”，三十多岁，事业有成，有房有车可就是找不到丈夫，她们的生活眼看就要一败涂地，她们就要老了——老了连一个自己的家都没有，连一个自己的孩子都没有，她们这一辈子活什么呢！学校里是有些恐慌气氛的，社会更恐慌，社会这个庞然大物把恐慌传递给了每一个人——多少网站，多少电视，多少个公园角落，全都是婚介，多少父母像赶集一样，奔赴各个婚介场所，帮儿女寻找配偶。

但是道良说，恋爱是一剂迷魂药，人喝下去是不知道东南西北的，孩子不成熟，这迷魂药就更厉害。他反对春泱大学期间谈恋爱。“不定什么时候就被小流氓拐跑了”，按道良的说法，现在的年轻人都是小流氓。

海红问春泱有没有男朋友，春泱总是一口咬定：没有。

肯定没有吗？

肯定没有。

——多么令人不放心，多么不像是真的啊！她太爱照镜子了，一照半小时；她又太在意衣服的搭配了，出门前要把衣柜翻肠搜肚，不但自己的衣柜，海红的衣柜也不能不翻的。围巾、鞋、帽子，里面一件长的，外面就套一件短的，瘦瘦的铅笔裤，下面就要高帮的帆布鞋。上上下下要一遍遍地试，她试啊试啊的，再不走就迟到了，她匆匆忙忙出门，沙发上堆满了她试过的衣服，地上横七竖八地歪着她的鞋子，围巾拖到了地上，她抹脸用的润肤霜还没盖上盖呢。屋子里狼藉得像个难民营。

道良逡巡一遍，发现了落在桌上的睫毛夹，大惊——

他叫来海红，他说：你看看吧，这是什么？小流氓的玩意儿！海红也说，女孩把睫毛夹弯实在太难看了。

等春泱回来问她，答说，是买来玩的，并不用。

过了两天，道良在一本书页的中间发现了一样东西——一枚戒指。啊，戒指，这还得了，一颗定时炸弹，它嘀嗒嘀嗒响着，嘀嗒嘀嗒响在家里的桌子上，虽然还没有爆炸，却已经炸到了道良的心坎，不久前还赖在爸爸怀里的乖女儿，难道已经私定了终身？这戒指上竟还刻着英文only love you！等春泱回来，小心问她，她满不在乎说：嗐，干吗这么紧张，是杨天歌给我的。杨天歌是她的女同学，两人要好。

看海红满脸狐疑，春泱说：放心吧，很便宜的，两块钱一个，地摊货。海红问道：她为什么要送你这样的东西啊？春泱不耐烦了，她反问道：怎么啦怎么啦？这样的东西怎么啦？

春泱的书架上出现了一本小册子,《大学生青春期问答》，触目全是敏感问题,“陷入三角恋爱怎么办”“如何对待性强迫”“你知道几种避孕的方法”“人工流产对女性的伤害”，震得海红耳朵嗡嗡响。

她盲目地对春泱说：一定要小心啊，万一有什么事情，对自己伤害很大的。春泱不理，她又说：妈妈觉得有必要跟你谈谈性的问题……

春泱就发作了——她紧绷着脸冲海红道：你现在讲已经晚了，我们上初中就上过青春期教育了！特可笑，根本不是你想象的那样，你要怎么想就怎么想吧，你要吓自己你就吓吧。我就觉得你们特可笑，根本就不了解90后，代沟太大了，跟你们讲也讲不通，你们爱怎么想就怎么想吧！

她更加沉浸在手机里。

书摊开摆在书桌上，几天都摊着同一页，她坐在书桌前看着书本，脑子里不知在想些什么。英语更是油盐不进，若不通过四级考试，连大学毕业证书都拿不到。如此严峻的局面，春泱也毫无危机感，她说“我记不住”，于是她就不背了。

她丢开书本，每天出门玩，同学聚会，小学初中高中，还有棋社和话剧社的活动，或者约上杨天歌和别的谁，一起到西单买衣服，那边的衣服便宜呢，正品的衣服几百块，那里只要几十块，哗，巨便宜！北京人都是去西单买东西,“不像我们家，一买东西就去王府井，多土啊，又贵。”

实在没有去处，她也要出去——

骑上她的旧自行车，背上她从西单淘来的一个双肩包就出门了。双肩包是条纹的，没有任何品牌标志，不过她特别喜欢。她的中学同学都是裹着名牌长大的，我们的春泱，她丝毫也没有压迫感，一点也不自惭形秽，真是了不起。她骑上自行车就出门了，她往东或者往西，遇到十字路口往北拐或者往南拐，她漫无目标……去哪里和不去哪里都无所谓，只要不在家里待着就行了，在家里憋着她都要快发疯了。

即使天气不好，下着雨她也要出去——她对海红说：妈妈，我到三联书店给你买书吧，你要什么书？她也是喜欢书店的，她冒着雨到三联去，给海红买回了《忧郁的热带》。

天晴就更好了，天空是蓝的，阳光灿烂，天这么好她骑在自行车上，这车她骑了五年，基本上是不见天日的五年——早晨上学天还没亮，傍晚放学天已经黑了，永远在人流和汽车缝隙里钻，永远要赶每一分钟，现在终于可以慢慢悠悠地骑车了。

自行车在街道上滑行，头顶有树荫，一片一片的，不是很晒，也不是太热，她还在双肩包的侧兜里塞了一只水杯，那是她在百度上的积分挣来的。她渴了，找到一处树荫，脚一蹬地，喝水。她向西，南锣鼓巷，有趣的铺子一家接一家，有卖玉米汁的，她瞟一眼，有卖台湾烤肠的，她也瞟一眼。她从交道口出来继续往西，什刹海，柳条依依拂在水面上——她忽然又有点忧郁，心里空空的，有点渺渺茫茫。

往东穿过三里屯一直到长虹桥，有时往北拐，亮马河、农展馆，往南乱拐，国贸、建国门、蓝岛，她是北京生北京长的孩子，这些地方她都没去过呢——爸爸认为她分不清东南西北，断定她随时都会迷路，啊，长到十八岁，她哪都没去过，无论别人说哪儿，她一概不知道，杨天歌说：史春泱，你怎么哪都不知道啊！你是北京小孩么？老爸不高兴就让他不高兴吧，他说逛街是混，那就混吧。

史春泱，她看到7月的骄阳下农展馆的屋顶闪闪发光，使馆区的房子一幢一幢典雅别致，有的街道非常安静，树荫密密一地，有些地方呢，正相反，高大雄伟的现代建筑，像原始森林那样长势凶猛，它们挤在一起，使天空变得奇怪，这也让人既震惊又欢喜。有一次她一直向北向北，看到了巨大的钢筋鸟巢和水立方。

春泱像刚刚孵出壳的小鸡，第一次看见这个世界，啊她第一次看见农展馆，第一次看见了燕莎商场，第一次，看见了央视的“大裤衩”。

一切都是，第一次。

道良跟海红说：这孩子毁了，毁了，看来她就是下决心混了。痛心疾首，他想起孩子十岁那年她办了一份《小兔报》，有报头和知识竞答栏目，一共办了五期，她让父母点评打分，还得称她为“史主编”；十一岁，写了一个话剧剧本，关于孙悟空与外星人的故事；十二岁，六年级，写的一篇科学小论文《论自然界的依存关系》，获得了东城区一等奖，那全是她自己选题自己动笔写的，海红说，连她都写不出来！

现在呢，她混。

眼睁睁地看着自己的孩子往斜路上走，拉都拉不住，只有仰天长叹！

谁能想到，这个孩子，她心里竟是委屈的。

快到她的生日了，问她，想要一样什么礼物呢？她漠然道：不要。想到哪里玩呢？答：哪都不想去。

有天上午海红去叫她起床，发现她在哭。十一点多了，她躺在床上不起来，枕头边堆了一堆面巾纸，她不停地擤鼻涕，鼻子是红的，眉毛也是红的。

她说她不喜欢自己，不喜欢自己的生活，她觉得她十八年白过了，以前的每一天都是为父母活，从来没有为自己活。

她说这个家——沉闷、封闭、边缘，跟社会脱节，没有朋友，没有同事，连电话都没有，也不去玩，天天看书写字，生活得很无趣，没有光彩，没有希望——“你们把这种生活带给我，还希望我今后过这种生活，我不想过你们这种日子。”

是啊别人的父母都是呼风唤雨的，想去哪里就能安排，她的交际面很窄，谁都不认识，偶尔出门聚会，回到家爸爸就冷着脸。她不被别人需要，不被认同，过了十八年，发现自己没有任何优势，完全没有自信——她一点都不想考研了，她不想过这种整天背书的日子。

是啊是啊海红知道，孩子跟她的同学面对的几乎是两个世界了，她的四个好朋友，有三个会开车并有驾照，她不会。谁家没有私家车呢？有车是一件再正常不过的事，但是道良认为有私家车的一律就是资本家——

他不知道或者不想知道，北京市机动车日增量是两千五百辆，一周净增一万八千辆，现在每百户人家拥有汽车三十辆，再过几年，北京的私家车拥有量将突破一千万辆。连银禾都知道，现在要买汽车的人太多太多，政府不得不通过摇号来控制，有人摇了两三年还摇不着号呢，每五十八个号才有一个号能摇中，想想看吧。几千块钱就能买到一辆二手车，连她家雨喜都准备学开车了。

春泱的同学，五一十一，家里会自驾车出去旅游，想去哪儿就去哪儿，寒暑假，时间长，就出国玩，每次聚会，到不齐的人，总是不是在美国就是在欧洲，春泱呢，长到十八岁，她连一次飞机都没坐过呢！

有一次，春泱忽然问海红：妈妈，我的教育经费有多少？有没有二十万？海红笑了，说怎么有这么多，最多两万。现在想来，春泱的同学，他们父母给孩子准备的教育经费，往多里就不说了，往少里说，大概怎么也有个四五十万，他们是准备出国的——春泱给自己减半，却不料，是一个零头。同学过生日，收到的礼钱是上万元，请同学吃饭，是到五星级酒店。有的同学刚刚上大学，就已经有了自己的房子！

按道良的说法，这都是“资产阶级的生活方式”，春泱并不羡慕，但是她觉得自己跟同龄人的隔膜太大了，跟中学的同学甚至无法交谈。

同龄人谈什么呢？

谈将来。同学的将来都是很清楚的——每一个人都知道自己大学毕业以后要干什么，父母都为他们安排好了，一个要到企业的管理层去，一个要进银行，一个要进入国际贸易行业，同是学习汉语言文学专业的一位，她毕业之后，到海外的孔子学院给老外教中文。她们问：史春泱，你将来干什么呀？春泱很有底气地回答：我到报纸当记者！

记者这个行当，遭到了所有人的嘲笑，他们说：记者，那都是给政府当走狗的。

走狗这样的字眼，对春泱的打击真是太大了，愣了一会儿她低声说道：我可能还要考研，先读个研究生再说。研究生，她们竟然觉得研究生这个字眼难听得很，她们告诫春泱，女孩子，读了研究生当心嫁不出去！

前途真是渺茫啊，她觉得自己被时代的大洪水撂倒在砂砾上，无依无靠的，没有人能帮她，父母年老体衰，早已被时代所淘汰。

——她委屈得一抽一抽的。

道良彻夜难眠，他的心往下沉，一直沉到了床垫上，越沉心越寒，是啊他以为自己给女儿创造了一个最好的学习环境，他常常问春泱，你想想，你们班有谁有你这样好的家庭环境？是啊从女儿上幼儿园开始他就退休了，天天送她，陪她学习，陪她玩。学校要演自编的小话剧，他就帮她写话剧；学校要每人交一个科技小制作，他就挖空心思，给她用饮料瓶做一个土火箭，拿到学校的操场上，“砰”的一下，它真的升到了五层楼那么高。

“十八年白过了”，她说这十八年白过了，说父母的生活沉闷、封闭、边缘，跟社会脱节。父母亲引以为高尚的精神生活她认为无趣，没有光彩，还埋怨父母把这样的生活带给她。这一代，竟然认为当企业的管理者是最好的职业——在道良看来，一个没有理想的管理者是低等的，不但低等，而且低贱。

道良三天三夜一言不发。

到了第四天，他跟海红说，春泱对他的伤害非常大，他觉得她变成了一个陌生人，隔着很深的鸿沟，只能遥遥相望，再也不可能走近了。

“这个时代价值观混乱极了，混乱极了。”道良对着他满屋子的古钱币字帖旧书报说道。是啊社会对人的影响，远远大过家庭——时代洪流滚滚，不由分说地夺走了他的女儿。

在阴影中

1

卖孩子——还在肚子里就把他卖掉！这么一想让雨喜吃了一惊。难道不是吗？她还拿到了两万元。等孩子生下来给人家，还会再拿到另外两万元，一共四万元！

四万元的巨款，一大堆钱，厚厚的四沓，做梦都没想到，“吧嗒”一声就挣到了这笔巨款。从十六岁出来打工，到现在，五年，才攒了七千多元。

不是拐卖儿童，肯定不是——高尚人士怀不上孩子，他们日盼夜想，不知使出了多少法子，吃尽了人间的药，吃完中药吃西药，吃完西药又吃藏药，试管婴儿他们也试过了，就是没有。他们应该去算命，看看上辈子是否作恶多端。这件事情放到王榨村，绝对不是一笔糊涂账。

那么现在，雨喜，你是在做一件好事——

对谁都好。对你是，对他们也是。网上真是解决问题的好地方，网上的真理多着呢。上了网就进入了另一个世界，罗家辉消失了，妈妈和小姨、哥哥和外公外婆，王榨、浠川，游戏厅里的金刚机和马戏团，钓鱼机和飙车机，那个员工休息室，满地的塑料娃娃……它们像沙子一样刮到了另一边，肚子里的鸭蛋，好吧，交给网上，把它拎出来拿到网上它就不会长鸭毛了。

雨喜在网上认识了“善待自己”，到后来，她管她叫苏阿姨。

网上谁也不认识谁真是好，万水千山走过也不会有人知道王雨喜。她当然也不叫逆风飞扬了，她直接起一个网名就叫“十七岁怀孕不想要孩子”，啊说得越年轻越招人注目，啊十七岁她还未成年呢，年幼无知身体蓬勃，还要读书而父母不在身边。看热闹的人都有些恻隐之心——去打青苹果热线吧，去做流产手术吧——观者纷纷出主意。

那个叫“善待自己”的人说，第一胎就做人流对身体伤害太大，将来会习惯性流产的，不如，把孩子生下来送人。她举例说，生孩子是一个自然的过程，瓜熟蒂落，不伤身体，而人工流产则不同，一个瓜正长到半截，又青又小，你使劲拧把它拧下来，那能不伤身吗？伤得很！伤得那藤再也不结瓜了。

“善待自己”约见了雨喜——

中关村，一家星巴克咖啡馆。那时候雨喜的腿还没好，有胎儿跟她的腿抢营养，这腿伤一直拖了五个月才好利索。那时候，石膏虽已拆掉，走路却还要拄着单拐。

她们先通了电话，“善待”的声音很热情，语速时快时慢，但是听着又暖和又妥当。她说：十七（网名“十七岁怀孕不想要孩子”的简称）啊，咱们见一见好吗？说说话，看有什么办法。

星巴克，雨喜坚信那是一个高档场所，每每路过，总要探头望望里面坐着的男女——他们总是好看的，衣着光鲜，面前放一只薄薄的手提电脑。如果走到近处，浓香的咖啡飘出来，这跟红烧肉的香味可不一样，跟糯米粑也不同，是高档的、有身份的，来自遥远的美国或英国的气味，有一点像炒麦面，炒熟了又没起锅的味道，啊当然不是，如果是那就不够高级了，也不够神秘。

冲着星巴克她肯定要去的——

对这些高档场所我们总是心生怯意，那些高档商场，燕莎啊赛特啊，那些星级宾馆，我们看它就像看衙门。宾馆门口站着的门童，我们不知道他们叫门童，是用来给人开车门拎行李的，高大英俊，穿着红色的制服，戴着坚挺的帽子，制服上面还有黄色的镶边呢，真是讲究。高档商场倒没有门童，但谁又敢进去呢，那种壁垒森严，富丽堂皇，一看就是嫌贫爱富的地方，售货小姐个个漂亮得像明星，她们如同皇后站在那里气度非凡，如果你胆敢踏进一步，啊她们简直要把你当成贼。

有人带去多好，星巴克，门头上那只绿色的圆徽标里面那个披长发的女人多好，散发出炒熟麦面的气味，多好。星巴克里的服务小姐像大学生，这也好。

2

你还是不要喝咖啡吧，“善待自己”说，给你来一杯热牛奶。善待几乎和雨喜同时到，她开车，车里暖和所以穿得少——一件极薄极软的短款单皮衣，里面是一件同样很薄的高领毛衣，颜色很奇怪，像孔雀蓝，但是没那么艳。

善待比雨喜想象的要好看，她简直算得上是一个漂亮的女人，岁数不小，但很难说清她的准确年龄。眼角和额头几乎看不到皱纹——她属于那种看上去很年轻，但你会觉得她无论如何不止这么年轻的女人。看到她的手背，雨喜断定她已经五十多岁了。

在雨喜看来，善待属于少数的有钱人（当然，善待虽然有房有车，却从不认为自己有钱），不过她倒没有有钱人那股劲，一点也不傲慢。她带着笑意上下打量着雨喜，冬天的阳光透过玻璃照进来，她的脸上半是阳光半是阴影，看上去生动而灿烂。

十七你也刚到吗？我就是担心你等久了，啊你怎么拄了拐杖，澡堂就是滑我以前也摔过一次不过没骨折，吃过药？哦两盒虎力散胶囊，没关系没关系，唔还有金天格胶囊，也没关系，人造骨粉，相当于补钙……你的爸爸妈妈当然不能让他们知道，这事会弄得越来越糟，告诉他们也没什么好办法，肯定是要让你做掉多疼啊，瓜熟蒂落当然……那男孩躲起来了？当然要是我闯了祸也会躲起来……别担心你的腿伤花了多少钱？两千多不算多我会帮你的。你这么年轻多好，我要是像你这样我就幸福死了。

善待语速飞快，她一连串问雨喜，不让人喘息。阳光在她的半边脸上跳荡，她的提问也像是明亮的，一朵一朵跳着。这个女人有些神经质呢，雨喜不懂神经质，她觉得善待是个没心机的人，简直有点傻。

你这么年轻会恢复得很快，就像从来没有生过孩子。生完孩子雌激素水平会保持得很好，你的皮肤会很有光泽和弹性，比什么花样的美容都有效，不信？到时候你就知道了。

不像我，她不安地看看自己的手心手背，跟你说，我都四十多岁了（当然不止），生孩子……哦不是我不是我当然，是我的一个朋友想抱养，我算是中间人不过我不会……你猜？不过你不要猜你反正也猜不着……她有点名以前不过她早就不干了，就是结婚太晚，她年轻时做过人流后悔死了，都是为了事业，“十七”我告诉你，事业不是什么好东西，这个东西是专跟女人作对的，像一个榨汁机，把女人的汁榨掉了，那成了什么？果渣。

善待看上去挺喜欢雨喜。

不过下次来你带上身份证，咱们签一份协议，这营养费啊你知道别人都是多少吗？是三万，咱们多一万，你就好好拿着……合作会很愉快的，你就想，你是帮别人的忙，跟雷锋似的，是做一个很大的好事，何乐而不为当然……她没孩子就要离婚了家就不成一个家了，做好事，当然，知道吗？积德。

3

两个人果然签了一份协议，仍然是在星巴克。善待还带了一小盒印泥，一开始雨喜不知道这是什么玩意儿，扁扁圆圆的一只小瓷盒，上面有一条青龙。

看到雨喜的身份证善待笑了，说十七啊你真鬼，你都二十一岁了不过你是有点像十七岁，不过你成熟，你这样的小姑娘不多见的当然……王雨喜，这是你的真名吗？雨喜，不错名字很吉祥，湖北省浠川县，很好、当然、听说徐帆就是湖北人，还有那个魔术师刘谦。

协议是A4纸打印的，雨喜是甲方，善待是乙方代理人，看上去挺正规，有若干条款，包括所产婴儿由乙方领养后，甲方永不得过问，包括所产婴儿若有缺陷本协议自动失效，甲方退回预付款的百分之八十。

当然，肯定不会的当然，善待说，咱们签好协议就去医院做个孕检，本来应该做完孕检再签，程序反了，反就反，不会有事的你这么年轻，生下孩子准是又聪明又健康当然，当然、当然、当然！善待为了加强语气，做了一个往下砍的有力手势。

此外还有，妊娠期甲方由乙方代理人监护，生活费营养费孕检费一律由乙方承担，十七你看，哦雨喜以后我还是叫你真名，你看条件多好，很少有这么好条件的，对咱们有利。

她灿烂一笑，“这都是我为你争取的呢”。

善待打开那只白瓷青龙的小圆盒，露出了一坨扁扁的朱红色印泥，桌面顿时开了一朵石榴花，灼灼有光，真是提神对吗？当然，用拇指，指纹清晰。朱红，石榴红，灼灼有光地在格子布的桌子上。轻轻一蘸，有点黏，拇指艳红。

雨喜就在这份协议上摁下了自己的指印。

4

善待自己开车，到杨庄把雨喜拉到城里，在高梁桥附近的一幢老住宅楼里安顿下来。

是什么局的一处宿舍楼，交通方便，安静。

两室一厅，有厨房卫生间，更重要的是有暖气，小姨那边太冷了，墙壁都是冰的，连电暖器都不暖和。这里家电一应俱全，冰箱电视热水器，还有微波炉。不过善待对微波炉加热食品很警惕。她让雨喜看电脑上一幅又一幅的幻灯片——花盆里的一株草，每天用微波炉里转过的水冷却之后再浇灌，三天之后，五天、十天、十五天，这株草越来越蔫，最后，死了。

雨喜住了下来——

身上套一件防辐射的孕妇罩衣，莲藕皮一样的颜色，无领无袖，大得能放进一只羊，长呢，都到膝盖了。

每天到外面晒太阳，碰到同楼的人问，自称善待老家的表妹。早餐喝牛奶，还煎荷包蛋。剩下两餐，用电饭锅焖点米饭，她向来不喜欢吃青菜，现在也仍然不喜欢。她爱吃肉，尤爱肉饼，经常买上一点肉末，放上盐和酱油，再加一只鸡蛋一起搅匀，搁电饭煲里跟生米和水一起，插上电源，等候二十五分钟，之后“叮”的一声，饭和肉饼，就都好了。

啊天黑了，北京的冬天天黑得真早，才五点多，从窗口看出去，高高低低的楼房都是灰蒙蒙的了，有两只鸟飞过，看不清是乌鸦还是喜鹊。对面那幢楼的窗口，有六成灯亮了起来，有的窗帘真是漂亮，图案滑溜溜弯得新鲜，红的黄的，绿、蓝、棕、紫……每幅窗帘都光亮得气派……小姨家的窗帘，用了一幅旧床单，王榨家里的窗帘是什么样子的？她想了半天才想起来，根本就没有窗帘，可不是，天黑了，屋里没灯谁又能看得见，天一亮，人人都起床了，再者，每张床都有厚厚的蚊帐。

她饿了，开始吃饭。

电饭煲盖一打开，蒸肉饼的香气腾地扑到脸上，她呼地把肉饼拿出来，用一只大碗，盛上米饭，再把肉饼连汁带肉倒进饭里，一边搅拌一边到客厅里，她也不坐下来，站着吃。从小她就不坐着吃饭的，端着饭碗，搛上一点菜，从村头走到村尾。

过了反应期，雨喜胃口变好了，生命蓬蓬勃勃，大口大口吃着肉饼拌饭，电视里的歌舞也有一副好胃口似的，动作猛烈。

楼上响起了钢琴声，她想起几年前自己那个“逆风飞扬”，简历里还说爱好弹钢琴呢，自欺欺人。现在不同了……她马上用手机上网查，一架星海牌钢琴，只要八千多；数码相机，现在两千也拿下了，还剩下三万元哪！用五千，买一只笔记本电脑，再剩下的，就可以旅游了啊！旅游、摄影、钢琴，两年前胡诌的爱好，难道就梦想成真了？王雨喜，运气啊！

雨喜喜欢洗澡，这里洗澡实在舒服，暖气充足，衣服全脱光了都不冷。墙上的瓷砖白晃晃的，中间还有一道腰线，是扁扁的莲花，一朵又一朵，喷头有一只树蔸那么大真是稀奇，细细密密的水柱淋下来，身上一阵酥松。

雨喜跟小姨和妈妈说，她换了个老板，包吃包住，工作呢，很轻松，守着电脑往上发发帖子，再者就是帮老板做卫生，老板是个单身女的，北京人，有两处空房子。

善待有时来和雨喜聊天，顺便给屋角的一株龟背竹浇水。这株龟背只有两片叶子，又黄又弱，如果不是叶面上的两只漏孔，雨喜怎么也认不出这跟叔公家那株大龟背竹是同一种植物。

是啊是啊当然，同一种植物你认不出，同样是人更加千差万别呢。它长两片叶子就不错了，它又不喜欢这里，接不着地气，没阳光，永远浇不着天上的雨水。施肥又怎样呢？上网查，卖花的地方就有花肥卖，马掌，沤得臭气熏天，坚决不要。听说用喝剩的牛奶沤了也管点用，也臭。

——世上每样东西都有它喜欢待的地方，你喜欢北京，它呢，喜欢热带雨林，知道吗？森林才是它的城市。就像有的人不喜欢农村。我就不喜欢，野蛮，愚昧……当然，不是说你们南方的农村……我是说北方的农村，那脏那破，当然当然，现在可能变了，人坏着呢……不过也有好人……

善待乱七八糟地说着，雨喜一时听得明白，一时又听得糊涂。

5

雨喜不会知道，善待早年在山西插过队，她显得年轻一是因为她做过拉皮手术，二是她心地单纯，一个天真的人总是比一个老谋深算、城府过深的人显得年轻。关于善待，我所知不多但我小心翼翼，你从哪里看出来，哪一个生命曾经饱受摧残呢？

最好谁也不要跟她提起父亲——需要忘记，而不是回忆。

——她十五岁那年他从高楼跳下，像一只麻袋重重摔到地上，水泥地上的鲜血黑红色的，发着稠密的亮光，谁也不要再提起了……

……十五岁去山西，是哪个县呢？我们也不要再问了，从北京坐一天一夜火车，再坐十个小时的大卡车，再步行，行李放在牛车上。到处都是黄土，没有树。大片金黄的麦浪啊树上明亮的红苹果啊壮丽的河山啊，它们都是没有的——仅仅存在于舞台。真实的世界是，黑色的豆面窝窝头，水也没有，身上长了虱子，头发满是尘土，不要紧，不要哭，但她怎么就嫁给了当地的农民，还生了一个儿子。

我们不能再问了——

为什么，1980年返城，她不要亲生的儿子，抛夫别子，永不相认——谁不担心，会突然冒出一个年轻人自称是你的儿子。一个陌生的年轻农民，来自遥远的山西乡下，过去的事情好不容易变成茫茫一片海水，茫茫海水渐行渐远，忽然他会从海面冒出来，土头土脑，愣七愣八的，带着一堆乱糟糟的麦芒刺向你，像举起一簇多头铁镖，还有虱子，黏糊糊地分泌着汁液，像蜘蛛丝那样的东西在眼前飘着迅速裹满了全身，黄土山啊尘土飞扬的道路带着铁钩的枣树统统也压过来，轰隆隆地发出巨大的响声。

不会做噩梦吗？

改名换姓，不再与当年的插友联系，连身份证都改了不要记得从前的名字，把前世的尸身掩埋好。

伤疤为什么遍地都在开花，日本电影《人证》也是她的伤疤之一，它开在二十多年前黑暗的电影院，一个黑人青年忽然来到东京，女主角功成名就，但是一个黑人来找她，说是她的亲生儿子。她把他杀了。

——妈妈，你还记得那顶草帽吗？

是啊主题歌里有一顶草帽，它从高处飘落，但是老是不落下，它总是飘。山西也是有一顶草帽上面印有红色的手书“广阔天地大有作为”，它也是那样从高处往低处坠。

三十年了，她不要再记得。这是最痛的一件事，永远都会最痛。

有关善待的前史，大概就是这些。

6

啊善待现在进来了，她给雨喜买了苹果和香蕉，对雨喜而言，这也算是奢侈品了，除了过节，她们一般都不会花这个钱。

她还买了一双新棉拖鞋，超市里最便宜的，不超过二十元。鞋柜里的拖鞋是妈妈的，不能让雨喜穿。母亲在圆桌的相框里，是她年轻时的黑白照，留着50年代的粗辫子，列宁装，美好，遥远，和病床上干瘪的病妇，判若两人。乳腺癌，双侧切除，活到七十八岁。屋角的龟背竹就是她留下的。

雨喜觉得她亲，至少，比海红和春泱要亲许多，她的话，句句听进耳朵里。

说什么呢？将来。

你愿意喂奶也可以，其实当然，母乳好谁都知道，不过你不要喂，他一吸你你就想反悔，他把你的命都吸进去了。吸进去之后又把你们生生剥开，你的肠子都会疼。

将来你可以当代孕母亲，她建议道。

代孕形式有三种，一种是将受精卵植入你身体里，报酬最低，不超过十二万；第二种把男人的精液注射进去，报酬是十五万；第三种，是直接跟客户发生性关系怀孕，报酬最高，有个二十万上下。

她真是什么都说，阴道紧缩手术，处女膜修复。

这些字眼都是鬼头鬼脑的，不那么光明正大，但雨喜也都司空见惯了。她每天上班都要路过一家名叫“夏宫”的美容院，门面有点中西合璧，两根粗大的红柱子，镶嵌着整面大玻璃，顶天立地的玻璃墙内，有同样顶天立地的乳白色幕帘，高而厚，走近看，帘幕上有细细的方格子，幕帘拉开的时候是营业时间，拉上，就是关门。

——夏宫靠近玻璃门的地方立着一尊两人高的断臂维纳斯，白色的石膏像，连眼珠子都是白的，她脚边摆着一块牌子，“妇科整容”，如果你不明白什么是妇科整容，下面有小字：阴道紧缩术、处女膜修复、妊娠纹消除、隆胸。门厅呢，挺大，有欧式沙发和茶几，有高大的绿色植物，再往里，一边一根白色的石柱，上面有裸体女人的浮雕，再往里，就拐弯了，幽深而神秘。

门厅里永远都是空荡荡的，沙发上没见过坐人，再也没有比这更清冽的地方了。看遍整个门厅，啊右边贴墙的地方有柜台，有一个女孩，她低着头，刚好露出粉色的护士帽。安静至极。

雨喜很想看到一个做过这类手术的人，但如何能看出来？女人不能，男人也不能。这种手术的结果不是给人看的，阴道紧缩、处女膜修复，那么幽深隐秘，本来就是骗男人的。

善待做过这种手术吗？

她站在通向阳台的门口，阳光在她身后。她说你可以当作什么事都没有发生，然后，从头再来当然，你多年轻啊。

她的脸在阴影中。

时代的秘密

1

我不知道银禾什么时候才能清楚雨喜那些事，她总有一天会晓得么？设若她永远不晓得，并非没有可能。

这个时代太多秘密了。

背井离乡的时代，一个紧密的村庄，忽如瀑布跌落悬崖，骤然四散。人都在哪里呢，武汉南昌近，北京深圳远，更远的新疆和青海，都有王榨村的人去刷油漆。谁干什么呢？天知道。有的人十年不回村里过年，从村子里走过，两幢新楼间夹着一家旧土房，大门上着锁，隔着门缝看进去，一堂灰头土脸，从前吃饭的方桌子、灶台，墙角的农具，墙壁上的斗笠，沿墙放着的鸡笼、条凳，无一不落了厚厚一层灰尘，它们等主人回来，等得垂头丧气的，年深日久，门口的铁锁上了锈，屋里的家具和农具也都不知道自己是谁了，它们互相看看，彼此也都不认识似的，因为蜘蛛网垂下来，积成了一片片一缕缕，吧嗒一下，它掉到了斗笠上，斗笠凭空长出了一坨，样子古怪，于是谁就不认识谁了。

屋子里的人到哪里去了？啊这家的女人跟人跑掉了，男人出去找，再也没有回村。另一家呢，听说两个儿子都在外面搞绑架，怕一回家就被抓着，他们就一直不回来。

村庄是一个拽着你衣角的人，它拽着你说：伤天害理的事情不能干啊——

人为什么要有故乡？

故乡就是老天爷的眼睛——村子里的老屋和田岸都看着你呢，水塘和狗看着你，老人看着你光屁股长大，小孩子看你，是长辈。有人在村子里卖馒头，馒头做得小，三口两口就吃完了，全村人都会说他的发财相不好看，他晚上去看戏，好了，蒸馒头的大油桶灶，就要被人推到河里去。人人低看一眼，没有面子，人能喜悦吗?

背井离乡的时代，村庄破碎裂成好几瓣，人人尘埃般四散。像尘埃，越飘越远，有些人永远不再返回。

伤天害理的事情没有认识的人看见，就不成其为伤天害理。不够体面的事情也是，谁都不认识，还有什么体面不体面！于是人就放开了——人人开放着，精神抖擞，抢劫的抢劫，绑架的绑架，到街道上弄一只井盖来卖，剪一段电线也能卖，到尾后，就都变成天经地义的了。过年回村，不再比谁的发财相好看，而是，比谁最有本事。

2

史银禾，她什么没见过?见多识广。她像一条河，天生有很多活水，垃圾啊浊泥啊动物的尸体啊，从河面流过去，它就流过去了——而河水生生不息。

如果有人告诉她，有一个女孩，未婚怀孕，不能结婚也不想结，她把孩子生下来送人，人家给她四万元营养费。我们的银禾，她肯定认为，这是一件两全其美的事情。

两边都是好事啊，尤其对没有孩子的那方，是救人命。她会说出跟善待一样的话：学雷锋。

朱小绳，她的表妹，她几乎没有见过她，她只见过一张她小时候的黑白照片，比火柴盒大不了多少，啊还没有一块肥皂大，那上面的小姑娘腮帮子鼓鼓的塞了一嘴饼干，穿着花格子的背带裙，手里拿着一只绒毛长颈鹿。她捏着鹿脖子，瞪着一双圆圆的大眼睛。

虽然没有见过朱小绳，她却喜欢把这个名字挂在嘴上，小绳有一次要出现在电视上，母亲朱尔就从遥远的湖北浠川打来了电话，她告诉银禾，让她看北京二台。

小绳是银禾大舅的女儿，这个大舅呢，是朱尔在世上最最看重的人，就是朱尔和银禾坚信他看见了鬼的那个大舅，航天部的高级工程师。

航天部啊，研究怎么登上天上的月亮的——银禾无限地引以为荣。朱小绳在外企，年薪五十万，一个月四万元，小绳还嫁了一个外国人，美国的，又高又帅眼睛是蓝的。北京二台来了，出现了一个女人，胖胖的，时尚短发，额上染了一缕黄，穿一件改良旗袍，米白的，绣了一朵鹅黄的牡丹，衣服好看，就是裹得太紧，腰上那圈肉都露出来了——

银禾近视，看不清，她就走到电视跟前，鼻子尖对着屏幕，她又退回来，侧了耳朵，啊电视里说了说了，是朱小绳，她的表妹。算起来也有四十岁了。而且一点不假，她丈夫真是又高又帅眼睛珠子发蓝。

啧啧，银禾感到光荣。

——这是一档婚姻家庭的节目，关于两种文化中的男女也能很好地生活在一起。我们的银禾是崇拜电视的，“电视上都说了”，自从电视上说，伦敦的一个古堡里有鬼魂，她就更加坚信电视，因为电视说出了她心中的真理。

3

朱小绳没有孩子，四十岁了还是没有，这是朱尔的一块心病。她常常要唠叨的。她在遥远的湖北浠川县湾口乡上皂角村土屋的门口喂鸡，她身边没有晚辈孙子，就把鸡当成孙儿女，喂着喂着忽然唱起童谣来：桶角（一种虫子）喂，天长地长，么事天？黄天。么事黄？鸭蛋黄。么事鸭？湖鸭……么事锁？白铜锁。么事白？甘蔗白……么事草？稻草。么事稻？强盗。么事墙？竹墙。么事竹？毛竹……给儿孙唱儿歌的人都是有福的人呢，朱尔就是，她十足是个全福人。

关于全福人——

是指福分齐全的女人，有儿有女有丈夫。在我们广大农村，只要你有儿有女，你就是一个值得羡慕的女人，再穷再苦，只要儿女双全，你的福呢，就没有漏掉一点，就齐全了。就好比一只大碗，盛了满满一碗米，一点都没有撒掉。

谁不敬着你？

这样的人就是天生要当牵家婆的，在世世代代的繁衍中，牵家婆是一个至关要紧的人物，由谁牵着新娘的手走进洞房呢？牵家婆！谁家要办喜事，首先，就要找一个全福人，得让她来缝新被——

她缝新被的时候是要说很多吉利话的，边说边缝，她说的吉祥话一针一线地缝进了被子里，针脚密密，祝福的话字字句句都缝进了被窝，它是要盖着新人的，新人就沾着她的福气了。

她又要给新人铺床，一边铺一边还要唱铺床歌。“铺床铺床，儿孙满堂。先生贵子，再生姑娘。好男儿，生五个，好姑娘，生一双。五男二女，七子团圆。”铺床歌长着呢，朱尔唱得多，记得最全。她要教银禾，因为银禾嫁到王榨村也当上了牵家婆。

银禾不愿学，她不耐烦，宁愿打麻将。“铺床铺床，先生贵子，再生姑娘”，她只记得这一句。现在她一出来打工，王榨村更是找不着合适的牵家婆了。

还要在洞房里撒豆，把一半豆子炒熟，让它们发出诱人的香气，另一半呢，必须是生的，生熟两样豆子混在筲箕里，这时候，牵家婆就上场了，她把筲箕架在腰间，昂首走进洞房，宛如一个播种者，来到春天松软的地里，啊春光明媚春风拂动柳枝，下过了细雨，土地润润的，一粒种子下去，吸了水分，呼呼就发芽。所以牵家婆胸有成竹降临大地，她抓了一把黄豆，手一扬，豆子们簌簌落到了洞房里，梳妆台、衣柜、床上床下，当然，床铺是一处肥土，更要多多地撒种，她手一扬，又撒了两把。

等到晚上，让孩子们到新房抢豆子吃，孩子抓起一粒豆子一嚼，是熟的，他就吃下去了，碰到生的，他大声说道：生的，生的。洞房里纷纷响起一片童音：生的、生的、生的，那是何等有生机！

生殖的事真是神秘。

由朱尔牵进洞房的新娘不计其数，她几乎就是湾口一带的生殖女神呢，当然这个词比较西化。在洞房里一片“生的生的”的童音中，仿佛是朱尔撒下的豆种顷刻就开出了花，隔上十个月，果然，白白胖胖的头生子就呱呱坠地！

生就是好，就是福；不生呢，是绝灭。

朱小绳没有生育，朱尔愁得饭茶不香，她自己四儿三女，娘家哥哥却只有一个朱小绳，小绳怀不上，岂不是要绝后！

我们的朱尔总是有办法的，她给朱小绳物色了一个未满月的女婴，朱小绳给那人家五万元，后来又追加了一万。一共六万。这件事情就圆满了。

银禾知道了，兴奋着跟海红说：哈，我表妹买了一个女孩养，花了六万块。

4

因为她是银禾啊，她是个有福的人，由她牵进洞房的新娘个个都生了孩子，她往天地撒出的一把把豆子都开出了花，所以她都是笑眯眯地看着天下的孩子，仿佛每个孩子都是她的豆子变成的。

她给雨喜喂奶的那个春天，一个婴儿被装在篮子里，放在了她家的后门——

春天里水田盈盈地汪着亮，家家都开始插秧了，秧苗像长了腿似的，今天一片，明天一片，它要在谷雨前后遍落到所有的水田里。

天刚蒙蒙亮，三顺赶鸭子出门。后门一开，鸭子直往后退——三顺一看，后门口放着个纸箱，打开看，啊，是个小小的女婴。

银禾正在床上奶孩子，一听说有人把女儿放到她家门口，连鞋都没穿好就跑出去看，她连连问道：哪呢哪呢？她一气赶到大门，没看见，又赶到后门，看见了。

三顺跟在后面问：要不要啊？要不要？

银禾说：要，怎么不要！

——那时候，总有扔孩子的，全是女儿。银禾跟海红说：

计划生育，那年头，谁扔孩子就放在一只菜篮子里，放上两袋奶粉、一只奶瓶，有的还会放一点糖，放一块新布，也有人放一百块钱，放衣服。担心万一没人捡孩子，饿着了，看到的人就帮着冲点奶粉给她喝吧。

我捡到的这个太穷了，什么都没有，仅一块布一裹。纸箱里有张纸条，上面写着孩子的生日。

让三顺上桥头买一挂炮仗，把孩子从正门抱进来。（风俗：没满月的孩子不能随便抱进屋，有秽气，决定领养才能抱。）鞭炮声响遍了王榨村，人人正要下田，女的要插秧，男的要盘田，听到鞭炮响都来看。雨喜那时一岁半，没断奶，她知道这是一个妹妹，让给妹妹喂奶吃。

养了三天，计生办人来了——要罚款，捡的也不行，按第三胎罚，五千元——哪有这么多的钱？要是现在，非把罚款交了。

——那就不养了吧。把自家的一个新菜篮子拿出来，给她穿上雨喜的好衣服，棉袄、棉背心，棉袄还是新的，都给她穿上，再给她喂饱奶，吃足穿暖了，才放她在篮子里，还担心她饿着呢，又给篮子里放了半袋奶粉，这才让三顺送去湾口的计生办。

牵挂着，常常想去镇上看看，要是还在呢，就还能看上一眼。三顺说，看什么呀，全给计生办扔河里去了。

银禾说：有一天在门口吃饭聊天，有个人坐在桥上吃饭，把脚放在桥墩上。吃着吃着，他忽然叫，哎，这不是个伢儿？都以为他是说着玩的，不理他。他说是真的，快过来看。全都跑去看——真是一个细细的女伢儿，刚生下来的，样子还像在娘胎里似的，缩着、抱着头，能看见半边脸，白白的。死孩子在回水的水漩那里，一直打转，打转。有人拿一个锄头，一拨，弄到旁边，这才让水冲走了。饭都吃不下，想着女孩子真是可怜。农村老说一句话，说有女儿，沤粪都不给人家做媳妇。这真是女儿沤粪了。

立春，雨水，惊蛰……

银禾早上起床，一看天，这天怎么跟春天一样，又亮又含着水，像老家快下小雨的样子。一看日历，“怪不得，再过一天就立春了”。

“立春真是效果，脚后跟裂的口子，一冬天不闭，一到立春就结疤，一天都不差。”银禾对着灶台说。

“油菜花肯定开了，一到立春，菜薹一夜就飙出一拃高，都说春后春笋长得快，油菜比它还快。”她又对着奶锅说，似乎奶锅里开出油菜花来。

“立春过了人就懒洋洋的，都到村头晒太阳，一群女的，捉虱子掏耳屎，掏着掏着就睡着了。”她手里掂捡着洗碗布里的钢丝屑，也有些像捉虱子。有关虱子，王榨村里差不多每人都有，都说长虱子有福气，大人长，小孩也长。雨喜小时候，满头都是虱子，她们班人人都有——银禾讲给海红听：有一次我到兽医站要了治虱子的药，弄了一盆，她们放学回来，路过我家门口，过来一个我就摁住一个，往她们头上抹药，真是奇怪，抹的时候还看见虱子，过一会儿洗头，一只都找不着了，怎么都找不着——不知它们跑哪儿去了。

说完了虱子银禾抬头看天，北京的天跟老家的天到底不一样，没有那么多的水，所以雨就下不来。过了一会儿，天更亮了，太阳更白了，雨肯定不会下了。于是她就出门去了。

春天的时候，海红在一种类抑郁症的围困中，看什么都是讨厌的，屋里那株繁茂的龟背竹，以前看它不错，这时看了只感到头昏；电视上来来去去闪着光，光闪进眼睛里，发痛；写毛笔字呢，写了几个字也没了耐心。一周中总有那么一两天，眼神发飘，恍恍惚惚。她像弟弟海豆一样，为自己画了一条界线。她走不到这个世界的欢乐里，终日愁愁苦苦——精神有毛病，身体也不够健康。这样一个人，真是难啊。

银禾看在眼里，很是替她犯愁。

银禾说，乡下哪有睡不着觉的，白天下地，晚上睡得跟猪一个样。

海红服了西药，失眠有些好转，她想起了医生的话，多和人聊天。于是她就和银禾聊天。

她想问她乡下离婚的事，话到嘴边，却成了生孩子。

银禾，你第一次生孩子害不害怕？哎呀哪知道害怕，那天是初二，到晚上就肚子疼了，三顺让大哥去叫喜娘，就是接生婆，我穿着一双新鞋，我自己做的。一疼就赶紧跑，跑就好一点。跑了一会儿，不疼了，我就坐一会儿。从房间、厨房、堂屋，就这么跑。他二哥、大哥、他弟弟，都在那笑，笑我跑。我一跑，他们弟兄几个在那笑，偷偷笑，我就气得要死，我心里想，我疼得要死，你们还在那笑。我就大声骂三顺，他大嫂二嫂都劝，说别骂，丑。

银禾说得有声有色，想截都截不住：她们让我躺着，我说就是躺着疼我才跑的。后来折腾到早上，快出来了。不知道怎么使劲。喜娘说：纳气，纳气。也不知道怎么叫纳气。她就说，气往下边去，别往上边出。孩子生下来，肚子一下子空了，就不疼了。孩子的胞衣还在肚子里，喜娘给我打了一针，胞衣就像滚出来似的，一下子就出来了，一下子就舒服了。

银禾，你们村有离婚的吗？

有啊，不过都是说说的，真离的少。有个李翠苗。

翠苗真是长得挺漂亮的，个子又高，十七岁就嫁给了胜子，胜子哪点配得上她，牛屎都不如。胜子跟人合伙搞绑架，绑了两千块钱，要判四年牢，翠苗的堂哥是在司法的，帮了忙，只判了一年。县里的监狱挺好玩的，还能出来看戏呢，就出来看戏，他有刑在身也不老实，在戏场跟人打架，把人的牙齿都打掉了，又抓进去。翠苗花了一千五百块捞他出来，钱花掉了，人还是不能回家，因为这钱捞的是他打架的事，先前判的一年牢还要坐满。胜子坐完牢出来，却在县城勾上一个女人，叫顾姐，比他还大十岁，他还要借翠苗的钱给这顾姐，到后来，干脆住人家里了。

翠苗不离婚。她喜欢看言情小说，我看是中了书上的毒。胜子就看准了她这一点，老给她发短信，说爱她一生一世。她在东莞服装厂当锁边工，天天晚上临睡前都要看看胜子的短信才舍得关手机。

胜子把家里的空调拆了运到县城装到顾姐家，翠苗还是不离婚。胜子也真是会哄人，他赌钱输光了，就借路费去东莞看翠苗，还给翠苗买了一身衣服，翠苗心一软，打工挣的钱全都给了他。胜子一转身又把钱给了顾姐，一千二百块，这个野女人，她拿了钱立即打电话给翠苗，故意气她呢。

翠苗还是不离婚。顾姐看胜子看得紧，还常常到王榨去，一不见他就打电话到东莞问翠苗，好像她是正房，倒是翠苗是第三者。

再不离婚全世界的人都看不起她了，娘家村和婆家村两个村的人都劝她离，她的公公婆婆，胜子的姐姐和嫂子，她自己的父母弟弟。

就离了。两人没有结婚证，全村只有一两人有结婚证。要先结婚再离。胜子以为是开玩笑的，他以为翠苗不会真跟他离的，去离的当天还给她买了一身衣服，还有一双安踏鞋，花了八百多块。他跟翠苗说，离了他也不会跟顾姐结婚的。

离完的当天回到王榨打牌，当晚跟她婆婆睡，第二天就回娘家了。过了两天是翠苗爸爸的生日，胜子也去。听见有人要给翠苗介绍对象，他就很生气，想打人家。翠苗不在东莞打工了，去了武汉的餐馆，他马上去找。两人又住在了一起。现在翠苗的户口还在胜子家。

"这个翠苗是一点志气都没有的。"银禾说。

假如银禾知道真相，她会认为你没有志气吗？啊那么复杂那么混杂，你不能认为自己没志气。而她单纯。

银禾你离了婚怕被人欺负吗？

有什么可怕的！我堂堂正正挣钱吃饭。倒是三顺要想想以后，村里的人都说，将来他老了只能上豹龙庙的养老院去！

银禾，乡下是怎么避孕的？

哎呀生完雨喜才十五天，大队的妇女干部就让我去做手术。她说满月以后做就挺麻烦的，没满月输卵管在上面，满月后它就缩回去了，手术就难做。我不想做，打针我都怕。同村一个女的也去做节育手术，结果手术的时候，打开肚子，发现肠子里长了肉瘤，好几个呢！我想我这肚子那么大，是不是里头也长了肉瘤……

妇女主任陪着去，我二嫂也陪着。做皮试的时候，我的手绷得硬硬的，针都打不进去。打针那人就说，你别这么硬着啊！我一想，也是，就算它死了算了。我就让她打。她一打，挺疼的，我赶紧一缩，药没弄进去。那医生说，多大个人啊，果怕痛！我就把那手放在那，眼睛不看手，让她打。打完了也挺疼的。说让等十五分钟再看结果，说肿了就不能打麻药，不能做手术。我心里想，又想它肿，又想它不肿。想肿了吧，我就不用做手术了。不肿吧，不做吧，又担心肚子里长了东西……

那天做的有好多人，男的女的都有，男的挺快的。我就在门口等，下来一个女的，我问她疼不疼。她说不疼。我想也有可能，要不然她也没人扶着。那时候我整个人直打哆嗦，牙齿敲得咯咯咯的。二嫂说，你冷还是怎么的？二嫂说一点都不疼……进了手术室，还一直打哆嗦，躺在手术台上，就不哆嗦了，我心一横，想反正就死这一次了……也没把我的手脚捆起来。我问她们，还有多长时间？她们说，你别急，肚子有七层皮，这才刚刚打开一层。我说哎哟，怎么那么难啊！她打开了不是弄那个输卵管吗？那就是挺胀的，就像抽筋似的，把腰掏空似的，我的脚没绑着，我一缩。把手术盘差一点打翻了。医生说，哎哟，怎么没绑起来？医生说，你可别动啊，你要是把手术盘打翻了，我们又得重新消毒，重新来，那时间可长了，你肚子打开了。我一想，也是，她们没事，我肚子打开了，就不敢动了。输卵管不是两边吗，弄另一边的时候也是胀痛，我就不敢动了。听剪那肚子皮，听到声音嘎嘎响。心里想，这怎么像剪布似的……也就弄完了，我就一骨碌起来，她们说，哎，你可慢点。我一起来吧，就在那干呕，也不疼。也是自己一个人从二楼走到一楼。二嫂看见我下来了，赶紧接过药，去讨了开水让我吃……一下吃了六颗去痛片，把那袋药一下都吃光了。医生说，痛就吃不痛就不吃。管他痛不痛呢，都吃光了。回到家也没痛，吃得一晚上没睡着觉。就是胀……回家的时候让人抬着，用竹床。去时候我们走着去，后面的人扛着竹床。是义务工，不用给现金，记上，算是给大队出义务工……农村里谁都不愿意做的，男的做了，就怕女的离婚，女的做了，也怕男的不要她。

都说男的做了腰不好，都说男的是顶梁柱，女的就去做。女的做了全都是抬回来的。有的从门口过，听见她们哎哟哎哟地喊。有的就大骂，说妈的×，说是不疼，这么疼还不疼，再疼就疼死了！

做了手术就得检查，有的人做了手术还怀孕的。一个季度就得脱裤子检查一次，看怀上了没有。都是扭扭捏捏的，一进去就得脱裤子看。大队的广播每隔一段，就广播了，说计生办的人来了，念名单，一组的某某，一个组一个组的，往下念，念到名字的，就得去。本人不在家的，公公婆婆去也行。有个女的有点傻，每次一进去，没到她她就脱裤子。

…………

海红觉得乡下很是有些意思，她盘算着要到乡下去干点农活。她就问，银禾你家有几亩地呢？旱种什么呢？什么时候割麦子什么插秧？萝卜什么时候种的？白菜什么时候种？是不是什么瓜豆都可以在清明种？

银禾，你要是中了彩票怎么花钱？银禾，你们村有没有妇女被人拐卖？村里有没有人看书？看什么书？你结婚的时候三顺给你买了几身衣服？你第一次看见死人是什么时候？银禾，你有没有亲眼看见过鬼？

问得有一搭没一搭的。银禾倒是乐意说，她们王榨村的事好玩着呢。打架的、绑架的、乱搞男女关系的……她把在病房里跟安姬惠说过的又给海红说了一遍。

她饶有兴趣，仍像第一次说起那样绘声绘色。

银禾对自己从不失眠很是庆幸，她总是一挨枕头就睡着了。不过呢，她也做梦。

她梦见河两岸的田畈上种满了白菜和蚕豆——

心里正高兴，走近一看，白菜上发了黑色的小虫子，蚕豆呢，怎么统统变成了豌豆。她还梦见自己正在菜地里摘豇豆，一条蛇蹿过，她正要拿锄头赶，它忽然飞了起来，把它的尾巴散开像孔雀似的特别漂亮，蛇一飞就飞到了晒稻场，稻场上停着一只风柜，她伯正在使劲摇，从风口里吹出来的都是石头，拳头大的石头，麻灰色的，飘出很远。银禾在梦中感到奇怪：石头为什么会在风柜里？这么重的石头怎么像谷壳似的能飘那么远？

她还梦见自己插秧——前后左右的人都有秧插，到她这里却没了秧苗，只有一捆捆的报纸，真是奇怪。她把报纸浸湿，撕成一条条的插下去，太软了，插不进去，只好把它摁在泥巴上。旁边有个人跟她说："让你插报纸你就插报纸!"梦里知道是大集体时代，让干什么就干什么，不能有意见。于是她就老老实实插报纸。插到地头了，地头总算看到有一兜秧苗，她欢喜着拿来插，但一插下去就卷边了。她走上地头，这时候有风吹过来，吹得田里一浪一浪的，她插下去的报纸也一浪一浪的。

还有，她梦见自己蜕皮，像蛇一样。

她和美禾两人在上皂角的门口塘边，一个躺着，一个坐着，她等了半天也蜕不下来，不知怎么就到了老屋的房间里，美禾躺在床上，她蹲在角落里，美禾说：要蜕皮了快去把窗帘拉上，老屋怎么有窗帘呢，但是有窗帘，就跟细父家的窗帘一样是竖条的。没一会儿，身上的皮就蜕到了脚后跟，她一看，吓了一跳，蜕下的皮黏糊糊的跟鼻涕一样，是绿色的，她身上的新皮是水牛皮那样的灰色，她一着急就醒了。

卷十四

1963年的行李

道良喜欢回忆1963年的那次返乡，那一年，大饥荒刚刚过去，重新又能吃饱饭，又能买到白糖和饼干，买到挂面和富强粉，这一年，道良要回老家过春节，他决定，所有能弄到的吃的东西，他都要尽力搬回去。

关于吃的东西，在三年的大饥荒里给道良留下了许多记忆——用双蒸法蒸出的米饭每粒都有爆米花那么大，粒粒饱涨膗肿充满了蒸汽和水分，那是用很少的米反复蒸煮，每粒饭涨大得吓人却根本无法充饥；报纸上反复宣传“小球藻的营养价值”，这些生长在乡下水塘里的绿色藻类，被要求养在各人的水杯里，以便当成青菜食用；包子呢，里面包的全是白菜帮子，形同包了草的“草包”——多年过去，道良至今仍不能吃“包在里面的”“带馅的”任何东西，无论是饺子还是包子，一看就反胃。

——某个大冬天，和一个同学逛王府井，想买点吃的，买不到，后来看见有啤酒卖，便一人买一大杯啤酒，啤酒冰凉冰凉的，喝得两人直打喷嚏，打完了再喝，喝一口又打，边喝边打喷嚏，一杯啤酒打了十几个喷嚏才喝完。

——一次，不知从哪搞来了一片油炸馒头片，拿回宿舍吃，只一片，没分给同屋，坐在书桌这边吃，同屋在对面看书。正吃着，忽然听见同屋咽口水的声音，咽得很响，咚咚的响，简直震耳朵。

——某年过春节，食堂给每人发了两只猪蹄，一个同事家在通县，道良就和他合吃一份，让同事把他的那份送回通县给老父亲吃。

——有天晚上，去一个研究所看朋友，临走时朋友给了一把炒黄豆，那时候黄豆非常金贵，得了浮肿病才由政府配发黄豆。炒黄豆，一粒一粒地放到嘴里，走在夜晚的大街上，边走边嚼，嚼完一粒再把下一粒放进嘴里，心里非常高兴满足。

他还记得那时候的香烟，一种叫“蜜蜂”牌的，八分钱一盒，里面全是草，点燃了是一股柴火味，“八达岭”和“北海”都是一角多一盒，天津的“恒大”很不错，两角多一盒，顶级的是“大前门”，多年以后大前门香烟的气味还能让道良神往，那时候的嗅觉怎么那样敏锐，啊，隔着好几个房间，闻到大前门的烟飘过来，那么那么香，同事只有三根香烟，是别人给的，给他一根，那香味回味至今。

那几年，许久许久没有吃饱过了，已经忘记了吃饱饭的感觉，他想，吃饱了是什么样的呢？他怎么想也想不起来，怎么也记不起吃饱是什么样了。为了找回吃饱饭的感觉，道良一个人跑到北展西边的莫斯科餐厅吃了一顿西餐，花了五块钱，也无非是罗宋汤和面包，却总算吃饱了。吃饱了，身上是暖的，肚子是满的，一颗心安安稳稳地待在胸口，脸上的肌肉呢，也有了劲，它们原本是有弹性的，这时候正朝着地心引力相反的方向盈起来，啊，看上去，他笑了。吃饱了一顿，人的心情立即就会好起来。

长久以来道良喜欢给乡下老家写信，他用单位的信笺，这种信笺纸厚厚的，天头一道庄严的红杠，杠上是更加庄严的毛式手书“某某大学”，令人肃然起敬。有段时间他借调到中央某部工作，信封就更加威风了，厚实的牛皮纸，红色的印刷体下款，如同一个人穿上了某种高等级的制服，带着与生俱来的威严，一路从中央到地方，到县里，到公社，到大队，人人看了都说，这封信是从中央寄下来的呢，不得了！所到之处，招了一片“啧啧”声，方圆几十里，谁不知道，史仁良家有人在中央。因为有人在“中央”，有一年县里开什么会，还请仁良去吃了一顿饭。道良真是给仁良争脸！

信是写给父亲史永年收的，父亲看完了信就给仁良看，仁良虽然没有上私塾，却也能认字，他是很聪明的，能把《三国演义》看下来。他看完了信，还给父亲，父亲把它放在书柜里，和那几本“善成堂藏板”的诗经放在一起,《周南》《召南》《王风》《郑风》《齐风》《魏风》之间，就压着这些印了“中华人民共和国某某部”的牛皮纸信封，有了这些信封，史永年就感到，自己的一生也就满足了，当年是没有去成黄埔军校，去了又怎么样？当年一起结伴南下的同伴，他们倒是上了黄埔，也都当上了军官，结果如何，不是死于非命就是流落他乡。如果去了，也就不会有道良了。1927年，那一年，仁良刚刚生下来。史永年故后，道良的信就寄给了大哥仁良，仁良看完了信，小心翼翼地把信纸叠好放进信封，再把信封压在案桌上父亲的遗像下。

无论是道良还是仁良，常常喜欢回忆1963年。

1963年——

大地从饥馑中挣扎出来，面黄肌瘦的人喘了一口气，再也不用吃油树皮马齿苋了，更不用吃糠和观音土了，这一年，道良回家省亲，他在北京买了所有能买到的吃的东西，装满了七八个旅行袋，他要给饿坏了的父亲和哥哥一家带吃的回去。多年以后仁良还能清楚地记起，那些从鼓鼓囊囊的旅行袋里，一样又一样掏出的东西：

一袋挂面条，一袋富强面粉，那真是救人命的好东西啊。即使太平年景，这面条也都是待客的吃食，来了客，客人在堂屋里喝茶抽烟，男人陪着说话，堂客就要张罗着到厨房去，她蹲在灶前，塞一把柴草，用吹火筒一吹，柴草就着了，锅里的水沸腾起来，面条放下去，灶间的面香泅到前面堂屋来，客人吸着鼻子，暖洋洋地坐着，这就是客人到来的气氛。面粉就更好了，大集体时代，生产队里只种水稻，少种麦子，面粉总是稀奇。道良带回来的富强面粉，又白又细，用它做馒头，或者千层饼，抹上一层油一层糖，放在锅里煎一煎，如果有肉就更好了……

糖和肉，道良也都带了回来。糖是白糖，粒粒晶莹透亮。有谁见识过这种跟盐一样白的糖啊！本地都是棕黄色的、自制的黄糖。朱尔决定把白糖留起来，给娘家带一点，剩下的可以供人参观，不用说，天一亮，来看热闹的人就更多了。老的少的，男的女的，小孩子呢，是一串一串的，大小孩背小小孩，背着抱着拖着，然后他们站在门口，眼巴巴地朝里张望。不用望他们也知道，肯定有好吃的，空气中有一种味道，像炒过的芝麻花生和红薯煮熟后流出的甜浆混合在一起的味道，又香又甜，啊不对，比所有这一切都更香更甜，这种味道……嗯像供销社里有卖的饼干糖果，那是过年才会有卖的呢！孩子们站在门口，把手指放进嘴里吮着，仿佛空气里的甜味会沿着手指流进他的嘴里，他的眼睛呢，盯着堂屋桌子上那一堆东西，世上最好吃最稀奇的就是它们了。忽然，有一只手往那上头抓了一把，这只手奇迹般地朝门口走来了，糖果的玻璃纸闪闪烁烁在这只手上像星星一样闪着光，像做梦似的，星星一粒一粒落到了他们的怀里，那包裹着玻璃纸的糖果，甜甜地闪着亮晃动在他们怀里，那只手说，拿着吧拿着吧，它把糖果放进了他们的小手或者口袋里。

长辈或者近亲也来了，他们走到门口，人堆羡慕地让出一条道，他们进屋、落座、和客人说话。看热闹的女人呢，她挤过门口的闲人和孩子，搭讪着走进堂屋，又绕过堂屋的桌子到后面的厨房去，她自说自话地要帮忙张罗呢，但其实，她东望望西瞅瞅，像孩子一样好奇。

1963年，道良从北京回老家过年，他带回了许许多多吃的，富强粉、挂面、白糖、糖果、饼干、酱牛肉、酱猪头肉、水果罐头，有的三斤有的两斤，有的五斤有的十斤，真是重得不得了，此外还有穿的用的，给父亲买的棉鞋和暖水袋，还有手电筒，给家里买的暖水壶，剪指甲用的指甲刀，给孩子们买的《三打白骨精》小人书，洗衣服用的灯塔牌肥皂。

1963年，史永年第一次用暖水袋代替了手烘炉。

暖水袋，这个东西比起烘炉，简直一个是天，一个是地，它干净，一点灰都没有，它又轻又便利，把滚水冲进去拧紧，你就放心搁进被窝里吧，不用担心它把被褥烧个大洞。这种被子上的窟窿哪家没有？到冬天，谁能不靠烘炉取暖，实在是太冷了，“冻得耳朵都冻落了”“冻得牙齿磕磕儿的”穿上棉衣也不管用——只有用烘炉。除了小孩，大人是人手一只，用竹子编的，像个小小的提篮，它把一只小小的瓦盆编在底头，瓦盆里放上炭，盖上灰，提在手上就能烤火了。手冷就烤手，脚冷就烤脚，胸口冷就捂在怀里。去串门手上也不离烘炉的，碰到哪家主人热情，她会问你，烘炉的炭烧尽没？给你加一块，她就从灶台边的一只瓦罐子里夹上一块大大的炭放进你的烘炉，那是年前烧树根留下的炭呢。男人们聚在一起烧烟说话，女人们聚着纳鞋底，腿间是人人一只烘炉。到了晚上，烘炉就要去暖被窝了，被窝又湿又冷，它为什么会湿呢？不知道，反正它在冬天就是湿的，或者，空气都是又冷又湿，被窝又怎么能暖和？烘炉放在被窝里要特别小心，撒一点灰不要紧，最要紧的是不能让它翻倒了，通红的火炭倒在被子上，它先阴燃，接着冒烟，如果抢救得及时，被子不过是烧出一个窟窿而已。在冬天，在灰屑乱飞的屋子里，一只暖水袋，那真是要比一头肥猪更让人羡慕。

灯塔牌肥皂，那是最好的肥皂，如果道良不带肥皂回来，家里洗衣服就只有用三样东西：皂角、茶饼、稻草灰。这是新世纪的人们再有想象力也想不到的。

——皂角这种植物它长在皂角树上，一棵大树，枝繁叶茂，树枝上长着粗刺，春夏它就开花了，到秋天它结了果，它的果子是一只只豆荚，挂在树枝上随风摇晃。你摘下它放在屋角里，洗衣服的时候就带上一只，用刀削掉皂头的一点皮，它硬邦邦的，好就好在它硬，在粗布衣服上使劲蹭，两样都是粗的硬的，真是旗鼓相当，这两个就蹭出了沫，沫不大，也是结实的，足够洗干净衣物。茶饼跟任何豆饼一样，是圆的，杂着许多杂质，是榨完茶油之后的茶麸渣，它也是植物变成的洗衣皂，它从油茶树长出茶籽，茶籽榨出油，剩下的渣压成饼状。如果要洗衣服，那就把它敲一块下来吧，它硬得跟石头一样，要让它出一点黄沫，你要在土布衣服上使劲蹭。

那些从地里长出来的棉花，经朱尔们纺成棉线，经二妈们织成粗布，又在靛桶里染成黑色，再经大姨表姐们做成衣服，穿到了金禾银禾仁良朱尔和爷爷们的身上。如果是白色的衣物要洗，怎么办呢？那就用稻草灰，你一定要用稻草灰，别的草一烧就成了末，化在水里，是一盆黑水，谁洗谁？只有稻草灰是硬朗的，你绕成一把放进灶里烧，烧尽后用铁钳夹出来，它是一根还一根的，半点都不散，放到水里，泡一会儿，它还是不散。好了，用一只筛过滤掉，草灰水非常清，再白的衣物也不会染脏，洗完了，晒在太阳底下，洁白耀眼！

1963年，道良一个人守着七八只旅行袋在火车上过了一天一夜，然后他在武昌站下了车。那时没有电话，就发电报吧。他就在武汉给父亲发了电报，发完电报再坐火车到黄石，从黄石坐船渡过长江到南溪，再从南溪坐汽车到浠川县城。从县城到家就没有汽车了：三十里路，需要步行。

真是艰难的旅程。他在黄石下了火车，要把一大堆行李运到江边码头，扛也扛不完，拎也拎不动，真是难坏他了。只好把这堆东西分成几拨，一次拿几件，走上几十米，放在地上，再回去拿第二拨，来回倒腾，总算弄到江边乘上了渡轮，过江到了南溪。还要坐汽车呢，在一面大山坡上排长队，硬着头皮，两边肩扛上，后背驮着，再每只手拎上三两件，队真是长，人真是多，人人都是一堆一堆的行李。

好歹到了县城，已是黄昏。道良在旅社开了个房间，把行李放里头，自己空着手走回家。太阳正在落山，河水亮闪闪的一片片金色动荡着，河边有人在捞沙，人在河里吃力地挑着一担沙往岸上走。

熟悉得像血管一样的河，它闪着光，道良甩着手快快行走，一下走出了县城三四里地。他一边走一边盘算时间，按正常速度，大概十点钟就能到家。走啊走，走啊走，一抬头，迎面碰上了大哥和二哥，仁良和义良，他们一人一条扁担来接他们的三弟了！他们这天上山打柴刚回来，还没来得及吃饭呢，父亲是刚刚收到电报。

——电报的速度你们也是想象不到，它比裹了小脚的老太太也快不了多少，无论是在北京还是在武汉，电报只能发到县里，到了县里再急的电报也只能按信件走了，它在邮局那只绿色的帆布口袋里等着，等到乡村邮递员上班了，把帆布口袋挂到他的自行车横杠上，然后他骑着自行车一路送信，顺着他辖区的大路小路，一路叮叮当当送过去。邮递员是个有点天真劲的半大老头，他特别喜欢按车铃，1963年，有自行车可是件了不得的事，车铃叮当响，那样动听那样炫耀，让人心里生着光彩。他一高兴，或者一无聊就要按车头铃的，他按给自己听，有时路上没有一个人，他就更要按了，他吹一阵口哨，然后按一串车铃，仿佛是给自己鼓掌。他是招人喜欢的，到了一处，送了一封盼望许久的信，这家人感谢他，让他坐下来吃一把生花生，他就坐下了，吃花生，扯闲话，一耽误就是半晌。

就这样，道良的电报在路上走了一天半，到史永年手里的时候太阳已经落山了，两个儿子一人挑了一担柴回来，水都没来得及喝一口就赶来接道良。三兄弟折回县城，退了房，一大堆行李弄成两挑，挑起来，真是挺沉的，扁担压得两头直闪。天已经黑了，三个人摸黑一路走，半路上，遇见一只灯笼在前面晃，光影越来越大，是父亲，提着灯笼来接他们了。

为什么是灯笼？

也许是马灯，但在道良的记忆中是一只灯笼，他甚至记得清楚，灯笼上还有毛笔书写的一个“史”字。那只1963年的灯笼，定是湾口的最后一只灯笼，也许是整个浠川县的最后一只。道良回到家，他带给父亲一只手电筒，这只灯笼就消失了。

关于灯笼，它是长的和圆的，底下是一块圆木板，中间竖起两根铁线，外围用竹弓绷起一种白色半透明的绢纸，圆板上挖一只圆孔，用来插蜡烛。风从底部吹上来，吹不灭，风从四面吹，也吹不灭，风再大，只能看见火苗在晃动，它忽左忽右狂跳不止，但就是不灭。要吹灭这只灯笼，你得从上方的孔对准它，使劲一吹。1963年，道良给父亲捎了一只手电筒，从此以后，我们的灯笼就不见了。

老屋在大雨中

我们的灯笼不见了，一只一百瓦的大灯泡悬在头顶，它锐利的光芒穿透了1973年。

那时候，1973年。

上面说要跟别处村合并，村里开会动员，动员就是贯彻上面的精神，说要拆祖屋，就不能不拆。拆祖屋，史永年的灾难到来了。

拆祖屋——

史永年他看着拆屋的人牵出一根电线，黑黑的电线像一条怪蛇悬在空中，两头长得望不尽，它身上长出一只玻璃葫芦，这只一百瓦的大灯泡，在夜里放出刺眼的光芒，在一片明晃晃中史永年看见人在动，人爬上屋脊四脚并用像大虫（即老虎）一样，他们把屋顶的瓦揭下来……

史永年，他看着瓦一块块脱离了屋顶，屋顶不再像屋顶，老屋再也没有头发了，横条和果子（宽木条），也一根根地被剥落，如同人的头皮被掀起。瓦片用簸箕挑走了，果子用稻草捆着，横条一人扛一根，拆砖的敲击声一阵阵撞在胸口，老屋的皮肤瓦解了，露出内脏，内脏陆续挪走，衣柜、木箱、大木床、米缸和水缸、木盆和瓦盆、装黄豆的坛子、盛花生的罐子，这些深藏在老屋的物件，它们蓬头垢面，如同落难的家小，在空地上铺了一片。

天下起了雨，空地上的坛坛罐罐，这些家的肌肤和内脏，这些衣柜、木箱、大木床、米缸和水缸、木盆和瓦盆、坛子和罐子，它们在雨中淋得凄凉。

道良的父亲、银禾的爷爷史永年，他也在雨中站着。

他睁大眼睛看着不再存在的老屋，在一堆大虫似的人拱动过后，老屋变成了废墟，那些曾经身强力壮的砖瓦，那些从前气色红润的横条，它们破损得不像样子，眼看着，就要流落他乡。

——民国二十五年，那时候，那些砖瓦，那些木头，那时它们年轻得就像刚刚长成的水牛，铿锵着步子，奔跑着，从湾口的瓦窑，或者四季山的密林中来到这里，它们冉冉而升，冉冉地笔直地高过人头，抬头一看，它们如同伟岸的新郎站在了天地间。上梁大吉，他的朋友汤季恩，汤化龙的二儿子，豪阔爽达，一出手就是一担箩筐银圆，是贺礼。他让伙计挑着就来了，箩筐盖着盖，上面一幅红绸扎成了一朵花，筐盖一揭，白花花银光闪闪。那时候，汤化龙已经被刺杀，这个光绪进士、著名的君主立宪派，曾经远走加拿大，据说是，孙中山派一个剃头的把他的脖子抹了……血雨腥风，已深埋在历史中。

民国二十五年，祖屋建成，正大堂皇——大门进去，大屏风、下堂屋、天井、中堂屋，又一个屏风，又一个天井，最后是上堂屋，尽头是一张大方桌子，祖宗的牌位就供在那上头。两侧有许多门口通到许多房间，厨房有两个，不叫厨房叫茶庭，何等的雅致！天井宽大流畅，要风有风，要光有光，婴儿道良，被娘子放在企桶置于天井旁，他的额头点了一点朱红，阳光照在他身上，额红鲜亮，灼灼如花。天井的雨水哗哗奔到下水口，岁月迅猛如风如暴，分家之后是“土改”，成分中农。但老屋依然，下堂屋中堂屋上堂屋，天井和屏风，以及祖宗的牌位，以及，天井漏下的光线中，娘子坐在竹椅上捻麻……

史永年，他在雨中变得锈迹斑斑。

史永年，从前的私塾先生——在从前的时光里，他把条桌从昏暗的屋子搬到天井边，本县产的“十折纸”裁来做成本子，每页横竖各叠四行，可写四四一十六个字，他写一个样子，夹进夹层里，让道良照着描。写完一页，抽出来，再夹进下一层，叫“影写”，与“描红”相似，但描红纸更要花钱。道良练字，就是这样地从影写开始。有的字笔画少，空白多，比如上、大、人，写过一遍影写之后，还要在字行的隙白中再写小字，上字的空白处写小小的上字，人字的空白处则写小小的人字，写完一看，活像每个字都生下了自己的孩子。写的小字不再影写，叫“脱手写”。

民国二十几年、三十几年……二十年间史永年一直教私塾——

太阳一出他就起床，吃过早饭到宗族的祠堂去，祠堂里摆着条案条凳，笔墨纸砚，学童们自带。民国二十几年、民国三十几年，湖笔的笔苞饱而短，写小楷最有劲道，现在的毛笔，不管是狼毫还是羊毫，笔苞瘦而长，简直是泄掉元气了。墨呢，当然不是墨汁，是墨条，叫“惜如金”，墨条上有三个金色的字。挑墨要留神了，墨有香墨和臭墨，史永年教给小儿子道良，香墨是发黑发亮的，在指甲盖上蘸点唾沫，把墨条在指甲盖上研一研，一闻，墨香就出来了。再者香墨是脆的，易裂，掉到地上，“叭”，碎成几截。若是臭墨，研起来就有沙子，研得嘎嘎响，把砚台磨出道道白印。

有时候臭墨在祠堂里弥漫，像最臭的屎沤了一夜，一人的墨臭总是压倒众人的墨香，香墨都是娇嫩的，像花一样，臭墨如同野草，蓬勃生猛。臭墨在祠堂里腾腾回旋，熏得人头昏。

史永年皱皱眉头又叹气，叹过气之后他就不叹了。

他捏着红毛笔，在习字本上画圈。写得好的，画一个圈，更好的，画两个圈：上大人、孔乙己、化三千、七十士、尔小生、八九子、佳作人、可知礼，写的都是笔画少的字。或者是：一去二三里，烟村四五家，楼台六七座，八九十枝花。

画完圈，当天下午退回给学童，然后教读书，四书五经大声读，刚发蒙的，读《论语》，“子曰学而时习之不亦乐乎有朋自远方来不亦乐乎”，子是谁，不知道，标点也没有，先生在上面画圈，有圈处就停一下。读《孟子》呢，“孟子曰天时不如地利地利不如人和”，这是有些似懂非懂的，因为天时地利人和，无论识字不识字的人，都会常常挂在嘴上。

稍大的学童，就读到了《大学》，“大学之道，在明明德，在亲民，在止于至善。知止而后有定，定而后能静，静而后能安，安而后能虑，虑而后能得。”也不释义，明明德是什么，不晓得，但读来读去，知止而后有定，大略亦能领悟。

第二日要背书，到了祠堂，书翻开，往先生跟前的大桌子一摊，背过身去，一边摇晃一边大声背诵：“子曰人而不仁如礼何，人而不仁如乐何……”背到当中，卡住了，翻着白眼接不下去，这叫“吃螺丝”，卡住一次，即吃了一个“螺丝”。

一九三几年，一九四几年，二十多年间史永年是湾口乡方圆三四十里名头最响的教书先生，他的字写得最好，会诗，能文，还能教算术。

——祠堂里挂一块黑板，鸡兔同笼，加减乘除，珠算，算盘珠子噼啪响，十几二十里外的人家，都知道要把孩子送到史家祠堂让史先生发蒙。过年时给先生拜年，提着一挂腊肉，或半边腊鱼，先生娘子笑眯眯，端上一碗红糖水泡米花。正月十五开学，当父亲的亲自送来，扛着小桌子小椅子，带上笔墨纸砚，还带上《论语》，祠堂里有“大成至圣”孔夫子的牌位，学童要对着牌位跪下来，给孔夫子磕头行礼。

那时候——

上个世纪70年代的那些时候，史永年在屋后的空地上种了巴掌大一片麻，私塾早已绝迹，史家祠堂的桌椅俱已不在，地面磨得凹凸磷磷，墙面、屋顶、门口，一色旧了，不过，门楣上贴的纸却是新的——红纸黑字“政治夜校”，给旧沉沉的屋面添了鲜亮，两边有红色对联，时兴的词，“四海翻腾云水怒，五洲震荡风雷激”，是史永年的手书，方圆三十里，过了几十年，仍是史永年的字最好，乡野对书法，代代都有讲究，门口的字，若不厚实、不圆润、不提神，那还要它做什么！

私塾改作了政治夜校，前私塾先生呢？

如今他种麻。

关于麻，有两种，黄麻和线麻。黄麻是生产队种的，要送到公社收购站，卖给国家。线麻呢是史永年种在屋后空地的，它多年生，一年能掰好几次。齐根一折，麻秆和麻皮就分开了，再一边一撕，麻皮撕下来，用竹篾片刮掉麻皮，挂在门口晾。

麻根黄白色，像人参。不要动它，让其留在土里，到了第二年，它又长出来。

线麻晾干了，史永年就坐在门口捻麻。

他坐在门口的竹椅上，跟前放一只倒立的方木凳，凳子四脚朝天，用来缠麻线，腿边放一只筲箕，有大半筲晾干的麻丝，人呢，把麻线一根接一根地捻起来缠到凳子脚上。

除了种麻，他有时还教孙子二社对对子。

云对雨，雪对风，晚照对晴空。

日子还算安稳——除了1950年“土改”时被陪绑，前几年被抄了一次家，二十多年没受大的折磨。成分评了中农，史永年很满意，“中”最好，中庸，中和，俱好。大儿子仁良去学木匠，又出了师，活计多得干不过来，朱尔出工去了，银禾五六岁，在门口玩泥。史永年就在竹椅上，一根一根地捻着麻。跟陶渊明的日子比起来，几乎相去不远。

还更闲散，不必“晨兴理荒秽，带月荷锄归”。屋后种麻园中摘菜，还能坐下看会子书。

幸得书没有被抄掉——

《诗经》是乾隆二十年夏四月，善成堂藏版,《御纂诗义折中》，楷体个个端庄，有蚕豆大，黄黄的册页，纸绵软，字漆黑，这墨到了哪朝哪代都丝毫不褪色，薄薄的一册在手，又柔和又妥帖。三儿子道良的课本纸是反光的，伤眼睛，新时代的书都是伤眼睛的。老本的《诗经》十册，都在，书底按天干排，甲，国风周南召南，乙，邶风庸风卫风，丙是王风郑风齐风魏风，书自然是自己的好，天头空白，有自己新笔批的小字，正文中隔几字就有红墨的圈点，是给道良断的句。

还有六册《中华字典》，民国十六年修正，其实就是《康熙字典》，字太小了，戴上老花眼镜也看不清了，部首都在封面，天头的篆字大还能看得见。他的印章有两枚，盖在扉页，一枚是名字，另一枚是号。民国十六年，那一年差点去了黄埔。

此外还有《袁了凡纲鉴》。

还有《论语》《大学》《中庸》《尚书》《礼记》《孝经》《春秋左传》《春秋公羊传》《孟子》《尔雅》。

一个书柜的书，都还在。

1967年，同宗的一个侄子带人来抄家，因他听老辈人讲，这家有银圆埋在地下，就把屋后竹园的地挖下去几尺深。天黑了，只挖到了竹根，他们没拿到银圆，就到朱尔房里拿走了一对瓷罐子。

1973年的夜晚，一百瓦的大灯泡罩住了老屋，在一片明晃晃中那些人爬上屋脊四脚并用，老屋的瓦被人揭下了。

史永年，他看着瓦一块块脱离了屋顶，屋顶不再像屋顶，老屋再也没有头发了，横条剥落，头皮掀起。拆砖的敲击声一阵阵撞在胸口，老屋的皮肤瓦解了，露出内脏——衣柜、木箱、大木床、米缸和水缸、木盆和瓦盆、装黄豆的坛子、盛花生的罐子……它们蓬头垢面，如同落难的家小，在空地上铺了一片。

1973年，老屋在大雨中，地上的木床木箱大缸小缸坛坛罐罐们被大雨淋得不像它们自己了，眉目模糊面容愁苦。银禾与美禾，两个孩子坐在门槛上，屋子没有了，屋顶也没有了，只有门槛上还有一道门头，能挡住些雨。家里的一只鸡，在地上的散乱瓦砾中寻食，坛坛罐罐泼出了黄豆，鸡也全身淋湿了，像刚从滚水汤里逃出来的落汤鸡，它还没长大呢，刚长到两只拳头大。孩子坐在门槛看着，也知道了伤心和凄凉。到了晚上这只鸡就快不行了，它吃了黄豆，胀肚子，胀得倒在地上，快死了。朱尔要救它，她从一片狼藉的坛坛罐罐中找出一把刀，把鸡嗉子剖开，把黄豆挖出来，再用黑线把刀口缝上。

这只鸡就死里逃生活过来了。

年迈的挂钟

1

2010年秋天，海红的失眠症还没有真正治愈，每周总还有一二天是睡不着的。她鼓动道良回老家乡下住上一段，最好能干点农活。她希望以此改变生活，摆脱内心的无力感、间歇性的恍惚、内心的枯萎……或者说，希望通过乡村生活返回一个坚实的世界。说不定，乡村能激发你写点什么。

她和道良的关系似乎定型了，虽早已离婚，但她已经不再像当年那样时刻想着要远走高飞了。她找到了与道良一致的共同爱好：书法、植物、俄罗斯文学，然后还有鲁迅，然后还有乡村。乡村是道良的根，他的来处，同时是海红的海市蜃楼，乌托邦——

海红常常神往道：什么时候我们到农村去种菜、养鸡，呼吸新鲜空气。她认为道良能给她提供这种理想的生活。道良身后的广阔田野拂来阵阵清风，两人中间的种种不安和焦虑似乎消退了。

2

海红对乡村的向往正合道良的意。春泱一次都没有回过老家，趁假期，道良想把她也带回去，看看农村，看看大自然，按道良的看法，城里的孩子，从小生长在一个人造的环境里，没什么见识，很可怜。

但春泱不想去。

回老家爸爸教你爬树，带你去钓鱼，屋子里还能跳进很多小蛤蟆。有各种各样的虫子，爸爸带你逮虫子，你还没见过真的萤火虫儿呢，晚上一闪一闪，就像虫子拎着一盏小灯在飞。

你回去在爷爷坟前磕个头吧，爷爷从来没见过你呢。道良说。

春泱问：爷爷不是死了吗？

是啊爸爸在爷爷奶奶的坟地还种了五棵柏树呢，长成一片了，你回去，给爷爷磕个头，告诉爷爷你考上大学了，爷爷一定很高兴。

春泱又问：爷爷死了他怎么还会知道呢？

啊老唯物主义者史道良遇上了新的唯物主义者史春泱，他没办法说服她回老家给爷爷磕头，这是时代通过他的女儿带给他的伤痛，他只好带着他的伤痛和海红两人回去了。

3

道良与海红，还有银禾，一行三人凌晨两点半到达浠川站。道良扛着一把鸡翅木矮椅下了车，四处黑漆漆的，人刚一站稳火车就开动了，只停两分钟。他们在枕木路基的石子上走了一小段才走到站台上，站台早光了，只剩一个黑黑瘦瘦的男人在东张西望，迎到跟前，认出来，是四社。

四社本来就是开麻木（即载客摩托）的，他天天夜里都在火车站等客人，他叫了两辆麻木，加上他自己的那辆，一共三辆，道良海红银禾，一人坐上一辆摩托。人坐后面，行李和椅子放到前架上。

离开漆黑荒凉的火车站驶向城北，路灯时暗时明，在深夜的寂静中楼房和街道也像火车站一样荒凉。

仁良在半夜等到弟弟，看到他从北京大老远拎回来的木椅子，眉眼嘴全开了，他把椅子抱在怀里，不停地摩挲，“好椅子啊，好椅子”，仁良一直抱着这把沉得像铁的木椅子。木头越沉他就越欢喜。

4

他们在县城住了两天。

大哥仁良，十年前就从上皂角村搬到了县城——他和朱尔老两口，跟小儿子四社住在一起。

三个老人久别重逢，他们耳朵背，大声喊着，重重复复，仿佛不是坐对面，而是隔着一座山。他们说些什么呢？

他们说牙齿。

朱尔连最后一只门牙都松了，咬不动肉，只能吃鸡蛋羹和豆腐，豇豆和土豆炖烂也能吃，黄瓜就不行了——常常一连几天都吃豆腐和豇豆；仁良的牙也早就掉光，不过奥运会那年他去北京，道良带他去镶了满口牙。他大声说道：亏了你啊亏了你啊。

说完牙齿又说病。

仁良的胆囊割除，住院三个月，以为出不来了，他交代儿子，断气前要穿的鞋和帽子——结果好了。不过又有肺气肿，喘得厉害，睡不了觉。也不能吃荤菜，荤油亦不行。朱尔呢，腿老爱抽筋，颈子上鼓起一个肉坨，儿子让她去割掉，她不去。

免不了，说到死。

姐姐死了两年了。他们的姐姐多聪明啊，她认识很多字，手巧，绣花、织布、纳鞋垫，现在的绣花工艺鞋，一两百块钱一双，比姐姐做的差远了。但她命真不好，嫁给了表兄，近亲结婚，三个孩子都是白痴——这样活着太辛苦了，往生好。她跌了一跤，在床上躺了两年，才死。

三兄弟中的老二，也殁了。

老二史义良，他身板最好，力大食多，一顿能吃下三大海碗米饭，馒头能吃二十个，挑谷担担都挑二百斤。老二精力壮旺——下棋下一通宵，天亮了，扛起锄头就下地，眼睛都不眨。娶媳妇了，分家，挑起一对大石磨就出门，石磨比大木盆还大，是江西的细麻姑石，足有三四百斤，他腿不颤，腰不塌，挑上大石磨呼呼走。说他能活到一百岁谁不信！但他被一辆下坡的农用机车，撞倒，就死了。

死去的人很不少，堂兄弟们，他们扳着手指头算，死了有五个。有个堂兄，病了不想治，是喝农药死的。

“我怕死在城里。”仁良对道良说。

——担心死后没地方停。老屋已经裂了，说塌它就会塌，它没塌还有一口气，它等着仁良给它翻修加固呢，仁良已经八十岁，他老得连肉都吃不动了，啊四个儿子都不管用，大社没了，二社从小跟父母不亲，只听他堂客的；四社太老实，连个工作都没有，地也没有了；三社在北京工作，但他不愿拿钱出来。三社说，盖房子谁住？人人都到城里去，没人住，盖了也是白盖。

老人不怕死，就怕死无停身之地。

仁良眼花了什么都看不清，县城的一层楼日照短，他把椅子扛到马路上才能晒得到太阳。在光影中他仿佛看到一个四面透风的竹棚，他躺在棺材里，四面八方赶回奔丧的儿孙们无处可住。他们不要这个根了，落叶四散，老屋虽还在，但一场或几场大雨老屋就要塌了。

5

这三个人，一个七十多岁，两个八十岁，他们大声说着话，病和死的话题在屋子里嗡嗡回响。

墙上的挂钟也是苍老的。

那是仁良的长子史大社，上个世纪，1979年，二十岁，在越南踩中了地雷，当场身亡。部队给他们送了两样东西作为纪念，一是这只大挂钟，还有一台上海蜜蜂牌缝纫机——令无数乡邻羡慕。大挂钟挂在堂屋里多堂皇啊，亮锃锃的，时间一到，它就铛的一声，金属的声音回荡在满屋满堂，多么嘹亮，何等光荣！蜜蜂牌缝纫机更是奢侈，上海货！它轻盈的声音轧轧响，针脚细密整齐，一口气不喘它就跑遍了衣服的万水千山。

它们都老了。

缝纫机的机身脱了漆，转轴滞着，针孔都生了锈——谁又经得起长年累月空置呢，有二三十年没人用它了。挂钟天天挂着，但它也老了，它进入了一个自由的王国——它可不管什么时辰，它愿意敲呢，就敲，愿意响几下，就几下。谁也管不着它了——

它以苍老的面容高居墙上，半夜的寂静时分，或者午后老人打盹时，“铛”——它忽然响起来，它一下一下敲着，不止十二下，也不止十三下，它完全吃错药了。钟声喑哑，但毫不犹豫，一下又一下，钟声在屋子里陈年的家具上走过，家具也仿佛变旧了一成。屋子里忽明忽暗的……

这钟声简直就像丧钟啊！

暮色苍茫，海红感到沉重——她想尽快到乡下去。

短暂的乡村生活

土坯房的老屋，在竹园旁边。那是1973年所建，仁良一家在这里住了二十多年。现在老屋空了，里面蛛网纵横，有一面墙已经有裂口，没法住人。他们住在银禾的大姐家。大姐金禾嫁在本村，两年前盖了一幢红砖三层楼，空房间多得很。儿子去了遥远的青海，打工，同居，生女，把女儿送回上皂角给母亲，自己又回青海去了。

海红跟金禾说：一个人如果只是光看书写字，就会坏掉，怎么个坏掉法呢？胃口不好，吃饭不香，睡觉也睡不着，翻来覆去一整夜，到天快亮人才能睡着；还解不出大便。不干活呢，血气运行不畅快，就像田里没有水，脸都是黄的。

金禾就领海红下地干活了。

采棉花。拔花生。

又去收芝麻。

已经是9月中旬，海红脑子里的一片麦浪滚滚根本就没有——早就没有了，现在大家都不种麦子，即使种，5月份就割掉了；金色的稻浪呢，也没有，秧苗插下去，刚刚拔节，早的也才含苞抽穗，它要慢慢长，扬花，灌浆，稻粒慢慢结实变黄。

等着吧。

不过稻浪还是有，虽不金黄也还是浓绿着，层层的绿，冲连垌，垌连冲，青禾摇晃，风一吹，绿浪兀自翻滚。

啊有很多草，有很多草，有的田丢荒了，长出草来，蹿得一人高，路边的草更是汹涌，芭茅长得把小路都闭住了，要走路只能倒着走，不然它会割你的脸和手。艾草长到了腰那么高，系马桩长在路中间，四仰八叉摊着，丑得很！丝茅草长在高岸上，如丝如茅长到三尺长；鱼腥草、马拉草、鸭舌草、白水草、贴金帕、四叶萍、地根头、豨莶草、鹅儿草、蒿子草……银禾认识所有的草，宛如重逢。

她忽然蹲下去揪几片草叶举到鼻子跟前，或者放进嘴里，更多的是举着给海红看，因为海红准备记到本子上。

她忽然停下来，是啊这草怎么比以前多多了？

想出了道理，啊是牛少了——牛不啃，猪也少有人养——没人割猪草，烧太阳能——不打柴火，要烧柴呢，稻草、麦秸、芝麻秆、花生藤，样样都能烧。不像以前大集体，连根稻草都是集体的。

野草遍沟少有作物，海红一时感到衰败和苍凉，一时又认它有一种苍荡的美。这要随她心情的变化而变化。

只是她在这片苍荡中闻到一阵阵鸡屎的味道，她让道良和银禾闻，他们也闻到了。

——是养鸡场。

村子里已经有了七八家养鸡场，举目望去，远远近近的蓝色塑料板屋顶，白色水泥砖墙，那就是私人的鸡场——有的是村民独家盖的，有的亲戚合伙。有人直接盖在了荒置的田里，这田就算毁了，鸡屎源源不断，粪池几天就满了，再大的粪池也装不下汹涌的鸡屎。

鸡屎堆在田里，棉花长到两人高，只蹿枝，不结桃；水稻也飙到人头高，不结穗。鸡屎太肥了，太多了，土地承受不起，稻棉也脱离了正常的轨道，几千年来它们也没有被堆过这么多的鸡屎，它们精神亢奋，忘记了自己是谁，它们疯狂蹿枝，把自己长成了茅草。

地里变得古怪。

傍晚在村子里听见各种叫唤声，叫孩子，叫牲口家禽，声音此起彼伏。还听见村人互相叫骂——

清晨或黄昏的塘边，或者村口，那样渐渐亮起来，或暗下去，那样地下一场雨，又干爽起来。还有虫子和鸟叫，吱吱……咕咕……喳喳……

幼时乡下生活的记忆苏醒过来，海红感到沉闷的日子开了一扇门似的，风吹朗朗。

收回的芝麻立着靠在屋檐下，一两天，两三天，芝麻荚由绿变黑了，海红和金禾抬出一张大帆布，军绿色的，有防雨层，像军车的车篷。车篷布铺在门口的空地上，把几捆芝麻摊上去，晒。芝麻荚晒裂，细小的黑芝麻脱落在帆布上，还不够，金禾拿出一把连枷，一扬一转，打在芝麻上。这个有趣，海红夺过，一下一下地抡起来，扬起又落下。她拨开芝麻秆，看见芝麻一窝一窝地缩在帆布上，煞是可爱。

天太热。等到太阳快下山才下地。啊快五点半了，海红穿上金禾的长袖衫，衫阔襟长，看上去像是孩子穿上了大人的衣服，晃里晃荡的。她戴上草帽——家里最新的一顶，再挎上一只塑料桶，这样就出门了。要走一段路，路边全是半人高的艾草，风微处露出它们的白背。路两边是棉田——别人家的，不过它们长得真好，茸茸嘟嘟，饱饱鼓鼓。

她蹲在地里拔花生。

蹲着，捉起一蔸，使劲一扽，连泥带根拽起来，泥点飞得满头都是，屁股咚的一下坐到了地里。啊有毛毛虫，沾上一丁点，手臂立即辣痛；又有食虫虻，嗡个不停。还有地蚕，它缩在土里，头尾相团，圆圆肥肥的半透明。

棉花呢，在路边看着好看，一脚踩到棉田里，天顿时暗了两成——棉花秆密密地拢着。矮的齐肩，高的高过了人头，棉花枝叶掠到身上脸上，躲也无处躲，又闷又热，汗顺着额头流进了嘴里。但是棉花们，它们高高低低地就在了身边，只只白白胖胖，笑似的咧着嘴，啊四指一撮，絮花就揪下来了，甚有快感。

采采芣苢，薄言采之。古老的句子从棉花上一下一下冒出来，仿佛被擦亮，并赋予新鲜的弹性。但是棉田里密不透风，汗流进眼睛辣辣的，但是棉花裂开在深处，一朵采完旁边又有一朵等着，云头从天上掠过，来了一阵风，把云头吹去挡住了落日，金色的光芒透过云边洇洇漫染。

但太阳就下山了，无论棉花还是花生，连地边的草都发潮了，夜岚在田野上绕了薄薄的一层，各家的炊烟升起来，在屋顶连成一片。有草的气味。

干了几天农活，海红的睡眠果然迅速好转。真的就是这么简单。同时变好的还有她的胃口和皮肤，眼睛有了神采，皮肤泛起一层光泽。她从失眠的深井里，把自己救了上来，阳光晃到她的眼睛上，令她有点晕眩。

宛若大病初愈。

有一天她从摘完的棉田转场到另一片新的棉田，在田野里她看到了一片玉米，宽大的叶子在阳光中扭动着，一簇簇淡黄的须丝以一种飘动的姿势凝固在叶间，这时候，年轻时读过的一首聂鲁达的诗拔地而起，在一片绿色中发出金属的细碎声。亚美利加，从一颗/玉米的种子，你站起来/直至以辽阔的大地。这样广阔的诗句，她真是很久没有想起过了。

一连几天，从棉田和花生地，从芝麻的荚和正在抽穗的水稻上，从蓬勃生猛的野草间，玉米的种子逶迤而来。一粒玉米的种子，伸出一支绿色的长矛……披覆着黄金——她挎着塑料桶在枝叶繁茂的棉田中，洁白的棉花变得神秘而深沉。

她帮金禾烧灶。晒干的花生藤缠成一小把一小把堆在灶间的角落里，她用铁钳夹起一把放进灶膛里，灶膛里冒出黑烟，她抓起一只吹火筒，奋力吹风，“轰”的一下，火着了，火光映红了她的脸。这个动作曾经隐藏在她幼时的乡村生活中，那时候在外婆家，遥远的广西南部丘陵地带。

多年前的一切就在灶膛跟前升起，干爽的柴草散在脚边，扯过一把塞进灶肚，闷住了，火不着，也是竹子的吹火筒，也是俯身贴近灶门，伸长脖子奋力一吹，同样“轰”的一下，明亮的火焰把人的半身照亮。

遥远的火焰迈着曲折的步伐翻山越岭赶来，柴草的燃点就在你的身体里——海红感到泪水从鼻腔里上升，到达了她的眼眶。

金禾用一只大铁铲在大镬里叮叮当当一阵，地里摘的蔬菜冒出了清越纯朴的香气。她把粗瓷大碗摆在灶台上，又是一阵叮当，大碗的菜蔬摆到了八仙桌上。海红感到饿，像年轻时一样。

她饭量迅速增大——竟然要添饭。她能吃下一碗半的干饭和大量蔬菜，此外还能再喝一碗粥汤。

……年轻的玉米穗，年轻的玉米穗。

她在她的日记上写道：年轻的棉花年轻的水稻年轻的芝麻，正在生长着的植物都是年轻的，土地历经沧桑它仍然生长万物，它生生不息，谁的伤害也不能使它潦倒，人类代代更替而大地恒在。

海红感到有些什么板结已久的东西在松动，另一些什么东西在苏醒。从前身体中的一些潮湿的角落在阳光下不知不觉蒸发掉了。

他们住在金禾给儿子的婚房里，床、衣柜和城里一样，还有一个梳妆台，刷的是儿子喜欢的白色油漆。金禾嫌不够喜庆，每个年三十都要在衣柜和梳妆台上贴上红色的双喜。所以这间屋子，四年来一直就像间新房。门口上方还贴着一横幅红纸，上面用毛笔手书了四个字：四季平安。

房间里只有一张大床。这两个早已离婚的人，只好一起睡在了这张大床上。海红和道良，在结婚十多年、离婚好几年之后，两个人，第一次睡到了同一张床上。

有些别扭。她关掉灯，坐在床沿上扇扇子，她说：真热。道良不吭声，他在黑暗中脱掉外衣，躺在大床的一边。他很快睡着了。他很安静，不碰你，你也不想他碰你。海红换上自己宽大的棉布睡裙，躺到了床的另一边。在黑暗中，她用毛巾被盖住了自己。他侧躺着的身子在黑暗中是一道结实的挡板，挡住了床沿那边的空虚。

道良是你的什么人呢？

在纷纭的世界中，一个相依为命的人……或者，亲人？在黑暗中海红感到，有什么慢慢进入了自己的心脏和血管，是亲情吗？这种从幼年起自己就扔掉的东西，它轻轻漫过来，薄薄的、软软的，像气流那样，裹住了全身。

大床宽阔，互不干扰。道良安静地睡在另一边。海红摊开四肢，很快睡着了。

有一个晚上，道良忽然问她：你不走了吧？

走？去哪里？海红感到奇怪，但她很快明白过来：道良其实对他们之间的关系心知肚明，两人离了婚，虽然仍然一起生活，但海红随时都是可以离开的。跟他比起来，她还年轻，如果她要走，他会让她走的。你还走吗？海红自己也不知道。你还走吗？还走吗？

不知道。

也许她还要走。

但她现在不想这个。她只想休养生息。她只是沉沉睡在大床上。

她沉在深睡中肢体也是舒展的。不再缩成一团，也不再挣扎乱翻。睡眠深深，夜夜无梦。有梦也是愉悦的，她梦见海——海边的一块平面突起的荒地上铺满了海蓝色的大幅绸子，像大地艺术的一个作品。天压得很低，仿佛暴风雨就要来临，阳光从天边的黑云中透出来。一只美丽的乌鸦在明亮的蓝天上飞翔，它朝一朵洁白的云飞去，云的中间是明亮得有些刺眼的太阳，它在云的中央，云充满了太阳的光芒，整朵云白光闪闪的，乌鸦一直飞到太阳的圈里，与太阳重合，重合的瞬间乌鸦变成了一个抽象的图案，是一个侧影，爪子很鲜明。海红在梦中想，这就是金乌鸦了。然后乌鸦再次在蓝天上飞翔，再次向白云飞去，再次与白云中的太阳重合，再次变成抽象图案。醒来后充满光芒的白云和金色的乌鸦仍在眼前闪耀，光彩熠熠，非常鲜明。

她梦到连绵的青山，远近山峦，葱茏葳蕤，山间有一大片湖水，水是绿的，盈盈丰满。走近湖边一看，啊有鱼！它们争相往水面跳跃。下了一阵小雨，她在梦中闻到了雨水的气息——像家乡圭宁的雨，夹着尘土和番石榴的味道，沁沁然，甜丝丝。

海红觉得内心又有了生机，朦胧中她感到某种甘醇的东西正在来临，陈青铜的影子飞快地从她胸中掠过，一闪，又消失了……

一只鸟在叫，仿佛一直叫到最深处。

睁开眼天已大亮，窗帘一拉，阳光“哗啦”一声照到床上，宛如满床金币叮当闪烁。道良呢，他早就坐在堂屋门口了，默然而沉重。

农活干腻了，道良带海红到塘边田岸转悠，他指着一只树蔸对海红说，这就是以前祖屋所在的地方，屋前原来有一棵高大的皂角树，每年开着白色的小花，豆荚一串串在头顶晃荡。砖瓦房的祖屋建于民国二十五年，那时候，大屏风、下堂屋、天井、中堂屋，又一个屏风，又一个天井，两侧有许多门口通到许多房间。天井宽大流畅，风飘动，光回旋，那时候道良刚刚一两岁，被母亲放在企桶置于天井旁，额头上，一点朱红，阳光照在身上，额红鲜亮，灼灼如花。

祖屋在1973年被拆掉了，皂角树更早就被锯掉，1958年。所有的大树在这一年全数倒下，大炼钢铁的年代，群众运动，土高炉竖立在田野间，浓烟滚滚火光映红了半边天。皂角树们轰然倒地，它们被劈成劈柴，在土炉的熊熊烈焰中化为炭灰。

他们还看了1973年盖的土坯房的老屋，在竹园旁边。一间屋子里并排放着一对棺材，那是仁良和朱尔百年之后的寿材。

屋后有竹园，目测有百余竿，唔真是奢侈，简直可以竹林七贤。海红兴致颇高，就地盘算，说可以把全部积蓄拿出来，把土坯房推倒，在原宅基上盖几间青砖大瓦房，屋后一片修竹，下雨听雨，刮风听风，春天可挖竹笋炒腊肉吃。门前栽两棵树，槐树、香樟树、桂花树，都不错，屋边种几畦菜，白菜、萝卜、豆角、黄瓜……还种上小葱和大蒜，再也不用吃滥用农药化肥的蔬菜了。是啊田园生活，可以请朋友们来小住。

海红继承了父亲柳青林记日记的习惯，她写道：

今天碰到一个人在喷农药，他牙齿特别黄。道良说他父亲是大地主，国民党民政科科长，被镇压了。下午到田野散步，走到小路上道良停下来，说解放军就是在这里枪毙了一个国民党的乡长，血流在麦田里，这片麦子一直不黄，一直是绿的。

…………

说到枪毙，道良说他有一个姓蔡的同学，他因为日记被枪毙了。他在日记里写道，他想出国留学，全国解放了，看来这个愿望难以实现了。贫管会的头要他把日记交出来，他说你又不识字。后来日记还是落到了贫管会的手里，蔡同学就在浠川县城的排形地的低洼处被枪决了。那是1950年，道良隔了十年才听说这件事情。

…………

今天看到货郎了，货担是两只木柜，人有两个，一高一矮，高的卖日常用品，矮的是个侏儒，专卖给孩子吃的小糖果小饼干，他走路摇呀摇的，我从他的货担上买了两袋饼干给青海，金禾在花生地里远远看见，大声直喊。她是嫌货郎的饼干不卫生。

…………

今天银禾领我们去大队，该叫村委会，但大家仍按大集体时代的旧称，叫大队。大队有两层红砖裸露的房子，破旧萧条，上了锁。

大队合作医疗站有人正在打吊针，从前称之为赤脚医生的，现在叫作乡村医生，两个男人，五六十岁，面相敦厚，他们的照片贴在门厅。乡邻说他们拔牙拔得最好，打针打得不痛，花很少钱就能医好病。到城里打工的乡人，不管在北京还是在深圳，病了也坐上火车回村里治。

乡邻劝我，如要拔牙，在村里拔是最好的。

…………

紧邻大队的小学校荒废了，大铁栅栏锁着。站在门口看到荒草赶着操场，最后一点空地很快就会被草覆满。学校盖得漂亮，黄色琉璃瓦屋顶，像亭子似的六角形。但是没有一个人，是一所空学校。孩子越来越少了，许多孩子跟父母在打工的城市上小学，到读初中的年龄才独自回家乡上中学。

人说现在的植被比六十年前要好，因为不烧柴草了，主要烧煤气和太阳能，又因为牛少多了。

可见大自然也有生生不息的力量。我们对世界，其实所知甚少。

…………

今天跟道良到湾口去。湾口，昔日的公社所在地，乡政府所在地，几起几落，在大地上是一口锅，有时沸了，有时又熄了。

几年前已被撤乡并区，原来的邮政代办处、种子公司、粮站、畜牧兽医站、公路段，统统被合并了，合并就是没有了，在更远的区里。剩下的，仅只一个卖菜的棚子，两个小超市，两个饭馆，有一个乡医院，一个配种站。正是农忙，小街更是萧条，几乎见不到走动的人。树木和屋，和偶然走过的人，都有些灰扑扑的。

道良在街边陈旧黯淡的房子中认出了六十多年前读过书的关帝庙，他绕到后面，看到了房子原来的正门，底部的大石头还是原来的，大门也是，不过被泥砖封死了，靠墙放着一大捆玉米秆，门口正上方塑了一个凸出的五角星。没有人。

她还另外准备了一个本子，专门记录方言、民歌、风俗、偏方、动植物以及她认为有意思的事情。这类东西她收集得不少。

立秋洗头的风俗：立秋的那天，女孩子要摘一把桑叶，拿着桑叶到塘里去，光着脚站在水里，弯腰低首做洗头的动作，她要把桑叶按在头上揉一下，象征性地洗头，是一种仪式，据说这样洗过头之后一年里头发都不会发臭。这是农耕社会诞生的诗意。

新屋做奠席的风俗：新屋落成要做一个奠席，请道士念经，把野鬼驱走，把祖人接回来，把各路神灵接回来（乡下各处都是有神的，水缸有水缸神，鸡埘有鸡埘神）。在道士的经文喃喃中要用一张大红纸，写上“天地君亲师”，写上“司命土地六神”，从前不能提君，只能提党，天地君亲师就一律写成“天地党亲师”，这幅红纸就叫天地菩萨，贴在堂屋的正中间，在下方再挂上一幅毛泽东像。如此礼成。

于是诸神归位，不但祖宗进来了，土地神、福禄寿三星、财神都坐好了，灶王爷到了灶头上，门神呢，守在了门口，外头的鬼，全都轰得远远的了，那些野路来的鬼，那些祟物，它想进来也进不来了，大门口有两尊门神手执大刀，守着！

方言，方言是重要的，年轻人在学校里学普通话，进城打工也用普通话，再过五十年，方言大概就会消失。海红认真记道：

水戏儿：形容一个人说话靠不住。例句：那人水戏儿啊，信他！

每门儿：天天，每天的意思。一个女孩给家里写信：每门儿哭，牵屋里。意思是：每天都哭，想家。

赫乎：形容其多。

全家戮：用广东话说，就是撼家铲，即全家死光光。实在不比一个“戮”字有古意。

她感叹着跟道良说，到底是楚地，文化深厚，方言都是古雅的。

又去豹龙庙，又去广佑寺。

他们步行，走小路，穿过田野和村庄。很多原来有路的地方没有路了，草高及腰，一条小路被两边的芭茅闭住。道良教海红倒着走，这样茅草就割不着脸和手。

9月下旬，禾稻正在灌浆，田垄一片沉甸甸的绿色，也有一小块早熟的稻田，稻穗低垂着新鲜的金黄。他们走过红薯地，在两垄地间小心翼翼。

两人走在高高的河沿上，水里长着野芋头，一棵小树把路挡住了，道良认出来是乌桕树，乌桕子榨油是用来点灯的，叫木子油，夏天都不化，像猪油一样，猪油白，它发灰，凝固的木子油上学带灯最方便，泼不了。乌桕叶则可以用来染布，要搁在大缸里泡，泡出一缸漆黑的水。

狗都到哪里去了？他们穿过了四个村庄才遇见了一只狗。

而田里有白鹭，它们跟水牛在一起。啊同时看见了八只白鹭，有一只站在水牛背上，黑色的八哥翻飞起落。

白鹭翻飞，一只八哥站在水牛背上——道良说他年轻的时候，上大学前，十八岁，那时候海红还没出生，有一天他在田岸上看见一只受伤的八哥，红色的嘴和爪子，黑亮的羽毛，它的腿折了，飞不起来，道良把八哥带回家，养好了伤放飞了……它站在牛背上，过了多少年，五六十年，它又站在了牛背上——恍若从前的那一只。

广佑寺有多少年没去过了？道良记得寺前有条小路，现在路已经没有。最后一次是考上大学那一年去姐姐家路过，没有进寺里；豹龙庙又有多少年没去过了？最后一次去是跟大嫂去她的娘家，2010年秋天，他们拾级而上古柏肃穆一个人都没有，有晾晒的衣物但一个人都没有，有小块菜地丝瓜和南瓜吊在瓜棚下，到处到处，都没看见人。在高处远望，连绵的丘陵也如同稻浪起伏，远处乌云突驶劲风鼓荡着衣裳，山峦历历，心怀忧愁，风雨荡荡满襟。

雨丝飘落横扫过丘陵田野，乌云从天边一直到头顶……

然后到了叶家河，叶家河啊这是在河边放鬼的地方。有一棵很大的大枫树，也有一个庙，早年史永年在这里教私塾，少年道良来看过几次皮影戏——《封神榜》，有个土行孙，一跺脚就进土里去了，他从地底下跑掉，谁也看不见。道良他们扛着板凳从上皂角村来，月光照着，路是白的。塘也是白的，有谁“咚”的一声，掉进了塘里。

但叶家河最适合放鬼。

有人病了就要捉鬼，菩萨跟人一样也是分文武的，武菩萨负责捉鬼，文菩萨负责说话，用一枝带杈的桃树枝扶乩，底下放一只米筛，鬼是到处钻的，要扣着不让它跑了。然后，把捉到的鬼放进一只土壶里，用黄纸封上，啊还要放进茶花米给鬼吃呢，一点茶叶，一点米，优待俘虏，不能让它饿坏了。然后把装了鬼的土壶拿进庙里搁在菩萨跟前。

装了鬼的土壶是要重一些的，你拎着它从上皂角村走到叶家河，有的鬼脾气大，走到半路土壶“噗”的一声就爆炸了。大多数鬼都能捉到菩萨跟前关他个一七、二七或者三七日，然后就可以把鬼放了——在黄昏的时候，从庙里拿出土壶走下河岸，一边念咒语一边打开黄纸，好了，这个犯了错误的鬼就自由了，它沿着河边一路飘远——这也像对人，不打死，只是关他一关，到了一定时限就放了，如果不好，再抓来关几天。

2010年秋的叶家河，大枫树和庙都没有了，但这条河，依然跟从前那样，是弯的和低的，木桥成了水泥板小桥，没有栏杆。周围也是一片稻田。

地上的新世界

海红来到二社家，她要记录民歌。连县文化馆的人也到二社家去过。这个史二社，是上皂角的大师，他什么都会。没上过几天学，却能认字；不但认字，还会说书。《隋唐演义》和《说唐》，他说得比王榨的七爹不差，他还会唱渔鼓，连七爹不会唱的灯歌他也会。

私塾先生史永年的文脉，看来是接在了孙子二社的身上。

二社还会打锣，他的锣打得真是好，他纠集四个人，锣、鼓、镲、钹，打得全村整日里喜气洋洋的。他打锣不是乱打的，有谱子，锣谱共有五套，分别叫作：雁鸣翅、反顺拗、牛蹭痒，名得有趣。剩下两套他不说，秘不示人。

他还会对对子。

史永年问他：细伢，我问你，韭菜花对什么？二社眼睛一瞪就能答上来：芝麻秆。又问：双手捧碗？就答：两腿沾泥。

竹园无笋？是的，竹园无笋当然是对猪圈有猪。荷叶莲蓬藕？这还用问么，山药芋头苕。

来一个长的：山上有庙，庙里有和尚。这可是有些难，二社却很快想出来了：塘边搁桶，桶内搁鱼苗。再来一个：妈打枣，高处三竿，低处三竿，怎么对呢？哈，猪拉屎，上面半坨，下面半坨。虽然粗俗，对得还真是不错。

于是史永年教他：

云对雨，雪对风，晚照对晴空。

天浩浩，日融融，半溪流水绿，千树落花红。

山岌岌，水淙淙，九夏对三冬。

二社一下就背熟了，跟天、地、日、月、山、水、风、雨一道。仿佛人在万物中。

二社家是一幢二层砖楼。屋顶平台上他用木架搭成一个哨岗，哨岗高三丈，下方架空，上面是一个小小阁楼，二社告诉海红，这是他们家的炮楼！

二社能文又能武，会一点木工，会一点篾活，还会制土铳。他的堂客秀鹊说，土铳一可以用来吓鬼，二可以打野兔和野山鸡。她娘家四季山那边家家都是有土铳的，晚上出门，先往山脚放上一铳再过路。于是二社，他就让铁匠打了铳杆和铳膛，自己用樟木做成铳把，真的制成了一把土铳。做好的铳杆有半人高，坚硬凛冽。

头两年政府要征地，包括他的一口塘。秀鹊听说要征地就哭开了，她哭道：我、我、我，我的塘吔……她想起每年春天在塘里放的鱼秧，胖头鱼、白鲢子、草鱼，她想起胖头鱼憨憨的样子，放下去的时候三根指头宽，到过年捞起来一称，每条都有九斤多！鱼起塘，门口绑两根长竹竿，密密地挂一长排！

她又哭道：我的棉、棉、棉花吔……芝麻吔……不但有棉花芝麻和水塘里的鱼，还有花生还有屋后的竹园和橘子树板栗树，还有禾稻……

秀鹊一样一样地哭过去，又一样一样地哭回来。她又想起一桩——还盘算过要在自家的这块旱地上盖鸡场呢，永远不再有的白花花的鸡蛋和毛茸茸的鸡崽在秀鹊的眼前更加真切，推土机隆隆的声音压着秀鹊的额头，她看见她的塘、她的鱼、她的稻田、她的棉花芝麻竹园板栗、她的还没盖起来的鸡场和尚未孵出的鸡，这一切，统统，都被那个巨大的铁家伙踩得七零八落。

二社不说话，他造了一个土炮——到工地买来一些旧铁筒，这是当炮筒的，根根都有粗毛竹那么粗；炸药呢，自制。弄点硝、硫黄，再弄点铁砂一搅和。不过他又改了——不想伤人，买来了礼花弹。

二社对海红说，就像电影《地雷战》加上《地道战》，“鬼子”进村了，推土车隆隆开进像坦克。他登上屋顶的炮楼，看到稻田和棉田中间，钢盔和铁叉闪闪亮，两辆巨大的铁家伙，闪着冷硬的铁光。绝八代的！他点燃了土炮的引线，“轰隆”一声炸弹飞出，在“鬼子”头顶的空中爆炸，他听见百米之外一片嗓门，有的喊“卧倒”，有的喊“我的娘”，乱纷纷的他们往回跑，也有人瘫倒在田埂上。他们跑到铲车的后面躲起来。

尾后又从工地买来一辆旧翻斗车，把车的前部铁皮拆掉，又切割又焊接，把粗铁筒每根切得一般长短，再垒在翻斗车上焊接紧，这架土炮更先进了，炮筒更多，是集束式的，射程更远，有轮子，便于转换方向，翻斗车的双把用来推着走，一放下来，炮筒朝上。如果第一道防线被突破怎么办？他又研制了汽油弹，算是新型的近距离攻击武器。

海红到上皂角的时候征地的事情已经过去，政府的开发项目泡了汤，二社把这看成是他的斗争成果。而他剃了光头，穿着一身迷彩服，胸前挂一副望远镜（儿子在武汉买的），看上去颇像一名军事家。他哼着歌……南瓜大王发了脾气/爬上墙头忙点兵/先点萝卜为元帅/胯下一匹黄瓜马/手提豆角枪一根/又点大蒜先行将/赐一对蒜锤八百斤/带着葵花树旗杆……葱军师用的是空城计/丝瓜放下绊脚绳/蛾眉豆撒下天罗地网/入地还有泥芋头来麻魂/豇豆撒下捞网阵/辣椒放火不饶人/一捞一烧干干净净/菜园子从此得太平。

太平了的二社异想天开，他要制一架土飞机！但是堂客秀鹊不开心，她要盖养鸡场。二社的土飞机就搁浅了。

海红只在他的后院看见了一个大棚，里面堆着许多乱七八糟的东西，旧电风扇、铁丝、缆绳、钢索，大小不等的轮子、马达、连轴，等等，地上还堆着七八根又粗又长直溜溜的杉木。有一条木工凳，各种工具和电焊枪，还有两扇新做好的木机翼。

这架具有风柜式机舱的土飞机没有造出来。

堂客的意见总是要听的——二社在他们的旱地上盖起了养鸡场，占地两亩，六千只鸡，密密地挤在鸡舍里，上不见蓝天，下不见青草，它们一辈子所做的事情只有两件：吃饲料和下蛋。鸡屎源源不断在粪池里堆积漫延，快要把鸡场四周都围起来了。二社用他运鸡蛋的农用小卡车运鸡屎，车行至荒废的稻场或者无人的地边，甚至河边，只要四处无人看见，就赶紧卸下鸡屎，再快速离开现场。

人人如此。

空地水洼，鸡粪堆堆，如同大地长了皮癣。

2010年5月，旅美艺术家蔡国强的大型展览《农民达·芬奇》在上海外滩美术馆展出，史二社本来可以成为这样一位农民达·芬奇，但没有。

他在无尽鸡屎的包围中。

海红跟银禾到王榨村去。

两人骑自行车穿过湾口小摊小铺的集市，然后走进一条红泥土路。太阳很大，鸡屎的气味较往日重些，她们折进小路后，见到的鸡屎堆比上皂角村那边还要多，有时一片芭茅中有一小截似乎被砍折了，近前看，原来又是一堆鸡屎压着，两边的芭茅飙得有竹子高。猛地一看，怪异而狰狞。

她们经过一片红薯地，地边也有一堆鸡屎，挨近鸡屎的红薯藤叶子有锅盖那么大，初时海红以为是南瓜叶子。南瓜叶子怎么油光闪亮的？她在路边停了车，走上前看究竟，原来却是红薯叶子，因地边倒了鸡屎，叶子长疯了。银禾说，叶子这么肥，底下定是不长红薯的。

太阳更大，鸡屎的气味也越发重了。银禾说到了河边就会凉爽些。一拐弯，果然见到了一条河，水很满，色也绿，岸边虽然没有大树，但有一丛丛高大的竹子，竹梢沉沉地弯下来。景色妩媚。但是连河边也倒上了鸡屎，风一刮，少量鸡粪就刮进河里。银禾说，绝八代的不知是谁，再乱倒鸡屎这河就不能洗衣服了！入村的时候两人还遇到了三顺的相好宋秋芬，宋秋芬本来一直在北京打工，这回在村里碰到也算是冤家路窄，银禾冲她的后背狠狠地骂了一句：尿缸！

她们在村子里穿行，王榨村里高高低低盖了十几幢新楼，一式的平顶三层楼，一律都是贴着白瓷砖，看上去，像高高低低一片厕所。乡下人觉得白瓷砖是很漂亮的，闪着锃亮的光，不怕雨淋。有的房子刚盖了一半，红色的砖墙外挂着毛主席像——辟邪。

两人在一间土砖屋门口停下来，定眼一看，银禾家大门的锁被贼铰断了。

堂屋里的椅桌都挪了位，地上散着柴草，里屋门锁上的合页也脱了，门一推就开——除了贼，还有不知哪个村邻近舍在她家做饭，弄得家里像个公共食堂！

正中贴了一大幅毛主席像，穿着风衣背手站立。这跟海红从前看到的农家差不多，黄河沿岸也如此。民间传说毛主席像是辟邪的，辟邪是什么意思呢？

辟邪就是吓鬼。可见鬼是怕毛主席的。

如果没有毛主席像，鬼就会来得更多。如果盖房子的工地不挂这像，房子要倒的。主席像下又贴一张百元面值的人民币，印刷品，放大了尺寸——也许是祈求发财的意思。难道毛主席同时也是财神爷？

屋角一只大木桶，椭圆的，齐胸高；一只木铲子，一片木板，一头厚一头薄；此外有一只大筛子，有床那么大，扁扁的竹篾，漏孔能漏过一只乒乓球。这几样古怪的东西，银禾说，它们叫靛桶、香篷和晒腔，是用来染布和扬场晒粮食的。

银禾打开后门，门外一片晃眼，河渠就在五步开外，水腥气和鸡屎味混在一起，一阵一阵的。屋子里有一股朽烂的气息——朽烂着，灰灰毛毛地弥漫在屋子里。靛桶里面的棉絮长毛了；衣柜里的被褥衣服也长毛了；鞋肚里也长有，暗绿的，茸茸的——它们已久不见阳光，如同一个人，不晒太阳会得病。

啊竹子更经不起日月，凡是竹子做的，米筛、隔筛、箩筐、畚箕、菜篮……都朽了，不碰犹可，一碰，“嘎”就断了。绳子必定烂掉了的，它又不是铁，铁也生锈了，锅和镬，都生了锈，碗盏呢，陈年的油垢加上一层厚灰——如同出土文物。老鼠是出奇的多，不多才怪！

这些烂嘴的，没一样它不吃！陈年的稻谷、剩的半坛绿豆、门、柜子、衣服、鞋、棉絮、被子、纸，连塑料膜它都啃呢！有一次，连五斗柜都被老鼠打通了，每只抽屉它都打了洞，抽屉里面洞连着洞，简直像北京的地铁。

银禾边说着打开柜子，顿时一片吱吱声，满地鼠窜。有只老鼠在惨叫，仿佛马上就要断气，一看，柜子和墙中间正蹲着一只耗子呢，它怎么使劲都跑不动，急得眼睛直翻，它搞不明白，如何死活就是跑不动，哎呀原来这耗子的尾巴缠在棉花上，拖住了——银禾笑得岔了气。把棉絮掀开，喔哗——一窝小老鼠，红红的皮，眼睛是紫的，还睁不开，肉肉嫩嫩如小猪崽！

嘎嘎嘎，嘎嘎嘎，嘎嘎嘎，在震耳欲聋的歌唱声中，老鼠们，它们和沟里的野草一样迎来了自由的时代，空下去的乡村越来越像它们的乐园了，猫呢？整个王榨只剩下了一只猫两只狗，那些骑着摩托车串村走户的人，他们的后架上夹着蛇皮袋，还有一只大网罩，看见村头村尾的猫狗，他们网兜一罩，撸进蛇皮袋里，卖到武汉的餐馆杀了吃。

猫和狗，都是孤苦伶仃的了。

它们要多机警才能躲过这些人啊，主人老了，或者还小，它们走在荒草茫茫的田野里——猫和狗，你要竖起耳朵啊，像非洲的羚羊一样，远远听见摩托声你就躲在草丛里，一动不动，万一他们发现你，你要奔跑，你要以之字形的方式，逃过你的致命一劫。

银禾带海红上四季山玩，她说，四季山可比北京的景山高。

穿过村子一路走，没到跟前就发觉不对头——四季山上的大树都没有了，只剩下两棵栗子树。谁知道呢谁知道呢，银禾不停地说，仿佛四季山的树没了她有一份责任。银禾又失落又不甘心——这里有一棵大松树，那边有两棵樟树，这边……对着空空的四季山，银禾给海红口述了一片林子。她从前打柴、捡蘑菇，一根树枝弹到她怀孕的肚子上……那时到处都是树荫。

山脚下有一家养鸡场正在盖，地基已经挖好，料也备齐了，亦是那种蓝色硬塑料板和白色的水泥砖。二十几户人家的王榨村已经有了三个养鸡场，个个稳赚。一箱鸡蛋三百六十只，每箱能卖二百一十元，每天卖掉十五箱，再减去饲料钱，还能赚三百元。每天净赚三百元！谁能不动心，借钱都要盖鸡场呢！

四季山的大树到哪里去了？

银禾问盖鸡场的人。

啊是村委会把整座山租给私人了，江苏的老板，一棵樟树，他们会付五百元，中等的松树，二百元。大树们，它们背井离乡，连泥带根去到遥远的上海、苏州和无锡……

村里随处在议论：要重新分地了。

分到田地又怎样呢？很多人的田都丢荒着，有人种，算你好运。田里有水，你不种，就长满草，满满一田，全都是草，龙须草和破铜钱，有点根它就飞长，怎么都弄不净，那种野荸荠，跟竹笋似的，密密麻麻。

旱地还好，一犁，一翻，一晒，草就死了。

重新分的田地，谁会回来种？银禾自己也不知道，她说长喜和雨喜更不会回来。雨喜连浠川县城都不愿意回的。即使回来，也不会种地——他们从来就没种过地。

鸡屎飘荡，河流壅塞。这么快，刚刚升起的田园梦就破灭了。青砖大瓦房啊，房前的桂树啊屋后的竹子，菜地上的葱和蒜，白菜和萝卜……谁又能越过这些疯狂的鸡屎——河岸边上的鸡屎将会越堆越多，空气中屎的味道将会越来越浓。汹涌的芭茅已经飙得与竹子齐高，红薯藤叶子已经有锅盖那么大。堆了鸡粪的地边那些棉花和稻子，它们的茎叶疯长已经脱离了稻棉的原形，它们不再结果。

这样怪异而狰狞的景象，已经在大地上诞生出来，它们如同滔滔洪水即将冲刷未来的新世界，一浪又一浪。未来的新人类终将适应这个变异的天地，老人们连同他们的记忆，终将逝去。

他们在上皂角住了不到二十天就回北京去了，金禾家到底不便长住。海红再也不提在老屋的宅基地上盖青砖大瓦房的事了。

他们走后，老屋后面的竹园被砍掉一半盖起了养鸡场。

童　谣

孩子因是在青海出生，便叫青海。

她没有上户口——父母都没结婚呢，青海只是小名。

海红跟她说：你是青海，我是红海，咱们来玩吧。但是金禾让青海叫她“细曾儿”。

什么是细曾儿?

弄明白之后海红吓了一大跳，那是曾祖母的意思啊！虽然不是真正的曾祖母——朱尔才是。青海是金禾的孙女，金禾是道良的侄女，道良是金禾的叔叔，所以，叫细曾儿。

太乱了!

金禾让青海跟细曾爷爷玩，青海不愿，她说：细曾爷太老了，不好玩。

一个四岁的孩子，谁教她的？她嫌老。人人好笑，道良也笑——笑得无奈，他一笑，某种苍茫的东西浮到他脸上，他显得更老了。

青海也不喜欢跟海红玩，她自己玩——往空饮料罐里尿尿。她光明正大地叉开两腿，让空罐子停在中间，半蹲，两只手往外扽裤头，免得挡住了尿的路线。一道细细的尿水从两腿间滋了下来，准准地落到了饮料罐里。

尿过之后双手捧起尿罐。热尿冒着热气，她满意地吸吸鼻子，小心地倒进小小的泥坑里，郑重地和着尿泥——她捏了尿泥的米粑、馒头和鸡蛋，一一摆在一块瓦片上。

孩子背着一只红色双肩包，跑动起来是一团红色的影子。她背着包尿尿，背着包捏泥。一刻也不愿解下来——她跟人显摆："这是我奶奶给我买的!"她告诉了所有她遇到的人，连邻家的一只狗她也告诉了，自家的猫和鸡也告诉了。

别家的鸡叮她家晒的芝麻，她会起身轰鸡。她把两臂一开一收，嘴里喊道"嗬嘘——嗬嘘——"几只三黄鸡飞奔夺路，翅膀拍起了尘土。

然后她停下来，对那惊魂未定的鸡们说道："看哪，这是我奶奶给我买的!"

她像一团光，闪闪烁烁，谁都捉她不住。又像只苍蝇，或条泥鳅，嗡的一下，刺溜一下，跑得像个屁精。有时也静下来，屋里屋外，不见人影。找到一堆半干的花生藤，原来正缩在上面。人睡着了，头发上顶着几片干叶子。

睡在草窝里，睡得呼哧呼哧的。自在，沉实。

海红不能理解，她疑惑，这青海怎么没有留守儿童的冷漠、怪僻、毛病。她兴致，是一团明亮的光。

问她："想不想爸爸妈妈?"

“不想!”答得响亮。

未来的新人类，大概就是如此，无牵无挂，无父无母，兴致勃勃地活在未来的新世界里。在那里，河面漂着鸡屎，棉花和稻子茎叶粗壮高大，芭茅与竹子齐高，红薯藤叶子有锅盖那么大。未来的新人类们，将不会留恋一个古老的时代，而地球，将转动不息。

夜里金禾在灯下择花生，刚从地里拔回的花生藤堆得老高，有一股新鲜的泥土和草的气味。坐在小竹凳上，旁边放一只塑料桶和一只畚箕，饱满的花生放到桶里，留自家吃，次一等的扔进畚箕，卖给城里人。

青海还没睡，金禾就教她童谣：

桶角喂——天长地长。
么事天？黄天。
么事黄？鸭蛋黄。
么事鸭？湖鸭。
么事湖？洞庭湖。
么事洞？老鸦洞。
么事老？茶叶老。
么事茶？丝茶。
么事丝？锁丝。

么事锁？白铜锁。

么事白？甘蔗白。

么事甘？猪肝。

么事猪？草猪。

么事草？稻草。

么事稻？强盗。

么事墙？竹墙。

么事竹？毛竹。

么事毛？麻猫。

么事麻？苎麻。

么事住？青砖盖瓦房——你去住。

童谣的天地真是广阔啊，海红在本子上写道：

从一只虫子就到天长地长，猪鸭老鸦猫，甘蔗茶叶竹子白铜锁，它教孩子认识天地万物，是啊万物就这样，安稳在童谣的咕咕声中，猪和鸭都是平常的，甘蔗茶叶竹子白铜也都平常，一旦在童谣里唱着就不那么平常了，它们闪闪发光，在天地间飞。即使在尘埃中，它们也要飞出风来。

有个童谣是教算术的：

一只蛤蟆一张嘴
两个眼睛四条腿
扑腾扑腾跳下水
两只蛤蟆两张嘴
四只眼睛八条腿
…………

就看哪个孩子聪明，说得又多又快。

私塾先生史永年晚年也编些儿歌教给自己的孙辈。金禾与银禾两人都还记得——

那时候，爷爷在屋后的空地上种了巴掌大一片麻。线麻晾干了，他就坐在门口捻麻。

爷爷史永年，他坐在门口的竹椅上，跟前放一只倒立的方木凳，凳子中脚朝天，用来缠麻线，腿边放一只筲箕，有大半筲晾干的麻丝，人呢，把麻线一根接一根地捻起来缠到凳子脚上。

银禾美禾在脚边玩，他一边捻麻一边唱：

……天又高，打把刀 / 刀又快，好切菜 / 茶又甜，好过年 / 年又远，换柄伞 / 伞无砣，换绫罗 / 锣无沿，换名船 / 船无底，咕隆咕隆淹死十二个毛蚋里！

海红还收集到了七个治咳嗽的偏方，分别是用石头、棉籽油、炒芝麻、茅草根、甘蔗、扯坨粑、蛋壳等稀奇古怪的东西入药。蛋壳能入药，有一首童谣从古时传下来，是这样的：

大头壳
偷尿喝
扒翻了缸
打了脚
问大妈
么事药
鸡蛋皮儿
鸭蛋壳
烧成灰儿
腌臭脚

一个往昔的世界暂时保存在童谣里，它越来越远，肉眼已看不见。一个看不见的世界就不再是真实的了。它是海红的海市蜃楼，乌托邦。

月亮升高了，已经不红，也不大，没有雾气隔着，比初升时更明亮。择下的花生一把一把落在桶里簌簌响……

后院的鸡，早就回笼了，叽叽咕咕地挨着，一只接一只地把头别到了翅膀下，睡了。

青海也早就睡着了。她疯了一白昼，嘴里正含着一块饼干，头一歪就睡着了。她梦见自己成了一种会飞的东西，正飞到一处绿色的光雾中。

金禾洗完了澡，把水闸仔细关了，又看了通向后院的栅栏门、灶肚里的火。她把大门关了，又到三楼顶，把露天晾的衣裳收进遮棚。之后在楼顶站了一小会儿，牛和猪都不养了，牛栏和猪圈，也就不用看了。

白天的暑热散去，升腾的鸡粪味被夜里的雾水压着，风从稻田的方向吹过来，鸡粪味没那么难闻了，但白天太阳一出来，鸡屎的味道就会猛烈。

卷十五

太平间的木瓜树

从湖北乡下回到北京没几天，海红接到母亲从广西圭宁打来的长途电话，继父唐元茂摔了一跤，肝破裂出血，已经报病危。

这个自海红九岁起就接替柳青林角色的男人，海红从来没有叫过他一声爸爸，她管他叫“叔”。海豆叫他爸爸，她不叫，但唐元茂并不介意。她记得小时候住在沙街，有段时间母亲下乡，她自己吃饭，每顿饭都只吃咸菜——圭宁的咸萝卜干，用自来水洗一洗就下饭，完全说不上营养。唐元茂来看她，那时候他还没调到县城，看到她没有菜，痛心说：这样吃怎么行，你还长身体呢，连油都没有！他马上出门给她买了豆角和石瓜（与冬瓜类似，绿皮，长条状），并亲手给她炒了两个菜。

为了他的豆角和石瓜，她必须赶回圭宁。

唐元茂的病一直没有确诊，是癌吗？医生没说。那么不是癌，只是肝破裂，医生也没这么说。关于他的肝出血有两种估计，一是摔跤导致肝破裂；一是癌症引起出血。他肝的毛病由来已久，这事只有慕芳知道，他长期服用护肝宁，但从不愿让人知道。为了确诊，唐元茂躺在担架上，由县医院（虽然圭宁已改县为市，但众人仍称之为县医院）的救护车送到地区医院做进一步检查。地区的设备是进口的，但由于他的腹腔里布满了腹水，CT片上一片朦胧，仍然无法做出确诊。

医生说，不管是肝破裂，还是癌，腹水里带了血，一般就不行了。这种情况在县医院的历史上拖得最长的也超不过三个月，他随时都可能有危险。

海红回来的那几天，唐元茂的食欲又好起来了，想起要吃石定产的麻鸭和香坪的土鸡，并且能起身自己擦洗，不需要值守。

坐在唐元茂的病床前，看着骨瘦如柴的继父，海红想起小时候，继父为了给孩子们增加营养，每个星期天都骑车到很远的地方捞泥鳅，因为肝不好，他脾气暴躁，经常打自己亲生的唐晚实，但他从来不碰海红海豆一个手指头。他对海红从北京回来看他很满足，好啊好啊，他说，你过一两天就回去吧。

海红想给他用热毛巾擦擦脸，他坚决不让。临走的时候去告别，唐元茂努力表现出他勇敢无畏的一面，他把她送到病房门口，冲她挥挥手，你走吧！他说。

外婆陈碧薇去世的时候海红正在老家陆安山区，这一次，是她第一次面对一个即将病亡的亲人。她在唐元茂身上第一次看到了那个虚无的世界，那和她小时候一个人睡在沙街旧盐仓的床上看见的深渊一样，散发出黑暗的气息。

多年前海红读过一本《西藏生死书》，知道通过某种临终修习，可以在死亡的时候获得解脱走向安详。但对于一个凡俗之人，那高远之处难以达到。而唐元茂，他临终前的痛苦和恐惧也将无法得到抚慰，他将独自一人，走向一个全然陌生的地方。她感到，这个站在病房门口的人，她的继父，他的身后不再是坚硬的墙壁和门框，而是深渊般的黑暗和虚无。

海红走后三天，唐元茂就开始吐血。那天隔壁病房死了两个病人，医院把尸体包给一个工头处理，工头手下的雇工用一辆自行车和一辆木板车做工具，将其中一个尸体五花大绑地绑在自行车后架上，用一条脏毛巾蒙住脸，另一尸体则拖到板车上，"砰"的一声，像一条麻袋，毫无遮拦。他们骂骂咧咧地从病房门口经过，唐元茂目睹了这一幕。

这对一个病人是摧毁性的。

他自此闹着要回家，跟所有人闹，把每一个亲人骂得狗血喷头，他拍床、摔碗、跺脚，认为亲人们个个都要合起来把他折磨死。发过火之后他又后悔，他讨好在身边陪着的海豆，让海豆帮忙，把他弄回家。家里的人在唐元茂开始吐血之后人人都累病了，慕芳感冒发烧，海豆胃痛，晚实头疼心悸，两个媳妇都要上班，谁能管得了呢。于是找到一个陪人穴头——行业头目，找来一名专陪濒危病人的男陪人，一天付八十元工钱，日夜看护，吊药水、喂食、擦洗、端便盆、陪说话、帮捶骨、按摩。就这样，唐元茂和病房里的蚊子以及这个结巴的男陪人一起，度过了最后的日子。

他被换了一个病房，那里离太平间最近，就在晒衣场的旁边。死亡的气息从太平间的屋顶飘过来，飘到院子里的一棵木瓜树上。这棵木瓜树高而瘦，海红小时候它就在那里，它每年结瓜，从马路经过就能看见它。死亡的气息从木瓜宽大的叶子漏到屋顶的瓦片上，再从瓦缝钻到唐元茂的病床上，钻到他的身体里。

虽已是10月份，蚊子还是很多。这排病房最是奇怪，无论用艾草熏还是用药打，蚊子总是嗡嗡凶猛，它们仿佛死神的触角，停在病人裸露着的一切地方。一巴掌拍过去，一手血。

男陪人是个结巴，文盲，没结婚，长年从事最简单的体力劳动。他仇视那些不结巴的正常人，拒绝跟人交谈。他像一个哑巴生活在这个世界上。

面对即将死去的唐元茂，男陪人获得了自信。每当病房门口运过尸体，神色阴沉古怪的男陪人就会兴奋起来，他对神志尚存的唐元茂说：唐……唐……唐同志是……是是……是咸鱼（咸鱼是圭宁人对尸体的蔑称）。

10月下旬的一个晚上，唐元茂开始大口吐血。圭宁阴雨飘飞，慕芳彻夜不眠等候医院的电话。次日始，唐元茂从半昏迷到深昏迷，连续输液六天六夜，10月27日凌晨辞世。

关于太平间和病房以及神色阴沉的男陪人，海红如同亲眼所见。太平间，那是海红小时候常常路过的地方，那扇暗黑的大门，关着神秘的死亡，木瓜树从院子里探出头来，树颈上果实累累。

雪飘落，如沙如土

1 银禾

2010年整个冬天北京都没有下雪，直到次年的2月，从“一九”到“六九”，六九都已经过了六天，雪才下下来，从入冬算起，过了足足一百零八天，据报道，为六十年最晚。这场雪下得也不像样，没有大片雪花，下了一夜，地上仅少量积雪，整个冬天没见着雪的孩子从低洼处好容易拨弄了些积雪，却怎么捏也捏不成团——这雪是干的，雪质疏松，水分少，根本不压手。

孩子们看见来了一辆救护车，路窄开不进，它停在了胡同口。有人说：准是又有人中煤气了！他们拥进一个大杂院，一排鸽笼似的小屋子有一间敞开着，冒出一股子浓厚的酸菜气味，一个长头发的女人躺在床上，有个男人手里拿着一只大碗，他在给她灌酸菜汤——据说酸汤水能使煤气中毒的人醒过来。

旁边的人说：别灌了别灌了，进不去了。

长头发的女人牙关紧紧的，掰也掰不开了，酸汤水顺着她的脖子，流进了她的颈窝，红毛衣的胸口洇湿了一大片。

围观的人看到，窗户上方的烟囱是生锈的，有许多小窟窿，接口的地方断裂了——听说才买了几个月，上一年11月份才买了安上的，这才2月份。

宋秋芬和三顺吵了架，她不愿意再和他同居下去，也不愿和他结婚，她打算第二天就到昌平她妹妹那里。三顺摔门出去找人赌钱，手气出奇好，一夜未归，破天荒地赢了两千元。宋秋芬收拾好衣物早早睡下，这一睡，就再没有醒来。

几乎就在救护车从胡同口开出的同时，在东城区的一幢灰色的楼房里走出了史银禾，她背着一只大大的背包，两手一边提一只大行李袋，那是她十年来攒下的家当，还有一些是海红给她的旧衣物。

她要回家了。

她提前三个小时出门，道良要送她到北京西客站，被银禾坚决拦住，叔叔年龄大了，又下着小雪，万一摔倒就坏了。道良就只送她到公交车站。

上一年开始，物价飞涨，大米食油蔬菜，花生芝麻绿豆，牙膏手纸洗衣粉……样样都贵了二成到三成。通货膨胀的年头到来了，仅凭道良的退休工资和海红时断时续的收入，这个家已经接近入不敷出——再也拿不出多余的钱来付给银禾。道良现在买烟，少花一块钱都会高兴地告诉海红，十块钱三双的袜子都舍不得买。如此再请保姆就太过分了。他们自己又不是没有手，春泱都已经上大学了。银禾打算回王榨把旧房翻盖成新房，给儿子娶媳妇。

上一年10月份她离了婚，本以为三顺死活不来法院，结果来了，他胆小，怕官司，让同村的人陪着。银禾如愿分到王榨的房子。

银禾准备在浠川县城买一套商品房。她在等房价降下来，现在有点贵，一平米一千五。美禾说了，等土地补偿金一到手就给她六万——中关村方圆二十公里国家都要征用。

三顺以为离婚跟没离一样——他仍给银禾打电话，找她要钱，宋秋芬死后他让银禾跟他去新疆。过年的时候还给银禾打电话。银禾对他说：我现在跟你一点关系都没有了。三顺问她在哪儿，她答道：我在地球上。

她换了手机号。

2 雨喜

雨喜生下了意外怀上的那个孩子，是个女孩，她只看了一眼，一次奶都没有喂，就交给善待处理了。善待履约再付了雨喜两万元，当然，是营养费，不是卖孩子——卖孩子，那是犯法的。

她最终没按照善待的指引，去当赚钱丰厚的代孕母亲。无论十二万，还是二十万，她都不愿。她重新回到网吧当网管，不过不再是原来的“光速”网吧。说起来也是老天爷关照她，她刚刚离开“光速”，这家网吧就被警方一锅端了，不问老板还是员工，统统抓了起来，时间最短的也被关了一个月，年轻的孩子们被警察殴打，而且还有了案底记录，“有个女孩都不想活了”，雨喜告诉银禾。

她换了一家网吧，叫“银河”。

也在中关村，规模比“光速”小，只有三百平米的店面，没有大金刚和飙车机，但她喜欢银河这个名称，而且，这家网吧只有一个老板——不像“光速”三个老板，加上三个老板娘，要听六个人的使唤。她很快当上了领班。老板器重她，不但带她去昌平的一家射击场打枪，还答应提拔她当副店长。现在，她工资有两千一百元，每个月有两天休息日，如果上夜班，则可拿到两千四百元。她正在跟人学修理机器，已经单独修好过几次了，她准备跟老板提出涨工资，涨到三千五百元——在王榨村出来打工的女孩中，雨喜最令人羡慕。

她的网名早就不用“逆风飞扬”，而换成了，“冷眼看世界”——世界冷着对她，她也冷着对世界。

她开的微博有一千多粉丝，她常常写上几句话抨击时弊，在网上极度参与社会，哪里事故死人的数字与公开报道的不符，她会比那些处于社会中上层的人更加义愤填膺，不管她在值夜班还是值白班，她一刻都不能等，立即在手机上打出几句锋利的话放到网上去。她以笔为刀，向这个社会的皮肤割去。她的粉丝称她为“当代鲁迅”，她兴奋地告诉妈妈银禾，银禾打电话告诉叔叔史道良，她满心以为叔叔会表扬几句，道良却冷冷地“哼”了一下，就没出声了。

雨喜在一个本子上写下了自己的理想：坐一次飞机、买一台笔记本电脑、学会游泳、学会开车、旅游、找到一个男朋友结婚……她的理想是不断扩大的，自从有粉丝称她为“当代鲁迅”后，她加上了一条：写一本书！并在这一条的后面重重地加了两个惊叹号。她把本子压在枕头底下，经常拿出来看看，她对实现自己的理想相当有把握。

逃向苍天

1

这一年，长江中下游冬春连旱，号称“千湖之省”的湖北连续六个多月降水持续异常偏少，旱情百年未遇，历史罕见。水草肥美的鱼米之乡变成了一片焦渴之地，洪湖、长湖的水比往年少了四成，长江、汉江持续偏枯，一千三百多座水库低于死水位运行，被誉为“中国水塔”的丹江口水库，也出现了历史罕见的死水位。

大片大片的油菜稀得像长了瘌痢头，掐下一杈，壳是瘪的，弱些的挺不住酷旱，先就自己干枯变黑——它们不活了。插稻季节，非但无水插秧，连秧苗都育不像样。

金禾的养鸡场没有盖起来，因为鸡蛋跌价了，她仍然种地。这一年因为大旱，辛苦育出的秧苗，平白无故死得东一片西一片的，没死的，横横竖竖斜斜点点，像是字——却不认识。来了个老头，他竖竖横横细细看了，神色凝重。他说这是篆体字啊，古老的文字，他教大家认：路大人稀，文钱斗米无人吃。也就是说，要发人瘟了，路大都没人走，米也没人吃了。老头还说，要等天黑之后，把排列成字的秧苗偷偷薅回家熬水喝，如此，方能把灾害降到最低。他说的是疯话么？

天旱得连门口塘和冲里的塘都干了，裂了一道道大缝；井也打不出水；房顶上安了太阳能的人家，一不留神，太阳能自己炸了。没水喝，有的学校只好停课。

2

现在，再也没有银禾陪着道良看电视国际新闻了，他失去了最重要的听众——无论他发表多么激烈的言论，银禾都是积极回应的。她总是守在电视跟前，一有道良爱看的“今日关注”，银禾就会大声喊道：细父——细父——

长期以来，道良习惯了银禾跟他一道大骂美国和日本，“他妈的！”银禾为了叔叔，也为了国际正义，她义愤填膺。

也再没有银禾来问：细父，你为什么总是这么烦呢？是啊道良永无超脱之日。这个世界完全不是他认识的那个世界了，他跟这个世界对峙着，他想咬它一口，不知从何下嘴，他想踢它一脚，也不知冲哪里使劲，他瞪着它，想看清楚，它却不知从何时起变成了一匹怪兽，长出了三头六臂，你刚看清它的一个手指头，它的一百个手指却又长出来了，它日生夜长，每天都有新的狰狞——你想要躲着，那是躲不过的，你就在这个世界里过日子。

儿女朝着与他理想相反的方向越走越远——在女儿身上花了无数心血，她却认为父母的生活没有价值。有一天她竟然说，她的理想就是当一名家庭妇女。最好是一毕业就结婚，然后生一个孩子。她说，想一想吧，要是拼命读书，到三四十岁，一屋子都是书，没有孩子，也没有自己的家，哭都来不及。春泱开始热衷于厨艺，她按照网上的菜谱，一样样地做起来，乐此不疲。

儿子打来电话，等绿卡满五年，他就加入美国国籍，将来也不回国了。而且他跟老爸说，他不喜欢社会主义，他担心自己辛苦赚来的钱被充公。道良又好气又好笑——难道社会主义就意味着共产共妻么？这肯定是美国的意识形态宣传。一个很好的儿子，背向自己的民族，投进美帝国主义的怀抱——彻底完了。

……黯然神伤。心脏抽搐，血变凉漫向四肢。

悲愤，心烦。

3

单位体检，道良查出了糖尿病，他血糖高得吓人，医生要他打胰岛素，他死活不肯。他坚信，只要不打胰岛素，他身体的自我调节机制会使他的血糖正常起来，一旦打了胰岛素，肯定一辈子都脱不了了，那就完蛋了！他说。

他固执，谁说都不听。

有一天，他发现白色的墙壁上出现了一道黑线，是谁，什么时候画了一道黑线上去的？笔直、规整，像是用尺子量着往上画的。是春泱？这孩子就是喜欢在墙上画画，小时候她看了《山海经》读本，就在墙上画一条长了翅膀的鱼，画得鳞片闪闪羽翼如剑，其状如鱼而鸟翼，出入有光。其音如鸳鸯，见则天下大旱。她又画一只鸟，长着一双人的大脚丫，见则其国多土功（这种鸟一旦出现，就意味着这个地方劳役繁重）。而后，她站到了椅子上，在这条鱼和这只鸟的上面，画了一条长着十只翅膀的鱼，这种鱼的形状像喜鹊，叫声也像喜鹊。其状如鹊而十翼，鳞皆在羽端，其音如鹊，可以御火。白墙上的铅笔画，童稚、生动，两口子都不舍得刷掉，现在呢，气象丰饶的画面中插进了一条单调的直线。

是啊生活，就这样变成了一条单调的直线。

它不讲道理地横过了鱼和鸟，像箭一样坚硬，从天而降。

眼睛有点疼。

道良很快发现，这道黑线不仅仅横在春泱的墙画上，它在一切地方——报纸、古钱币、龟背竹、手纸、椅子、饭桌……甚至饭碗里的白米饭里。

是眼睛出了毛病。

他不告诉任何人。他在他的小隔断里枯坐。闭上眼睛。

……北约仍在继续轰炸利比亚，连原先反对此举的俄罗斯和德国，也都改变了立场。这些强盗，帝国主义，连轰炸都说成是“人道主义轰炸”——亏他们想得出来！现今再也没有人号召全世界的弱小国家联合起来，共同对付列强霸权了。斯人已逝，真理已远。这个世界，已是金钱和强权的世界。

做各种梦。他梦见阳台上有动静，很重的脚步声和呼哧呼哧的声音，啊是狼，他心里一惊，想起孩子一个人在阳台呢，他立即起床冲出去，但是已经晚了，孩子不见了，木箱里种的土豆被踩得七零八落，阳台窗大开，风呼呼猛吹，是狼把孩子叼着从窗口跑掉了。他大哭，醒了。（孩子都十九岁了，她怎么会被狼叼走呢。）

夜晚到来，他看见昏暗的房间地上有一床被子，被子上面又有一个被套，他打开看，全是乱七八糟的东西。他背着这些东西去找他的姐姐，姐姐已去世多年，但他心里清楚，他正是去找他已故的姐姐。他在一处很荒的野地找到了她，她跟他小时候见到的一样，她说“这地方也可以住人”，他一看，这怎么能住人呢，荒得连个房子都没有。于是他们一起在荒地里走，走啊走啊，他们走到另一片荒野，忽然听见一阵争吵声，紧接着，着火了，火焰冲上了天空，很多人烧死了，争吵声安静下来，火光中冒出许多人脸。他醒来，累极了。

他又梦见稻田的地面裂开一道大缝，像地震那样，一座山塞进了地缝里，而这座山就在他屋子的外面，有梯级，他一级一级往上爬，到跟前一看，是倒着的，特别陡，还要重新爬一遍。太累了……半夜他听见《国际歌》的旋律，远远的，后来走近了，啊，很多人在唱："这是最后的斗争，团结起来到明天。"反反复复唱这两句。很多人唱得悲壮，他也跟着唱，"这是最后的斗争"，啊，已经是最后的斗争了，再也没有别的斗争了。他一边唱着一边感到绝望。歌声中走出来奥巴马，他身后是美国的星条旗，奥巴马不停地扭头瞪着他，他想冲他吐口水，但吐不出来，"这个黑鬼！"他骂道，然后他醒了。觉得很累，同时心情压抑。

4

过了一个星期道良才到医院看眼睛，看见的一道黑线不是别的，是视网膜脱落，糖尿病引起的。晚了，如果早一点来，视网膜还可以保住，但是现在，晚了。一只眼睛废掉了。另一只眼睛得了老年白内障，看什么都是模糊的。

而且，他的耳朵也越来越听不清声音，嗡嗡的一片。他接听史安童的越洋电话，总是紧皱着眉头，全身肌肉紧张，似乎不是在接电话，而是准备去打仗。半个小时电话听下来，人累得不行。

海红越来越不耐烦跟他说话，因为太费劲——一句话，说三遍他都听不清楚。

春泱，心头肉、乖女儿，这世上最大的亮光，但现在，只能隔着鸿沟遥遥相望，鸿沟那头，那个年轻的身影越走越远——她连头都不回。寄予厚望的女儿，十岁的《小兔报》、十一岁的话剧剧本、十二岁的好文章，统统都泡汤了。纸屑纷纷扬扬，飘向空茫。

父女俩已经有三个月没有说话，道良认为女儿胸无大志整天混日子，春泱则坚决不愿再重复父母的生活——这种生活没有希望，通向死寂。

我们的道良，他呆坐在他的纸堆中间，沓沓书纸，陈年的版本，年谱、索引、研究资料、报纸杂志，统统落下了新的灰尘。

他不再用放大镜看他那些古钱币，春秋战国的刀币，秦半两、三孔布、空首耸肩尖足布，唐朝的开元通宝，辽代的天显通宝，甚至，王莽的一刀平五千。这些他费尽心思淘来的古钱币，仿佛又沿着灰尘掩映的道路，重新回到古代，清、明、宋、唐、汉、秦，漫长的路途，它们在翻山越岭中。

他的字帖呢，那些飞白，那些风，那些随意迸溅，悲泣、苍凉、无力，那些如烟如雾斑斓，千里阵云，在天边滚动，走之旁的一横捺，崩浪雷奔，是啊雷声隆隆，水浪远远，身体里有什么在撕扯断裂……故乡的长江边——水声也都布满了灰尘。

他内心的耳朵听到了什么呢？那另外一些声音？

5

端午节三天小长假，春泱和她的同学结伴去河南焦作的三清山，她只跟妈妈打了招呼。道良向来反对春泱出远门，但这次，连表达意见的机会都没有。

道良枯坐了两天。

第三天上午他出门去超市，给家里买回二十斤大米和一小袋食盐。下午他把厨房里所有的刀磨了个遍——切菜刀、砍骨头的厚背刀、水果刀。道良跟城市里长大的知识分子有所不同，他有动手能力，磨刀这样专门的技艺，他从年轻时就跟木匠学会了。家里备有两块专门的磨刀石，一粗一细，他蘸上水，专心磨刀，细腻的泥汁洇到了厨房的石案上。刀刃越来越亮。

晚饭他炒了一个菜：青椒炒肉片，这是他单身时做过的一个菜，多少年没做了。他用淀粉酱油葱姜腌了腌肉片，油热之后用花椒炝了锅——菜做得不错，海红胃口大开，十九年来第一次比道良早吃完了饭。饭后他洗碗——多年来就是如此。

晚上道良找出春泱用过的铅笔，刮下铅笔的粉末弄进门锁的锁孔里，这样再开门就滑顺多了。深夜十二点过了，道良不知吃错了什么药，三更半夜给大房间里的龟背竹施肥，臭极了——那是沤在一只密封的瓶子里的马掌水。道良把门关紧，尽量不让臭味蹿到另一个房间。

6

端午节后第二天，6月7日，上午天气闷热，没有太阳，三十六度。海红起床后没有看见道良，这不奇怪，他肯定是去报国寺了。

下午两点多还没见回，海红打他的手机，关机。

三点多，天暗得像傍晚。雷电。雨。

大雨一直下，至傍晚稍停。道良仍未见回。海红到他的小隔间乱转，赫然见到一张纸条，巴掌大小，用一枚咸丰重宝压着，上面写道：

去意已决，不必再找。

史道良，2011年6月7日凌晨五点

深夜。大风。大雨。门窗砰砰响。走廊外面的弹簧门一直嘎嘎响个不停。雨打在墙上、玻璃上，发出猛烈的声音。海红一夜未睡。

独自坐在黑暗中。

亲　人

1

道良出走后三个月，海红再次回到圭宁。

海红曾经设想，有一天，当道良离开这个世界，家里只剩下她一个人，那她是何等的解放，何等的自由，她将彻夜不归，将与某一个人，两情相悦，将把新的朋友，请到家里，她要买一套漂亮的茶具，买一方大大的原木板作为茶台，瓷白的杯子里浅绿的茶汤，室内清气缭绕，朋友们坐在木墩上……

但现在，她已不需要这些了。

她的内心在苍老，她的外貌也同样。道良走后的一个多月，夏天，有一天，她从外面回到家，西边的一束阳光正好打到她的脸上，正面的镜子比往常更清晰地照到了她的脸，看到自己多出的白发和眉间的皱纹，她心里微微一震。

夜晚到来，她独自坐在黑暗中，没有开灯。

从前她面对的是道良，现在她独自面对的是一个世界。

灰黑的夜气连同楼外路灯的微光进入她的身体，一层又一层，并在那里淤积，她感到自己的身体又重又滞。是啊她解放了，但她的身体又重又滞，仿佛植入了铁元素。

她听见阳台传来了蝉叫声，

是真的蝉叫，不是耳鸣。知了——知了知了——怎样生活，虫子是知道的，人不知道。忽然她似乎也知道了，假如不愿意真的老下去等死，人就要干一点事情。就像蝉，死了也要叫。

要为自己找到一点亮光。

在黑暗中，往昔的生活滚滚而来，她猛然感到，过往的生活奔涌到她的眼前，是让自己审视它们。多年来沉浸在感性的混乱中，是时候要清理一番了。

在丧失了爱情，失去了生活伴侣之后，海红再次回到了圭宁。

2

慕芳见了海红很欢喜，切切说道：你回了真好，快到公证处做一个公证吧！

什么公证？

海红想起来，半年前母亲给她打电话，让她放弃遗产继承，把她那份让给唐晚实，母亲和继父所生的儿子。慕芳说她去打听了，要海红先到单位开一个证明，证明她和唐元茂的继父女关系。听到慕芳毫无商量的语气，海红心里颇不快。

有什么可继承的呢？只有一幢旧屋，每层五十平米，一共四层，每层一大一小两间。一层放车——摩托车和自行车，以及杂物；二层，厨房和饭厅；三层，慕芳住；四层，晚实一家三口。海豆早就住到外面去了，按慕芳的说法，不同姓，住在一起摩擦。

慕芳说，她又打听了，可以不用单位证明，只需跟公证员面谈，再填一个表，再摁一下手指印就搞定了。很容易的，很容易。

海红住在母亲房间隔出的一个小间。跟母亲住在一起，海红仍是不习惯，不知是什么东西使她跟母亲不亲。她给母亲一笔钱，此外闷头给她买了一堆衣服鞋袜，还给家里买了电饭煲。但她跟慕芳不亲。

母女俩走在街上，任何时候都是一前一后的，慕芳总是走在海红身后两三步的地方，海红停下来等她，她走到女儿身后半步的地方就会停下，再继续走，又会落下两三步。这是一种什么古怪的语言呢？

她为什么不和女儿并排走?

这母女俩始终没有到达一种正常而自然的亲密关系。

慕芳仿佛浑然不觉。她有唐晚实就足够了。

海红觉得家里是黏滞的,空气不够流通,皮肤上总像是沾了一层细细的尘埃。她有时想讲点什么给慕芳听听,话到嘴边,多半又吞了回去——因为没了兴致。

慕芳喜欢吃消夜,她下面条,放上两只鸡蛋,她一只,留一只给晚实。“记得你向来不吃消夜的。”她有些不好意思。

海红尽量笑一笑,让她心安。见女儿心情不错,慕芳试探着,让海红跟她一起去看表舅,表舅在县政府办公室当秘书长,有点实权,她想让他替唐晚实谋个跑腿的工作。海红不想去,推说累。

慕芳便再次问起公证的事。

海红沉着脸,说:我的那份我要给海豆。话说出口,多年前那种与母亲作对的情绪又回来了,啊很多年前她就想不要他们姐弟,她和海豆,都不如唐晚实。生了春泱之后,与母亲的关系有所缓和,但仍感到不亲。

她想起海豆,海豆那么瘦,胃又不好,早早就从工厂下岗了,没有稳定的工做。她眼前出现了小时候的老家陆安,海豆蓬乱如草的脑袋和缩着的脖子,多冷啊,风从衰草中刮过,剑麻如剑如戟,两人穿着单衣,瑟瑟发抖。

但海豆到陆安县城照顾骨折瘫痪的叔叔柳青川了。柳青川的三个女儿都要上班，她们没空。所以找海豆。这也是理所当然，海豆反正没工作，三姐妹合起来，每月付他一千元，这比他当保安的工资还高一百元。海豆很满意。

3

慕芳买菜回来，买了猪脚，酸藠头炆猪脚，是海红小时候最喜欢的菜。她殷切对海红说，你先夹一只酸藠头吃吃吧，小时候你最喜欢酸菜了。她系上围裙，用一只火钳夹着猪脚在灶火上烧毛，空气中立即有一股肉皮烧焦的气味。这焦味使海红想起了外婆陈碧薇，外婆的地坪上晒着的柴草和灶间的火，还想起了一只半透明的蚕，身体里洇着绿色的液体，风烟滚滚唱英雄，四面青山侧耳听侧耳听……

忽然听见慕芳说，她跟公证处的人说了，他们可以上门服务。你只说放弃就行了，我不会亏待海豆的。

这都是为了她的唐晚实啊！

海红和海豆都长得不像她，姐弟俩像生父柳青林，只有这个唐晚实，跟她是一个模子里长出来的，皮白、骨架大、身材挺拔，猛一眼看上去甚有些英秀。从小她就宠他，宠坏了。一无所长，总算在一家私人的瓷业公司当了仓库保管员。慕芳和元茂，两口子勉力帮他盖屋、娶媳妇，买摩托车，倾尽全力。

为了晚实过得好，七十七岁高龄的慕芳，每周一三五还到街上的私人诊所坐堂打工。她要多挣钱，挣了钱给晚实留着，晚实的钱是不够用的，他要交朋友，要给媳妇买衣服，将来要给孙子上大学。孙子还不知在哪里呢，慕芳巴巴地等着他来投胎。

柳青林，他在天上或者在地下，看见这些会说什么呢？

4

唐晚实呢，仿佛一切与他无关，他天真，兼懵懂，对一切好事抱有幻想。

他天真地问道：阿姐，你认识广播电视台的台长吗？

阿姐，你认识圭宁日报社的社长吗？

阿姐，你认识文化局的局长吗？

阿姐，你认识宣传部的部长吗？

都不认识啊？他有些失望。如果姐姐认识这些人，肯定就能给他换个体面的工作的。

忽然，他从椅子上跳起来，他又有了新的思路：阿姐，你中学的同学，有没有发得大的，你问问他们，要不要人跑腿。

跑腿是晚实的人生理想，他最喜欢跑腿了。他不怕晒，也不怕热，最怕闷在家里没地方去。他是多像样的一个人啊，够高，够俊，最拿得出手，最上得了台面，如果不跑腿，是多么多么的浪费啊。他的摩托车八成新，是白色的，骑着摩托车穿城而过，为某个体面的单位或某个大老板跑腿，是晚实所能想到的最荣耀最风光的事情。

没有人要他跑腿。

那他干什么呢？在休息日和不用值班的夜晚，他骑着摩托车从圭宁小城的这头到那头，他没有朋友，口袋里也没有多余的钱，街上的摩托车多得像马蜂，互相纠缠冲撞，车尾突突吐着黑色的废气。晚实挤在废气中，却感到与时俱进，他脸上是满足的笑容。

他到了热闹的夜市，五花八门的小吃摆出来了，香得他直咽口水——炒田螺、炖乳鸽、白果炖鸡、肉粽、芥菜包、炒米粉、皮蛋瘦肉粥。香的辣的连成一片，呼朋唤友，纷纷地招呼，纷纷地坐下，每个人的面前都是热腾腾的。晚实用一只脚蹬着，伸长脖子往人堆里张望，啊没有人招呼他吃消夜。他口袋里没有钱，他一有钱立即就花完，他还热爱买彩票，所以妈妈不给他钱。如果他有一块钱，他就可以吃一小盅最便宜的甜糕了。这甜糕是用米做的，米磨成粉，一蒸，放点黄糖，就好了。一小盅一小盅的，比小酒杯大不了多少。晚实不舍地离开夜市，回家看电视。一看看到半夜，整条街都熄灯了，他一个人在黑暗中，荧屏闪着光，一跳一跳地撞到他的脸上。

5

慕芳真的把公证处的人请到了家里。看着她殷殷的目光，海红心一软，就在公证人带来的表格上摁下了自己的手印。

有什么也正随风而逝。

慕芳把柳青林的两本日记交给海红，墨绿布封皮，银色草书的“和平”二字，一只凸起的和平鸽叼着一束麦穗在封面的右上方——

多少年了，它还在这里。

日记本里还夹着一张柳青林的两寸照片，那是他三十岁的样子，分头、长脸、厚唇。除了厚唇，海红觉得自己一点也不像柳青林。

慕兰姨妈已经去世，她活了八十岁。慕竹姨妈还活着，她耳聪目明，头脑清楚，只是瘦得皮包骨。她的房间摆了几只旧纸箱，她从其中一只掏出一张纸，“给你一份我的简历”，她羞涩一笑，像个刚出校门的女孩子。她又掏出一张宣纸，上面有端正的毛笔字，“这是我的书法”。她生于1917年，九十四岁了。

谜　团

生父柳青林是一个什么样的人？海红一直很想知道。

她得到了一个地址，是转了好几道才到她手里的。一张纸条，很薄的旧信笺：沙街14号，廖惟因。这个廖惟因是柳青林土改工作队的同事，圭宁县第一个妇女干部。

沙街当然早就没有了，在原来沙街码头的地方，盖起了一个模仿北京奥运建筑水立方的正方形建筑物，当然它不能叫“水立方”，这也难不倒它，不叫水立方，就叫“河立方”好了。所以，在这个正方形建筑物的顶头，安上了三个大字：河立方，在大字下面，有一行小字：水上娱乐休闲会所。

不知道是什么娱乐休闲？色情娱乐，还是博彩？

只有沙街口还剩一幢旧楼，那是水电公司的宿舍，沙街1号。海红对这幢旧楼很熟，俞明河曾经在这里住过几年，她来找她，借过她们家订阅的《科学实验》。

她很容易就打听到，廖惟因搬到了陵街荔枝巷7号。

荔枝巷是一条曲折幽深的小巷，是全圭宁少数几条还留着青石板地面的巷子，青石板坑坑洼洼的，有的断了半截，断的地方被人填上了灰白色的水泥砖，看上去像一些潦草的补丁。巷子两边的墙根是厚厚的青苔，高处青黯，低处锈黄，像陈年的垢层。和小时候新鲜的印象全然不同，似乎不是隔了几十年，倒像隔着整整一千年。

我下午三点出门，从沙街转到陵街，已经是四点多钟。天阴着，像是六点。

布满水痕的灰墙中间有一个小木门，我敲了几下，没有人应。我试着一推，门意外地被推开了，原来是虚掩着的。

门内又黑又深，一时看不清任何物品，只闻到一股咸萝卜和发霉黄豆的气味。我摸索着往前走，一抬头，猛地看见一张淡白冷冷窥伺的脸，吓了我一跳。

这么老还这么白。

因为暗，看不到她脸上的皱纹，只见眼睛里有一股光，硬而利。

当然她就是廖惟因。

廖惟因独居，她一直未婚，虽有一个养子，但和媳妇相处不来，自己找了一处房子住着。

你就是柳青林的女儿？

她盯着我看了一小会儿。唔，她点点头，站起身，“砰”的一下推开后门，她脚下轻盈，身手敏捷，竟不像八十岁的人。我顷刻感到一股湿凉的风拂到脸上，阴天闷闷的光线漏进来，我看清了桌上摆着咸萝卜和煮黄豆。后门奇怪地通向圭河，所以风是凉飕飕的河风。

“我一去他们就收了。”

她1949年时是圭宁中学的学生，“二十七个解放军进城，就算圭宁解放了，农历是十月初九，新历是11月28号。那天晚上我没在学校，在陆地坡，远远地看见火光冲天，还有爆炸声。是国民党的十架弹药车，烧了很久，死了几个人。就解放了，班里有人参军，有人工作，有人上革大，有人上山当土匪”。

我一去他们就收了，叫军政委员会，有饭吃，每天不点人数就开饭，有青菜、咸卜、酸菜。入户宣传，办识字班，就在俞家舍，二十几个妇女，没有教材的，就是唱《你是灯塔》《解放区的天》发动群众，说共产党好，《目前的形势和我们的任务》……下乡了，每人一只襟章，圭宁县军政委员会支前司令部乡村工作队，去征粮，解放海南岛，过大军，征禾秆喂马，征大户的粮食，那时候不叫地主，叫大户。石定有很多大户，龙池、苍田，有一个大户一进去有一个大大的门楼，右手边长长的长廊，有假山水池果树，有座楼，叫逸云楼，地主的女儿很漂亮……清匪反霸斗地主，捉了一条草花蛇放地主婆的裤裆里，日夜斗，要她交出金银，她死都不交……杀了六个匪首……

我在想，她怎么还没说到柳青林……她仿佛听见我心里说的话，手一挥，说：马上就说到他了。

幸亏啊幸亏，我们这个组没被抓，被抓就都没有了，我和柳青林都没有了，你也没有了，我们十五个人分成三个组，每个组五个工作队员，配一个武工队员，我和柳青林在一个组。工作队员的武装是每人两颗手榴弹，一支“七九”步枪。组长姓马，人很好，把他的勃郎宁手枪给我用，美制的，轻，不过子弹小，打不远。初十那天下乡，群众都不来，就回去了，路上看见有一堆火，后来才知是暗号。天快黑还没回到乡政府，就有人来通知，赶快走。我们走脱了，另外两个组都被土匪抓住了，土匪人多，一个抱一个，全被捉了。女同志被强奸，用竹扦插进阴户，男同志被剥光衣服游街，游完街马上开膛，斩成几截，丢到塘里，塘水都染红了。女同志张支新，前一晚夜还跟我同一张床睡觉，吃一锅饭，她还把她的夹被给我盖，她怀孕了，胎儿都被扒了出来，很惨烈。11号那天白日被剐，晚上解放军才赶到，用清水洗净，白布包碎尸，十副棺材。后来又开追悼会，张支新的丈夫发言，他说：生命诚可贵，爱情价更高，若为革命故，两者皆可抛……

五二年冬土改结束，回到圭宁县城评功，柳青林立了大功，还有特等功的，我得了三等功。柳青林是发动群众做得好，他领人修了一条很长的水渠，费了很大功夫。每个人都发了一个“土改纪念章”

奖了笔记本，纪念章上是一个戴着帽的农民手捧土地证。人人都很欢喜。

她停下来。

我正要问点什么，忽然她又说：

我们两三个人很兴奋，走在冬天的大街上，一点也不冷，倒是有点热腾腾的。柳青林第一次跟我讲到了他的婚姻，他说他在陆安乡下有个老婆，没有感情，他准备离婚。

天已经暗下来，从开着的后门看出去是灰蓝的一片。空气也比白天凉了好些。隐约听见一个女人的哼唱声，音节单调，反反复复。听上去像是在喊：返来啊——返来啊——

我向她打听父亲被打成右倾分子的事，她说那时候他们已经不在同一个单位了，柳青林在食品公司，她在妇联。具体的不太清楚，不过他从俞家舍搬出后怕他想不开，担心出事，她曾去看过他一次。

我等了一会儿，她却不往下说了。

天黑尽，她还是没有开灯。黑暗中气氛有些异样。我忽然听她说：

告诉你吧，柳青林根本没有精神病！是那些人把他骗到柳州去的。

话说出口她仿佛又有点后悔，她转过身，从后门出去了。

柳青林根本没得精神病，这对我太重要了，我必须问清楚。我追着她从后门出去，后门是一溜长横菜地，从灰色的光线中我隐约看到坚硬挺朗的菜叶，应该是芥菜。菜地下面就是圭河，灰白的河水闪着微弱的光。

但是哪都没有廖惟因。菜地与河岸，都是空荡荡的。

那个女人的哼唱声仍在继续，返来啊——返来啊——

到家后刚一说起廖惟因这个名字，母亲一顿，说，哧！廖惟因，她很恃世[①]的，看不起人。

告诉她我刚才去找廖惟因了，她说柳青林没得精神病。

她一震，随即有些不自然。

我爸爸到底有没有得精神病？

慕芳仿佛要说句什么，说出来的却是：廖惟因她……她还没老年痴呆吗？

我再次追问她。

她扶着椅子背，慢慢坐下去，“你爸爸……”她的脸陷在暮色中，有一种让人不安的苍茫。她艰难嗫嚅，却什么也没有说出来。厨房的灯光透进厅里，打到她的脸上，她像电影里一个历尽沧桑满腹心事的女主角，面对观众，她紧紧闭着她的嘴，那里关着无数难以言说的人生悲喜。她眼睛里像是闪着什么——她看见了上个世纪60年代的柳青林么？那个管她叫芳妹的人，那个个子高高、会打篮球、喜欢诗歌的柳青林，那个海红的亲生父亲。

她仿佛想哭，却又强忍住。

---

① 恃世，圭宁方言，即傲慢。

厨房里传来水开的呜呜呜笛声，鸣笛的缝隙不知哪里被堵塞了，声音时断时续，而且细细的，听上去像是委屈的呜咽。

天色在呜咽中完全黑尽。

而我和她之间隔着无限的时空。太遥远了。我无法到达她，无法到达1965年和1969年。我不再追问。

次日一早我又到陵街荔枝巷去。

这一次荔枝巷7号的门我没能推开，我敲了好半天，一直没有人开门。廖惟因，她肯定后悔了。

水 声

县二招，圭宁县第二招待所。圭宁早几年就由县改为了市，县二招也早就不叫招待所，它现在的名号是圭宁大酒店。但圭宁人还是顽固地称之为县二招。

地方文联的文友请海红吃饭，就在县二招——圭宁大酒店，跟所有的酒店一样，餐饮部也设了许多包间，此处的包间分别命名为东海、南海、北海、地中海、红海、大西洋、太平洋、北冰洋。

他们在红海厅吃饭。

话说没几句，文友就说：哈，真巧，也就是十天前，北京来了一个人叫陈青铜，住二招，他是朋友介绍来的，也请他吃饭，也是在红海——同一间包房！他说认识你，听你说起过鬼门关。

海红忽然听水声喧哗，随即耳边又寂静下来。

鬼门关，这个古代的关隘，是石山上两块巨石天然拱成，昔时流放犯人的必经之地，在圭宁县城北八公里处，《辞海》上可查。他来干什么，几年前鬼门关就炸掉了，当时的县委书记认为不吉利，下令炸毁。现在路过鬼门关，你只能看到丑陋的疤痕——青山已被毁容，面目模糊。不过五星级酒店正在兴建，一个新世界正在降临，它的光芒映照在文友的脸上，红红彤彤。

陈青铜来圭宁，大概是，要拍山水的疤痕，以及滚滚浓烟？

他们非政府组织总是有许多项目，环保、艾滋病、乡村计划，是否还会有这样一项——记录正在迅速消逝的生活遗存？

他在县二招住了两天，在城区转了不少时候。他走过了东门口和西门口，还去了旧电影院和少年之家，他甚至还到了大兴街，街中心仅存的一株木棉树，高高的树顶正开着几朵灼红的大花。

正在消失的老骑楼，将要消失的搬运社，大木门，门口的墙上有一块方形的木牌子，上面用毛笔写道：圭宁镇合作搬运社。多么古老！门口有七八个男人闲坐着，他们老了，抽着竹筒烟，抱着扁担，不时朝街上张望。

龙桥街——

那条窄路至今还有青石板。穿过龙王庙下一个斜坡，那时候木屐敲在青石板上发出亮脆的声音，往深处走，镇小学、猪仓、酒厂……

猪屎、酒糟味和读书声在岁月深处搅动，它们现在早已消失。但是沙街的水运社还在，沙街上还有水运社，只是它已化身为奇丑无比的“河立方”，那座方形建筑物就是水运社集资盖起来的，娱乐会所，日进千金。

水运社，从前它在沙街上，许多木船停在沙街的码头，船上走下来许多女孩子，她们梳着独辫子，是水上的花。船舱里油光水滑，船沿围着篾席，啊有人在里边洗澡呢，水花飞溅。圭江河水滚滚，从前的船队顺流而下，满载竹子、木头、草席、瓷器、甘蔗、稻米、糖和腐竹……它们今已不存。

陈青铜看到的，只是一个支离破碎的圭宁了。

饭局散了，河水的气息从四面八方冲过来，奔跑着，浩浩荡荡突驶，人有些摇晃。

……风真是太大了，海红发现自己已经站在了圭江大桥的桥头，自己什么时候走出的县二招？还拐了弯，走上了大桥？桥面寂静，偶有摩托车穿过，桥中间的护栏上有一对恋人，一个白色的影子和一个黑色影子。

而河风浩荡，手机里已经存上了文友留的陈青铜的电话号码，她把号码摁齐，发现自己手心全是汗——因为有祈盼，所以紧张。但无论如何，她把号码发射出去了。

那个夜晚海红长久地看着桥下滔滔的河水，仿佛那失之交臂的一切都藏在了这不绝奔流的河水里，仿佛陈青铜，他会奇迹般地从这河里冒出来，湿淋淋地站在她的面前。

她打了两次电话，第一次占线，第二次，关机了。她没有再打——两个人，十天的距离，对海红而言，就是此生难以越过的万水千山……你是注定要和这个人错过的，这就是她的命运。她不能明确陈青铜对她的意义。他意味着……爱情？或者某种，现世正在消逝的理想？她生存的另一种可能性？

面对河水，海红有些痛惜。她痛惜的也许不是别的，而是她没有实现的爱情。而水声喧哗，上游的浪涛涌过，向着渺远处……

此时，陈青铜正在山西调查盲井[①]事件。

一行三人结束调查连夜赶回太原，在临县和离石交界的山路上，他们的金杯面包车出了故障，一下翻到了山沟里。三个人中，两人当场遇难，陈青铜奄奄一息。

他仰面躺在寂静黢黑的山坳里，秋天净朗的夜空就在他的上方，微蓝的天幕，有一丝非常细小的弯弯的蛾眉月，明亮、鲜嫩、光滑，散发出柔和的光芒，宛如天空给他的一个笑脸。月牙周围漫布着无数星星，白的、红的、黄的……星空璀璨。他感到漫天的星星飞旋起

① 盲井：把陌生人甚或亲人，诱骗至煤矿，谋杀人命，伪造成矿难事故，再以亲属身份向矿主讹诈赔偿。因改编自刘庆邦小说的电影《盲井》而得名。盲井事件多为团伙作案，全国各地均有发生。仅2009年一年，见诸报端的就有六起。

来，它们一颗颗俯身奔向他的额头，同时发出叮咚之声……最后一颗星星熄灭了，他的额头一片冰凉。

海红对他的死亡一无所知。

相隔千年的故乡

我坐在摩托车的后座上走遍了整个圭宁城。

俞明河还在圭宁，她在市人民医院放射科当护士，多年没有长进，仍然在放射室的门口负责叫号。八年前她的丈夫就已经跟情人私奔，人间蒸发，拿走了这个家的全部积蓄，再也联系不上。俞明河从濒临崩溃中挺过来，好好地养大了女儿。

从脸上你看不出她的隐痛，她平静如铁。她给我一顶安全帽，让我坐上她摩托车的后座。风呼呼猛吹，我坐在她摩托车的后座上走遍了整个圭宁城。

圭宁，它现在是这样一个城市：一个县级市，一个房价比地区级的城市还要高的县级市，一个开了两届国际陶瓷博览会的城市，一个正在盖五星级大酒店的前县城，一个仿建了北京水立方和美国白宫的县级市。

但它已经没有了电影院，看电影，要到四十公里外的玉林市。书店仍然有，号称全国县级市面积最大，但你走进书店看不到一本书，在一层，你看到快餐，二层是儿童服装，三层是文具和电子玩具，只有到了四层，才会看到书架。但如果走近一点，你只会看到有关养生美容烹饪以及教材辅导参考书，再加上风水算命武侠小说，文史哲几乎看不到。它不再是健康的书店。

仅隔半年，两棵古玉兰就全砍掉了，树下的八角井被沙石填埋，已经看不出原来的样子。母校的礼堂也已拆掉，遍地瓦砾。仅剩门前的一棵老人面果树。海红走近这只树蔸，茬口还是新的，看上去刚被砍掉不久，新鲜的树蔸还散发着树香，树的汁液在表面渗了一层，用手摁，还没干。

中学同学来说，圭宁的有钱人真多，有个人身家两亿，送老婆到法国留学，老婆跑掉了，还带走了八百万，这人太有钱了，这八百万竟不追究了。这些有钱人，买的都是进口车，奔驰、宝马，还有凯迪拉克呢。他们的钱是从哪来的？一个靠卖洗衣粉发家，他用圭宁的白石粉做成洗衣粉，无本生意。另一个呢，用廉价的六味地黄丸伪装成可治癌症的祖传秘方，就是我们的初中同学啊，他根本就没学过医，到医院里开一个专科诊室，骗人，一个疗程六千六……体育场，体育场你知道现在成了什么吗？拍卖行……电视台，电视台的主播都是全国高薪招聘的……某某歌星，他说出了一个当红的名字，南宁都请不来，但他到圭宁来了，出席某集团的开业典礼……

圭宁修了空旷辽阔的柏油马路，在黑色的柏油下，无数的耕地、青草和池塘，无数的水稻、甘蔗、花生、黄豆、红薯、木薯、莲藕、慈姑……流离失所，随风而逝。

城乡林立的水泥厂，将滚滚浓烟吐在头顶的天空，水泥有原料，来自周围的石山，那些仙境一样的山峰，现在被劈面炸开，露出了嶙峋的筋络，如同一个人，被剖开皮肤，露出内脏和肌肉。

我坐在摩托车的后座走遍了整个圭宁城。

圭宁膨胀了无数倍，从前的甘村大队成了城西，从前的印塘大队成了城东。从前圭江的对面是一片萝卜地，现在是密密一片房子。

我们去看一个楼盘：新大西洋小区，名称跟北京海淀安姬惠教授的小区完全一样，据说是同一个房地产集团开发的，他们在全国都有自己的楼盘。圭宁的大西洋比北京的大西洋更崭新高档，不同于安姬惠的高层住宅，这里是独幢别墅，一切，一切，都是现在最流行的欧洲风格。售楼小姐高挑、白皙、美丽，讲一口标准普通话。她让她们穿上蓝色的鞋套，进入样板间——故乡就是在这时候，突然飞离了原地，它以光速离开了海红的身体，它已在千年之外。样板间，厚厚的羊毛地毯、壁炉、油画、高脚的水晶酒杯、巴洛克风格的实木家具……故乡被这些遥远的事物带到了千年之外。

明河说，你还认得猪仓吗？昔日的猪仓，成为了一处名为“阳光华府”的楼盘，房价与省会齐平。当年杀猪的屠宰场，我们小时候排队买猪血的地方，成了一处广场，一幅巨大的红色标语正在广场上空飘荡，“第二届圭宁国际陶瓷博览会”，国际博览会啊。

你还认得森工站吗？

还认得炸药仓吗？

看守所、气象站、荔枝场、农机厂……风呼呼吹着，我们来到以前学农种花生和红薯的地方，然后我们去更远的地方，但无论走多远，我们还是没有到达圭宁的边界。

从前的甘村大队成了城西，从前的印塘大队成了城东。在城西，圭宁的楼盘与南平县的连在了一起，在城东，则与茂林县的连在一起，看守所、气象站、荔枝场、农机厂、炸药仓、森工站、沙街码头……它们早已被铲除，在它们的幽灵之上，盖起了水立方、白宫以及高档楼盘，还差点盖起了，圭宁的北京天安门。

我们一直走到了鬼门关，两边的山都已不见，所谓“关”，早在七年前就被炸掉了。现在这里是工地，正在盖一座五星级酒店。有了豪华酒店，圭宁就与别的城市更加相像了。酒店过去五百米是另一个大楼盘，它们中间以一个停车场和一个加油站连接起来。

圭宁变成了卡尔维诺笔下的切奇利雅[①]，这个在《看不见的城市》里被描述的地方是一个连绵的城市，马可·波罗和牧羊人在切奇利雅相遇，过了许多年，他们再次相遇，他们惊奇地发现，谁也没有走出切奇利雅，因为城市与城市连在一起，到处都是相同的房子，到处都是切奇利雅。不断扩张的城市互相吞噬，城市的个性被取消，最后，

---

① 切奇利雅，《看不见的城市》（卡尔维诺，译林出版社2006年8月版）里的一个消失了边界的连绵的城市。

人类的生活中再也没有“离开”和“抵达”，因为到处都是切奇利雅。

这句话是谁说的？没有离开与到达，将失去希望和向往，这是人类生活的挽歌。挽歌飘荡在切奇利雅，也终将飘荡在圭宁的上空吗？

圭宁的一部分离我千年之远，另一部分，则变成了横冲直撞的摩托车流、成片房子的外墙闪着刺眼亮光的白瓷砖、商场里的高音喇叭、街上的垃圾以及脏水以及滚滚尘埃……圭宁成了一个令人生厌的城市，海红意识到，她的故乡，那个生她养她的地方，已经永远消失了。

在血管的茫茫深处

海红走在故乡圭宁的街上，她从沙街走到东门口，穿过公园路到大兴街，一直走到十二仓。在十二仓几幢高楼中间，她看到了一小片稻田。

十二仓的稻田还在呀，只有那么一点点。

从前是条窄小的泥路，因雨天泥泞，又填了一些小石子。小学的时候曾和俞明河来这里拾稻穗，高中时曾骑车到这里插过秧。路已拓宽，稻田却还在。只有不大的一块，但还在！是啊秧苗，二季稻的秧苗插下去不久，刚刚反青，它们一蔸蔸地挺立在亮汪汪的水田里，在9月的风中摇晃。它将分杈，它将含苞，它将抽穗扬花，灌浆勾头，最终垂下新鲜湿润的稻穗。

她走到田岸上，啊真像道良老家的上皂角村，旁边也是有一道沟坎，沟坎两边是密密的野草，水从草间流过，是清的，却又夹带着阵阵泥沙。水中也长着野芋头，还有一棵乌柏树，道良少时曾用乌柏子榨的油点灯。

然后你看见一只八哥站在水牛背上。

然后你看见另一只。

在田岸上，这只鸟。红色的嘴和爪子，黑亮的羽毛，它的腿折了，飞不起来，十九岁的道良把八哥捧在手上带回家……道良真年轻啊，就像他压在书桌玻璃板下的照片，如此俊朗明亮。他走在田岸上，风吹着他额头上的头发。你跟他离得真近——却又如此的远。

道良捧在手上的那只八哥鸟，你认出了它。

那就是你的前世么？

从血管的茫茫深处传来一声细小的呜咽，眼泪突然涌出……水牛、秧苗、野芋头、乌柏树、野草、泥沙……一阵抽痛真切地从她心里掠过。

道良，他再也不可能找到。回想起来，道良似乎一直有一种走向彼岸的冲动，他对此岸是鄙视的，唯其如此，他才会认为左边的和右边的邻居、楼上的和楼下的邻居，一概，“都不是人”。也许他早就想离家出走了，多年来，出于责任他才熬到今天。

尾卷 时间的支流

／旷野

下一年就是2012年，海红将满五十岁。经过这么多年纠结的生活，她感到自己终于褪尽了文艺青年的伤感、矫情、自恋与轻逸，漫长的青春期在五十岁即将到来的时候终于可以结束了吧？生活真有耐心，它多等了你二十年，而没有一脚把你踢个稀巴烂。

她没有到相邻的城市看望同父异母的姐姐柳海燕，也没有到陆安县看望叔叔柳青川和照顾叔叔的海豆。故乡已然相隔千年，亲人们也都渐行渐远。

海红登上了北去的列车。

她提前了十天买票，买到一张硬卧的下铺。上车不一会儿天就黑了，对面的铺位上躺着一个老妇人，她脸冲里，一动不动。海红睡不着，她坐在铺位上看车窗外。外面黑漆漆的什么也看不见，倒是由于灯光的缘故，她可以清楚地看到车厢内映在窗玻璃上的景象。

火车隆隆，似乎开进了一条长隧道。灯灭了几秒钟重新又亮。

这时她看到了一个男人的脸映在车厢的玻璃上，三十七八岁，分头、长脸、厚唇。他坐在斜对着海红铺口的自动折凳上，手里拿着一本书。这个男人怎么那么面熟？海红回过头，从侧面端详他。分头、长脸、厚厚的嘴唇，海红瞥了一眼他手里的书，是闻一多的《红烛》，闪电般地，海红明白过来，这个男人不是别人，他几乎就是生父柳青林，他跟夹在日记本里的照片一模一样！

毫无疑问，这趟列车也不是普通的列车，它处在时间的支流里，或者，它是另一种形式的鬼门关，又或者，它是卡尔维诺笔下的阿德尔玛[①]，那是一座位于死亡一侧的城市，是某种“来世”，它是一切生命旅程中的“极点”，一个转折点。

海红坐到男人的对面，她想引起他的注意，但他似乎对她不感兴趣。海红想跟他搭话，她开口说了句什么，却发现一点声音都没有，车厢里一片寂静。

对面下铺的老妇人翻了个身，她的脸跟死去的姨妈章慕兰完全相似，眉毛尾端的一颗痣清晰可辨，她如果开口，定是略有结巴的“那那那……”，她身上散发的，仍是医院里的药水味。海红站起身，向车厢的后部走去，她看见了倚在车厢广播室门口的一个中年女人，年纪有四十上下，她头发稀疏枯黄，却还编着两根小辫，上身是白色短

① 阿德尔玛,《看不见的城市》里一座位于死亡一侧的城市，它是一切生命旅程中的“极点”，也是一个转折点。

袖，胸前绣了一朵金黄色的菊花，下身是孔雀蓝的百褶裙。看见金黄色的菊花我想起来，她是我幼儿园中班时的黄老师，四十多年前我曾在某个留园的周日和她相厮守，在空荡荡的走廊里，我曾对她说：老师老师，让我叫你妈妈吧。黄老师，她上唇边的嘴角处有一颗淡黄的痣，从前她身上散发一股糖果的甜味。

我隔着两排铺位喊了她一声。她像是没听见。四十多年前圭宁县幼儿园的木棉树以及教室里的小板凳再一次降落在我身边，我不敢再看黄老师，后来她上吊死了，她的手风琴放在幼儿园的杂物房里，落满了灰尘。我从她身边经过，她身上散发的不再是糖果的气味，而是植物的气味，我看见无形的青草在她身上缠绕。

我忘记了找水喝，因为我在另一个车厢里看见了一根银簪子，它别在一个身穿黑色大襟衫的老太太后脑勺的头发上，这根簪子大而扁，能看到尾端有几丝浅刻的凤凰尾羽。啊这是陈碧薇的银簪子……外婆陈碧薇，她就在这里。但她丝毫也认不出我来。

一个十三四岁的小姑娘从旁边走过，她的碎花上衣短得露出了肚脐眼，军绿色的裤腿短了半截，让人看了难受，这样的衣着使海红认出了她，这是初中时的女同学，海红最后一次见到她是在1975年，在县氮肥厂的建筑工地上，她躺在一摊血中，没有了气息。海红越过一个又一个车厢，她看到了史永年，她从未见过他，但他的相片挂在道良的小隔间里，海红很容易就认出了他。

有的人一时想不起来是谁，比如那个青年，高高瘦瘦，额头窄而前突，长着一张受虐的脸，他的一绺头发垂下来挡住了一只眼睛。看到他微驼的后背海红想起来，他是姨母章慕竹的儿子，海红的表兄，他因偷听敌台“美国之音”而获刑，关了三年之后出狱，之后死于1972年的车祸。2011年，94岁的章慕竹，她还坐在她堆满纸箱子的屋子里。

海红一直朝列车的后部走去，她走过一个又一个车厢——

她见到了小时候在圭宁认识的许多人，那时候的小镇，全镇都是熟人，在雨后挖蚯蚓的郑婆，她曾坐在家门口刮蚯蚓，她一只手捏着蚯蚓，一只手将竹扦插进去，顺手一挑，蚯蚓瞬间就被开了膛，顿时肝胆落地，腥气四散。那个孤老头刘二，他傍着水运社用旧砖头搭了一间小屋子，里面有一顶被烟熏黑的蚊帐，他捡垃圾为生，门口的空地上长年晒着橘皮、槐花、骨头、旧书报、蔗渣、木皮……还有沙街口的老妓女，从前她坐在一张竹椅上择空心菜，脆嫩的菜茎破裂发出吱吱的声音。现在她坐在靠近边道的座位上，正在用一条旧毛巾绑她的手腕。

还有刘雅琴，她死于1968年，这个县医院的老助产士，终身不婚。那年海红六岁，她看见刘雅琴胸前挂着一只大纸牌从东门口走过，她低着头，脚上穿了一双白球鞋，鞋面上有几处浓黑的墨汁。防疫站的站长也在这里，他头微仰，神色严峻。忽然海红感到了某种光芒，是县文艺队最美丽的女演员姚琼，她曾饰演歌剧《白毛女》中的喜儿，灯光转暗，一身白色飘动的姚琼幽灵般飞奔而出，如同一道雪白耀眼的闪电照彻全场，她唱道：我是山上的大树……尖厉的歌声像利剑掠过剧场的屋顶，火焰四溅。她消失于上个世纪70年代。

陆安老家的祖父和叔叔……他们面容依稀。

层层叠叠的脸，列车仍未到尽头。

陈青铜，他怎么会在这里呢？她迎上去，但他没有看见她，他朝列车的深处隐去。

人的一生通常会走到这样一个转折点，从这一点开始，他认识的死者的数量将会超过他认识的活人的数量。海红想起了卡尔维诺的这段话，它隐藏在一本绿色封皮的书里，此次返回圭宁，她正好带了这本书路上看。

转折点，说得不错。她此刻就站在这一个点上。

半夜下起了特大暴雨，碎石般的雨点横扫过车身，发出铁石撞击的嘣嚓声，闪电连绵，亮白的电光照见车外白茫茫一片，全是密密斜向的雨柱，两次闪电间则是沉沉的黑。在海红返回自己的铺位的途中，借着脚灯的亮光她看见了史道良，道良，她的生活伴侣，她在这里见到了他。

他穿了一件破了的背心，就像夏天在家里。春泱曾给他在淘宝网网购过三件纯棉背心，但他还是爱穿旧的。春泱说，爸爸对生活已经没有任何要求。看到道良海红有些恍惚，仿佛道良仍然活着，他们一起从老家返回北京，他在火车上会睡得很香，早上起得很早，在火车上他会坚持不喝凉开水，而要喝滚烫的茶。

见到海红道良似乎露出奇怪的神情，他盯着她看了几秒钟，然后他转过了头，像是不认识眼前这个女人。

他没有把她辨认出来。

这里的所有人都没有认出海红，她隐约意识到：一旦被认出，她就跨越了生与死的界限，成为了与他们一样的死者。

见到道良，海红心里闪过一句话：走了也好，这个世界已经不是他的世界。她随即被自己的硬心肠惊了一下。走了也好啊，她还是这样想。车外隆隆雷声，似乎是呼应，又像是谴责。雨点猛烈地打在车身上，呼啸着从远处扑过来，犹如白茫茫的火舌，自天奔落。

车身摇动了一下，停住了。

海红从铺位上坐起，她听见雨中渐渐有了人声，就像荞麦壳的枕头窸窣一阵，各人从梦中醒来。有广播，说这是临时停车，是前方铁路的路基被暴雨冲垮，塌方，有关方面正在紧急抢修，为了安全起见，请旅客们在自己的位置上耐心等候。

雨仍在下，车外仍是白茫茫一片，车内仍是沉沉的黑。一名中年男旅客说，这样的天气，抢修难度是很大的，估计最快也得十个小时，也许要等上一整天。

又坐了许久，大概有一两个钟头，雨渐渐停了。在收住了雨幕的黑夜中，能隐约看见远处有一点亮光，不知道那是什么光，人家、工地、机构，或是小车站的站台？微黄的灯光被几棵树挡着，只漏进薄薄的几片，在广大的黑暗中，这几缕光亮若隐若现。

海红不想再耗在车上，她和那位中年旅客，还有一名大学生模样的年轻女孩一起下了车。天渐渐发白，他们走在被大雨冲刷之后露出石子的路上。路面崭崭如新。

……石子路宛如十二仓，小学生柳海红戴着竹篾编成的笠帽走在路上。太阳明晃晃地顶在头顶，她和俞明河戴着笠帽就出发了。挎着一只小竹篮，捡稻穗。收割过的田野，禾茬遍布，散落的谷粒东一窝西一蔸嵌在泥土里，她们用手指抠出来，装进篮子。

或者插秧。光着脚丫站在水田里，水的下面是一层精耕细作的泥土，滑腻、黏稠的泥质犹如大地的肌肤，它一下贴住了脚窝，酥麻的快感骤然掠过全身……手捧秧苗在臂弯，一蔸蔸插入在水田里，明亮、俊逸，它们挺立在水中。割稻的声音也沙沙响着——田里的水已经干了，解放鞋、笠帽、镰刀。汗水滴在眼睛里腌着生痛，镰刀割过多少次手，至今左手还留有两处明显的疤痕，不过她听见唰唰的声音——带齿的镰刀割在禾秆上，隔了许多年，听起来仿佛有一种难忘的快感，远年的同学、男老师、一只方形的水井和屋子里铺在地上的稻草，早晨全班围在水井边刷牙，乡村的黄昏有炊烟，一个男生吹口琴……这些都在割稻的唰唰声中忽沉忽浮。

海红走在2011年暴雨之后的石子路上，路面的石子崭崭如新。

旷野上，农作物和草连在了一起，看上去是连绵的绿。冲连垌，垌连冲，沟沟坎坎，新绿和老绿，浓浓浅浅，高高低低，螳螂绿、豌豆绿、芥菜绿、蛇皮绿、鸡屎绿，墨绿、豆青、灰绿、黄绿……作物的花朵开在莽莽绿色中——绿豆花粉黄色，只有两瓣，黄豆花有白的，也有的像淡墨水，花生花很黄，像葵花那样黄，有个小喇叭，口朝下……蚕豆花是蓝的，豆角花是紫的，芝麻花是白的，高粱花土红色，很小，跟灰尘一样——在苍茫浩大的野草中它们微弱细小。

百草苍荡。

丢荒的田里长出草来，蹿得一人高，路边的草更是汹涌，芭茅长得把小路都闭住了，要走路只能倒着走，不然它会割你的脸和手。草们迎来了繁茂的自由时代，丝茅草长在高岸上，如丝如茅长到三尺长；艾草长到了腰那么高，系马桩长在路中间，四仰八叉摊着；鱼腥草、马拉草、鸭舌草、白水草、贴金帕、四叶萍、地根头、豨莶草、鹅儿草、蒿子草……全都长得满地满沟的，有的圆有的尖，有的辣有的甜。爱生根的，它就节节生根，见节开杈；爱长齿的，它就浑身长满了牙齿，你碰它？它要把你拉一个口子。有的喜欢爬地长，有的呢，往上飙——它们生逢其时。

2010年1月18日至12月13日初稿

2012年10月5日上午，定稿于东四十条

《北去来辞》十年记

林白

到今年,《北去来辞》单行本初版已有10年，若从《十月》杂志刊发起算，就已经11年了。

这十年间，我写作了更为纷繁复杂的《北流》，在十稿的反复修改中，我以为完全忘记了《北去来辞》，事实上，这本书中的人物与意绪仍在不经意中潜浮而至，它们进入了这下一本书，成为新作中难以彻底去除、似是而非的某些部分。

我是在意《北去来辞》的，我喜欢这部长篇，愿意它有机缘装整一新，再次出现在你面前。

是为记。

2023年5月11日于北流的暴雨中

十年前的创作谈

《北去来辞》出版近六个月了，我正在渐渐把它忘掉，在完全忘掉之前，我还要说点什么呢？我并不喜欢对作品进行自我阐释，关于作品的初衷、主题、思想之类，我觉得这种自己的阐述会限制读者的阅读和理解。

创作谈是我感到为难的一类文章。只有在很少的时候，我觉得似乎要说上那么几句——关于时代、历史、世界、自我、人性、欲望，城市和乡村……但忽然又感到，那要说的一切已经在书里了，这样一想，不如就算了吧。

希望我的书和读者之间有一种神秘的联系，所谓“诗性”，我认为绝不是“诗情画意”之类，而是，在感知上有一定的不确定性，有充满歧义的可能。

个人经验是这部书中至为重要的内容，这意味着，除了我把自己的个人经验给予书中的人物，同时也必须为书中的人物找到属于他们的个人经验。

个人经验是一种实感经验。“实感经验”这个词汇来自复旦大学张新颖和刘志荣的一本书，我十分喜欢，实感——具体、鲜活、生动、丰富，不可以被理论、观念所充分涵纳，在虚构性和创造性作品中，它给作品带来不可化约的品质，从而使我们不至于沦为观念的传声筒。充沛的感性体验(而不是某种“高于生活”的理论)是我多年来不竭的源泉，在《北去来辞》写作的漫漫长途中，我再一次凭借着它，前所未有地，写出自己在这个时代的百感交集。

对我来说，这是一次有难度的写作，从未有过这么多的人物，如此深长的时间来到我的笔下，我也从来没有如此感到自身和人物的局限。我的笔记本写满了六个，还不包括只写了半本的那另外两个。我不断地增添内容，同时谨慎地删去一些篇章。我还神经质地一再给这部长篇以新的命名，但每次命名又都觉得不甚满意。定稿最终删掉了许多——有十几万字被废弃了；书名也从在《十月》发表时的《北往》变成了《北去来辞》。虽然有的朋友不喜欢现在这个题目，但我一意孤行。三年来我有时坚定，有时犹疑、徘徊，但始终感到内心还是满溢的。

我竭尽所能，要让海红们突破她与现实的疏离感，同时希望自己也能找到与世界的真切联系，若非如此，人的存在怎能够真确？我越来越意识到，一个人是不能孤立存在的，必与他者、与世界才能共存。真希望一直走在一条辽远的漫漫长途上，做一个与天地万物风雨同行的人。

世界到底广阔，除了人类社会，还有大自然，以及深远处的宇宙。对于人类面临的种种困境，我常常心怀忧虑。不过，一个90后的女孩对我说：如果人类被自己折腾灭绝了，那说明这个文明已经腐朽，就让它灭绝好了，肯定会有新的文明诞生。

写完《北去来辞》，感到自己身上出现了一个更有热情的写作者，感到有一处源泉正在被自己撬开。

2013年旧文，2023年5月11日改于暴雨中的北流

图书在版编目（CIP）数据

北去来辞 / 林白著. — 北京 ：北京十月文艺出版社，2023. 8（2025.1重印）

ISBN 978-7-5302-2294-2

Ⅰ. ①北… Ⅱ. ①林… Ⅲ. ①长篇小说—中国—当代 Ⅳ. ① I247.5

中国国家版本馆 CIP 数据核字（2023）第 048447 号

北去来辞
BEIQULAI CI
林白　著

出　版　北 京 出 版 集 团
　　　　北京十月文艺出版社
地　址　北京北三环中路 6 号
邮　编　100120
网　址　www.bph.com.cn
发　行　新经典发行有限公司
　　　　电话 010-68423599
经　销　新华书店
印　刷　北京盛通印刷股份有限公司
版　次　2023 年 8 月第 1 版
印　次　2025 年 1 月第 2 次印刷
开　本　850 毫米 ×1186 毫米　1/32
印　张　20
字　数　390 千字
书　号　ISBN 978-7-5302-2294-2
定　价　78.00 元
如有印装质量问题，由本社负责调换
质量监督电话　010-58572393